BASTEI
LÜBBE
TASCHENBUCH

Weitere Titel der Autoren:

Die dreizehn Gezeichneten (Band I)

Weitere Titel von Judith Vogt:

Roma Nova (nach einem Konzept von Philip Schulz-Deyle)

Über die Autoren:

Judith C. Vogt wurde 1981 geboren und wuchs im Heinrich-Böll-Ort Langenbroich auf. Sie ist gelernte Buchhändlerin. **Christian Vogt,** geboren 1979, stammt aus Kommern, studierte in Aachen und ist Physiker. Gemeinsam haben sie zahlreiche Romane veröffentlicht, darunter auch den Steampunk-Roman *Die zerbrochene Puppe*, für den sie 2013 den Deutschen Phantastik Preis in der Kategorie »Bester deutschsprachiger Roman« erhielten. 2014 gewannen sie nochmals den Deutschen Phantastik Preis, diesmal für die beste Anthologie. Das Ehepaar wohnt mit seinen Kindern in Aachen.

JUDITH & CHRISTIAN VOGT

DIE 13 GEZEICHNETEN

DIE VERKEHRTE STADT

ROMAN

BASTEI LÜBBE TASCHENBUCH

BASTEI LÜBBE TASCHENBUCH
Band 20934

Dieser Titel ist auch als E-Book erschienen

MIX
Papier aus verantwortungsvollen Quellen
FSC® C019821

Originalausgabe

Dieses Werk wurde vermittelt durch Castle Gate Agency, Literarische Agentur
Harald Kiesel, 69198 Schriesheim (www.castlegate-agency.com)

Textredaktion: Hanka Leò, Berlin
Kartenillustration: © Hannah Möllman, Köln
Titelillustration: © Raymond Minnaar
Umschlaggestaltung: Guter Punkt, München | www.guter-punkt.de
Satz: two-up, Düsseldorf
Gesetzt aus der Garamond
Druck und Verarbeitung: C. H. Beck, Nördlingen
Printed in Germany
ISBN 978-3-404-20934-7

1 3 5 4 2

Sie finden uns im Internet unter www.luebbe.de
Bitte beachten Sie auch: www.lesejury.de

Wir widmen dieses Buch Klaus und Kathrin.

Das Duell zwischen Fanboy und Hater jedoch –
das widmen wir Lena Richter.

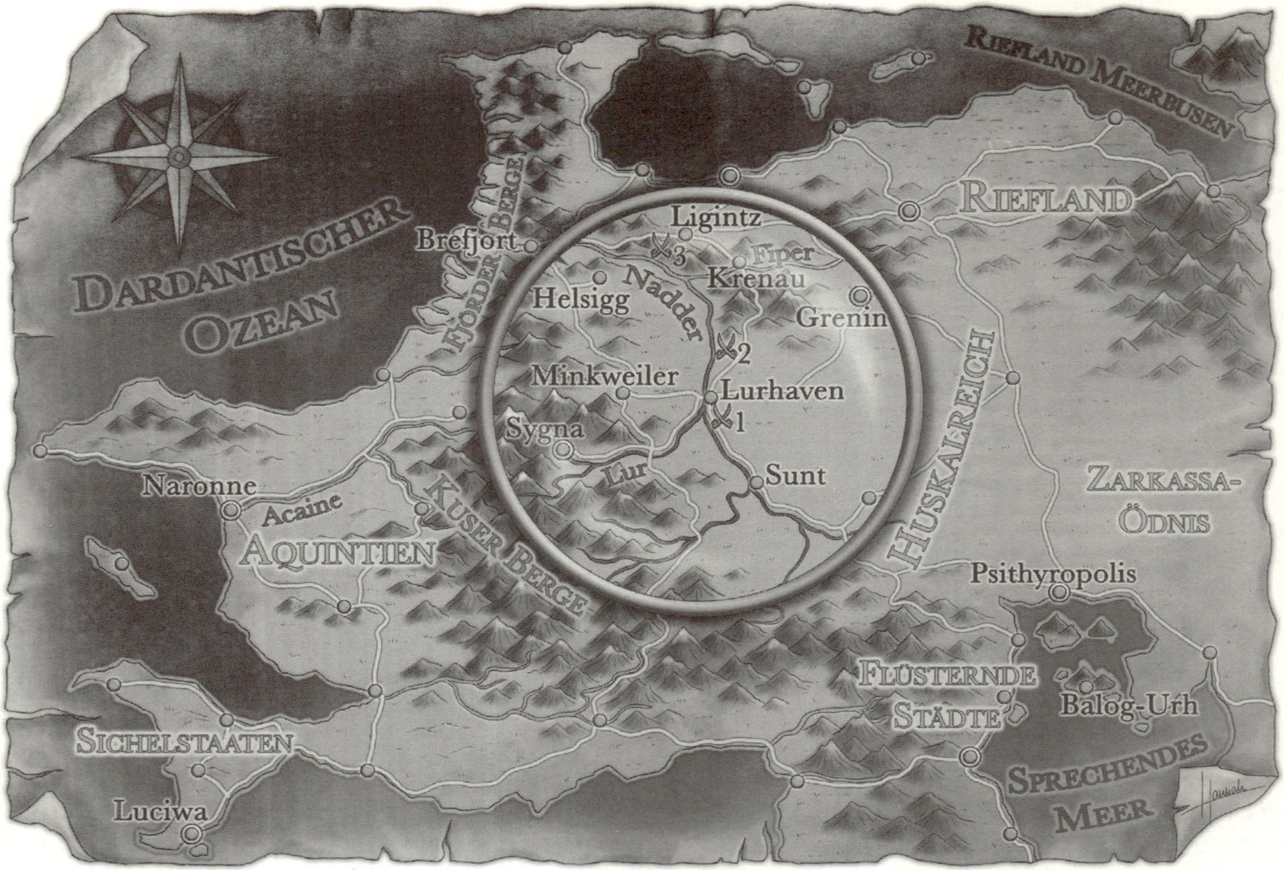
Riefland Meerbusen
Dardantischer Ozean
Brefjort
Fjörder Berge
Ligintz
Fiper
Krenau
Nadder
Helsigg
Grenin
Minkweiler
Lurhaven
2
1
3
Sygna
Lur
Sunt
Riefland
Huskalreich
Zarkassa-Ödnis
Naronne
Acaine
Aquintien
Kuser Berge
Psithyropolis
Flüsternde Städte
Balog-Urh
Sichelstaaten
Luciwa
Sprechendes Meer

Kapitel I

Ismayls Gegenüber hob sein Glas. »Wir sollten keine Gelegenheit verstreichen lassen. Heute oder nie, leben oder sterben. Das ist der Moment, in dem sich alles entscheidet.«

Das Glas in Ismayls Hand hob sich wie von selbst. Er fühlte sich nicht so zuversichtlich, doch er hatte gelernt, sich zu verstellen. »Heute oder nie.«

»Schon mal Sekundant gewesen?«, fragte der andere.

»Nicht wirklich«, sagte Ismayl und vermisste Dawyd. Ausgerechnet Dawyd das Maul – von allen, die er in Sygna zurückgelassen hatte, um nun hier zu sitzen. In einem spärlich erleuchteten Kellergewölbe im Naronner Studentenviertel. Mitten in der Höhle des aquinzischen Löwen!

»Ich kann dir sagen, mit Schusswaffen ist das alles noch viel spannender als mit Degen.«

Durch Ismayls Kopf fuhren Erinnerungen an Schüsse, an die Explosion eines Karrens, an ein Beben in der Tiefe. An Gewalt und Krieg und das Stürmen einer Festung. Ihm wurde kalt, wenn er daran dachte, und die Oberfläche des honigbraunen Naronner Kognaks zitterte in seinem Glas, als hätte der Schnaps ein Eigenleben. Ismayl beeilte sich, ihn herunterzustürzen. »Das glaube ich.«

Tapfer lächelte er sein Gegenüber an. Toma Delacroi, einen jungen Studenten der Geologie, der bereits das Studium der Theaterwissenschaften und Literatur abgebrochen hatte: der Anlass des Streits. Heute oder nie – leben oder sterben – das alles hing von Tomas Treffsicherheit ab. Ismayl wollte gar nicht darüber nachdenken, was eine Kugel mit dem zarten, blutarmen Leib des Studenten anrichten würde. Er brauchte ihn noch, nach dem Duell.

»Ich werde also dein Sekundant sein, und wenn wir das überleben, dann nimmst du mich mit in die Bibliothek?«

Toma warf Ismayl durch die rauchverhangene Luft einen tiefen, dunklen, schicksalsschweren Blick zu, nachdem er sein Glas mit in den Nacken gelegtem Kopf geleert hatte. Die sprichwörtliche aquinzische Melancholie lag so plakativ in diesem Gesichtsausdruck, dass Ismayl beinahe lachen musste.

»Wenn *ich* das überlebe, mein Freund. Wenn *ich* das überlebe.«

Ismayl Schönauge, Dichter und Wortzeichenwirker aus Sygna, befand sich auf gefährlichem Pflaster. Zehn Monate lang hatten Toma und Ismayl – ohne einander zu kennen – zur gleichen Nation gehört. Dann hatte sich das von aquinzischen Soldaten besetzte Sygna erhoben. Einiges Blutvergießen, beträchtliches Chaos und das vermutlich unerfreuliche Erwachen alter Geheimnisse in den Katakomben unter der Stadt später war der Aufstand im Frühling erfolgreich gewesen, und obwohl Ismayl es selbst nicht für möglich gehalten hatte, hatten die Aquintianer die Stadt nicht zurückerobern können. Mehr noch – die Glückssträhne des beispiellosen Feldzugs, auf dem sich der aquinzische Kaiser Yulian befand, schien auszufransen, und es sah ganz so aus, als sei ihr Ende nah. Die Front zur Noccurn-Allianz im Osten wich Scharmützel um Scharmützel zurück, und es waren nicht genug Soldaten da, um zu verhindern, dass ein kleines, aber schlagkräftiges Heer aus Sygna umliegende Städte, Dörfer und Landstriche befreite und als zum Stadtstaat Sygna zugehörig erklärte.

Damit hatte Ismayl nichts zu tun. Er war kein Soldat und kein Stratege, und auch wenn er eine nicht unwichtige Rolle bei der Befreiung der Stadt gespielt hatte, wusste er nur zu gut, dass er sein Glück nicht überstrapazieren sollte. Ismayl war zehn Monate lang der einzige Dichter auf freiem Fuß in Sygna gewesen, doch nun waren wieder andere da, die Reden halten und Menschen motivieren konnten. Und dass mit Dawyd Iackmar ein Urzeichenträger an der Spitze von Sygnas Armee kämpfte, wirkte sicherlich motivierender als jedes warme Wort, das Ismayl den Kämpfern hätte mitgeben können.

Ismayl hatte sich vor acht Wochen auf den Weg nach Naronne gemacht, der Hauptstadt Aquintiens am Dardantischen Ozean. Lange hatte er sich eingeredet, dass sein Blick auf Geheimnisse und Geschichten aus alter Zeit in die falsche Richtung gerichtet gewesen war, da es um die Zukunft Sygnas ging. Doch die Gegenwart hatte ihre Hand in die Vergangenheit ausgestreckt und mit den Urzeichen etwas Altes zutage gefördert, das sich niemand in Sygna erklären konnte.

Warum gab es in der Verkehrten Stadt unter dem Bleiberg hinter dreizehn Siegeln dreizehn Sarkophage, in denen Mächte eingesperrt gewesen waren, denen sie nun auf Gedeih und Verderb ausgeliefert waren? Um zu erkennen, in welche Zukunft die Stadt steuerte, musste Ismayl ihre Vergangenheit erkunden. Bedauerlicherweise schienen die Aquintianer mehr über diese Vergangenheit zu wissen als die Sygnaer, die nicht nur die Sarkophage versiegelt, sondern auch das Wissen darüber verbannt hatten. Um herauszufinden, was es mit den Urzeichen auf sich hatte, blieb Ismayl nur ein Weg – und der führte direkt in die Universitätsbibliothek von Naronne.

Ismayl war gleichzeitig der beste und der schlechteste Spion, den der Großgildenrat von Sygna hätte entsenden können. Er war bewandert in den alten Geschichten und hatte einen neuen Urzeichenträger – Dawyd – eingehend studieren können. Er hatte für diesen Auftrag in Feindesland ein neues Wortzeichen gelernt, nämlich jenes, das seine Worte vertraut klingen ließ in aller Herren Länder. Sein derzeitiger Dialekt hörte sich an, als sei er wie Toma von Geburt an Bürger Naronnes. Deshalb, so hatte er gehofft, würde es ihm nicht schwerfallen, sich als Student an der Universität einzuschreiben und Zugang zur Bibliothek und den alten Schriften zu erhalten.

Er hatte nicht damit gerechnet, dass von allen Orten, an

denen es Unfrieden zu stiften galt, Lysandre Rufin ausgerechnet nach Naronne zurückkehren würde, und dass die Schreiber und Doktoranden des Zeichenwissenschaftlers Aquinçois Lafayet Bereiche der Bibliothek mithilfe von Soldaten und Waffengewalt absperren würden.

Normalerweise war Naronne, die Blaue Stadt am Gestade des Dardantiks, groß genug, dass zwei Todfeinde einander darin aus dem Weg gehen konnten – und nichts anderes waren Ismayl Schönauge und Lysandre Rufin. Doch wenn beide um die Universität kreisten wie Motten ums Licht, dann war es nur eine Frage der Zeit, bis der Commissaire der kaiserlichen Geheimpolizei auf den Dichter aufmerksam wurde.

Ismayl ließ sich von Toma noch einmal nachschenken; der Gedanke an Rufin weckte in ihm den törichten Wunsch zu trinken. Dass Rufins Geist im Körper von Ismayls Freund Ignaz steckte, machte es nicht besser.

Commissaire der Geheimpolizei – und Urzeichenträger des Wortes, hallte es hohl in seinem Schädel, als er den Inhalt des Glases herabstürzte. *Ich bin vielleicht nicht der schlechteste Spion aller Zeiten – aber der, der am schlechtesten geeignet ist.*

Toma Delacrois war hervorragend geeignet, um ihm aus dieser Zwickmühle zu helfen. Denn Toma war Doktorand der Geologie und promovierte bei Professor Lafayet, der den Lehrstuhl für Geologie innehatte, obwohl er seit der Eroberung Sygnas in einem anderen Feld forschte: der Zeichenkunde. Ein Studienfach, das es bislang weder in Naronne noch in Sygna noch anderswo auf der bekannten Welt gab.

Immerhin ein Gutes hatte Rufins Anwesenheit in Naronne: Ismayl nahm an, dass er hier jene Urzeichenträger um sich scharte, die auf der aquinzischen Seite der Front erwacht waren. Und das bedeutete, dass Ismayl etwas über sie herausfinden konnte, wenn er die Augen offen und seinen Feind im Blick behielt.

Mit einem Befehl seines aberwitzig mächtigen Wortzeichens hatte Rufin aus dem Zunftgefängnis heraus bewirkt, dass Kilianna Erdhand die elf verbliebenen Sarkophage öffnete und die Zeichen frei ließ. Sein willenloser Gehilfe Neigel hatte den schwer verletzten Rufin aus dem Gefängnis befreit – und mit ihm die Stadt verlassen. Rufin hatte von Elisabedas Hammerschlag mindestens einen Schädelbruch davongetragen, doch davon hatte er sich unverhältnismäßig schnell erholt.

Einige der befreiten Urzeichen hatten sich Träger in Sygna gesucht und andere unter den Soldaten der aquinzischen Armee. Als Ismayl Sygna verlassen hatte, hatten sich dort gerade einmal fünf Urzeichenträger befunden – oder zumindest zu erkennen gegeben.

Die Gezeichneten der Nährenden und der Alchimistischen Zeichen befanden sich jedenfalls auf Feindesseite, das zeigte Rufins rasche Genesung. Diese beiden – wen auch immer die Zeichen erwählt hatten – waren nun die mutmaßlich fähigsten Heiler und Alchimisten der Welt, und es war ganz und gar ungünstig, dass sie sich in Naronne und nicht in Sygna befanden.

»Du betrinkst dich doch nicht etwa aus Sorge um mich?«, spottete Toma und goss ihm ein weiteres Mal nach. Billiger Kognak schmeckte noch billiger, wenn man ihn in den verrauchten Kellergewölben der Studentenverbindung einnahm, und mittlerweile hatten die meisten von Tomas Kommilitonen in Erwartung der morgigen Kopfschmerzen ihre Zimmer aufgesucht.

»Ich trinke immer nur aus Sorge um mich selbst«, log Ismayl.

»Was hast du schon zu verlieren?«

Ismayl legte den Kopf in den Nacken und starrte an das spinnwebverhangene Trommelgewölbe. »Du würdest dich wundern.«

Der andere lachte und sagte: »Du bist betrunken, mein Freund. Als Sekundant droht dir kein anderer Schaden, als dass du in aller Frühe aus den Federn musst. Noch dieser eine Schluck, und dann kommst du mit hoch und schläfst bei mir und Remien im Zimmer.«

Ismayl hob sein Glas. »Auf einen erfolgreichen Morgen. Mögest du nicht sterben!«

»Möge ich nicht sterben!«, stimmte der Student ein, und beide leerten ihr letztes Glas.

Spätsommer in Naronne. Die Blaue Stadt trug den Beinamen nicht ohne Grund, denn wenn die Sonne das Meer azurblau gleißen ließ, dann fiel dieses Leuchten auch auf die weißen Türme der Hauptstadt und schimmerte auf den blauen Schindeln der Dächer.

Lysandre Rufin hatte das seltsame Gefühl, seine Heimat vermisst zu haben, obwohl er in der Ferne kein Heimweh gehabt hatte.

Sygna hatte unvergleichliche Handwerker hervorgebracht, doch offenbar hatten dort immer nur mittelmäßige Architekten gewirkt. Naronne verfügte über fabelhafte Architekten. Architektur war eben eine Wissenschaft und kein Handwerk, und Naronne war eine Stadt der Wissenschaft. Die Gebäude der Innenstadt – die Stadtpaläste, Kathedralen und die Universität – waren fast alle von den runden, weißen Türmen geziert, die der Stadt ihre weltberühmte Silhouette verlieh. Die Türme waren höher als jedes Gebäude in Sygna.

Rufin blickte vom Platz der Republik auf, sein Blick glitt über den blau geäderten Marmor der epochalen Statue von Kaiser Yulian und an den Prunkbögen des Regierungskomplexes hinauf zu den weißen Spitzen darüber. Er kniff die Augen zusammen und seufzte. Möwen kreisten um die Türme, und er konnte sie nicht besonders gut erkennen. Er wusste nicht, warum Ignaz Dreifinger keine Brille getragen hatte, aber der Mann war ganz offensichtlich kurzsichtig.

Rufin stieß ein leises, trockenes Lachen aus. Kurzsichtig, nicht nur, was seine Augen betraf! Nun, immerhin konnte man diese Kurzsichtigkeit mit einer Brille korrigieren. Lästiger war ihm die rechte Hand, aber er empfand es irgendwie als gerecht, dass er nun mit einer Verstümmelung gestraft war, die er selbst verursacht hatte. Und da sagte man, das Schicksal habe keinen Humor!

Trotz der Kurzsichtigkeit rief der Anblick der ihn umgebenden weißen Türme noch etwas anderes in ihm hervor – das Gefühl, fremd zu sein, obgleich dies seine Heimatstadt war. Er trug ein Gesicht, das keiner kannte, er war hier ein Niemand, ein Mensch ohne Wurzeln.

Er konnte seine Mutter nicht besuchen, ohne sie für den Rest ihres Lebens zu verschrecken, er konnte seinen Schwestern nur Briefe schreiben. Selbst im Büro der Geheimpolizei war er ein Fremder. Er hatte mit viel Mühe die hochrangigsten Mitglieder des Militärs, allen voran Marschall Soussin, davon überzeugt, dass er nicht der Anführer der Aufständischen war, sondern sich nur dank einer unerklärlichen, unnatürlichen Macht in dessen Körper befand. Bis er sich zu seiner Familie wagte, würde noch etwas Zeit ins Land gehen. Er musste erst ganz sicher sein, dass dieser Zustand von Dauer war und er keine Gefahr darstellte. Er musste herausfinden, oder vielmehr herausfinden lassen, ob so etwas schon einmal geschehen war und was es für die Zukunft der Aquinzischen Nation bedeutete, dass sich die Urzeichen dreizehn Träger gesucht hatten – fünf davon in der Armee Kaiser Yulians.

Rufin trat in den Schatten der Bogengänge des Regierungsbezirks. Zwei mit Musketen bewaffnete Gardisten kontrollierten das Schreiben, das er von Marschall Soussin erhalten hatte, und ließen ihn ein.

Die altbekannten Gänge fühlten sich fremd an unter den Füßen, die ihm noch immer nicht wie seine eigenen schienen. Als er aus einem weiten, mit rotem Teppich ausgelegtem Flur in einen schmaleren Korridor abbog, drängten sich ihm die Erinnerungen an die Katakomben unter Sygna auf. Er begann schneller zu atmen und musterte seine Stiefelspitzen auf dem ausgetretenen Teppich. Er ballte die verbliebenen zweieinhalb Finger der rechten Hand um das Sendschreiben.

Es gibt keine Rückkehr zu dem, der ich früher war. Das, was da gelegen hat, war nicht mehr ich. Das war kein Mensch mehr. Eiskalt lief es ihm den Rücken herab, gleichzeitig schwitzte er in seiner Uniform. *Kein Zurück. Das hier ist alles, was ich bin.*

Als er an der mit Perlmuttintarsien versehenen Tür des Besprechungsraums ankam, hatte er den Körper wieder unter Kontrolle. Er atmete tief durch und reichte das Schreiben einem Gardisten mit federgeschmückter Mütze. Während dieser es aufmerksam las, musterte Rufin die Einlegearbeiten in der Tür, die abstrakten Muster. Ob hier wohl ein Schreiner aus Sygna am Werk gewesen war? Lag der Tür ein Zeichen inne, war sie unzerbrechlich oder undurchdringlich für Schall? Er lächelte schmal. Ignaz Dreifinger hätte es gewusst.

Aber der bin ich nicht.

Der Gardist reichte ihm das Schreiben zurück, und die Tür schwang lautlos auf, als er dagegentippte.

Zeichenmacht aus Sygna, folgerte Rufin und trat in Marschall Soussins Strategiezimmer ein.

»Da seid Ihr ja, Commissaire«, begrüßte ihn Soussin etwas angespannt. Die anderen sechs Anwesenden hoben die Blicke, und zweien von ihnen entfuhr ein erschreckter Laut. Soussin runzelte verärgert die Stirn, da er sie offensichtlich über Rufins verändertes Erscheinungsbild in Kenntnis gesetzt und angenommen hatte, sie hätten sich besser unter Kontrolle.

Professor Lafayet war anwesend, ebenso wie der ehemalige Gouverneur von Sygna, Rodolphe Tranquil. Vormals Lieutenant, nun Capitaine Sarmand, der dafür befördert worden war, den Gouverneur aus Sygna herausgebracht zu haben, saß zu dessen Rechter und starrte Rufin unverhohlen entsetzt an. Jurisdikarin Simonee war da, die wie Lafayet früh genug aus Sygna abgereist war, um dem Fall und den damit verbundenen Morden an den aquinzischen Soldaten und Beamten zu entgehen. Ein Mann mit der Uniform eines Lieutenant sah übermüdet und ausgemergelt aus, das musste der Gesandte von der Front sein. Bleich und schmal wie ein strenger Priester saß Bürgermeister Prix am Kopfende der Tafel. Der Letzte im Bunde war der Außenminister selbst, Kristoff Sain-Diyee.

Rufin wusste, dass es an der Front alles andere als rosig aussah: Die Neun-Tage-Belagerung von Sygna hatten sie im späten Frühjahr abbrechen müssen, denn die Noccurn-Allianz hatte das Hauptheer des Kaisers an der Ostfront angegriffen, und der Marschall hatte alle Truppen dorthin zurückbeordert. Sygna würde ihnen nicht davonlaufen – und sie hatten nun Urzeichenträger in ihren Reihen.

Das Morgenlicht fiel durch die schmalen, hohen Glasfenster, und eine nahe Kathedralenglocke verkündete, dass Rufin mit vollendeter Pünktlichkeit eingetroffen war.

»Guten Morgen«, grüßte er in die Runde. »Wie erstaunlich. Ein Treffen zu so früher Stunde, und ich bin der Letzte, der eintrifft.«

Der Marschall nickte knapp. Lafayet lächelte ihn an, während der ehemalige Gouverneur den Blick abwandte.

»Setzt Euch. Wir beginnen.«

Lysandre folgte dem Wink, setzte sich an die spiegelblanke Tafel und war wenig überrascht, als der Lieutenant sich erhob und eine Karte entrollte, die ganz offensichtlich unter Wind, Wetter und einer nicht unbeträchtlichen Wegstrecke gelitten hatte.

»Meine Eskorte und ich trafen in der Nacht ein«, eröffnete er ohne Umschweife. »Ich komme direkt von der Front bei Grenin. Die Stadt ist noch in unserer Hand, aber ich sage absichtlich ›noch‹, denn ich glaube nicht, dass das noch lange der Fall sein wird. Der Kaiser ist mit der Garde entkommen, aber Teile unserer Truppen werden vermutlich in der Stadt belagert. Das heißt, unsere Armee wurde einmal mehr dazu gezwungen, sich aufzuspalten. Bald haben wir mehr Fronten als Kompanien.« Er wies auf mehrere Orte und Landmarken auf der Karte.

»Wie kann das sein?«, fragte Tranquil. »Warum gerät der

Vormarsch so plötzlich ins Stocken? Das kann doch nicht am Verlust von Sygna liegen!«

»Es ist ein ungünstiges Zusammenspiel zahlreicher Faktoren«, gab Marschall Soussin zu. »Sygna hat viele unserer Soldaten zu lange gebunden, aber vor allen Dingen ist es der Söldnergeneral Siljonicz aus Beiden Reichen, der uns Sieg um Sieg kostet.«

»Ein einzelner Mann? Unmöglich!«, sagte die Jurisdikarin, die sich emsig Notizen machte.

»Die Noccurn-Allianz hat ihm nicht umsonst den Gegenwert eines kleinen Königreichs versprochen«, gab Marschall Soussin zu bedenken. »Er gilt als Yulians Nemesis. Er ist vielleicht der einzige Mann, dessen Strategien es mit denen des Kaisers aufnehmen können.«

»Was sollen wir hier in Naronne daran ändern?«, fragte Rufin und beugte sich in Richtung der Karte. Dabei fing ein kleines Detail in Simonees Wust aus Papier, Schreibfedern und einer erkalteten Teetasse seinen Blick. Zwei kleine Klumpen Wachs lagen griffbereit vor ihr.

Sofort kochte Wut in ihm hoch, und er biss die Zähne zusammen. Er war nie jemand gewesen, der sich leicht ärgern ließ, und hinter jeder Stimmungsänderung vermutete er die Zerbrechlichkeit des Gedankenkonstrukts, mit dem er sich in Ignaz' Geist niedergelassen hatte. Er zwang sich, den Blick von den Wachsklümpchen abzuwenden.

»Nun ja«, sagte Simonee, ohne ihn anzusehen, »ich hörte, wir haben einige sehr mächtige Menschen in unseren Reihen, Commissaire. Vielleicht wäre es an uns, diese auszusenden, um das Blatt an der Front zu wenden.«

»Was meint Ihr damit, Madame Simonee?«, fragte er bemüht ruhig. »Haben wir nicht schon eine Armee, die mit zeichenbewehrten Musketen ausgestattet ist, einer Waffe, die im Rest der Welt ihresgleichen sucht?«

Sie schüttelte den Kopf. »Wir haben gehört, dass Siljonicz Lieferungen aus Stare Traha erhält. Die Allianz ist sich mit dem Zaren einig geworden, und Schattenpulverwaffen haben ihren Weg an die Front gefunden. Ich würde sagen, das stattet beide Armeen ganz ähnlich aus, nur dass der unsrigen der Nachschub an jungen Männern ausgeht und wir eine überdehnte Front mit zu wenigen Soldaten halten müssen.«

»Und dass uns Sygna abhandengekommen ist, war ein herber Schlag. Wir waren gerade dabei, Manufakturen für die Zeichen der Heiler zu errichten«, merkte Tranquil an.

»Ganz abgesehen davon, dass der Verlust von Sygna auch einen Verlust der Moral nach sich zog«, pflichtete der Marschall zähneknirschend bei. »Sygnas Bürgerwehr überzieht uns von Westen aus mit Scharmützeln, während im Osten wie der sprichwörtliche Bär der Zarenreiche Siljonicz lauert!«

Rufin glaubte, aus jedem einzelnen Wort Anschuldigungen triefen zu hören. Seine Missstimmung wuchs.

»Und sowohl dieser Rat hier als auch die Ratgeber des Kaisers haben bisher wenig mehr als Schadensbegrenzung betrieben«, presste er hervor und sah wieder auf die Wachspfropfen, die vor Simonee lagen. In seinen Ohren klingelte die Wut. »Es befinden sich fünf Urzeichenträger in unseren Reihen, meine Dame, meine Herren! Warum werden keine Manufakturen in Naronne gebaut? Oder nahe der Front? Wir haben das Nährende und das Alchimistische Zeichen in unseren Händen! Kombiniert ergeben sie die mächtigsten Heilmittel, von denen die Welt je gehört hat. Warum ist noch nichts davon auf dem Weg zu Front? Warum verschwendet Ihr Eure Zeit in den Bibliotheken, Lafayet?«

Der Geologe hob die Brauen, überrascht davon, dass sich der Wind plötzlich in seine Richtung drehte. »Weil nicht alles so … intuitiv ist wie Euer Zeichen, Lysandre. Alchimie ist ein explosives Handwerk, und wenn die Macht des Urzeichens nicht gelenkt wird, dann kann Naronne innerhalb von Stunden in Schutt und Asche liegen!«

»Intuitiv, sagt Ihr?«, spie Lysandre. »*Monatelang* habe ich eine blutige Spur durch die Dichtmeister Sygnas gezogen.

Ich habe gefoltert und erpresst, um hinter die Geheimnisse des Wortzeichens zu kommen, und dabei große Teile meines Gewissens auf der Strecke gelassen. Ich habe das Wortzeichen nicht *intuitiv* gemeistert! Ich habe es mir mit allem erarbeitet, was ich habe, und dafür mit beinahe allem bezahlt, was ich habe, inklusive des Körpers, mit dem ich geboren wurde!«

Schweigen. Nicht einmal Lafayet war mehr nach seinem ironisch-freundschaftlichen Grinsen zumute. Er war jedoch derjenige, der sich räusperte und das Schweigen brach, während Simonee eine Hand über ihre Ohrstöpsel legte. Um seinen Worten Einhalt zu gebieten – aus Angst davor, seine Loyalität würde wanken und er würde sich diesen Rat untertan machen!

»Wir erweitern die Pulvermanufakturen in Naronne-Iyaire, Lysandre«, sagte Lafayet ruhig. »Das weißt du so gut wie ich. Die neuen Urzeichenträger werden sich erproben und beweisen können, und ihre Erkenntnisse werden dem Kaiser so schnell wie möglich zur Verfügung stehen. Sie arbeiten bereits jetzt daran, das wisst ihr alle. Bislang in den Räumen der Universität, aber dies könnte sich im Zentrum von Naronne als zu gefährlich herausstellen, und wir sind sicher bald in der Lage, ihnen in Iyaire genügend Platz und Material zur Verfügung zu stellen. Die Zeit läuft uns schneller davon, als uns lieb ist, und wir haben zu wenig Arbeitskräfte zur Verfügung, aber wir sitzen ganz gewiss nicht untätig herum. Es ist eine kurze Flaute, aber bald geht es aufwärts.«

»Flaute«, brachte nun der Minister hervor. »Alles steht unter einem schlechten Stern.«

»So abergläubisch, Sain-Diyee?«, spöttelte der Marschall.

Sain-Diyee winkte ab. »Der Kontakt zu den Kolonien in Übersee ist abgebrochen. Die Lage an der Front hat sich dramatisch verschlechtert. Ich rate dem Kaiser in beinahe täglichen Briefen, unsere Kräfte in Aquintien zu sammeln. In unserem Vaterland. Das zu sichern, was wir haben, statt alles auf dieses eine Blatt zu setzen. Auf diese … Gezeichneten!«

»Feigling«, stieß Rufin hervor.

Sain-Diyee stierte ihn an. »Sind wir sicher, dass das da Lysandre Rufin ist, oder könnten wir ihn aus diesem Ausschuss ausladen, bis das geklärt ist?«

Rufin erhob sich und streckte die verstümmelte Hand aus. Der längste Finger daran, der Ringfinger, deutete auf den Minister. »*All* diese Länder, die die Große Armee des Kaisers erobert hat, sind nun Aquintien, Minister! Alle, die darin wohnen, Mann und Frau, alt und jung, sind Bürger der Aquinzischen Nation! Ihr als Minister, als Vertreter der kaiserlichen Regierung, seid ihnen verpflichtet, seid ihr verpflichtet! Ist Yulian angetreten, um den Reichtum zu mehren, auf dem Euer breiter Arsch sitzt? Das ist es, was ihr alle vergesst! Yulian führt diesen Krieg nicht um der Macht willen, nicht um der Gebiete willen und nicht um der Tatsache willen, dass er über ein Reich gebieten wird, an das nicht einmal die Kaiserreiche alter Zeiten herankommen. Yulian führt diesen Krieg, um eine *Gleichheit* zu erzwingen, die für alle Bürger der Nation gelten wird, und wenn wir sie ihnen mit Feuer und Musketen bringen müssen! Eine *Gleichheit* für Männer und Frauen, für Arme und Reiche. Alle werden Zugriff auf die Zeichen Sygnas haben! Alle werden von den Waren aus den Kolonien profitieren! Alle vom Wissen der Naronner Universität! Das Weltreich, das Yulian schaffen will, wird ein Reich des Friedens sein, des Wohlstands und der gleichen Rechte für alle. Euch ist bang vor so etwas? Natürlich, denn Ihr seid ein Kleingeist, ein Unfriedenstifter, ein Mann ohne Vertrauen.«

Rufins Stimme dröhnte durch den Saal. Simonees Hand lag schlaff neben ihrer Teetasse, vergessen war das, womit sie sich vor seinen Worten hatte schützen wollen. Sein Zeichen wob sich mühelos durch ihren Geist. Er wandte sich an den Bürgermeister, der bislang geschwiegen hatte: »Wenn Euch Arbeiter fehlen, dann verpflichtet sie. Wenn dem Marschall Soldaten fehlen, dann zieht sie ein! Junge Männer, junge Frauen – alle, die bereit sein sollten, für diese Vision unseres Kaisers zu arbeiten. Naronne ist nun so weit weg von den Grenzen Aquintiens, dass sich hier niemand mehr seiner Pflicht bewusst ist. Wenn es in Iyaire an Arbeitern fehlt, dann seid Ihr nachlässig gewesen! Kommende Generationen werden uns daran messen, was wir heute tun!«

Kurz schoss ihm durch den Sinn, was er anrichten konnte. Er konnte sich hier und jetzt zur einzigen Regierungsinstanz von Naronne machen. Er konnte die, die ihm im Weg standen, für immer zum wortwörtlichen Schweigen bringen, und sich von denen unterstützen lassen, die begriffen, an welcher Schwelle sie standen. Der Kaiser würde es verstehen. Der Kaiser wusste, dass wahre Gleichheit nur eintrat, wenn sich ein Mann mit Vision zum Ersten unter Gleichen machte.

Rufin holte tief Luft. Dann stieß er sie wieder aus. Er legte die Rechte an die Brust und sagte lediglich: »Es lebe der Kaiser!«

Inbrünstig wiederholte es jeder im Raum, sodass die Fensterscheiben bebten.

»Es lebe der Kaiser!«

Steine rieselten Dawyd ins Gesicht, während er wie eine Ziege in der Steilwand stand.

»'tschuldigung«, hauchte Darius über ihm.

Dawyd schnaufte protestierend, sagte aber kein Wort. Das Zeichen, das ihnen Grau-Evy auf ein Stück Holz geritzt und mitgegeben hatte, würde sie zwar vor flüchtigen Blicken im Zwielicht verbergen, aber keinen Fluch verstummen lassen, den er wegen eines Tölpels wie Darius von sich gab, der sich allen beweisen wollte.

Dawyd Iackmar, Träger des Blutzeichens, erreichte kurz nach Darius das schmale Plateau; vor ihnen lag das Mauerwerk einer Festung, unter ihnen fiel die Steilwand dreißig Meter bis zum Fluss ab. Eine erste Ahnung der aufgehenden Sonne zeichnete sich am Horizont ab. Dadurch konnte er zu seiner Linken die Mündung der Lur in den Nadder ausmachen; und die von einem Flickenteppich aus Feldern geprägte Ebene, durch die der Nadder mäanderte. Zu seiner Rechten erstreckte sich ein Weg hoch zur Lurmundfeste, und dahinter waren die Ausläufer der Kuser Berge zu erkennen. Die Aussicht würde in der fortschreitenden Dämmerung noch spektakulärer werden, aber er konnte es sich nicht leisten, sie zu genießen. Jede weitere Minute, die verstrich, machte es wahrscheinlicher, dass sie entdeckt wurden.

Das volle Dutzend seiner Leute hatte sich inzwischen auf dem Plateau eingefunden und presste sich an die Mauer, weg vom gähnenden Abgrund. Oben auf der Mauerkrone war der sich bewegende Schemen einer Wache auszumachen, überragt vom Lauf der Muskete. Dawyd wartete, bis der aquinzische Soldat weitergezogen war. Dann nickte er seinen Männern zu. Sie bohrten mit unmenschlicher Stärke ihre Finger ins Gemäuer und fanden auf diese Weise Halt. Für gewöhnliche Soldaten wäre der Aufstieg – zunächst die Steilwand, dann die Mauer hinauf – schlicht unmöglich gewesen, zumal sie klitschnass waren, nachdem sie die Lur durchschwommen hatten. Das Dutzend Kletterer, das sich aus beiden Fechtergilden rekrutierte, hatte Zeichenmacht gewirkt, um die Muskelkraft zu steigern und den Fingern die Härte von Stahl zu verleihen. Dawyd hatte die verlorene Kunst der Blutzeichen wiederentdeckt und seine Mitstreiter gelehrt. Nun war jeder von ihnen in der Lage, das eine oder andere neue Zeichen zu wirken, sie hatten ihrerseits jedoch noch keine Zeit gehabt, dieses Wissen weiterzugeben, denn sie wurden im Krieg gebraucht. Auf Hände und Oberarme hatten sich die Fechter die Linien der Blutzeichen geritzt, die ihnen die Kletterpartie ermöglichten. Nur Dawyd war darauf nicht angewiesen: Das Urzeichen, erkennbar in seiner Iris, verlieh ihm die hier nötigen Fähigkeiten – und einige mehr.

Die Lurmundfeste war strategisch bedeutend. Von hier aus kontrollierte man seit Jahrhunderten die Dörfer der Umgebung, die Mündung der beiden Flüsse samt ihrem Schiffsverkehr und vor allem die Furt über den Nadder weiter im Süden. Sie war zwar alles andere als auf dem neusten Stand der Festungsbaukunst, aber ihre Lage auf einem steilen Hügel zwischen zwei Flüssen machte sie zu einem formidablen Bollwerk. Dawyd und seine Männer würden sie heute im Handstreich einnehmen.

Es war Elisabedas Plan, und er klang verrückt. Ihre Pläne klangen oft nicht durchführbar, wurden aber meist von Erfolg gekrönt. Dawyd vertraute ihr, und seine Leute vertrauten ihm.

Just bezahlte der Erste von ihnen dieses Vertrauen mit dem Leben: Joshua bohrte seine Finger in den Sandstein, der darunter zerbröckelte und keinerlei Halt mehr bot. Hilflos stürzte der Mann in die Tiefe und schlug im Gebüsch des Ufers auf. Kein Schrei war über seine Lippen gekommen – ein letzter Dienst an seine Kameraden, deren Unternehmung hier hätte zu Ende sein können. Dawyd schluckte. Das erste Opfer unter Hauptmann Dawyd Iackmars Kommando, obwohl er doch zugesichert hatte, dass seine Leute in der Lage waren, Elisabedas Plan auszuführen!

Er biss die Zähne zusammen, bis der verheilte Bruch seines Kiefers schmerzte, dann kletterte er weiter und zog sich hinter Darius über die Zinnen der Brustwehr. Darius hatte die Wache bereits lautlos niedergeschlagen und knebelte den Bewusstlosen gerade mit dem Federbusch der Mütze und einer dieser albernen silbernen Uniformkordeln. Nach und nach folgte auch der Rest von Dawyds Leuten. Bis auf die einzelne Wache stießen sie auf keinen Widerstand an dieser Seite der Befestigungsanlagen. Niemand erwartete einen Angriff aus dieser Richtung.

Gebückt und mit gezückten Klingen schlichen sie an der Brustwehr entlang, während das Rot der Dämmerung über den Horizont kroch und sie jeden Augenblick an die vielen Soldaten der aquinzischen Armee verraten würde, die im Innenhof lagerten – samt ihren Musketen. Dort unten befanden sich Stallungen, Quartiere und die Kommandantur. Zum

Glück waren diese Gebäude, in denen gerade morgendliche Betriebsamkeit erwachte, nicht ihr Ziel. Ihr Ziel war der halb verfallene Turm an der Nordseite, auf dem weit sichtbar die aquinzische Flagge wehte: ein goldener Dreizack auf blauem Grund. Darius vergewisserte sich zum wiederholten Male, dass er sein Bündel umgeschnallt hatte, und beantwortete den stumm fragenden Blick seines Hauptmanns mit einem Nicken.

Die Gruppe erreichte den Nordturm unbehelligt. Die Tür war angelehnt.

Zu einfach, schoss es Dawyd durch den Kopf.

Sie verschwanden schnell im Inneren des Turms und stellten vier Mann als Wachen ab. Dann ging es die Wendeltreppe hinauf. Hier trafen sie auf Widerstand, doch die beiden Turmwachen waren der Fechterelite Sygnas nicht gewachsen und lagen durchbohrt auf dem Holzboden des Ausgucks, bevor sie einen Schuss hatten abfeuern können. Spielkarten lagen herum, und Dawyd dankte dem Großen Handwerker, dass sie mit ihrem Marionettspiel beschäftigt gewesen waren und nicht mit dem Erspähen von Eindringlingen an der Steilwand. Die blaue Flagge flatterte am Fahnenmast in einer leichten Brise.

Viel zu einfach.

Das Versteckspiel würde nun ein Ende haben. Eilig holten sie die Flagge Aquintiens ein. Anders als die Kerle hier oben waren ihre Kameraden im Hof achtsamer, denn kaum war die Flagge unten, flogen den Eindringlingen Musketenkugeln um die Ohren und zwangen sie in Deckung.

Das weithin sichtbare Einholen der Flagge war das vereinbarte Signal. Nun würden sich schwer gepanzerte Kämpfer aus den hohen Halmen der Weizenfelder erheben und unter Elisabedas Führung über den Zugangspfad auf die Festung zustürmen. Dawyds Trupp hatte wegen der Kletterpartie auf Harnische verzichten müssen.

Darius öffnete sein Bündel, holte eine eigene Fahne hervor und hantierte hektisch, um diese am Fahnenmast zu befestigen.

»Warte noch, das Tor!«, zischte Dawyd und sprang kurzerhand über die Brustwehr.

Der freie Fall kribbelte in seinem Unterleib, der Boden kam rasend schnell auf ihn zu. Er zählte langsam bis drei, dann kam der Aufprall.

Der Einschlag war so hart, dass Dawyd eine Kuhle in die Pflastersteine schlug und eine Staubwolke aufwirbelte, doch die Macht des Urzeichens bewahrte ihn davor, mit zerschmetterten Knochen sein Ende zu finden. Er rollte sich ab und lief geradewegs auf das Tor zu – sein gezeichnetes Schwert in der Hand. Vereinzelt krachten Schüsse in seine Richtung und verfehlten ihn – niemand hier unten hatte damit gerechnet, dass jemand von einem Turm mitten unter sie springen würde. Die Alarmglocke, die gerade geschlagen wurde, sowie die Rufe von der westlichen Mauer trugen ihr Übriges zur Verwirrung und damit zu Dawyds Unversehrtheit bei. Er hoffte inständig, dass die Rufe eine Folge von Elisabedas Vormarsch waren.

Er rannte zum Tor, das mit einem massiven Balken verschlossen war, schnitt auf dem Weg eine Wache nieder, die eine Hellebarde gegen ihn führte. Am Tor schlug er zweimal zu. Der Macht seines Urzeichens und der Kraft in der gezeichneten Klinge – ein von Elisabeda gefertigtes Meisterwerk – waren die verrosteten Eisenhalterungen nicht gewachsen. Krachend fiel der Holzbalken zu Boden. Sofort ging Dawyd in die Knie und stemmte sich dagegen, um ihn beiseitezuschieben. Dann zog er den Torflügel nach innen, während ungezielte Musketenkugeln das Holz um ihn herum aufrissen. Er warf nur einen hastigen Blick nach draußen – eine große Gruppe Bewaffneter stürmte auf die Lurmundfeste zu.

Eigentlich wollte er zurück zu seinen Leuten, die sich im Turm verschanzt hatten, aber die Aquintianer hatten sich von ihrem Schreck erholt und eröffneten jetzt koordiniert das Feuer auf ihn. Sie bildeten eine Reihe, und ihre Salve verwandelte Dawyds Umgebung in eine Wolke aus Blei, Holz- und Steinsplitter. Er rettete sich auf die Außenseite des Tors und erhaschte einen Blick zum Turm. Was er dort sah, war beunruhigend. Auf dem Ausguck wurde gekämpft. Die Aquintianer hatten also die vier Fechter, die er am Eingang zum Turm zurückgelassen hatte, überwältigt.

Er wagte einen weiteren Blick, alle Muskeln angespannt, um loszulaufen und seinen Leuten beizustehen, doch eine zweite Salve hielt ihn hier fest.

Verdammt! Es war höchste Zeit, die mitgebrachte Fahne zu hissen, um ein Gemetzel am Tor zu verhindern. Jetzt hing alles an Darius – sofern der Junge noch am Leben war!

Da waren die Angreifer aus Sygna heran und stürmten durch das Tor. Elisabeda, auch im Plattenpanzer unverkennbar durch ihren Kriegshammer, winkte Dawyd knapp zu, und er schloss sich ihr mit Kampfgebrüll an, erwartete eine weitere Salve, die jedoch nie kam. Als sie in den Hof der Festung stürmten, sahen sie die Fahne mit den dreizehn Gildenwappen Sygnas, die im Wind auf dem Turm flatterte. Der Anblick entfachte ein Feuer in seiner Brust – die Angst der Schlacht wich Mut und Zuversicht. Dawyd wusste, dass es eine von eingewobenen Zeichen künstlich herbeigeführte Tapferkeit war, wie ein Rausch, von Schnaps und Bier herbeigetrunken, aber sie entfaltete dennoch ihre Wirkung. Mit den Verteidigern geschah genau das Gegenteil, sie wirkten völlig überrumpelt. Vereinzelte Musketen krachten, Elisabedas Angreifer überwanden noch einige Hellebarden und Degen, dann brach die Linie der Blauröcke. Sie flohen, so weit die Begrenzungen der Festung das zuließen, dann ergaben sie sich. Die Lurmundfeste und damit die Furt über den Nadder waren in Sygnas Hand!

Die verschachtelten Viertel der Universität von Naronne reichten bis an die nördlichen Dünen, ein Meer aus Sand. *Wie zu hellem Pulver geronnene Flut*, dachte Ismayl.

Die Dünen waren unbebaubar und wurden nur von Studenten für wildes Nachtleben und körperliche Ertüchtigung genutzt. An einem solch frühen Morgen im Spätsommer – die Glocken der Kathedralen der Stadt schlugen gerade sieben Uhr – war weder die eine noch die andere Sorte Studenten in den Dünen unterwegs. Die Einzigen, die sich in den lang gezogenen Tälern zwischen mit Grasbüscheln bewachsenen Hügeln weißen Sandes aufhielten, waren fünf junge Männer. Ismayl wünschte sich, er wäre keiner von ihnen, aber wenn er schon einer sein musste, dann kam ihm die Rolle des Sekundanten am ehesten gelegen.

Bei seiner Ankunft in Naronne hatte ihn sein erster Weg ans Meer geführt: Er hatte viele Geschichten darüber gehört und gelesen, doch er hatte festgestellt, dass das Meer wie das Feuer war – unbeschreiblich in seiner Wandelbarkeit und Erhabenheit, und man konnte Stunden damit verbringen, es zu betrachten, und doch keine Worte finden, die ihm gerecht wurden.

Auch an diesem Morgen hätte er gut und gern seinen leichten Kater verscheucht, indem er, die schmerzenden Augen unter der Hutkrempe verborgen, auf einer Düne saß, die kühle Morgenluft spürte und dem Rauschen der Wellen und dem Gekreisch der Möwen lauschte. Stattdessen stand er hier mit einem ehemaligen Studenten der Theaterwissenschaften, zwei aktuellen Studenten der Theaterwissenschaften und einem ebenso aktuellen Medizinstudenten und wartete darauf, dass mindestens einer davon eine gravierende Schusswunde davontragen würde.

»Bist du so weit?«, fragte Toma und legte Ismayl die Hand auf die Schulter.

»Ich?«, fragte dieser entgeistert.

»Du musst die Waffen überprüfen. Ich habe Guillome herausgefordert, er hat die Waffen gewählt und mitgebracht – du musst sie überprüfen.«

»Ich habe keine Ahnung von diesen Waffen«, wandte Ismayl ein.

»Umso besser«, sagte Toma zuversichtlich. »Du darfst wählen, welche von den beiden ich erhalte.«

»Und was ist, wenn die nicht funktioniert?«

»Die funktionieren natürlich beide, zweifelt nicht an meiner Ehre!«, ließ sich Guillome vernehmen, der seinen Sekundanten, einen blassen, kleinen Kerl, der sich Ismayl noch nicht vorgestellt hatte, um sicherlich einen Kopf überragte. »Es reicht mir schon, dass ich mir Euer Geschwätz zur *Dame von Rivenue* anhören musste!«

»Ich werde kein Wort mehr zur *Dame* verlieren. Die Waffen werden sprechen, Guillome!«, zischte Toma, bevor er sich wieder freundschaftlich an Ismayl wandte. »Mach schon. Wirf einen Blick auf die Waffen!«

Ismayl trat vor. Guillomes Kommilitone und Sekundant verbeugte sich leicht, stellte sich als Michal vor und platzierte den Koffer zwischen ihnen auf den Boden.

Der Medizinstudent hatte ebenfalls einen Koffer dabei, sein Gesichtsausdruck schwankte zwischen Vorfreude und Unbehaglichkeit. Er stiefelte immer wieder einige Schritte die Düne hinauf und spähte in alle Richtungen, doch der Strand war menschenleer, und die Dünen liefen in einen kleinen Park aus, hinter dem die ersten Gebäude der Universität aufragten.

Ismayl beugte sich über den Koffer, den Michal mitgebracht hatte. Darin lagen zwei Pistolen nebeneinander auf einem dunklen Tuch. Er hatte diese Art der Schusswaffen erst ein Mal gesehen: Kiliannas Vater, Zachari Erdhand, besaß eine, ein prunkvolles Einzelstück, und Ismayl hatte gedacht, diese bedrohlich handliche Form der Feuerwaffen sei noch nicht allzu verbreitet.

»Woher habt ihr die?«, fragte er Michal, und der deutete mit seinem blassen langen Kinn auf seinen Freund. »Sie gehören Guillome. Sie sind ein kleines Vermögen wert.«

»Werden seine Theaterkritiken häufig mit Duellforderungen gekontert?«, fragte Ismayl, und der andere lächelte schmal.

»Es ist nicht das erste Duell mit diesen Pistolen, aber das erste Mal, dass es um ein Theaterstück geht«, antwortete der junge Mann. »Pistolen kursieren seit einigen Monaten in der

Halbwelt. Jeder, der etwas auf sich hält und genügend Geld hat, versucht, an welche zu kommen.«

Ismayl schaute zu Guillome. Der Student sah hochmütig auf ihn herab, wie er da über der Kiste kauerte und nicht wagte, nach den Pistolen zu greifen.

»Sind wir wohl bald so weit?«, fragte er. »Ich muss heute noch bei einem Kontakt zur Zeitung vorstellig werden. Man ist an meiner Kritik interessiert.« Dabei wanderte sein höhnischer Blick zu Toma.

»Welche Zeitung denn?«, spie dieser. »Kein Blatt, das etwas auf sich hält, druckt einen Verriss des beliebtesten Theaterstücks des Sommers! Du gehst damit wohl selbst zum Drucker, um deine Schandtat danach an jeden dicken Baum zu nageln! Jemand, der Josefine Duponts als von Cikani aufgezogene Laiendarstellerin bezeichnet, verdient es, gleich mit drangenagelt zu werden!«

Ismayl wandte sich wieder den Duellpistolen zu, während die beiden Studenten erneut Giftigkeiten zur *Dame von Rivenue* austauschten. Die Pistolen auf dem Samt waren so lang wie sein Unterarm und weniger verziert, als der Koffer annehmen ließ. Sie sahen wesentlich schlichter aus als Erdhands Schmuckstück, und so, als wären sie bereits in Benutzung gewesen. Er nahm beide heraus und wog sie in den Händen, betrachtete die Läufe, die Abzüge, die Hähne und Pulverpfannen – und die Zeichen, die in das Metall eingeprägt waren. Er tauschte sie in den Händen, um zu beurteilen, ob eine davon schwerer oder unausgewogener war. Sie fühlten sich ein wenig unterschiedlich an, aber er konnte nicht beurteilen, welche für Toma besser oder schlechter geeignet war.

»Sie übertreiben es etwas, oder?«, fragte er Michal, und der stieß ein lautloses Lachen aus.

»Ein wenig«, gab er zu.

»Bist du immer sein Sekundant?«

»Schon ein paarmal. Meist geht es um Frauen.«

Ismayl sah erneut zu Guillome auf. Während die anderen

inklusive ihm selbst bleich wie Brotteig waren, war Guillome schwarz, groß und breitschultrig und alles in allem sicherlich sehr interessant für die Naronner Damenwelt. Seine Locken waren kurz geschnitten, sodass er etwas von einer Statue hatte. Im Knopfloch trug er die blaue Lilie der Revolution, mit der Aquintien seine Adelshäuser abgeschafft hatte. Unter den Studenten, die es sich leisten konnten, war sie zu einem Symbol des Protests gegen den Kaiser geworden, von dem viele glaubten, dass er die Ideale dieses Umsturzes verriet.

Ismayl bezweifelte nicht, dass der Verriss in der Zeitung landen würde, sobald Guillome dazu kam, ihn persönlich zu präsentieren.

»Tatsache ist doch, dass die *Dame* ein absolut seichtes Drama um eine einfältige Protagonistin ist, obwohl wir alle darauf gewartet haben, dass sich Deseugnes spitze Feder endlich einmal den politischen Wirren widmet! Dem Krieg! Und was bekommen wir? Eine Schmierenkomödie!«

»Ah!«, schrie Toma. »Das ist nicht einmal eine Komödie! Es geht um die persönliche Entwicklung eines Charakters, der scheitert! Du bist im achtzehnten Semester und kannst eine Komödie nicht von einer Tragödie unterscheiden! Warum streite ich mich überhaupt mit so jemandem!«

»Sie bringen sich nicht wirklich um, oder?«, flüsterte Ismayl Michal zu. »Sie schießen daneben? Oder in den Arm oder so etwas?«

Michal sah ihn großäugig an. Auch er trug eine getrocknete Lilie am Revers, aber sie war bereits halb zerfallen. »Hast du schon mal mit solchen Dingern geschossen? Das hängt nur vom gnädigen Blau des Himmels ab, ob und was man damit trifft. Einen Arm! Ich glaube nicht, dass mein oder dein Freund in der Lage ist, einen Arm damit anzuvisieren, geschweige denn zu treffen.«

»Aber sie erschießen sich doch jetzt nicht, oder? Das ist absurd – es geht um ein Theaterstück! Ich hab es nicht einmal gesehen. Ist es denn schlecht oder gut?«

»Es ist ganz nett«, gab Michal zu.

»Ich nehme diese Pistole hier«, sagte Ismayl lauter und entschied sich für die, die er in der Rechten hielt. »Ich würde mir allerdings wünschen, dass die Herren den Streit anderweitig beilegen.«

»Niemals«, sagten beide entschlossen.

Ismayl und Michal tauschten Blicke.

»Es gibt schon Gründe, warum sich sonst niemand als Sekundant gefunden hat«, murmelte Michal. »Außerdem musst du das Pulver und die Kugeln noch überprüfen.«

Ismayl hatte sich schon gefragt, warum Toma ausgerechnet einen Neuling gebeten hatte, ihm an diesem Morgen zur Seite zu stehen. Beim nächtlichen Trinkgelage hatte niemand lange an ihrem Tisch gesessen, und der eine oder andere hatte Ismayl einen mitleidigen Blick zugeworfen.

»Machen wir uns eigentlich strafbar?«, fragte Ismayl Michal, während er recht wahllos eine der beiden Papierpatronen aus dem Koffer nahm.

Sein Gegenüber hob eine Augenbraue. »Jetzt ist es zu spät, das zu fragen. Du kommst nicht von hier, oder?«

»Doch«, sagte Ismayl schnell. »Mehr oder weniger. Vorstadt.«

»Genug geredet«, befahl Guillome und streckte die Hand nach der Pistole aus. Toma tat es ihm gleich.

Michal schloss rasch den Koffer, packte ihn mit der einen Hand, die Patrone in der anderen. »Also. Habt ihr eure letzten Gebete gesprochen?«

Beide Studenten nickten.

»Das Schreiben für eure Angehörigen?«

Beide griffen in ihre Rocktaschen, wobei Guillome bereits seinen Mantel von den Schultern streifte und achtlos in den Sand fallen ließ. Toma drückte sein Schreiben in Ismayls Hand.

»Schwört ihr, dass der Streit mit diesem Duell beigelegt und die Ehrenhaftigkeit des Gegenübers anerkannt ist, unabhängig vom Ausgang des Duells?«

Beide Studenten nickten erneut und blickten einander fest in die Augen. Ismayl fragte sich, ob dies wie ein Schicksalsurteil in Sygna war: Wer besiegt wurde, hatte Unrecht.

»Ladet eure Waffen«, sagte Michal und gab Guillome die Papierpatrone. Dieser riss das Papier fachmännisch mit den Zähnen auf, gab etwas Zündpulver auf die Pfanne und den Rest in die Mündung. Toma beeilte sich, es ihm gleichzutun, und obwohl er ganz offensichtlich Erfahrung damit hatte, war er doch nicht so schnell und routiniert wie Guillome. Ismayl begann ernsthaft, um Tomas Gesundheit zu fürchten – und um seine eigene Mission.

Beide stopften das Papier der Patrone und die Kugel mit den Ladestöcken, die sich unter dem Lauf im Holz der Waffe befanden. Damit war die Zeit für Worte abgelaufen, und Taten mussten folgen. Ismayl fragte sich, ob er ein Wortzeichen hätte nutzen sollen, um dieses Duell zu verhindern. Andererseits war sein Handel mit Toma klar: Er half ihm als Sekundant bei seinem Duell, und dafür brachte der ihn in die Bibliothek. Wenn das Duell nicht stattfand, kam Ismayl auch nicht an die Informationen. Er stieß den Atem aus und trat mit Michal zur Seite. Beide Kontrahenten standen Rücken an Rücken, die Pistolen erhoben. Sie gaben beide kein schlechtes Bild ab.

Der Medizinstudent trat zu Ismayl und Michal und wandte sich demonstrativ vom mörderischen Geschehen ab. Auch eine Art, die eigene Beteiligung zu leugnen. Wieder zuckten seine Mundwinkel in dieser Mischung aus Vorfreude und Unbehagen.

»Zehn Schritt – ich zähle!«, schrie der schmächtige Michal wie eine Drohung. »Eins!«

Ismayl wurde etwas flau.

»Zwei!«

Er ballte die Hände zu Fäusten.

»Drei.«

Er hatte gehofft, länger von Gewalt und Schusswechseln verschont zu bleiben.

»Vier.«

Andererseits galten die Kugeln in diesen Läufen nicht ihm.

»Fünf.«

Anders als im Frühjahr, als er die Flagge der dreizehn Zünfte geschwungen hatte.

»Sechs.«

Der Wind vom Meer ließ ihn frieren.

»Sieben.«

Plötzlich stiegen Bilder von blutenden Wunden in ihm hoch, denen er sich nicht gewachsen fühlte.

»Acht.«

Übelkeit sammelte sich in seiner Kehle. Er schluckte, doch das machte es eher schlimmer als besser.

»Neun.«

Nun lag fast die gesamte Länge des kleinen Dünentals zwischen den Gegnern. Noch ein einziger Schritt.

»Zehn!« Michals Stimme wurde vom Krachen der beiden Pistolen ausgemerzt. Beide Studenten waren herumgefahren, hatten ihre Pistolen ausgerichtet und die schwergängigen Abzüge durchgedrückt. Das Zeichen, zu dem der Pistolenhahn gearbeitet war, war auf die Pulverpfanne herabgefahren und hatte dort das Pulver entzündet. Die Kettenreaktion erfasste das Pulver im Lauf, die Kugel wurde auf ihre tödliche Bahn geschleudert.

Wie ein Knall aus zwei Richtungen hallten die Schüsse, die Läufe hatten so schnell Feuer gespien, dass Ismayl es nur als Nachbild sah. Rauch quoll hervor, und so dick und schwer er auch war, er verflüchtigte sich schnell in der Meeresbrise.

Beide Studenten standen aufrecht. Der Medizinstudent fuhr herum und sah von einem zum anderen. Ismayl wollte gerade aufatmen.

Da brach Toma zusammen.

»Scheiße«, entfuhr es ihm, und alle vier liefen auf den Verteidiger der *Dame von Rivenue* zu.

Ismayl verging selbst die Übelkeit, als er sah, dass Toma in die Brust getroffen worden war. Sie kannten sich seit zwei Wochen, doch er hatte genug Zeit mit ihm verbracht, um ihn als Freund zu bezeichnen, und trotzdem hatte er ihm diese unsäglich dumme Idee nicht ausgeredet! Sein Wille, in die Bibliothek zu gelangen, sein Vertrauen auf den Großen Handwerker, seine Angst vor Rufin und den Soldaten – all das hatte ihn davon abgehalten. Das Einschussloch, das der Student verwirrt anstarrte, als gehöre es nicht zu ihm, war zu hoch, um das Herz verletzt zu haben, doch die Kugel hatte ganz sicher die Lunge erwischt. Helles Blut sprudelte hervor. Die gepressten Atemzüge des anderen wurden von pfeifenden Geräuschen begleitet. Die Wunde war entsetzlich, Ismayl konnte Fleisch und Knochen erkennen und darüber Tomas entsetztes wie überraschtes Gesicht.

»Ich … ich bin getroffen worden«, keuchte er.

»Ganz ruhig«, sagte Ismayl und landete auf den Knien neben ihm im Sand. »Das … das …« *Das wird schon wieder*, hatte er sagen wollen, doch das hier war eine Schusswaffe und keine Klinge – Kugeln richteten sehr viel unsaubere Wunden an. Und sie befanden sich in Naronne und nicht in Sygna. Hier würden keine Heilzeichen die Schäden an inneren Organen beheben und die Wunde schließen. Gezeichnete Wundverbände waren zwar aus Sygna exportiert worden, stellten jedoch wahre Luxusartikel dar – und solche Verbände konnten nicht den zeichenkundigen Heiler ersetzen, der seine Zeichen direkt auf die Wunde oder sogar darin wirkte.

Guillome sah auf seinen Gegner herab. »Das tut mir leid«, sagte er dann, und Ismayl hörte den Worten eine schicksalsergebene Zerknirschtheit an. Das Sentiment eines Mannes, der nicht seinen ersten Duellgegner verwundet hatte und zwar kein Gefallen daran fand, es aber für unvermeidlich hielt.

»Albèr?«, fragte er den Medizinstudenten, den er mitgebracht hatte.

Der kniete ebenfalls neben Ismayl und schüttelte den Kopf. »Da kann ich wenig tun. Bei einer solchen Verletzung der

Lunge …« Seine Rechte legte sich auf seine Rocktasche, als erwäge er, etwas daraus hervorzuziehen.

Toma packte Albèr am Kragen, seine Finger hinterließen blutige Abdrücke auf dem weißen Stoff. »Bitte! Ich kann so nicht sterben! Ich …« Er röchelte Blut hervor, tastete fassungslos nach der warmen Flüssigkeit auf seinen Lippen und ergriff dann wieder den Kragen des anderen. »Bitte! Ich will nicht sterben!«

»Gibt es nichts, was du versuchen kannst?«, drängte Ismayl den Medizinstudenten. Ihm wurde kalt. Das Blut, die offene Wunde – er wollte den Blick abwenden, doch er konnte nicht. Alles, was er beim Sturm auf die Festung gesehen hatte, Dawyds blutüberströmtes Gesicht mit dem zertrümmerten Kiefer, Elisabedas zerstochener Leib – all das ruhte unter einem viel zu dünnen Tuch, ein Windhauch konnte es heben und enthüllen, was darunter war.

»Es gibt etwas«, sagte Albèr langsam. »Aber ich kann nicht garantieren, dass es wirkt. Vielleicht geht es dadurch nur noch schneller. Oder ist noch schmerzhafter.«

»Bitte!«, stammelte Toma, dem die Tränen übers Gesicht rannen und sich mit dem Blut an seinem Kinn vermischten. »Alles – ich gebe dir alles, wenn du nur dafür sorgst, dass ich am Leben bleibe! Heiliger blauer Himmel, ich will nicht sterben!«

»Du musst mir gar nichts dafür geben. Wir forschen noch dran. Der Preis dafür ist abgegolten, wenn du einwilligst.«

Toma nickte hastig, doch Ismayl sah auf. »Einen Moment …« Er fühlte wieder diese Übelkeit in ihm aufsteigen, er roch das Blut, zugleich rasten seine Gedanken. »Was ist das, was du da hast?«

Albèr zog ein Beutelchen aus der Tasche. »Es ist noch nicht ausgereift«, sagte er und öffnete es. Das Pulver darin war schmutzig braun.

»Ist das … hat daran …« Ismayl riss sich zusammen, was er hier stammelte, war eines Dichters unwürdig. »Ihr arbeitet mit den Soldaten zusammen, die aus Sygna zurückgekehrt sind, richtig?«

Albèr sah ihn an, Fragen und Zweifel standen in seinem Blick. Keiner der anderen sagte einen Ton. Ismayl wusste, dass man sich in der Stadt bereits das eine oder andere erzählte. Albèr nickte schließlich.

»Willst du es oder nicht?«, fragte er Toma.

»Beim Allmächtigen, ja, natürlich!« Seine Lunge gab grausige Geräusche von sich, Ismayl konnte sie durch das Einschussloch kämpfen hören.

»Dann tun wir das jetzt«, flüsterte Albèr und schüttete Toma das Pulver in die Wunde. Der Schrei, der über die Dünen hallte, war lauter als die Schüsse zuvor.

Es war Ironie des Schicksals. Kilianna Erdhand, die in der Verkehrten Stadt herumgekrochen war, die Gefahren im Finsteren gemeistert hatte und Lysandre Rufin gleich zweimal vermeintlich den Tod gebracht hatte – einmal durch eine seltsame Verbindung zu einem uralten Wesen und einmal durch eine von nur sechs in der Stadt befindlichen Pistolen –, saß wieder in einem Salon wie die Salonrevolutionärin, als die sie verspottet worden war.

Mit dem Unterschied, dass niemand sie mehr verspottete. Von den Anwesenden wusste nur Jendra, dass Kilianna dafür verantwortlich war, dass alle Urzeichen wiedererwacht waren – dass ihr Blut sie aus den Sarkophagen befreit hatte. Allen anderen war die Befreiung dieser uralten, gleichzeitig verlockenden und bedrohlichen Mächte rätselhaft. Der Schock von Ignaz' Verrat saß tief; er hatte nach der Revolution den Rat unter sich geeint, hatte die Erforschung der Verkehrten Stadt vorangetrieben – nur, um sich dann als Verräter herauszustellen.

Kilianna hatte anfangs versucht, ihrem Vater und dem verheerten und verwirrten Gildenrat klarzumachen, dass das nicht Ignaz Dreifinger gewesen war, dass Lysandre Rufin sich

Ignaz' Geist bemächtigt hatte, doch es war schon schwer genug zu fassen, dass weitere Urzeichenträger in der Stadt erwacht waren. Dass so etwas wie ein Körpertausch im Rahmen des Möglichen war, schoben die engstirnigen Gildenratsmitglieder lieber von sich. Kilianna konnte ihnen keinen Vorwurf machen: Allein die Vorstellung war bedrohlich, irreal, unwägbar.

Wenn so etwas mit der Macht der Urzeichen möglich war, dann war es nicht verwunderlich, dass ihre Vorfahren diese versiegelt und alles Wissen darüber verbannt hatten.

Doch es nutzte nichts: Die Urzeichen waren wieder frei, und fünf von dreizehn glühten nun in den Augen von fünf Sygnaer Trägern. Das Zeichen des Blutes in den Augen von Dawyd Iackmar, der Kilianna von der Front viel zu selten zurückschrieb. Das Eiserne Zeichen in den Augen von Elisabedas Sohn Johannis, einem achtzehnjährigen Jungen, dem im Krieg ein halbes Bein abgeschossen worden war. Die Trägerinnen des Gläsernen und Gewobenen Urzeichens befanden sich wie Dawyd an der Front – Kilianna wusste nicht, ob der Gildenrat sie fortgeschickt hatte, weil er ihrer Macht misstraute, oder weil er hoffte, dass sie dort irgendwelche Wunder vollbringen würden. Die fünfte Urzeichenträgerin – Kilianna war geradezu begeistert davon, dass drei von fünf Urzeichen in Sygna sich Frauen als Trägerinnen erwählt hatten! – die fünfte war mit dem Rauschzeichen gezeichnet. Kilianna wusste nur, dass man über das Rauschzeichen möglichst nicht sprach; daher hatte der Rat die Trägerin auch nicht um ihre Hilfe gebeten, was die politische Lage innerhalb und außerhalb der Stadt anging.

Kilianna musste ihr einen Besuch abstatten. Bisher kannte sie nur ihren Namen: Elena Südhang.

Vielleicht hätte ich sie einladen sollen.

Kilianna vermisste in diesem Salon schmerzlich Elisabeda. Wenn die Schmiedin und Gleichwerkerin sich noch in der Stadt befände, hätte der Rat sie nicht ignorieren können. Kilianna selbst beherrschte kein Handwerk; ihre Worte prallten am Rat einfach ab.

Nach und nach trudelten Kiliannas Gäste ein. Jede von ihnen wusste, dass Kilianna eigentlich nicht ihren Geburtstag feierte, und doch hatten alle ein Buch oder ein kleines Blumengesteck mitgebracht, das Kilianna mit ironisch hochgezogenen Brauen entgegennahm. Sie trafen sich in der Bibliothek der Erdhand-Villa, und tatsächlich lag Kiliannas Geburtstag erst acht Tage zurück, sodass sie ihn mit Fug und Recht hätte feiern können.

Noch immer bewohnte sie mit ihrer Familie das Anwesen des Großgildenmeisters, obwohl es ihnen eigentlich nicht mehr zustand. Doch solange es keinen neuen Großgildenmeister gab, solange der Rat sich nicht neu organisiert hatte, saß Kiliannas Familie in diesem Haus wie Zecken im Nacken eines Hofhunds.

Zach und Johanni waren vor den anderen Gästen eingetroffen – Kilianna achtete genau darauf, dass niemand außer Jendra erfuhr, woher sie kamen und wohin sie gingen. Die meisten anderen Besucher waren Frauen. Kilianna legte ein weiteres kleines Hausbuch auf den Stapel der Geschenke und tauschte dabei einen Blick mit Zach. Der Junge lächelte sie schüchtern an. Er blieb stets an der Seite seines aus langem Wundfieber erwachten Bruders, und er schien dieser Position niemals leid zu sein oder seinem Bruder zu neiden, dass diesen ein Zeichen ausgewählt hatte – zudem eines, das im momentanen Kriegszustand so wichtig war. Die beiden Brüder verstanden einander mit Blicken, und es war klar, dass Zach unvollständig gewesen war, als Johanni mit dem Tod gerungen hatte.

Schließlich waren alle anwesend, die diesem Treffen zugestimmt hatten. Merie drückte ihnen Weingläser in die Hand, und Kilianna ließ zu, dass sie kurz auf ihr Wohl tranken.

Sie hob ebenfalls ihr Glas, trank jedoch nicht. Mit einem höflichen Lächeln auf den Lippen wartete sie darauf, dass aller Lärm abklang.

»Ich freue mich, dass ihr alle hier seid«, begann sie schließlich. »Ihr wisst hoffentlich, dass es nicht um meinen Geburtstag geht. Eure Geschenke weiß ich trotzdem zu schätzen – ich hoffe, die Blumen welken nicht zu schnell und die Bücher sind nicht zu langweilig.«

Einige lachten.

»Es geht um Dauerhafteres als Blumen, ja sogar als Bücher, denn jetzt wissen wir, dass Bücher uns trügen können. Dass sie uns betrogen haben; um eine Vergangenheit, die wir hätten kennen müssen, und um Jahrhunderte seitdem, die hätten uns gehören können.«

Die meisten der Anwesenden wussten, wovon sie sprach, denn sie hatten die Streitschriften gelesen, die Kilianna seit einigen Monaten verfasste – einige davon sogar mit Ismayls Unterstützung, obwohl sie sich niemals hatte vorstellen können, dass sie einmal bei einem Text zusammenfänden.

Ihre zwanzig Jahre ältere Freundin Gavrila lächelte ihr aufmunternd zu.

»Jahrhundertelang hat man Menschen von ihrem Recht ferngehalten: Familien wie meiner war es gestattet, die Zeichen unter sich weiter und weiter zu reichen – an Söhne natürlich, nicht an Töchter –, während die, die nicht das Glück hatten, einer solchen Familie anzugehören, im Schatten der Zeichen leben mussten. Als Tagelöhner unter alteingesessenen Meistern, als Zuschläger, als Knechte, als unzünftige Halbmeister, als ersetzbares Gut einer Stadt, die auf unermesslichem Reichtum und Potenzial saß, um beides kleinzuhalten.«

Kilianna zwang sich, von einem gespannten Gesicht zum anderen zu blicken. Bei diesen Reden fühlte sie sich unbehaglich, aber beim Großen Handwerker, irgendwer musste sie schließlich halten! In der Tür der Bibliothek konnte sie unschwer die Silhouette ihres Vaters ausmachen, der sich an den Rahmen drückte wie jemand, der nicht eingeladen war, aber trotzdem teilhaben wollte. Sie wusste, warum: Jahrelang war Zachari Erdhand Großgildenmeister gewesen, doch seit er sich den Besatzern angebiedert hatte, straften ihn seine alten Ratsgenossen mit Missachtung. Was Kilianna da erzählte, wäre ihm vor einem halben Jahr als Ketzerei erschienen, doch nun war sie vielleicht seine letzte Hoffnung, doch noch zu alter Macht und alten Würden zu gelangen. Wenn sich die Unzufriedenen hinter ihr sammelten, dann mochte er davon profitieren. Sie blitzte ihn verärgert an, denn sie wusste, dass nicht nur er jemanden wie sie brauchte – sie brauchte auch jemanden wie ihn.

»Die Urzeichen haben sich niemanden aus den alten Familien in Sygna ausgesucht. Unsere Form von Hierarchie, ja, von *Adel* …« Bei diesem Wort verzogen ein paar der Anwesenden schmerzhaft das Gesicht. Das Prinzip des Adels war in Sygna nie gern gesehen gewesen, doch stellte der Rat der alten Familien etwas anderes dar? »… hat angesichts der Urzeichen keine Bedeutung. Ein achtzehnjähriger Kriegsveteran gebietet über das Eiserne Zeichen. Der adoptierte Sohn eines Lehrerehepaars über das Blutzeichen der Fechter! Eine einfache Arbeiterin aus den Manufakturen über das Gewobene! Wisst ihr, was das bedeutet? Diese Leute werden den Krieg entscheiden! *Wir*, die neue Ordnung Sygnas, werden den Krieg entscheiden. Und damit werden wir auch entscheiden, wie Sygnas Zukunft aussieht. Heute treffen wir uns noch in dieser Villa, aber bald werden die alten Villen abgerissen, damit nicht einige wenige alles haben und die meisten nichts!«

Sofort spendeten einige Beifall, angeführt von Gavrila und deren Tochter Adina, die in Kiliannas Alter war. Doch eine Stimme rief in den aufbrandenden Beifall: »Pah. Wer die Urzeichen hat, reißt sich einfach die Villen untern Nagel. Warum sollte man teilen wollen? Dreizehn Urzeichen – dreizehn Mächtige in der Stadt. Pech nur, dass die Aquinzacken auch ein paar Zeichen abgekriegt haben.«

Kilianna wandte sich um. Jendra hatte auf dem kostbaren Flügel neben dem Bücherstapel Platz gefunden und blätterte gelangweilt durch eines der Hausbüchlein.

Du bist mein Narr, Jendra, dachte Kilianna. *Forderst mich heraus, damit ich nachdenke.*

»Du hast recht«, sagte sie leise. Das Straßenkind grinste frech mit ihrem Mund voller schiefer Zähne. »Wir überlassen die Stadt weder dreizehn Zunftmeistern noch dreizehn Urzeichenträgern. Wir müssen eine Zukunft formen, die Bestand hat. Eine Zukunft, in der Zeichenträger, Zeichenkundige, Meister, Gesellen, Arbeiter, ja, Meisterinnen und Gesellinnen gleichgestellt sind. In der die einen auf die anderen achtgeben. In der Sygna für alle da ist wie eine Mutter für ihre Kinder. Eine Mutter würde keines ihrer Kinder verhungern lassen, um das andere in Saus und Braus leben zu lassen.«

»Ich hab schon ’ne Menge beschissener Mütter erlebt«, gab Jendra zurück. Zach schnaubte hinter ihr, als wäre er kurz davor, dem Mädchen eine Maulschelle zu verpassen.

»Das liegt hinter uns. Sygna war eine beschissene Mutter für uns! Für uns Frauen! Für die Armen! Für die Fremden! Für die, die lernen wollten und stets ausgeschlossen wurden. Sygna wird eine bessere Mutter werden. Und wir bessere Kinder. Gegen Aquintien müssen wir vereint sein. Und uns nicht streiten wie eine Familie aus Spatzen.«

»Und denkst du, die werten Familien Dengelschlag und Seidenschneid und Salvia werden uns dulden?«, fragte eine junge Frau namens Liora, die selbst entfernt mit den Seidenschneids verwandt war. »Die sind doch jetzt schon dabei, die alte Ordnung wieder aufzubauen. Die haben hier bald erneut alles in der Hand, und dann können wir uns wieder heimlich treffen, wie früher!«

»Sie müssen uns dulden!«, sagte Kilianna bestimmt, um ihre größte Angst abzustreiten. Nun, nicht ihre allergrößte – die betraf Dawyd an der Front.

»Mein Bruder ist der Urzeichenträger des Eisernen Zeichens«, sagte Zach mit seiner Jungenstimme. »Und er ist auf unserer Seite. Wie wollen die Gildenmeister einen Krieg gewinnen ohne ihn?«

»Das heißt, wir reden jetzt über Waffen?«, warf Ryth entsetzt ein, eine Mitstreiterin in den Reihen der Gleichwerker, die Kilianna während der Besatzung nie dazu hatte bringen können, etwas dagegen zu unternehmen. Auf Ryths Wirken hin hatte sich die Bewegung damals zerstreut und den Besatzern keinen Widerstand geleistet. Ryth glaubte nicht an Gewalt, an Waffen, an Umstürze. Sie glaubte daran, dass man sich friedlich zusammensetzen und einigen musste.

Und eigentlich glaube ich auch daran!, begehrte eine Stimme in Kilianna auf, doch sie war sich nicht sicher, ob das nur noch ein Lippenbekenntnis war. Sie hatten die Stadt mit Gewalt befreit. Mit Waffen. Mit Umsturz. Und genauso ging es gerade außerhalb von Sygna weiter. Kaiser Yulian würde sich nicht mit ihnen an einen Tisch setzen und einen Frieden aushandeln. Das hatte er nie gewollt. Er hatte ihrem Vater Frieden versprochen, wenn dieser sein Haupt beugte. Doch eine Zeit, in der die Zunftgefängnisse voll gewesen waren mit unbescholtenen Bürgern, aus denen die Geheimpolizei Handwerksgeheimnisse herausfolterte, war keine Zeit des Friedens gewesen!

Ryth schürzte abfällig die Lippen in ihrem runden, stets etwas geröteten Gesicht, als Kilianna nicht antwortete. Als niemand antwortete.

»Natürlich reden wir über Waffen«, sagte Jendra schließlich vom Flügel. »Meinst du, wir gehen mit Blumensträußen zu den Aquinzacken? Mit all diesen lächerlichen Blumensträußen, die ihr mitgebracht habt, könnten wir eine halbe Armee ausrüsten. Jetzt mach schon, Kilianna. Sag, weshalb wir hier sind!«

Kilianna zwang sich, Ryths Blick zu erwidern, der zu ihrem rosigen Gesicht einen kalten Kontrast bildete.

»Kämpf nicht gegen mich, Ryth«, sagte sie leiser, als sie es beabsichtigt hatte. »Ich bin nicht deine Feindin.«

»Das bist du, wenn du dafür bist, dass sie unsere Burschen zur Armee rufen! Und sogar unsere Mädchen!« Wütend deutete die Mittvierzigerin auf den Degen, den Kilianna demonstrativ an der Seite trug, und wandte sich dann den beiden Schmiedesöhnen zu. »Das haben die Aquintianer auch gemacht, und ihr beiden Jungen seid wie alte Männer daraus zurückgekehrt!«

Johanni zuckte zusammen, als er angesprochen wurde, und starrte auf seine Schuhe.

»Ob es diese Kämpfe gibt, ist nicht unsere Entscheidung«, erwiderte Kilianna. »Gewalt und Tod standen mit den Aquintianern vor unseren Mauern und schließlich auch darin! Wir haben uns gewehrt, weil uns nichts anderes übrig blieb – und sieh uns an, du kannst nicht leugnen, dass wir weiter sind als je zuvor.«

»Das ist ja das Trügerische an Gewalt!«, rief Ryth, doch Kilianna redete genauso laut weiter: »Willst du es rückgängig machen? Wir stehen, wo wir stehen, und wir haben, was wir haben, und das ist weiter und mehr als vor der Besatzung! Damit müssen wir von nun an arbeiten. Wir müssen diesen Krieg rasch beenden, und zwar ohne dass es auf eine Konfrontation zwischen Aquintien und Sygna hinausläuft – und den von Sygna befreiten Gebieten. Wir müssen Aquintien klarmachen, dass Sygna ein freier Stadtstaat bleiben wird und dass wir keine Fremdherrschaft dulden. Und wenn wir diese Grenze gesteckt haben, dann können wir uns nicht nur nach außen behaupten, sondern auch nach innen.«

»Du redest in geschwollenen Phrasen um den heißen Brei herum, Kilianna Erdhand!«, stieß Ryth hervor.

»Du willst wissen, was ich eigentlich sagen will? Dann sage ich es dir, ich sage es euch allen: Wie war es möglich, dass die Aquintianer uns überwältigt haben? Mithilfe ihrer Feuerwaffen, die Eiserne und Alchimistische Zeichen verbinden. Ein Fortschritt, den der Rat stets untersagt hat und den er selbst jetzt noch nicht beschließen kann oder will! Und jetzt haben die Aquintianer Schlimmeres in ihren Reihen: Sie haben den Urzeichenträger des Wortes, der uns mit einem einzigen Wort befehlen kann, aufeinander loszugehen wie tollwütige Hunde. Was können wir ihm entgegensetzen, wenn nicht Waffen? Wie können wir neue Grenzen ziehen, wenn nicht mit Gewalt?

Und wie wird der Gildenrat unsere Stimmen hören, wenn wir über nichts gebieten als freundliche Bitten? Mit den Urzeichen, die uns zur Verfügung stehen, müssen wir bedrohlich werden! Bedrohlich für Kaiser Yulian. Und bedrohlich für die Dengelschlags, Salvias und Seidenschneids im Gildenrat.«

Danach war es still. Kilianna bemühte sich, allen schockierten Blicken entschlossen zu begegnen. Natürlich hätte sie gefälligere Worte finden können, aber darauf lief es doch hinaus, nicht wahr? Sie sah, dass Zachs Kiefer mahlten, dass Jendra ihr zuzwinkerte, dass Ryth vor Entrüstung hochrot anlief, dass Gavrila besorgt dreinblickte, dass die anderen Blicke tauschten oder entschlossen nickten.

Dass ihr Vater in der Tür stand und sie anstarrte, als sei er sich nicht sicher, ob sie tatsächlich seine Tochter war. Sie schob das Kinn vor.

Ich bin seine Tochter. Aber ich bin nicht seines Geistes Kind.

Kapitel II

»Du bist ja immer noch hier«, sagte Rufin und legte seinen Mantel an der Garderobe der kleinen Wohnung im dritten Stock ab. Neigel saß auf einem Stuhl und sah über die Blaue Stadt, wie jeden Tag. Er schnaubte und wandte den Blick nicht von einer streitenden Sippschaft junger Tauben in der Regenrinne ab.

Natürlich war er hier. Wie jeden Tag. Neigel war ein Gefangener an einem offenen Fenster, in einer Wohnung mit einer offenen Tür. Rufin schloss gerade diese Tür, und Neigel versuchte, sich nicht zu ihm umzudrehen. Einfach weiter hinauszublicken, zu ignorieren, dass der Tag sich dem Ende zuneigte. Dass der Commissaire der Geheimpolizei heimgekommen war wie zu einer Ehefrau, die vor lauter Trübsinn kein Essen auf den Tisch gestellt hatte.

Er lachte über diesen Gedanken, zunächst innerlich, schließlich mit einem freudlosen höhnischen Laut.

»Worüber lachst du, mein Freund?«, erklang Ignaz' Stimme hinter ihm, die hier in der Hauptstadt den singenden aquinzischen Dialekt angenommen hatte, den Rufin in Sygna so gut verhehlt hatte, als sie sich kennengelernt hatten. Neigel wandte sich nun doch um, betrachtete den anderen, der Ignaz' Körper wie eine schlecht sitzende Verkleidung trug. Die kalten, zeichendurchwobenen Augen musterten ihn. »Sag es mir.«

Rufin musste es gar nicht mithilfe des Wortzeichens befehlen; Neigel tendierte dazu, ihm mittlerweile in allem zu gehorchen, wie ein Hund, den man oft genug geschlagen hatte. Es grauste ihm vor diesem Griff um seine Gedanken, vor diesen Worten in seinem Schädel, vor dieser Klammer in seinem Kopf.

Die Klammer war immer da. Seit Monaten lag sie um seinen Geist, um seinen Hals, um seinen Magen, und es verging kein Morgen, an dem er nicht in der Hoffnung erwachte, sie nicht mehr zu spüren. Er hatte sich so sehr an sie gewöhnt, dass er sie nicht mehr auf Anhieb fühlte. Dass er danach tasten musste, wie man nach einem Ring tastet oder einer Brille, die man immer trägt.

»Ich habe dir kein Essen gekocht, Lysandre«, spie Neigel aus, was ihn zum Lachen gebracht hatte. Es klang jetzt nicht mehr komisch, nicht einmal auf diese düstere Weise.

»Ich habe dir wie jeden Tag Essen mitgebracht, Neigel.« Rufin lächelte und stellte Brot und Käse auf einem Tischchen ab. »Fauler Müllergeselle.«

»Du kannst mich zu einer Mühle schicken. Dann arbeite ich da. Und wenn dein Zeichen nachlässt und ich fortlaufe, dann schicke ich dir eine Nachricht, damit du weißt, wie dein kleines Experiment verlaufen ist.«

Rufin holte Messer und Teller aus dem kleinen offenen Schrank neben dem wenig benutzten Herd. »Das könnte ich tun«, sagte er. »Glaub mir, ich bin dieses *kleine Experiment* genauso leid wie du.«

Neigel schnitt Scheiben vom Brot ab und lud sie sich auf den Teller. Da er den ganzen Tag in diesem Zimmer festsaß, hatte er gewaltigen Hunger, und nichts verpflichtete ihn, seinem Peiniger Brote zu schmieren. Rufin hätte ihm das natürlich befehlen können. Genauso gut hätte er ihn in Frauenkleidern um den Mietshausblock tanzen oder nackt vor dem Regierungsgebäude Handstände machen lassen können.

Er könnte befehlen, dass ich sein Bett wärme, statt in der Kammer zu schlafen.

Neigel fixierte das Brot vor sich. Einerseits war es einfacher, dass Rufin nun aussah wie Ignaz, andererseits war es auch schwieriger. Ignaz war immer ein wenig wie ein distanzierter Freund oder ein freundschaftlicher Vorgesetzter gewesen. Diesen Freund konnte Neigel immer noch sehen, wenn sich die

Falten um Ignaz' Augen beim Lächeln verzogen und wenn er die verbliebenen Finger der Rechten nervös bewegte, als könne er die anderen noch fühlen und nicht ganz glauben, dass sie fort waren … Das alles war Ignaz, und das machte es Neigel schwer, sein Gegenüber zu hassen. Jedoch war er froh, dass Rufin nicht mehr aussah wie der Geheimpolizist, dieser schmale, rothaarige Mann mit den klugen Augen und dem herablassenden Lächeln, in den er sich so Hals über Kopf verliebt hatte. Der ihn manipuliert und ausgenutzt hatte. Die Anziehung, die zwischen ihnen geherrscht hatte, war verschwunden, und Neigel verspürte eine grimmige Freude darüber, dass Rufins Körper in der Verkehrten Stadt verrottete. In Ignaz' Körper schien Rufin kein Bedürfnis zu haben, sich mit seinem Opfer zu vergnügen.

Vermutlich hatte Rufin nie irgendeine Vorliebe für ihn gehabt. Das alles war nur Teil dieser großen Scharade gewesen. Rufin liebte Scharaden und ging in dieser Beziehung gewissenhaft und gründlich vor. Und leidenschaftlich.

Manchmal dachte Neigel daran, wie sie zusammen durch die Kneipen Sygnas gezogen waren. Wie verstanden er sich gefühlt hatte. Wie sehr er geglaubt hatte, endlich jemanden gefunden zu haben, der ihm zeigte, dass er nicht verrückt war oder krank.

Aber letztlich bin ich es ja doch. Verrückt. Krank. Und dumm. Es geschieht mir vermutlich recht, dass ich hier bin. Gefangen in dem Zwang, den er auf mich ausübt.

Rufin aß nicht, sondern betrachtete ihn eingehend. Er hatte sich nicht einmal Brot abgeschnitten. »Wir sind seit drei Wochen hier. Und davor waren wir drei Monate an der Front und auf Reisen. Ich habe das Wort nie erneuert, seit wir das Lager vor den Toren Sygnas erreicht haben. Fünfzehn Wochen hält es jetzt an.«

»Ja. Das klingt viel«, sprach Neigel zwischen zwei Bissen. »Aber ich bin mir sicher, wenn wir mal auf fünfzehn Jahre Zweisamkeit zurückblicken können, erscheint es uns lächerlich.«

Rufin lachte, und Hass und Vertrautheit zerrten an Neigel, dass er glaubte, zu zerreißen. Er wandte den Blick ab und aß weiter. Das Brot schmeckte nicht wie daheim. Es schmeckte wie Pappe, weiß und weich und ohne den Geschmack des Korns, das er als Lehrling so oft durch die Finger hatte gleiten lassen.

»Hast du es heute versucht? Zu gehen?«, fragte Rufin, und Neigel nickte.

»Anfangs war immer die Tür auf, wenn ich zurückkam«, sagte Rufin. »Jetzt ist es das Fenster.«

Neigel nickte wieder. So weit kam er. Er konnte Tür oder Fenster öffnen.

Bleib. Du bleibst, wo ich dir sage, dass du bleiben sollst. Und du wirst mir nicht schaden, hallten die Worte in seinem Schädel. Hervorgeröchelt von einem Sterbenden, den er ins feindliche Lager geschleppt hatte und an dessen Seite eine Marketenderin mit einem verschlungenen Zeichen in den Augen kniete. Wie sehr hatte Neigel gehofft, Rufin würde unter den Händen dieser Amateurin sterben! Jemand, der nicht in Sygna großgeworden war, der nicht in die Lehre bei einem der Meister gegangen war – so eine konnte unmöglich jemanden heilen, der angeschossen und mit einem Hammer getroffen worden war und aus dem das Leben mit jedem Atemzug wich. Aber Rufin hatte überlebt, war einige Zeit bewusstlos gewesen, und Neigel hatte neben ihm gewacht und ihm nicht geschadet, obwohl er es versucht hatte.

Und nun blieb er in diesem Zimmer. Tag für Tag. Nacht für Nacht.

»Wenn das Zeichen nicht mehr wirkt, werde ich es wohl daran merken, dass man deine Leiche im Hof gefunden hat?«, fragte Rufin, und Neigel blickte ihm fest in die Augen.

»Genau«, antwortete er. »Daran wirst du's merken.«

»Du musst das nicht tun, Neigel«, sagte Rufin. »Wenn es nicht mehr wirkt, könntest du einfach gehen und glücklich werden.«

Neigel lachte laut. Seit wann konnte er auf diese Weise lachen? Auf diese zynische, freudlose, widerliche Weise?

»Ich glaube nicht, dass das noch möglich ist«, sagte er am Ende des Lachens. »Dafür müsstest du mir schon befehlen, glücklich zu werden. Ich hab selbst kein Bedürfnis mehr danach.«

Rufin zog eine Augenbraue hoch. »Ich könnte es, und du müsstest gehorchen.«

»Glück kann man nicht befehlen, Lysandre. Nicht mal du.«

Ismayl war nach Naronne gekommen, um Bücher zu wälzen, und nun flößte er einem sich knurrend in Albträumen windenden Studenten Wasser ein und war womöglich weiter als zuvor von seinem Ziel entfernt.

Vor zwei Stunden hatte die Wunde Kugel und Knochensplitter im wahrsten Wortsinne ausgespuckt. Mit einem Schwall dunklem Blut waren die widerlichen Stückchen und die verformte Pistolenkugel aus der Wunde gepresst worden, und seitdem schienen die Wundränder zusammenzuwachsen. Albèr hatte gesagt, sie sollten Toma nicht anrühren und nur ab und an das Blut wegwischen. Ismayl gehorchte und betrachtete die Wirkung des Pulvers mit Argwohn – und mit Neugierde. Die Heilkünste waren das einzige Handwerk, dem es in Sygna gestattet gewesen war, Zeichen zweier Stämme zu vereinen: Die Heiler durften Nährende und Alchimistische Zeichen erlernen und sogar kombinieren. Soweit er es nachvollziehen konnte, befanden sich die Urzeichenträger dieser beiden Zeichen ausgerechnet bei den Aquintianern. Waren sie bereits darauf gekommen, ihre Zeichen zu kombinieren? Mindestens einmal hatten sie schon ein Alchimistisches Zeichen mit einem Eisernen verbunden – als sie die Musketen erschaffen hatten. Er wollte gar nicht darüber nachdenken, was sie mit den Urzeichen für neue Schandtaten begingen.

Die Zimmertür öffnete sich, und Guillome trat ein. Er sah

angemessen zerknirscht aus und ließ sich im kleinen Studentenschlafraum auf dem Bett von Remien nieder, mit dem sich Toma die Kammer teilte. Remien war ausgeflogen.

»Wollten sie deinen Artikel?«, fragte Ismayl.

Guillome bejahte und sah noch zerknirschter drein.

»Bringst du häufig Leute wegen Kleinigkeiten um?«, fragte Ismayl. »Du erinnerst mich an jemanden.«

»Wie lange kennst du Toma?«, fragte Guillome. »Denn ich kenne ihn schon ziemlich lange. Wir streiten uns seit Jahren. Er hat mich gefordert, nicht ich ihn!« Er blickte den fiebernden Studenten nachdenklich an. »Wir haben zusammen angefangen, Theaterwissenschaften zu studieren. Seine Familie wollte, dass er auf etwas umschwenkt, was Geld bringt.«

»Geologie.«

»Das immerhin hat er sich ausgesucht. Keine Ahnung, ob man Geld damit macht, aber vielleicht kann er mal Gold damit finden.« Guillome grinste.

»Wenn er das hier überlebt.«

»Wie sieht es denn aus?«

»Das Mittel wirkt. Ich weiß nicht, wie, aber es wirkt.« Ismayl dachte über seine nächsten Worte nach. Er musste vorsichtig vorgehen. Es gab keine Möglichkeit, sich noch rasch heimlich ein Zeichen auf die Zunge zu malen. »Wusstest du darüber Bescheid? Hast du Albèr darum mitgebracht? Weil er solche … Zaubermittel auf Lager hat?«

»Er ist ein Freund von mir, deshalb war er dabei. Ich hatte keine Ahnung.«

»Wirklich nicht?«

Guillome wand sich ein wenig. »Na ja. Wir hatten uns unterhalten. Ich habe ihm gesagt, dass ich mir wünschte, ich könne mir sicher sein, den heutigen Tag zu überleben. Da hat er gesagt, es gäbe neue Forschungsergebnisse.«

»Bei welchem Professor forscht er?«, fragte Ismayl und schützte Ahnungslosigkeit vor.

»Professor Grondee.«

»Und der arbeitet jetzt mit diesen Soldaten zusammen, die aus Sygna zurückgekehrt sind? Von denen man sich erzählt?«

»Offenbar«, sagte Guillome. Aus Vorsicht oder tatsächlich aus Unwissenheit?

»Was für ein … magisches Handwerk ist es denn?«, fragte Ismayl mit angemessenem Spott. »Haben die Sygnaer so etwas wie Mediziner?«

»Es ist wohl etwas Alchimistisches«, antwortete Guillome. »Er sagt, mehr wollen wir gar nicht wissen.«

»Ich glaube nicht, dass Albèr weiß, was ich wissen will«, murmelte Ismayl beinahe unhörbar.

Guillome lächelte. »Ganz schön neugierig. Was studierst du?«

Ismayl hatte sich eine Geschichte bereitgelegt, doch er beschloss, sie zu verwerfen. »Ich bin ein Anwärter auf ein neues Fach«, sagte er. »Ich will Zeichenwissenschaften studieren. Bei Professor Lafayet.«

»Daher kennt ihr euch also«, sagte Guillome milde überrascht.

»Ja, richtig. Daher kennen wir uns.«

»Und deswegen bist du so neugierig.«

»Vermutlich.« Ismayl musterte Guillome.

Der andere bemerkte seinen Blick und wies mit dem Kinn auf den Verletzten. »Ich hatte gehofft, er wäre wieder bei Bewusstsein. Ich wollte ihm sagen …« Er zögerte. »Ich weiß gar nicht genau. Dass es mir leidtut, ihn so schwer verwundet zu haben.«

»Wirklich?«

»Ja, schon.«

In diesem Moment gab Toma ein Stöhnen von sich, danach einen angewiderten Laut.

»Er stellt sich nur bewusstlos für den Fall, dass ich an seinem Totenbett doch noch meine Liebe für dieses vermaledeite Theaterstück gestehe«, sagte Guillome mit viel zu viel Erleichterung in der Stimme.

»Ah«, brachte Toma hervor. »Blut … Alles schmeckt nach Blut. Ich …« Und damit übergab er sich auf den Boden neben sein Bett. Es war nicht viel, denn er hatte nicht gefrühstückt, aber die Mischung aus Blut und Magensäure war zutiefst unappetitlich und verfehlte nur knapp Ismayls recht neuen Hut, der unbeachtet auf dem Boden lag.

Alle drei jungen Männer stöhnten angewidert.

»Na, dann bist du rechtzeitig gekommen, Guillome«, sagte Ismayl. »Wenn du dich schuldig fühlst, das ist *die* Gelegenheit, das Geschehene wiedergutzumachen.«

Guillome brachte einen Seufzer aus tiefster Seele zustande und überraschte Ismayl noch einmal, indem er sagte: »Das geschieht mir recht. Ich hole einen Wassereimer von unten.« Er stand auf und ging aus dem Zimmer. Toma keuchte auf seiner Bettstatt und sank wieder auf den Rücken.

»Wie fühlst du dich?«, fragte Ismayl.

»Beschissen«, flüsterte der Student. »Es tut weh. Als würde mir ein Stachel in der Brust stecken.«

Ismayl wollte gar nicht darüber nachdenken, was das Pulver mit Tomas Lunge, seinen Rippen und seinem Fleisch anstellte.

»Du lebst«, sagte er. »Das ist bestimmt nur der Heilprozess.«

»Ich glaube, ich kann morgen nicht zur Vorlesung gehen«, sagte Toma leise. Ismayl betrachtete das blasse, blutleere Gesicht mit dem dünnen Schnurrbart, auf dem Schweißtröpfchen glitzerten, und schüttelte schicksalsergeben den Kopf.

»Aber ich könnte in die Bibliothek gehen. Lernen. Das Versäumte aufholen.« Toma lächelte matt.

Ismayl lächelte ebenfalls. Auf einen Tag mehr oder weniger kam es vermutlich nicht mehr an, aber er selbst war rastlos und frustriert, und die Aussicht, morgen endlich auf den Wissensschatz der Naronner Geologie-Bibliothek zugreifen zu können, stimmte ihn deutlich gelassener.

»Ismayl, mein Freund«, sagte Toma tonlos. »Ich danke dir für alles, was du für mich getan hast.«

»Was denn? Zu schreien, wenn du umfällst?«

»Hier zu sitzen und um mich zu bangen. Das bedeutet mir etwas.« Toma nahm seine Hand. Ismayl hatte schon bemerkt, dass man in Naronne deutlich weniger Distanz zueinander hielt, als das in Sygna der Fall war. Toma hatte ihm auch die Nacht zuvor angeboten, in seinem Bett zu schlafen, doch Ismayl hatte den Fußboden vorgezogen. *Die Wahl möchte ich heute nicht mehr treffen*, dachte er mit einem Blick auf die unappetitliche Pfütze an genau der Stelle, an der in der Nacht sein Kopf gelegen hatte.

Er ließ seine Hand in Tomas, doch er fühlte sich unbehaglich dabei. Toma lachte und ließ ihn los.

»Ich hab schon verstanden, Ismayl. Du verstellst dich gut, aber es ist sonnenklar, dass du nicht von hier bist.«

Ismayl wollte widersprechen, doch die Tür öffnete sich, und Guillome kam herein, einen Holzeimer in der Hand.

»Apropos Sonne. Manchmal frage ich mich, wie das Wetter in Sygna so ist«, sagte Toma und genoss offensichtlich Ismayls entgeisterten Gesichtsausdruck.

»Was habt Ihr Euch dabei gedacht?«

Geryon Schlundners Faust donnerte auf den Holztisch, dass die Becher darauf klirrten. Dawyds überhebliches Grinsen wich einem Gesichtsausdruck, an den sich Elisabeda noch gut von ihren Söhnen erinnerte, wenn sie sich ungerecht behandelt fühlten.

»Aber … aber wir haben die Lurmundfeste eingenommen, und das ohne nennenswerte Verluste!« Dawyd erhob sich, um seinem Gegenüber entgegenzutreten, und hängte ein energisches »Verdammt noch mal!« an.

Der Offiziersrat war ein Schlachtfeld, auf dem er sich sichtlich unwohl fühlte. Er legte seinen Zeigefinger auf die Karte. Elisabeda beugte sich etwas vor; er wies auf die Stelle mit den beiden sich treffenden Flussläufen. Dabei hielt er die Augen mit dem rot verschlungenen Zeichen in der Iris weiterhin auf Schlundner gerichtet.

»Mit Verlaub, Colonel Schlundner …« Seine Betonung lag auf der Bezeichnung des Dienstrangs. »Über die Schlang können nun Boote die Lur erreichen und jetzt unsere Leute hier versorgen. Gleichzeitig schneiden wir Yulians Armee vom Nachschub aus dem Süden ab und hindern seine Truppen am Überkehren der Furt.«

Elisabeda nickte zustimmend. All das hatte sie mit dem Fechter zuvor sehr genau durchgesprochen.

Dawyd fuhr fort: »Diese Feste ist von ungeheurer strategischer Bedeutung. Wir können …«

»Nichts können wir!«, unterbrach ihn Schlundner aufbrausend. »Diese Festung ist jahrhundertealt! Keine Schanzen oder Bastionen. Wenn es den Aquintianern gelingt, den Nadder an der Furt zu überqueren, verwandeln sie diese Mauern in einen Trümmerhaufen! Und Yulian ist ein versierter Stratege. Ihm wird schon etwas einfallen, wie er das in kürzester Zeit bewerkstelligt.«

»Wir …«

»Und zu welchen Preis wurde diese Feste erobert, Hauptmann Iackmar?«

»Wie gesagt, wir hatten kaum Verluste zu beklagen. In Anbetracht der …«

»Kaum Verluste, in der Tat, aber darunter haben sechs Fechter ihre Leben gelassen, die Blutzeichen wirken können. Sechs! Von zwölf!«

»Aber ich als Urzeichenträger …« Dawyds Versuche einer Rechtfertigung wurden mit jedem Satz leiser.

Elisabeda wusste, dass dieser Vorwurf den Fechter hart traf. Dawyd mochte im Kampf beinahe unbezwingbar sein, das galt jedoch nicht für die Menschen, die ihm in diesen Kampf folgten. Diese leidvolle Erfahrung musste er immer wieder machen. Darius hatte alles für das Gelingen der Mission gegeben und rang derzeit im Lazarett mit dem Tod.

»Ihr als Urzeichenträger«, maßregelte ihn Schlundner, »seid eine Waffe, Hauptmann Iackmar, sogar eine außergewöhnliche. Aber Ihr solltet die Feldherrenarbeit denjenigen überlassen, die etwas davon verstehen! Wir können uns den Verlust wichtiger Ressourcen als Folge Eurer Abenteuer nicht leisten! Eine gute Waffe dient seinem Fechter, nicht andersherum. Und in diesem Fall seid Ihr das Schwert und ich der Fechter, damit Ihr diese Metapher auch richtig versteht.«

Elisabeda musste zugeben, dass er in diesem Punkt nicht ganz unrecht hatte. Dawyd war ein deutlich besserer Kämpfer als Anführer. Aber dieser Plan und die Verluste, die sie dabei erlitten hatten, gingen auch auf ihre Kappe.

»Das reicht!«, mischte sie sich ein. »Hauptmann Iackmar hat auf meinen Befehl hin gehandelt. Alle Schritte wurden von uns gemeinsam geplant.« Sie blieb sitzen, betont gelassen, doch es gelang ihr nicht, alle Aggressivität aus ihrer Stimme zu verbannen. Der Tod der Fechter und der wenigen Infanteristen lag auch ihr auf der Seele. Sie war es nicht gewohnt, dass Leute unter ihrem Kommando starben – sie war es nicht mal gewohnt, ein Kommando zu führen. Sie war Schmiedin! »Wenn Ihr ein Problem mit dem Vorgehen habt, dann beschwert Euch bei mir als Dawyds Vorgesetzter. Wie Ihr richtig angemerkt habt, ist es essenziell, die Aquintianer am Überqueren der Furt zu hindern, falls wir uns entscheiden, diese Position zu halten. Und dazu brauchen wir Eure Truppen, Colonel.«

Colonel Schlundner nahm wieder Platz, ebenso wie Dawyd, und wandte sich ihr zu. Er hatte die fünfzig überschritten, und sein rundliches Gesicht wollte nicht so recht zu seiner durchtrainierten Erscheinung passen. Den militärisch-kurzen Haarschnitt und den mächtigen Backenbart hatte er sich erst kurz nach seiner Ernennung zugelegt, vermutlich, weil beides ihn soldatischer erscheinen ließ. Denn Soldaten waren sie streng genommen alle nicht. Sygna verließ sich für gewöhnlich auf eine Stadtgarde und im Notfall auf eine Bürgerwehr unter dem Kommando der Fechtergilden.

Ein großer, kreisrunder Holztisch trennte sie. Der Offiziersrat hatte die Schänke in Lurhaven in eine behelfsmäßige Kommandantur verwandelt. Die Besitzerin hatte dem mit großem Eifer zugestimmt. Die Einwohner der kleinen Stadt waren den Sygnaern sehr wohlgesonnen, seit diese die verhassten Besatzer vertrieben hatten. Vermutlich würde sich das bald ändern, denn viele Soldaten an einem Ort machten irgendwann immer Ärger – und sei es nur, weil sie alle untergebracht und versorgt werden wollten.

Lurhaven lag nördlich der Lurmundfeste und der Mündung der Lur in den Nadder. Die Brücke über den größeren Fluss, die einst dieses Nest über die umliegenden Dörfer erhoben hatte, war während der Eroberung durch die Aquintianer zerstört worden. Elisabeda war zuversichtlich, jeden Angreifer zurückschlagen zu können, der drohte, sich die von den Blauröcken befreiten Gebiete wieder einzuverleiben, doch sie konnte das nicht allein mit ihrem Regiment aus Freiwilligen der Rebellion bewerkstelligen. Sie brauchte auch das Regiment aus Truppen des Gildenrats, das Colonel Schlundner kommandierte.

»Ich habe Bedenken«, sagte Schlundner nach kurzem Zögern. »Aber ich bin gewillt, zuzustimmen. Wie haben bisher noch immer einen Konsens gefunden. Aber zunächst verlange ich zu wissen, was es mit dieser Fahne auf sich hat, Colonel Eisenhammer?«

»Aha, jetzt kommen also wir zum *eigentlichen* Kern des Problems«, bemerkte Elisabeda nicht ohne eine gewisse innere Zufriedenheit. »Die Fahne. Was stört Euch daran?«

Sie wusste ganz genau, was ihn daran störte: Die Fahne war kurz nach der Befreiung von einem Schriftstellergesellen, einem Goldschmiedemeister und einem Weber angefertigt worden. Ein Experiment von Eigensinnigen, die den Gleichwerkern nahestanden. Elisabeda selbst hatte in der Vergangenheit gemeinsam mit Ignaz und Gabril immer wieder über Versuche nachgedacht, Zeichen wirksam zu kombinieren. Diese Gedanken allein waren nach altem Recht ein Verbrechen. Und auch, wenn sich einiges geändert hatte: Im Rat wurde immer noch darüber gestritten, die Kombination von Zeichen über Zunftgrenzen hinweg zu gestatten. Nach Elisabedas Meinung war das unvermeidlich, um eigene Musketen und Kanonen herstellen zu können. Sie würden sich nicht viel länger mit Schwertern und zeichenverstärkten Rüstungen gegen die Artillerie der Aquintianer zur Wehr setzen können. Bisher stand eine Einigung aber noch aus. Natürlich. Wie alles andere ging auch das viel zu langsam.

Das Experiment hier an der Front war jedenfalls ein voller Erfolg gewesen. Die Kombination der Gewobenen und Goldenen Zeichen im Stoff wirkte mit der Macht der Wortzeichen auf den Geist eines Menschen und hatte die Blauröcke völlig überrumpelt. Elisabeda bezweifelte, dass die Fahne beim nächsten Mal einen ähnlich spektakulären Sieg gegen die nun vorgewarnten Blauröcke ermöglichen würde, aber die kleine Armee Sygnas musste jeden Vorteil nutzen.

»Der Gildenrat hat den Einsatz nicht genehmigt«, sagte Geryon Schlundner.

»Der Gildenrat riskiert auch nicht seinen Arsch bei der Erstürmung von Kastellen«, warf Dawyd ein.

»Dieses Konstrukt beleidigt jede Tradition, die unsere Stadt über Generationen hinweg gehütet hat. Es ist eine Schande für das Handwerk!«, entgegnete Schlundner barsch. »Und gerade Ihr, als Tochter von Jamil Jaranjid, solltet auf die harte Tour gelernt haben …«

»Dieses Konstrukt hat viele Leben gerettet, auf beiden Seiten«, sagte Elisabeda beherrscht und ballte die Hand zur Faust.

Dieser ewiggestrige Idiot von Colonel! Ich wünschte, eine Fahne wie diese wäre statt Mörsern und Kanonen im Eroberungskrieg der Großen Armee eingesetzt worden. Dann hätte Johanni vielleicht noch beide Beine.

Sie atmete tief durch. Sie wusste ihre Söhne hinter den Mauern Sygnas in Sicherheit. Sie würde nicht zulassen, dass sie je wieder in den Krieg geschickt wurden – dafür kämpfte sie hier. Für die Sicherheit ihrer Heimatstadt und ihrer Bewohner, für ihre Söhne, und mittlerweile auch für die umliegenden Regionen des Huskalreichs, die sich nach Freiheit von der Tyrannei und der Kriegstreiberei Yulians sehnten. Damit das gelang, musste diese Furt gehalten werden. Und dafür brauchte sie Schlundners Soldaten. Sie zwang sich, ihre Ideale als Gleichwerkerin herunterzuschlucken und vernünftig mit dem Gleichrangigen zu reden.

»Colonel, auch ich wünschte, wir hätten eine klare Regelung aus Sygna bezüglich der Kommandostruktur. Bis das gegeben ist, müssen wir uns auf ein gemeinsames Vorgehen einigen. Wir brauchen Euer Regiment weiterhin hier, solange wir nicht wissen, wie der Gegenschlag der Blauröcke aussehen wird. Sicher ist nur, dass ein Gegenschlag erfolgen wird. Ich bin nicht Euer Feind, Colonel. Der Feind wartet dort draußen.« Sie deutete Richtung Nordosten.

Schlundner seufzte, lenkte aber ein. »Unsere Truppen hier zu binden mag ein Fehler sein, aber ein zu schnelles Vorrücken könnte unsere Nachschublinien überdehnen. Yulian hat seine Armee in einen großen Verband an der Front zu den Noccurnern und viele Kleinverbände hier aufgeteilt, die darum kämpfen, das Huskalreich zu halten. Wir können nicht überall gleichzeitig sein. Ich werde meine Soldaten also hier Lager beziehen lassen. Graben wir uns ein. Aber nur unter zwei Bedingungen!«

Er hob den Zeigefinger. »Erstens: In Zukunft werden alle Aktionen mit mir abgesprochen.«

Der Mittelfinger gesellte sich dazu. »Zweitens leite *ich* die Verteidungsmaßnahmen.«

Er legte beide Finger auf die Furt. »Durch meine Erfahrung als Stratege bin ich ohnehin der geeignete Mann dafür.«

»Theoretische Erfahrung als Stratege«, ergänzte Dawyd. Man nannte ihn nicht ohne Grund das Maul.

Schlundner warf ihm einen vernichtenden Blick zu, und auch Elisabeda brachte den Fechter mit einem knappen, missbilligenden Kopfschütteln zum Schweigen. Das Zeichen in seiner Iris blitzte im Schein der Öllampen.

Dawyd hatte natürlich recht. Schlundner hatte diesen Posten vor allem seines umfassenden Verständnisses von Strategie und Taktik wegen inne – und dank der Empfehlung seines Schwagers, des Zunftmeisters der Stählernen Fechtergilde. Schlundner war Schultheiß der Stadtgarde gewesen, und sein Wissen beruhte auf jahrzehntelangen Studien. Bücherwissen. Zwar hatte er auch im Sandhaus gefochten, aber er hatte keine Erfahrung darin, Soldaten in die Schlacht zu führen. Ganz im Gegensatz zu Elisabeda Eisenhammer, die ihr Talent während der Befreiung Sygnas unter Beweis gestellt hatte. In einer gerechteren Welt würde sie jetzt mit Ignaz Dreifinger an Schlundners Stelle einen Schlachtplan entwickeln. Doch Ignaz war für immer verloren, eine leere Hülle ausgefüllt vom Geist eines sadistischen Geheimpolizisten. Elisabeda vermisste ihn, seinen Rat und selbst die Streitereien.

Dennoch reagierte sie, bevor Schlundner es sich anders überlegen konnte. »Ich bin einverstanden.«

»Ich kann nicht fassen, dass du klein beigegeben hast!«, zischte Dawyd, als sie im hereinbrechenden Abend das Lager vor Lurhaven durchquerten.

Elisabeda zuckte mit den Schultern. »Ich brauche seine Leute. Auch wenn er ein Arschloch ist, er versteht wirklich etwas von Gräben und Schlachtreihen.«

Sie gingen gemeinsam durch die Zeltreihen von Elisabedas Regiment, das sich selbst »Stimme der Freiheit« nannte. Viele Soldaten waren von den Bewohnern Lurhavens in ihren Häusern aufgenommen worden, der Großteil jedoch lagerte vor der kleinen Stadt. Das Zeltlager war inzwischen größer als die huskalsche Stadt selbst. Erste Kochfeuer wurden entzündet.

Nach der Beratung mit Schlundner waren sie im Lazarett gewesen. Darius hatte drei Schusswunden davongetragen, als er die Fahne gehisst hatte. Er war noch nicht bei Bewusstsein, aber er würde durchkommen, bestätigte ihnen ein Heiler, der all seine Zeichenkunst aufwendete, um die Kämpfer durchzubringen. Wäre Dawyd auf dem Turm geblieben, hätte er das verhindern können. Aber wer hätte dann das Tor geöffnet?

Der Gedanke war ein schwacher Trost.

Keiner seiner überlebenden Blutzeichenträger war ohne Verletzungen davongekommen. Dawyd hatte bereits in Sygna damit begonnen, vier Dutzend Willige aus beiden Fechtergilden im Gebrauch der Blutzeichen zu unterrichten. Fast alle davon hatten ihn in den Krieg begleitet, aber nur ein Dutzend vermochte ein Zeichen so gut anzuwenden, dass er es bei Unternehmungen wie dem Erklettern der Lurmundfeste nutzen konnte.

Ein halbes Dutzend, korrigierte er sich und verspürte eine Bitternis, die sich stark nach Schuld anfühlte.

Während sie schweigend nebeneinander hergingen, musterte Dawyd Elisabeda von der Seite. Sie trug momentan keine Rüstung, sondern die robuste Kleidung, die die Schmiedin immer schon bevorzugt hatte. Der Feldzug war so plötzlich ausgebrochen, dass noch keine Uniformen bereitgestellt werden konnten. Einzig eine schwarz-grüne Schärpe wies sie alle als Soldaten Sygnas aus. Dabei stammten längst nicht alle Kämpfer aus der Stadt: Jeden Tag trafen ein paar neue Gesichter aus dem Umland ein, um sich einzuschreiben, die Schärpe zu tragen und gegen die Aquinzacken zu kämpfen.

Eine silberne Spange auf der Schärpe wies Elisabeda als Colonel aus, den momentan höchsten Rang in der jungen Armee. Der Gildenrat durfte nur einen General ernennen, der von der Fechtergilde vorgeschlagen wurde. Diese Regelung stammte aus einer Zeit, in der Sygna, das damals noch Sygnakus hieß, eigenen Ambitionen nachging, ein Großreich zu errichten – eine ferne Vergangenheit. Seither hatte sich die Fechtergilde in zwei konkurrierende Gilden aufgespaltet, und die Streithähne im Zunftrat hatten sich auf keinen Kandidaten einigen können. Also hatten sie die beiden Regimenter einer Heldin des Aufstands und einem Strategen der Stählernen unterstellt. Chaos war vorherbestimmt. Ein paar Übermütige hatten gar Dawyd zum General ernennen wollen. Er, ein General wie der mystische Held, nach dem er benannt war! Zum Glück hatten sich weisere Stimmen dagegen ausgesprochen. Dawyd wollte sich nicht vor der Verantwortung drücken, aber er wusste, dass er für diese Art von Arbeit nicht geschaffen war. Ihm grauste, wenn er nur an den Papierkram dachte, den eine solche Position mit sich brachte. Und dennoch …

Ihr seid eine Waffe, Hauptmann Iackmar. Schlundners Worte ließen ihn nicht los. Nein, ihm war es nicht bestimmt, den General zu spielen. Aber Schlundner erst recht nicht!

Elisabeda wäre die beste Wahl, davon war er überzeugt. Gemeinsam mit Ignaz hatte sie die Blauröcke von Anfang an bekämpft und die Befreiung der Stadt überhaupt erst möglich gemacht. Sie hatte die Aktionen der Rebellen um Dreifinger geplant und ausgeführt. Sie war eine wahre Anführerin! Und zudem eine hervorragende Handwerkerin. Machte sie diese Kombination nicht zu einer perfekten Generalin für Sygna, die Stadt der Handwerker? Verdammt, sie hatte sogar die kühne Nase einer entschlossenen Feldherrin!

Was mochten die Gründe sein, warum der Rat sich bisher nicht für sie entschieden hatte? Ihre dunkle Haut? Die Sygnaer waren Fremden gegenüber zwar nicht gerade aufgeschlossen, aber die Familie Jaranjid, aus der sie stammte, galt längst als alteingesessen. Trotzdem war es sicher nicht von Vorteil, dass sie die Tochter Jamil Jaranjids war, der vor Jahrzehnten wegen der Kombination von Zeichen in Ungnade gefallen war.

Und sie war eine Frau. Das war zumindest ungewöhnlich. Da viele Frauen Teil des Aufstands gewesen waren, waren einige von ihnen direkt danach als Soldatinnen in die junge Armee eingetreten. In den halb vergessenen Gesetzestexten bezüglich eines Sygnaer Heeres hatte der Gildenrat keine Regelung finden können, die Herkunft oder Geschlecht ausschloss.

Dawyd glaubte, dass der eigentliche Grund dafür, dass sie Elisabeda nicht zum General ernannten, ein anderer war: Elisabeda war Gleichwerkerin. Rebellin. Solche Leute waren nützlich, um Besatzer aus der Stadt zu werfen. Gab man ihnen aber zu viel Macht und die Gelegenheit, zu einer lebenden Legende zu werden, konnten sie für althergebrachte Strukturen und deren Nutznießer gefährlich werden.

Immerhin arbeitete Kilianna zu Hause gerade daran, diese Strukturen zu zerschmettern wie ein faules Ei am Kopf eines schlechten Sängers.

Kilianna … Wie er sie vermisste! Frauen waren für Dawyd früher ein angenehmer Zeitvertreib gewesen und eine Herausforderung – wie ein Duell im Sandhaus. Er sorgte sich, dass Kilianna meinte, auch sie wäre nicht mehr als eine Herausforderung für ihn. Dabei hatte sie ihm gehörig den Kopf verdreht.

Was, wenn sie in Sygna einer seiner Verflossenen über den Weg lief, an ihm zweifelte oder jemand anderen kennenlernte? Ja, sie schrieb ihm häufig, immer wenn Nachschub und Nachrichten aus Sygna eintrafen, waren auch Briefe von ihr dabei. Er wusste, dass sie etwas anderes von ihm erwartete als gelegentliche Phrasen über die Gefahren und das Wetter.

Seine Briefe sollten sie eigentlich von seiner Aufrichtigkeit überzeugen. Von seinen Gefühlen für sie berichten. Er war zwar kein Dichter, aber Dawyd hatte alles gegeben, um Kilianna mit seinem jüngsten Schreiben kurz vor dem Angriff auf die Feste zu beeindrucken. Er hätte gern Ismayl an seiner Seite gehabt, der hätte Dawyds Schreiben sicher ein wenig aufhübschen können, aber der verrückte Dichter trieb sich als Spion in der Höhle des Löwen herum. So musste er hoffen, dass das Verständnis eines Fechters für die schönen Künste ausreichte. Aber die Vermutung nagte an ihm, dass Kilianna als gebildete und viel zu schöne Tochter des ehemaligen Großgildenmeisters Poetischeres oder Eloquenteres von ihren Verehrern gewöhnt war – *Maul hin oder her.*

»Dawyd, träumst du?« Elisabeda lachte. »Na ja, ich kann mir denken, von wem.«

Der Fechter grinste ertappt. »Jeder braucht etwas, wofür es sich zu kämpfen lohnt, nicht wahr?«

»In der Tat«, sagte Elisabeda ernst und deutete mit dem Kinn auf ein Zelt. »Wir sind da.«

Sie traten heran, und Elisabeda klopfte an den Pfahl. »Lyra? Ich bin's, Elisabeda. Dawyd ist bei mir. Dürfen hier reinkommen?« Sie warteten einige Augenblicke. Niemand antwortete. »Lyra?«

»Oh, ihr. Ja, natürlich, kommt rein!«, antwortete eine abwesend klingende Stimme.

Dawyd schlug die Zeltplane beiseite und betrat nach Elisabeda das Zelt. Das Innere war in das letzte Abendlicht getaucht, das durch die weißen Zeltwände schien, und es war stickig.

Eine junge Frau saß im Schneidersitz auf dem Boden. Um sie herum lagen zahlreiche Glasscherben und einige Sandsäcke. Ein Sack lag geöffnet vor ihr. Sie spielte darin herum, ließ die feinen dunklen Quarzkörner durch ihre langen Finger gleiten. Alles an ihr war lang und dünn. Sie trug ein schlichtes hellblaues Kleid und hielt den Kopf gesenkt, sodass die ungekämmten strohblonden Haare ihr Gesicht versteckten. Viele nannten sie schwachsinnig, doch schien sie einige Zusammenhänge zu begreifen, die andere nicht verstanden. Trivialitäten wiederum begriff sie offenbar überhaupt nicht. Früher hatte sie als Zuarbeiterin bei einem Glaser-Halbmeister in der Unterstadt gearbeitet. Jetzt war sie hier, um der Armee zu helfen.

Fünf Urzeichenträger waren in Sygna erwacht – nur fünf! – und von diesen befanden sich drei an der Front. Lyra war eine davon: die Trägerin des Gläsernen Zeichens. Die dritte im Bunde war Miryam, die von ihrer Arbeit in den Manufakturen geschwächte Trägerin des Gewobenen Zeichens – auch von ihr behauptete mehr als einer, sie habe nicht mehr alle Sinne beisammen. Dawyd war vor Scham fast gestorben, als er ihr begegnet war, doch sie schien sich nicht mehr an ihn zu erinnern – dabei hatten er, Ignaz und Elisabeda im *Goldhahn* ihre Freunde ermordet! Von Miryam erhofften sie sich hier an der Front den eigentlichen Durchbruch: Uniformen aus Tuch, das sich nicht von Klingen oder Kugeln durchdringen ließ, würde ihre Streiter mobil und zum großen Teil unverletzlich machen. Aber Miryam schäkerte vor allem mit den Soldaten, trank zu viel und schlief zu lange. Ob nun der Alkohol oder ihre körperliche Hinfälligkeit – oder beides – sie daran hinderten, Fortschritte zu machen, wusste Dawyd nicht. Elisabeda überließ es Schlundner, der Frau Druck zu machen, denn auch sie erinnerte sich nur zu gut an den Abend im *Goldhahn* und mied Myriam, so gut es ging.

»Hallo, Lyra«, sagte Dawyd und schloss den Eingang des Zelts hinter ihnen.

Die junge Frau summte eine Melodie, die keine war, und sah nicht auf, als sie antwortete: »Hallo, Dawyd, hallo, Elisabeda.«

»Wir wollten noch einmal nach dir sehen. Wir sorgen uns, dass du zu hart arbeitest oder vergisst, etwas zu essen und zu trinken«, sagte Elisabeda.

»Die Arbeit gefällt mir. Das macht mir nichts«, entgegnete sie und schwieg.

Dawyd und Elisabeda wussten, dass es keinen Sinn hatte, nach dem Fortschritt zu fragen. Wenn es etwas Neues gab, würde sie es von sich aus berichten. Sie brauchten nur ein wenig Geduld. Dawyd setzte sich zu ihr, während Elisabeda einen Soldaten vor dem Zelt nach einem frischen Krug Wasser schickte. Es ließ sich nicht leugnen, dass sich die Urzeichen sehr merkwürdige Träger erwählt hatten.

Nur ich bin nicht besonders merkwürdig, dachte Dawyd und fragte sich, ob jemand anders das anders sah.

Als Elisabeda mit dem Krug eintrat, blickte Lyra auf. Das Zeichen in ihrer Iris war deutlich zu erkennen hinter der Brille, die ihre Augen stark vergrößert erscheinen ließ.

»Ich habe etwas. Ich glaube, das wird euch helfen.« Ihre Hand griff in den Sack und brachte ein Häuflein Sand zum Vorschein. »Seht her!«

Sie bedeckte den Sand mit der anderen Hand. Er fing an, zwischen ihren Händen zu glühen, ähnlich dem Eisen in einem Schmiedefeuer. Dann erlosch das Glühen langsam. Lyra löste die obere Hand. Sie wies keinerlei Verbrennungen auf. Darunter kam statt des Sands ein Stück Glas zum Vorschein, geformt wie eine Linse. Es brach das blasse Licht in seine bunten Bestandteile. Sie polierte es noch ein wenig mit ihrer Handfläche, um ihm die richtige Form zu verleihen, und es wandelte sich gehorsam unter ihren leichten Berührungen.

»Schön.« Dawyd räusperte sich, ein wenig um Worte verlegen. »Was … kann das?«

»Reden«, antwortete Lyra mit einem glücklichen Lächeln und hielt die Linse ins letzte Tageslicht.

Die Zeltplane wurde zurückgeschlagen, und ein pickliger junger Mann mit der Spange eines Fähnrichs betrat ungefragt das Zelt. Lyras Gesicht verschwand wieder hinter einem Vorhang aus Haaren, die Linse zwischen ihren Handflächen.

»Colonel Eisenhammer?«, schnarrte der Junge.

»Ziegelpfund. Ich nehme an, dass es wichtig ist«, sagte Elisabeda und blickte entschuldigend in Lyras Richtung.

»So ist es«, antwortete Ziegelpfund aufgeregt. »Neue Befehle aus Sygna sind eingetroffen. Schlundner wurde mit sofortiger Wirkung zum General ernannt.«

»Ach, verdammt, bei den Eiern der Altmeister!«, entfuhr es Dawyd.

»Das ist aber nicht alles. Yulians Truppen wurden von unseren Spähern gesichtet. Offensichtlich wurden sie von der Noccurn-Allianz geschlagen und sind jetzt auf dem Weg zur Furt.«

»Wie viele?«, fragte Elisabeda.

»Alle. Es ist Yulian selbst mit der Großen Armee.«

Jendra saß auf dem Fenstersims und war eins mit den Schatten. Das war nach wie vor ihre Spezialität – und zugegebenermaßen nach wie vor das einzige Verborgene Zeichen, das sie beherrschte. Es wurmte sie maßlos, aber der Urzeichenträger des Verborgenen Zeichens war offensichtlich auf der anderen Seite der Mauer erwacht, im Heer der Aquinzacken, obwohl doch Jendra ganz offensichtlich die am besten geeignete Kandidatin gewesen wäre. Die Bilanz fiel momentan nicht günstig für Sygna aus: Fünf Gezeichnete hatten sich entweder selbst offenbart oder waren von ihren Familien, Nachbarn oder zeternden Meistern an die Öffentlichkeit gezerrt worden. Ganz schön mager. Aber vielleicht war der Träger des Verborgenen Zeichens nur noch nicht ans Tageslicht getreten.

Vielleicht wurde er einfach unsichtbar, als das Zeichen ihn erwählte. Verborgen für immer! Oder das Zeichen hatte sich noch niemanden ausgesucht. Das war Jendras heimliche Hoffnung. Es musste fantastisch sein, von einem Zeichen erwählt zu werden. Sie sah ja an Dawyd, was einem dann offenstand, was man ausprobieren und neu erschaffen konnte. Oh ja, sie wäre mehr als die Königin der Halbwelt. *Die Kaiserin! Die Gottkönigin! Kriminelle von Stare Traha bis Naronne würden mir zu Füßen liegen!*

Statt nun unsichtbar und durch Mauern gehend in das Arbeitszimmer vom alten Erdhand zu treten, hockte sie auf dem Fenstersims, auf das sie von Kiliannas Zimmer aus geklettert war, und verbarg sich im Schatten der knarzenden alten Weiden, deren dünne Zweige mit jedem Windstoß wie Fingernägel gegen die Scheibe klackerten.

Im lauen Spätsommerabend war das Fenster leicht geöffnet, was das Lauschen fast zu einfach machte.

Sie sah durch die Scheibe hindurch, dass Erdhand Besuch bekommen hatte. Meister Dengelschlag mit seinem hageren Schatten Malachias, dem Alchimisten, war eingetroffen. Sie tauschten derart lange Höflichkeiten mit Erdhand, dem ehemaligen Großgildenmeister, aus, dass Jendras Gedanken abschweiften und sie sich zu fragen begann, ob Meister Malachias eigentlich mit Vor- oder Nachnamen so hieß oder ob er vielleicht seinen Vornamen zu seinem Nachnamen gemacht hatte, als es daranging, sich einen neuen Namen zu geben. Er litt vielleicht an großer Einfallslosigkeit.

»Merie, lass uns bitte allein«, bat Erdhand leise das Hausmädchen, das gerade irgendeinen dieser unbezahlbaren Schnäpse servierte, den man in den oberen Ringen der Stadt soff. Jendra nahm an, dass es nun interessant wurde, und spitzte die Ohren, doch Leute wie Erdhand und Dengelschlag kamen einfach nicht zur Sache, es war furchtbar, wie sie sich in Floskeln über die Lagerjahre des Gesöffs ergingen. Selbst Malachias' Miene war bereits sauertöpfisch.

»Wir sind aber nicht hier, damit du uns mit einer Spezialabfüllung ›Zunftmeister‹ bestechen kannst, oder?«, sagte der großväterlich gerundete Dengelschlag schließlich. »Denn egal wie alt, ich glaube nicht, dass das reichen wird.«

Erdhand, der sich gerade zum Fenster umgedreht hatte – doch nicht etwa, um es zu schließen? –, erstarrte und wandte sich seinem einstigen Untergebenen aus dem Gildenrat zu. »Wie bitte? Euch ist wohl der Respekt gegenüber Eurem einstigen Großgildenmeister vergangen. Ich dachte, wir hätten uns etwas *gegenseitigen* Respekt bewahrt!«

»Zachari, ich bin ganz ehrlich. Egal, was du uns servierst oder auf den Tisch legst, dein Ruf ist rettungslos beschädigt. Ich weiß, dass du in einer extremen Situation extreme Maßnahmen ergreifen musstest, und beim Großen Handwerker, ich habe keine Ahnung, wie ich gehandelt hätte! Aber es steht fest, dass vor allem Malachias, Dreifinger und ich selbst Sygna vor dem Allerschlimmsten gerettet haben. Und dass du währenddessen nur im Weg warst. Du warst lange Jahre Großgildenmeister, und wir werden dich und deine Familie sicher nicht vor die Hunde gehen lassen.« Dengelschlag redete über jede hervorgebrachte erste Silbe eines Einwands hinweg. »Eine Pension ist sicherlich drin, aber ihr werdet dieses Haus verlassen müssen, und eine Position im Gildenrat kann ich dir auch nicht mehr anbieten. Betrachte es einfach so: Nichts währt ewig, und jetzt müssen halt andere ran.«

»Jüngere? Neue? Wie die, die diese Zeichen in den Augen tragen? Nein, die meinst du nicht, Elyan, richtig? Du meinst Leute wie dich selbst.« Erdhand gebot ihm mit einer Geste, die sein bauchiges Glas überschwappen ließ, Schweigen. »Glaub nicht, ich habe keine Verhandlungsmasse mit an diesen Tisch gebracht. Ich weiß, dass es ein Fehler war, Sygnas Tore zu öffnen – aber was wäre die Alternative gewesen? Sie hätten uns die Fechter zerschossen und die Bürgerwehr. Hätten die Stadt vielleicht angezündet. Wir konnten uns doch nur wehren, *weil* ich Sygna zu einem Teil der Aquinzischen Nation gemacht hab!«

»Das ist so«, schnarrte Malachias. »Dann betrachte dich eben als Bauernopfer.«

»Mich? Warum wird meinem Sohn und meinem Schwiegersohn auch der Zutritt zu diesen jämmerlichen Resten des Gildenrats verwehrt? Sie sind ordentlich von ihren Gilden zu Ratsmitgliedern bestimmt worden! Liegt nun ein Bann auf allen, die sich einmal mit mir in einem Raum befunden haben?«

»Du hast alles Ansehen in der Stadt verloren, und dein Sohn und dein Schwiegersohn sind beide *ordentlich* von ihren Zünften abgewählt worden.«

»Bei einer Wahl, zu der sie nicht geladen waren! Und bei der auch genügend andere abwesend waren, die sich an der Front herumtreiben oder was weiß ich wo! Das kann man wohl kaum *ordentlich* nennen!«

»Irgendwelche Köpfe müssen rollen, und die Erdhands haben genügend Reichtum angesammelt, um es zu verkraften, nicht mehr im Gildenrat zu sitzen.«

»Erspart mir das, Malachias!«, zischte Erdhand. »Ich möchte mich nicht mehr mit der Vergangenheit aufhalten. Ihr redet von der Stadt, dabei habt Ihr keine Ahnung von Sygna. Was

Ihr Stadt nennt, ist doch nur der Gildenrat – der Rest der Stadt brodelt, und Ihr merkt es nicht einmal. Es gibt *Urzeichenträger* da draußen, und kein einziger davon sitzt im Rat. Habt Ihr gehört, wie der Jaranjid-Mischling schmiedet? Diese Menschen werden Euch, uns, dem Gildenrat so gefährlich werden wie die Aquinzacken, sie werden alles umstoßen. Es hat schon begonnen. Ich kann Euch Namen nennen, kann Euch Verbindungen sagen. Ich weiß, wer hinter ihnen steht. Ich weiß, was sie vorhaben.« Eine kurze, dramaturgische Pause. »Aber dafür will ich wieder eine Stimme im Rat. Dass ich nicht Großgildenmeister bleiben kann, ist mir klar. Aber den Ratssitz der Töpfer werde ich nicht aufgeben. Ich will ihn als Ausgleich für alles, was ich Euch verrate.«

Verdammt. Kilianna hatte also recht gehabt. Ihr Vater würde sie bereitwillig verraten – vermutlich würde er seine Tochter noch zu schützen versuchen, damit seine Familienehre nicht noch tiefer in den Schmutz geriet, aber er war bereit, alles andere zu unterminieren. *Es war einfach eine dumme Idee, ihn zuhören zu lassen*, dachte Jendra, doch sie hatte genau das zu Kilianna gesagt, und diese hatte nur gelächelt und erwidert: »Warum? Ich habe nichts gesagt, was er nicht schon wusste oder sich denken konnte, Schmal. Aber jetzt wirkt es authentisch, und er hat etwas zu erzählen.«

Kilianna mit ihren albernen Wörtern, die niemand kannte.

Malachias und Dengelschlag tauschten Blicke.

»Das ist nicht so einfach, Zachari«, sagte Dengelschlag schließlich betreten. »Mein Schwager hat den Sitz der Töpfer jetzt inne, und der Urzeichenträger des Irdenen Zeichens ist nicht in Sygna. Das heißt, mein Schwager hat seine Leute absolut unter Kontrolle. Er ist ein Kandidat für den Sitz des Großgildenmeisters.«

»Und somit ist er dein Konkurrent, Elyan. Gib mir seine Stelle, und ich verspreche dir, ich kandidiere nicht.«

»Nein, *ich* werde nicht kandidieren. Es fällt mir schwer, und man drängt mich rechts und links«, sagte der Rüstungsschmied, »aber nicht, wenn der Jaranjid-Junge das Eiserne Zeichen trägt und in der Stadt gefeiert wird wie ein Kriegsheld.«

Johanni Eisenhammer heißt er, lag es Jendra auf der Zunge, und sie hätte es am liebsten durch den Fensterspalt gerufen. Sie hasste es, wie alle über Johanni sprachen; als wäre er kein richtiger Handwerker, kein richtiger Sygnaer.

»Lass uns darüber in Ruhe reden, Elyan«, sagte Malachias. »Vielleicht gibt es etwas außer dem Ratssitz, was Herrn Erdhand gefallen würde. Dieses Haus zum Beispiel? Wir sollten jetzt alle mal ins uns gehen und nicht vorschnell urteilen.«

Jendra jedoch hatte geurteilt. Sie blieb noch sitzen, während die Herren ihre letzten Schlucke Schnaps vernichteten, doch sie konnte es kaum erwarten, zu Leuten zurückzukehren, bei denen sie nicht das kalte Kotzen überfiel.

Kilianna saß mit untergeschlagenen Beinen auf ihrem Bett. Eines der Bücher, die sie geschenkt bekommen hatte, lag achtlos auf der Decke neben ihr. Sie hatte Dawyds Brief als Lesezeichen benutzt und irgendwann beschlossen, lieber diesen noch einmal zu lesen als eine lehrreiche Erzählung über die dreizehn Altmeister, an der alles nur ausgedacht war.

Dieses Komma.

Sie las erneut die erste Zeile. Für einen Lehrersohn hatte Dawyd keine sonderlich schöne Handschrift, und sie hatte manchmal Mühe, sie zu entziffern. Man merkte dem Brief an, dass er seinem Schwert stets mehr Zuneigung geschenkt hatte als einer Schreibfeder.

Sie hatte Angst um ihn, wenn sie tagelang nichts von ihm hörte. Fünf, sechs Tage fühlten sich schnell an wie fünf oder sechs Wochen. Und um zu sterben, reichten ein paar Stunden in einem Kriegsgebiet.

Er stirbt nicht. Er ist der fähigste Kämpfer unter der Sonne.

Aber Kilianna fiel es nicht leicht, auf so etwas Obskures zu vertrauen.

Dieses Komma.

Meine liebste, Kilianna, stand da. War das ein bewusstes Komma? Warum war das Wort dann kleingeschrieben?

Meine Liebste Komma Kilianna, dachte Kilianna zum einhundertsten Mal in dieser Woche. *Oder: Meine liebste Kilianna.* Sie versuchte, sich einzureden, dass es keinen Unterschied machte. Beide Male kam das Wort »liebste« vor ihrem Namen. Aber »meine Liebste« und »meine liebste Kilianna« waren schon unterschiedliche Gewichtungen, und sie wollte sehr gern wissen, ob das Komma einfach nur ein Klecks war, ein Fehler in der Zeichensetzung, oder ob Dawyd sie seine Liebste nannte.

Sie hatte ihm bereits geantwortet.

Mein liebster, Dawyd, hatte sie geschrieben und bezweifelte, dass ihn dieses Dilemma aus Kleinschreibung und Kommasetzung so umtreiben würde wie sie.

Dawyd und sie waren kein Liebespaar. Es war unvermeidlich gewesen, die Gebiete um Sygna herum von aquinzischem Einfluss zu befreien, nachdem die Belagerer der Stadt auf dem Weg zu dringenderen Kämpfen den Rücken gekehrt hatten. Es war unvermeidlich, dass der Träger des Blutzeichens dort anwesend war. Es war unvermeidlich, dass sie hierblieb und versuchte, die Gleichwerkerbewegung wieder ins Rollen zu bringen. Ja, sie hatte ein paar Fechtstunden im Sandhaus genommen, aber in den Krieg ziehen wollte sie nicht.

Und nun war eben Dawyd im Krieg, mit Elisabeda. Und sie war hier und schrieb mindestens alle zwei Tage einen Brief.

Was an sich ein starkes Indiz dafür war, dass Dawyd alles Recht der Welt hatte, sie mit »Meine Liebste« anzureden.

Aber warum schreibt er es dann klein, der Holzkopf?

Vielleicht war es auch ein großes L. Bei der Sauklaue konnte sie das nicht so recht sagen.

Meine liebste, Kilianna.

Es geht mir hier einigermaßen gut. Elisabeda ebenfalls, sie bittet dich, ihre Söhne zu grüßen.

Kilianna runzelte die Stirn. Wer begann schon einen Brief mit »Meine Liebste« und schrieb dann so etwas? Es war kein Komma. Er hatte vermutlich nur beim Nachdenken die Feder abgesetzt. Warum überhaupt machte sie sich solche Gedanken? Hatte sie nichts Besseres zu tun?

Es geht so hin und her, aber meistens ist es nicht über die Maßen gefährlich. Morgen werden wir uns eine Festung vornehmen, die schon ziemlich marode ist. Ich glaube nicht, dass sie uns viel entgegenzusetzen hat. Ich muss mit den Zeichenträgern die Mauer hinauf – gut, dass ein paar schon das Zeichen gemeistert haben, das ich mit deiner Hilfe entdeckt habe.

Ja, und sie selbst hatte es nicht meistern können. Jahrelange Erfahrung in seinem Metier sei dazu erforderlich, hatte Dawyd vermutet.

Lyra experimentiert mit Glas und Licht. Ich weiß nicht recht, ob es etwas bringt, aber sie versucht nach Kräften, nützlich zu sein.

Kilianna ergänzte in Gedanken: *… für eine Frau* oder *… für jemanden, der nicht der Träger des Blutzeichens ist*, aber damit tat sie Dawyd vermutlich unrecht. Er war nicht so simpel. Er war nur ein linkischer Briefeschreiber.

Ich hoffe, wir sind bald wieder zu Hause. Ich möchte dich wiedersehen. Hier gab er sich nun etwas mehr Mühe. *Ich freue mich über deine Briefe, aber ich glaube nicht, dass du dich über meine freust, denn was Worte angeht, war ich noch nie besonders gut, Maul hin oder her. Ich hoffe, du weißt, dass ich inniger an dich denke, als diese Zeilen ausdrücken können. Bis wir uns wiedersehen, der deine*

Dawyd.

Während sie noch darüber nachdachte, ob »der deine« wohl auch eine Doppelbedeutung hatte, wenn man es kleinschrieb, klopfte Jendra an ihr Fenster und schob es gleich selbst auf, denn sie hatte es angelehnt gelassen. Die Vorhänge wehten leicht, als Jendra auf den Teppich glitt.

»Na, liest du wieder die Schriften des großen Hauptmanns

Aufs-Maul-Gefallen?«, stichelte sie leise, als Kilianna den Brief hastig in das Buch zurückschob.

»Und?«, fragte Kilianna schnell. »Verbünden sie sich und verraten und verkaufen uns für Macht und Geld?«

»So ungefähr. Nein, eigentlich wollen sich die Herren Dengelschlag und Malachias das Getratsche deines Vaters gar nicht anhören. Aber dein Vater hätte dich verraten und verkauft, das ist richtig.«

»Unsinn, Schmal. Mich hätte er da rausgelassen. Er würde nur euch verraten und versuchen, mich durch Verweise auf unsere Familienehre dazu zu bringen, schweigend zuzusehen.«

»In Ordnung«, stimmte Jendra zu und sah sich im Zimmer um. »Wann sollen wir dein Zeug abholen? Ich fände es ja gut, wenn du hier ausziehst. Nenn dich irgendwie anders und zeig deinem Vater, dass du nicht mehr zu seiner Familie gehörst.«

Kilianna schüttelte den Kopf. »Ich fände es nicht schlecht, ein bisschen nach euch Kindern zu sehen.« Sie grinste, und Jendra gab einen abschätzigen Laut von sich. »Aber ich denke, es ist immens nützlich, dass ich hier oben bin und nicht in der Unterstadt.«

Jendra legte sich ans Fußende ihres Bettes. »Du bist eben doch eine verwöhnte Göre. Sag doch gleich, dass du auf dein weiches Bett nicht verzichten willst. Ich würde es dir nicht einmal übelnehmen.«

Kilianna stieß mit den Füßen nach Jendra. »Du verbreitest Flöhe in meinem Bett!«

»Und du setzt Leuten Flausen in den Kopf, was ist der Unterschied?« Jendra klang müde.

»Geh zurück zu deinen beiden Schmieden.«

Jendra zuckte mit den Achseln. »Ich will wissen, wer das Verborgene Zeichen hat. Ich würde dafür töten«, sagte das Straßengör nur halb im Spaß. »Dann sucht sich das Zeichen doch jemand anderen, oder?«

»Das weiß ich nicht.«

»Das solltest du aber. Du hast die Dinger schließlich auf die Stadt losgelassen.«

»Psst!«, fuhr Kilianna sie an. Das zum Beispiel war etwas, das ihr Vater nicht wissen sollte. Am besten sollte das niemand wissen.

Sie erinnerte sich nur noch dunkel an die Nacht, in der sie allein dort unten gewesen war. Erst war sie wie in Trance gewesen, danach in Panik. Dann war ihr Licht ausgegangen, und sie hatte sich in eine Ecke gepresst und auf ihren eigenen abgehackten Atem gelauscht, in dem Wissen, dass da ein Wesen mit ihr im Mausoleum hockte und sie anstarrte. Zufrieden. Dankbar. Neugierig. Und doch jenseits all solcher menschlichen Regungen. Dawyd und Ismayl hatten sie dort unten gefunden und wieder hinaufgeschafft, und sie mied seither die Erinnerung an diese Nacht. Die Nacht, in der außerdem Neigel zwei Sygnaer Wachleute getötet hatte, um Lysandre Rufin aus dem Zunftgefängnis zu holen.

»Niemand weiß, was passiert, wenn Urzeichenträger sterben«, sagte Kilianna mit Nachdruck. »Als wir Rufin getötet haben, hat sein Geist unseren Freund übernommen. Ich bin mir nicht sicher, ob ich mit einem weiteren Fremden im Körper eines Freundes leben könnte.«

Jendra sah zur Decke, mit einem Mal wie erstarrt. »Ich vermisse Ignaz. Meinst du, er ist wirklich gar nicht mehr da? Nur noch sein Körper? Ist nichts mehr von ihm übrig? Er war der größte Gleichwerker von uns allen, der Puppenspieler beim Marionett, die eine Karte, die alles kann. Nicht mal du kannst das ersetzen, Kilianna. Und Elisabeda ist auch fort, und wenn sie hier wäre, dann würde sie wohl nur darüber nachgrübeln, wann genau all unsere Pläne gescheitert sind.«

»Du vertrittst sie gut, Schmal«, merkte Kilianna an. »Grüblerisch steht dir genauso wenig. Unsere Pläne sind nicht gescheitert. Niemand von uns konnte wissen, dass das nicht Ignaz ist, der mit uns aus den Höhlen gekommen ist.«

»Ich verstehe es einfach nicht. Diese Kreatur aus der Tiefe.

Die Zeichen. Dein Blut. Ich glaube, ich verstehe nicht einmal die Hälfte von dem, was gerade passiert.« Jendra wandte den Blick und betrachtete das Buch auf Kiliannas Schoß.

Kilianna nickte knapp. Statt an Rufins Befehl in ihrem Kopf, an den Hauch von einem Flüstern im Mausoleum zu denken, versenkte sie sich lieber in Bücher, in der Hoffnung, diese könnten ihr eine rationale Erklärung liefern, auf die sie bisher noch nicht gekommen war. Stattdessen fand sie nur lehrreiche Stücke, um Kinder zu erziehen. Die meisten davon schlicht in neuerer Zeit erfunden, wie ihr das Stöbern in den Stadtchroniken gezeigt hatte.

»Kein Buch wird das erklären können, Kilianna. Vielleicht müssen wir es suchen gehen, was auch immer das für ein Wesen ist. Und dann muss es uns erklären, was es vorhat. Was passiert. Was wir mit diesen Urzeichen tun sollen außer uns zu bekriegen.«

»Das ist unmöglich, Jendra«, widersprach Kilianna. »Du hast dieses Ding doch auch gefühlt, jeder Zeichenträger verreckt da unten fast vor Kälte. Es ist nichts, womit wir auf einer Ebene stehen, verstehst du, es *führt* keine Gespräche oder Verhandlungen wie mein Vater und Dengelschlag. Da unten lauert etwas viel Mächtigeres, als uns allen klar war. Und es hat uns die Urzeichen zugeteilt wie Karten. Aber es sitzt nicht als Spieler am Tisch. Ihm gehört die Spielhalle.«

»Der Krumme Mann der Tiefe«, flüsterte Jendra, und Kilianna überlief es kalt. »Das ist es doch, oder? Wir haben den Krummen Mann der Tiefe gesehen und haben mit niemandem darüber gesprochen, weil es so unwirklich ist, so angsteinflößend und gleichzeitig so lächerlich, dass es uns niemand je glauben wird.«

Zacharias und Johannis Eisenhammer waren frei von den Zwängen des Soldatenlebens. Das machte sich vor allem darin bemerkbar, dass sie in ihre Betten stolperten, wenn brave

Sygnaer gerade daraus hervorkrochen. Aber die Abstufungen glühenden Metalls sah man im Dunkeln so viel besser als im Hellen, und da sie noch keine abgedunkelte Schmiede ihr Eigen nannten und stattdessen in einer baufälligen Baracke im ehemaligen Weberviertel experimentierten, fanden sie nichts dabei, bis in die Puppen zu schlafen und dann ans Werk zu gehen.

Johanni hörte das Metall singen.

Er hörte es Tag und Nacht, es war die Melodie zu seinem Leben. Es war wie der Phantomschmerz in seinem Bein, immer da, aber nicht greifbar. Einen juckenden Zeh, der nicht mehr da war, konnte man nicht kratzen, und eine Bestimmung, die einem durch die Adern rann, konnte man nicht begutachten. Johanni hasste, wie unbeweglich er war, wie nutzlos und kraftlos der Beinstumpf an ihm herabhing. Da auch sein Knie amputiert worden war, könnte ein hölzernes Bein nur starr an seinem noch nicht ganz verheilten Oberschenkel angebracht werden, und das gefiel ihm ganz und gar nicht. Also humpelte er auf Krücken umher und saß zumeist auf einem Stuhl in der dunklen Baracke. Als Kilianna ihn zu ihrem Gleichwerkertreffen eingeladen hatte, hatte sie eine Kutsche zu einem Treffpunkt geschickt, anders hätte er den Weg den Bleiberg hinauf nicht antreten können.

Aber was sollte er auch woanders als hier?

Hier hatte er seine Ruhe, und die Bestimmung sang zu ihm.

Manchmal fragte er sich, was er gemacht hätte, wenn er ohne Bein und ohne Zeichen aufgewacht wäre. Er hatte an der Front Geschichten von solchen Leute gehört: Wie sie verkümmerten und nicht mehr in ihre Leben zurückfanden, wie sie Tag um Tag um Tag an all die Toten dachten, die rechts und links von ihnen gelegen hatten.

Dazu hatte Johanni keine Zeit. Sicher, er wusste, dass er nicht gerade das Leben führte, das man von einem achtzehnjährigen Mann erwartete. Er sah sich nicht nach Mädchen um, er ging nicht zum Henkballspiel, vom Tanzen ganz zu schweigen. Er führte ein anderes Nachtleben mit seinem Bruder, eines, von dem er wusste, dass man es in der Stadt mit Argwohn bedenken würde, wenn man davon wüsste. Doch Zach achtete darauf, dass sie unbeobachtet hierherkamen. Offiziell wohnten sie in der Schmiede ihrer Eltern, die lange verbarrikadiert gewesen war – und bis auf die Möbel ausgeplündert. Dort hing nun meist ein Zettel am Türrahmen *Gerade nicht da, lasst eine Nachricht auf dem Küchentisch.* Und wie sie das taten! All die Schmiede und Metallarbeiter der Stadt, sie baten um Gespräche und Ratschläge, um Unterricht und Offenbarungen. Johanni wusste, wenn seine Mutter hier wäre, dann hätte sie längst versucht, das in Bahnen zu lenken. Hätte Meister und Gesellen herausgepickt, die es verdienten, unterrichtet zu werden. Hätte versucht, nützliche neue Zeichen mit ihm zusammen zu entwickeln.

Johanni und Zach gingen die Sache etwas anders an.

»Gib mir noch ein Stück«, bat Johanni.

»Pass auf, du weißt, dass es dir viel schneller wegbrennt als der Stahl«, warnte ihn sein Bruder, und die verbrannten Flecken auf dem Lehmboden verrieten, wie oft er schon recht gehabt hatte, aber Johanni legte zwei kleine Stücke Kupfer und ein längliches Stück Eisen Seite an Seite in seine rechte Hand.

»Bist du so weit?«, fragte Zach, und als Johanni nickte, klappte er die Blende über die Lampe. Es machte keinen Unterschied, ob auf dem Tisch eine Lampe brannte oder nicht, aber sie liebten es beide, wenn die Dunkelheit langsam vor dem Glühen des Metalls zurückwich.

Johanni legte die Linke vorsichtig auf die Rechte. Er spürte die drei Stücke kalten Metalls zwischen seinen Handflächen und brachte die Hände wie in einem innigen, verzweifelten Gebet vor sein Gesicht, doch es war keine Geste des Flehens an einen Gott. Er presste die Handflächen und Finger aufeinander, atmete auf die Daumen und spürte, wie heiß sein eigener Atem wurde. Er steckte alle Kraft, die seine Arme aufbringen konnten, in diese Geste. Sie waren in den letzten Wochen kräftiger geworden, und sein Blut sang schneller durch die Muskeln, und seine Gedanken fanden rascher in die Schwingungen des Eisernen Zeichens.

Er hörte, dass Zach scharf die Luft einsog. Er hatte gar nicht gemerkt, dass er die Augen fest geschlossen hatte, dass er die Zähne aufeinanderpresste und die Lippen wie Lefzen fletschte. Er riss die Augen auf, um es zu sehen – wie die warme Glut des Metalls erst durch die Lücken zwischen seinen Fingern schimmerte, wie es heller und gleißender wurde und schließlich sogar durch sein Fleisch hindurchschimmerte und die Knochen in seinen Händen umrahmte. Das Glühen strahlte durch die schäbige Kammer, die einst den Aufsehern der Manufakturen als Unterkunft gedient hatte.

»Pass auf, das Kupfer brennt dir weg«, warnte Zach ihn, und Johanni war wieder einmal so fasziniert vom weich werdenden glühenden Metall zwischen seinen Händen, dass er beinahe keine Vorsicht hätte walten lassen.

»Ich weiß«, sagte er dennoch und versuchte, nur den Stahl weiter zu erhitzen und das Kupfer in dem Zustand zu belassen, in dem es jetzt war. Sein Atem ging gepresst, als das Material dort, wo es das Eisen berührte, zu brennen begann. Nicht in einer heißen Stichflamme, die aus seinen Händen fuhr, sondern in einem hellen Licht, in dem sich das Kupfer einfach auflöste. Er versuchte, die beiden Metalle durch die Bewegungen seiner Handflächen und Finger voneinander zu trennen, hielt die Luft an und stöhnte unter der Gewalt, die er ausübte. Schweiß brach ihm aus allen Poren, und Zach hielt einen gebührenden Abstand, denn nicht nur Johannis Hände konnten in diesem Zustand Metall glühen lassen, auch der Rest seines Körpers erwärmte sich. Er hatte am Anfang mehr als einmal seine Kleidung in Brand gesteckt. Mittlerweile hatte er diese Verteilung der Temperatur besser unter Kontrolle. Dennoch hatte Zach mehrere wassergefüllte Eimer bereitgestellt, um ihn notfalls damit zu löschen.

Mit einem Zähneknirschen, das er bis in den Nacken spürte,

gelang es ihm schließlich, die Muskeln seiner Handflächen so zu bewegen, dass sich das Metall darin so verformte, wie er es wollte. Natürlich war es sinnvoll, für die üblichen Schmiedevorgänge einen Hammer zu benutzen – Messerschneiden und Werkzeugspitzen konnte man schlecht mit der Handkante treiben. Er ließ das Eisen ein wenig abkühlen, der Schein in seinen Händen wurde dumpfer, er sah nicht mehr die Umrisse seiner Knochen in aller Deutlichkeit. Rasch drehte er die Handflächen übereinander, zog das Kupfer über das Material darunter und rollte die Metallkugel noch einmal zwischen den Händen. Dann öffnete er die Linke und griff mit Zeigefinger und Daumen nach dem kleinen Gebilde, das er verbunden hatte. Langsam kühlte es ab, doch er wusste, dass seine eigene Körperspannung noch nicht nachlassen durfte – wenn er sich zu rasch zurücklehnte und durchatmete, wurde er wieder empfindlich gegenüber der Hitze. Etliche neue und alte Verbrennungen an seinen Händen zeugten davon, wann er nachlässig oder erschöpft gewesen war. Er wischte mit der Rechten vorsichtig den Ruß auf dem Metall ab, und darunter glänzte das Kupfer golden.

»Machst du jetzt schon Musketenkugeln, oder willst du wettmachen, dass wir den Träger des Goldenen Zeichens noch nicht finden konnten, und versuchst dich an Schmuck?«, kam eine Stimme aus den Dachsparren.

Er hätte die Kugel überrascht fallen gelassen, wenn Jendra dieses kleine Spiel nicht schon so oft gespielt hätte. Stattdessen ballte er die Hand um die Kugel und ließ sie in einen Wassereimer fallen. Sie zischte, und Zach blendete das Licht wieder auf, um zu sehen, ob sie zersprang.

»Jendra«, sagte Zach dann.

»Zach.« Jendra ließ sich an ihren kräftigen nackten Armen aus dem Gebälk herab. »Was ist das Schönes?«

Es war vollkommen normal, dass Leute mit Zach redeten statt mit ihm. Johanni hatte meist wenig Lust auf Konversation, und sein Bruder konnte ohnehin besser in Worte fassen, was einer von ihnen dachte.

»Es ist ein Eisenkern, der von Kupfer ummantelt ist. Nichts Besonderes. Besonders ist nur, dass Johanni beides gleichzeitig erwärmt hat. Kupfer verbrennt nämlich viel schneller.«

»Und was können wir mit diesem Wissen anfangen?«

»Es ist Wissen, Jendra, um des Wissens willen.«

Jendra setzte sich neben Johanni auf einen Stuhl und tätschelte sein halbes Bein, woraufhin er sich unbehaglich versteifte.

»Du bist ganz schön warm«, sagte sie und grinste ihn an. »Wann baust du dir ein Bein?«

»Nie«, sagte Johanni leise.

»Du könntest es versuchen.«

»Ich habe gerade Wichtigeres zu tun. Ich bin Schmied und kein Mechaniker.« Johanni tauschte einen Blick mit Zach, der versöhnlich zu Jendra sagte:

»Wir müssen erst einmal erforschen, was alles möglich ist. Im Moment kommt Johanni klar, denke ich.«

»Ich wäre völlig aufgeschmissen mit nur einem Bein«, sagte Jendra und lächelte Zach breit an. »Aber ich habe auch nicht so einen aufopferungsvollen Bruder, der mir meinen Arsch nachträgt.«

»Hey!«, stieß Zach hervor, und Johanni wedelte mit der Hand.

»Hol die Kugel raus, ich will sie wieder auseinandernehmen.«

»Du könntest uns was zu essen besorgen, Jendra. Johanni verschlingt wahnsinnige Mengen. Mach dich nützlich!«

»Was, soll ich also jetzt *euch* den Arsch nachtragen?«, schimpfte Jendra. »Ach, was soll's, es ist spät genug, da kann ich eine ganze Menge organisieren. Vielleicht versuch ich mich mal am *Stadtstreicher*, ich habe heute Lust auf etwas interessantere Speisen.«

»Wir haben Geld«, sagte Johanni.

»Aber um diese Uhrzeit wird uns wohl kaum jemand etwas verkaufen«, warf Zach ein. »Hast du Hunger oder nicht?«

Johanni dachte kurz: *Mama würde das missbilligen.* Dann fiel ihm ein, dass seine Mutter eine Brücke in die Luft gesprengt, eine Schießerei in einem Theater angezettelt und eine Festung gestürmt hatte. Und obwohl sie das Geld, das ihr als Soldatin zustand, direkt an ihre Söhne auszahlen ließ, aß er so viel, dass es jeden Monat knapp wurde.

»Ich hab Hunger«, gab er zu. Oh ja, er hatte Hunger. Das Metall zwischen den Händen zu erwärmen brannte ihm alle Nährstoffe weg, die er mit dem Essen aufnahm. Seine Wangen waren immer noch so eingefallen wie zu dem Zeitpunkt, an dem er aus seinem langen Fieber erwacht war.

»Ich war bei Kilianna und hab den alten Erdhand belauscht. Dengelschlag sieht euch als Konkurrenz an. Er glaubt, er hat keine Chance, Großgildenmeister zu werden – wegen dir, Johanni!« Johanni hob lediglich eine Augenbraue. »Aber Erdhand ist bereit, uns alle wieder in den Dreck zu ziehen, aus dem wir gekommen sind. Ich glaube nicht, dass wir es schaffen, jemanden im Rat auf unsere Seite zu kriegen. Die sind allesamt verbohrte alte Säcke, und kein anderer Urzeichenträger ist hier, um irgendwas mit dem Rat zu verhandeln.«

»Und ich mach es nicht. Ich geh nicht zum Rat und verhandle«, sagte Johanni, und Zach sah ihn nachdenklich an, doch er ignorierte ihn. »Es gibt doch noch die Rauschzeichenträgerin. Soll die sich mit dem Rat herumschlagen.«

»Ich denke, wir werden auf andere Weise mit ihnen fertigwerden müssen.« Jendra nahm die Kugel aus Zachs Hand und wog sie in ihrer.

»Willst du sie erschießen, oder was?«, fragte Zach.

»Keine Ahnung!« Jendra lachte. »Aber ich glaub, wenn sie nicht von selbst draufkommen, dass das Ende ihrer Ära angebrochen ist, dann müssen wir ihnen wohl Druck machen.«

»Was ist, wenn sie vorher uns umbringen? Mich?«, fragte Johanni. Dies war einer der Gründe, warum Zach nur nach Hause ging, wenn es Sold abzuholen galt, und sie es sonst vermieden, von irgendwem gesehen zu werden.

»Wir wissen gar nicht, was passiert, wenn man einen Urzeichenträger umbringt! Und sie auch nicht. Das trauen sie sich nicht«, behauptete Jendra.

»Denkst du?«, fragte Johanni. »Ich denke nämlich, sie werden gewillt sein, es auszuprobieren.«

»Kilianna sagt, das, was da in den Särgen in der Tiefe lag, das waren Herzen oder Hirne«, sagte Zach nachdenklich. »Wer hat die wohl darin eingeschlossen? Die alten Familien haben das gemacht. Und warum? Um die Zeichen loszuwerden. Sie werden sicher rauskriegen, wie sich das wiederholen lässt.«

»Und deshalb müssen wir einfach schneller sein«, beharrte das Mädchen und gab ihm die Kugel zurück. »So, ich hole uns jetzt was zu beißen. Fall nicht vom Stängel, bis ich wieder da bin, Jo.« Sie warf im Hinausgehen erst ihm eine Kusshand zu, dann Zach.

Die Brüder blieben zurück, Zach grinste. »Sie mag dich.«

»Unsinn. Sie mag dich. Und ich nehme jetzt diese Kugel wieder auseinander.«

Es ging schneller als das Zusammenfügen. Zerbrechen ging immer schneller als aufbauen.

Kapitel III

Der nächste Tag brachte Naronne Wolken und Nieselregen – selbst in der Blauen Stadt konnte nicht immer eitel Sonnenschein herrschen. Rufin drehte sich in der Tür zu Neigel um und musterte ihn, wie er da mit diesem offenkundigen Hass in den Augen am Tisch saß. Mit einem plötzlichen Gefühl des Überdrusses erwiderte er diesen Blick. Warum belastete er sich mit diesem Jungen, diesem Überrest seiner eigenen Intrigen? Dem lebenden Beweis, zu welcher Sorte Mensch er gehörte? Er war sich selbst, seinen neuen Körper und diesen Burschen mit einem Mal so entsetzlich leid. Er wollte wieder er selbst sein, so wie er vor Sygna gewesen war. Bevor er herausgefunden hatte, wozu er fähig war.

Aquintien braucht einen Mann wie mich. Als Geheimpolizist. Als Wortzeichenträger.

Er war stolz auf sich selbst wie jemand, der ihn von außen betrachtete und guthieß, was er erreicht hatte. Aber in Wahrheit fiel es ihm heute Morgen schwer, sich selbst zu ertragen.

»Komm mit«, sagte er tonlos zu Neigel.

Der erhob sich – wo immer Rufin ihn haben wollte, musste er sich hinbegeben. »Warum?«

»Ich weiß nicht. Ich bin es eigentlich leid, deine sauertöpfische Miene zu sehen, also warum sollte ich dich an meiner Seite haben wollen? Aber heute ist mir irgendwie danach, unser tägliches Protokoll zu ändern.«

»Wohin gehen wir?«, fragte Neigel, als wäre er ihm Rechenschaft schuldig.

»Halt einfach dein Maul und geh zwei Schritte hinter mir«, stieß Rufin hervor. Neigel gehorchte, ohne gezwungen zu sein. *Soldaten gehorchen ja auch. Wenn man ihnen oft genug sagt, sie sollen nachladen, aufstehen, schießen, dann tun sie es zum Klang der Trommeln.*

Ganz ohne Wortzeichen. Ganz ohne Wortzeichen wurden Menschen zu Uhrwerken, zu Waffen, zu Monstren.

»Wir gehen zur Universität«, murmelte Rufin in den Kragen seines Mantels.

»Das ist nicht ganz ohne, wir könnten wirklich in Schwierigkeiten kommen«, flüsterte Toma Ismayl zu.

Es war noch recht früh am Morgen. Ismayl hatte bereits vor Wochen befremdet festgestellt, dass die Naronner nicht so früh am Morgen mit der Arbeit begannen wie die Sygnaer und dazu neigten, erst nach einem langen und ausführlichen Frühstück aufzubrechen. Der Floramarkt, den sie überquerten, war demzufolge noch recht leer, nur einige Händler für Pflänzchen, Samen, Blumengestecke und Grabschmuck bestückten gerade gemächlich ihre Stände.

Tomas Grund zu flüstern lag darin, dass er noch geschwächt war. Seine linke Schulter hing herab und gab ihm ein zusammengesunkenes Aussehen. »Aber ich hab mir schon Gedanken dazu gemacht, vertrau mir. Also, wenn Professor Lafayet nicht da ist, haben wir Glück. Denn jeder, der noch in der Bibliothek sein darf, ist ihm persönlich bekannt. Wir sind seine auserwählte Schar Studenten, Assistenten und Helfer. Aber er ist nicht rund um die Uhr dort, und die Soldaten an den Eingängen überprüfen nur die Ausweise.«

»Was, wenn Lafayet da ist?«

»Dann kommen wir später wieder, und ich nehme mir heute frei. Wir trinken irgendwo einen Kaffee.«

Ismayl verzog das Gesicht.

»Das trinkt man bei euch nicht, richtig?«, fragte Toma leichthin. »Das Lebenselixier.«

»Sei still, ich komme aus der Vorstadt und habe Kaffee statt Muttermilch genossen!«

»Alles klar«, sagte Toma und griff nach Ismayls Arm. Auch diese Berührung stellte eine ungewohnte Nähe zwischen ihnen her, und Ismayl argwöhnte, dass Toma offenbar versuchte, ihn möglichst spüren zu lassen, dass er Bescheid wusste.

Er blieb stehen.

»Toma …«, sagte er fast schon feierlich und sah dem anderen in die Augen. Er hatte am Morgen das Wortzeichen nicht gewirkt, das ihn klingen ließ, als wäre er heimisch in aller Herren Länder. Es hielt nur eine gewisse Zeit, und er wollte es in seinem Geist erschaffen, bevor sie zur Bibliothek kamen. Im Gegensatz zum leicht klingenden aquinzischen Dialekt schien ihm sein sygneischer mit einem Mal schleppend. »Ich verspreche dir, dass ich nicht vorhabe, jemanden zu Schaden kommen zu lassen.«

Toma erwiderte den Blick ernst aus seinen wasserblauen Augen. »Ich hoffe es, Ismayl, aber ich bin es dir schuldig, dich in die Bibliothek zu bringen. Ich hab es dir versprochen, als ich noch dachte, du bist einfach ein neugieriger Student. Bevor ich eins und eins zusammengezählt hab. Und wenn du das nutzt, um sie anzuzünden, dann bereue ich es vielleicht, aber dann habe ich meine Schuld dir gegenüber beglichen.« Er zuckte mit einer Schulter und verzog schmerzhaft das Gesicht.

»Ich zünde sie nicht an! Ich suche nur nach Informationen über Sygna. Über die Urzeichen.«

»Seltsam.« Toma lächelte. »Da kommt einer aus Sygna, um in Naronne nach Informationen über seine eigene Stadt zu suchen. Wie kommt das?«

Ismayl seufzte aus tiefstem Herzen und rückte noch einmal an seinem breitkrempigen Hut, eine nervöse Geste, die er sich in letzter Zeit zu eigen gemacht hatte. Der Hut war in Naronne neuste Mode, und zum einen ließ er ihn als geckenhaften Studenten durchgehen, und zum anderen verbarg er ein wenig sein Gesicht – für den Fall, dass er doch Lysandre Rufin begegnete. »In Sygna wimmelt es von Sagen und Legenden, aber Wissen, niedergeschriebene Informationen sucht man vergeblich. Die Sagen verschleiern, was tatsächlich geschah, und die Gildenmeister haben eine lange Tradition, Wissen zu vernichten und Geheimnisse zu begraben.«

»Und du? Wer bist du? Warum suchst du danach? Bist du ein Spion?« Tomas müde Augen blitzten auf.

»Ich bin Dichter«, gestand Ismayl.

»Hah!« Toma lachte auf. »Als könnte man mit eurem tumben Dialekt wahre Dichtkunst erschaffen.«

»Du hast doch Theater studiert, du *weißt*, dass wir die besten Stücke des Kontinents erdacht haben, mein Freund.« Ismayl grinste, und sie setzten ihren Weg fort.

Die Gebäude der Universität sammelten sich im Norden der Stadt, doch sowohl die alten Hörsäle als auch einige Trakte der Bibliothek verteilten sich im neueren, geometrisch errichteten Stadtzentrum. Ismayl und Toma hielten auf ein – natürlich weiß getünchtes – Gebäude zu, das von einer Kuppel aus Glas und blauen Ziegeln abgeschlossen wurde.

»Wie komme ich denn an Soldaten vorbei, die meinen Ausweis verlangen? Hast du zufällig einen langen Mantel dabei und setzt dich auf meine Schultern, sodass wir als Hüne durchgehen wie in *Die Briganten?*«, fragte Ismayl mit Verweis auf ein berühmtes Sygnaer Theaterstück.

»Hünenhaft wie Remien, meinst du?« Toma griff in seine Manteltasche und hielt ihm ein kleines, säuberlich gefaltetes Papier hin.

Ismayl öffnete es – es war Remiens Ausweis. Er lachte, sah Toma aber zweifelnd von der Seite an. »Remien ist doch sicher nicht gerade unbekannt. Bist du sicher, dass das funktioniert?«

»Die Soldaten haben doch keine Ahnung. Und das Geburtsdatum passt einigermaßen. Glaub mir, wir Studenten treiben mit dem Tausch von Ausweisen gehörigen Schindluder an der Uni, wir kennen uns aus.«

»Zur Not habe ich auch noch die hier.« Ismayl schlug seine Jacke zurück, sodass der andere die beiden Schreibfedern sah, die in seiner Innentasche steckten.

»Dichter …«, sagte der andere staunend. »Du kannst aber nicht zaubern, oder?«

»Na ja«, gab Ismayl achselzuckend zu. »Ich kann Wortzeichen wirken. Das macht mich manchmal recht überzeugend.«

»Sygnaer Zauberei!« Toma ließ sich nicht beirren. »Ich hoffe, ich bin noch nicht Opfer davon geworden!«

»Nur Opfer meines makellosen aquinzischen Dialekts«, sagte Ismayl und ließ seine Zunge, seinen Geist und seinen Willen das Zeichen wirken, das ihn klingen ließ, als sei er in Naronne geboren und aufgewachsen.

Toma blinzelte. »Dass du für so etwas ein Zeichen brauchst, beweist mir nur, dass Sygnaer Dichter nichts taugen.«

»Wag es ja nicht, meine Dichterehre zu beleidigen, Studentenbürschchen!«

Da der Regen heftiger wurde, überquerten sie fluchend die breite Straße aus hellgelben Pflastersteinen und traten in die Säulengänge der großen Bibliothek der Natürlichen Wissenschaften.

»Warte hier«, sagte Lysandre Rufin vor der schwer bewachten Tür zur Bibliothek. Er konnte nicht gebrauchen, dass Neigel danebenstand und mit anhörte, was er mit Aquinçois Lafayet besprach. Eigentlich ergab es nicht einmal Sinn, dass er den Burschen mitgenommen hatte, doch er war es so leid, ihn in seiner Wohnung zu wissen.

Er könnte ihn natürlich auch woanders hinbeordern. Er konnte ihn einsperren lassen – er war Commissaire der Geheimpolizei. Der Gedanke, dass er ihn um sich hatte, weil er alle anderen Kontakte hatte abbrechen müssen, war ihm zuwider, aber vermutlich war es einfach so. Natürlich konnte Rufin zu seiner Mutter gehen, ihr befehlen, zu akzeptieren, dass er sich in einem neuen Körper befand, und hoffen, dass das genug war. Aber er scheute davor zurück. Wenn er begann, im Verstand seiner eigenen Mutter zu pfuschen, hatte er eine

Grenze überschritten, die zu überschreiten er noch nicht bereit war.

Und jetzt ersetzte ihm Neigel, sein willfähriges Opfer, sein Spion in Dreifingers Rebellenzelle, die Familie? Er wandte sich brüsk von ihm ab und durchschritt die Kontrollen am Eingang zur Bibliothek. Die Soldaten kannten ihn und grüßten ihn, indem sie strammer standen als zuvor.

»Ist er da?«

»Jawohl, Sire«, meldete der Mann zur Linken. »Er ist in der Schreibstube.«

Rufin war zufrieden – dorthin trieb es ihn heute ohnehin. In der Schreibstube befanden sich die Informationen, bei denen Lafayet persönlich auswählte, wer sie zu Gesicht bekam.

Rufin hatte keine Augen für den hohen Saal der Bibliothek. Die Kassettendecken zeigten in Blautönen gehaltene kleinteilige Gemälde, die er mit diesen Augen ohnehin nicht richtig erkennen konnte, das Erdgeschoss der Bibliothek mit der Halbetage auf der Galerie darüber war als Vieleck von Bücherregalen und schmalen hohen Fenster gesäumt. In der Mitte des beinahe runden Raums standen noch einmal gewaltige Bücherschränke in einem Kreuz, das keine Blicke durchließ und dessen vier innere Ecken von Schreibpulten, Lesesesseln und Tischgruppen bevölkert wurden. Eine Ruhe lag im Raum, die nicht nur von der Konzentration der Studenten herrührte, die ihre Nase in Bücher steckten, sondern vor allem von der Drohung militärischer Maßnahmen, die die Soldaten verströmten, die den Raum sowohl am Boden als auch von der Galerie aus im Blick behielten. Zurzeit kam auf jeden Studenten ein Soldat, doch Rufin wusste, dass sich das Verhältnis im Laufe des Tages meist zugunsten der Zivilisten verschob.

Fenster hatte dieser Raum der großen Universitätsbibliothek nur an zwei Dritteln seines Polygons, das andere Drittel grenzte an den größeren Block der geologischen Fakultät an, und hier befand sich auch die – abgesehen vom Eingang – einzige Tür. Dunkelgrün gestrichen und unscheinbar zwischen zwei von alten Folianten niedergedrückten Regalen führte sie in Lafayets Studierzimmer. Rechts und links standen noch mal zwei Soldaten.

Rufin durchquerte langsam die Bibliothek und atmete den Geruch nach alten Seiten, gewachstem Holzboden und innerer Unruhe ein. Er hatte nie studiert, doch dieser Geruch fühlte sich trotzdem wie eine Erinnerung an.

Er strich mit den Fingern der Rechten über einige ungleichmäßige Buchrücken, die so gealtert waren, dass er die darin eingeprägten Titel nicht lesen konnte.

Worte, dachte er. *So viele Worte.* Aber es waren tote Worte, Worte aus Köpfen, die längst Heimstätte für Maden waren. Er konnte sich selbst nicht dazu bringen, diese Worte zu lieben.

Vielleicht bin ich ein miserabler Wortzeichenträger, dachte er. *So gar nicht im Sinne des Erfinders.* Er lächelte versonnen. Es passte zu dem, was sie mittlerweile über diesen Erfinder zu wissen glaubten. *Dieser Erfinder ist mein Mörder. Lysandre Rufins Mörder. Eine geistlose Kreatur aus der Tiefe. Wie kann das sein?* Er wich ein wenig vom Bücherregal ab, mit einem plötzlichen Widerwillen für all das Rückwärtige, das die Bücher darstellten und auf das Lafayet es abgesehen hatte. Was scherte es ihn, woher die Zeichen kamen und was ihr Zweck gewesen war? Er – er war der Träger des Wortzeichens, und er hatte schon einen Mord überlebt. Sein Lächeln wurde grimmig. *Dieses Wesen hat die Vergangenheit bestimmt, aber ich bestimme die Zukunft.*

Und damit blickte er von einem Soldaten zum anderen, bis der rechte wortlos an die Tür klopfte und auf einen Ruf aus dem Inneren wartete. Als dieser kam und so beiläufig klang, als stecke Lafayet schon seit Stunden seine Nase in Bücher, rief der Soldat: »Commissaire Rufin für Euch.«

Rufin nickte anerkennend. Die Soldaten akzeptierten diese unwirkliche Wahrheit, dass er in eines anderen Mannes Körper steckte. Irgendwann würde er den Mut haben, auch seine Familie damit zu konfrontieren.

»Komm rein, Lysandre.« Lafayet öffnete selbst die Tür und sah ihn über den Rand seiner Brille mit den üblich geschäftig-geröteten Augen an.

»Guten Morgen, Aquinçois«, grüßte Rufin und trat in die Schreibstube.

Aquinçois berührte seine Nase, offenbar hatte Rufin ein wenig zu eingehend gestarrt. »Habe ich Tinte an der Nase?« Er schloss die Tür hinter seinem Besucher.

Lysandre lachte. »Nein, nein. Ich habe mich gerade gefragt, ob ich dich nach deinem Optiker fragen soll.«

»Fünfzehnte Straße, Ecke Achte«, erwiderte Lafayet. »Begabte Dame. Wir hätten sie mit nach Sygna nehmen sollen, dann würden wir jetzt vielleicht das Gläserne Zeichen besitzen.«

»Hah. Das würde ja heißen, die Zeichen suchen sich die fähigsten Leute aus«, scherzte Rufin.

»Oh, nicht so bescheiden, Lysandre. Das tun sie, sei dir da sicher. Das tun sie.«

Geistesabwesend brummend kehrte Aquinçois Lafayet zu seinem Schreibtisch zurück. Die Schreibstube selbst war quadratisch und sicherlich größer als Lysandres ganze Wohnung, doch die Bücherregale, die so tief waren, dass mehrere Bücher oder Papierstapel oder Kästen und Ordner darin hintereinander Platz fanden, drängten den Innenraum zusammen. An den schmucklosen Regalen hingen Kladden, auf denen die Werke der Übersicht halber verzeichnet waren. Die massigen Möbel dämpften das Licht, das nur von Öllampen gespendet wurde, denn der Raum hatte keinerlei Fenster. Eine ganze Menge waren aufgestellt oder aufgehängt, der Ruß der Jahre hatte bereits die Decke gedunkelt.

Die überquellenden Bücherregale waren jedoch noch nichts gegen Lafayets Schreibtisch. Das Holz war kaum noch auszumachen unter den Stapeln Papier, die sich darauf und darum türmten.

»Hat dein Besuch einen besonderen Anlass?«

»Ja. Derselbe wie beim letzten Mal. Was macht das Verzeichnis?«

»Lückenhaft, wie beim letzten Mal. Ich versuche, verstärkt daran zu arbeiten, aber ich habe zu wenige Informationen und zu wenige Möglichkeiten, diese zu verifizieren.«

»Ich nehme auch nichtverifizierte Information.«

Lafayet nickte versonnen. »Ja, das denke ich mir. Lass es mich kurz holen.« Der untersetzte Professor ging erst in die eine Richtung um seinen Schreibtisch herum, dann schien ihm etwas anderes einzufallen, und er ging in die andere Richtung, bevor er schließlich einen Stapel zur Hälfte abräumte, um eine Schublade zu öffnen. So oft, dass er sich die Ablage nicht verbaute, schien er also nicht daran zu arbeiten. Er holte eine lederne Kladde hervor, die nach wie vor enttäuschend dünn war. »Hier, sieh selbst.«

Lysandre trat an den Schreibtisch heran, dabei fiel sein Blick auf verschobene Fliesen schräg dahinter.

»Arbeiten sie jetzt auch hier?«, fragte er beiläufig. »Ich dachte, du würdest in diese heiligen Hallen niemanden hineinlassen.«

Lafayet seufzte aus tiefster Seele. »Sie haben unter der ganzen geologischen Bibliothek die Statik überprüft, und das Urteil ist verheerend. Sie müssen den Hohlraum der alten Fußbodenheizung füllen, damit nicht irgendwann der Boden einstürzt.«

»Irgendwann? Hat das nicht Zeit, bis du hier fertig bist?«

»Sie sagen, das Studierzimmer hängt am seidenen Faden. Oder steht darauf, gewissermaßen.«

»Wurde die Fußbodenheizung nicht im Winter noch benutzt?«

Lafayet ließ erneut einen zutiefst verdrossenen Seufzer hören. »Ja, und seit dem Einsturz im Nebengebäude ist jetzt nicht nur unter Androhung grausamer Strafen verboten, sie je wieder zu benutzen, sondern es wurde auch verfügt, dass sie komplett zugeschüttet wird. Das ist kein Spaß, Lysandre, leider nicht. Die Fußbodenheizung ist uralt und funktionierte mit Luftzirkulation. Hier drunter sind gute vierzig Zentimeter

Hohlraum, wenn das absackt, kann das ganze Gebäude seine Stabilität verlieren.«

Lysandre grinste. »Und dann müsstest du wieder nach Informationen graben, Aquinçois. Wie in Sygna.«

»Möge der Vater im Blauen es verhindern, mein Freund!« Lafayet reichte ihm die Kladde. »Setz dich und sieh es dir an, solange du magst. Mein leider sehr unvollständiges Verzeichnis all der Ungehorsamen in der Geschichte Sygnas.«

Lysandre tat, wie ihm geheißen. Wenn nicht bald noch einige Einträge dazukamen, waren die Bewohner Sygnas für seinen Geschmack jahrtausendelang viel zu gehorsam gewesen.

Ismayl glaubte, der Boden würde ihm unter den Füßen weggerissen, als er in die Eingangshalle der geologischen Fakultät trat. Er wandte sich so rasch zur Seite, wie es ihm möglich war, aber für einen kurzen Moment war er sich sicher, dass jeder seine Reaktion gesehen hatte. Dass jeder – die knöchrige Professorin, der grimmige Hausmeister, die in Pulks zusammenstehenden Studenten und die vier Soldaten im Eingangsbereich – eins und eins zusammenzählen und ihn sofort als den erkennen würden, der er war.

Doch nicht einmal Toma hatte gemerkt, was in ihn gefahren war, und näherte sich dem Kontrollposten an der Eingangstür der Bibliothek. Er schlenderte so gelassen, wie es ihm unter dem Einfluss der Wunde und des Blutverlusts möglich war.

Der breitschultrige große Kerl, der sich neben der Wache die Füße in den Bauch stand, starrte an Toma vorbei, und sein Blick heftete sich erneut genau auf Ismayls Gesicht – Hut hin oder her.

»Neigel«, flüsterte dieser zu sich selbst. »Was beim Krummen Mann der Tiefe macht der hier?«

Er hätte es natürlich vermuten können. Neigel hatte sich von Elisabeda einschließen lassen, weil er geglaubt hatte, noch unter Rufins Kontrolle zu stehen. Dann war er verschwunden, jemand hatte zwei Wachen niedergestochen und Rufin aus dem Zunftgefängnis befreit – wer hatte das wohl getan, wenn nicht Neigel?

Aber dass er hier war! Nicht nur hier, in Naronne, sondern hier, im verdammt selben Gebäude! Ismayl presste die Lippen zusammen.

Verräter. Er ist ein Verräter.

Da bewegte sich Neigels Hand, nur ein kleines Heben der Finger, ein Zwischending zwischen Gruß und Wegscheuchen.

Wenn er hier ist, dann ist Rufin hier.

Ismayl erwachte aus seiner Starre. »Toma!«, rief er und der Student, der gerade seinen Ausweis hervorzog, fuhr herum.

»Wo bist du? Komm!« Toma kam ihm hastig entgegen und legte eine Hand auf seinen Oberarm. Er flüsterte: »Der Professor ist da, aber der Soldat hat mir gesagt, er sei heute nicht zu sprechen. Er ist in seinem Studierzimmer. Wagen wir es?« Ein Funke glomm in den müden Augen des Studenten.

Ismayl schüttelte heftig den Kopf. »Nein, lass uns gehen. Rufin ist da drin. Der Commissaire der Geheimpolizei.«

»Sagt mir nichts. Kennt er dich?«

»Ja, verdammt!«

Neigels große Gestalt näherte sich ihnen zaghaft. Ismayl verstummte und sah ihn verärgert an.

»Was willst du?«, fragte er gepresst.

Neigel zuckte mit den Achseln. »Was willst *du?*«, erwiderte er mit seinem Schafsgrinsen.

»Neigel, du bist seit Monaten verschwunden, was *machst* du hier?«

»Ich bin … ein Gefangener.« Das Schafsgrinsen verschwand und machte etwas Platz, das so wenig nach Neigel aussah, dass es Ismayl den Magen umdrehte. Sein Gesicht wurde vollkommen neutral, keine Regung war darin zu lesen. Das Elend sprach nur aus seinen Augen.

Toma sah zwischen ihnen beiden hin und her. »Ich möchte ja nicht euer Wiedersehen stören, offenbar seid ihr Freunde, aber wenn dieser Kerl hier ein Gefangener aus Sygna ist, dann zieht ihr gerade mit euren Vertraulichkeiten zu viel Aufmerksamkeit auf euch!«, zischte er.

Ismayl nickte, und in Neigels Blick schien eine letzte Flamme zu erlöschen. Ismayl überlief es kalt.

Ohne ein weiteres Wort wandte sich Neigel ab und setzte sich unter den Säulen zur Linken auf eine Steinbank.

»Er verrät uns nicht«, flüsterte Ismayl und reckte das Kinn vor. Er sprach einwandfreien Naronner Dialekt, sein Haar war länger, er hatte sicherlich einen halben Fingerbreit Bart. Und so oft hatte er sich nicht mit Lysandre Rufin abgegeben, dass dieser ihn sofort erkennen würde – eine innere Rückversicherung, über die eine zweifelnde Stimme in seinem Kopf nur lachte. »Wir gehen rein und hoffen, dass der Professor und der Commissaire sich gegenseitig beschäftigen.«

Toma blickte noch einmal zu Neigel und warf ihm so etwas wie ein mitleidiges Lächeln zu. Dann gingen sie zu den Soldaten, die den Eingang zur Bibliothek kontrollierten, und legten ihre Ausweise auf das Holzpult. Einer der beiden trug sie etwas umständlich in ein Formular ein. Ismayl schluckte beim Gedanken daran, welchen Ärger er Toma und Remien, den er kaum kannte, vermutlich einhandelte. Und beim Gedanken an Neigel, dessen Blicke er noch im Nacken spürte. Dann öffnete sich ein Flügel der großen Bibliothekstür, und sie traten ein.

Rufin blätterte träge durch die Kladde.

»Die Blutzeichen, Aquinçois. Mich interessiert nicht, ob ein Glasmacher aus Sygna verdächtigt wird, der vor dreihundert Jahren beim Bau der – wie heißt sie? – Kathedrale von Letoix mitgeholfen hat.«

»Aber sie steht in einem Erdbebengebiet«, erwiderte Lafayet gedankenverloren, sein Federkiel schabte enervierend über ein Blatt Papier. »Und alles an der Kathedrale ist schon zusammengebrochen, nur nicht die immensen Glasfenster. Die sind aber viel zu groß, um aus Sygna nach Letoix transportiert worden zu sein. Sie müssen sie an Ort und Stelle gefertigt haben.«

»Beeindruckend«, sagte Lysandre spöttisch und war nicht beeindruckt. »Die Blutzeichen sind jetzt seit fast einem Jahrhundert verschwunden. Aber die hohen Mitglieder der Fechtergilden waren früher Feldherren. Sie haben die Stadt *verlassen.* Ganz davon abgesehen, dass es immer Flüchtige gegeben hat. Immer haben Zeichenträger die Stadt verlassen. Es muss überall auf der Welt Konklaven geben, kleine Orte, Gemeinden, in denen die Zeichen als Geheimwissenschaft, als verborgene Kunst weitergereicht wird.«

»Ja, die muss es geben«, stimmte Lafayet abwesend zu, dann hielt das Kratzen seines Federkiels inne, und er sah auf. »Aber ich kann dir nicht mehr sagen als das, was du darin findest. Nimm es dir mit, sieh es in Ruhe durch – lass es aber niemand anderen sehen! Diese Informationen unterliegen der höchsten Geheimhaltungsstufe, und nur die Generäle, der Außenminister, der Marschall und die Geheimpolizei haben Einblick.«

Lysandre wedelte mit der Kladde. »Höchste Geheimhaltungsstufe für unzerbrechliche Glasfenster.«

Lafayet musterte ihn ungnädig durch die Brillengläser. »Lysandre, ich kann dir nicht mehr geben, als ich habe. Ich gehe jedem Hinweis nach und habe schon Soldaten in die entlegensten Winkel Aquintiens geschickt, um nach Hinweisen zu suchen. Was sie gefunden haben, steht da drin, und ja, es ist zu wenig. Warum glaubst du, dass du jemanden brauchst, der Blutzeichen beherrscht? Iackmar lässt sich über den Haufen schießen, das haben wir schon bewiesen. Dafür brauchen wir keinen … irgendwo im Geheimen lebenden Meister der Blutzeichen!«

»Aber Iackmar lebt noch! Er hat einen Schuss in den *Kopf* bekommen, Aquinçois! Vielleicht brauchen wir etwas, das ihn gründlicher tötet.«

»Und du bist in den Höhlen von einer Kreatur aus den Urzeiten der Welt zerstört worden und lebst noch, Lysandre. Aber ihr seid trotzdem nicht unbesiegbar, du nicht und er nicht. Das beweist meine Chronik der Urzeichenträger.« Er wies auf eine Loseblattsammlung, die unordentlich geheftet auf dem Schreibtisch lag. Offenbar arbeitete er gerade an einem weiteren Blatt. Lysandre, der gerade erwogen hatte, mit der Kladde in sein Büro im Regierungsbezirk zu verschwinden, ging doch noch einmal zum Schreibtisch. Lafayet schrieb weiter, seine teigig-bleiche Linke machte eine einladende Geste. Rufin zog sich die Aufzeichnungen herüber.

»Das ist mehr Material«, lobte er das sicherlich zehn Zentimeter dicke Werk.

»Ich habe meinen Schwarm aus Studenten.«

»Und was schreibst *du*, wenn sie das zusammensuchen?«

»Anmerkungen.« Lafayet lächelte. »Kontext, den ich aus anderen Werken errungen habe. Einsichten.«

»Erhellst du mich?« Rufin beugte sich über die Sammlung.

»Das kann ich tun.« Lafayets Lächeln schwand. »Ich weiß nicht, wie ich es dir sagen soll, wenn nicht ehrlich, mein Freund.«

»Ich bin Geheimpolizist. Ich heiße es gut, wenn andere mir die Wahrheit sagen.«

Lafayets Lächeln flammte kurz wieder auf.

»Sie sterben wie die Fliegen, Lysandre. Ich habe hier Jahrhunderte um Jahrhunderte, und darin wirkt alles wie ein Wimpernschlag. Leben, die gelebt wurden, überflogen in Sekundenbruchteilen. Aber ich kann rechnen. Und sie sterben schneller, als mir lieb ist.«

Lysandre stieß die Luft aus. Er wusste, er sollte schockiert sein, aber er war es nicht. Er sah immer nur das zusammengekrümmte Etwas vor sich, das sein eigener Körper gewesen war.

»Woran? Sind sie ermordet worden?«

»Auch, natürlich. Ich glaube, viele von ihnen sind gewaltsam gestorben. Aber auch die anderen … wurden nicht alt.«

Die Bibliothek war nicht perfekt, um sich darin aus dem Weg zu gehen – sie war aber unübersichtlich genug, um sich auf der anderen Seite der kreuzförmig aufgestellten Regale aufzuhalten, sodass Ismayl nicht im Blick stünde, wenn Rufin oder Lafayet das Studierzimmer verließen, auf das ihn Toma mit einem Kopfnicken aufmerksam gemacht hatte. Die Bibliothek sah unordentlich aus – man sah ihr an, welcher Teil nach wie vor geologische Werke enthielt und welcher Teil frei geräumt worden war, um Werke über Sygna, Handwerk und die Zeichen in Lafayets Reich unterzubringen. Die Regale mit geologischen Werken quollen über, quer auf die Bücher waren weitere Bücher gelegt worden, um Platz zu gewinnen. Dennoch stellten diese Regale den übersichtlichen Teil der Bibliothek dar, an dem sich gerade wenige Studenten zu schaffen machten. Der Teil, der für die Werke freigeräumt war, an denen Lafayet gerade forschen ließ, war ein heilloses Durcheinander aus Abschriften, Sammlungen, Kladden, Mappen und Büchern. Zeichnungen waren auch dabei, Stadtpläne und die Kartierungen der Höhlen, die Lafayet im Bleiberg hatte durchführen lassen.

Leider befand sich all dies besonders im Blick der Soldaten und auf der Seite, die dem Studierzimmer zugewandt war.

Toma führte Ismayl zu einem breiten Schreibpult auf der anderen Seite und zog ihm einen Stuhl zurück. »Setz dich hin. Tu geschäftig. Halt den Kopf unten. Ich bringe dir, was immer du haben willst.«

Ismayl tat, wie ihm geheißen, und holte Papier, zwei Tintenfässchen und zwei Federn aus den Manteltaschen.

»Gibt es so etwas wie eine Kurzfassung? Eine Zusammenfassung seiner Ergebnisse?«, flüsterte Ismayl und erntete ein schiefes Lächeln.

»Klar gibt es die. In seinem Studierzimmer. Hier draußen befinden sich nur die Quellen. Und Abschriften oder Zusammenfassungen; wenn zum Beispiel irgendwo ein Detail zu Sygna auftaucht, sagen wir, in der metallurgischen Bibliothek, dann hat er sich damit zufriedengegeben, wenn die entsprechende Seite abgeschrieben wurde.«

Ismayl sah sich um, die hellen schmalen Fenster, die obere Halbetage, zu der steile Leitern hinaufführten. Dieses Gebäude allein übertraf jede Bibliothek Sygnas – aber dort hatte es zu seinem Ungemach auch immer viel zu viele private Sammlungen gegeben und viel zu wenige öffentliche Bibliotheken. Wie viele von dieser Sorte befanden sich in Naronne?

»Das ist eine sehr schöne Bibliothek«, sagte er.

»Ich wusste schon immer, dass ihr Barbaren seid«, flüsterte Toma noch leiser als zuvor und schaute zufrieden drein. »Ganz im Ernst, Ismayl: Ich helfe dir, aber ich bin nicht unglücklich damit, dass Sygna nicht mehr als einziger Staat der Welt Zugang zur Zeichenmacht hat. Professor Lafayet sagt, ihr habt das wahre Potenzial der Zeichen nicht erkannt.«

»Und damit hat er vielleicht recht. Auch bei uns gibt es Leute, die für eine gerechtere Verteilung der Zeichen sind.«

»Und bist du einer davon?«

Ismayl grinste. »Ich bin einer davon. Ich will einfach mehr darüber *wissen*, und bei uns gibt es nicht genug darüber herauszufinden. Ich bin nicht hier, um sie euch wegzunehmen, das könnte ich gar nicht. Ich will einfach nur, dass auch das Wissen gerechter verteilt ist.«

»Damit kann ich sehr gut leben. Ich hole dir etwas zur frühen Stadtgeschichte, passt dir das?«

Ismayl nickte. »Danke.«

Er sah seinem Freund nach, der hier in der Bibliothek deutlich gelassener schien, als würden die Bücher und die Studien ihn von seinen Schmerzen und seiner Nervosität ablenken. Als würde nicht ein Commissaire der Geheimpolizei auch ihn einkassieren, wenn Ismayl aufflöge. Er selbst war nervös, auf eine dumpfe Art und Weise, die seinen Magen so schwer werden ließ, als habe er sich überfressen.

Rufin interessiert sich nicht für Studenten. Warum sollte er mich hier sehen?

Aber vielleicht würde er den Argwohn der anderen Studenten oder der Soldaten auf sich ziehen, die ihn hier noch nie gesehen hatten. *Und Neigel …* Würde Neigel ihn verraten? War er dazu gezwungen, ihn zu verraten? Kettete Rufin ihn immer noch an sich?

Er dachte an eines ihrer letzten Gespräche, als sie vom Dach des Turms aus die Armee hatten näher kommen sehen. *Ich dachte, ich würde von ihm … geliebt*, hatte Neigel gesagt. Konnte das Urzeichen so etwas bewirken? Und hielt es immer noch an? Ismayl versuchte, die Gedanken aus seinem Kopf zu vertreiben. *Es sind nur Worte. Gedanken, keine Gefühle. Man kann mit den Wortzeichen keine Gefühle fälschen.* Aber er musste gar nicht in philosophischer Tiefe darüber nachdenken, um zu erkennen, dass Worte alles Mögliche mit Gefühlen anstellen konnten. Hatte er selbst nicht schon Mut entzündet, wo keiner mehr war?

Toma kam mit einem Stapel Bücher zurück. Das oberste war verheißungsvoll vergilbt, und darauf war zu lesen *Kompendium der Vor- und Frühzeit Sygnakus, welches heute als Stadtstaat Sygna bekannt ist.*

»Du hättest vermutlich nicht gedacht, dass der Unterschied zwischen Literaturwissenschaften und Geologie so minimal ist, oder?«, scherzte Ismayl und legte das Buch vor sich aufs Pult.

»Es war ein weicherer Übergang, als ich vermutet hätte«, stimmte Toma zu, doch ihre Unterhaltung wurde mit einem »Psst!« vom Nachbartisch zum Schweigen gebracht. Flüsternd fügte Toma an: »Die Literaturwissenschaftsbücher waren schlechter geschrieben.«

Ismayl strich über das Papier vor sich und steckte die schwarze Feder in das Tintenfässchen mit der dunklen Tinte.

»Oh, ich hätte dir vielleicht sagen sollen«, wisperte Toma mit Rücksicht auf den Nachbartisch. »Notizen müssen in der Bibliothek bleiben. Sie sehen in unseren Taschen nach, wenn wir die Bibliothek verlassen.«

»Kein Problem«, flüsterte Ismayl. »Diese Notizen werden sie mir lassen.«

Mit geschlossenen Augen setzte er die Feder in die obere Ecke des Papiers. Er hatte sie so geschärft, dass sie den feinsten Strich zog, zu dem er in der Lage war. Er hörte Toma einatmen, als er begriff, was Ismayl tat. Jede Bewegung, jeden Winkel aus Tinte, jeden Bogen verknüpfte er mit einem Gedanken.

Für die Worte auf dem Papier.

Für das Bild in meinem Geist.

Für die Erinnerung, die aufkeimt.

Dann war es fertig, ein minderes Zeichen so groß wie sein Daumennagel in der rechten oberen Ecke. Ismayl lächelte, als er spürte, wie es seine Kraft auf dem Papier entfaltete. Dieses hier musste sichtbar sein, mit schwarzer Tinte gezogen. Alle anderen Notizen konnte er nun auf andere Weise handhaben. Er verschraubte das Tintenfässchen und legte die Feder beiseite. Er nahm sich den Folianten vor.

»Was tust du da?«, zischte Toma. »Denkst du nicht, sie werden ein *Zeichen* beschlagnahmen, wenn du rausgehst?«

Ismayl warf einen abschätzigen Blick auf die Papierecke. »Ein Zeichen? Diese Kritzelei? Das ist doch das Ergebnis von studentischer Langeweile, würde ich sagen. Welcher Student beherrscht schon Zeichen?«

»Vielleicht warten sie nur drauf, dass einer von uns sie aus Büchern rekonstruiert!«

»Oh, aber das geht nicht«, sagte Ismayl leichthin. »Man kann sie nicht aus Büchern lernen. Das ist vermutlich der Grund, warum das ach so barbarische Sygna sie beherrscht und ihr nicht, ihr Bücherwürmer!«

Toma schüttelte den Kopf, während Ismayl begann, im Folianten zu blättern. Es war eine detaillierte Abhandlung über die ersten Siedlungen in den Kuser Bergen, über Feuersteinkulturen und darüber, wie der Bronzeguss im Schlangtal erfunden wurde, genau dort, wo später Sygna entstehen würde.

Interessant, aber nicht weltbewegend, urteilte er und blätterte langsam weiter durch die Jahrtausende.

Toma wälzte derweil eine Schrift jüngeren Datums, eine Übersetzung aus dem Vychodi, der Sprache der Beiden Zarenreiche, wie Ismayl auf dem Titelblatt gelesen hatte. Gerade entfaltete er eine Karte, die auf absurde Weise im Buch gefaltet war und nur zögerlich ihren Inhalt preisgab. Toma fluchte tonlos, während sich ein bereits vorhandener Riss vertiefte, das Geräusch von reißendem Papier ließ erneut die beiden Studenten am Nachbartisch die Köpfe schütteln. Toma wollte aufgeben, als er in ein Viertel der Karte gespäht hatte, doch Ismayl, der die Karte gerade interessanter fand als die fünfzehnte Version der Erzählung, wie Davyd der Große die Goldene Horde besiegte, griff nach einer Ecke und zog die unmöglich gefaltete Karte auf. Was er darauf erblickte, schien ihm tatsächlich eher in die geologische Abteilung zu gehören. Linien und Schraffuren zogen sich, anders als Ländergrenzen, über etwas, das Ismayl als den dardanto-zapadischen Kontinent erkannte, die Landmasse, die sich vom Dardantischen Ozean bis zum Gebirge im Osten von Stare Traha zog. Das Gebirge war angeblich durch das Anstoßen des vychodischen Kontinents entstanden, so hatte er es zumindest in der Schule gelernt.

»Was sind das? Bodenschätze?«, fragte er Toma. Die ausgefaltete Karte bedeckte beinahe den ganzen Tisch.

Toma schüttelte den Kopf. »Es ist … eine Schattenkarte?«, sagte er mit fragendem Tonfall und einem Blick auf die Seite des Buchs, auf der die Karte aufgeklebt war.

»Klingt interessant.« Ismayl hangelte vorsichtig darunter nach seinem zweiten Tintenfass, der weißen Feder und seinem Papier.

»Klingt nach Aberglauben«, befand Toma. »Wie Energielinien. Rutenwege. Albzonen.«

Ismayl schraubte das Fässchen auf, tunkte die Feder in die durchsichtige Flüssigkeit und schrieb langsam die Zahl *1* und das Wort *Schattenkarte* in die obere linke Ecke des Papiers. Die

Schrift war kurz feucht, trocknete dann aber zu etwas vollkommen Unsichtbarem. Ismayls Blicke fuhren, während er schrieb, über die Karte. Er versuchte, sich nicht zu viele Gedanken zum Sinn zu machen, sondern einfach alles in sich aufzunehmen, was er sah.

»Was machst du da?«, wisperte Toma.

»Ich sehe mir diese Karte an, die du mitten auf meinem Buch aufgeklappt hast. Was soll ich sonst tun?«

Toma schaute misstrauisch auf Ismayls Papier, aber Ismayl war sich ziemlich sicher, dass er nichts darauf sah. Er selbst sog die letzten Informationen der Karte in sich auf.

»Schattenkarte also«, sagte Ismayl, legte die Feder beiseite und half Toma, die Karte wieder halbwegs richtig zusammenzufalten.

Er schloss kurz die Augen. Die Karte schwand zur groben Erinnerung an etwas, das zu detailreich gewesen war, um es im Gedächtnis zu behalten. Er konnte nicht überprüfen, ob das Zeichen wirkte – er würde sich an die Karte erinnern, an Details, die er jetzt bereits wieder vergessen hatte, aber dazu musste er die unsichtbare Tinte erst wieder sichtbar machen. Die Erinnerung war nun zwischen seinem Geist, den Worten auf dem Papier und dem kleinen Zeichen auf dem Register verknüpft. Er hatte Sygna beim Sichten der Karte erkannt, und es hatte äußerst interessant ausgesehen, fast so interessant wie der Osten des Kontinents, der von Linien und Schraffuren bedeckt war wie ein Brandopfer von Narben – aber einen detaillierteren Blick würde er erst im Nachhinein darauf werfen können.

Ismayl kehrte in sein Geschichtsbuch zurück und ignorierte Tomas Verwirrung.

Zur Zeit von Davyd dem Großen hatte es noch keine Handwerkszeichen gegeben, erfuhr er – die Gründung der Stadt erfolgte jedoch kurz nach den Rachefeldzügen gegen die Horde. Sygnakus, Stadt der Zeichen. Wenn das von Anfang an der Name der Stadt gewesen war, dann musste es einen Grund dafür geben. Diesen würde er finden, und er war nicht mehr gewillt, die Mär vom Ewigen Handwerker zu glauben, der aus seiner Himmlischen Werkstatt stieg und Sygnas Straßen als Zeichen auf den Bleiberg malte.

Rufin betrachtete eine Karte, die in der Kladde mit den Berichten über Zeichenwirker außerhalb von Sygna eingelegt war.

»Was sollen diese Schraffuren darstellen?«

»Oh, ich fürchte, die Legende ist nicht mit kopiert worden. Das ist der Ausschnitt einer Karte, in denen es um Risse geht. Schattenrisse, du weißt schon.«

»Ich weiß schon? Schauermärchen?«

Erneut ließ Lafayet die Schreibfeder sinken und sah Rufin durch die Brille an, die seine Augen größer und verwunderter erscheinen ließ. »Ja, wie das Schauermärchen von einem Mann, der die Gedanken von Menschen verdrehen kann«, sagte er in einem Tonfall, der leise Ironie beinhalten sollte, aber nicht ganz sein Missfallen verhehlen konnte.

Rufin hob lediglich die Augenbrauen.

»Meine Theorie, die sich im Übrigen erhärtet, Lysandre« – er deutete auf seine Arbeit, der er ganz offensichtlich gerade gern größere Aufmerksamkeit schenken wollte, als Rufin zuließ – »ist, dass es mehr als einen Grund gibt, warum du außerhalb von Sygna nicht viele Zeichenträger finden wirst. Erstens: Die Sygnaer haben sie systematisch umbringen lassen. Meuchelmorde an Handwerkern. Ich habe diverse Archive verschiedener Städte kommen lassen und bin mir da verhältnismäßig sicher. Zweitens: Die Kontrollen und Reisesperren für Zeichenwirker in Sygna selbst. Und drittens: Die Zeichen speisen sich aus etwas, das in Sygna ist. Ich lehne mich wohl nicht weit aus dem Fenster, wenn ich vermute, dass es in der Verkehrten Stadt ist. Außerhalb von Sygna kann ein Gezeichneter seine Zeichen wirken und an Gelehrige weitergeben, aber ohne die Nähe zur Stadt werden sie schwächer und schwächer. Es gibt keine Flüchtigen in fünfzehnter Generation, die irgendwo noch verschollene Zeichen hüten. Ganz ehrlich: Wenn es dir um die Blutzeichen geht, glaube ich nicht, dass du fündig werden wirst, Lysandre. Sie sind zu lange verschwunden.«

»Und was hat das mit der Karte zu tun?« Missgestimmt wedelte Rufin mit dem Ausschnitt in seiner Hand.

»Gegenthese: Wenn es woanders ähnliche Orte wie die Verkehrte Stadt gibt, dann können sich Zeichen *dort* vielleicht halten. Weil sie … sich daraus speisen.«

»Woraus?« Die Linien der Karte erschienen Rufin mit einem Mal beinahe lebendig. Die Verkehrte Stadt lauerte am Rand seines Sichtfelds. Erst dieser Herzschlag, der ihn hinuntergetrieben hatte. Dann das Zeichen, das wie ein Blitz in ihn eingeschlagen war. Dann die Finsternis und … die *Kreatur* … Der Raum war eng und stickig und düster um ihn herum. Er schüttelte sich kurz.

»Aus Schatten, Lysandre«, erwiderte Lafayets Stimme, so nüchtern, dass sie Rufin mühelos aus seinen Gedanken holte.

»Wie in den Berichten aus den Zarenreichen?«

»Ich sehe, du bist belesen. Aus den Zarenreichen und aus der Yugurei. Aus Bhagwa Pranesh. Aus den Tòng-Staaten. Aus Dinai. Berichte darüber gibt es überall, es wäre ignorant und zwecklos, sie alle als Falschmeldungen abzustempeln.«

»Und das ist eine Karte … dieser Schattenrisse?«

»Beim Vater im Ewigen Blau, Lysandre, das sagte ich doch schon. Nimm sie mit, schick ein paar deiner Leute aus, um noch mehr Berichte einzuholen. Ich habe diese Orte noch nicht untersuchen lassen können. Sie liegen weit auseinander, und mein Personal ist begrenzt. Sogar die Ressourcen des Kaisers sind begrenzt.«

»Das ist ein Ausschnitt, sagtest du? Wo ist die ganze Karte? Kann ich die mitnehmen?«

»Ja.« Lafayet wurde zunehmend ungnädiger, Rufin merkte ihm jedoch an, dass er ihn nicht zu sehr vergrätzen wollte.

»Dann bist du mich los«, sagte er lächelnd.

»Hervorragend«, erwiderte der andere. »Nimm es mir nicht übel, Lysandre. Es ist zu viel zu tun für einen Einzelnen, und doch sammeln sich alle Fäden in meiner Hand. Mit wem soll ich die Verantwortung teilen? Wenn ich sie teile, übersehe ich etwas, dann entgeht mir etwas …«

Rufin hob beschwichtigend die Hände, die linke hielt die Kladde. »Ich verstehe dich, glaub mir, so habe ich mich in Sygna gefühlt. Wenn du mir nur einen Studenten rufst, der mir die Karte sucht, dann bin ich weg. Sende mir Nachricht, wenn du etwas findest, was wichtig für mich ist.«

Der andere nickte dankbar. »Ja, sicher. Natürlich mache ich das.«

Sie gingen ein paar Schritte zur Tür, dann hielt Lafayet inne und sah ihn von der Seite an, als wolle er etwas sagen.

»Ja?«, fragte Lysandre.

»Ich weiß deine Geduld zu schätzen. Es war nicht immer so, dass du Geduld mit uns akademischen Gemütern hattest.«

Er erwiderte nichts, fühlte aber, wie ihm dieses fremde Gesicht, die Mimik eines anderen kurz entglitt. Hatte er sich verändert? Veränderte *Ignaz* ihn, was auch immer von ihm noch in seinem Inneren lauerte?

»Um ganz ehrlich zu sein, Lysandre, ich habe mich gefragt, was du mit dem Wortzeichen tun wirst. Ich habe es für möglich gehalten, dass du dich zur rechten Hand des Kaisers machst. Vielleicht sogar zum Kaiser selbst. Das Ewige Blau weiß, schwächere Männer als du wären dieser Verlockung schon lange erlegen.«

Das brachte ihn zum Lachen, aber es war ein kurzes, trockenes Lachen. »Damit würde ich die Aquinzische Nation ins Unglück stürzen. Niemand kann den Kaiser ersetzen, erst recht nicht mitten in einem Feldzug.«

»Und doch könntest du Armeen lenken. Du könntest vielleicht sogar gegnerische Armeen zum Aufgeben zwingen«, sagte Lafayet suggestiv.

»Nein. Ich habe es in Sygna versucht, aber das Zeichen

kennt Grenzen.« *Oder es sind meine Grenzen*, fügte er stumm hinzu und verspürte den Wunsch, es herauszufinden.

»Ich wünsche dir jedenfalls viele Erkenntnisse. Halt auch mich auf dem Laufenden!«, sagte Lafayet und öffnete die Tür zur Schreibstube.

Ismayl erstarrte, als er hörte, wie sich eine Tür öffnete. Nur ein kleines Knarzen, dann das Geräusch von Stiefeln, in denen Soldaten strammstanden. Es war die kleine Tür zum Studierzimmer, nicht die große zur Eingangshalle.

Er zwang sich zur Ruhe. Sie waren hinter Regalen verborgen, sein Gesicht hinter den unordentlich langen dunkelblonden Haaren. Er schrieb mit der unsichtbaren Tinte die Zahl *4* und die Bemerkung *Yugurensklavin* und las dabei die Passage zu Ende, die er sich mit der Notiz ins Gedächtnis einbrannte. Er erkannte Ignaz' Stimme, und seine Hand brachte die Feder zum Zittern. Er hörte, dass der Geheimpolizist und ein weiterer Mann in ein Gespräch vertieft waren, konnte aber keine Details verstehen.

Der Drang, aufzuspringen und zu laufen, wurde übermächtig, doch er beherrschte sich. Es gab hier noch einiges herauszufinden, Rufin würde nun einfach gehen, und er würde hier sitzen bleiben und nicht bemerkt werden.

Schließlich erhob sich die ihm unbekannte Stimme und rief: »Alan, ich suche die Gradavicz-Übersetzung mit der Karte. Wo ist die hin?«

Toma gefror neben ihm, und Ismayl versuchte gar nicht erst, sich einzureden, dass es vermutlich viele vychodisch klingende Autorennamen auf Büchern mit Karten in dieser Bibliothek gab. Er erhob sich langsam, instinktiv griff er das beschriebene Papier und die schwarze Feder.

Toma sah rasch zu ihm auf. »Holst du mir den Dengrou-Bodenatlas?«, fragte er gut vernehmbar. »Ist auf der anderen Seite.«

Ismayl bemühte sich, gelassen zu nicken und auf die andere Seite des Bücherregals zu gelangen.

»Die Übersetzung ist hier, Professor«, ließ sich einer der beiden ungnädigen Studenten vernehmen, die mit ihnen in der Studierecke saßen.

Ismayl hörte die Schritte zweier Männer auf dem Fliesenboden der Bibliothek näher kommen und verschwand gerade rechtzeitig hinter dem Mittelkreuz der Regale. Auf der anderen Seite versuchte er pflichtschuldig, den Dengrou-Bodenatlas aufzutreiben. Er fuhr mit dem Finger am mittleren Regalbrett entlang und schlenderte dann in die genau entgegengesetzte Ecke des Kreuzes. Er hörte Toma durch die Bücherreihen: »Hier, Professor. Ich hoffe, ich habe sie wieder richtig zusammengefaltet.«

»Ah, Toma. Danke.« Eine kurze Pause. »Du hast gestern in der Vorlesung gefehlt. Geht es dir gut? Du bist so blass.«

»Danke der Nachfrage, Professor, ja, ich bin etwas … angeschlagen. Ich habe versucht, den Stoff von gestern nachzuholen.«

»Da ging es aber nicht um die Karte«, sagte der Professor mit einem abscheulich väterlichen Tonfall. »Und was hast du hier noch liegen? Den Vor- und Frühgeschichteband. Der ist zum größten Teil Humbug.«

»Ja, ich wollte *eigentlich* den Stoff nachholen, aber dann bin ich den Versuchungen der Bibliothek erlegen, Professor.« Toma schlug sich nicht schlecht.

Ismayls Blicke schweiften vom Bücherregal zu der offen stehenden Tür des Studierzimmers. Gerade stand nur ein Soldat dort. Vorsichtig hob er den Blick zu den Galerien. Ein weiterer, ziemlich junger Soldat starrte aus dem Fenster. Ein dritter sah hinab, aber wenn Ismayl sich noch ein wenig weiterbewegte, würde er sich im toten Winkel des hohen Regalkreuzes befinden. Er probierte es aus und beugte sich vor. Ein rascher Blick links und rechts ergab, dass nur der Soldat an der Tür ihn noch sehen konnte, jedoch nicht sonderlich beachtete. Scheinbar musterte Ismayl die Buchrücken, immer noch auf der Suche nach einem Bodenatlas, dessen genauen Titel er bereits vergessen hatte, tatsächlich aber setzte er die Spitze der schwarzen Schreibfeder auf seiner Zunge auf. Sein Herz schlug wie wild, als er das Zeichen malte, das die Menschen zuhören ließ, auf dass seine Worte in ihrem Geist einen tieferen Sinn ergaben, als das, was seine Zunge auszudrücken vermochte.

Es war absurd, es zu versuchen. Es konnte sein Todesurteil sein. Er war wahnsinnig! Seine Haut kribbelte, als er die Linien auf seine Zunge kratzte, eine Kolonie Bienen schien auf seinen Nerven Harfe zu spielen, als er tief Luft holte, einen Band aus dem Regal zog, sein mit unsichtbarer Tinte geschriebenes Register hineinlegte und zu dem Soldaten an der Tür ging. Der dünne Bursche, wie sein Kamerad am Fenster so jung, dass sein Gesicht noch von Pickeln übersät war, sah ihn verwirrt an.

»Das ist das Buch, das ich dem Professor auf den Tisch legen soll.« Ismayl zeigte so ungelenk das Buch, dass es unmöglich war, den Titel zu erkennen. »Das hat er mir gerade aufgetragen.« Er deutete auf das Regalkreuz in der Mitte des Raums, hinter dem Lafayet verschwunden war.

Der Soldat nickte knapp, in seinen Augen stand ein zufriedener Ausdruck. Diese Worte ergaben in seinem Geist einen ganz vorzüglichen Sinn. Ismayl setzte noch nach: »Wenn du dich fragst, ob ich noch drin bin: Ich bin so schnell wieder raus, du hast mich gar nicht richtig gesehen. Aber deine Aufmerksamkeit liegt doch ohnehin gerade auf den dreien da vorn.« Er wies auf einen Tisch, an dem sich zwei junge Männer und eine burschikos gekleidete Frau über einige Bücher beugten. Das war dreist und hart an der Grenze zu dem, was das Zeichen vermochte, doch der Soldat wandte sich ab, als sei Ismayl tatsächlich keinen Gedanken wert.

Ismayl trat ein und schob die Tür ein Stück hinter sich zu, sodass sie nicht ins Schloss fiel, er sich jedoch sicher war, von draußen nicht gesehen zu werden.

Der Raum mit den blakenden Öllämpchen war auf niederschmetternde Weise überfüllt. Kurz sackte ihm das Herz noch ein Stück tiefer. Aber er hatte es getan – er war hier, wo niemand war. Er lehnte sich gegen das völlig überfrachtete Bücherregal, schloss für einen Moment die Augen und wirkte das vierte Zeichen an diesem Tag – das Zeichen, mit dem er im Geiste anderer Menschen sprechen konnte.

Toma, rief er in den wirbelnden Hall seiner eigenen Gedanken hinein. *Halt sie hin, beschäftige sie! Ich bin im Studierzimmer.*

Dann riss er sein Register und die speichelfeuchte Feder hervor. Er verfluchte sich, die unsichtbare Tinte nicht mitgenommen zu haben, nun musste er halt zusehen, dass er das Papier im Schuh nach draußen schmuggelte. Wenn man ihn hier erwischte, würde er tief in der Tinte sitzen, und zwar keinesfalls in der unsichtbaren! Ein Papier aus der Bibliothek zu schmuggeln würde dann ohnehin das geringste Vergehen darstellen – und das, wofür er am wenigsten Finesse benötigte. *Hier lebend wieder herauszukommen, das ist die wahre Kunst!*

Er hastete zum Schreibtisch, sah sich zwischen den Regalen um und stellte fest, dass es nur diese eine Tür nach draußen gab.

Dann muss ich da eben wieder raus. Und darauf hoffen, dass Toma sie so lange aufhält und ich den Soldaten am Eingang ein zweites Mal überredet bekomme, mich nicht zu bemerken.

Er wusste selbst, dass das zu viele Unwägbarkeiten waren, aber jetzt war er einmal hier, also überflog er alles, was ihm unter die Finger geriet, machte für jedes eine einzelne, hastig hingeschmierte Notiz, wofür er die Tinte des Professors nutzte – dem Inhalt würde er sich später widmen. Er fraß Wörter um Wörter in sich hinein, Seiten um Seiten. Er blätterte in Papieren, wälzte sich rasch durch Bücher. Der Gedanke, dass er nie wieder eine solche Chance erhalten würde, legte sich wie eine Klaue um seine Kehle.

Lysandre Rufins Blick schweifte vom Buch, das der Professor gerade auf die Unversehrtheit der Karte überprüfte, zum Schreibpult. Eine weiße Feder lag neben einem Tintenfass, dazu ein paar unbeschriebene Seiten und die Chronik, von der Lafayet gerade gesprochen hatte. Über zwei Stuhllehnen lagen zwei Mäntel und ein Hut, und der Stuhl, von dem der Student aufgesprungen war, stand etwas auf Eck, als helfe der junge Mann demjenigen, der sich Papier und Tinte so gewissenhaft aufgebaut hatte, bei seinen Studien.

»Stören wir?«, fragte er den Studenten, der ihm sehr bleich und nervös schien.

»Nein, überhaupt nicht, Sire. Wir … wie gesagt, eigentlich müssten wir uns wieder der Geologie widmen, wenn wir Professor Lafayets Prüfungen bestehen wollen.«

Lafayet lächelte auf die Art, wie er nur gegenüber Studenten lächelte. Wie ein gestrenger Patron. Rufin konnte ihn nicht immer leiden.

»Haben wir Euren Kommilitonen verscheucht?«, fragte Rufin und wusste noch nicht, warum ihn der Anblick eines zweiten Mantels, aber keines zweiten Studenten so beschäftigte.

»Nein, er … Ich weiß auch nicht genau, er wollte den Dengrou-Bodenatlas holen. Ich glaube, als er Euch hörte, Professor, fiel ihm wieder ein, warum wir eigentlich hier sind.«

»Wer ist denn mit dir fleißig, Toma?«, fragte Lafayet.

»Remien«, murmelte Toma, als vertraue er ihnen ein Geheimnis an, und sah dabei kurz zu der Gruppe Studenten am Nebentisch.

Rufin kniff die Augen zusammen. Was genau stimmte hier nicht? All seine Alarmsirenen läuteten, aber er fand noch keinen guten Grund, den anderen zur Wahrheit zu zwingen – solcherlei Befehle zu geben, während mehrere Studenten, Soldaten und vor allem Lafayet zuhörten, mochte ein Misstrauen säen, das er nicht gebrauchen konnte.

Plötzlich wurde der Student leichenblass und schwankte so sehr, dass er gegen die Tischkante stieß. Noch während Rufin die Hand ausstreckte, um ihn an der Schulter zu packen, spürte er ein Ziehen an seiner Aufmerksamkeit.

Was passiert hier?

Doch das, was er spürte, war nicht hier – es war in der Nähe, aber nicht unmittelbar. Etwas stieß an eine Saite in seinem Inneren, als höre er den vertrauten Klang einer Melodie, könne sich aber nicht an den Namen des Stücks erinnern. Sie gaben vermutlich einen seltsamen Anblick ab, der erstarrte Student und er selbst angestrengt lauschend.

»Was habt ihr denn auf einmal? Herrscht hier Mangel an Frischluft?« Verwundert sah sich Lafayet um, als suche er nach der Ursache.

Es ist ein Wortzeichen, schoss es Rufin durch den Kopf. *Jemand wirkt ein Wortzeichen.*

Ein fernes Flüstern, aber nicht an ihn gerichtet. Oder doch? War es das Zeichen, das um Neigels Willen lag? Spürte Neigel es auch, fiel die Last dieser Fessel endlich von ihm ab? Rufin war kurz davor, zum Ausgang der Bibliothek zu laufen.

Andererseits, was passiert, wenn er nun wegläuft? Dann ist er weg. Dann weiß ich, dass es vorbei ist, dass die Wirkung verloschen ist. Dann kann ich das irgendwo vermerken und Neigel für immer vergessen.

Ja, vielleicht war das das Beste.

Toma stammelte etwas, das sich Rufins Aufmerksamkeit entzog.

»Es ist aber doch nichts Schlimmes?«, fragte Lafayet und schob Toma auf seinen Stuhl. Toma wollte gerade verneinen, gab sich dann aber doch einen Ruck.

Rufin stöhnte innerlich, er wollte diesen Ort einfach nur mit dem Buch und der Karte verlassen.

»Professor, ich habe eine Frage. Seid Ihr … seid Ihr mit den Zeichen vertraut? Ich habe gehört, die Armee hat einige davon, also, hergebracht?«

»Das ist so weit nicht falsch«, sagte Lafayet gedehnt.

Rufins Haltung löste sich ein wenig, doch sein Blick forschte noch nach dem zweiten Studenten, der einfach nicht wiederkam. Hatte er etwas ausgefressen und mied den Professor?

»Ich war … nun, es ging mir nicht gut. Ich hatte eine Verletzung, Professor«, begann Toma umständlich mit seiner Beichte. Seine Hand glitt nervös zu seinem albernen dünnen Schnurrbärtchen. »Eine, also, Verletzung, die bei einem Arzt Fragen nach sich gezogen hätte.« Er verstummte und lächelte mit seinen blassen Lippen.

Rufin musterte ihn, der Student sah tatsächlich aus, als hätte er kürzlich eine Menge Blut verloren.

»Ist es etwas Unappetitliches?«, fragte Lafayet ein wenig pikiert. »Waren Käufliche involviert?«

»Unsinn«, sagte Rufin ungeduldig. »Das klingt nach einem Duell.«

Tomas Miene war ein Wechselspiel aus Scham und Stolz. »Das stimmt. Es ging um ein Theaterstück, seht, ich konnte unmöglich auf mir sitzen lassen, dass …«

Rufin machte eine herrische Geste, das hier uferte ihm zu sehr aus. »Was ist Eure Frage, Student? Wir sehen über Grund und Gegebenheiten dieser Straftat hinweg.« *Wenn ich nur aus diesem Gespräch herauskomme*, ergänzte er in Gedanken.

Die Vorstellung, dass er eine Straftat zugegeben hatte, schien dem Knaben zuzusetzen, er wurde gleich noch bleicher. »Gut, ich, ähm, danke, Commissaire.«

Rufins Argwohn merkte erneut auf: Warum kannte der junge Mann seinen Rang? Er trug Zivilkleidung, und ihm war nicht bewusst, dass man an der Universität wusste, wie er aussah.

»Also, ich wurde angeschossen, und dann mit einem Pulver behandelt, das mit einem Zeichen entwickelt wurde. So … glaube ich es zumindest. Ich hatte große Schmerzen und Todesangst, daher kann ich es nicht genau sagen.«

»Mit welchem Zeichen?«, fragte Lafayet.

»Einem alchimistischen?«, schlug der Student mit scheuem Blick vor.

»Kann man die Wunde ansehen, oder ist sie an einer Stelle, die man nicht im öffentlichen Raum enthüllen sollte?«, fragte der Professor eingedenk der Tatsache, dass die meisten Duelle mit Bauch- oder Unterleibsschüssen endeten.

»Sie ist an meiner Schulter.«

Erneut kratzte etwas an Rufins Geist, als schabe eine Feder dagegen. *Etwas stimmt nicht. Mit dieser ganzen Angelegenheit, dem nervösen Jungen, dem Mantel, der Tatsache, dass er meinen Rang kennt.*

Der Student öffnete sein Hemd ein Stück weit. Das gerötete Fleisch der Schulterwunde sah falsch aus, als habe jemand eine rosige Masse notdürftig hineingespachtelt und nicht einmal oberflächlich geglättet.

Nun hatten sie die volle, unverhohlene Aufmerksamkeit der Lernenden am Nebentisch.

»Womit ist das verschlossen worden?«, stieß der Professor angeekelt hervor.

»Es war ein Pulver, Sire, und es ist zugewachsen.«

»Sieht es von Anfang an so aus?«

Der Student zog rasch den Stoff wieder über die unappetitliche Narbe. »Nein, Sire. Es … es wächst. Zuerst hat es sich geschlossen, da war es noch nach innen gewölbt, als fehle etwas. Aber seitdem … wächst es.«

»Das klingt nicht gut, mein Junge.« Der Professor seufzte, vielleicht aus Erleichterung darüber, die Wunde nicht mehr sehen zu müssen. »Das kann nicht gesund sein.«

»Was soll ich denn jetzt tun?«

»Damit werden wir uns an den Urheber dieses Pulvers wenden müssen.« Er stieß frustriert die Luft aus. »Aber ich kann mich gerade sehr schlecht darum kümmern, Toma.«

Das Kratzen machte Rufin wahnsinnig. Was stach da gegen seine Aufmerksamkeit, als versuche es, ein Loch hineinzubohren? War das immer noch das Zeichen, das um Neigels Geist lag? Wie konnte das sein?

Er schloss kurz die Augen.

»Commissaire, würdet Ihr den jungen Mann begleiten? Ich wette, es ist erhellend, die Fortschritte der anderen Zeichenträger zu sehen.«

Rufin erwiderte nichts.

»Lysandre?«, fragte der Professor.

Rufin öffnete die Augen und folgte einem plötzlichen Impuls – langsam, wie ein Schlafwandler, ging er auf Lafayets Arbeitszimmer zu. Er hob die Hand, um den Professor zum Schweigen zu bringen, und näherte sich der Tür, neben der eben ein zweiter Soldat wieder Posten bezog. Sein Kumpan – die Streifen an den Ärmeln wiesen ihn als Korporal aus – blinzelte, als Rufin herantrat.

»Sire?«, fragte er nervös.

Rufin *spürte* etwas aus Lafayets Arbeitszimmer, er *wusste*, dass ihm dort etwas entgangen war oder dass etwas dort war, was nicht hingehörte, es *juckte* ihn wie eine Stelle, an der er sich nicht kratzen konnte!

Die Soldaten wussten ganz offensichtlich nicht, was sie davon halten sollten, dass er sich der Tür näherte, durch die niemand gelassen wurde, der nicht der Professor war oder vom Professor empfangen wurde, doch Rufin zischte ihnen drei Worte zu: »Lasst mich durch!«

Er verbog den Zwiestreit in ihren Geistern zu simplem Gehorsam, und sie wichen zur Seite, die Blicke auf die Stirn des jeweils anderen geheftet.

Rufin trat durch die Tür ins stickige Innere des Studierzimmers und stieß den Atem aus, den er angehalten hatte, seit er Lafayet und dem Studenten den Rücken gekehrt hatte.

Der Raum war leer.

Natürlich war er immer noch voll mit Papierstapeln, Leineneinbänden, Lederrücken, Holzschränken – doch außer ihm befand sich hier nichts Lebendiges.

Was geschah gerade? War er seiner eigenen Einbildung erlegen? Oder gab es in all diesen Aufzeichnungen etwa niedergeschriebene Wortzeichen, die nach ihm riefen?

Er trat an den Schreibtisch und blätterte wahllos durch einige Papiere. *Würde ich Wortzeichen überhaupt erkennen?* Das Urzeichen befand sich in seiner Iris, aber er kannte kein einziges niedergeschriebenes *Zeichen*, er kannte ihre Schwünge und Kanten und Ecken nicht. Er *war* das Zeichen, doch er konnte sich nur von innen wahrnehmen und nicht von außen erkennen. Verwirrt wanderte sein Blick über Lafayets dahineilende Handschrift.

Er schloss die Augen. Ein winziger Lufthauch traf seinen Nacken. Diesmal war es nicht das Kitzeln eines Zeichens. Es war ein muffiger Kellergeruch, der ganz real war und die angelehnte Tür nutzte, um durch den Raum zu ziehen. Rufin wandte sich langsam um.

Hinter ihm gähnten die losen Platten der Fußbodenheizung.

»Sire!«

Ismayl kroch mit zitternden Gliedern rückwärts in das Kellerloch, das sich in diesem verflucht fensterlosen Raum auftat wie eine Fügung des Großen Handwerkers.

Oder des Krummen Manns der Tiefe!

»Lasst mich durch!«

Das Stampfen von Hellebardenenden auf dem Boden. Das Aufschlagen der Tür. Ismayl sackte in den Hohlraum zwischen alten, bröckelnden Backsteinstützen, die den Fußboden darüber trugen. Er stemmte sich so weit auf Hände und Knie, wie es in dem winzigen Zwischenraum möglich war, und schob sich Zentimeter um Zentimeter rückwärts in die Dunkelheit.

An dieser Stelle hätte er bereits mit den Füßen gegen die Wand des Zimmers stoßen müssen, doch die Wand gab es hier unten nicht – diese unerklärlich niedrige Kelleretage schien sich ohne die Zwischenwände unter der Bibliothek und den angrenzenden Räumen – vielleicht dem ganzen Gebäude – zu erstrecken.

Er wagte nicht zu atmen. Das Gewicht der Decke über ihm

und des Steinbodens unter ihm schien sich aufeinander zuzubewegen und ihn zerquetschen zu wollen. Wenn er Atem holen würde, würde es ein Schrei werden, ein schriller Angstschrei. Er litt normalerweise nicht unter Panik in engen Räumen, aber er war auch noch niemals in einem Fußboden herumgekrochen. Mit zusammengepressten Lippen und Lidern schob er sich weiter und weiter zurück und rollte sich schließlich, gepresst in seine Hände atmend, hinter einigen Backsteinstützen zusammen.

In diesem Moment streckte sich eine Hand, deren zwei unverletzte Finger in den Ring einer Öllampe geschoben waren, durch das Loch in der Decke. Ismayl zitterte am ganzen Leib. Was hatte er sich dabei gedacht? *Was?*

Ein Gesicht schob sich hinterher, starrte über der Öllampe in die Dunkelheit.

»Wer ist hier?«, fragte Ignaz' Stimme, und eine plötzliche Woge Zorn und Hass und sinnlose Zuneigung verdrängte die Panik für eine Sekunde. Ismayl schloss die Augen. Das war nicht Ignaz, und wenn er ihn fand, würde er mit ihm spielen, wie er mit Ignaz gespielt hatte, und nichts würde von Ismayl übrigbleiben außer einer leeren, verstümmelten Hülle.

Und deshalb wird er mich nicht finden. Seine Finger lösten sich von seinem Mund und seiner Nase.

»Wer immer dort unten ist, gib dich zu erkennen«, befahl Rufin ins Dunkel und legte die grausame Kraft des Zeichens in seine Stimme. Er konnte nichts sehen, das Licht der Laterne blendete ihn mehr, als dass es das Gewirr aus Backsteinen, toten Ratten und abgebröckeltem Schutt erhellte.

Hinter ihm öffnete sich die Tür.

»Lysandre, was ist denn los?«, fragte Lafayet.

Ein rascher Blick bestätigte Rufin, dass der junge Student mit schreckgeweiteten Augen neben dem Professor stand.

Kurz griff er nach dessen Geist, doch dann zog er sich zurück. Lafayet hatte recht, er beherrschte sein Zeichen unzulänglich, es narrte ihn, führte ihn in die Irre. Er musste mehr darüber herausfinden, deshalb war er hier in Naronne.

Er erhob sich mit so viel Würde wie möglich. »Nichts. Ich dachte, ich hätte jemanden gehört.«

»Hm.« Lafayet wandte sich an die beiden Wachen. »Habt ihr jemanden hier hineingelassen?«

»Ein junger Student hat Euch ein Buch auf den Tisch gelegt, Sire«, sagte eine nervöse helle Männerstimme. »Aber er ist sofort wieder gegangen. Es ist dieses Buch da.«

Lafayet trat in seine Studierstube. »Dieses da? Meeresvulkanismus? Was soll ich damit? Und was denkt ihr euch, ihr dürft nicht einmal für Sekunden jemanden ohne meine Aufsicht hier hereinlassen!«

»Sire …«, wollte sich der Soldat, der zur Tür hereinsah, gerade erklären, doch dann schluckte er. »Ja, Sire, jawohl, Sire.«

Rufin warf einen Blick auf das Buch. Wie seltsam. War dies die Ursache für sein Befinden? War darin etwas verborgen? »Ich nehme es mir mit, wenn du erlaubst, Aquinçois.« Der Professor nickte. »Und den Namen dieses Korporals ebenfalls. Ach, nicht Korporal. Ich meinte Schütze.«

Dem Soldaten schoss die Röte in die Wangen. Er nannte seinen Namen, und Rufin machte sich eine geistige Notiz, ihn degradieren zu lassen. Mit dem Wortzeichen vergaß er nie etwas, das er sich merken wollte.

Erst als der Schein der Lampe lange vergangen war, löste Ismayl die Finger von den Ohren. Er hörte Ratten quieken und konnte im Stockfinsteren nichts sehen, außer dass sich die Dunkelheit weit um ihn herum ausdehnte. Nur durch die Öffnung im Studierzimmer des Professors schimmerte Licht – war das etwa der einzige Ausgang?

Jetzt stecke ich gewaltig in der Scheiße, schoss ihm durch den Kopf. Zugleich lag das beschriebene Papier, mit dem er sich ganze Buchseiten geradezu eidetisch einprägen konnte, warm in seiner Hemdtasche.

Neigel war rastlos. Er konnte sich in der Eingangshalle der Bibliothek frei bewegen, aber schon jetzt drückte ihm der Gedanke daran, dass er früher oder später pinkeln müsste, auf die Blase.

Er erinnerte sich daran, wie er in der Bleibergfeste auf dem Teppich neben der Treppe hatte stehen müssen. Stundenlang. Den ganzen Tag über. Gepeinigt vom Wissen, ein Verräter zu sein. Er dachte an Ismayl in der Bibliothek, und versuchte gleichzeitig, nicht an ihn zu denken. Was, wenn diese Gedanken ihn wieder zum Verräter machen würden?

Verdammt, wie lange blieb Lysandre denn noch da drin? War Ismayl ihm erfolgreich aus dem Weg gegangen? War das überhaupt möglich, war die Bibliothek groß genug? Würde der Dichter vor den Mündungen von Musketen wieder herauskommen? Würde er ihn überhaupt wiedersehen? Vielleicht gingen hinter der Bibliothek die Gänge des Universitätskomplexes weiter, und Ismayl würde einen anderen Ausgang benutzen, und Neigel würde versuchen zu vergessen, dass er ihn hier gesehen hatte.

Am besten hätte ich ihn nie gesehen!

Und doch wünschte er sich, dass Ismayl durch die Tür trat, mit einem verschwörerischen Lächeln auf den Lippen. Dann wüsste Neigel, dass es ihm gut ging, dass er die Lage im Griff hatte.

Ganz anders als ich.

Noch während er darüber nachsann, öffnete sich die Tür, und Ismayls Begleiter trat heraus, leichenblass und mit leerem Blick. Neigel musste an sich halten, nicht sofort zu ihm zu stürmen, doch der Student beobachtete ihn, während sein Mantel, seine Hosenbeine und Hemdsärmel und das Innere des Huts, den Ismayl getragen hatte, von Soldaten durchsucht wurden und er seinen hinterlegten Ausweis zurückerhielt. Neigel näherte sich möglichst unauffällig.

Als die Soldaten mit dem Ergebnis zufrieden waren, trat der Student auf ihn zu und wisperte beinahe unhörbar inmitten der Stimmen und Fußtritte der geschäftigen Eingangshalle: »Ismayl steckt in der Fußbodenheizung.«

»Was?« Neigel fand schlichtweg keinen Sinn in diesem Satz.

»Er hat sich versteckt, ist vorerst in Sicherheit. Hol Hilfe von Guillome Macrin, Theaterwissenschaftler, der ist Assistent in Vorlesungsraum vier, Gebäude der Schönen Künste. Er ist bis ungefähr heute Mittag da beschäftigt. Er kennt sich aus. Hol Hilfe, wenn du Ismayls Freund bist!«

Damit schob er Neigel den Hut in die Hand, als wäre der eine Art geheimes Erkennungszeichen. Neigel starrte erst ihn an, dann den Hut.

»Was?«, fragte er noch einmal und hielt sich schon beinahe selbst für schwachsinnig.

»Guillome Macrin! Vorlesungsraum vier. Er kennt andere Zugänge und holt Ismayl raus, wenn du ihn in meinem Namen drum bittest. Toma, ich bin Toma Delacroi.«

Hinter ihm öffnete sich die Flügeltür zur Bibliothek, und Neigel versuchte, nicht an Rufin vorbei in die Bibliothek zu starren. Gerade noch rechtzeitig legte er den Hut auf eine steinerne Sitzbank. Rufin starrte ihn an, als sei er überrascht, ihn noch hier zu sehen.

Neigel wandte sich von Toma ab und zog die Schultern hoch.

»Ich kann nicht«, wisperte er und wusste nicht, ob Toma ihn noch hören konnte. »Ich muss ihm gehorchen.«

Rufin durfte keinen Verdacht schöpfen, um nichts auf der Welt, nicht, wenn Ismayl irgendwo feststeckte und Neigels Hilfe brauchte. Seine Gedanken rasten. Wie konnte er diesen Guillome finden, wenn er an Rufins Seite klebte wie eine Zecke?

Rufin wurde nicht durchsucht, er hielt sogar einige Schriftstücke und zwei Bücher unterm Arm, doch er schritt unbehelligt zwischen den Soldaten hindurch und auf Toma zu. Neigel sah verwirrt zwischen beiden hin und her. Was hatten diese beiden denn nun miteinander zu schaffen?

»Ich weiß nicht, in welchem Gebäude sie an der Alchimie forschen«, sagte Rufin kurz angebunden.

»Es ist ganz in der Nähe, bei den Natürlichen Wissenschaften.«

»Dann kannst du mich hinführen.« Rufin sah missgestimmt aus, und er ging einfach an Neigel vorbei auf den Ausgang zu.

»Lysandre«, sagte Neigel tonlos und räusperte sich. Rufin blieb stehen, Neigel konnte ihm den Seufzer von hinten ansehen. »Bleibe … bleibe ich hier? Wie … wie lange noch? Was ist, wenn ich … wenn ich …«

Rufin fuhr herum. »Was? Aufsehen erregst, weil du hinter eine Säule pisst?«

Neigel schoss die Röte ins Gesicht, die Stimme des anderen war laut genug, um einige Studenten zum Lachen zu bringen.

»Ich … könnte einfach zurückgehen«, murmelte Neigel.

»Was sagst du?«, fragte Rufin nach, die Distanz zwischen ihnen war zu groß, um unter der hohen weißen Kuppel einen gemurmelten Satz zu verstehen.

»Du könntest mich zurückschicken«, wiederholte Neigel lauter.

»Wohin? In meine Wohnung? Oder vielleicht lieber nach Sygna?«

»Das meinte ich nicht.« Neigel stiegen hilflose Tränen in die Augen. Einige Studenten wandten sich ab, andere starrten ihn an. Einige lachten lauter, anderen verging das Lachen.

»Weißt du was, das Experiment ist beendet«, stieß Rufin hervor. »Geh, Neigel, verschwinde.«

Neigels Blickfeld schrumpfte auf Rufins, nein, Ignaz' Gesicht zusammen. Er begann zu zittern. Er musste dorthin gehen, wohin Rufin ihn befahl, und »Verschwinde« war ein

Begriff, aus dem das Wortzeichen etwas Grauenhaftes formte, etwas, das in ihm das Bestreben weckte, sich so gründlich zu vernichten, dass nichts mehr von ihm übrig blieb.

»Das kannst du so nicht sagen«, brachte er mit dem Gefühl zu ersticken hervor. »Du musst mir etwas anderes sagen, ich stehe immer noch unter dem Zeichen, ich muss hingehen, wohin du mir befiehlst. Ver… verschwinden …« Er verstummte.

Das Tuscheln um ihn herum wurde lauter, aber er sah niemanden mehr außer Rufin.

Der schloss seine zeichendurchwirkten Augen. »Vielleicht wäre es interessant zu sehen, welche Anstrengungen du unternimmst, um zu verschwinden.« Er lächelte grausam, ohne die Augen zu öffnen. »Aber nein. Es ist mir egal.« Er schnippte mit den Fingern.

Neigel schnappte nach Luft. Er konnte *spüren*, wie sich das Zeichen hob, das so lange, *so lange* auf ihm, um ihn gelegen hatte. Er brach beinahe in die Knie.

Rufin lächelte grausam.

»Werd glücklich«, befahl er mit diesem Grinsen, und erneut ließ sich etwas in Neigels Nacken nieder. Er wusste nicht, was das bedeutete, was der zeichenverstärkte Befehl mit ihm machte, aber auf die Erleichterung, ein Zeichen losgeworden zu sein, folgte die erstickende Angst, was dieser neue Befehl anrichten würde. Es war ein Machtspiel, Rufin wollte beweisen, dass das Wortzeichen auch derlei vermochte – nicht sich selbst beweisen, sondern ihm, Neigel, der daran gezweifelt hatte! Panik biss zu; würde er denn niemals frei sein von diesem Monstrum, das in seinem Kopf wühlte?

»Und jetzt hau ab. Verschwinde«, zischte Rufin, und diesmal waren es einfach nur Wörter.

Neigel rannte los, in ihm rauschte es von streitenden Gedanken und grässlichen Gefühlen, er taumelte gegen zwei Studenten und hieb einem von ihnen versehentlich die Tasche aus der Hand. Er sah sie kaum, er rannte auf die Tür zu, die er nur als grelles Viereck vor sich erkennen konnte. Erst als er draußen unter den Säulen hervortorkelte wie ein Betrunkener, den Platz überquerte und in einer Pfütze auf die Knie sackte, begriff er, dass er schluchzte wie ein Kind, auf eine urtümliche, angsteinflößende Weise, die ihn im Griff hatte, ihn würgen ließ, machte, dass die Welt um ihn herum schwankte und ihre Form verlor.

Er hörte Stimmen nach seinem Wohlergehen fragen, spürte eine Hand auf seiner Schulter. Minutenlang ignorierte er alles, bis sie auch ihn ignorierten. Dann schlang er die Arme um sich, er war nass bis auf die Knochen. Verwirrt stellte er fest, dass er Ismayls Hut in einer Hand hielt und den Filz zerknüllte.

Vorlesungsraum vier. Schöne Künste.

Die Hallen der Schönen Künste wurden nicht von Soldaten bewacht, und dennoch zitterte Neigel am ganzen Leib, als er endlich Vorlesungsraum vier fand. Auch diesen verschloss eine verzierte Flügeltür, und Neigel war sich recht sicher, dass es ihm nicht gelingen würde, sich ungesehen hineinzuschleichen. Er presste die Zähne aufeinander und öffnete die rechte Seite der Tür.

Dahinter lag so etwas wie ein Theater.

In den sieben treppenförmig angeordneten Sitzreihen wandten sich ihm ungefähr ein Dutzend Gesichter von den hinteren drei Rängen zu. An einem ausladenden Schreibtisch auf der freien Fläche, wo sich bei einem Theater die Bühne befunden hätte, stand ein hagerer älterer Mann mit alten Pockennarben im Gesicht, der mit einem Stab hinter sich auf die Tafel wies und verstummte, um Neigel mit gehobenen Brauen entgegenzusehen. Offensichtlich wollte er ihn fürs Zuspätkommen schelten, bemerkte dann jedoch, dass Neigel ganz und gar nicht hierhergehörte.

Neigel spürte, wie er rot wurde und die Worte nicht herausbekam, die er sich zurechtgelegt hatte. Bevor die Peinlichkeit das Unerträgliche erreichte, entdeckte er einen kleineren Tisch an der Seite, an dem ein Mann saß, der vielleicht ein paar Jahre älter war als die Studenten in den Sitzreihen, aber einige Jahrzehnte jünger als der Gelehrte zwischen Tisch und Tafel.

Assistent, schoss es Neigel durch den Kopf. *Das muss er sein.*

»Gi-Joom?«, fragte er mit seinem unverkennbaren Sygnaer Dialekt, und sofort begann eine Studentin, die er auf den ersten Blick gar nicht als Frau erkannt hatte, zu lachen. Er musste mittlerweile so rot sein wie sein Haar.

»Das bin ich«, sagte der Assistent ruhig und sah ihn über den Rand einer runden Lesebrille hinweg an.

»Ich … ein Freund schickt mich. Es ist sehr wichtig, sagt er. Verzeihung.« Er warf dem Gelehrten einen unbehaglichen Blick zu und begriff im gleichen Moment, dass so ziemlich jeder andere im Raum das Gleiche tat.

»Professor?«, fragte der Assistent, und der Professor nickte ebenso ungnädig wie knapp.

Neigel verschwand aus der Tür und wartete im Flur. Er lehnte sich an die Wand und atmete schwer, sein Inneres war ein einziges Chaos. Wie sollte er diesen Unbekannten dazu bringen, Ismayl aus einem Ort zu befreien, den er nicht einmal richtig beschreiben konnte?

Der Student erschien im Türrahmen, schloss den Flügel hinter sich und musterte Neigel. »Wer bist du?« Er nahm die Brille ab und steckte sie in seine Rocktasche.

»Ein Freund steckt in Schwierigkeiten. Zwei Freunde, um genau zu sein. Einer von mir und einer von dir, wenn ich das richtig verstehe.«

»Wer bist du?«, fragte der andere noch einmal.

Neigel dachte, er könne nicht mehr röter werden. »Ich bin Neigel.«

»Aha. Also, erst mal, ich bin Guillome.«

Er reichte Neigel die Hand, der sie verdattert ergriff und den anderen anstarrte – wenn auch nicht lange. Neigel wandte den Blick rasch auf seine eigenen Fußspitzen ab und wusste, wie abgerissen und hinterwäldlerisch er wirken musste. Guillome hingegen war auf eine völlig überlegene und mühelose Art und Weise gut aussehend und fixierte sein Gegenüber mit dunklen Augen, deren Blick er beinahe auf dem Scheitel spürte.

»T-Toma?«, brachte Neigel hervor. »Heißt so ein Freund von dir? Euch?«

»Dir.« Guillome grinste. »Ja, Toma ist … na ja, ein Freund. Was hat er ausgefressen?«

»Er war mit einem Freund von mir in der Bibliothek.«

»Mit Ismayl?« Guillome deutete auf den Hut, den Neigel unablässig in den Händen zerknautschte. »Dem Neuen? Mit diesem albernen Hut?«

»Ja, ja, genau der!« Erfreut wagte Neigel es, den Blick zu heben. Die Augen seines Gegenübers blitzten amüsiert. »Also, Toma ist jetzt mit einem Geheimpolizisten unterwegs zu … den Natürlichen Wissenschaften.«

»Was? Mit der Geheimpolizei?«

»Es wirkte nicht so, als wäre er verhaftet. Eher so, als würde er ihn dorthin führen. Hoffe ich. Und er sagte mir, Ismayl stecke … in der Fußheizung? Und ich soll dich bitten, ihn da rauszuholen.«

Guillome lachte ungläubig. »In der Fußbodenheizung? Wo?«

»In der Bibliothek.«

»In der geologischen? Wo Einsturzgefahr herrscht?«

»Es gibt mehrere?«, fragte Neigel verwirrt. »Ich … ich kann dich hinführen!«

»Schon gut, ich weiß, was Toma meint.« Guillome fuhr sich durch die kurzen schwarzen Haare. »Die Bibliothek, die sie bewachen wie das verdammte Golddepot des Kaisers, ja?«

Neigel nickte entmutigt. »Etwas mehr werden sie das Golddepot schon bewachen, aber ja.«

Guillome betrachtete ihn, und diesmal wandte Neigel den Blick nicht ab, obwohl er dachte, er müsse tot umfallen.

»Du bist Sygnaer«, raunte Guillome schließlich. »Ich dachte

erst, du wärst Huskaler, aber du bist Sygnaer. Und dein Freund hat sich in die Bibliothek geschlichen. Weil er auch Sygnaer ist.«

»Nein, das … Wir sind zufällig beide hier, ich wusste gar nicht, dass er hier ist, aber … ja. So ist es wohl.«

»Und jetzt versteckt er sich in der Fußbodenheizung vor Entdeckung. Und dieser verfluchte Toma und du, ihr wollt, dass ich Vaterlandsverrat begehe!«

»Nein! Das …« Neigel dachte eintausend sinnvolle Varianten einer Antwort, aber sagen konnte er keine davon. *Weil ich ein verdammter Idiot bin*, verfluchte er sich, holte Luft und sagte dann: »Ich weiß es nicht, ich bin als Gefangener hier gewesen und gerade erst wieder … auf freiem Fuß, ich weiß nicht, was er da macht.«

»Mir hat er gesagt, er sei Student. Aber es kommt mir jetzt eher so vor, als sei er Spion!«

»Er ist Dichter!«, brachte Neigel hervor.

»Ach, gottverdammte Scheiße!«, zischte Guillome, und von seiner anfänglichen Freundlichkeit war nichts mehr übrig, als er sich abwandte. »Es ist mir egal, was er ist.«

Neigel packte seinen Arm, als Guillome die Hand auf die geschwungene Klinke der Hörsaaltür legte. »Bitte!«

Der andere hielt inne, und in seinem Profil konnte Neigel ansehen, dass das letzte Wort noch nicht gesprochen war, dass die Gedanken des anderen mindestens ebenso viele Kreise zogen wie seine.

»Verdammt«, flüsterte Guillome, riss sich von der Klinke und aus Neigels Griff los und marschierte den Korridor entlang zum Ausgang. Jeder Fußtritt hallte im ehrwürdigen Gebäude der Schönen Künste. »Verdammte, verdammte Scheiße!«

»Was … was ist denn jetzt?«, stotterte Neigel und folgte dem anderen.

Der wandte sich erst um, als sie sich draußen befanden. »Wenn die Sache mit dem Duell auffliegt, besonders die mit den Duellpistolen, dann kann ich meine Assistentenstelle vergessen. Also holen wir jetzt deinen verdammten Freund aus der verdammten Fußbodenheizung, und danach sehen wir einander nie wieder!«

Neigel schnappte nach Luft und nickte heftig, auch wenn sich spontan etwas in ihm dagegen wehrte, den anderen nie wiederzusehen. »Danke!«

Die Natürlichen Wissenschaften waren unweit der Geologie untergebracht, in einem lang gestreckten Gebäude, das zugleich eine Ausstellung für ausgestopfte Tiere aus aller Welt beheimatete – ein verstaubtes Kuriositätenkabinett, wie Rufin bereits als Kind befunden hatte – und eine Sammlung von Skeletten und Fossilien, von denen ebenfalls einige auch für die Öffentlichkeit zu bestaunen waren.

Hätte er gewusst, dass die anderen Urzeichenträger in diesem ehrwürdigen, strahlend weiß getünchten Monumentalbau experimentierten, hätte er allein hingefunden. Dem Studenten mit der seltsamen Schulterwucherung war offenbar ziemlich unbehaglich während des kurzen Wegs dorthin.

An Rufin hingegen fraß die Irritation, dass er hatte spüren können, wie ein Wortzeichen seine Aufmerksamkeit erringen wollte, und dass er dann herausgefunden hatte, dass es doch nicht an Neigels Anwesenheit lag.

Schließlich brach er das Schweigen. »Verheimlicht Ihr mir irgendetwas?«

»Nein, Sire!«, erwiderte der Student wie aus der Muskete geschossen.

»Da Ihr diese Wunde auf sehr merkwürdige Weise habt behandeln lassen, gehe ich davon aus, dass Ihr über die Urzeichenträger informiert seid?«, erkundigte sich Rufin.

»Was man sich halt so erzählt, Sire.«

»Was ist das, was man sich so erzählt?«

»Dass Soldaten, die in Sygna waren … dass manche von ihnen etwas … von etwas …« Der Student verstummte und starrte ihn von der Seite an, als wolle er ihm jeden Moment mitteilen, dass etwas mit Rufins Augen nicht stimme.

Mit schmallippigem Lächeln erwiderte Rufin den Blick. »Auserwählt wurden«, brachte er den Satz zu Ende.

»Richtig. Und nun … dass wir nun dieselben Fähigkeiten haben wie die Sygnaer.«

»Das stimmt nicht. Wir sind zugleich weniger mächtig und mächtiger, als sie es je waren«, gab Rufin ruhig zurück und blieb stehen. Sie waren an der großen Fontäne der Dardantia auf dem Vorplatz des Wissenschaftsbaus angekommen, der antiken Göttin des weiten blauen Ozeans. Der Regen hatte aufgehört, doch von der Fontäne wehte Gischt herüber.

Der Student blieb ebenfalls stehen und sah aus wie ein aufgescheuchtes Kaninchen. Mit Schnurrbart.

»Wir müssen sehen, was wir daraus machen«, fuhr Rufin fort. »Vielleicht werden wir ein zweites Sygna. Oder etwas ganz anderes. Wie bei den Musketen. Wir müssen hier etwas Neues daraus erschaffen.«

»Das ist faszinierend. Die Studien bei Professor Lafayet …«

Irgendetwas an dem Jungen *stimmte* einfach nicht. Er war nervös – die meisten Leute in seiner Gegenwart waren das, wenn sie einmal begriffen hatten, welches Amt er innehatte. Aber etwas an Toma ließ Rufin wünschen, das Zeichen würde ihn spüren lassen, wenn jemand log.

Vielleicht ist das möglich. Vielleicht habe ich es bisher nur noch nicht entdeckt. Zum wiederholten Male heute glaubte er, dass *ihm* die Grenzen gesetzt waren. Nicht dem Zeichen. *Die Urzeichen gehen weit über alles hinaus, was wir uns träumen lassen*, dachte er mit versonnenem Lächeln.

»Erzählt mir von Euren Studien heute Morgen. Was habt Ihr – und Euer Kommilitone – gesucht? Habt Ihr neue Erkenntnisse erlangt?«

Dabei hielt er auf einen jungen Bäckerlehrling zu. Die junge Frau verkaufte Törtchen aus einem Bauchladen, und Rufin gab ihr einen Turnosgroschen für eine Stärkung.

»Stört Euch doch nicht, oder?«, wandte er sich an den neben ihm her trottenden Toma. »Dass wir noch nicht hineingehen? Es ist Mittag, und ich habe Hunger. Holt Euch auch etwas!«

Toma schüttelte nur den Kopf.

Rufin setzte sich auf eine Bank mit Blick auf den Brunnen und biss herzhaft in das Törtchen. »Erzählt mir von Euren neusten Studien.«

Der Student begann zu erzählen. Dass er den Stoff der Geologievorlesung hatte wiederholen wollen, dass jedoch die Übersetzung seine Neugierde geweckt habe. Rufin hörte ihm intensiv zu, doch nicht die Wörter selbst interessierten ihn. Konnte er eine Lüge aus ihnen herauslesen? Schwang sie darin mit wie eine angeschlagene Saite? Was empfand Toma dabei, ihm Bericht zu erstatten?

Lysandre konnte ihm einfach befehlen, die Wahrheit zu sagen. Doch es ging ihm nicht darum zu ergründen, ob der Student sich schlecht fühlte, weil er irgendeine von Lafayets Kostbarkeiten angefasst hatte. Es ging darum, etwas Neues zu lernen. Etwas Kostbares zu entdecken.

Er aß das Zuckergebäck und versuchte konzentriert, die Stimme des anderen zu ergründen. Irgendwann war der letzte süße Geschmack der Kirschfüllung nur noch ein Nachhall auf seiner Zunge. Rufin schnaubte ungeduldig.

»Und jetzt sag mir die Wahrheit«, stieß er hervor. Der Student blickte ihn irritiert und angsterfüllt an. »Ich weiß, dass du lügst, aber ich weiß es auch nicht wirklich, ich weiß es, wie ich es als Geheimpolizist gewusst habe, verdammt!« Wütend knüllte er die Papierblume zusammen, auf der das Törtchen geruht hatte, und warf die Kugel vor einige verwirrte Tauben. Er sah Toma nicht an, als er das Zeichen wirkte. »Sag mir die Wahrheit über heute Morgen.«

»Ich war mit einem Spion aus Sygna da«, flüsterte Toma, noch bevor Rufin den Satz ganz beendet hatte, als wäre es eine große Erleichterung, die Wahrheit zu sagen.

Rufin schüttelte langsam den Kopf. Er war ein verdammter

Idiot, so ein verdammter Idiot, so in sich selbst vertieft, von Selbstzweifeln geplagt.

»Er wollte die Schriften sehen, hat sich … unsichtbare Notizen gemacht und ist vor Euch geflohen, Sire. Es tut mir sehr leid. Er hat geschworen, dass er nichts zerstören will, dass es ihm auf Wissen ankommt. Dass er niemandem schaden will. Er … er ist in die Schreibstube des Professors, Sire.«

Rufin schüttelte heftiger den Kopf.

»Ich habe ihn … in meinen Gedanken gehört, Sire. Er hat mich gebeten, Euch hinzuhalten, Euch und den Professor. Es tut mir sehr leid. Ich hätte die Wunde niemals gezeigt, wenn ich nicht Zeit hätte schinden wollen, aber dadurch habe ich mich nur noch tiefer reingeritten, richtig? Bitte, ich … ich bin kein Vaterlandsverräter. Wirklich nicht, ich hatte nichts Böses im Sinn, und ich glaube, er auch nicht!«

Rufin sah den anderen müde an.

»Ismayl Schönauge?«, fragte er dann, und auf einmal ergab alles einen Sinn. Neigels seltsames Mienenspiel, das er für ein Anzeichen dafür gehalten hatte, dass das Wortzeichen langsam verging. Dieses vertraute, aber doch fremde Kratzen, wie von einer Feder, mit der er schon einmal geschrieben hatte.

»Er ist in die Fußbodenheizung, als ich in die Schreibstube geblickt habe, richtig?«

»Ich denke schon, Sire.«

»Hör auf zu atmen«, sagte Rufin tonlos, stand auf und ließ den Studenten hinter sich auf der Bank am Dardantia-Brunnen sitzen.

Ismayl schwitzte Blut und Wasser. Er hörte über sich die wenigen Geräusche, die der Professor machte und ihm bedeuteten, dass die Schreibstube besetzt war. Und selbst wenn nicht – Toma hatte ihm gesagt, dass die Bibliothek zurzeit Tag und Nacht bewacht wurde.

Vor wem wird sie überhaupt bewacht? Er beantwortete sich

die Frage selbst mit der Tatsache, dass er, ein Sygnaer Spion, in einer winzigen Kelleretage feststeckte, deren Existenz einfach keinen Sinn ergab.

Er musste hier ausharren, bis der Professor nach Hause ging. Dann musste er vorsichtig, leise, ungehört hinauskriechen und die Wachen an der Tür davon überzeugen, dass es seine Richtigkeit hatte, ihn ziehen zu lassen.

So stark ist das Zeichen nicht. Und was, wenn der Professor die Tür verriegelt?

Dann konnte er nur versuchen, den Professor zu überrumpeln. Die Wachen an der Tür zu überrumpeln. *Und* die Soldaten am Eingang zu überrumpeln.

Unbewaffnet.

Er schwitzte Blut und Wasser. Eine andere Möglichkeit war, in dieser nach Rauch und Staub und Tod riechenden Enge herumzukriechen und zu hoffen, dass es noch ein paar andere gelöste Fliesen in einem anderen Teil des Gebäudes gab oder eine andere Art von Ausgang.

Er kam jedoch nur Zentimeter für Zentimeter vorwärts und betete jedes Mal, dass der Professor das Schaben seines Gürtels oder seiner Stiefel auf dem Boden nicht hörte. Wenn er wenigstens wüsste, welchen Zweck dieser Hohlraum erfüllte, dann hätte er vielleicht erahnen können, ob und wo es einen Ausgang gab. Da es nach altem Rauch roch, vermutete er, dass man hier vielleicht kleine Feuer entzündet hatte, vielleicht Kohlen, um die Etagen darüber zu heizen. Doch dafür war diese Etage viel zu unzugänglich.

Verrückte Aquinzacken.

Doch sich selbst fand er noch um einiges verrückter.

Ich hasse mich, dachte Rufin. Was tat er hier? Es war sein Versagen, dass er nicht früher begriffen hatte, dass dieser Student ihn belog! Und nun ließ er ihn hinter sich ersticken, obwohl er als Commissaire der Geheimpolizei Lynchjustiz alles andere als guthieß. Weil das Wortzeichen ihn zu jemand anderem machte, etwas anderem, etwas Machthungrigem, das keine Regeln akzeptierte.

Rufin wandte sich um. Toma befand sich in der Mitte des Platzes, Rufin selbst bereits unter dem großen Torbogen des Wissenschaftsbaus.

»Atme wieder«, stieß er Toma ins Hirn. »Komm zu mir. Du bist verhaftet.«

Er hatte seit mindestens einer Minute Schreie auf dem Platz gehört, die nun großer Erleichterung Platz machten. Ungerührt betrat er die immense Vorhalle mit der an Seilen befestigten, schwebenden Riesenalligorechse, die das staubige Aushängeschild der Ausstellung war. Er sah zu ihr hinauf und wartete darauf, dass sich der röchelnde und hustende Student an seine Seite schleppte.

»Auf Hochverrat steht die Todesstrafe«, merkte Rufin an. Er hörte den jungen Mann neben sich schluchzen. »Aber ich denke, vorher wird man sich hier für den Zustand deiner Schulter interessieren.«

Am Treppenabgang waren zwei Soldaten stationiert. Rufin ging hinüber und wies sich aus. »Nehmt diesen jungen Mann in Gewahrsam, bis ich wieder hier bin«, befahl er dem rechts Stehenden. »Und Ihr begleitet mich zu einer weiteren Verhaftung in die Geologie.«

»Verdammt«, fluchte Guillome leise. »Der Ofen hier ist auch zu.«

»Was beim Krummen Mann ist das überhaupt?«, wagte Neigel zu fragen. »Wo steckt Ismayl da fest? Warum gibt es unter einer Bibliothek einen Ofen?«

Der Student drehte sich so langsam herum, als müsse er um seine Selbstbeherrschung ringen. Neigel bemühte sich, nicht allzu dumm auszusehen, aber er bezweifelte, dass es ihm gelang.

»Das hier …«, begann Guillome ganz langsam. *Für Dumme,*

spottete Neigel über sich selbst. »… ist eine Fußbodenheizung. Sie wird eigentlich nicht mehr verwendet. Man feuert die Öfen an, und sie geben ihre Hitze in einen niedrigen Zwischenraum ab und heizen dadurch die Fliesen auf.«

»Aha«, sagte Neigel, immer noch etwas ratlos. Wie konnte sich darin ein Mensch verstecken?

»Es wurde festgestellt, dass das Ganze alt und instabil ist, deshalb werden die Öfen abmontiert und vermauert, und irgendwann will man das Ganze von oben verfüllen. Mehr weiß ich darüber auch nicht. Die Öffnung vom Ofen war groß genug, um da reinzuklettern.«

Neigel starrte ihn an.

»Reinklettern?«, wiederholte er.

»Frag nicht«, sagte Guillome. »Es gibt für Studenten jede Menge Gründe, nicht genutzte Zwischenräume für irgendetwas zu nutzen.«

»Wofür?«

»Stellst du immer nur dumme Fragen? Prüfungsergebnisse. Drogen. Waffen, die nicht in Umlauf gehören, aber trotzdem kursieren. Zum Beispiel.« Seine Stimme war dumpf und leise geworden, als bereue er irgendetwas davon zutiefst.

Neigel versuchte sich an einem Lächeln. »Dann ist es ja sehr schade, dass sie dir die Öfen zugemauert haben.«

»Ja, das ist es, verdammt. Sehr schade.«

Neigel trat näher an das mit groben Ziegelsteinen und noch gröber draufgeschmiertem Mörtel verfüllte Mauerloch. Die Umrisse eines großen Ofens waren noch auf dem rohen Boden zu erkennen. Guillome hatte Neigel auf Wegen, die ihm sicherlich nicht bekannt sein sollten, in den Keller des Gebäudes geführt.

Neigel berührte den Mörtel. »Der ist noch feucht.«

»Noch feucht?«

»Jetzt stellst du dumme Fragen«, sagte er triumphierend, und Guillome beugte sich neben ihm vor und betastete dieselbe Stelle.

»Das müssen die doch vor Tagen gemacht haben …«

»Aber hier unten ist es feucht. Wahrscheinlich ein Grund, warum das Ganze nicht mehr hält.«

»Sygnaer sind alle Handwerker, oder? Was bist du, zufällig Maurer?«

»Ich bin … Müller…gehilfe«, brachte Neigel heraus. »Aber ich denke, ich kann nicht nur Säcke schleppen.« Suchend sah er sich um. »Wenn wir einen Stein gelöst bekommen, dann können wir die anderen nach und nach rausholen. Es sind ja nicht viele. So groß ist die Öffnung nicht …«

»Warte kurz.« Guillome verschwand um eine Ecke und nahm die Petroleumlampe mit – das einzige Licht, das sie auf dem Weg hier herab hatten auftreiben können. Kurz überkam Neigel eine Beklommenheit. Er kannte den anderen gar nicht. Womöglich würde der jetzt mit Wachen wiederkommen.

Doch er kam mit einem Schüreisen wieder, das flackernde Flämmchen der Lampe erhellte ein triumphierendes Grinsen. »Im Nebenraum liegt der ganze Schrott vom Ofen herum.«

»Perfekt!«, stieß Neigel aus.

Guillome kratzte mit dem Schürhaken den Mörtel zwischen den Ziegeln hervor. Ungeduldig half Neigel mit den Fingern nach.

»Vorsicht«, zischte Guillome, als sich der erste Stein löste.

»Selber Vorsicht«, erwiderte Neigel, und ein amüsiertes Lächeln flammte im Gesicht des Studenten auf.

Ein gutes Gefühl breitete sich in Neigels Magen aus, und der gezeichnete Befehl, den er erhalten hatte, stürzte sich darauf wie ein Fuchs auf ein Kaninchen.

Rufin platzte in Lafayets Studierzimmer. Ein Befehl an die Wachen hatte diese die Tür aufstoßen lassen, sodass der Professor aus seinem Stuhl in die Höhe fuhr, die Stirn in Wutfalten gelegt.

»Runter!«, zischte Rufin dem schmalsten der in der Bibliothek Wache stehenden Soldaten zu.

»Lysandre! Was soll das?«

»Dein Student hat einen Spion in die Bibliothek gelassen«, presste Rufin hervor, umso wütender, je näher er sich an seinem Ziel befand.

»Was? Toma? Was ist das für ein Unsinn!«

»Willst du es anzweifeln, Aquinçois? Ich kann *in den Geist* von Menschen eindringen, und bei diesem habe ich es viel zu spät getan!«

Ein kurzes Unbehagen flackerte in Lafayets Gesicht auf. Dann fragte er resigniert: »Was ist mit Toma?«

»Verhaftet. Was sonst?«

Erneut ein Nicken.

Der Soldat kroch in die Lücke zwischen den Fliesen.

»Hier kann unmöglich jemand sein«, vermeldete er zweifelnd. »Das ist viel zu eng!«

»Durchsucht alles«, zischte Rufin. »Ich weiß, dass er da ist!«

Neigel stieß den letzten Stein in das Durcheinander, das sie aus dem Mauerloch gemacht hatten. Ohne Mörtel waren die Ziegel nur lose gestapelt, aber es musste reichen. Guillome löschte das Licht.

»Wir finden schon ohne raus«, flüsterte er. »Hauptsache, sie sehen das Licht nicht.«

Sie alle hatten die Geräusche gehört. Das zornige Rufen. Das Schaben, mit dem sich ein Körper in den Zwischenraum schob. Das Stochern eines Säbels auf dem Untergrund und gegen die Säulen.

Ismayl hing geradezu an Neigels Arm. Er war weder verletzt noch über die Maßen erschöpft, aber so angespannt, dass er am ganzen Körper zitterte.

»Ich hoffe, ihr könnt euch einigermaßen normal verhalten«,

sagte Guillome geringschätzig. »Ich komme in Teufels Küche, aber wenn wir jetzt einmal dabei sind, kann ich euch auch in meiner Bude in Sicherheit bringen. Und dann will ich die ganze Geschichte hören.«

»Du hast Glück.« Ismayl hob den Hut auf, den Neigel auf den Boden gelegt hatte, und setzte ihn sich auf. »Ich kann hervorragend Geschichten erzählen!«

Kapitel IV

Die Stadt gehörte Jendra.

Und umgekehrt. Sie liebte es, die alte Stadtmauer am Fuße des Bleibergs zu erklimmen und in alle Richtungen über Sygna zu blicken. Auf den Baugerüsten um den Hultaturm wurde endlich gearbeitet. Dass der Turm, an dem die Aquinzacken alle Aufbauarbeiten untersagt hatten, als Erstes wieder aufgebaut wurde, war schnell beschlossen gewesen, doch ohne funktionierende Administration war ungewiss, wer das Geld dafür bereitstellen würde, und somit stockten die Bauarbeiten mehr, als dass sie vorwärtsgingen.

Wann wird dieser verdammte neue Großgildenmeister denn endlich gewählt? Dann wissen wir, gegen wen wir kämpfen müssen.

Es wäre zu schön gewesen, wenn Kilianna einen Sitz im Rat hätte erwirken können. Oder Elisabeda. Aber das verhinderte der Krieg, und solange der geführt wurde, saßen sich die alten Pfeffersäcke ihre Ärsche wieder so breit, dass sie nur noch mit Gewalt aus den Stühlen entfernt werden konnten.

Aber egal – Sygna gehörte Jendra. Auf dem Katzbuckel breitete sie die Arme aus und ignorierte die schwärende Wunde des brachliegenden Weberviertels vor ihr. Die Stadt lag mit roten und braunen Ziegeln, mit Backstein- und Fachwerkgebäuden unter ihr in der Hitze, die darüber flirrte und das Wasser verdunsten ließ, das früh am Morgen heruntergeprasselt war.

»Na, du«, sagte eine Stimme, und sie streckte sich noch ein wenig weiter in den Himmel, bevor sie sich betont langsam umwandte. »Dachtest wohl, du wärst allein.«

»Nein.« Sie verdrehte die Augen. »Ich dachte, du hast dich irgendwo verkrochen und kommst schon raus, wenn du merkst, dass es mir egal ist.«

Sie hatte Sarai am Fuße der Mauer gesehen und geschlussfolgert, dass ihr kleiner Bruder Esra bereits oben war. Der schwarzhaarige Bengel war ganz niedlich. Er hielt sich für einen großen Gauner. Obwohl er nicht viel jünger als Jendra sein konnte, fühlte sie sich ihm überlegen wie eine wohlmeinende Mäzenin. Sarai und Esra hatten im Buckelviertel gelebt und den Aufstand genutzt, um endlich aus dem Elend der Hütten und Baracken zu entkommen. Während des Chaos und der Plünderungen hatten sich die Geschwister *Startkapital* besorgt.

Jendra hatte ihnen geholfen, für den einen oder anderen Kleintand die richtigen Käufer zu finden. Sie hatte die Plünderer während der Rebellion größtenteils verachtet, aber nicht, wenn es die Richtigen traf, und sie fand, Sarai hatte ein gutes Gespür dafür, wer die Richtigen waren.

»Also, ihr seid euch wirklich sicher, ja?«, fragte sie, während sie sich im Schneidersitz auf der Mauerkrone niederließ, mit dem Rücken so nah am Abgrund, dass der Junge kurz blinzelte.

»Ja, wir sind uns sicher.«

»Das ist gut. Einmal drin, immer drin.«

»Das wissen wir.«

»Was ihr bisher so gedreht habt – denkt euch was Interessantes dazu aus. Und ihr müsst ein Gastgeschenk mitbringen.«

»Ein … ein Gastgeschenk?«

»Ja, möglichst etwas, das der Großmeister noch nicht besitzt. Oder etwas Wertvolles. Oder etwas Einfallsreiches. Oder etwas mit einer interessanten Geschichte. Nicht die Titten deiner Schwester oder so!«

»Du bist so ekelhaft«, schnappte der Junge.

»Na ja, ich weiß doch, was euch so als Erstes in den Sinn kommt und was ihr dann für fantastische Ideen haltet. Also sag ich es lieber direkt. Der Verborgene Hof lässt auch Leute anschaffen, aber deine Schwester hat mehr auf dem Kasten als das.«

»Ich auch?«

Sie lachte. »Weiß ich nicht.« Sie zwinkerte. »Wann soll ich mir eine Meinung dazu machen?«

Er starrte sie an, und sie lachte lauter. »Da bist du schon sprachlos?«, stichelte sie. »Dann solltest du vielleicht noch ein paar Wochen vor dem Spiegel üben, bevor ich dich mitnehme.«

»Nein! Nein, ich bin bereit! Nur du – *du* bist hier der Krampf im Arsch! Vor irgendeinem Kerl mit Maske habe ich keine Angst.«

»Da sagst du was. Vor Masken muss man sich nicht fürchten. Nur vor den Gesichtern darunter. Also, sag deiner Schwester, wir treffen uns um Mitternacht am Hultaturm.«

»Ich dachte, wir gehen jetzt da hin!«, protestierte er.

»Das ist der Verborgene Hof, Esra. Was meinst du denn, wer da in den Morgenstunden anzutreffen ist? Die Ratten, und vor denen lohnt es sich nicht, vorstellig zu werden. Mitternacht. Hultaturm.«

Esra verdrehte die Augen und wandte sich zum Gehen. Während er den abgebröckelten Abstieg von der alten Stadtmauer nahm, sah sie ihm an, wie er über das passende Geschenk nachdachte. Sie erinnerte sich daran, was sie dem Meister damals zu Füßen gelegt hatte, wandte das Gesicht erneut der Sonne zu, schloss die Augen und grinste.

Es war eine Kette mit einem Medaillon gewesen, eine hübsche goldene Kette. Gelangweilt hatte er sie aufgehoben und angesehen, seine Mimik hinter der Maske undeutbar. Seine Stimme, von der niemand sagen konnte, ob sie männlich oder weiblich war, hatte gedehnt gefragt, worum es sich bei ihrem Geschenk handele.

»Öffnet den Verschluss«, hatte sie ihm gesagt. Acht oder neun Jahre mochte sie alt gewesen sein. Er hatte das Medaillon geöffnet, darin lag das verschrumpelte Stück Fleisch, das sie so gut wie möglich konserviert hatte. Es sah aus wie der Inhalt einer alten Walnuss. Wenn die Maske die Nase hätte rümpfen können, hätte sie es getan.

»Was ist das?«

»Rattenhirn«, hatte Schmal-Jendra gesagt und an ihren Kopf getippt. »Was ich dir biete, Maskenmann, ist das Hirn einer Ratte.«

Der Großmeister hatte sie lange angesehen, sein Blick verhüllt hinter schwarzen Augenschlitzen. Dann hatte er würdevoll genickt, und sie hätte schwören können, dass er lächelte. »Hirn ist mir immer willkommen«, hatte er gesagt, und damit war sie aufgenommen gewesen.

In der Nacht hatte sie zum ersten Mal Grott geraucht. Acht, neun Jahre war sie damals alt gewesen – höchstens! Was war sie doch für ein bewundernswertes Geschöpf der Gosse!

»Kilianna, Kind. Komm rein.«

Wie jeden Tag saß ihr Vater in seiner Schreibstube, deren große, von imposanten Pflanzen gesäumte Fenster einen Ausblick über Sygna boten. Er saß dort und schrieb Briefe, oder was wusste sie schon, was er tat? Er harrte auf einem Posten aus, der längst unter ihm verloren gegangen war.

Sie trat in die Schreibstube und setzte sich auf den Stuhl, den sie insgeheim als Bittstellerhocker bezeichnete, weil er sich in genau solcher Position vor dem ausladenden Schreibtisch aus Tropenholz befand. Sie sah, dass ihr erster Eindruck sie getäuscht hatte – er schrieb nicht, er las etwas: Ein Stapel Blätter mit ordentlicher, spinnenhafter Handschrift lag vor ihm. Bevor sie einen Blick darauf werfen konnte, legte er einen leeren Briefbogen darüber.

»Vater, ich wollte dich fragen, was der Besuch der beiden Meister ergeben hat. Dengelschlag und Malachias. Gibt es Neues? Ich habe gesehen, gestern ist ein Brief von Meister Malachias gekommen?«

Ihr Vater seufzte in seine Tasse mit erkaltetem Tee. »Ja.« Sie fühlte geradezu, wie er sich innerlich straffte. »Doch, es gibt vielleicht gute Nachrichten.«

Sie lächelte, obwohl sie wusste, dass er wusste, dass »gut« für ihn nicht das Gleiche bedeutete wie »gut« für sie.

»Wir können hier wohnen bleiben«, sagte er mit einem so gezwungenen Triumph im Blick, dass Kilianna innerlich aufschrie. Ihr Vater war so käuflich. Wenn er nur sein Studierzimmer mit dem großen Glasfenster behalten durfte, seinen Garten, seine Kutsche, seinen Salon!

»Ach so. Und wann finden die Wahlen statt, Vater? Was ist, wenn der neue Großgildenmeister doch beschließt, hier einzuziehen?«

»Sie beeilen sich jetzt mit den Wahlen, sagen sie. Sygna muss endlich wieder handlungsfähig sein. Es ist ein bisschen schwierig gewesen in den letzten Monaten.«

»Ich weiß. Die Zünfte hatten Verluste zu beklagen und mussten sich auf neue Oberhäupter einigen. Bürokratie.«

Er nickte zu ihren Worten und blinzelte dann zu seinem Brief, als gäbe es nichts Dringenderes, als ihn fertigzustellen.

»Gut, dass Stählerne und Goldene Gilde sich jetzt endlich auf einen General festgelegt haben«, sagte Kilianna.

»Ja, das ist gut«, sagte ihr Vater abwesend. »Es heißt, es gibt Neuigkeiten von der Front, aber ich konnte noch nicht herausfinden, welche. Ich habe gerade … viel zu tun.«

»Statt Elisabeda Eisenhammer als General durchzusetzen, hat die Goldene Gilde der Stählernen nachgegeben«, fügte sie an. »Es hat also im Prinzip schwarz geschneit auf Sygna. Im Sommer.«

Ihr Vater sah sie kurz mit gehobenen Brauen an, dann lachte er. »Ja, wahrhaftig.«

Kilianna lachte nicht. »Vater, ich bin deswegen hier.«

»Willst du etwa jetzt General werden?«, scherzte er. Erneut prallte es an ihr ab.

»Eisenhammer war eine treibende Kraft im Aufstand. Die Gleichwerker brauchen einen Sitz im Rat.«

»Kind«, sagte Zachari tadelnd. »Das ist doch Unsinn. Es gibt dreizehn Sitze im Rat. Welchen willst du abschaffen?«

»Ich will einen vierzehnten dazusetzen. Und einen fünfzehnten. Mindestens.«

»Das ist doch Wahnsinn, Mädchen! Willst du am Ende selbst in den Rat, obwohl sie schon deinen alten Herrn nicht gelassen haben?«

»Sie haben meinen alten Herrn nicht gelassen, weil sie fürchten, dass er den alten Status Quo herstellen will«, sagte sie so neutral wie möglich. »Ich will keinen Zustand herstellen. Ich will mitwirken. Ein vierzehnter Platz für mich oder Eisenhammer. Ein fünfzehnter für die Urzeichenträger. Das wäre ein Anfang.«

»Hah!«, brach es aus Zachari heraus. Er tastete hektisch nach seiner Teetasse, die jedoch leer war. »Und warum sagst du das *mir?* Ich habe nichts mehr zu sagen im Rat.«

»Weil du nur für dich arbeitest, für dieses alberne Haus! Stell dich auf unsere Seite! Dann wird *das Volk* auf deiner Seite sein!«

»Du redest wie dieser Aquinzacken-Kaiser!«

»Vor dem du das Haupt gebeugt hast, Vater!«, zischte sie.

»Außerdem!« Er erhob die Stimme, und sie spürte, wie sie allmählich ihre Contenance verlor. Sie hatte sich so sehr vorgenommen, sachlich zu bleiben, doch die Wut in ihrem Bauch machte es unmöglich.

»Außerdem ist es nicht erlaubt, dass zwei Mitglieder derselben Familie im Rat sitzen, es sei denn, es handelt sich um die Familie des Großgildenmeisters! Wer soll denn die Zeichenträger im Rat vertreten, willst du zwei Eisenhammers dort sehen?«

»Es könnte auch jeder andere Urzeichenträ…«

»Die sind an der Front oder sonstwo! Und der Eisenhammer-Bengel verkriecht sich! Wo ist er denn? Hilft er gerade *dem Volk?* Kennt er eine glorreiche Zukunft, in die die Urzeichenträger uns führen? Nein, er hockt in irgendeinem Kellerloch!«

»Weil er um sein Leben fürchtet! Er ist fast noch ein Junge und hat im Krieg ein Bein verloren!«

»Und ich habe ja Mitleid mit ihm! Aber wer hat Mitleid mit

mir? Meinen Posten zu verlieren schmerzt mich mehr als jede Gliedmaße.«

»Vater!«, stieß sie entsetzt hervor. »Unsere Familie hat die Stadt damals *verraten!*«

Er sah erst sie an und blickte sich dann um, als fürchte er horchende Pflanzen oder spionierendes Dienstpersonal.

»Das haben wir nicht, und das wirst du so niemals wiederholen!«, grollte er und erhob sich aus seinem kompliziert geschnitzten Thron. »Wenn dir diese Familie irgendetwas bedeutet, Kilianna, dann vertreibst du diese Flausen aus deinem Kopf. Ich bin bereit, allem zuzustimmen, was dein Wohlergehen betrifft. Ich richte sogar eine Hochzeit für dich und den Goldjungen aus.«

»Ich pfeife auf eine Hochzeit mit dem Goldjungen!«, schrie sie ihn an. Haarsträhnen fielen ihr ins Gesicht und bebten unter ihrem wütenden Atem.

»Sag mir, wo der Eisenhammer-Junge sich aufhält, Kilianna. Das ist das Geringste, was du für uns tun kannst. Er gebietet über das Eiserne Urzeichen, zwei der Zünfte im Rat nutzen die Eisernen Zeichen und reißen sich darum. Es ist Krieg, er *muss* ans Tageslicht treten und sich mit den Zünften beschäftigen! Wenn du mir sagst, wo er ist, dann kann ich damit unseren Ruf wiederherstellen. Dann habe ich etwas in der Hand, um uns einen Sitz im Rat zu erwirken. Beim Handwerker im Himmel, Kilianna, dann haben wir vielleicht sogar die Verhandlungsmasse, um einen vierzehnten Sitz für die verdammten Gleichwerker zu erwirken, was auch immer das bringen soll.«

Sie hörte, was er sagte, doch es waren hohle Worte, hohl wie die Wut in ihrem Magen.

»Das werde ich nicht tun«, flüsterte sie.

»Dann wirst du das eben nicht tun«, erwiderte ihr Vater mit mühsam unterdrücktem Zorn. »Geh jetzt. Ich werde ihn schon auftreiben. Und irgendwann wirst du mir dankbar sein.«

Kilianna stand vom Bittstellerhocker auf und ging ohne ein letztes Wort.

Vielleicht verlasse ich Sygna. Gehe zu Dawyd an die Front. Dieser Krieg hier widert mich an. Ich brauche ein wenig ehrliches Blutvergießen.

Die erste Kanone eröffnete Punkt Mittag das Feuer. Dem folgten viele weitere Schüsse, sodass die Sygnaer das Aufblitzen eines Mündungsfeuers nach dem anderen beobachten konnten. Die Geschützbatterie jenseits des Nadder schien wie eine Bestie mit unzähligen Mündern, die feurigen Tod auf Sygnas Armee spuckten.

Ihre Entgegnung wirkte geradezu mickrig. Gerade einmal zwei Zwölfpfünder antworteten dem Angriff. Dazu gesellten sich fünf kleinere Sechspfünder. Diese Waffen hatten sie bei der Rückeroberung ihrer Stadt erbeutet – aquinzische schwere Artillerie.

Oder eher so mittelschwere, dachte Elisabeda angesichts dessen, was gegen sie aufgefahren wurde.

Außerdem hatten die Sygnaer zwei mächtige Bliden aufgestellt – oder Trebuchets, wie die Aquintianer sie nannten. Die langen Wurfarme der Belagerungswaffen reichten jeweils zwölf Meter in die Höhe. Es war noch nicht allzu lange her, dass die Aquintianer die Kriegsführung mit ihren Schwarzpulverwaffen auf den Kopf gestellt hatten, dennoch wirkten die hölzernen Belagerungsgeschütze mit den schweren Gegengewichten nun wie aus einem anderen Zeitalter. Sie waren für den Feldzug aus einem Zeughaus unter einer dicken Schaubschicht ausgegraben worden. Dank gezeichneter Zimmermannskunst übertraf ihre Reichweite zwar die jedes anderen Geschützes auf dem Schlachtfeld, aber die Zielgenauigkeit war miserabel. Eine Blide war in der Lurmundfeste aufgestellt und schleuderte ihre Ladung in hohem Bogen über die Mauern, die andere befand sich im Rücken ihrer Truppen hinter der Furt.

Auch die Streitkräfte aus Sygna wirkten mickrig gegenüber der vieltausendköpfigen Großen Armee Yulians, die Tage gebraucht hatte, um anzurücken. Die schiere Menge ihrer aufgereihten Fahnen und Wimpel machten jedem Verteidiger klar, dass diese Armee sie auf offenem Feld hinwegfegen würde.

Aber sie befanden sich nicht auf offenem Feld. Die Brücke bei Lurhaven war zerstört. Und so blieb nur die Furt, um den Nadder zu überqueren, der gerade wenig Wasser führte. Diese Furt konnte auch von einer relativ kleinen Schar gehalten werden … zumindest eine Weile.

Elisabeda duckte sich in den Graben, als eine Kanonenkugel vor ihr auftraf und sie mit einem Regen aus Schlamm bedeckte. Die Kugel prallte vom Boden ab und fuhr dann in eine hölzerne Barrikade hinter ihr.

Sie fluchte herzhaft. Ihre Stiefel standen im Grundwasser, und sie fühlte die Last der Erschöpfung. Sie bemühte sich, zuversichtlich zu wirken, ihren Leuten Mut zu machen, aber sie fürchtete, dass die tiefen Augenringe, auf die Dawyd sie freundlich hingewiesen hatte, ihren wahren Zustand verrieten. Mut hin oder her, in diesem eilig ausgegrabenen Schutz konnten sie nicht bleiben. Die Schützen der Blauröcke schossen sich langsam ein, und immer wieder spritzte der Schlamm um sie herum auf.

»Genug gesehen, wir müssen hier raus. Los geht's!«, schrie sie ihren Leuten zu, fünf Männern und einer Frau.

Sie deutete auf einen Laufgraben, der quer zu dem Schützengraben verlief, in dem sie kauerten. Gebückt machten sie sich auf den Weg und erreichten schließlich die trügerische Sicherheit eines zweiten Schützengrabens hinter der Barrikade, die die Sygnaer aus Holztrümmern, Fässern, Wagen und Brettern aufgeschichtet hatten. Elisabeda atmete auf, denn hier würden sie die Kanonenkugeln nicht erreichen – dazu mussten sie erst die Barrikade in Schutt und Asche schießen. Bei dem derzeitigen Bombardement würde das allerdings nicht mehr allzu lange dauern. Immer wieder blitzten die Mündungen der Kanonen auf – das andere Flussufer lag in einem Nebel, der nicht aus dem Nadder aufstieg, sondern von den Geschützen ausgespien wurde. Der Salpetergestank zog zu ihnen herüber, die eigenen Kanonen versuchten, ihren Teil beizutragen.

Die Aquintianer feuerten seit weniger als einer Stunde mit ihrer Artillerie, aber das beständige Donnern und Krachen war bereits zu einem Hintergrundgeräusch geworden, das Elisabeda noch im Traum hören würde. Die Schreie der ersten Verwundeten kamen hinzu.

Fähnrich Ziegelpfund erwartete ihren Trupp und hielt Elisabeda einen Weinschlauch entgegen, den sie dankend annahm. Sie trank einen tiefen Schluck daraus und gab ihn weiter. Danach erst wischte sie sich mit einem Tuch den Schlamm aus dem Gesicht und ließ ihren Blick über ihr Regiment schweifen, das in Löchern und Gräben sowie hinter den Barrikaden ausharrte. Sie hatten wenige Verluste zu beklagen, aber irgendjemanden gab es immer, der Pech hatte, und so wurden immer wieder Verwundete zum Lazarett getragen, das in einem Gehöft in der Nähe errichtet worden war. Insgesamt jedoch schienen sie den Angriff bisher gut zu überstehen.

Sie musste zugeben, dass sie sich geirrt hatte. Sie hatte sich mit Schlundner gestritten, sie hatten sich sogar angeschrien, bis er auf seinen frisch ernannten Rang als General gepocht und so die Diskussion beendet hatte. Elisabeda hatte zahlreiche Taktiken im Kopf gehabt: von einem Rückzug über eine Falle bei der Lurmundfeste bis zum Frontalangriff in der Hoffnung, die Große Armee empfindlich zu treffen, bevor sie sich vollends aufgestellt hatte. Jedes Vorgehen war ihr lieber gewesen als das unbewegte Aushalten des Beschusses aus Dutzenden Feldgeschützen. Aber Schlundner hatte eine Methode ersonnen, die sich als effektiv herausgestellt hatte. Er schien weniger im Bücherwissen gefangen und von längst verwesten Feldherren geprägt zu sein, als sie vermutet hatte.

Er hatte den Truppen befohlen, Barrikaden aufzuschütten und sich einzugraben. Männer und Frauen hatte er zu Höchstleistungen angetrieben, hatte sie drei Tage und Nächte in Schichten durcharbeiten lassen. Mittlerweile wurde er allgemein Schippen-Schlundner genannt. Spitznamen waren üblich in Sygna und wurden manchmal sogar zum geläufigen Nachnamen; und der General wurde bereits offen so betitelt, wenn auch mit einem Murren oder begleitet von einem erschöpften Seufzen.

Die Taktik war aufgegangen. Seit den frühen Morgenstunden durchzog ein Netzwerk aus feuchten Schützen- und Laufgräben die Felder um die Furt diesseits des Nadders. Schippen-Schlundner hatte damit den Tag gerettet – zumindest so lange, bis Yulian seine Fußsoldaten entfesselte, denn dann würde die eigentliche Schlacht beginnen.

Als hätte der Kaiser Elisabedas Gedanken gelesen, verstummten wenig später die Geschütze. Kurz darauf setzte der Rhythmus der Trommeln ein. Der Angriff der Fußsoldaten auf die Furt hatte begonnen.

»Ihr habt eure Befehle! Bleibt unten, lasst sie näher heran!«, schrie Elisabeda, und ihre Worte wurden von den Sergeanten weitergetragen. In dieser Sache waren Schlundner und sie sich einig gewesen: Die gegnerischen Geschütze konnten über die vorrückenden Truppen hinwegschießen, sobald sich die Verteidiger zur Feldschlacht aufstellten und damit ein offenes Ziel boten. Also blieben sie so lange in Deckung, bis der Feind vor ihnen stand.

Elisabeda kletterte auf die Reste der Barrikade – all die Arbeit war zu einigen Holztrümmern vor dem Graben zusammengeschossen worden – und lugte vorsichtig hinüber: Eine lange Reihe blauuniformierter Soldaten marschierte auf ihre Stellung zu. Sie verschwanden bis zur Hüfte in den Dinkelfeldern, die den Nadder an dieser Stelle säumten. Hinter der ersten Kompanie folgten dicht gestaffelt weitere. Vorn marschierten die Musketiere. Sie wurden von überlangen Piken überragt, deren Träger sich im Rücken der Schützen befanden. Elisabeda sah es nicht, aber sie wusste, dass die Pikeniere von gepanzerten Hellebardenträgern begleitet wurden.

Zum Glück sind die Aquintianer nicht auf die Idee gekommen, diese Pikenspitzen gleich an den Musketen zu befestigen, dachte Elisabeda. Damit würden sie jeden Musketier in einen halben Pikenier verwandeln und doppeltes Verderben bringen.

Sie hörte, wie Ziegelpfund, der neben ihr durch eine Lücke in der Barrikade blickte, ein leises Gebet an den Großen Handwerker flüsterte. Der gegnerische Aufmarsch hier im Norden der Furt, in Schussweite der Lurmundfeste, schien massiver auszufallen als weiter flussaufwärts. Die Tatsache erfüllte Elisabeda gleichzeitig mit Schrecken wie mit grimmiger Entschlossenheit. Ihr Regiment »Stimme der Freiheit« würde die Hauptlast des Angriffs zu spüren bekommen. Schlundner hielt mit dem Regiment »Gildenstolz« das Zentrum. Die zahlreichen Freiwilligen aus den umliegenden Dörfern und Weilern des Sunterflachlands, die sich im Lauf der letzten Wochen der Armee angeschlossen hatten und nun ein eigenes, frisch aufgestelltes Regiment bildeten, das von allen nur »Bunter Haufen« genannt wurde, sicherten den Süden.

Jetzt würde sich zeigen, ob sie einer echten Armee gewachsen waren. Bis auf die wenigen Veteranen, die im letzten Jahr für Aquintien in den Krieg hatten ziehen müssen und sich wegen einer Verletzung wieder in Sygna befunden hatten, hatte noch nie jemand von ihnen eine Feldschlacht von diesem Ausmaß erlebt. Eine Rebellion mit Häuserkampf war eben nicht dasselbe wie das Ausharren in der Schlachtreihe.

Immerhin mussten sie diesen Feind nicht bezwingen. Ihren Spähern zufolge waren Yulians Soldaten ausgezehrt und abgekämpft. Der Nachschub bereitete ihnen große Probleme, während die Sygnaer hier über den Fluss versorgt werden konnten. Sie mussten die Blauröcke nur aufhalten, bis denen die Nahrung, das Pulver und die Puste ausgingen – dann würden sie sich zurückziehen.

War Yulian deswegen in voller Stärke hier erschienen? Wollte er ihren Nachschub erobern? Oder erneut versuchen, bis Sygna vorzudringen? Oder fürchtete er diese zweite Front, die sich durch den Aufstand in seinem Rücken auftat? Letztlich war es unerheblich, es zählte nur, dass es an der Zeit war, ihn zurückzuschlagen.

Elisabeda zog sich den Schaller auf den Kopf, ließ das Visier aber noch hochgeklappt, um ihre Stimme besser einsetzen zu können. Sie packte ihren Kriegshammer fester, als sie die Blauröcke auf die Furt zukommen sah.

Da erschallte ein Donnerschlag, gefolgt von drei, vier, fünf weiteren. Aquintianer wurden durch die Luft geschleudert. Schlamm regnete auf ihre Kameraden nieder. Die Soldaten hatten die Sprengminen erreicht, die von den Alchimisten ausgelegt worden waren!

Gleichzeitig schleuderten beide Bliden eine Ladung Tonkrüge, die beim Aufschlag zerplatzte und Angreifer in lebende Fackeln verwandelte. Die Schreie der Sterbenden drangen an Elisabedas Ohren, und es gab keinen Unterschied zwischen aquinzischen und sygneischen Todesschreien. Sie versuchte, das Bild aus ihrem Kopf zu verbannen, wie die Eltern, Ehepartner und Geschwister die Nachricht vom Tod der Geliebten erfahren würden, von ihrer sinnlosen Tapferkeit für die Ambitionen eines Kaisers. Vielleicht waren auch Sygnaer dabei – es befanden sich noch junge Männer aus der Stadt im aquinzischen Heer …

Kurz gab sie sich der Hoffnung hin, die Blauröcke hätten ein Einsehen und würden kehrtmachen, aber die Soldaten, dem täglichen Drill hörig, ignorierten die Toten und marschierten zum Rhythmus der Trommeln weiter durch das Minenfeld, von dem nun immer weniger Detonationen aufspritzten.

Das Dinkelfeld spuckte die erste Kompanie Musketiere aus, kurz darauf betrat der erste Stiefel das Wasser des Nadder, und Soldaten wateten durch die Furt. Die dünne Wolkendecke riss auf, sodass Reflexionen des Sonnenlichts im Wasser des Flusses, auf den Schnallen der Uniformen und auf den Stahlspitzen der Piken tanzten.

»Jetzt!«, schrie Elisabeda. »Raus mit euch! Los! Reihe bilden!«

Die Männer und Frauen erhoben sich aus den Gräben und stellten sich hinter den Barrikadenresten auf. Auch sie waren vor allem mit Piken bewaffnet, dazwischen Flegel, Äxte, Schwerter – das einzige einende Element war die grüne Schärpe. Zum Glück hatten sie genug Leder und Stahl bereitstellen können, um jeden Kämpfer zumindest in etwas Rüstzeug zu hüllen. Waffen und Harnische aus Sygna konnten sich sehen lassen – allerdings vermochte nur die Zeichenkunst aus Dengelschlags Schmieden eine Rüstung gegen Bleikugeln zu festigen.

Elisabeda wandte sich um und ging auf ihre Leute zu. Sie sah hier und dort Entschlossenheit, aber vor allem Angst in den Augen der Menschen um sie herum. Ein großer Kerl mit dem Wappen der Metzgerzunft erbrach sich ganz in der Nähe. In der letzten Reihe ließen drei Soldaten ihre Waffen fallen und liefen, so schnell sie konnten, Richtung Westen. Die Trommeln des Feinds waren nun deutlich zu hören.

Ziegelpfund blickte Elisabeda fragend an. Sie konnte befehlen, den Deserteuren hinterherschießen zu lassen. Verdammt, sie sollte es sogar, und es war sicher ein Fehler, es nicht zu tun, aber sie brachte es nicht übers Herz.

Vier weitere nahmen Reißaus, als sie erkannten, dass sie damit durchkommen würden.

Direkt vor ihr stand ein junger Mann mit der gemütlichen Statur des Gesellen eines Handwerks, das keiner schweren körperlichen Anstrengung bedurfte. Ein Helm umrahmte sein rundliches Gesicht. Die Feuchtigkeit um seine Augen stammte sicher nicht vom Grundwasser in den Gräben. Seine Pike löste sich aus seiner Hand, die Spitze beschrieb einen Bogen und schlug dann auf der Erde auf. Es war, als hielte das ganze Regiment die Luft an. Elisabeda spürte Hunderte Augenpaare auf sich ruhen. Die Frau neben dem Gesellen, eigentlich ein bisschen zu alt für den Krieg, war drauf und dran, ebenfalls die Waffe zu strecken.

Elisabeda schaute dem Kerl in die Augen, nahm seinen Blick gefangen. Er wich nicht aus.

Sie nickte.

Da nickte er auch und hob seine Pike wieder auf, als hätte er sie versehentlich fallen lassen.

Niemand verließ mehr die Schlachtordnung. Elisabeda stellte sich zwischen den Gesellen und Ziegelpfund in die Reihe. Schlundner hatte die Nase gerümpft und sie eine Närrin geschimpft, als er erfahren hatte, dass Colonel Eisenhammer gedachte, ihre Truppen in der ersten Reihe anzuführen. Aber das war ihre Entscheidung als Regimentskommandeurin. Immerhin bedeckte eine stählerne Rüstung ihren ganzen Körper, von der viele andere nur träumen konnten. Für den Feldherrnhügel war diese Rüstung zu gut – sie wollte an der Seite der Leute kämpfen, von denen sie erwartete, dass sie ihre Leben riskierten, um ihren Befehlen zu gehorchen.

Einmal drehte sie sich noch herum, als im Süden Musketenschüsse krachten. Zwei Soldaten liefen vom Regiment »Gildenstolz« fort. Einer fiel getroffen der Länge nach in die feuchte Erde, der andere stolperte, rannte dann aber weiter. Niemand schloss sich ihnen an.

Dann brach die Hölle los.

Nur ein Graben befand sich zwischen Barrikade und Furt – jener Graben, in dem Elisabeda wenige Minuten zuvor die Stellungen des Feinds beobachtet hatte.

In diesen Graben schlichen sich nun die Schützen ihres Regiments, legten mit Armbrüsten und den wenigen erbeuteten Musketen auf die Blauröcke an und empfingen die Angreifer in der Furt mit einer Salve. Einige Feinde brachen getroffen zusammen und stürzten in den knietiefen Fluss. Aufgewühlter Schlamm trübte das Wasser, und Elisabeda glaubte, die Fluten roter werden zu sehen.

Die anderen machten auf Kommando die Musketen bereit, feuerten und zwangen die Schützen aus Sygna in Deckung. Die Blauröcke verschwanden im eigenen Pulverdampf, aus dem sofort die nächste Reihe Musketiere trat. Elisabeda kannte den Drill bereits: Die erste Reihe trat zur Seite, um einer zweiten Platz zu machen, gleichzeitig holten die Schützen der ersten Salve Papierpatronen aus den Umhängetaschen. Patrone aufbeißen. Pulver in Zündpfanne und Lauf geben. Bleikugel in Lauf spucken. Stopfen. Feuerbereit. Ein geübter Soldat konnte so zwei bis drei Schüsse in der Minute abfeuern. Die Schützen Sygnas hatten dem nicht viel entgegenzusetzen.

Elisabeda schloss das Visier und hob den Kriegshammer, um ihren Leuten zu signalisieren, dass sie sich bereithalten sollten.

Da donnerten die eigenen Kanonen vor der Lurmundfeste. Ihre Kartätschen, eine Ladung aus vielen kleinen Bleikugeln anstatt eines massiven Geschosses, rissen große Lücken in die Reihen der Angreifer. Aber auch das hielt sie nicht auf.

Als die Armbrustschützen aus Sygna erkannten, dass es zu viele waren, die im bitteren Nebel der Salpeterexplosionen durch die Furt kamen, kletterten sie eilig aus dem vordersten Graben und über die Barrikade, die Masse der Blauröcke auf den Fersen.

Hinter der Barrikade wartete die »Stimme der Freiheit«. Die fliehenden Schützen machten nicht Halt, sondern rannten wie abgesprochen an der »Stimme« vorbei. In dem Moment, in dem die Armbrustschützen ihr Regiment passierten, sah Elisabeda, dass die vorderste Reihe Blauröcke den Graben überwunden hatte und nun die Barrikadenreste erklomm.

Die Aquintianer legten an.

Elisabeda hielt den Hammer erhoben.

Finger krümmten sich um Abzüge.

Zu Zeichen geformte Hähne schlugen auf Pulverpfannen, entfesselten die tödliche Ladung der Musketen.

Lanzen aus Feuer und Pulverdampf schossen der »Stimme« entgegen.

Die alte Frau in Elisabedas Nähe hielt sich ihren Bauch und brach zusammen. Elisabeda spürte, wie eine Kugel zwischen ihr und Ziegelpfund hindurchpfiff, eine weitere schlug in ihre Rüstung ein, ohne Schaden anzurichten.

Die Musketiere auf der Barrikade machten sich daran, nachzuladen. Dabei behinderten sie jedoch ihre nachrückenden Kameraden, die das Hindernis überwinden wollten. Zwischen Barrikade und erstem Graben brach Unordnung aus.

Jetzt senkte Elisabeda den Hammer.

Mit einem Kampfschrei auf den Lippen stürmte das Regiment los. Wie eine Welle rollte es über die Musketiere auf der Barrikade, die von innen besser zu erklimmen war, und schlug hart in den Pikenieren ein, die in ihrem Vormarsch vom ersten Graben gehindert wurden und deren Piken aufgrund ihrer Kameraden auf der Barrikade nicht ausgerichtet waren.

Elisabeda überrannte einen Musketenschützen, der ihr den Kolben seiner Waffe gegen die Brust schlug, ohne damit etwas auszurichten. *Weiter!* Sie ließ den Hammer auf einen Brustkorb krachen, dann brach sie einen Schädel. Das Zeichen, das sie in ihre Waffe geschmiedet hatte, sprengte den Harnisch eines Hellebardenträgers auf wie eine hohle Nuss.

Der Angriff der Sygnaer schleuderte den Feind zurück. Fliehende verloren im Wasser der Furt den Halt und trugen zum Chaos bei. Doch ein weiteres Bataillon machte sich bereits daran, den Nadder zu überqueren, geordnet und mit gesenkten Waffen. Elisabeda, die plötzlich keinen Feind mehr vor sich hatte, erkannte, dass die Sygnaer gegen den sich nähernden Pikenwall laufen und dabei durchbohrt werden würden wie eine Forelle auf einem Fischspieß.

Sie hantierte mit der Linken am Kinngurt, dann riss sie sich den Helm vom Kopf, schwang beide Hände in Richtung ihrer nachrückenden Leute, den blutigen Hammer noch in einer Hand, und schrie: »Halt! Zurück! Wie besprochen! Zurück!«

Sie packte den beleibten Gesellen an der Schulter, der neben ihr gekämpft hatte und sich geradezu übermütig mit zerbrochener Pike auf den nächsten Feind stürzen wollte, und zerrte ihn mit aller Kraft zurück.

Ziegelpfund hatte offenbar seine Waffe verloren und eben den Säbel eines toten Korporals der Aquintianer aufgehoben, als er in ihre Rufe einstimmte. Das schwerfällige Ungetüm, das ihr Regiment war, kam zum Halt und machte kehrt.

Sie zogen sich über die inzwischen kaum noch vorhandene Barrikade zurück, über die Gräben … weiter zur zweiten, vollkommen intakten Barrikade, die noch während des Beschusses aus Wagen und leeren Proviantfässern errichtet worden war. Ihre Verfolger brachen ihren Angriff ab, als sie von den Schützen und Kanonen Sygnas unter Feuer genommen wurden. Elisabeda schwang sich in Sicherheit über ein großes Holzfass und erlaubte sich ein Grinsen. So konnte das Spiel von vorn losgehen.

Die Tiefen des Bleibergs gingen tiefer, als möglich war. Sie reichten in Schichten, die kein Geologe an der Naronner Universität erkundet hatte. Sie erreichten eine Falte des Steins, eine Anomalität der Materie, eine Verwerfung der Existenz, in der sich das Jenseitige mit dem Diesseitigen verwob und Unmöglichkeiten erschuf. Das war immer schon so gewesen, es war weder von Menschen noch von eines anderen Wesen Hand erschaffen.

Doch immer schon hatte es Menschen hierhergezogen.

Es gab Wesen in dieser Tiefe, die sich noch daran erinnerten, wie die ersten Menschen Löcher in die Felswände des Bleibergs geschlagen hatten, weil sie einen Herzschlag hörten, der so viel mächtiger war als ihr eigener.

Es gab ein Wesen, das älter war als all die anderen. Und zugleich war es seit all diesen Jahrhunderten, Jahrtausenden näher an der Stadt als all die anderen. Es hatte sich häufiger verändert, als es selbst wusste, es verging und erschien und verformte sich. Manchmal war es nur ein Schatten seiner selbst.

Doch in einer kurzen Zeitspanne, kaum mehr als ein Wimpernschlag für ein ewiges Wesen und doch eine Ewigkeit für jemanden, der so lange wartete, harrte es aus, um sich weiter zu wandeln. Um eine Grenze zu überschreiten, die sich sowohl in ihm als auch außerhalb von ihm befand.

Das Blut, das es roch, war ihm bekannt. Es verachtete und liebte dieses Blut. Doch die Stimme, die es hörte, war eine andere.

»Krummer Mann der Tiefe«, sagte die Stimme, die auf geradezu lächerliche Weise zitterte. »Ich bete zu dir. Krummer Mann der Tiefe. Erhöre mich.«

Er hörte. Oh ja, er war begierig zu hören. Dieser hier war nicht der Erste, der zu ihm in die Tiefe gekommen war. Jemand mit diesem Blut war schon einmal gekommen und hatte alles freigelassen, wonach sich das Wesen gesehnt hatte. Und noch eine andere war gekommen, ihr Blut war nicht außergewöhnlich, aber ihre Einsichten waren es, ihre Ideen, ihre Visionen – und um so etwas war es immer schon gegangen.

Als dieser neue Menschling nah genug heran war, krümmte er sich vor Angst, schwitzte am ganzen Körper. Kauerte sich in den Schatten der steinernen Gefäße, die hier unten gegen den Willen des Wesens erbaut worden waren – und die nun leer standen.

Im Gegensatz zu den Menschlingen, die diesen hier begleitet hatten und geflohen waren, mit Schreien und Wimmern, blieb dieser hier.

»Krummer Mann der Tiefe. Bist du der Krumme Mann der Tiefe?«

Als Antwort ließ das Wesen etwas von sich selbst über die Steingefäße schaben, ein Geräusch, das den anderen bis ins Mark erzittern, ihn so weit zusammensinken ließ, dass sein Kopf, dieses Behältnis seines Gehirns, seiner kostbaren kleinen Gedanken, auf dem Boden zum Ruhen kam. Der Menschling verehrte ihn.

Wesen wie er waren das gewohnt. Er hörte mit dem Geräusch auf, bis es ganz still war, nur unterbrochen vom Atem und Herzschlag des anderen.

»Hört mich an, großer Herr der Tiefe«, flüsterte das Menschlein. »Großer … Großer Handwerker.«

Das Wesen lauschte.

»Ich bin ein Diener dieser Stadt. Aber ich kann keinen geringeren Männern dienen. Darum bin ich hier. Bitte. Krummer Mann der Tiefe. Gewähre mir die Größe, wieder zu werden, was ich war. Sag mir, was ich tun kann, damit … damit … die Stadt wieder zu mir aufblickt. Damit ich wieder ihr Hüter sein kann. Ihr Diener. Ihr Vater.«

Ja, das war es, was sie alle wollten, sie, die den Mut hatten, hier vor ihm zu kauern – auch das andere Menschlein hatte es gewollt, das mit den Augen aus Rauch und Schatten. Sie wollten die Stadt, sie alle wollten ihr dienen und sie gleichzeitig besitzen – aber dies alles hier, der Berg, die Tiefe, die Häuser im Inneren und Äußeren, im Oben und Unten, das alles gehörte nur einem.

Der Krumme Mann der Tiefe stieß ein Geräusch aus, das keines war. Ein hungriges, gieriges Sehnen. Das, worauf sein ganzes Sein sich richtete: SYGNAKUS!

»Papa?«, fragte Kilianna sicherheitshalber an der Tür zur Schreibstube und sah sich um.

Die Nachmittagssonne stand schräg auf den Fenstern. Zachari war gegangen, sie hatte gehört, wie er sich in der Eingangshalle mit einigen Männern unterhalten hatte. Alle hatten schwere Stiefel getragen, und kurz hatte Kilianna erwogen, ihnen zu folgen. Die eine Neugierde und die andere Neugierde hatten um sie gerungen. Und eine davon hatte gewonnen.

Kilianna schloss die Tür hinter sich und trat an den nun aufgeräumten Schreibtisch. Sie wusste, unter welcher Zimmerpflanze sich der kleine Schlüssel für die Schubladen befand, holte ihn hervor und öffnete vorsichtig Lade um Lade, durchsuchte sie kurz und schloss sie wieder ab. Dabei horchte sie auf Geräusche aus dem Korridor. Ihre Mutter war noch im Haus, außerdem das Personal, und außer bei Merie war sie sich bei jedem von ihnen sicher, wem im Zweifel die Treue galt.

Schließlich fand sie die spinnenartige Handschrift wieder –

in einer Kladde zwischen den Unterlagen zu Ratseinkünften und Abgaben, als hätte ihr Vater darauf gewettet, dass diese drögen Aufstellungen neugierige Augen abhielten.

Gewettet und verloren. Kurz wurde ihr bewusst, dass er es vor *ihr* versteckt haben musste. Nicht vor Mutter, nicht vor ihrem Bruder Benyam, der am Morgen noch hier gewesen war, nicht vor ihren anderen Geschwistern oder dem Personal. *Was für ein dummer Gedanke, dass wir uns mal in einer Sache einig sein könnten. Dass seine Unzufriedenheit mit dem Rat ihn auf meine Seite zieht!*

Sie zog die eng beschriebenen Seiten hervor und überflog die gut leserliche Schrift. Keine Frage, das hier war von der Hand eines Schreibers. Und da sich die sygneische und die aquinzische Schreibweise an markanten Punkten unterschied, erkannte Kilianna, dass es ein Schreiber der Besatzer gewesen war.

Es war die Kopie eines Berichts über die Grabungen in der Tiefe – zusammengefasst aus den ausführlichen Notizen des Wissenschaftlers, den Kaiser Yulian in die Verkehrte Stadt entsandt hatte.

Woher hat er das? Sie wusste, dass die Aquintianer einiges hatten in der Bleibergfeste zurücklassen müssen. Irgendwie hatte dies hier den Weg zu ihrem Vater gefunden.

Eilig las sie es quer. Die Kammern und Tore, die Dawyd und sie durchschritten hatten, waren aufgezählt, die Bemühungen, die die Aquintianer unternommen hatten, um den Weg zu sichern, die Gefäße, die nicht zu öffnen gewesen waren … und dann, auf der letzten Seite, eine Notiz, die nachträglich hinzugefügt worden war.

So kann [das Blut/das Geschlecht] der alten Dynastien die Zeichen befreien – gemeint: Familie Erdhand, vielleicht weitere.

Sie ließ sich auf den wuchtigen Sitz fallen.

Was sollte sie davon halten? Was erhoffte sich ihr Vater davon? Und wann würde er eins und eins zusammenzählen und wissen, dass die Urzeichen sich nicht von selbst aus der Tiefe befreit und neue Träger gesucht hatten, sondern dass seine eigene Tochter dafür gesorgt hatte?

Das hat er längst. Er hat längst eins und eins zusammengezählt.

Vorsichtig schob sie den Bericht zurück in die Schublade und schloss ab.

Aber was konnte er mit dieser Information anfangen? Warum hielt er sie überhaupt vor ihr geheim?

Was hast du vor, Papa?

Ziegelpfund stand keuchend vor Elisabeda. Wie die meisten Offiziere trug er für gewöhnlich Kürass und Helm, Letzteren hatte er aber irgendwo auf dem Weg verloren. Mit beiden Händen zog er am oberen Rand der Brustplatte, um besser atmen zu können. Sein Kopf war tiefrot, sein braunes Haar schweißgetränkt.

»Dringen… dringende«, keuchte er, »dringende Befehle«, tiefes Luftholen, »von Schlundner.«

»Komm erst mal zu Atem.« Elisabeda legte ihm die Hand auf die Schulter. Zu vertraulich für die Armee, aber kleine Gesten dieser Art hatten während der Rebellion ihre Wirkung nicht verfehlt. »Was will unser General?«

Eine Explosion ließ eine Erdfontäne keine zwanzig Meter entfernt von ihnen in die Höhe schießen. Alle Umstehenden zuckten zusammen. Die Aquintianer mussten Mörser in Stellung gebracht haben, die Granaten über die Barrikade schießen konnten! Dazu schlugen immer wieder Kanonenkugeln in die Holzkonstruktion ein. Die Verteidiger versuchten, sie mit herangeschafften Möbeln aus Lurhaven zu verstärken, aber auf lange Sicht würden sie diesen Wettlauf verlieren. Die Blauröcke zermürbten sie. Kanonenbeschuss und Sturmangriffe wechselten sich ab. Drei dieser Angriffe hatte die »Stimme der Freiheit« zurückschlagen können, aber Elisabeda bezweifelte, dass »die Stimme« einen vierten überstehen würde.

Die Schreie eines Verwundeten zehrten an ihrer aller Nerven. Eine Kanonenkugel hatte sein Bein abgerissen. Neben ihm lag ein Mann mit einem blutigen Verband über dem halben Gesicht. Er gab keinen Laut von sich, aber zitterte unentwegt wie unter einem Anfall. Viele Tragen waren auf dem Weg zum Lazarett zerschossen worden und die Heiler dort gebunden. Ihnen blieb also nichts anderes übrig, als selbst Hand anzulegen und die Verwundeten notdürftig zu versorgen. Abzuwarten, bis sie abgeholt wurden – von helfenden Händen oder dem Tod. Nervös sah Ziegelpfund zu den beiden Verletzten hinüber.

Elisabeda hatte damit gerechnet, dass immer wieder Angriffe erfolgen würden, aber sie hatte auf längere Atempausen gehofft – Zeiten des Taktierens und Belauerns. Doch jetzt schien es ihr, als gäbe es für Yulian nichts Wichtigeres auf der Welt, als diesen verfluchten Fluss zu überqueren. Seine Soldaten hatten schreckliche Verluste zu beklagen, aber sie konnten einen unglaublichen Druck aufrechterhalten. Zahllose Leichen trieben bereits im Nadder oder lagen niedergestreckt an den Ufern, Blut färbte unter ihnen die Kiesel, als wären sie alle schon auf einem roten Leichentuch aufgebahrt.

Langsam verlor sie die Geduld mit Ziegelpfund, der immer noch nicht gesagt hatte, welche Nachrichten er brachte.

»Wie steht es um die anderen Regimenter?«, drängte sie.

Der Fähnrich beugte sich vor, stemmte die Hände auf die Knie und berichtete: »Das Zentrum wurde bestürmt, hält aber stand. Im Süden gab es nur Störangriffe. Nirgendwo waren die Angriffe so heftig wie hier im Norden …« Er presste noch ein »Verdammte Aquinzacken!« hinterher.

Das ergab nicht viel Sinn. Ihr Regiment wurde am besten durch die eigenen Kanonen, die auf einer Anhöhe vor der Lurmundfeste Position bezogen hatten, und durch die Blide in der Feste gedeckt. Vielleicht hatte Yulian gehofft, hier auf die unerfahrensten Truppen zu stoßen? Er konnte nicht wissen, dass sie alle mehr oder weniger gleich unerfahren in Kriegsdingen waren.

»Schippen-Schlundner«, fuhr Ziegelpfund fort, »verlangt, dass Ihr den Blutzeichenträger endlich in die Schlacht schickt, um uns etwas Luft zu verschaffen. Er fragt sich, warum Ihr das nicht längst getan habt.«

»Warum?«, wiederholte Elisabeda. »Weil sein Einsatz in Scharmützeln einen unglaublichen Unterschied macht, in einer Schlacht dieser Größenordnung aber nur einen Tropfen auf dem heißen Stein bedeutet – und seinen Tod.«

Und, fügte sie in Gedanken hinzu, *weil er gar nicht hier ist.*

Dawyd war schon vor der Schlacht aufgebrochen. Ihm konnte es gelingen, durch die Reihen der Aquintianer zu schlüpfen und schnell wie kein anderer eine Botschaft zu überbringen. Eine Botschaft – und Lyras Glaslinse. Er hätte längst wieder zurück sein müssen, falls die Nachrichten über die Lage im Osten verlässlich waren … und falls er Erfolg gehabt hatte. Und falls er noch lebte.

»Ich muss dich leider noch einmal zurückschicken«, sagte sie.

Ziegelpfund stöhnte, widersprach aber nicht. Eine weitere Mörsergranate detonierte – zum Glück weiter entfernt als ihr Vorgänger.

»Wir überstehen keinen weiteren Angriff mehr. Schlundner muss uns die Verstärkung schicken. Die Gildenfechter.«

Ziegelpfunds skeptischer Blick sprach Bände. »Wird er das tun? Er wird das Zentrum mit seinen besten Leuten sichern wollen.«

»Er mag ein Arschloch sein, aber er ist kein Idiot.« Zumindest wenn sie sich in ihrer Einschätzung nicht täuschte. »Er will die Schlacht ebensowenig verlieren wie wir. Und er weiß, dass ich nicht leichtfertig um Hilfe ersuchen würde.« *Hoffentlich.*

Ziegelpfund rannte los.

Das ist bisher der schlimmste Tag!, dachte Nikolay. Zugegeben, das hatte er über jeden Tag in der Armee Sygnas gedacht, aber dies war wirklich der schlimmste Tag! Er lehnte sich gegen die Barrikade, eine Mörsergranate explodierte und bedeckte ihn mit Schlamm und Blut. Verdammt, wessen Blut war das?

Er drehte sich zu Abner um, der neben ihm hockte und eine Armbrust in beiden Händen hielt, deren eiserner Bogen völlig verdreht war. Eifersüchtig blickte Nikolay auf Abners Tellerhelm, der ihn vor der Fontäne bewahrt hatte.

»Das ist der schlimmste Tag!«, schrie Nikolay gegen den Schlachtenlärm.

»Das sagst du über jeden Tag!«, schrie Abner zurück. Er wandte sich noch nicht einmal um, starrte nur geradeaus.

Nikolay verfluchte den Tag, die verdammte Schlacht, die Furt, seinen verlorenen Helm, seine schwarz-grüne Schärpe, Sergeant Meisendraht, Fähnrich Ziegelpfund, Colonel Eisenhammer, Jannis, Abner und sich selbst. Vor allem sich selbst.

Eine Kanonenkugel durchschlug ein Brett der Barrikade und ließ Splitter ins Innere regnen. Ein Mann schrie auf, als seine linke Seite, Arm und Gesicht, davon gespickt wurden.

Nun, die dämliche Idee, sich zur Armee zu melden, war Abners verwirrtem Geist entsprungen … aber Nikolay war darauf eingegangen! Es hatte zunächst ganz vernünftig geklungen. Der Aufstand in Sygna war nicht ganz so verlaufen, wie sich Nikolay das ausgemalt hatte. Er hatte nur gewollt, dass das Geld von reichen Goldschmiedemeistern auf arme Malergesellen umverteilt wurde – arme Malergesellen wie ihn! Letztlich hatte ihm der ganze Aufstand aber nichts als die Kopfschmerzen seines Lebens eingebrockt.

Abner hatte dann etwas von schlechtem Gewissen gefaselt und von der Armee. Jannis, Abners Kumpel und Rebell der ersten Stunde, war zu einem Leutnant im Regiment »Stimme der Freiheit« ernannt worden und wollte, dass sich Abner bei ihnen einschrieb. Abner wiederum hatte Nikolay angeschleppt. Und Nikolay hielt es für eine gute Idee, wegen der Sache mit dem Goldschmiedemeister die Stadt für eine gewisse Zeit zu verlassen.

Das wird die Zeit deines Lebens, hatte Abner gesagt. *Ein paar Aquinzacken töten, reiche Beute machen, als gemachter Mann heimkehren. Als Kriegsheld. Die Frauen lieben Kriegshelden!*

Was hatte es ihnen eingebracht bisher? Jannis, ja, der hatte es bereits zum Hauptmann gebracht. Aber Nikolay? Nichts als ständiges Marschieren, Plünderungsverbot, schlechtes Essen. Und jetzt das! Man schoss auf ihn, in Dreidrudsnamen, und es sah so aus, als würde niemand von ihnen diesen Tag überleben!

Schreie von jenseits der Barrikade. Diese Schweine kamen erneut, um ihnen den Garaus zu machen.

»Los! Los! Werft euch ihnen entgegen!«, brüllte der bullige Sergeant Meisendraht. Seine Kameraden rafften sich auf. Die ersten Blauröcke erschienen auf der Barrikade, und Waffen trafen aufeinander.

Warum zum Teufel bin ich nicht mit den anderen abgehauen, als die Gelegenheit da war? Warum nur?

Es erschien ihm wie die Tat eines Wahnsinnigen, dass er in der Reihe ausharrte, während sieben andere die Beine in die Hand genommen hatten!

Nikolay versuchte, sich von der Barrikade fernzuhalten, da spürte er einen schraubstockharten Griff um seinen Nacken.

»Falsche Richtung, Soldat!«, brüllte Meisendraht in sein Ohr. »Da ist der Feind!« Er deutete auf die Barrikade.

Ihm blieb nichts anders übrig, der Druck in Nacken und Rücken ließ keine andere Richtung zu als nach vorn, schon war er an der Barrikade. Meisendraht rannte an ihm vorbei, tauchte unter einer Pike hindurch und streckte den Träger mit einem Stich in den Hals nieder. Dann wurde Meisendraht von einem Schlag zu Boden geworfen. Ein Aquintianer mit einem Säbel stand über ihm und musste sich sofort gegen Abner zur Wehr setzen, der mit den Resten seiner Armbrust auf den Säbelschwinger eindrosch.

Das war Nikolays Chance. Er schrie und hieb seine Axt auf

den Oberschenkel des Säbelschwingers. Der brach zusammen. Nikolay setzte nach, hieb mit der Axt immer wieder zu. Er traf Stahl, Stoff, Haut, Fleisch und schließlich Knochen – bis sein Sichtfeld in Rot getaucht war und sein Arm schmerzte.

Aber dieser kleine Sieg konnte sie nicht retten. Als sei der Nadder über die Ufer getreten und hätte menschliche Form angenommen, strömten Blauuniformierte über die Barrikade. Nikolay blickte in den Lauf einer Muskete. In seiner Panik packte er Abner neben sich und zog ihn heran. Der Schuss krachte – und traf Abner in die Brust. Pulverrauch vernebelte Nikolay die Sicht, zwei, drei weitere Schüsse krachten, aber sie galten nicht ihm oder trafen ihn zumindest nicht.

Rufe brandeten auf: »Zum Genüge der Goldenen Gilde!« – »Zum Genüge der Stählernen Fechter!«

Nikolay fuhr herum, sah schwer gerüstete Kämpfer mit langen Schwertern hinter sich. Kämpfer der Fechtergilden, gehüllt in gezeichnete Harnische! Die Kugeln prallten vom Stahl ab, und dann waren die Goldenen und Stählernen heran, sicherlich angeführt von den wenigen Blutzeichenkundigen, die Nikolay gestern das Lazarett hatte verlassen sehen.

Am Vortag hatte er sich noch beschwert, dass die feinen Herren nur die beste heilzeichenverstärkte Behandlung erhielten und arme Schweine wie seinesgleichen ewig auf so etwas warten konnten, aber gerade kannte seine Begeisterung über diese Vorgehensweise keine Grenzen.

Die Fechter fuhren in die Schar der Blauröcke wie eine Sense in den Dinkel und warfen den Angriff zurück über die Barrikade.

Vielleicht ist der Tag doch gar nicht so übel, dachte Nikolay. Der arme Abner, sein guter Kumpel Abner, würde wohl anders darüber denken, aber zu Abners Verderben war Nikolay nur ein mäßiger Freund, aber ein großer Überlebenskünstler.

Schlundner hatte die »Stimme« nicht im Stich gelassen. Er hatte die Gildenfechter gesandt, und das keinen Augenblick zu früh. Das war verdammt knapp gewesen – und dennoch trug ihr Einsatz letztlich zu einer Tragödie bei.

Elisabeda kniete auf der Barrikade, versuchte, Puls und Atem nach dem Kampf unter Kontrolle zu bekommen. Ihren Harnisch hatte sie selbst geschmiedet und auf ihren Leib angepasst, aber nach den heutigen Taten spürte sie dennoch am ganzen Körper Druck- und Schürfstellen. Letztlich war das jedoch ein kleiner Preis dafür, dass sie keine Säbel- und Schusswunden erleiden musste.

»Feuer! Bei den Altmeistern! Was passiert da?« Sergeant Meisendraht, den rechten Arm voller Blut und sich mühsam auf den Beinen haltend, deutete Richtung Süden. Köpfe fuhren herum, und Blicke folgten seiner Geste. Die Blide am Südende der Furt stand wie eine riesige Fackel lichterloh in Flammen.

Erschreckt löste Elisabeda das Fernrohr aus dem ledernen Etui am Gürtel, zog es in die Länge und suchte damit die südliche Linie ab.

Die südliche Linie gab es nicht mehr. *Verdammt!*

Der »Bunte Haufen« hatte jede Ordnung verloren und befand sich in kopfloser Flucht. Sie wurden verfolgt – und niedergemacht.

Reiter in glänzenden Kürassen über weiß-blauen Kavallerieuniformen ritten über sie hinweg, ließen ihre schweren Säbel auf die Rücken der Fliehenden niederfahren. Die Reiter trugen allesamt konische, messingüberzogene Helme mit Rossschweif an der Spitze: die gefürchtete »Schnelle Garde« des Kaisers.

Wie konnte das sein? Wo beim Krummen Mann kamen sie plötzlich her? Und dann auch noch auf dieser Seite des Nadder?

Elisabeda wurde klar, dass alle Gefechte um die Furt nur eine Ablenkung dargestellt hatten. Darum die ständigen Angriffe im Norden. Und sie hatten noch ihre stärksten Kämpfer hier versammelt und damit den Süden entblößt! Was waren schon ein paar hundert tote Soldaten für einen Kaiser Yulian, wenn er Zehntausende zur Verfügung hatte? Er musste seine Kavallerie schon auf den Weg geschickt haben, bevor die Sygnaer die Große Armee überhaupt gesichtet hatten. Die Reiterei hatte irgendwo im Süden eine Stelle zum Übersetzen gefunden. Oder einen Fährhafen. Oder sie hatten die Brücke in Sunt weiter im Süden überquert und waren mit Gewaltritten den Nadder entlang hierhergelangt, um den »Bunten Haufen« zu überrumpeln. Yulians militärisches Geschick hatte er oft genug unter Beweis gestellt, sonst hätte er nicht den halben Kontinent erobert – und die Armee Sygnas war nur ein weiteres von vielen Opfern auf diesem Weg.

Die Geschütze am Ostufer feuerten erneut. Jetzt wurden die Verteidiger von zwei Seiten in die Zange genommen.

Elisabeda sprang von der Barrikade. Ziegelpfund kam auf sie zugaloppiert und schwang sich für einen Buchhalter aus den Bergen erstaunlich behände vom Rappen. Irgendwoher hatte er ein Pferd aufgetrieben, und er hatte es geschafft, nach seinem Helm auch noch den Kürass zu verlieren.

Er salutierte. »Direkter Befehl vom General. Sofortiger geordneter Rückzug. Wir können diese Position nicht mehr halten.«

Elisabeda nickte resigniert.

»Und«, fuhr Ziegelpfund fort und fühlte sich sichtbar unwohl damit, »ich soll darauf bestehen, dass die Burg aufgegeben wird.«

Schlundner hatte in den Lagebesprechungen mehrfach darauf gedrängt, die Lurmundfeste nicht als Rückzugsort zu nutzen, da sie eine Falle darstellen mochte. Die Mauern würden in Stücke geschossen werden, ohne Fluchtmöglichkeit für die Soldaten im Inneren.

Sie schwieg. Sie wünschte sich, mit Ignaz darüber streiten zu können, was nun zu tun war. Sie vermisste ihn.

»Colonel?«

»Ja … natürlich«, sagte sie leise.

Der Pulverrauch der feindlichen Geschütze wehte zu ihnen herüber. Viele Köpfe drehten sich zu ihr herum und erwarteten Befehle. Wenn sie den Rückzug anordnete, würde ihnen eine tagelange Hetzjagd bevorstehen, und wenn sich Unordnung ausbreitete, was bei undisziplinierten Truppen wie den ihren garantiert war, würden sie auf der Flucht von der Reiterei niedergemacht werden. Die Verluste würden schrecklich sein. Schlundner war das auch bewusst, aber er sah wohl keine andere Möglichkeit.

Dawyd, wo bleibst du?

Ihr blieb keine Wahl. Sie erhob die Stimme, sodass die Umstehenden sie hören konnten. »Rückzug! Geschütze anspannen, Lazarett räumen, Verwundete auf die Wagen!«

Die unscheinbare Gestalt von Grau-Evy drängte sich durch die Umstehenden und trat an Elisabeda heran. Die beiden Frauen steckten kurz die Köpfe zusammen.

»Lyra sagt, dass sie eine Nachricht im Glas sieht. Das verabredete Signal. Es ist Dawyd. Er braucht mehr Zeit.«

Elisabeda atmete tief durch. Ließ die Nachricht einige Atemzüge auf sich wirken. Dann fasste sie einen Entschluss: Sie würde Dawyd Zeit verschaffen. Und sie würde den anderen Regimentern einen Vorsprung vor den Verfolgern ermöglichen, indem sie die Angreifer hier noch eine Weile festhielt. Wenn der Rat gewollt hätte, dass seine Offiziere bedingungslos Befehle befolgten, hätten sie keine Rebellin zum Colonel ernennen sollen.

»Wir ziehen uns auf die Feste zurück! Alles hoch zur Feste!«

Wenig später stand Elisabeda mit Hauptmann Jannis Schattenhieb – der hagere Kerl Ende zwanzig trug mittlerweile einen kurzen Vollbart – auf der Mauer der Lurmundfeste. Er hatte das Kommando über die Befestigung während der Schlacht innegehabt. Nun drängten sich das Regiment »Stimme der Freiheit«, eine riesige Blide, die Hälfte ihrer Kanonen, die ihnen nach einem Sturmangriff der Blauröcke geblieben waren, und die Kompanie aus Gildenfechter in seiner Anlage.

Schattenhieb war der Spitzname, den man ihm aufgrund seiner Taten im Untergrund der Rebellion verliehen hatte, und der Mann aus dem Buckelviertel hatte ihn dankbar als Nachnamen angenommen.

Die gezeichnete Fahne flatterte immer noch auf dem Nordturm und spendete den Verteidigern etwas Mut. Was ihnen weniger Mut bescherte, waren die von Pferdegespannen gezogenen schweren Belagerungskanonen, die gerade den Nadder passierten, um die Feste in Brösel zu verwandeln.

Um sie wurde es dunkel, und Elisabeda hielt kurz nach Sturmwolken Ausschau, doch es war tatsächlich die Dämmerung, die unter einer locker hängenden Wolkendecke hereinbrach. Sie hatten den ganzen Tag gekämpft, und als ihr klar wurde, wie viele Stunden vergangen waren, sackte ihr die Überanstrengung mit einem solchen Ruck in die Glieder, dass sie schwankte und sich an den Zinnen abstützen musste. Jannis schien es nicht gesehen zu haben.

»Wenn es dunkel wird, bevor sie die Kanonen in Stellung gebracht haben …«, murmelte er.

»Dann warten sie vielleicht bis morgen, bevor sie uns zu Klump schießen«, ergänzte sie. »Wir müssen sie ein bisschen beschäftigen. Mit der Blide.«

»Damit erwischen wir die Kanonen nicht, das Ding taugt zu kaum etwas außer zum Felsbrockenweitschuss.«

Sie lachte trocken. »Aber es ist besser, als herumzusitzen. Wo ist Grau-Evy? Vielleicht kann sie noch was ausrichten …«

Elisabeda würde sich nicht damit abfinden, einfach überrannt zu werden.

Ihre Feinde mühten sich ab, die schwere Artillerie über die Furt zu schaffen. Der Untergrund war schlammig und musste mit Brettern verstärkt werden, doch die Entfernung war für die Armbrustschützen zu groß.

Im Innenhof der Lurmundfeste zerschlugen Jannis' Leute einige Mauerreste der vormaligen Innengebäude, die Kriegern von einst Obdach gewährt hatten. Elisabeda und Evy standen davor, Evy verzog zaghaft das Gesicht.

»Ich weiß nicht«, sagte sie. »Ich glaube nicht, dass ich das kann.«

»Ich habe es Jendra tun sehen«, spornte Elisabeda sie an.

»Dieses Gör trägt mehr Schatten in sich als ich alte Gaunerin.« Evy grinste schief. »Es bringt nichts, das Zeichen einfach nur größer auf größere Steine zu malen, um einen größeren Bereich in Dunkelheit zu tauchen.«

»Das weiß ich«, sagte Elisabeda. Die Größe eines Zeichens war belanglos. Die Fähigkeit desjenigen, der es wirkte, war wichtig. Als Elisabeda ihr erstes Zeichen gewirkt hatte, das eine Klinge geschmeidig, aber unzerbrechlich hatte machen sollen, war nur der Teil unzerbrechlich gewesen, der sich direkt um das Zeichen herum befunden hatte. Gabril hatte die Spitze der Klinge einfach abbrechen können. Sie erinnerte sich daran, wie wütend sie gewesen war – all die Stunden Arbeit umsonst! »Dann denk größer«, sagte sie zu Evy, was Gabril damals zu ihr gesagt hatte. »Wir überleben sonst die Nacht nicht.« Das hatte Gabril nicht gesagt, nicht sagen müssen.

»Und was ist morgen früh? Wie überleben wir da?«

»Darüber mache ich mir morgen früh Gedanken«, erwiderte Elisabeda. »Lass das meine Sorge sein. Ich bin der Colonel.«

Evy nickte, eine Soldatin, wie Jendra eine gewesen war, damals, als sie in den finsteren Kellerverstecken gehaust hatten. Eine abgerissene, widerwillige Soldatin aus der Gosse. Aber mit Fähigkeiten, die keine andere besaß.

Elisabeda legte ihr die Hand auf die Schulter. »Evy, es wird gleich dunkel. Die Zeit ist unser Freund. Versuch es einfach.«

Evy hob den Meißel und machte sich an die Arbeit.

Den letzten Schwung des Zeichens vollendete Evy, als das Geschoss in der Schlaufe der Blide lag. Augenblicklich war es, als fielen Schatten vom Himmel. Um die Blide herum wurde es dunkel, und die Fackel in Jannis' Hand war nur noch ein verlorener Lichtpunkt, der sich in den Augen der Umstehenden spiegelte.

»Los!«, schrie Elisabeda, einer von Jannis' Leuten betätigte den Auslöser des Wurfarms, und mit gewaltigem Getöse schnellten die Seile und Holzverstrebungen herum. Elisabeda rannte rückwärts, bis sie aus der Schattenzone heraustrat. Wo Kanonenkugeln von Funken, Feuer und Rauch begleitet wurden, zog dieses steinerne Geschoss einen Schweif aus Schatten hinter sich her. Es flog über die Mauer und krachte irgendwo mit einem feuchten Rums auf.

»Status!«, brüllte sie auf die Zinnen hinauf.

»Etwas zu weit links, aber schon ganz gut!«, schrie Ziegelpfund zurück.

»Peilst du alles über den Daumen, oder hast du genauere Angaben für uns?«, schrie Elisabeda.

»Verstellt es um fünf Minuten!«, schrie ihr Sendbote zurück.

»Ihr habt ihn gehört!«, bellte Elisabeda ihre Leute an.

»Es ist dunkel!«, hörte sie Jannis aus dem unnatürlichen Schatten.

»Ihr werdet doch wohl die Blide im Dunkeln verstellen können?«

»Natürlich, Colonel!«

So lobte sie sich das. Die Männer gingen ans Werk, und Evy machte den nächsten Felsbrocken bereit.

Dunkelheit um Dunkelheit flog zur Furt hinaus und schmetterte um die Kanonen herum zu Boden. Evy produzierte stets Nachschub, um das Vorwärtskommen der Artillerie zu behindern, doch bei Einbruch der Nacht brach sie zitternd zusammen. Elisabeda versetzte ihr Anblick einen Stich.

So weit sind wir schon. Opfern Einzelne für das große Ganze, ohne mit der Wimper zu zucken. Schicken Menschen ins Verderben. Doch das war die Aufgabe eines Colonels, nicht wahr? So war es im Krieg.

Und Evy *hatte* das Vorwärtskommen der Kanonen verlangsamt. Die schweren Geräte im Stockdunkeln und unter ständigem Beschuss durch die Furt zu bekommen war ein Nadelöhr, durch das die Aquintianer nicht gepasst hatten. Jetzt war es Nacht, und eine Fackel nach der anderen leuchtete auf. Sie würden über Nacht weiterarbeiten, vielleicht die Kanonen auf festen Boden bekommen, vielleicht schießen. Vielleicht angreifen.

Elisabeda verließ den Wehrgang und sank unten auf den gepflasterten Boden des Innenhofs. Die Blide schleuderte weiter, ein paarmal jede Stunde zischten Steinblöcke durch die Nacht, nun ohne Schattenzeichen darauf. Elisabeda ließ den Kopf auf die Arme sinken. Bevor sie einschlief, fragte sie sich, ob das Abfeuern der feindlichen Kanonen sie überhaupt wecken würde.

Elisabeda träumte. Die Lurmundfeste war sehr viel größer, und sie irrte durch Gänge, aus denen Stücke gebrochen wurden, um sie mit der Blide abzuschießen. Jeden Moment würden Kanonenkugeln von außen einschlagen, aber sie musste Ignaz finden.

»Ich habe eine Taktik für diese Schlacht«, murmelte sie vor sich hin. »Aber er hat einen Plan für den ganzen Krieg, er muss ihn mir sagen. Ich muss den Plan kennen, diesmal *muss* ich ihn kennen!«

Sie schob sich durch Menschen, doch es war zu dunkel, um etwas zu sehen. Manche rochen nach Blut und Tod, aber sie drängte sich weiter. Sie musste ihn finden. Plötzlich brach eine Wand vor ihr auf, es wurde heller, und der Riss in der Wand führte in eine Schreibstube.

Ignaz saß am Schreibpult, vor ihm leeres Papier und Federn, eine ganze Menge schwarze Federn. Er sah auf seine Hände herab, und beide waren zu verstümmelt, um damit zu schreiben. Dann drehte er sich zu ihr um. Von hinten hatte sie Ignaz' schwarze Locken gesehen, doch von vorn waren seine Haare rot, und unter dem hohen Haaransatz blickte ihr ein glatt rasiertes, helles Gesicht entgegen, an dem alles aus deutlichen, spöttischen Linien zu bestehen schien. Die zusammengekniffenen Augen. Die gerade Nase. Das spitze Kinn. Der dünn lächelnde Mund.

Natürlich, dachte sie und erinnerte sich wieder. *So sieht er ja jetzt aus.*

Ignaz, Rufin, wer immer das war, sah sie an, sehr lange, zu lange, sodass sie vergaß, was sie ihn hatte fragen wollen. Dann blinzelte er einmal, und kurz glaubte sie, Ignaz' grüne Augen hinter seinen Lidern zu sehen.

»Liebst du mich?«, fragte er mit Ignaz' Stimme.

Sie fuhr aus dem Schlaf. Die Nacht war stockfinster, Wolken hatten sich vor den Mond gelegt. Ihr war eiskalt, obwohl jemand eine Decke um sie gelegt hatte. Ihr Rücken schmerzte, und jeder Muskel schien erstarrt. Dass sie in ihrer Rüstung geschlafen hatte, trug nicht zu ihrem Wohlbefinden bei. Stöhnend richtete sie sich auf. Ignaz-Rufin lauerte immer noch in ihrer Erinnerung, und mit zugeschnürter Kehle zwang sie sein Gesicht und seine Stimme beiseite. Sie wankte zur Blide, die nun schwieg. Alle waren zu erschöpft, und die Nacht war so dunkel, so stumm.

Auch die Aquintianer sind erschöpft, hoffte sie.

Sie fand eine Wache auf den Zinnen. Die junge Frau war in einen Fellmantel gewickelt; wahrscheinlich Plünderware aus dem Kleiderschrank einer Zunftratsgattin.

»Wie sieht es aus?«

»Wir haben im Laufe der Nacht wohl ihren Pulvervorrat getroffen. Jedenfalls halten sie zwar ihre Stellung, schießen aber nicht, und einige von ihnen sind zurück zum Hauptlager, ich habe die Fackeln gesehen.«

»Gut gemacht«, sagte Elisabeda anerkennend. Das alles erkaufte ihnen Zeit, aber diese dunkle Nachtstunde würde bald vorbei sein, ein allzu heller Tag würde anbrechen und ein weiterer Sturm auf die Lurmundfeste beginnen – diesmal mit ihnen darin.

»Neuigkeiten von Dawyd? Wo ist Lyra?«

»Die Zeichenträgerin? Sie schläft, glaube ich. Ich habe nichts von ihr gehört.«

Elisabeda machte sich auf und suchte in der von nur wenigen Fackeln erleuchteten Dunkelheit des Hofs nach der jungen Frau. Als sie sie fand, schlief sie keineswegs, sondern hockte unter mehreren Lagen Decken und wendete in einem Licht, das ihr ein kleines Glas spendete, das aus sich selbst heraus leuchtete, verschiedenfarbigen Sand in den Händen. Sie hatte außerdem einen Pflasterstein aus dem Boden gewühlt.

»Lyra?«, fragte Elisabeda. »Gibt es etwas Neues von Dawyd?«

Die Frau schüttelte den Kopf, ohne sich unterbrechen zu lassen. »Ich schreibe ihm alle eintausend Atemzüge«, sagte sie leise.

»Was … was schreibst du ihm?«

»Wo er ist. Was er macht. Wann er ankommt. Dass wir morgen sterben.«

»Und … antwortet er darauf?«

»Nein. Vielleicht ist er vor uns gestorben.«

»Wir sterben nicht«, sagte Elisabeda ohne Überzeugung. *Wir dürfen nicht. Die Fechter sitzen hier mit uns in der Falle. Ohne sie hat Schlundner keine Chance. Wir dürfen nicht sterben.*

Lyra nickte geistesabwesend. »Man muss halt manchmal hohe Einsätze setzen. Das rechnet sich auf lange Sicht.«

Elisabeda presste die Lippen zusammen. Sie war nicht in der

Feste, um sich zu opfern! Um Schlundner Zeit zu verschaffen! Um die Aquintianer zu beschäftigen!

Aber vielleicht läuft es darauf hinaus.

Die Nacht verbarg Gestalten und Gesichter, ließ Gassen, die sonst gerade waren, krumm werden. Die Nacht allein reichte natürlich nicht aus, um zwei Menschen, die ihr Lebtag in Sygna verbracht hatten, in die Irre zu führen, doch Jendras Verborgenes Zeichen bewirkte das seine. Nach einigen herabgefallenen Dunkelheiten wussten Esra und Sarai nicht mehr, wo ihnen der Kopf stand, durch welches verlassene Kellergeschoss sie gerade irrten oder in welche dunklen Mauerwinkel sie gerade klommen.

Jendra führte sie unter der alten Stadtmauer hindurch, ohne dass sie es überhaupt begriffen, und durch den untersten Teil der Altstadt. Einige Gänge der Kanalisation und sogar der Tunnel darunter waren an diesen Stellen offen, der Verborgene Hof nutzte sie als Zugänge zu seinem Allerheiligsten. Jendra atmete auf, als sie mit den beiden Neuanwärtern an der Metallklappe angekommen war, die sie in die Felsgänge führte, denn das hieß, dass sie sich nun nicht mehr allzu viel Mühe geben musste, sie an der Nase herumzuführen.

Es war Ehrensache, dass neue Anwärter auf eine Art und Weise zum Hof geführt wurden, die es ihnen unmöglich machte, diesen wiederzufinden. Nur bewährte Mitglieder kannten den Weg hierher.

Bewährte Mitglieder wie Jendra.

Sie hätte bemerken müssen, dass etwas nicht stimmte. Normalerweise war in den Nächten, in denen Hof gehalten wurde, einiges los in den Gängen, die unter die Zunftmarkthalle führten. Je weiter entfernt vom Zentrum, desto billiger die Schwarzmarktwaren, desto erbärmlicher die Hehlereien, desto gepanschter die Drogen. Desto lauter diejenigen, die das anpriesen. Seit die Stadt nicht mehr besetzt war, war dieser Teil des Schwarzmarkts aber leiser und kleiner geworden, und so war Jendra die Stille kaum aufgefallen. Außerdem beschäftigte sie sich gedanklich mit der Frage, ob Sarai und ihr kleiner Bruder die Nacht wohl unbeschadet überstehen würden. Und sie hatte gehört, dass ein völlig abgehetzter Reiter angekommen war; in der Stadt hieß es, das Sygnaer Heer sei auf das kaiserliche Heer getroffen – auf die Große Armee! Jendra konnte sich nicht ausmalen, was das bedeutete – oder vielmehr konnte sie es sich ausmalen, sah aber keine Möglichkeit für Dawyd und Elisabeda, aus so etwas heil herauszukommen.

Tunnel um Tunnel begleitete sie Sarai und Esra, mal tiefer hinab, bis Gänge zugemauert oder eingestürzt waren, mal höher hinauf, Leitern, Treppen oder Schrägen hoch. Die beiden zitterten vor Aufregung und stellten sich nicht gerade geschickt an. In der Grubenhöhle hielt Jendra inne. Dass sich hier niemand aufhielt, war wirklich seltsam, normalerweise saßen spätestens hier Leute um die merkwürdig behauenen Klötze aus Sandstein, die nirgends sonst in der Tiefe vorkamen, und spielten darauf Karten oder Würfelspiele. Oder traten im Armdrücken gegeneinander an. Oder hauten einander einfach so auf die Mützen. Außerdem wurde gewettet und gelärmt, und meist hörte man die Geräusche der benachbarten Hahnen- oder Hundekämpfe in den Gruben. Aber heute war alles still.

Wenn sie sich im Tag geirrt hatte, würde das sehr peinlich für sie werden.

Doch als sie den Gang erklommen, der sich von dort aus aufwärtswand, hörten sie endlich Stimmen. Es war undeutliches Gemurmel, und vor dem nächsten Eisenverschlag, der sie in ein Kellergeschoss nahe der Stadtoberfläche führen würde, sah Jendra den Grund: Zwei grau gewandete Wachen deuteten mit Hellebarden auf Jendra und ihre beiden Neuanwärter. Beide hatten die Gesichter mit einer grauen Maske verdeckt.

»Was, beim Krummen Mann, seid ihr denn für Vögel?«, stieß Jendra hervor und machte sich gleichzeitig Vorwürfe: Sie hätte es besser wissen müssen, sie hatte doch *gespürt*, dass etwas seltsam war!

Aber der Verborgene Hof war ein Ort, an dem die, die nichts von Gesindel zu fürchten hatten, nichts zu fürchten hatten.

»Seid ihr verdammte Aquinzacken? Was soll die Scheiße?«, fluchte Jendra, und eine der beiden Wachen hob die Hellebarde und wies mit dem verhüllten Kinn auf den Durchgang. Beide sagten kein Wort.

»Was soll das? Wer seid ihr?«

»Also … sind wir in Schwierigkeiten?«, raunte Esra hinter ihr. Seine Schwester machte Anstalten, ein Messer aus dem Stiefel zu ziehen, doch Jendra trat ihr gegen die Hand.

»Eh-eh. Die Herrschaften sind am längeren Ende einer scharfen Klinge, lass es stecken.« Zu den beiden Wachen gewandt fuhr sie fort: »Also, ich weiß nicht, wer ihr kleinen Pisser seid, aber ich gucke mir das da drin an, und wenn wir fertig sind, dann komme ich raus und zieh euch diese Seidenunterhöschen vom Gesicht. Ich bin mir sicher, ich finde einige, die meiner Meinung sind!«

Die beiden Wachen reagierten nicht. Jendra konnte nicht einmal bestimmen, ob es Männer oder Frauen waren, die Gewänder waren weit, und das Grau schimmerte so seltsam, dass es Jendra nicht behagte, hinzusehen.

Was für ein Dreck, dachte sie mit dem unguten Gefühl, dass es nicht so einfach werden würde. Sie schlüpfte mit Sarai und Esra durch die metallene Klappe und fand sich im weitläufigen Kellergewölbe des Verborgenen Hofs wieder. Es war nicht einfach der Keller der Zunftmarkthalle – es wäre wohl eher früher als später jemandem aufgefallen, dass dort der Verborgene Hof tagte. Es war ein verstecktes Geschoss, das bereits angelegt worden war, als die Altstadt erbaut wurde. Man erzählte sich etwa ein Dutzend Geschichten darüber, wer wen wie geschmiert oder hereingelegt hatte, um den ehrlichen Bürgern ein solches Ei direkt in ihr Nest zu legen.

Geräusche aus dem Tonnengewölbe wurden von Zeichen

unterdrückt, die immer, wenn Hof gehalten wurde, erneuert wurden. Die Halle war lang und auf bedrückende Weise gemauert. Normalerweise befanden sich auf den Sockeln entlang der Wände zahllose Lampen und besonders denkwürdiges Diebesgut: Kunstwerke, Erbstücke und Andenken direkt aus gutem Hause. Diesmal steckten nur zwei Fackeln in Halterungen an der hintersten Wand des Gewölbes, das sicherlich fünfhundert Menschen fassen konnte. Vielleicht zweihundert standen in kleinen Pulks herum, aber mehr Hofstaat wurde zu normalen Hofnächten auch nicht erwartet. All das Diebespack sah sich verunsichert um, als wäre es zum ersten Mal beim Klauen erwischt worden.

»Was soll die Scheiße?«, rief Jendra in die Runde, und statt ihr zu antworten, huschten all diese starken Männer und Frauen, diese Halsabschneider und Schläger, Huren und Freudenknaben beiseite. Langsam formte sich eine Art Gasse zwischen Jendra und dem Thron, auf dem der Verborgene Meister Hof hielt. Die Schatten an den Wänden waren lang und tief, und das Flackern der Fackeln schien diese Schatten nicht zu stören. Ganz plötzlich *berührten* die Schatten Jendra an den Schultern, sie spürte es wie die Finger zweier Hände. Starke, unnachgiebige Hände, die Jendra vorwärtsschoben, als stünden zwei Wachen hinter ihr. Sie stemmte sich dagegen, doch sofort lief sie Gefahr, einfach nach vorn auf den Boden gedrückt zu werden, so unerbittlich war dieser Griff. Sie sog die Luft ein und gab nach.

Die Person auf dem Thron war maskiert, wie der Verborgene Meister es immer war. Davon abgesehen war die Gestalt in graue, weite Gewänder gekleidet, die im Schein der Fackel unwirklich schimmerten, und dieser Kleidungsstil war Jendra ganz und gar neu.

Außerdem lag auf dem Boden vor dem Thron eine Frau auf einem purpurroten Mantel. Ihre Maske war ihr in die Stirn geschoben, und ein blutiger Faden rann vom Mundwinkel über Kinn und Hals herab und vereinigte sich mit dem Purpur unter ihr. Jendra erkannte das Gesicht nicht, doch drei Dinge waren klar: Dies war der Verborgene Meister. Er war eine Frau. Und sie war tot.

»Dann hab ich eine Wette gewonnen«, sagte Jendra laut ins Trommelgewölbe. »Da der Meister eine Frau ist, schuldest du mir Geld, Schiel-Jo!«

Schiel-Jo, wenn er denn da war, antwortete ebenso wenig wie die anderen im Raum. Alle starrten sie an, wie sie – ausgerechnet sie! – gegen ihren Willen Meter um Meter nach vorn geschoben wurde, bis sie neben der Leiche zum Stehen kam, zwei Hände wie Blei auf ihren Schultern spürend.

»Was bist du für eine Witzfigur?«, zischte sie die Gestalt auf dem Thron an. Als sie sich vom Anblick ihrer Herrscherin losriss, sah sie, dass derjenige, der sich für den neuen König oder die neue Königin der Unterwelt zu halten schien, die behandschuhten Hände nach vorn ausgestreckt hatte – als lägen sie auf Jendras Schultern.

»Wer bist du?«, schrie sie, und die Blicke aller hafteten auf ihr, doch sie starrte nur in das Nichtgesicht ihres Gegenübers. Die Verborgene Meisterin hatte stets eine schwarze Schnabelmaske getragen, wie ein Heiler aus alter Zeit, doch die Gestalt auf dem Thron trug glattes, bleigraues Tuch, das ebenso gut geschmolzenes Metall hätte sein können. Es war mit der Kapuze vernäht und verbarg alles außer der Augenpartie, und Jendras Unbehagen wuchs rascher als ihre Wut, als die Schatten auf ihren Schultern sie näher und näher heranschoben, bis die Person auf dem Thron ihre ganz realen behandschuhten Hände auf die Schattenhände auf Jendras Schulter legte.

»Du weißt doch schon, was du sehen wirst, großmäulige, kleine, schmale Jendra«, sagte eine samtweiche Stimme, die weder einem Mann noch einer Frau zu gehören schien – aber diesen Trick hatte auch die Verborgene Meisterin beherrscht. Jendra starrte auf den schmalen Streifen Gesicht, den die Maske und die Kapuze frei ließen. Sie sah schwere Lider, tiefliegende Augen. Die Brauen waren geschwungene schwarze

Bögen auf sonnengebräunter Haut. Jendra war nun nah genug heran, um die Maske herabzureißen – ihre Knie berührten beinahe die Schienbeine der eine Treppenstufe höher thronenden Gestalt. Sie wollte danach greifen, doch die Schattenhände krallten sich in ihre Oberarme, und die Geste verkam zu einem hilflosen Winden.

»Was denkst du, wer ich bin?«, fragte die auf erstickende Weise süffisante Stimme.

»Mein neuer Erzfeind«, stieß Jendra hervor.

»Wenn du das so willst, Jendra, dann wird sich das einrichten lassen. Aber das muss nicht so sein. Der Tod eurer Meisterin kann der einzige bleiben. Siehst du, wir haben auf dich gewartet, Schmal. Du bist mir wichtig.«

»Warum? Ich bin doch niemand.« Jendra wehrte sich, doch die Schattenfinger waren wie Schraubstöcke.

Die Stimme lachte leise. »Wir lassen das Versteckspiel nun sein. Wir müssen zusammenhalten. Nicht nur wir: der Verborgene Hof. Sondern wir: die Bewohner von Sygna. Die Zeichenkundigen von Sygna. Und auch: die Urzeichenträger von Sygna.«

»Du Bastard, wer bist du überhaupt? Nimm die verdammte Maske ab!«

Die Augen öffneten sich weiter als bisher und blickten Jendra eindringlich an. Sie wandte den Blick ab, zur Seite, zu den Menschen, die verschreckt zusahen, als wären sie eine Horde Waschweiber.

»Wer ich bin?«, fragte die ruhige Stimme, und Jendra konnte nicht anders, hypnotisch zog dieser Bastard ihren Blick wieder auf sich. Die aufgerissenen Augen offenbarten das Verborgene Urzeichen als finsteres, rauchiges Gewirr in der dunkelbraunen Iris.

»Toll«, sagte sie so unbeteiligt wie möglich. »Ich hab mich schon gefragt, wann einer wie du aus dem Kanal kriecht und uns sagt, wie wir es machen sollen. Was denkst du, wer du jetzt bist? Unser neuer Meister?«

Die bleigraue Oberfläche der Maske kräuselte sich und wurde klar – Jendra sah sich selbst wie in einem Spiegel darin, ihr Bild schlug Wellen auf der Oberfläche und nahm dann Form an. Sie sah in ihr eigenes Gesicht, nur die Augen waren noch braun, mit einem schattendunklen Zeichen darin.

»Ich kann jeder sein. Jeder von euch. Jeder von ihnen. *Und* ich bin euer neuer Meister. Euer König. Euer Kaiser. Euer Gott in den Schatten. Nennt mich, wie ihr wollt.« Die Stimme nahm nun einen anderen Klang an, mehr und mehr verformte sie sich zu einer Mädchenstimme. »Ich bin der Vielgesichtige Träger des Verborgenen Urzeichens.«

Mit einem Ruck stieß der neue König der Unterwelt Jendra von sich, die Schattenhände ließen sie los, sodass sie schmerzhaft am Boden aufprallte. Esra versuchte, sich zu ihr durchzudrängen, doch Jendra schüttelte unmerklich den Kopf.

»Ich will wissen, wo die Eisenhammer-Brüder sind, Jendra. Bring sie mir. Und auch für euch andere habe ich Aufgaben.«

Als Jendras Blick erneut auf die Maske fiel, hatte diese sich wieder zu einer glatten Fläche verändert, doch die Erinnerung an ihr eigenes Gesicht lag Jendra wie eine Schlinge um den Hals. Sie spie aus.

»Leck mich an meinem schmalen Arsch«, flüsterte sie und blieb einfach auf dem Boden sitzen. Dieser Bastard konnte sie nicht zwingen, Johanni zu verraten. Er konnte ihr vielleicht mit ein paar Schattentricks Angst machen, doch er hatte keine Befehlsgewalt über sie. Er war nicht Lysandre Hurensohn Rufin.

Der Urzeichenträger des Verborgenen Zeichens beachtete sie nicht weiter, erhob sich von seinem Thron und verkündete: »Wir werden diese Stadt neu ordnen. Sygna ist die Stadt der dreizehn Zeichen. Der dreizehn Gezeichneten. Nicht der dreizehn Gilden. Wir, die Verborgenen, verdienen den Platz, der uns genommen wurde. Wir werden wieder Teil der Stadt werden.«

»Was? Eine Gilde der Bettler und Diebe im Zunftrat?«, stieß

Jendra hervor, und endlich lachte der eine oder andere spöttisch.

»Niemand wird das wollen, und wir selbst als Allerletzte!«, rief eine Stimme, die Jendra als die von Mutter Dido erkannte. »Wir haben's doch ganz gut hier.«

»Bettler? Diebe?« Der neue Großmeister lachte. »Dazu haben *sie* uns gemacht. Wir waren einst die ordnende Hand Sygnas! Wir leben im Schatten, aber uns gehört ein Anteil am Licht!«

Jendra sah in ganz unterschiedliche Gesichter um sich herum.

»Wie soll das gehen?«, fragte Schiel-Jo und reichte Jendra eine Hand, um ihr aufzuhelfen. Sie ließ sich widerstrebend hochziehen.

»Denkt nicht nach, mein Hofstaat. Überlasst das mir. Ich habe einen Plan, um uns ans Licht zu heben. Seht euch an. Ihr habt es ganz gut hier? Ihr seid Huren. Diebe. Einbrecher. Bettler. Straßenkinder. Ihr habt es ganz gut hier?«

Die Gestalt ging zur Wand des Gewölbekellers und wischte mit der Hand über die dunklen Ziegelsteine, sodass eine Spur im Ruß zurückblieb.

»Was liegt diesem Dreck inne, dass ihr hierbleiben wollt? Wollt ihr keine Villa, in der sauberes, ja, warmes Wasser aus dem Hahn fließt? In der euch die Kissen aufgeschüttelt werden? Wollt ihr nicht, dass eure Kinder lesen lernen statt stehlen? Dass ihr einen Heiler bezahlen könnt, wenn sie krank sind?«

Sie sahen ihn alle zaudernd an, ratlos.

Jendra stöhnte. »Sagt mir, dass ihr nicht auf diese Masche hereinfallt. Gibt es genug Villen für uns alle auf dem Bleiberg?« Sie wackelte mit den Fingern. »Nein!«

»Glaubt mir. Ich weiß, wie Sygna uns dienen wird, indem wir Sygna dienen. Ich habe einen Plan.«

Als der Morgen graute, stand Elisabeda erneut auf den Zinnen und versuchte, durchzurechnen, was Lyra »den Einsatz« genannt hatte.

Die Schlinge um die Lurmundfeste war noch nicht ganz zugezogen – sie konnten versuchen, die Festung zu räumen. Sich geordnet zurückzuziehen. Aber die feindliche Kavallerie wäre schneller hinter ihnen her als der Krumme Mann hinter der Seele. Und sie würden auf dem Weg aus der Feste direkt vor die Artillerie laufen.

Nein, das war ein sehr schlechter Plan.

Die Soldatin, die in der Nacht Wache gehalten hatte, hatte recht behalten: Die Furt wurde mit einigen Eseln überquert, die Pulverkisten trugen. Die ersten Strahlen der Sonne würden ihnen auch die ersten festungsbrechenden Kanonenkugeln bringen. Elisabedas Rechnung ging nicht auf – sie hatten dem nichts entgegenzusetzen.

Jannis stand müde neben ihr, die Augen eingefallen im hageren Gesicht. »Aus dem Theater sind wir auch irgendwie rausgekommen«, sagte er, als läse er ihre Gedanken.

»Das hier ist anders. Wir sind ein Regiment, und das ist eine Armee.«

»Du hast keinen zweiten Plan?«

»Ich habe gar keinen Plan«, gab Elisabeda zu. »Nur die Nacht überleben.«

»Das hat immerhin funktioniert.«

»Das könnt ihr auf meinen Grabstein schreiben: *Sie hat die Nacht überlebt.*«

Beide wandten sich um, als sie Tritte auf der steilen Treppe hörten, die zum Wehrgang hinaufführte. Elisabedas Blick wurde kurz von der mutspendenden Flagge gefangen, die nun in der Morgenbrise sichtbar wurde. Kurz tat ihr Herz einen Satz, als wäre es noch nicht bereit für Grabsteingedanken. Sie lächelte. Die Dichter mit ihrer Inspiration!

Eine Melodie drang an ihr Ohr. Ein Soldat saß auf dem Wehrgang, den Rücken gegen die Zinnen gelehnt, ein Helm sowie ein altmodisches, einhändiges Schwert lagen achtlos an seiner Seite. Auch er blickte zur Fahne hoch. Die Erschöpfung einer durchwachten Nacht stand ihm ins Gesicht geschrieben. Dennoch pfiff er eine Melodie vor sich hin – jene Melodie, die ein Trommler und zwei Pfeifer während des Aufstands in Sygna spontan erdacht hatten und die inzwischen zum Inbegriff der Freiheit der Stadt geworden war.

Weitere Stimmen fielen ein, summten oder pfiffen die Melodie, den Kanonen der Blauröcke und dem sicheren Tod zum Trotz.

Leutnant Ziegelpfund, den sie am Morgen frisch befördert hatte, kam mit Lyra zum Wehrgang hinauf. Die Gezeichnete wartete, bis Elisabeda sie aufforderte zu sprechen.

Sie hob ihre Linse, das Gegenstück zu der, die Dawyd bei sich trug. Auch in diesem Glas blinkte ein wundersames bläuliches Licht auf. Mal länger, mal kürzer: die Chiffre, die Jendra erdacht hatte, um während der Besatzung mit Kilianna zu kommunizieren. Sowohl Lyra als auch Dawyd besaßen eine Abschrift des Codes, aber Elisabeda vermutete, dass Lyra ihn längst auswendig konnte.

»Der Fechter … er … na ja, er antwortet«, sagte Lyra und schwieg dann.

»Und heißt das zufällig«, begann Elisabeda vorsichtig, »dass er gleich hier ist?« Sie musterte die seltsame Frau, die sich hinter ihren Haaren versteckte. Elisabeda glaubte, die Andeutung eines Nickens zu sehen. »Signalisiere ihm, dass sich alle Geschütze auf die Feste richten und die Große Armee sich an beiden Ufern verteilt hat. Wenn er jetzt sofort angreift, erwischt er Yulian mit runtergelassener Hose!«

Jannis grinste. »Soll ich die Soldaten antreten lassen?«

»Ja«, sagte Elisabeda. »Lass uns Dawyd ein Stück entgegenkommen.«

Lyra hob den Kopf. Das Zeichen in ihren Augen wurde im trüben Morgenlicht sichtbar. »Ich kann vielleicht noch etwas mehr tun. Ich habe etwas Neues gelernt.«

In diesem Moment erschienen Reiter auf einer Hügelkuppe im Osten. Tausende Reiter.

Elisabeda ballte eine Hand zur Faust und jubelte, und in diesen Jubel fielen alle auf den Zinnen ein, und bald auch alle, die im Innenhof aus unruhigem Schlaf erwachten.

Das Banner der Dichter wehte im Wind.

Die Reiterei der Noccurn-Allianz erwischte die Große Armee unvorbereitet. Durch die Linse, die Nachrichten aus der Feste übermittelte, brauchten sie keine Aufklärung und erschienen plötzlich auf den Hügeln über der Furt.

Die Reiter der Flüsternden Städte boten einen imposanten Anblick. Sie trugen verzierte Lederbrustpanzer, die gebräunte Arme frei ließen. Auf den Häuptern saßen geschwungene Bronzehelme mit charakteristisch großem Wangenschutz. Sie führten breite Flügellanzen in den Kampf und schienen insgesamt eher einem antiken Schlachtfeld entsprungen als der heutigen Zeit.

Zu ihnen gesellten sich berittene Schützen in den gelben Uniformen der Riefländer. Vom Pferderücken aus feuerten sie Arkebusen – mit einer glimmenden Lunte gezündete Schusswaffen aus den Zarenreichen. Das Schattenpulver, das die Noccurn-Allianz von dort erhalten hatte, ähnelte der aquinzischen Alchimie, die die Konstruktion von Feuerwaffen möglich machte.

Als die Reiter den Blauröcken in den Rücken fielen und Dawyd wie ein Kriegsgott unter den Aquintianern wütete, öffneten sich die Tore der Lurmundfeste, und die »Stimme der Freiheit« wagte den Ausfall.

Lyra kniete versunken auf dem Pflaster, wo sie den Pflasterstein aus dem sandigen Boden des Burghofs gelöst hatte, und steckte beide Hände ins Erdreich: Dort, wo die Ufer vor allem sandig und nicht lehmig waren, schossen plötzlich lange Spitzen aus Glas aus dem Untergrund empor, bohrten sich in

Pferde- und Menschenleiber und lösten eine Panik unter den Aquintianern aus.

In nicht einmal einer Stunde war die Große Armee geschlagen und auf der Flucht nach Norden, das Ostufer des Nadder entlang.

Für eine Verfolgung fehlte den Sygnaern die Kraft, doch sie hatten eine Niederlage mit der Macht der Urzeichenträger und durch ein Bündnis mit der Noccurn-Allianz in einen großen Sieg verwandelt. Das gesamte Suntertiefland und die angrenzenden Gebiete, die früher als südliches Huskalreich bekannt waren, waren damit von der aquinzischen Besetzung befreit. Die Große Armee zählte zwar immer noch doppelt so viele Köpfe wie die Kräfte der Allianz und Sygnas zusammen, dennoch befanden sich die Blauröcke auf einem eiligen Rückzug. Ihre Nachschublinien waren abgeschnitten, und sie konnten erst in der Stadt Brefjort weit im Norden auf frische Nahrung und neues Pulver hoffen.

Elisabeda taumelte vor Erschöpfung und stützte sich auf ihren Kriegshammer. Sie sah mit einem Lächeln, wie Dawyd und Darius sich umarmten, dann Jannis heranzogen. Sie boxten sich freundschaftlich auf die Arme und prahlten mit ihren Taten in der Schlacht, wie es nun mal die Art junger Männer war. Sie trat hinzu und grinste breit, Dawyd löste sich von seinen Freunden und umarmte sie.

»Danke für dein Vertrauen«, sagte er.

»Danke, dass du es nicht enttäuscht hast«, entgegnete sie. »Es war knapp.«

Er lachte darüber, und ja, jetzt konnte sie auch darüber lachen.

»Komm mit«, sagte er, »ich muss dir jemanden vorstellen.« Er begleitete sie zu einer Gruppe ausländischer Offiziere, die etwas verloren im Lager der Sygnaer herumstanden, bewacht von einer Schar muskulöser Speerträger.

»Freunde.« Dawyd erhob die Stimme. »Darf ich vorstellen? Colonel Eisenhammer. Meine direkte Vorgesetzte und Heldin der Rebellion.«

Dann zeigte er reihum.

»Das hier ist Dirkanos, Kommandant der Reiterei aus den Flüsternden Städten.« Der Fechter deutete eine Verbeugung vor einem glatzköpfigen, braungebrannten Kämpfer um die fünfzig mit vergoldeten Brustpanzer an, der seinen verzierten Helm unter dem Arm trug.

»Und das hier ist Obmann Hakkon aus Riefland.« Ein Mann mit einem langen, geflochtenen Bart in einer ordenbehangenen gelben Uniform salutierte.

Elisabeda schüttelte ein paar Hände und machte sich bekannt. Der gemeinsame Feind und der überraschende Sieg überwanden die kulturellen Schranken. Zudem schien jeder hier Huskalsch zu beherrschen, wenn auch mit einem starken Akzent.

»Ah!«, rief Dawyd. »Und da ist ja auch der große General Siljonicz!«

Eine Frau Anfang sechzig mit einer schlichten schwarzen Uniform trat – auf dem linken Bein humpelnd – zur Gruppe und schüttelte Elisabeda die Hand. Sie hatte die grauen Haare kurz geschoren wie ein Mann und ähnelte einer Eule, die unbewegt beobachtete und sich jederzeit auf eine Maus stürzen konnte.

Dawyd stellte sie einander vor, dann machte er sich auf, um ein paar Worte mit seinen Gildenkameraden zu wechseln. Hier an der Front schien der alte Konflikt zwischen den Goldenen und den Stählernen zu einem freundlichen Wettstreit abzukühlen. Es gab jetzt einen anderen Feind, auf den man sich vereint konzentrierte.

Im breiten Akzent der Beiden Reiche sprach die Generalin: »Colonel Eisenhammer, Dawyd hat mir von Euch erzählt. Es ist mir eine Freude, Euch hier zu treffen.«

Siljonicz. Das war also der berühmte Söldner-General, der

geniale Stratege, der das Kriegsglück der Noccurn-Allianz gewendet hatte, seit er angeheuert worden war. Elisabeda hatte nicht mit einer Frau gerechnet, aber gerade sie hätte sich nicht darüber wundern sollen! Immerhin ließ sie sich ihr Erstaunen nicht anmerken.

»Und mir erst. Ohne Euer Eingreifen läge ich jetzt wohl begraben unter den Trümmern der Lurmundfeste. Zum Glück konnte Hauptmann Iackmar Euch für unsere Rettung begeistern.«

»Euer Hauptmann kann äußerst überzeugend sein. Er verfügt über außerordentliche … soldatische Fähigkeiten.«

»In der Tat. Jetzt ist Zeit, den Sieg zu feiern und unser vorteilhaftes Zusammentreffen. Aber danach sollten wir schnellstmöglich das weitere gemeinsam Vorgeh…«

»Colonel Eisenhammer!« Elisabeda wurde von einem wütenden Ruf unterbrochen.

Schippen-Schlundner schritt auf sie zu. Eine hervortretende Ader auf seiner Stirn verriet seine Laune. Er nahm sich dennoch die Zeit, sich vor der Delegation der Allianz zu verbeugen.

»Meine Damen, meine Herren. Ich werde mich gern gleich in meiner Funktion als Kommandant der Armee Sygnas mit Euch auseinandersetzen, aber …« Seine Stimme bebte vor unterdrückter Wut. »Zunächst erlaubte mir kurz, mit meinem Colonel ein Wort zu wechseln. Privatim.«

Er ergriff sie am Arm, wie ein Vater eine missratene Tochter packen würde. Elisabeda warf ihm einen vernichtenden Blick zu, ließ sich aber zur Seite ziehen, um vor den Anwesenden keinen Eklat zu provozieren. Zwei Hellebardiere aus Schlundners Regiment folgten ihnen.

»Was habt Ihr Euch dabei gedacht?«, presste er zornig hervor.

»Was meint Ihr genau? Als ich Euch und Eurem Regiment Zeit zur Flucht verschafft und damit den Arsch gerettet habe? Oder als mein Vorgehen den Sieg über Yulian ermöglicht hat?«, zischte sie.

»Ich meine die Verweigerung eines direkten Befehls, das unerlaubte Paktieren mit einer ausländischen Macht und das Aufspielen als Gesandter vor meinem Eintreffen!«

Sie schüttelte seine Hand ab. Dawyd war auf das Spektakel aufmerksam geworden und kam auf sie zu.

»Was wollt Ihr von mir, General?«, fragte Elisabeda und straffte sich.

»Ich will, dass Ihr mir nicht mehr auf der Nase herumtanzt. Unsere Hierarchie ist vom Rat geklärt worden, ich bin Euer Vorgesetzter!«, stieß Schlundner hervor und winkte seine beiden Soldaten näher heran. »Ich enthebe Euch hiermit Eures Kommandos und stelle Euch bis auf Weiteres unter Arrest. Diese beiden Herren werden dafür Sorge tragen, dass Ihr Euer Zelt nur unter Aufsicht und mit meiner Erlaubnis verlasst.«

Dawyd war nur noch ein halbes Dutzend Schritte entfernt und musste den letzten Satz gehört haben. Seine Hand glitt zum Schwert.

Elisabeda trat auf den Fechter zu, legte ihre Hand fest auf seinen Schwertarm und flüsterte: »Nicht. Sieh zu, dass uns unsere Verbündeten erhalten bleiben.« Sie drehte sich erneut zu Schlundner. »Wenn Ihr das so befehlt, *General.*«

Kapitel V

Ismayl saß im Licht einer kleinen Lampe und einer Kerze über seinen Notizen. Die unsichtbare Tinte war über der Kerzenflamme dauerhaft sichtbar geworden und schlängelte sich in krakeligen braunen Buchstaben über das Papier. Wenn Ismayl die Ziffer und die kurze Notiz dahinter las, flammte das Blatt oder das Kapitel, das er sich damit eingeprägt hatte, in seinem Geist auf, und bei geschlossenen Augen konnte er alle Informationen ablesen, als läge es vor ihm.

Das Wortzeichen in der Ecke war nur ein minderes Zeichen, eine Methode, sich ein Register für abrufbare Informationen im eigenen Geist anzulegen, und der alte Simeon hatte es ihm geradezu beiläufig beigebracht.

»*Wenn du irgendwann den Luxus haben solltest, dass sich dein Blick doch wieder nach hinten richtet und nicht nach vorn, dann kannst du es gebrauchen.*« Ismayl lächelte, als er der brüchigen Stimme in seinem Kopf nachhorchte, die ganz ohne Registerzeichen noch so lebendig war, als stünde Simeon neben ihm.

Er griff zu seiner Schreibfeder und machte Notizen – denn wenn ihm das Register abhandenkam, waren die Informationen in seinem Kopf nichts als ungeordnete Erinnerungen. Und wenn *er* abhandenkam, nutzte das Register niemandem in Sygna etwas. Er musste die Fakten, die er gesammelt hatte, ausführlich zu Papier bringen und irgendwie nach Hause schicken.

Oder selbst nach Hause gehen. Mit Neigel. Wir haben hier genug getan.

Aber hatten sie das?

Heute hatte Guillome in Erfahrung gebracht, dass Toma wegen Hochverrats im Gefängnis saß und auf seine Hinrichtung wartete. Er selbst war zum Duell befragt worden und gebeten worden, eine Steckbriefzeichnung von Ismayl abzunicken. Wegen des Duells war keine Anklage erhoben worden, und Guillome hatte nach wie vor seine Stelle als Assistent des Professors inne, aber er ging morgens nervös zur Universität – nach all den Schreckensgeschichten über Rufin, die Neigel ihnen stockend erzählt hatte.

Ismayl konnte nicht genau sagen, was den Studenten dazu bewog, ihnen in seiner kleinen Dachkammer Obdach zu gewähren. Er ahnte jedoch, dass sich Guillome damit quälte, sich auf das Duell eingelassen zu haben, und nun glaubte, er sei Toma noch etwas schuldig.

»Hätte ich nicht …« und »Wäre Toma nicht …«, waren Satzanfänge, die sie häufig von Guillome hörten, wenn dieser nicht schweigend über seinen Büchern und Zeitungsartikeln brütete.

Ismayl öffnete die Augen und blickte zum Bett, das breit genug für zwei Leute war. Und zwei schliefen auch darin. In der ersten Nacht war Neigel am Ende gewesen. Er wirkte desorientiert, nervös, verängstigt, und irgendwann hatte er auf der Bettkante gesessen, das Gesicht in den Händen vergraben und lautlos geschluchzt. Guillome hatte Ismayl fragend angesehen, doch dieser hatte nur mit den Schultern gezuckt.

»Können wir irgendwas tun?«, hatte Guillome gefragt, und Neigel hatte heftig den Kopf geschüttelt. Irgendwann war er einfach eingeschlafen, zur Seite gesackt mit verheultem Gesicht. Guillome hatte ihm die Schuhe ausgezogen, ihn zugedeckt und war schließlich, als er selbst müde wurde, vorsichtig über ihn gekraxelt, um sich neben ihn zu legen. Ismayl hatte ja von Toma auch schon ein derartiges Angebot erhalten und war sich zur Hälfte sicher, dass die Aquintianer einfach wenig dabei fanden, wenn zwei Männer ein Bett teilten.

Er selbst hatte auf dem Lesesessel mit dem Fußhocker geschlafen, den Guillome sich als Luxus gönnte. Am anderen Morgen waren sie davon aufgewacht, dass Neigel in die Höhe fuhr und sich hochrot mindestens drei Dutzend Mal dafür entschuldigte, in Guillomes Bett zu liegen. Der hatte nur gesagt: »Schlaf weiter, du Idiot, es ist viel zu früh!«

Das war vermutlich der Moment gewesen, in dem Ismayl endlich verstanden hatte, was Neigels Problem war. Er grinste beim Gedanken daran. Vermutlich hatte Guillome das auch längst verstanden, aber er ließ es sich nicht anmerken.

In Sygna, dem Huskalreich und Aquintien gab es Gesetze dagegen. Ismayl kannte jedoch ein paar hervorragende Epen aus der Zeit der Meisterkaiser, die von der Liebe zwischen Männern handelten.

Er hat es mir gesagt, als wir noch in Sygna waren, und ich habe gedacht, das Zeichen sei schuld gewesen. Hätte ihn zu etwas Unnatürlichem gezwungen. Dabei ist das seine Natur. Er war vielleicht tatsächlich in Rufin verliebt, in irgendwen, den diese Schlange ihm vorgegaukelt hat.

Er hatte lange nicht gewusst, wie er zu Neigels Verschwinden stehen sollte, dazu, dass er zwei Wachen getötet hatte, um Rufin aus dem Zunftgefängnis zu holen. Neigel hatte Elisabeda vorgewarnt, hatte sie gebeten, ihn einzusperren. War es Verrat und Mord, wenn man unter solch einem Zwang stand? Trotzdem hatte Ismayl eine dumpfe Wut empfunden, hätte nichts dagegen gehabt, Neigel nie wiederzusehen. Wenn Neigel doch wusste, dass er unter dem Zwang stand, Rufin aus dem Zunftgefängnis zu holen, dann hätte er sich in der Schlang ersäufen sollen! So etwas hatte Ismayl gedacht. So weit waren sie gewesen. Jeder bereit, einzelne Leben für eine große Sache zu opfern.

Er dachte an Toma. Hochverrat. Das bedeutete in Aquintien den Tod durch das Fallbeil – in einer Maschinerie, die ein Klingenblatt herabsausen ließ und damit den Kopf abtrennte.

Eine Maschinerie. Leute gerieten unter die Räder. Für die Sache. Er biss die Zähne zusammen und richtete seine Augen wieder auf das Register. Sein Blick verschwamm. Waren diese Aufzeichnungen es wert, dass Toma dafür sterben würde?

Wir müssen ihn da rausholen.

Er wusste selbst, dass das illusorisch war. Er wurde gesucht und kam sich in der Dachkammer mehr und mehr wie der Gefangene vor, als den man ihn sehen wollte. Seine einzigen Verbündeten waren ein momentan geistig labiler Müllerbursche und ein Student mit schlechtem Gewissen.

Ismayl zwang sich, wieder an seinen Aufzeichnungen zu arbeiten, übertrug die letzten wackligen Linien der Karte aus seinem Geist auf ein großformatiges Blatt Papier und rollte es zusammen, nachdem er die aus seiner Sicht wichtigsten Details der Schattenkarte übertragen hatte. Als Dichter, dessen Faszination allen alten Geschichten galt, wusste er von dem Schattenreich, das in einer lange vergangenen und betrüblich schlecht dokumentierten Zeit dort gelegen hatte, wo sich heute die Beiden Zarenreiche erstreckten – eine unfassbare Weite, wie ihm die Karte einmal mehr vor Augen führte. Dieses Schattenreich existierte nicht mehr; dort lebten nun Menschen wie überall auf der Welt, doch Ismayl kannte zahllose Überlieferungen, laut denen in Beiden Reichen Dinge möglich waren, die überall anders für Zauberei gehalten wurden.

Was auch für Sygnas Handwerkszeichen galt.

Die Karte hatte ihm gezeigt, warum. Falls sie verlässlich war, dann gab es nicht nur in Beiden Reichen als Risse dargestellte Überschneidungen zwischen dem Diesseits, das Ismayl kannte, und dem mystischen Jenseits, das aus Legenden zu ihm sprach. Eine solche Überschneidung gab es auch in Sygna, und er musste seine Fantasie nicht bemühen, um sich auszumalen, wo genau. Er glaubte nicht, dass der Gildenrat solcherlei Erkenntnisse gern hören würde, aber Ismayl war hier, um eine Wahrheit herauszufinden, die Sygna schon zu lange verdrängte.

Unter uns klafft ein Schatten, den wir zu lange ignoriert haben.

Es war seine Aufgabe, die Informationen, die er in Lafayets Studierzimmer erlangt hatte, nach Sygna zu bringen. Und solche Erkenntnisse konnte er nicht einfach einem Boten mitgeben. Er musste sie selbst vor dem Rat vortragen.

Außerdem muss ich Toma befreien. Irgendwie. Ich nehme ihn mit, bringe ihn in Sicherheit.

Versonnen dachte er an Sygna, starrte vor sich hin. *In Sygna ist Kilianna.* Beim Gedanken daran, sie zu sehen und mit ihr zu sprechen, kam ihm eine Idee.

Ich könnte das Wortzeichen nutzen, das in anderer Menschen Geist spricht. Ich könnte versuchen, sie zu erreichen. Ihr meine Erkenntnisse vortragen.

Wenn sie ihn nicht hörte – dann hörte ihn auch niemand anderes. Was hatte er also zu verlieren?

Sygna lag so weit östlich, dass die Uhren dort eine Stunde später anzeigten als in Naronne. Er sah aus dem Dachfenster – es war dunkel, doch der große Glockenturm der Blauen Kathedrale war beleuchtet, und wenn er sich ein wenig erhob, konnte er die Uhr sehen – das Prunkstück des Turms –, die zugleich auf sich ineinanderdrehenden Scheiben irgendeine Sternenkonstellation anzeigte. Es war halb fünf, mitten in der Nacht. Sein Tagesablauf hatte sich völlig verschoben. Würde sein Ruf Kilianna wecken? Oder würde sie seine Worte nur träumen und nichts davon zurückbehalten? Sollte er noch bis in die Morgenstunden warten? Etwas in ihm war das Warten leid, und dieses Etwas sprang in ihm auf, ein plötzliches Sehnen, zurück nach Hause, zurück zu *ihr*, und wenn sie ihn einhundert Mal nicht beachten würde, das konnte er ertragen, wenn er nur in ihrer Nähe war!

Kilianna.

Er brauchte nicht lange, um das Zeichen in sich zu finden, um es zu denken, um es zu formen, dass es in seiner Kehle lag, statt mit Tinte auf seiner Zunge.

Stockend begann er zu berichten.

Lysandre Rufin befand sich in einem Zustand arbeitsamer, aber quälender Schlaflosigkeit.

Er kehrte von einer Nacht in den Außenbezirken Naronnes zurück und musste feststellen, dass es zu früh war, um im Büro der Geheimpolizei mit der Arbeit zu beginnen, und zu spät, um nach Hause zu fahren und sich hinzulegen. Er hatte noch einen schrecklichen Wust an Papierkram zu erledigen, um seine Tätigkeiten in Sygna zu dokumentieren und die Gründe und Urheber des Aufstands niederzuschreiben. Außerdem ärgerte es ihn massiv, dass er erneut einem von diesen Urhebern hinterherlief und stets zu spät zu kommen schien. Wo war Ismayl Schönauge? Hielt er sich noch in Naronne auf? War er geflohen?

Er ist eine treue Seele, glaubte Rufin zu wissen. *Er wird versuchen, seinen Freund zu befreien.*

Wenn Toma Delacroi denn sein Freund war.

Ich muss ihm eine Gelegenheit geben. Ein Gefangenentransport über eine Brücke – die Symmetrie zur Befreiung des Dichters Simeon wäre beinahe zu auffällig, aber er war sich sicher, dass Ismayl diese Gelegenheit nicht verstreichen lassen würde. *Ich werde es veranlassen.*

Er stieg aus der Mietkutsche, die ihn aus dem Vorort Iyaire hergebracht hatte, wo die Naronner Manufakturen und die Pulvermühle lagen. Das Büro der Geheimpolizei befand sich am Platz der Sonne, der noch in schweigende Dunkelheit getaucht war, und direkt gegenüber ragte die Blaue Kathedrale auf, das größte Gotteshaus der Stadt.

Lysandre blickte zum Glockenturm hinauf, an dem die Uhr erhellt wurde. Seine Mutter liebte diese Kirche, ihre Architektur, ihre Weite und Größe und die Kunst, die darin regelmäßig wechselte und stets neuen Anlass zu Besuch gab.

Er seufzte und massierte seine Schläfen. Diese verfluchte rechte Hand, zwei Finger waren nicht einmal dafür vernünftig zu gebrauchen!

Rufin war selbst erstaunt, als er sich unter dem hohen Torsturz der Kathedrale wiederfand. Kurz fragte er sich, ob er seine Mutter darin im Gebet vorfinden würde, doch das war mitten in der Nacht mehr als unwahrscheinlich. Dennoch trat er ein.

Ich werde sie besuchen, schwor er sich, als wäre es ein heiliger Schwur, den er gegenüber dem göttlichen Paar leistete.

Er ging durch eine kerzenerleuchtete Vorhalle in den großen Hauptraum der Kathedrale. Mosaik in allen Blautönen von Himmel und Meer bedeckte den Boden als hypnotisierendes Muster. Hunderte Gebetskissen lagen ordentlich zwischen den beiden gewaltigen Säulenreihen, die sich wie stilisierte Bäume nach oben in feine Äste auflösten und das Dach hielten. In den Seitenschiffen jenseits dieser Säulen lag die von seiner Mutter so geliebte Kunst im Dunkeln, nur der Hauptraum war von Kerzen erleuchtet, die in Nischen ruhten.

Die Kathedrale war dem Vater im Heiligen Blau des Himmels gewidmet, wie beinahe alle Kirchen. Seiner Gemahlin stand meist nur eine Nische darin zu.

Eine Welt der Männer, dachte Rufin spöttisch. Etwas an dem Gedanken ärgerte ihn. In Sygna hatte er geglaubt, etwas Wichtiges erkannt zu haben. Elisabeda Eisenhammer, Kilianna Erdhand, all die Revolutionärinnen, sogar das Straßenmädchen in Dreifingers Reihen waren ihm wie eine Offenbarung erschienen. Warum verschwendete man die Hälfte der Bevölkerung an Kindererziehung, Schwangerschaft und Haushalt? Wenn sie auch die Frauen und Mädchen einzogen, wäre die Armee des Kaisers doppelt so schlagkräftig. Wenn sie auch die Frauen und Mädchen in die Manufakturen sandten, würden sie doppelt so viele Erzeugnisse produzieren können. Das Argument hatte er neulich noch beim Rat ins Spiel gebracht, und da er seine Worte mit Bedacht gewählt und mit der Macht des Wortzeichens ausgestattet hatte, konnte er wohl hoffen, dass sie bei Marschall Soussin und Bürgermeister Prix auf fruchtbaren Boden fielen.

Rufin setzte sich auf eines der hintersten Kissen und sah zum Altar, einem von ozeanblauen Marmorierungen durchzogenen Steinblock, auf dem das Symbol des himmlischen Vaters ruhte: eine ausgestreckte Hand. Er musterte diese Hand – es war eine rechte. Lysandre ballte seine eigene Rechte zu einer erbärmlichen Faust und lehnte sich an die Säule.

Er war ganz allein in der Kirche, und die Sommernacht war hier abgekühlt und kroch ihm in die Glieder. Er schloss kurz die Augen, die Ruhe flüsterte um ihn herum Wörter, die er nicht verstand.

Ich bin so müde.

Er war bei den Manufakturen gewesen. Handelsminister Alfon Ceriere hatte deren Errichtung und Verwaltung in der Hand, beraten von Professor Lafayet und den Urzeichenträgern. Letztere forschten meist an der Universität, und die Erkenntnisse kamen den Manufakturen zugute. Zurzeit fertigten dort einige Meister aus Sygna mit Gehilfen aus den Armenvierteln Naronnes Medikamente und Heilmittel, die vor allem an der Front genutzt wurden. Unter der Aufsicht des verräterischen Sygnaer Alchimisten Timon Bleiglanz wurden in den Pulvermühlen und Eisenwerken weiterhin Schwarzpulver, Musketen und Kanonen gefertigt.

Rufin selbst hatte an der Universität seine Fähigkeiten dokumentieren lassen. Dabei hatte er natürlich nicht detailliert offenbart, was das Wortzeichen vermochte, sondern lediglich seinen Nutzen unter Beweis gestellt. Er hatte einem einfachen Arbeiter Befehle erteilt, war allerdings am Geist eines höherrangigen Offiziers gescheitert.

Rufin lächelte höhnisch bei der Erinnerung an die Scharade. Es war nur klug, mit seinen Fähigkeiten hinterm Berg zu halten. Immerhin war bereits allen bekannt, dass er in der Lage gewesen war, seinen Geist in einen anderen Körper zu übertragen. »Das war etwas, das mir nur unter Todesangst geglückt ist«, hatte er zu Protokoll gegeben. »Ich weiß selbst nicht, wie ich es gemacht habe.«

»Das heißt, unter Todesangst würde es Euch wieder glücken?«

Diesmal war er klug genug gewesen, das zu bestätigen. »Vermutlich.« Sollten sie ruhig glauben, dass er mehr oder weniger unsterblich war. Und dass zugleich weniger von ihm zu befürchten war, als sie für möglich gehalten hatten.

Für Wortzeichen jedenfalls hatte man in den Manufakturen wenig Verwendung, zumal sie weitaus schwieriger zu entwickeln waren als alle anderen Handwerkszeichen. Gewöhnlich wurden Zeichen schließlich auf Werkstücke gepresst, nur die Wortzeichen waren an so etwas Flüchtiges wie Wörter und Gedanken gebunden. Er hatte keine Ahnung, wie er diese Fähigkeit anderen beibringen sollte.

Vielleicht, wenn ich in Sygna in die Lehre gegangen wäre. Er lächelte versonnen. *Aber dann wäre ich jetzt wohl kaum hier.*

»Ich arbeite daran«, hatte er gesagt, und Handelsminister Ceriere war damit zufrieden gewesen.

»Tut das. Ich kann Euch für die Studien von Eurer Tätigkeit als Geheimpolizist freistellen lassen«, hatte er gesagt.

Rufin hatte erwidert, dass ihm das entgegenkäme. Im Büro war er heute dennoch, um die nötigen Schritte gegen Ismayl Schönauge einzuleiten.

Der Wind, der durch schmale Öffnungen im Glockenturm drang, ließ die Windspiele darin klingen. Die große Halle ließ den Ton umherwehen, eine beruhigende Melodie, die Rufin an vergangene Zeiten erinnerte.

Kurz bevor er einnickte, berührte ihn etwas, ein Kratzen an seinem Geist. An seinen Gedanken. An diesem tiefen Herzschlag, der sich mit seinem eigenen in Einklang befand.

Er riss die Augen auf, als er diese Berührung erkannte – noch einmal ließ er sich nicht hinters Licht führen!

»Ismayl Schönauge«, flüsterte er. »Wo bist du?«

Natürlich erhielt er keine Antwort. Er presste die Lider aufeinander, plötzlich hellwach, und forschte nach dem Ursprung dieses Kratzens, dieser Berührung.

Du bist irgendwo hier in dieser Stadt. Wo bist du? Wo finde ich dich?

Er konzentrierte sich so sehr, dass die Muskeln in Kiefern und Nacken zu schmerzen begannen. Sein Atem ging stoßweise, sein Herz schneller.

Wo bist du? Wo bist du?

Er fühlte sich wie jemand, der in beinahe völliger Dunkelheit versuchte, ein Buch zu lesen. Es war zwecklos – er zwang seine Muskeln zur Entspannung und lehnte den Kopf erneut gegen die Säule.

Statt *Wo bist du?* stellte er eine andere Frage. *Was tust du?*

Er horchte. Horchte in diese Dunkelheit seiner Gedanken.

Kilianna, schälte sich mit einem Mal eine Stimme aus dieser Finsternis. *Kilianna. Ich weiß nicht, ob du mich hören kannst. Wenn du mich hörst, bitte, dann schenk mir deine Aufmerksamkeit. Am besten wäre es wohl, wenn du dir außerdem Notizen machst. Ich hoffe, ich rede nicht einfach ins Nichts. Ich hoffe, du bist da.*

Eine kurze Pause.

Hier ist Ismayl, sagte die Stimme, und Rufin grinste. *Natürlich, das wirst du dir schon gedacht haben. Ich habe Informationen, die nach Sygna gelangen müssen. Ich will versuchen, dir das Wichtigste zu sagen, falls ich bei dem Versuch, zurückzukommen, sterbe.*

Das versprach interessant zu werden. Rufin nahm sich ein weiteres Sitzkissen und machte es sich an der Säule bequemer. Er musste nichts aufzeichnen, seine Erinnerung war ohne Fehl. Vielleicht hatte der Bursche Informationen, die ihm nützlich sein konnten. *Oder er verrät, wo er sich aufhält.*

Die Botschaft ging weiter.

Zunächst einmal: Hast du schon mal von den Schattenrissen in den Zarenreichen gehört? Dort glaubt man an ein Jenseitsreich, die Schatten. Es heißt, mit der Verbindung zu den Kräften des Schatten ist man in Beiden Reichen in der Lage, Magie zu wirken. Ich mache es kurz: In diesem Schattenreich existieren Wesen. Keine Menschen. Etwas anderes, potenziell Unsterbliches. Und unter Sygna befindet sich ein Schattenriss. Ich lehne mich wohl nicht weit aus dem Fenster, wenn ich behaupte, dass die Verkehrte Stadt in diese Jenseitswelt führt. Nach allem, was du mir davon erzählt hast …

Eine kurze Pause, Rufin glaubte, Ismayl schlucken zu hören.

Der Krumme Mann der Tiefe ist eine Kreatur aus diesem Schatten. Eine mit besonderer Verbindung zu Sygna. Kennst du die älteste Legende der Stadt? Es ist die um Davyd den Großen.

Ismayl schwieg erneut, und Rufin konnte *spüren*, dass es am Namen lag. Ein seltsames Gefühl schwang bei diesem Namen mit, eine eifersüchtige Freundschaft, ein freundlich gesonnener Neid. Er las Ismayls Gefühle aus seinen wortzeichenverstärkten Gedanken.

Er hat die Goldene Horde besiegt, die die Siedlungen im Kuser Tal versklavt hat. Warum aber blieb die Horde im Kuser Tal? Sie trat einen Weg von tausenden Kilometern an und schlug dann in einem recht unzugänglichen Tal am Fuß eines Hochgebirges ihr Hauptlager auf, obwohl es fruchtbarere und strategisch besser geeignete Punkte gegeben hätte. Warum also? Ich habe eine weitere Sage als Antwort auf diese Fragen aus tiefster Vergangenheit gefunden: Die Yuguren, die Stämme, aus denen sich die Horde zusammensetzte, kennen auch in ihren Steppen Risse ins Schattenreich, Kilianna. Und sie kennen eine Methode, diese zu verschließen und gleichzeitig selbst zu nutzen. Sie berufen die Töchter ihrer Mächtigen zu den Hüterinnen dieser Risse. Ich denke, sie waren im Kuser Tal, weil der Schattenriss unter dem Bleiberg eine besondere Macht hat, etwas, wofür sie einen ganzen Kontinent durchquerten – sie kamen nicht, um zu plündern und zu rauben. Die kamen wegen der unwägbaren, uns vollkommen unbekannten Tiefen, auf denen heute unsere Stadt hockt! Die älteste Tochter des Groß-Khars sollte dort den Schattenriss behüten. Dieser Ritus der Yuguren ist barbarisch: Die Frauen des Stammes zerreißen dabei die Seele eines Mädchens und binden einen Teil davon an die Schatten, während der andere Teil im Leib des Mädchens verbleibt. Ich weiß nicht, wie weit das Ritual schon fortgeschritten war, doch das Mädchen verblieb wohl im Bleiberg, als die Horde geschlagen war und abrücken musste. Sie konnten sie wohl nicht mehr mitnehmen: Ihr Leib war mit ihrer Seele zu eng verbunden, sie musste dort bleiben, in den finsteren Höhlen. Es tut mir leid, Kilianna, ich kann mir vorstellen, was diese Nachricht mit dir macht, du hast sicher ungute Erinnerungen … Die Sage jedenfalls, die ich gefunden habe, behauptet, dass ein Wesen aus der Tiefe an dieser Seele Gefallen fand. Sich in sie verliebte, wenn das solchen Wesen überhaupt möglich ist.

Erneut eine Pause, ein Atemholen.

Kilianna, das ist der Krumme Mann gewesen. Er hat Gefallen an dieser Seele gefunden, und ich weiß nicht, wie es von da an weitergegangen ist, aber ich glaube fast, dass aus dieser Verbindung die Macht, Zeichen zu wirken, hervorgegangen ist. Ein menschlicher Geist und ein Schatten aus der Tiefe … Vielleicht waren die Urzeichen ein Geschenk an diese Frau. Vielleicht sind sie so etwas wie … ihre Kinder, auf einer spirituellen Ebene. Was du daran begreifen musst, ist Folgendes: Sygna ist der einzige Ort der bekannten Welt, an dem es möglich ist, solcherlei Macht ohne negative Folgen zu nutzen. In Beiden Reichen bezahlt man einen unfassbaren Preis für die Macht der Schatten. Die eigene Seele, das Blut seiner Liebsten, geopferte Träume und dargebrachte Erinnerungen. Wer dort diese Macht will, muss bereit sein, einen Preis zu zahlen, der das übersteigt, was wir zu geben bereit wären. Vielleicht kommt das Grauen in den Manufakturen am ehesten daran heran. Die Zeichen sind ein Geschenk, *das nur uns gewährt wurde.*

Aber der Krumme Mann ist kein Menschenfreund, das wissen wir seit Jahrtausenden, auch wenn wir ihn schon beinahe ebenso lange für ein Schreckgespenst halten.

Kilianna, ich glaube, dass er Macht aus den Zeichen gewinnt. Vielleicht aus den Urzeichenträgern. Solange die Urzeichen weggesperrt waren, war er machtlos. Jetzt sind sie wieder frei. Haltet die Augen auf, beobachtet, was sich in der Tiefe tut – und was mit den Urzeichenträgern geschieht! Ich habe auch dazu Aufzeichnungen gefunden, die dieser Geologe, den du damals in der

Tiefe gesehen hast, verfasst hat. Ich hatte leider zu wenig Zeit, aber Folgendes: Die Urzeichen suchen sich Träger, die für ihr Handwerk extrem begabt sind. Meist sind es junge Leute, häufig sogar Menschen, die noch kein Zeichen wirken können. Die Urzeichen brachten ein Ungleichgewicht in die Struktur der Stadt, weshalb die alten Meisterfamilien sie versiegelt haben. Mit dem Blut deiner Familie als Siegel, Kilianna, aber das weißt du ja längst. Ismayl schwieg kurz. *Die Urzeichenträger sind der Preis, den die Stadt dem Krummen Mann entrichtet. Ich weiß nicht genau, was mit ihnen passiert, aber die Daten, die ich hier aus der Schreibstube von diesem Lafayet habe, zeigen, dass sie nicht alt werden.*

Rufin schluckte, als er noch einmal auf diese betrübliche Tatsache hingewiesen wurde.

Ich will dich nicht beunruhigen. Aber wir müssen mehr darüber in Erfahrung bringen. Vielleicht hat auch der Neid ihrer Mitmenschen dafür gesorgt, dass sie jung starben, und es ist nichts Übernatürliches dabei. Sag Dawyd und den anderen noch nichts, bevor wir nicht mehr wissen. Es sind erst wenige Monate, noch besteht sicherlich keine Gefahr.

Lafayet hatte ihn gewarnt, aber Rufin fühlte sich trotzdem unvorbereitet. Er presste die Kiefer aufeinander, dass seine Muskeln schmerzten.

Ich will nicht zu viel darüber nachdenken, aber ich vermute, wenn die Urzeichenträger sterben, suchen sich die Zeichen einen neuen Träger. Und das tun sie in Sygna oder zumindest im unmittelbaren Umkreis der Stadt, wir wissen ja leider, dass sie sich nicht nur Träger in der Stadt selbst suchen … doch die Urzeichen kehren immer nach Sygna zurück, das heißt, wenn die aquinzischen Träger sterben, bleiben die Zeichen nicht in Naronne.

Und noch etwas, das uns vielleicht Hoffnung spendet: Auch die normalen Zeichen verlieren an Kraft, je weiter von der Stadt entfernt sie gewirkt werden. Es kann lange dauern, leider sogar Jahre, Jahrzehnte, vielleicht Generationen. Aber ohne die Verbindung, die Sygna gewährt, veröden diese Zeichen irgendwann.

Ismayls Stimme schwieg. Wut und Verwirrung pulsierten

durch Rufins Geist, und er fürchtete kurz, dass der andere Wortzeichenwirker sie spüren würde.

Noch ein Postscriptum: Es gibt außerhalb der Beiden Reiche kaum Stellen, an denen sich ein solcher Riss wie in Sygna auftut. Und für die Noccurn-Allianz ist vielleicht von Belang, dass es in der Nähe der Flüsternden Städte einen Vulkan im Binnenmeer gibt, wo eine ganz ähnliche Stelle ist, das hab ich auf einer Karte gesehen. Sollte Sygna eine Aufnahme in die Noccurn-Allianz irgendwann offenstehen, mag es von Vorteil sein, das zu wissen. Vielleicht gibt es auf dieser Insel ähnliche Vorfälle, ähnliche Möglichkeiten. Ich will gar nicht daran denken, aber sollte Sygna irgendwann doch fallen, sollte es keine anderen Möglichkeiten geben, dann ist dieser Ort vielleicht ein Rückzugsort, ein Asyl. Aber das nur als Postscriptum. Beachte es gar nicht, es wird nicht nötig sein.

Danach Stille. Rufin streckte etwas aus, das sich wie alle zehn Finger der Hände anfühlte, die einst die seinen gewesen waren.

Sag mir, wo du bist!, gellte sein Befehl in die Dunkelheit, doch die Stille war allumfassend. Er konnte Schönauge weder hören noch spüren.

Er sprang auf, ein lautes Geräusch in der stillen Kathedrale. Über ihm erstreckte sich ein goldenes Sonnenfresko in der Kuppel, doch das Zwielicht der Kerzen ließ es wie einen ungewiss schimmernden Kometen wirken, der auf Rufin herabstürzte.

Er wandte sich nicht noch einmal zur Hand auf dem Altar um. Er glaubte schon lange nicht mehr daran, dass diese Hand an irgendetwas rührte, was mit seinem Leben zu tun hatte. Er verließ die Kathedrale und hastete nach Hause – im Büro des Geheimdienstes würde er später zum Dienst erscheinen. Zunächst musste er den Schriften, die er aus Lafayets Schreibstube mitgenommen hatte, etwas Sinnvolles entreißen!

Guillome starrte an die Decke, die langsam heller wurde. Er hörte, wie Ismayl sich zum Lesesessel schleppte und dort völlig übermüdet in einen tiefen Schlaf fiel.

Guillome fror trotz der Decke, die er sich bis zu den Schultern hochgezogen hatte. Ismayls seltsames Flüstern hatte ihn geweckt. Er hatte nicht alles verstanden, aber eines war ihm klar geworden: Er versteckte keine Opfer der Umstände. Er versteckte Spione – oder zumindest einen, und dieser vermochte auf eine Weise Informationen zu erlangen und weiterzugeben, die Guillome nicht verstand und die ihm abwechselnd Schauer über den Rücken jagte und Angstschweiß ausbrechen ließ.

Sie haben Toma ins Verderben gestürzt. Mit mir wird ihnen das ganz bestimmt nicht glücken!

Er wartete, bis die nahe Glocke eines Kapellenturms sechs Uhr schlug – dann hatte er einen Entschluss gefasst.

Er setzte sich auf und rüttelte Neigel an der Schulter.

»Lass mich mal aufstehen«, murmelte er so morgendlich verschlafen wie möglich.

Neigel entschuldigte sich – tat er eigentlich noch irgendetwas anderes in Guillomes Nähe? – und richtete sich schlaftrunken auf, damit Guillome an ihm vorbei aus dem Bett steigen konnte.

Guillome wandte ihm den Rücken zu, als er sich ein Hemd überwarf, es zuknöpfte und in den Bund der von der Nacht zerknitterten Hose stopfte.

Es wird Zeit, dass ich wieder allein wohne, dann schlafe ich nicht mehr in Hosen, beschloss er.

»Ich muss zur Universität«, sagte Guillome leise.

Der Dichter schlief weiter und ließ sich nicht stören.

Neigel nickte, seine Finger machten kratzende Geräusche in seinem unordentlichen, widerspenstigen roten Bart. Er sah Guillome an, als wolle er sich erneut entschuldigen.

»Du kannst mein Rasiermesser benutzen, wenn du willst«, sagte Guillome und ging zur Waschschüssel hinüber, nahm den kümmerlichen Seifenrest, befeuchtete sich die Hände und schäumte Seife auf seinen Wangen auf. Er klappte das Messer auf.

Vielleicht sollte ich es ihnen nicht hier lassen. Er hatte bislang keine Waffen bei den beiden bemerkt.

Es ist nur ein Rasiermesser, rief er sich selbst zur Ordnung. *Was dieser Bursche da mit Gedanken und Wörtern anrichten kann, ist schlimmer als ein Rasiermesser.*

Davon ging Guillome zumindest aus. Wenn er dem Glauben schenkte, was Neigel stammelnd über diesen Geheimpolizisten erzählt hatte, war er froh, dass Ismayl schlief. Am Ende vermochte er Ähnliches und las seine Gedanken!

Er schabte sich nachlässig die Wangen und wusch sich das Gesicht und die kurz geschorenen Haare im lauwarmen Waschwasser von gestern. Er hatte Druck auf der Blase, doch es war schon schlimm genug, dass Ismayl und Neigel den Nachttopf benutzten und sich nur im Dunkeln nach draußen trauten, um ihn auszuleeren. Er würde es sich bis unten verkneifen.

Rasch putzte er sich die Zähne und deutete dann mit dem Kopf auf einen halben Laib Brot neben dem kleinen Ofen, mit dem er im Winter heizte und auf dem er im Sommer niemals kochte. Briketts waren teuer. Ständig auswärts zu essen war auch teuer, aber dafür musste er wenigstens nichts Schmutziges fünf Stiegen hinauftragen.

»Könnt ihr essen«, nuschelte er an der Zahnbürste vorbei.

»Wir … wir sind nicht mehr lange hier«, meinte Neigel. Wenn er sich mal nicht entschuldigte, beteuerte er, dass sie bald fort sein würden.

Aber ihr werdet doch nicht ausgerechnet heute gehen, dachte Guillome düster. *Nicht, wenn ich endlich einen Entschluss gefasst hab!*

»Es ist kein Problem, Neigel. Bis später.«

»Danke«, flüsterte Neigel, und als er sich an der Tür noch einmal umwandte, sah der Sygnaer wieder so aus, als wolle er eintausend Dinge sagen und fände für nichts davon Worte.

Guillome wandte sich ab, bevor er dazu irgendetwas denken oder empfinden konnte.

Der Entschluss war zwar gefasst, aber bei der Ausführung ließen ihn seine Nerven erst einmal im Stich. Er kam im Licht eines gnadenlosen Sonnenaufgangs am Platz der Drei Brunnen an. Dort kaufte er der alten Dame am Blumenstand eine frische Lilie ab und heftete sie sich ans Revers. Dann erst wandte er sich seinem Vorhaben zu.

Das Tor des Polizeigebäudes, in das man ihn gestern gebeten hatte, um ihm Ismayls Phantombild zu zeigen und den Hergang des Duells schildern zu lassen, war geschlossen. Zwei Wachmänner standen davor. Guillome atmete durch, ging darauf zu … und drehte ab, bevor einer der beiden Blickkontakt zu ihm herstellen konnte. Er fand stattdessen den Weg in eine Konditorei ganz in der Nähe und bestellte sich einen Kaffee, als lägen seine Nerven nicht ohnehin schon blank.

Er ließ sich auf einen filigran wirkenden Holzstuhl fallen, der unter dem Gewicht, das mit seiner Größe einherging, knarzte. Als die Bedienung den Preis nannte und ihm die Tasse auf den Tisch stellte, blinzelte er verwirrt.

»Ein Albus? Für Kaffee?« So viel hatte er für den ganzen Tag veranschlagt, und das auch nur, falls er den Schwanz einkniff, Ismayl und Neigel nicht auslieferte und für drei Leute einkaufte.

Die junge Frau zuckte mit den Schultern. »Tut mir leid. Der wird immer teurer.«

»Wir haben Kaffeenotstand? Das ist ja eine Katastrophe.« Seufzend zählte er drei Turnosgroschen zusammen, die den Gegenwert eines Albus darstellten.

»Es kommen im Moment keine Handelsschiffe aus Übersee. Es ist nicht nur Kaffee. Auch Vanille, Chilis, Kokosöl …«

Guillome schüttelte den Kopf. »Was für ein Glück. Nach dem Kaffee hab ich kein Geld mehr, um heute noch irgendwas anderes zu vermissen.«

Sie lächelte charmant und strich die Groschen ein.

Er zwang sich, den Kaffee zu genießen. Irgendwo schlug eine Turmuhr sieben. In einer Stunde musste er in der Vorlesung sitzen. Eine Stunde Zeit. Er schmeckte nur Bitternis im schwarzen Gesöff.

Ich weiß, wo sich dieser Schönauge befindet, den Ihr sucht, würde er sagen. *Er hat Toma Delacroi mit Sygnaer Zeichenmagie beeinflusst. Ich fordere mildernde Umstände für Toma.* Ja. Das war nicht schlecht. Damit würde er Toma zweimal in einer Woche den mickrigen Arsch retten. *Ich brauche einen Advokaten. Zumindest einen Rechtsstudenten. Der ihn raushaut, wenn meine Argumente nicht ausreichen.*

Alles, was er tun konnte, war, einen Zeitungsartikel anzudrohen. Besser als nichts, aber schlechter als das Jonglieren mit Paragraphen.

Ja, er brauchte einen Advokaten. Er würde zuerst zur Vorlesung gehen und dann in der Mittagspause sehen, ob er Dedier Tranquil irgendwo fand; der Kerl schuldete ihm noch einen Gefallen. Es war besser, wenn er Dedier dabeihatte. Er würde später wieder herkommen.

Mit Bauchschmerzen schüttete er den restlichen Kaffee in sich hinein.

Nein. Er sollte direkt hingehen. Dann hatte er es hinter sich. Wenn sie ihm nicht zuhörten, konnte er immer noch mit Dedier wiederkommen. Er stand auf, lächelte der hübschen Bedienung zu, die versonnen eine Augenbraue hochzog, und trat auf den Platz.

Er ging geradewegs auf das Tor zum Polizeigebäude zu, einem wuchtigen mehrstöckigen Bau, dessen trostloser Innenhof durch das Gittertor zu sehen war. Einer der Wachleute sah ihn irritiert an – natürlich, Guillome wusste zu gut, dass jemand von seiner Größe, Statur und Hautfarbe den meisten Leuten in Erinnerung blieb.

»Kann ich Euch helfen, Bürger?« Der Blick des Soldaten heftete sich kurz auf die Lilie an seinem Revers. Vielleicht war es nicht die beste Idee, vor einem Diener des Staats seine politischen Überzeugungen kundzutun.

Guillome blieb stehen, öffnete den Mund, schloss ihn wieder, schüttelte den Kopf.

»Die Kaffeepreise«, sagte er lahm und wandte sich ab. »So was sollte strafbar sein!«

Er würde mit einem Advokaten für Toma wiederkommen.

Er kam die übliche Viertelstunde zu früh, damit Professor Duncy die Vorlesung mit ihm besprechen konnte. Er war meist dafür zuständig, Listen zu führen, Klausuren zu korrigieren oder auch das an die Tafel zu schreiben, was ihm Duncy auftrug. Er selbst besuchte keine Vorlesungen mehr; er schrieb seit zweieinhalb Jahren an seiner Doktorarbeit und verdrängte die Tatsachen, dass er seitdem ein Leben als Vorlesungsassistent und Verrissschreiber bei der Zeitung führte und seine Dissertation aus der Skizze eines Deckblatts bestand.

Er kam nicht bis zum Vorlesungssaal. Ihm sackte das Herz in die Hose, als er die Blauröcke der Soldaten sah, ihre Musketen und ihre hohen Mützen. Sie standen am Eingang des Gebäudes und verwehrten allen ankommenden Studenten den Einlass.

Sie können nicht meinetwegen hier sein, dachte Guillome. *Ich hab nichts gemacht.* Zumindest nichts, von dem diese Soldaten wissen konnten. Er tastete nach der Lilie und sah dieses Zeichen der Anti-Imperialisten auch an anderen Jacken und Hemden.

Kurz erwog er, der Halle der Schönen Künste den Rücken zu kehren, wie er es schon beim Polizeigebäude getan hatte, da packte ihn die Neugier. Die Studenten bildeten auf dem Platz der Eintracht vor dem alten Universitätsbau Pulks, sahen sich um und tauschten Gerüchte aus.

»Guillome!«, rief ihn Michal zu sich und einigen Freunden hinüber.

»Was ist hier los?«, fragte Guillome möglichst unbeteiligt. Auch in Michals Clique trugen einige die Lilie im Knopfloch oder am Hut.

»Es gibt eine Kundgebung um acht Uhr«, antwortete Michal und umarmte ihn kurz zur Begrüßung. »Und dann eine alle zwei Stunden heute.«

»Heißt das, wir können nach Hause gehen?«

»Wohl kaum!«, fuhr ihn der bullige Jerome an, den Guillome noch nie hatte leiden können. »Wir sollen uns diese Kundgebung anhören, oder meinst du, sie halten die für die Pflastersteine ab?«

»Pflastersteine können wir ihnen geben«, bemerkte Guillome leichthin, obwohl er sich ganz und gar nicht danach fühlte. »Ich hoffe, die führen ein kleines Theater auf, dann kann ich mir bei der Zeitung was dazuverdienen.«

»Ich denke, du wirst dir ganz anders was dazuverdienen«, sagte Jerome und wirkte geradezu gehässig.

»Aha.« Guillome sah fragend auf den stämmigen Kurzen herab. Eine Lilie konnte er an ihm nicht erkennen.

»Ich wette, sie bringen mindestens Musikinstrumente mit. Ich tippe auf Trommeln und Pfeifen.«

Michal stieß einen Fluch aus, bei dem Körperteile seiner Großmutter Erwähnung fanden, über die Guillome niemals hatte nachdenken wollen.

Ein wenig schwer von Begriff murmelte Guillome: »Eine Musterung …?«

Jerome spendete ihm kurzen, sehr langsamen Beifall. Der Platz stand mittlerweile voll mit Studenten, Anwohnern und Personal aus den angrenzenden Wirtshäusern. Kurz bevor eine der zahllosen Kirchenglocken im Umkreis acht Uhr läutete, traf ein weiterer kleiner Trupp Soldaten ein. Ein Knabe von vielleicht zwölf, dreizehn Jahren trug die von Jerome angekündigte Trommel.

Ein dürrer Kerl mit Backenbart baute sich auf der Vortreppe des Baus der Schönen Künste auf. Seine Mütze reichte den

Karyatiden, die den Portikus hielten, genau bis zu den Brüsten. Seine Stimme hallte seinem geringen Körperumfang zum Trotz über den ganzen Platz.

»Dies ist eine öffentliche Bekanntmachung, die alle jungen, ledigen, kinderlosen Menschen vom sechzehnten bis zum dreißigsten Lebensjahr betrifft.«

»Oh Scheiße«, entfuhr es Guillome. »Du hast recht.«

Jerome zuckte neben ihm mit den Achseln. Jeder wusste, dass Jerome mindestens ein Kind gezeugt hatte, aber ob die Werber das gelten ließen, wenn man sich einen Dreck dafür interessierte, galt es noch herauszufinden.

»Die Große Armee des Kaisers ist in einen niederträchtigen Hinterhalt der Noccurn-Allianz und der Sygnaer Blutfechter geraten. Sorgt euch nicht: Der Kaiser ist wohlauf. Die Armee befindet sich auf dem Rückzug nach Brefjort. Wir haben Order, Nachschub einzuschiffen, um ihre Reihen zu verstärken. Dafür brauchen wir Freiwillige, die heute bereit sind, sich für ein Jahr bei unserer Großen glorreichen Armee einzuschreiben. Order unseres Kaisers ist es, niemanden zwangszuverpflichten, denn die Grundlage unserer großen Nation ist die Freiheit.«

Ein Aufatmen ging durch die Menge.

»Ebenfalls bitter nötig ist jedoch der Nachschub von Ressourcen an die Front. Die Pulvermühlen in Naronne-Iyaire sind unterbesetzt, auch die Büchsenmacher brauchen dringend Helfer, ebenso wie die Gießereien. Es ergeht daher der Befehl von Bürgermeister Prix, dass jeder ledige, kinderlose Mensch zwischen sechzehn und dreißig Jahren sich mit sofortiger Wirkung für ein Jahr in den Manufakturen zu verpflichten hat. Diese Pflicht gegenüber Naronne und dem Vaterland kann nur durch freiwilligen Dienst in der Armee des Kaisers ausgesetzt werden.«

Der Platz atmete dem dürren Sergeant Stille entgegen.

Dann schrie eine Frauenstimme: »Wollt ihr uns verarschen?«

Der Sergeant blinzelte irritiert und nickte dann einem der Soldaten zu. Der hob das Gewehr und schoss schräg über die

Menge in die Luft. Schrille Schreie wurden laut, einige warfen sich zu Boden. Guillome wurde kalt, wie schon am Morgen – als hätte er die Stimmung dieses Tages vorausgeahnt.

»Wer jetzt nach vorn tritt, erhält als Sold einen Turnosgroschen am Tag mehr als alle, die bis morgen warten!«, brüllte der Werber ihnen entgegen. »Wer länger als bis Ende der Woche wartet, wandert in die Manufakturen. Und wer sich vor beidem drückt, wird als Deserteur und Vaterlandsverräter inhaftiert! Und ihr wisst, was denen blüht!«

»Wo ist Toma Delacroi?«, schrie jemand weiter vorn, als hätte Guillome ihn mit der Kraft seiner Gedanken dazu gebracht.

»Der kann euch als Beispiel dienen für unsere Ernsthaftigkeit. Er ist Schlag acht Uhr heute Morgen hingerichtet worden. Also …« Er sah auf, seine Blicke suchten eine Turmuhr. »Vor fünf Minuten.«

Vor fünf Minuten? Guillome zitterte.

»Ihr Schweine!«, schrie einer von Tomas ehemaligen Kommilitonen. Toma hatte viele Freunde an der Halle der Schönen Künste, bei den Geologen hatte er nie recht Fuß fassen können. Und nun würde er dort auch niemals mehr Fuß fassen. Die Erkenntnis sackte Guillome wie ein Eisblock in den Magen.

»Alles klar mit dir?«, fragte Michal. »Was machen wir jetzt?«

Guillome presste die Lippen zusammen, der bittere Kaffee schmeckte nach Galle.

»Ihr Schweine!«, fielen weitere Stimmen in den Chor aufmüpfiger Studenten ein. »Wir gehen nicht in die Manufakturen!« – »Wir gehen nicht zur Armee!« – »Stürzt die Imperialisten, wir fordern eine Republik!«

Ein Schuss dröhnte, und nun schrien einige, ohne dabei Worte zu formen. Angsterfüllt. Guillome war sich sicher, dass dieser Schuss auf Menschen gezielt gewesen war. Er selbst sackte einfach zu Boden, setzte sich auf die Pflastersteine und vergrub das Gesicht in den Händen.

Wäre ich hingegangen … wäre ich hingegangen, statt zu zaudern und Kaffee zu trinken …

»Gott, Scheiße, Toma«, schluchzte er in seine Handballen.

Michal kniete sich neben ihn. »Guillome, was ist los?«

Guillome schüttelte den Kopf, hilflos. Niemand würde das verstehen, Michal nicht – sein *Sekundant* in diesem vermaledeiten Duell! – und die anderen erst recht nicht. Er verstand es ja selbst nicht. Warum hielt er zwei Spione versteckt, deren Leben ihm nichts bedeuteten? Warum hatte er versucht, Toma zu erschießen, wenn sein Tod ihm nun den Boden unter den Füßen wegzog?

»Warum haben wir uns duelliert, verdammt?«, flüsterte er, und Michal schüttelte nur wortlos den Kopf.

Die Umstehenden sahen beunruhigt auf sie herab. »Man denkt noch, die Kugel hätte euch erwischt«, zischte Jerome, aber Guillome blieb trotzdem sitzen, die Stirn auf den Knien.

»Der erste Freiwillige!«, schrie der Werber vorn, und der Junge schlug irgendein albernes kleines Stück auf der Trommel. Guillome war nicht mehr nach Spott.

»Was heißt überhaupt ›Menschen‹?«, gellte die Stimme einer jungen Frau.

»Du studierst hier und weißt nicht, was Menschen sind?«, höhnte der Sergeant.

»Natürlich weiß ich das!«

»Menschen sind Männer und Frauen.«

»Seit wann werden Frauen an die Front geschickt?«, rief eine Männerstimme zurück.

»Wenn sie nicht schwanger sind oder bereits Mütter, nicht verheiratet und zwischen sechzehn und dreißig, ist es ihnen nach neuster Order des Kaisers erlaubt, sich freiwillig zu melden.«

»Dann muss es ja ziemlich mies um uns stehen!«, rief eine weitere Stimme.

»Ruhe! Schreibt euch ein oder lasst es. Das Büro, das für die Zuteilung zu den Manufakturen zuständig ist, befindet sich in der vierzehnten Straße Ecke dritte. Noch ein Freiwilliger, so lobe ich mir das! Den Turnosgroschen für heute kriegt jeder auf die Hand.«

Guillome hob den Kopf und begann lautlos zu lachen, seine Schultern bebten, und Michal sah ihn nervös an. »Dafür …«, brachte Guillome hervor, »kriegt man heute nicht mal einen Kaffee!«

»Wer sich nicht einschreibt oder beim Büro meldet, wird aufgespürt. Ihr habt vier Tage. Vier Tage, dann gehen die ersten Schiffe mit Truppen nach Brefjort.«

Guillome hatte genug gehört. Er zog sich an Michal hoch, drehte seinen Freunden den Rücken zu und arbeitete sich aus der Menschenmenge. Die Straßen, die auf den Platz führten, wurden von Soldaten kontrolliert, und er ging auf zwei Blauröcke zu.

»Genug gehört?«, fragte einer von ihnen. »Er hat noch nicht ausgeredet.«

»Doch, hat er. Er fängt an, sich zu wiederholen«, spie Guillome. »Statt hier die Straßen zu bewachen, könntet ihr an der Front ein paar Sygnaer erschießen.«

»Du könntest ein paar Sygnaer erschießen gehen«, entgegnete der zweite Soldat. »Da kannst du beweisen, ob eine Schwarzhaut wie du sich Aquintianer nennen darf!«

Guillome stieg die Wut so heftig den Rachen hoch, dass er gar nicht anders konnte, als dem Mann auf den blauen Rock zu spucken. Der starrte ihn entgeistert an, der andere sprang auf Guillome zu und wollte ihm den Gewehrkolben gegen die Brust stoßen. Guillome trat beiseite und verpasst ihm einen Faustschlag ins Gesicht, der besser tat als alles andere an diesem Tag, obwohl er seine eigenen Knöchel dabei knacken hörte.

Dann nahm er die Beine in die Hand und rannte, bevor er feststellen konnte, ob die Soldaten ihre Musketen schussbereit hatten.

Es war bereits Mittag, als Rufin mit angehaltenem Atem auf die Textstelle starrte, die sich ihm so mühevoll offenbart hatte, als hätte er sich durch die Wörter des Buchs wühlen müssen wie durch Ignaz' Geist im Keller der Bleibergfeste. Bei diesem Déjà-vu fühlte er kurz so etwas wie Übelkeit aufsteigen, ein plötzliches schwindelerregendes Gefühl, als sähe er sich selbst aus zwei Richtungen. Er zwang es nieder und konzentrierte sich auf den Text. Er war nicht in Lafayets Niederschriften über die Zeichen fündig geworden, nein: Vor ihm lag der Vulkanatlas, dessen winzige, altertümliche Minuskelschrift sich nur mit Vulkanen beschäftigte, die sich aus Ozeanen erhoben hatten. Aber es musste irgendeinen Grund gehabt haben, dass Schönauge diesen Atlas dabeigehabt hatte, als er die Schreibstube des Professors betrat!

In der Nähe der Flüsternden Städte gibt es einen Vulkan im Binnenmeer, dort ist eine ganz ähnliche Stelle, das hab ich auf einer Karte gesehen – eine ähnliche Stelle wie Sygna, und wenn er von einer Karte sprach, musste er die Schattenkarte meinen, die Rufin ebenfalls konfisziert hatte.

Die Flüsternden Städte – so hießen die Reste eines einstigen Großreichs am Sprechenden Meer. In diesem Binnenmeer befanden sich etliche Vulkane, die meisten davon noch aktiv, die Eilande so unwägbar, dass sie nicht oder nicht mehr besiedelt wurden.

Welchen davon Schönauge meinte, hatte Rufin mit der Schattenkarte herausgefunden – nur einer dieser Vulkane war darauf mit Linien und Symbolen versehen. Nur einer davon war ein solcher Knotenpunkt, dass er Sygna auf der Karte ähnelte.

Rufin musste mit einer Lupe entziffern, was in dem Wälzer, der handschriftlich verfasst worden war, über den Vulkan gesagt wurde: Der Bale war so lange inaktiv gewesen, dass eine uralte Kultur auf ihm hatte Fuß fassen und gedeihen können. Allerdings war er nicht inaktiv geblieben, und die Metropole Balog-Urh war von Vulkanausbrüchen vernichtet, ihr Volk versprengt und vergessen worden.

Es war nur eine Fußnote, die besagte, dass seit diesen Tagen lediglich eine jüngere Ansiedlung dort entstanden war: das Kloster der Vergessenen Krieger, die niemand anderen an den Gestaden der Insel duldeten, weshalb der Vulkanologe bedauerte, keine weiteren Informationen über die Beschaffenheit des Bale erlangt zu haben.

Die Lupe zitterte über der Fußnote.

Konnte es sein? Eine so alte Schrift – konnte diese Wahrheit immer noch wahr sein? Oder warteten auf den Flanken des Bale nichts als Ruinen, manche Jahrtausende, andere nur Jahrhunderte alt?

Er atmete langsam aus. *Vergessene Krieger.* Hatte dort etwas mit der Macht der Blutzeichen überdauert? Mit schmerzenden Augen stand er auf, schlug das Buch zu, legte die Lupe beiseite, klappte die Schattenkarte zusammen – wobei die Risse darin noch etwas mehr einrissen, weil seine Hände so zitterten und seine Rechte so verdammt ungelenk war. Er brauchte sie nicht mehr, alles, was er benötigte, befand sich in seinem Kopf. Und dann verließ er seine Wohnung mit dem Bücherstapel und mit Gedanken, die sich überschlugen und überschlugen und kein Ende fanden.

Schönauge hervorlocken.

Eine Möglichkeit finden, Iackmar zu töten.

Alles andere konnte warten.

Etwa eine halbe Stunde später betrat er das Büro am Platz der Sonne, das er in den letzten Tagen gemieden hatte. Das Gebäude war ein alter Bau, in dessen Innerem Wände herausgebrochen worden waren, sodass in den größeren Räumen mindestens zwei Dutzend Schreibtische Platz fanden. Nicht annähernd alle waren besetzt, denn die Agenten waren meist auf längere Sicht auswärts unterwegs. Es gab noch andere Städte außer Sygna, die Teil der Aquinzischen Nation geworden waren, und in denen die Bevölkerung ruhig gehalten werden musste. Jetzt, da Sygna wieder frei war und gleich mehrere andere Städte und Dörfer im Handstreich eingenommen hatte, mussten sie sich mehr denn je der Treue der neuen Aquintianer versichern. Und auch innerhalb Naronnes gab es Arbeit für die Geheimpolizei: Die Studenten, die sich diese albernen Lilien als Zeichen ihrer Abneigung gegen den Kaiser ins Knopfloch steckten, begannen sich aufmüpfig zu verhalten. Es galt, herauszufinden, ob es sich nur um Großmäuler handelte, oder ob Rädelsführer das Zeug zum Vaterlandsverräter hatten. Wie Toma Delacroi.

Lysandre hatte keinen Schreibtisch in einem dieser großen Räume. Als Commissaire stand ihm ein eigenes Büro zu, das ihm bereits Kopfschmerzen bereitete, wenn er nur an die dort gestapelten Akten und den endlosen Briefverkehr dachte, der ihm das Leben schwermachte.

Nur drei Leute waren anwesend, eine Agentin grüßte ihn stumm.

»Neuigkeiten? Ich war etwas außer der Reihe unterwegs«, gestand Rufin und kam an ihrem Schreibtisch zum Stehen.

»Die Nachricht von der Front habt Ihr erhalten, Sire?«, fragte die ältere Agentin mit Grabesmiene.

»Was ist das für eine Nachricht?«

»Die Noccurn-Allianz ist den Sygnaern zu Hilfe gekommen.«

»Eine Niederlage?«

»Das Heer ist versprengt. Sie arbeiten sich nach Brefjort vor, es muss also dringend Nachschub von hier aus eingeschifft werden.«

Er seufzte aus ganzem Herzen.

»Lebt der Blutzeichenträger noch?«, fragte er. Die Hoffnung starb immer zuletzt.

»Er war ausschlaggebend, was den Ausgang des Gefechts angeht, heißt es. Der Kaiser persönlich forderte in der Nachricht, Mittel und Wege zu finden, um diese unwägbare Gefahr in den Griff zu bekommen.«

Rufin nickte. Er musste sich darum kümmern – darin stimmte er mit dem Kaiser überein. »Ist er da?« Er wies mit dem Kinn auf die dunkle Tür, die in das angrenzende Büro führte.

»Ja, Sire.«

Er legte seinen Bücherstapel auf einem niedrigen Schrank ab und durchschritt die Tür zur Amtsstube seines Vorgesetzten.

»Gott im Blauen Himmel«, begrüßte ihn die knurrende Stimme eines missgestimmten Directeur Darkuzi. »Ich gewöhne mich nie an dieses neue Gesicht. Was sagt Eure Familie dazu?«

»Das weiß ich nicht, Sire«, sagte Lysandre ehrlich und schloss die Tür hinter sich.

»Wenn Ihr häufiger hier wärt, könnte ich mich vielleicht daran gewöhnen.« Der Directeur wies auf einige Papiere. »Aber rechtfertigt Euch nicht, ich habe bereits das Schreiben erhalten, dass Euch von allen Pflichten entbindet. Was führt Euch her?«

»Ich habe Ideen, wie ich dem Wunsch des Kaisers entsprechen und den Goldfechter Iackmar beseitigen kann«, sagte Rufin. »Ich brauche noch ein wenig mehr Zeit, aber ich bin guter Dinge. Allerdings gebe ich zu bedenken, dass sein Tod zur Folge haben wird, dass das Urzeichen sich einen neuen, fähigen Kämpfer erwählt.«

»Ich höre.«

»Nun, die fähigsten Kämpfer Sygnas sind mutmaßlich an der Front gebunden. Wenn ich einige geeignete Kandidaten nach Sygna bringe, bevor Iackmar tot ist, dann ist das Zeichen vielleicht unser, wenn er dahinscheidet.«

»Keine schlechte Idee, wenn auch unwägbar wie alles. Aber unwägbar ist mir lieber als unmöglich, also: von mir aus.«

»Wenn es so weit ist, brauche ich einige kampferprobte Männer.«

»Ich kann nicht viele entbehren, fürchte ich. Sucht Euch ein paar Soldaten.«

»Außerdem werde ich vielleicht eine Reise antreten. Dafür brauchte ich eine Delegation Männer vom Purpurnen Büro, um hinter die feindlichen Linien vorzudringen.«

Der Directeur schmunzelte belustigt. »Viel Glück bei der Diskussion mit dem Außenminister.«

»Ihr wisst, dass ich kein Glück benötige«, sagte Rufin beinahe sanft und im Tonfall einer beiläufigen Unterhaltung.

Der Directeur sah auf, und unter seinen buschigen Brauen sah Rufin etwas aufblitzen, was er nicht von ihm kannte. Nervosität.

Es wurde Zeit, dass er die Stadt verließ. Männer wie Darkuzi hatten genug über ihn gehört, um nervös zu werden. Er war nur ein Commissaire – sie mussten denken, dass es ihm reizvoll erschien, nach mehr zu streben. Die Hände des Directeurs schlossen sich um die Armlehnen. *Als würde er verhindern wollen, dass ich ihn aus seinem Stuhl reiße …*

»Ich bin dem Kaiser treu, Directeur«, fügte Rufin an. »Alles, was ich tue, dient ihm.« Er wollte sich bereits zum Gehen wenden – da fiel ihm ein, warum er eigentlich hergekommen war. »Ach, Directeur – ich werde aufbrechen, sobald ich kann. Ich rege jedoch noch an, dem Sygnaer Spion Ismayl Schönauge eine Falle zu stellen mit dem inhaftierten Studenten Toma Delacroi. Er wird versuchen, ihn zu befreien. Präsentiert ihn ihm irgendwo auf dem Silbertablett, und er wird nicht widerstehen können.«

Der Directeur sah ihn an, der buschige Bart bebte, als er mit der Zunge an den Zähnen spielte. »Das … das wird nicht möglich sein, Commissaire«, sagte er in einem beinahe unterwürfigen Tonfall. Ja, Rufin konnte geradezu spüren, wie Nervosität zu Angst wurde. »Er ist heute Morgen hingerichtet worden.«

»Ihr nehmt mich auf den Arm«, flüsterte er.

»Diese Schulterwunde begann, sich seiner auf eine Weise zu bemächtigen, dass man zur Ansicht kam, wenn noch irgendetwas für die Hinrichtung übrig sein solle, müsse es schnell gehen.«

»Warum … warum weiß ich nichts davon?«, brachte Rufin hervor.

»Nun, Ihr seid freigestellt, Commissaire.«

»Aber es war mein *verdammter Gefangener!*«, stieß er durch die Zähne. »Ich habe ihn festgenommen, ich habe ihn verhört. Ich war noch nicht *fertig* mit ihm!«

»Ihr wart tagelang unterwegs, und die Order des Kaisers ist, Vaterlandsverrätern so rasch wie möglich den Prozess zu machen. Unter Ausschluss der Öffentlichkeit wie alle Todesurteile.«

»Ich bin *nicht* die Öffentlichkeit!« Rufin stützte sich mit den Händen auf dem Schreibtisch auf, und erneut fegte Angst die übliche Ruhe und Beherrschung im Blick des Directeurs fort. Sein Blick war der eines Menschen, der bislang nur von Schlangen gehört, aber nie eine gesehen hatte, und vor dem sich nun eine Kobra aufbaute.

Naronne machte Lysandre krank. Sein ganzer Aufenthalt hier fühlte sich an wie eine Farce. Ein misslungener Urlaub. Es musste ihm dringend etwas glücken, etwas Großes, sonst war er doch noch versucht, die Macht über diese Ansammlung von Idioten an sich zu reißen.

»Ihr werdet zum Außenminister gehen und ihn um eine Delegation fähiger Agenten vom Purpurnen Büro bitten«, sagte Rufin leise. »Ihr werdet sein Zimmer nicht eher verlassen, bis er Euch diese Delegation genehmigt hat.«

Der Adamsapfel des Directeurs hob und senkte sich unter seinem Bart. Sie starrten einander in die Augen. Rufin nickte leicht, und schon nickte auch Darkuzi.

»Und Ihr werdet natürlich niemandem sagen, dass ich Euch dazu zwinge, Directeur«, fügte Rufin mit einem galligen Gefühl in der Kehle an. »Das wäre unangemessen. Ihr seid schließlich immer noch mein Vorgesetzter.«

Und damit wandte er sich ab und ging. Er musste Lafayet einen sehr dringenden Besuch abstatten.

Im obersten Stockwerk des langsam verfallenden Hauses der Witwe Bronzier schrak Ismayl vom Klang der Trommeln und Pfeifen aus dem Schlaf. Sein Rücken fühlte sich an, als hätte er zusammengekrümmt in einer Holzkiste geschlafen, und er stolperte hinüber zum mittlerweile leeren Bett und ließ sich der Länge nach darauffallen.

»Beim Großen Handwerker«, murmelte er. »Was ist das für ein Krach?«

Als er die Worte aussprach, traf ihn die Erkenntnis wie ein Schlag. In allen Geschichten, die in Sygna kursierten, war es der Große Handwerker, der den Menschen die Zeichen gab. Der einzige Gott, der in Sygna angebetet wurde.

Wenn die Zeichen irgendwie entstanden, weil ein yugurisches Mädchen einen Schattenpakt mit einem Monstrum geschlossen hat, dann … ist das eine Lüge. Er schluckte, diese Gedanken schmeckten bitter. Er war nie der gläubigste Mensch gewesen, aber selbst ihn schmerzte diese Vorstellung. *Außerdem wird man mich lebendig rösten, wenn ich das vor dem Gildenrat vortrage.*

Neigel stand am Dachfenster und hatte es vorsichtig geöffnet, um hinauszulinsen. Ismayl wusste, dass man nicht viel sehen konnte außer einem Gewirr aus Dächern und Schornsteinen und weiter entfernt den Teil von Naronne, der so sagenumwoben weiß war, dass das Blau von Himmel und Meer auf ihm spielte. Hier hingegen waren die ockerfarbenen Dachschindeln vom Rauch geschwärzt, und die verschachtelten Häuser hatten nichts mehr von der Schönheit des Stadtzentrums.

»Das machen sie gerade schon zum zweiten Mal«, sagte Neigel mit Sorge in der Stimme. Er hatte sich den roten Bart abrasiert. »Sie verkünden etwas.«

»Das sind Soldaten, oder?« Ismayl erkannte den Schlag der Trommeln. »Werber?«

»Vermutlich. Da ist Unruhe auf den Straßen.«

»Das heißt hoffentlich, dass sie eine Niederlage haben einstecken müssen.« Ismayl massierte sich den schmerzenden Nacken.

»Guillome weiß sicher was darüber.«

Ismayl sah vom Bett auf Neigels unbewegliche Gestalt. Der Müllerbursche ließ die Schultern hängen, wie so oft in letzter Zeit.

»Neigel«, sagte er leise. »Ich glaube, ich hab genug Informationen. Ich komme eh nicht noch mal in die Bibliothek.«

Außer vielleicht bei Nacht und durch die Fußbodenheizung. Bei dem Gedanken drehte sich ihm alles um.

»Lass uns nach Hause gehen. Dieser Ort hier ist verflucht. Für uns zumindest.«

»Was ist mit deinem Freund? Toma?«

Ismayl rieb sich die Augenlider. »Ich habe keine Ahnung. Ich kenne mich in der Stadt kaum aus. In welchem Gefängnis sitzt er? Können wir ihn nur mit meinen mickrigen Wortzeichen da rausholen? Oder können wir uns dann gleich hinten anstellen, wenn es an sein Todesurteil geht?«

Neigel schloss das Fenster, der Aufruhr in den Straßen wurde leiser. Er setzte sich neben Ismayl aufs Bett.

»Es sind keine mickrigen Wortzeichen.« Seine Blicke irrten im Zimmer herum.

»Tut mir leid«, sagte Ismayl. »Ich meinte meine eigenen. Ich weiß, dass das, was Rufin dir angetan hat, ganz und gar nicht mickrig war.«

»Das meinte ich nicht.« Neigel lächelte etwas bemüht und begegnete Ismayls Blick. »Ich meine damit, dass du mehr getan hast als jeder andere. Mit deinen mickrigen Wortzeichen.«

»Du meintest das ernst«, sagte Ismayl erstaunt, und Neigel nickte. »Ich hätte es ohne dich nicht aus der Bibliothek geschafft«, fügte Ismayl an, und Neigel lächelte schief.

»Ein gutes Gefühl, dass ich einmal zur rechten Zeit am rechten Ort war.«

»Wie ist das eigentlich passiert? Mit Rufin? Wie warst du da so zielsicher am falschen Ort zur falschen Zeit?«

Neigel schwieg kurz, dann erzählte er in der üblichen knappen Form, die Ismayl von ihm kannte: »Ich vermute, er hatte seine Leute schon vor dem Fall der Stadt auf die Spione des Schlangmundmüllers angesetzt. Von denen war ich der letzte Überlebende. Dabei hat er wohl diese eine … Sache über mich herausgefunden, die ich versucht hab, geheimzuhalten. Das hat er zu seinem Vorteil genutzt, so ist er halt. Und dann« – Neigel lachte bitter – »hat er gehofft, ich würde irgendwann Kontakt zu Ignaz' Rebellen herstellen. Mich ihnen anschließen. Dass ich mich ihnen schon längst angeschlossen hatte, hat ihn, glaub ich, selbst überrascht. Das war für ihn gut. Und für uns sehr, sehr schlecht.«

Ismayl zögerte, aber dann sagte er es doch: »Warst du die ganze Zeit in seiner Nähe? Den ganzen Sommer über?«

»Oft.«

»Ist noch was übrig? Von … von Ignaz?«

Mit zusammengekniffenen Lippen blickte Neigel ihn an und wandte dann gequält den Blick ab. »Nein.«

Ismayl seufzte tief und richtete sich im Bett langsam auf. »Ich wünschte, Guillome käme zurück. Dann hätten wir was anderes zu beißen als dieses steinharte Brot. Und wir könnten ihn über das Gefängnis ausfragen.«

In diesem Moment hörten sie rumpelnde Fußtritte auf der Stiege, dann sprang die Tür auf. Schwitzend und keuchend stand Guillome im Türrahmen und starrte seine beiden unfreiwilligen Mitbewohner an. Er hatte die Hände zu Fäusten geballt, und alles an ihm sah so aus, als könnte er schlichtweg nicht entscheiden, wen er zuerst schlagen wollte.

Neigel stand auf und ging einen Schritt auf ihn zu. »Was ist los? Was haben die Tro…«

Guillome traf seine Entscheidung, und seine Faust landete sauber auf Neigels Wangenknochen. Neigel gab ein schmerzerfülltes Ächzen von sich, taumelte gegen Guillomes Schreibtisch und ging beinahe zu Boden. Ein Stuhlbein brach, als er sich auf der Lehne des Stuhls abstützte. Guillome setzte nach und schlug auf Neigel ein, der gerade noch Arme und Schultern heben konnte, um seinen Kopf zu schützen.

»Ihr Scheißkerle, er ist tot!«, spie der Student und ließ einen ungezielten Schlag nach dem anderen auf Neigel einprasseln. »Ich hätte euch die Polizei auf den Hals hetzen sollen, ihr verdammten Spione, ihr Pack, ihr habt ihn dazu gebracht, *gebracht*, du hast ihn manipuliert mit deinen Zeichen und …«

Ismayl fiel ihm in den Arm. »Dann verdrisch mich, wenn du denkst, dass ich das gewollt hab! Du weißt genau, dass Neigel nichts damit zu tun hat, er war *zufällig* da, *er* ist manipuliert worden, Guillome, und du bist selbst ein verdammter Scheißkerl, wenn du das Haus zusammenschreist, bis die Polizei von selbst vorbeikommt, und wenn du deine Wut an Neigel auslässt!«

Guillome sackte mit einem hilflosen, frustrierten Schrei in seinen Lesesessel und rang die Hände. Die Knöchel der Rechten waren blutig.

Sie starrten einander einige Atemzüge lang an. Schließlich vergrub Guillome das Gesicht in den Händen, keuchte.

»Sie ziehen alle jungen Leute zur Armee ein oder zu den Manufakturen«, erklang es dumpf hinter seinen Handflächen. »Innerhalb der nächsten vier Tage. *Vier Tage!* Und Toma ist tot. Sie haben ihn hingerichtet. Sie haben ihn umgebracht!«

Neigel setzte sich auf und lehnte sich an ein Tischbein des Schreibtischs. Er hielt sich mit schmerzverzerrtem Gesicht das Kinn. Ismayl stand zwischen ihnen, nervös bis in die Haarspitzen.

»Danke, dass du uns nicht ausgeliefert hast«, sagte er, als sich das Schweigen ausdehnte. Dem Gedanken an Toma lag ein Schrecken inne, den er noch nicht fassen konnte. Er hatte ihn gebeten, so lange auf Lafayet und Rufin einzuquasseln, bis er sich verdächtig gemacht hatte! Wie hatte Ismayl Rufin nach allem, was passiert war, erneut unterschätzen können?

»Ihr müsst die Stadt verlassen«, stieß Guillome hervor. »Heute Nacht. Ich kann euch keinen Tag länger verstecken.

Sie werden Soldaten in alle Winkel schicken. Ich bin hier gemeldet, sie können im Register nachsehen, dass hier jemand wohnt, der in ihr Schema passt.«

»Und du?«, brachte Neigel nuschelnd hervor.

»Ich?«

»Armee? Manufaktur? Was blüht dir?«

»Es gibt immer Leute, die sich freikaufen können.«

»Hast du eine reiche Familie?«

Guillome schnaubte. »Nein, nicht wirklich. Aber mein Professor wird vielleicht etwas wissen. Es wird sicher eine Möglichkeit geben. Sie können nicht die ganze Universität ausräumen. Das geht nicht. Das können sie nicht tun.«

Zweifelnd sahen sie einander an.

»In Ordnung, sie könnten es tun, aber so viel Arbeit haben sie unmöglich in den Manufakturen. Sie werden uns nicht alle ein Jahr lang verpflichten. Sie werden so etwas wie Schichten einrichten. Die ersten zwei Monate lang, danach andere … Mit etwas Glück komme ich später dran.«

Ismayl schüttelte den Kopf. »Guillome, die Manufakturen … sie … Du willst nicht wissen, was da drin passiert.«

Guillome starrte ihn an. »Sie stellen … Waffen da drin her?«

Ismayl erinnerte sich noch gut an die einäugige Weberin, die die Zeichen mit ihrer eigenen Substanz hatte weben müssen. Er erinnerte sich noch gut daran, wie er genau das ebenfalls getan hatte, um in den Köpfen aller Stadtbewohner gleichzeitig zu sprechen. An das kalte Gefühl, mit dem sein Blut an ihrer Nadel entlanggelaufen war.

»Sie müssen Zeichen wirken. *Ihr* müsst Zeichen wirken.«

»Das machst du doch auch!«

»Aber ich weiß, wie es geht! Wenn man das nicht weiß … dann machen die Zeichen euch kaputt. Laugen euch aus. Saugen euch die Lebenszeit aus dem Leib. Das Jahr wird dir vorkommen wie ein halbes Leben. Selbst zwei Monate sind zu viel.«

Erneut Schweigen.

»Komm mit uns«, sagte Neigel, der immer noch auf dem Boden saß. Er streckte eine Hand aus und legte sie auf Guillomes Fuß.

Der Student nahm die Hände vom Gesicht, wischte sich mit dem Hemdsärmel den Schweiß von Stirn und Hals. Dann schüttelte er den Kopf. »Wohin? Nach Sygna? Und was ist mit meinen Freunden?«

»Vielleicht können wir noch andere mobilisieren! Diese ...« Ismayl deutete auf die zerknitterte Lilie in Guillomes Knopfloch. »... Anti-Imperialisten sind doch sicher nicht begeistert!«

»Und dann? Verlassen wir alle die Stadt?« Guillome stieß die Luft aus. »Sie werden uns nicht gehen lassen. Sie haben genug Männer unter Waffen, um uns aufzuhalten.«

Neigel stand auf und lehnte sich noch etwas wacklig gegen den Tisch.

»Weißt du was? Ihr braucht einen Widerstand«, sagte Neigel.

Guillome sah ihn mit gehobenen Brauen an. »Wie stellst du dir das vor?«

Neigel grinste, obwohl die erblühende Schwellung sein Gesicht etwas schief aussehen ließ. »Wie ist die Stimmung so? *Wollen* die Leute zur Front? In die Manufakturen?«

»Natürlich nicht! Hier hat es schon so viele Einberufungen gegeben, jeder, der freiwillig Soldat spielen will, hat Naronne längst verlassen.«

»Gibt es Verstecke? Kanalisation? Alte Keller? Wie in der Universität? Oder Familien mit gutem Ruf, die Leuten Unterschlupf gewähren würden?«

»Das funktioniert doch nicht!«, meinte Guillome. »Sie haben schon angedroht, dass sie alle, die sich nicht melden, des Vaterlandsverrats anklagen werden.«

»Und wenn sie dringend Soldaten an der Front brauchen – wie viele Soldaten bleiben dann wohl in der Stadt, um Studenten aus Löchern zu ziehen?«

»Das hab ich mich auch schon gefragt«, gab Guillome zu.

Ismayl sah zwischen den beiden hin und her.

»Guillome, ich habe Erfahrung mit Widerstand«, sagte Neigel leise, und eine düstere, blanke Entschlossenheit lag in seiner Stimme und in seinem Blick. Eine plötzliche, rachsüchtige Wut. »Ihr braucht einen.«

Eine ganze Reihe widerstreitender Gefühle zerrte an Guillomes Gesicht. Schließlich erwiderte er Neigels Blick.

»Du … du hast recht.«

»Ich weiß. Und Ismayl bringen wir heute Nacht aus der Stadt.«

»Moment.« Ismayl hob die Hände, als wolle er die beiden erneut trennen. »Wer sagt, dass ich gehe?«

»Ich«, sagten beide gleichzeitig.

Neigel starrte Ismayl an. *Er will es wiedergutmachen.*

Und dann, eine weitere Ahnung: *Er will bei Guillome bleiben.*

»Aber …«, versuchte er matt.

Guillome schnitt ihm das Wort ab. »Du bringst diesen ganzen Papierkram in deine Heimatstadt, bevor das jemand bei mir sieht. Nach heute Nacht werde ich vergessen, dass ich dich je gekannt habe, Dichter.«

»Ganz meinerseits, Student.« Ismayl begann, mit zitternden Fingern den Papierkram zu ordnen, der bei der Prügelei durcheinandergeraten war.

Ich gehe nach Hause!

Der Aufruhr, den die Werber und die neue Anweisung des Bürgermeisters in Naronne stifteten, ging an Rufin nicht vorüber, doch seine Gedanken waren anderswo. Sein *Herz* war anderswo.

Selbiges klopfte wild – und fremd, so fremd! – in seiner Brust, als er die Hand auf die Tür aus ausgebleichtem Holz legte, die ihn in das Mietshaus führte. Er schob sie auf. Eine alte Frau öffnete sofort die Tür der gegenüberliegenden Wohnung, misstrauisch und mit verkniffenem Gesichtsausdruck. Er sah sie an und wusste nicht, was er sagen sollte.

»Zu wem wollt Ihr?«, fragte die Frau mit kalter Altweiberstimme.

»Zu Euch«, gab er zu.

»Ich lasse niemanden ein.«

»Dann … dann … Macht es Euch etwas aus, einen Spaziergang mit mir zu unternehmen? Einmal um den Block?«

Sie ließ ihn nicht aus den Augen. »Ja. Das macht mir etwas aus. Ich will nicht.« Sie schloss die Tür, doch ihre Fußmatte geriet dazwischen, und Rufin war heran und legte die Rechte dagegen. Die Frau sah kurz so aus, als wolle sie schreien.

»Bitte. Ich will Euch nichts tun.«

Sie sah ihn an und blinzelte. Plötzlich traten Tränen in ihre Augen.

Hatte sie ihn erkannt? Natürlich erkannte sie ihn. Auch wenn er anders aussah, war er doch noch derselbe Mensch, oder? Wenn ihn jemand sofort erkannte, dann sie!

»Ich wusste es. Ich wusste, dass jemand kommt.«

»Ich … wollte schon früher kommen«, brachte er hervor. »Bitte, ich …«

»Ich wusste, dass mir jemand sagt, dass er tot ist.«

Rufin begriff. Ein gemeiner Teil von ihm lachte über seine eigene Naivität: Er trug die Uniformjacke, sie glaubte, er sei der Überbringer schlechter Nachrichten.

»Dass … Lysandre tot ist?«, fragte er, und nun traten die Tränen über den Damm ihrer weißen Wimpern und liefen ihre sommersprossigen Wangen herab.

»Wie ist er gestorben?«, flüsterte sie und öffnete nun doch die Tür, als habe er ihren Willen gebrochen. »Wie lange ist es her?«

Rufin trat ein und schloss die Tür hinter sich. Wie vertraut sich so etwas wie eine Tür anfühlen konnte. Der leichte Stoß, den er ihr noch geben musste, um sie vollends zu schließen, weil sie schon seit Ewigkeiten verzogen war.

»Er ist nicht tot«, sagte er leise.

Sie sah zu ihm auf, wischte sich sofort mit den Ärmeln ihres abgetragenen Kleids über die Augen. »Was? Und warum seid Ihr dann hier? Um eine alte Frau zu Tode zu erschrecken?« Sie sank auf das Ofenbänkchen.

»Er … er ist auf dem Rückweg von Sygna … aufgehalten worden. Er muss eine längere Reise antreten. Ich soll Euch ausrichten, dass er an Euch denkt. Und an seine Schwestern.«

»Hm«, machte Lilianne Rufin. »Er hätte schreiben können.«

»Er hat eine Verletzung an der rechten Hand«, stammelte er. »Das Schreiben fällt ihm schwer.«

Sie schob das Kinn vor. »Dann danke ich Euch für die Nachricht. Oder fehlt noch etwas?«

Seine Mutter war immer schon eine sehr sachliche Person gewesen.

Er lächelte. »Nein, ich denke, das ist alles.«

»Danke«, sagte sie.

Er wandte sich zum Gehen und fühlte sich gleichzeitig erleichtert und beschämt.

Ismayl packte Kleidung, die ihm ein gutes Stück zu groß war, in eine Tasche. Er konnte es nicht wagen, in den Studentenunterkünften nach seinem eigenen Reisegepäck zu forschen. Vermutlich war es längst konfisziert. Nur dieser alberne Hut nach aquinzischer Mode und die Kleidung, die er am Leib trug, waren ihm geblieben. Guillomes unordentliche, aber gut gefüllte Kleidertruhe bestätigte seine Aussage, er werde die Hemden und Hosen nicht vermissen, die Ismayl sich für die Reise herausnahm.

Guillome schloss gerade die Tür hinter sich, diesmal, ohne auf einen von ihnen loszugehen. Irgendetwas an dessen Versuch, sie erst an die Polizei auszuliefern und nun mit Neigel eine Studentenrevolte anzuzetteln, erinnerte Ismayl an Dawyd.

Den hatten sie auch vom unfreiwilligen Komplizen zum Rebellen gemacht.

»Wie sieht es aus?«, fragte Neigel angespannt.

»Es heißt, dass es Soldatenpatrouillen gibt und Kontrollen an den großen Straßen. Soldatenpatrouillen, wie in einer besetzten Stadt!«

»Das Kaiserreich frisst seine Kinder«, sagte Ismayl, und Guillome nickte düster.

»Wir kriegen dich aber nach Norden raus. Durch die Dünen. Sie fürchten nicht ernsthaft, dass Leute in Scharen die Stadt verlassen. Jeder hat schließlich seine Existenz hier.«

»Solange nicht bekannt ist, was in den Manufakturen passiert, wird niemand einen trifftigen Grund sehen«, meinte auch Neigel.

»Früher oder später wird das bekannt werden«, sagte Guillome. »Spätestens, wenn wir dafür sorgen.«

Neigel tippte sich an die Stirn. »Befindet sich schon auf meiner inneren Liste.«

»Guter Revolutionär«, lobte Guillome mit einem Grinsen. »Also, Ismayl, die Patrouillen sind auch in den Wohnblocks der Studenten unterwegs, natürlich. Da sind ja besonders viele, von denen sie sich wünschen, dass sie sich werben lassen. Aber da kenne ich mich auch besonders gut aus, denn ich habe in so ziemlich jedem dieser Blocks mal gewohnt.«

Ismayl wunderte sich kurz, fragte aber nicht nach.

»Es gibt eine ganze Reihe Keller, manche von denen verbinden die Gebäude. Da kriegen wir dich so weit in den Norden wie möglich. Dann müssen wir ein Stück über offenes Gelände, über die Ballspielplätze, aber das sollte im Dunkeln kein Problem sein. Und dann folgst du der Küstenlinie einfach so weit nach Norden, bis du irgendeinen Weg von einem der Fischerdörfer findest, der dich wieder landeinwärts führt.«

»Das klingt nach wunden Füßen«, sagte Ismayl, »aber machbar.«

Guillome griff nach dem Rasiermesser neben der Waschschüssel und ließ es aufschnappen. »Rasier dich. Ein Mangel an Barthaar lässt dich gleich ganz anders aussehen als das Bild, das von dir zwischen den Verlautbarungen hängt. Dann können wir los, sobald es dunkel wird.«

Lysandre Rufin fand Aquinçois Lafayet diesmal nicht zwischen seinen Büchern, sondern im Keller der Natürlichen Wissenschaften, in dem vor allem die Urzeichenträger des Alchimistischen und des Goldenen Zeichens wahre Hexenküchen aufgebaut hatten, in denen sie experimentierten. Beide waren Soldaten, wie der Töpfer Rubert, der das Irdene Zeichen trug. Der Träger des Alchimistischen Zeichens war Medizinstudent gewesen, bevor er in die Armee eingetreten war, um sein Studium zu finanzieren, und ihm hatte Toma Delacroi die Wucherungen zu verdanken, zu denen sich sein Fleisch bemüßigt gefühlt hatte. Der junge Mann, der auf den Namen Jean hörte, beugte sich gerade über eine Leiche, deren Kopf fehlte. Die grausige Wunde des Halsstumpfs war mit einem Tuch bedeckt, doch der Anblick des rechten Arms, der völlig verdreht und verzogen war, als hätte er ein ungesundes Eigenleben entwickelt, reichte aus, damit Rufin sich abwandte.

Der andere Soldat, Träger des Goldzeichens, war ein Mann namens Gregoir, der sicherlich schon auf die vierzig zuging und vor seinem Soldatendasein Schmuckschmied gewesen war. Er saß an der Seite und sah aus, als vertreibe er sich nur ein wenig die Zeit mit den Edelmetallen, die neben ihm auf einer kleinen Bank lagen.

»So hilft es der Armee ja nicht«, beklagte er gerade. »Hör auf, in ihm herumzustochern, du kommst nicht weiter ohne das Leen. Hilf lieber mir.«

»Guten Abend«, grüßte Rufin. Mit dem »Leen« meinte Gregoir vermutlich die Trägerin des Nährenden Zeichens, das in den Augen einer Marketenderin namens Madleen erschienen war. Ihr verdankte Rufin sein Leben – der Kraft ihres Nährenden Zeichens und dem Geschick eines Feldschers, der die Kugel aus seiner Wunde gepult hatte.

»Guten Abend, Sire«, kam als zweistimmige Antwort.

»Man hat mir gesagt, Professor Lafayet sei hier?«

»Er ist im Innenhof, Sire«, sagte Jean, ohne den Blick von der Leiche zu heben.

»Der alte Alchimistentraum, Blei zu Gold, und du stürzt dich lieber auf einen kopflosen Dissidenten«, sagte Gregoir und umgab seine Fingerkuppen mit flüssigem Gold, das er bearbeiten konnte wie Hefeteig.

»Ewiges Leben ist auch ein alter Alchimistentraum«, gab der Jüngere zurück. »Ich bin ja gleich bei dir.« Jean hatte keine Ahnung von Alchimie, so viel wusste Rufin, aber der Medizinstudent forschte unermüdlich an Heilmitteln, hatte Lafayet erzählt.

»Ewiges Leben, solange einen nicht der eigene Körper verschlingt«, spottete Gregoir. »Mit Gold wäre der Armee dann wohl mehr geholfen. Zumal doch an allem Mangel herrscht.«

»Also stellen wir mehr Gold her, und dann was? Dann können wir immer noch keine Güter aus den Kolonien kaufen, weil die nämlich einfach nicht *da* sind. Weißt du, was das Herstellen von beliebig viel Gold mit unserer Wirtschaft macht?«

»Nein«, gab Gregoir zu, während Rufin den Raum durchquerte.

Das Gebäude lag ein wenig im Hang, und somit führten die Kellerräume nach hinten mit wenigen Stufen auf einen Innenhof.

Lafayet beugte sich dort über eine Kiste mit Musketen. Eine hielt der ältere Mann in der Hand. Zwei Soldaten flankierten diese Kisten, ein Korporal redete auf Lafayet ein. Als sie Rufin kommen sahen, verstummte der Korporal, und Lafayet hob die Hand.

»Ah, Lysandre!« Er winkte ihn herüber.

»Aquinçois«, grüßte Rufin. »Da drin zerstören die beiden unsere Wirtschaft.«

Lafayet lachte. »Das wird wohl irgendwer zu verhindern wissen, der mehr Ahnung davon hat als ich.«

»Was hat es damit auf sich, dass die Waren aus Übersee fehlen?«

Lafayet seufzte schwer. »Eins von mehreren Problemen«, gab er zu. »Handelsschiffe, die lange überfällig waren, sind nicht wieder aufgetaucht. Aber unsere Kriegsschiffe braucht der Kaiser, um die Riefländer Häfen zu blockieren. Ein wenig Gold, um zum Beispiel in den Perlenschnurreichen oder in den Sichelstaaten neue Kriegsschiffe zu erwerben, wäre vermutlich nicht schlecht. Dann hätten wir vielleicht auch bald wieder Kaffee und Avocados.«

Rufin beäugte die Kisten. Es waren zwei, die aufeinandergestapelt waren, die oberste war geöffnet. In der unteren vermutete er Pulver, es befand sich ein entsprechendes Symbol auf dem Holz.

»Wie kann ich dir helfen, Lysandre?«

»Dank den Schriften, die ich aus der Bibliothek mitgenommen habe, habe ich … eine Ahnung. Vielleicht kennst du eine Möglichkeit, mehr herauszufinden, sodass die Ahnung zu etwas mehr wird. Zu einer guten Idee.«

»Das klingt gut. Willst du kurz hierbleiben? Ich möchte diese Angelegenheit hier selbst überprüfen.«

»Natürlich.«

In der Mitte des Innenhofs stand eine Reihe kruder Lehmfiguren. Wie Schneemänner von Kinderhand sahen sie aus, aber Lafayet hob eine der Musketen an die Wange und legte darauf an. Seine Hand fuhr über den Lauf, blieb an dem darauf geprägten kombinierten Zeichen hängen, das die Macht eines Alchimistischen und eines Eisernen Zeichens verband. Der Korporal und die beiden Soldaten begannen, die Musketen in der Kiste mit Kugeln zu laden, Lafayet reichte ihm auch die soeben inspizierte Waffe und ließ sie laden.

»Was wird das?«, fragte Rufin. »Probst du für ein Erschießungskommando?«

Lafayet sah ihn düster an. »Angesichts der neuen Order des Bürgermeisters und der Art und Weise, wie diese durchgesetzt wird, ist das eine makabere Idee.«

»Verzeih.« Rufin sah in den Himmel auf, über den bereits die Dämmerung kroch. Er hatte weder Zeit noch Lust, so lange hier herumzustehen.

Lafayet winkte den beiden Soldaten. »Feuert jede einmal ab. Du die alten, du die neuen. Auf die Lehmfiguren, falls ich das extra dazusagen muss.«

Die Soldaten bauten sich nebeneinander auf und feuerten eine Muskete nach der anderen ab. Rufin und Lafayet gingen ein wenig zurück, während Rauch, Feuer, Lärm und zerspringender Ton den Hof erfüllten und drohten, Rufins Trommelfell und Nerven zu zerreißen.

»Wozu die Figuren?«, schrie er Lafayet zu.

»Das sind die Reste eines Experiments von Rubert.«

»Lehmsoldaten?«

»So etwas, ja.«

»Interessant.« Rufin konnte sich nicht einmal vorstellen, wie es sein musste, über ein Zeichen zu herrschen, mit dem man Dreck verformte. Vielleicht war das mehr Strafe als Bestimmung.

Die Lehmsoldaten platzten unter den Schüssen auseinander. Dann war es ruhig.

»Sehr gut. Sehr gut.« Lafayet hob einen Arm in Richtung der Soldaten aus Fleisch und Blut und ging dann zur Reihe der Lehmmänner hinüber, um sie zu inspizieren. »Sieh, Lysandre, das waren einige Musketen, die wir vor einem Jahr gefertigt haben, und einige neue Musketen – alle geladen mit Pulver, das ebenfalls vor einem Jahr hergestellt wurde. Siehst du einen Unterschied?«

Ungeduldig schloss Rufin zu ihm auf.

»Nein.« Die getroffenen Tongestalten sahen in etwa gleichermaßen zerstört aus.

»Dann wiederholen wir das Experiment.«

»Wozu?«, fragte Rufin. »Ich möchte so schnell aufbrechen wie möglich, die Order des Kaisers war eindeutig. Ich bräuchte sehr dringend …«

»Es geht schnell«, sagte Lafayet. »Ladet die Musketen mit den Patronen aus der Kiste!«

Die Soldaten taten, wie geheißen. Sie öffneten die untere Kiste und luden eine Muskete nach der anderen mit den Kugeln und dem Pulver aus den Papierpatronen. Lysandre glaubte, wahnsinnig zu werden, während Lafayet das alles ruhig beobachtete und sich aus der Schusslinie zurückzog. Beide Soldaten nahmen etwas weiter links Aufstellung, wo noch genügend Lehmsoldaten standen.

»Legt an, schießen nach eigenem Ermessen«, befahl der Korporal.

Lafayet sah Rufin an, während geschossen wurde, als warte er auf eine Reaktion. Rufin hatte das Gesicht bereits in der Erwartung von Lärm, Rauch, Splittern verzogen, doch das Gewitter aus Kugeln fiel bemerkenswert leise aus. Die Figuren wiesen danach Löcher auf, waren jedoch nicht in tausend Trümmer zerfallen.

»Gut«, sagte Rufin schließlich. »Du hast meine Aufmerksamkeit. Was ist das?«

»Das, werter Freund, ist Pulver aus den Pulvermühlen, das in dieser Woche hergestellt wurde.«

»Wer hat gepfuscht?«

»Niemand.«

»Bist du dir sicher?«

»Ich kann mir nicht hundertprozentig sicher sein, Lysandre, aber ich habe die Herstellung von Meister Bleiglanz persönlich überwachen lassen. Rede noch nicht darüber, aber ich fürchte, wir haben es mit einem ernsten Problem zu tun.«

»Natürlich …«, murmelte Rufin. »Wir haben keinen Schattenriss.«

»Bitte, was?«

»Aquinçois, wenn *ich* aus drei Büchern und durch das Abhören eines Sygnaer Spions weiß, was das bedeutet, dann weißt *du* es doch auch längst, oder? Wir haben keinen Schattenriss. Keine Verkehrte Stadt.«

Lafayet sah beinahe beschämt aus, als sei der Mangel an solcherlei okkulter Geografie ein Versäumnis, das er persönlich zu verantworten hatte. Dann nickte er. »Die Kräfte der Zeichen lassen nach, so weit von Sygna entfernt.«

»Dann ist es doch ganz einfach«, sagte Lysandre grimmig. »Wir brauchen Sygna zurück.«

»Aber dafür brauchen wir Pulver!«

»Dafür brauchen wir etwas oder jemanden, der Dawyd Iackmar tötet und an der Front aufräumt. Und genau dafür brauche ich deine Hilfe.«

Lafayet befahl den Soldaten mit einer Geste, die Kisten wieder zu packen, und wandte sich zum Gehen.

»Dann sollten wir uns wohl beeilen.«

Kapitel VI

Vieles veränderte sich. Manche Jahrhunderte hatten so lange gedauert wie Ewigkeiten erlöschender Sterne. Das Wesen der Tiefe hatte erleben müssen, wie die Menschen Sygnas sein Geschenk abzulehnen begannen. Er hatte ihnen dreizehn Geschenke gemacht, so mächtige Geschenke, dass sie selbst eigene Willen, eigene Entitäten waren – eigenes Rauschen im Fluss des Seins. Von allen Menschlein auf der Welt hatte er diesen die Geschenke gemacht, denn es gab für ihn keinen anderen Ort, um zu existieren, nur diesen Riss im Gefüge.

Dass sie seine Geschenke weggeschlossen hatten, hatte ihn geschwächt. Es hatte die beiden Seiten der Stadt stärker voneinander getrennt – Sygnakus *und* die Verkehrte Stadt. *Sie nutzten noch Abschwächungen dessen, was sie von seinen Geschenken gelernt hatten, aber das gab ihm keine Kraft, es ließ ihn zu etwas Schwachem, etwas Krummem verkommen. Sie hatten sogar aufgehört, ihre Toten in der Tiefe zu bestatten.*

Doch jetzt waren die Jahrhunderte erlöschender Sterne vorbei.

Jetzt geschah so vieles, und er musste vorsichtig sein. Was ihm zugestoßen war, durfte nicht wieder geschehen. Menschlein waren etwas so Kurzes, so Zerbrechliches, und er musste sie weise auswählen. Er musste jene auswählen, die ihm nutzen würden.

Denn er musste so einiges verändern. Oh ja. So vieles verändern.

Was er wünschte, flüsterte er in die Schatten. Das Menschlein, das die Schatten verstand, verstand auch ihn. Er wusste nicht, ob sie gehorchen würde. Ob sie dienen würde. Sie unterschieden sich so sehr von ihm, dass er sie nicht durchschauen konnte. Sie waren Schatten für ihn, so wie er Schatten für sie war. Aber auch wenn er die Geister der Menschen niemals vollends begreifen konnte, wusste er, dass man sie sich mit Dingen untertan machte, mit denen auch der Schattenzar oder die Herrin des Schwarzen Labyrinths oder die Wesen im Sund sich einander untertan zu machen versuchten: mit Versprechungen.

Dunkle Augen, in denen eines seiner Geschenke tanzten, sahen ihn durch den Schatten an, der sie beide umgab. Dann blinzelte die Frau.

»So soll es geschehen«, sagte sie, und er wusste, sein Versprechen gefiel ihr.

Liebe Kilianna.

Ich vermisse dich! Deine Schönheit fehlt mir. Ich …

»Nein.« Dawyd ließ den Federkiel fallen und zerknüllte das Papier in seiner Hand. Er warf es zu den drei anderen Papierknäueln auf den Schreibtisch.

Ich – das was kein guter Anfang. Am Ende, so befürchtete er, würde sie noch denken, dass sich bei ihm alles nur um ihn selbst drehte.

Deine Schönheit. Jede Frau mochte es, als schön bezeichnet zu werden. Aber Frauen mochten auch Poesie, hieß es, und selbst Dawyd fiel auf, dass das hier wenig poetisch klang. Erneut wünschte er sich Ismayl samt seiner Wortjonglage herbei. Aber ob der ihm ausgerechnet aus dieser Misere hätte heraushelfen wollen?

Außerdem war Kilianna etwas eigen. Viele Männer schwärmten von ihrer Schönheit, und sie hätte auch hinkend und einäugig sein können und trotzdem aufgrund ihrer Familie als außerordentlich gute Partie gegolten. Sie war also Komplimente dieser Art nicht nur gewohnt, nein, sie schätzte sie auch nicht besonders.

Maul, das kannst du besser, dachte er und spielte dabei mit der Feder, die er wieder in die Rechte genommen hatte. Tintentropfen verteilten sich auf dem Schreibtisch.

Sprich nicht von ihrem Äußeren, spricht von ihrem … Mut?

Nein. Moral? Nein. Von ihren Talenten? Ja! Von ihren Taten. Davon, was sie in Sygna bewegt hat. Was wir zusammen erreicht haben.

Er nahm sich ein neues Blatt. Das Licht durch das schmale Fenster zum Hinterhof reichte zum Schreiben nicht aus, daher erleuchtete Kerzenschein die kleine Stube im Haus des Krämers, in dem er einquartiert worden war. Wie das Dorf hieß, in dem das Haus stand, hatte er vergessen. Morgen würde er ohnehin schon wieder an einem anderen Ort nächtigen.

Liebe Kilianna,

Er zerknüllte das Blatt.

Liebste Kilianna,

du fehlst mir! Weißt du noch, wie wir in Sygna daran gearbeitet haben, die Kunst der Blutzeichen zu rekonstruieren? Wie wir gemeinsam die Kniffe meines Urzeichens in Striche und Linien verwandelt haben, neue geschaffen und vergessene wiedergefunden? Du hattest ein Händchen dafür. Für eine Frau besitzt du ein außergewöhnliches Verständnis für die Kunst des Zweikampfs.

Ihn beschlich ein ungutes Gefühl, als er den Satz niederschrieb, aber konnte nicht so recht sagen, was das Problem war.

Ich habe versucht, das Vorhaben mit den Fechtern hier fortzuführen. Darius ritzt sich jetzt die Zeichen in die Haut, anstatt sie aufzumalen, und behauptet, die Wirkung wäre dadurch stärker. Sie nennen sich jetzt nicht mehr Gold- oder Stahlfechter, sondern Blutfechter, musst du wissen. Aber ohne dich komme ich nicht so gut voran. Es ist nicht nur eine Chance, sondern meine Pflicht als Fechter, die Blutzeichen wiederzubeleben. Doch es fällt mir nicht leicht, die rohe Kraft, die in mir tobt, in Strukturen zu bannen, die andere verstehen. Ich brauche wohl dich, um diese Aufgabe zu meistern! Ich sehne mich danach, nach Sygna zurückzukehren – zu dir. Darf ich auf einen Kuss hoffen, wenn es so weit ist?

Übertreib es nicht, dachte Dawyd. *Nicht, dass ihr Vater den Brief in die Hände kriegt und ihr den Umgang verbietet.*

Andererseits: Und wenn schon? Kilianna scherte sich ohnehin nicht um die Befehle des alten Erdhand. Er setzte die Feder erneut an.

Jedoch muss ich noch weiter darben, denn ein Ende des Feldzugs ist nicht in Sicht. Unsere Armee macht allerdings Fortschritte und treibt die Aquintianer vor sich her. Die Zusammenarbeit mit der Noccurn-Allianz, deren Fußtruppen nun auch zu uns gestoßen sind, läuft einigermaßen gut, trotz der Sprachbarrieren. Besonders diesen Riefländern mit ihren komischen Ausdrücken könnte man stundenlang zuhören, ohne ein Wort zu verstehen. Schade, dass du das nicht auch hörst. Andererseits bin ich froh, dass ich dich in Sicherheit weiß, denn fast täglich fliegen uns hier die Kanonenkugeln um die Ohren.

Ich weiß gar nicht genau, ob ich das schreiben darf, aber es wagt niemand, meine Post zu kontrollieren, also tue ich es einfach: Lyras Glas hat sich zum Schlüssel unserer Siege entwickelt. Es ist das Mittel, um der Übermacht der Blauröcke zu trotzen. Wir können in Windeseile auf die Vorstöße des Feindes reagieren, ihm Fallen stellen, unsere Kavallerie dorthin schicken, wo sie gebraucht wird. Dazu hat dieser Dichter (der Strohblonde, der im Zunftgefängnis saß, du erinnerst dich?) eine Möglichkeit entwickelt, deine Chiffre mit Wortzeichen zu umweben, um unsere Botschaften noch besser vor den Augen von Yulians Schergen zu verbergen. Der einzige Nachteil: Um verschlüsselte Botschaften senden zu können, brauchen wir nun immer den Dichter! Lyra fertigt mehr Gläser, bald können damit nicht nur wir mit der Noccurn-Allianz, sondern auch ein Teil des Heeres mit dem anderen und, noch wichtiger, wir mit Sygna kommunizieren. Das macht uns beweglicher und fortschrittlicher als je zuvor.

Das Ärgerliche ist nur, dass sich jetzt Schlundner all diese Erfolge auf die Fahne schreiben kann, während Elisabeda immer noch dazu gezwungen ist, Däumchen zu drehen – wahrscheinlich, bis wir irgendwann wieder in Sygna ankommen und dort dann entschieden wird, was mit ihr geschehen soll.

Die stärkste Waffe in unserem Arsenal bin aber noch immer ich.

»Das geht so nicht!«, knurrte er, riss die beschriebenen Papierbögen entzwei, fluchte lauthals und verwandelte die Fetzen in seinen Händen in kleine Kugeln.

Elender Angeber! Was wollte sie eigentlich von einem Kerl wie ihm? Ein mittelloser Fechter, der nur durch die Fügungen des Schicksals in etwas verwandelt worden war, das vor allem eine Waffe darstellte. In Sygna hatte er ihre Zuneigung gespürt, da war er sich sicher. Und er empfand auch etwas für sie. Er wagte noch nicht, es Liebe zu nennen, aber es war auch kein Spiel, kein Tanz von kurzer Dauer wie auf dem Hopfplatz – diesmal nicht. Aber sah sie das auch so? Mädchen sprachen gern von Treue, eine hatte ihn einmal mit dem Gerede von Heirat glatt in die Flucht geschlagen. Kilianna schrieb in ihren Briefen nichts Derartiges. Im Gegenteil – sie hatte davon berichtet, dass Ismayl nachts eine Botschaft in ihren Kopf gewispert hatte, direkt in ihre Gedanken! Dass sie seine Erkenntnisse so gut es ging niedergeschrieben hatte und nun damit vor dem Zunftrat sprechen würde. Keine Worte von Liebe und einer gemeinsamen Zukunft … Hatte die Zeit der Trennung ihr Herz abgekühlt? Hielt sie es vielleicht für keine gute Idee, für den Blutzeichenträger romantische Gefühle zu entwickeln?

Eigentlich müsste er sich unbesiegbar fühlen! War er nicht auserwählt worden? Für würdig befunden, ein Urzeichen in sich aufzunehmen? Welche Frau wollte so einen Kerl nicht? Aber gerade kam er sich erbärmlich vor. An Selbstvertrauen hatte es ihm, Dawyd dem Maul, bisher nie gemangelt. Warum ausgerechnet jetzt? Und warum ausgerechnet wegen einer Frau? Einer Frau, der er irgendetwas von Feindbewegungen vorfaselte statt von seiner Zuneigung – und die wiederum ihm von einem Dichter am anderen Ende des aquinzischen Kaiserreichs schrieb und dessen Heldenmut, unter der Nase der Geheimpolizei Informationen zu erringen!

Anderes ist ihr eben gerade wichtiger. Und dir sollte es das auch sein. Dieser Krieg ist wichtig, verliebter Trottel! Warum tat er sich so schwer damit, Worte auf Papier zu bringen? Wovor hatte er Angst?

Er starrte in die dunklen Ecken des Kämmerchens, das nur von einer kleinen Öllampe erhellt war, und seufzte schicksalsergeben. Er brauchte Hilfe, bevor er alles mit seiner Stümperei versaute. Und wenn sich Ismayl bei den Aquinzacken herumtrieb, musste er sich diese Unterstützung eben andernorts suchen!

»Das ist nicht dein Ernst!«, sagte Elisabeda. Dawyd hatte deutlich gesprochen, aber sie musste sich trotzdem verhört haben.

»Ich dachte: Sie ist eine Frau, du bist eine Frau. Außerdem … hast du gerade ohnehin nicht so viel zu tun.« Dawyd streckte die rechte Handfläche von sich, als würde das, was er da sagte, nicht nur Sinn ergeben, sondern geradezu auf der Hand liegen.

»Das ist mir ein bisschen zu privat. Ich kann keine Liebesbriefe für dich schreiben«, sagte sie. »Nein, genauer gesagt kann ich überhaupt keine Liebesbriefe schreiben. Ich bin weder ein Dichter noch deine Mutter. Ich bin Schmiedin.«

Und deine kommandierende Offizierin, fügte sie als bitteren Gedanken an, *gewesen.*

Man hatte ihr ein Zimmer im Haus eines Schneiders zugewiesen. Dawyd wohnte nur die Straße hoch. Die Tür war nicht versperrt, aber ständig von zwei Wachen flankiert, die dafür sorgten, dass Elisabeda keine Ausflüge unternahm oder Dinge ausheckte, die Schlundner nicht passten. Immerhin war es besser als eine Zelle.

»Und wenn ich ›Bitte‹ sage?«, fragte Dawyd und grinste so dreist, dass sie beinahe Zach in ihm zu sehen glaubte.

»Dann bringt dir das nichts. Ich habe schlicht keine Ahnung von diesen Dingen«, entgegnete sie und erhob sich aus ihrer sitzenden Haltung vom Bett, um sich und Dawyd einen Becher Wasser einzuschütten. Der Fechter saß auf einem dreibeinigen Hocker – der einzige Einrichtungsgegenstand neben dem Bett und einer wurmstichigen Kommode.

»Die Langeweile bringt mich um«, meinte sie und reichte Dawyd den Becher.

Er trank und sagte: »Dann hilf mir, das wird dich auf andere Gedanken bringen! Du kannst das, du warst immerhin verheiratet. Außerdem darfst du auch ruhig über den Verlauf des Kriegs schreiben. Ich glaube, sie mag das.«

Elisabeda lächelte schmal und schüttelte gleichzeitig den Kopf. »Verheiratet war ich, aber unsere Ehe hatte keinen guten Start. Wir haben ein paar Jahre gebraucht, um uns zusammenzuraufen. Davor bin ich mit einem Goldfechter durchgebrannt. Was ist nur mit euch los, dass ihr immerzu jemandem den Kopf verdrehen wollt?«

Er zuckte mit den Schultern, als könne er es nicht ändern.

Ihr Lächeln verblasste. »Ich verstehe nichts von diesen Dingen. Yulians Soldaten haben meinen Mann getötet, meine Söhne entführt …«

Man sollte meinen, ihr stünde danach nicht mehr der Sinn nach Romantik, und das war auch so gewesen. Sie wusste nicht, woran es lag, dass sie Ignaz so nah an sich herangelassen hatte. Am Schluss war es sicherlich ein Wortzeichen gewesen. Manipulation. Lüge und Betrug.

Sie sah das Gesicht des Schreinermeisters vor ihrem geistigen Auge, aber es war verschwommen, die Details fehlten, als verblasse er in ihrer Erinnerung. Das Gesicht von Ignaz und das des Geheimpolizisten Rufin verschmolzen zu einem Bild, schrecklich ununterscheidbar.

»Tut mir leid«, stammelte Dawyd, »ich wollte nicht …«

»Schon gut. Sag mir lieber, was Schlundner vorhat«, sagte sie, um abzulenken, und er ging bereitwillig darauf ein.

»Unser feiner General weiht einen einfachen Hauptmann doch nicht in seine Pläne ein, und sei er noch so sehr – ich zitiere – seine beste Waffe im Arsenal. Weißt du über die letzten Offensiven Bescheid?«

»Ziegelpfund hält mich auf dem Laufenden. Der Krieg läuft gut – unheimlich gut.«

»Nun, dank Lyras Gläsern sind wir ihnen immer eine Nasenlänge voraus. Wie in diesem Märchen über den Müller und den verborgenen Zeichenschnitzer. Aber es könnte besser laufen, wenn sie dich zum General gemacht hätten. Unsere Leute murren.« Dawyd holte Papierknäuel aus einer ledernen Tasche hervor und begann, sie auseinanderzufalten und glattzustreichen.

»Vielleicht. Vielleicht nicht«, sagte Elisabeda. »Schippen-Schlundner mag unbeliebt sein, weil er viel von den Soldaten verlangt, aber er scheint seine Aufgabe bisher gut zu machen. Trotzdem habe ich ein ungutes Gefühl bei seinem zügigen Vorrücken. Er vergisst ein Eisen, das die Aquintianer noch im Feuer haben.«

Dawyd legte die geglätteten Papierfetzen säuberlich nebeneinander auf ihr Bett. »Ja. Ignaz. Rufin. Wie auch immer er sich jetzt nennt. Warum setzen sie ihn nicht ein? Wo ist dieser Hurensohn?«

Das Wort traf sie, auch wenn sie wusste, dass Dawyd nicht Ignaz gemeint hatte, nicht den Ignaz des Widerstands. »In einer Schlacht ist er bei Weitem nicht von so großem Nutzen wie du. Aber die Tatsache, dass er verschwunden zu sein scheint, macht mir große Sorgen. Er heckt irgendwas aus, und ich fürchte, wie werden es eher früher als später erfahren.«

Elisabeda legte dem Fechter die Rechte auf die Schulter, hielt seinen Blick gefangen und sprach eindringlich auf ihn ein: »Dawyd, Schlundner ahnt nicht, zu was Rufin fähig ist! Er unterschätzt die Bosheit dieses … Scheusals, und er unterschätzt die Macht des Urzeichens der Dichter. Du musst auf der Hut sein! Du, die Blutfechter, Jannis, Ziegelpfund, Lyra, Grau-Evy, Meisendraht. Ihr alle müsst mit einer Gefahr rechnen, die Schlundner ignorieren wird, weil so etwas nicht in seinen Büchern steht. Hörst du?«

Dawyd nickte, und sie erkannte, dass er ihre Warnung genauso ernst nahm, wie sie sie meinte.

»Gut«, sagte sie, »kommt zu mir, wenn ihr einen Rat braucht. Mehr kann ich von hier aus nicht tun.«

Ihr Blick fiel auf die Blätter auf ihrem Bett. »Nun gut, vielleicht versuchen wir es doch einmal.« Sie lächelte ihm aufmunternd zu. Ein Urzeichenträger, Held der Rebellion, Veteran der Schlacht an der Nadderfurt, der, wenn er auf die Blätter starrte, wirkte wie ein Schuljunge vor einer Prüfung in Arithmetik.

Sie nahm sich einen zerrissenen Fetzen, las und lachte laut auf.

»Für eine Frau besitzt du ein außergewöhnliches Verständnis …«, zitierte sie. »Das hast du nicht wirklich geschrieben! Ich glaube, besser als das kriege ich es auf jeden Fall hin!«

»Ich dachte, du bist meine Freundin«, warf Jendra der Nacht flüsternd vor. Sie saß auf ihrem Platz auf dem Katzbuckel und blickte über die Lichter Sygnas, die nun von keiner Sperrstunde mehr reguliert wurden. Die Schatten unterhalb der Stadtmauer schauten zurück, und sie spuckte hinein. »Wir seien alle Freundinnen! Sygna, ich, die Dunkelheit, die Schatten, die Nacht. Fünf beste Freundinnen. Und jetzt verrätst du mich. Nicht mal dem Schatten kann ich noch vertrauen!«

Mit einem plötzlichen Schauder wurde die Ahnung, beobachtet zu werden, zu einer abergläubischen Gewissheit. »Verdammt, ich weiß nicht, wo die Eisenhammer-Jungs sind. Du musst mich nicht so anstarren!«

Aber konnte das wirklich sein? Konnte dieser neue Verborgene Meister sie aus den Schatten ansehen? *Sie hat doch wohl nur ein Paar Augen, und das ist bestimmt gerade anderswo.* Jendra hatte beschlossen, vom neuen Meister auch als Frau zu denken, wenn schon die alte sich als eine entpuppt hatte.

Aber die Neue hat auch mehr als ein Paar Hände gehabt, gab sie innerlich zu. Sie musste Johanni und Zach warnen – sie wusste, dass besonders Zach sich in der Stadt herumtrieb, Essen organisierte, zu seinem Elternhaus zurückkehrte und dort alles im Blick behielt. Sie musste ihn warnen, dass er sich jetzt nicht nur vor den Schergen der Pfeffersäcke aus dem Gildenrat in Acht nehmen musste, sondern dass es nirgends mehr sicher war. Auch die beiden Jungen hielten die Nacht für eine Freundin.

Feinde auf allen Seiten.

Sie erhob sich, sie zitterte vor Wut. Wenn sie tatsächlich beobachtet wurde – sie! Jendra, die Beinahe-Unsichtbare, Meisterin der Dunkelheit! –, dann musste sie die Beobachter ein wenig beschäftigen. *Vielleicht sollte ich zu Kilianna.*

Die war immerhin noch ihre Freundin – vermutlich die einzige.

Jendra glitt die Flanke des Katzbuckels hinab, als sei sie selbst ein Schatten. Unten am Fuß der alten Stadtmauer angekommen, wandte sie sich nach rechts – nicht zum Tor, das in die Altstadt führte, sondern zum Buckelviertel. Wenn ihr jemand folgte, sollte er doch denken, dass die Eisenhammer-Brüder sich bei den Buckelviertelleuten versteckten. Das war nur logisch, der Aufstand hatte viele aus dem Buckelviertel mobilisiert, und einige davon waren mit Elisabeda befreundet. Außerdem war das Elendsviertel Sygnas so unübersichtlich, dass sie ihren Verfolgern damit einiges zu tun geben würde.

Sie schlich in der Dunkelheit der Nacht durch das Viertel, bog mal hier und mal dort ab, durchquerte mit Brettern überdachte Unterschlüpfe und kletterte auf den flachen, regendurchweichten Dächern von Baracken herum. Sie sah sich dabei stets nach allen Seiten um und verharrte auch schon einmal länger zwischen Ratten, Katzen und Bettlern in einem Versteck, um herauszufinden, ob ihr jemand folgte.

Sie bemerkte niemanden, doch das hieß nichts, denn der Dunkelheit und den Schatten war nicht mehr zu trauen.

Es war schon weit nach Mitternacht, als sie das Viertel endlich durchquert hatte und annahm, dass sie nun genügend falsche Fährten gelegt hatte.

Jetzt muss ich noch eine Möglichkeit finden, Zach und Johanni zu warnen. Ein Bote, den niemand verdächtigt. Bei dem mich niemand sieht. Der mich am besten sofort vergisst.

Sie seufzte. Das war keine leichte Aufgabe, und jetzt in der Nacht würde sie ohnehin niemand Vertrauenerweckenden finden.

Vielleicht Sarai und Esra.

Bei allen anderen vom Verborgenen Hof konnte sie sich nicht sicher sein. Sie hatten der neuen Meisterin nicht besonders freundlich gegenübergestanden, aber auch nicht den Mut gehabt, ihr zu widersprechen. Nach dem Hofhalten in der vergangenen Nacht hatte die Meisterin viele zu sich gerufen, Gespräche unter vier Augen geführt, die Jendra nicht hatte hören können – als könne die Meisterin für die Ohren aller, an die sie sich nicht richtete, stumm werden. Eine Unverschämtheit! Überhaupt – warum war *sie* nicht vom Verborgenen Zeichen ausgewählt worden? Und warum hatte sich die neue Meisterin erst jetzt enthüllt, was hatte sie all die Monate über getrieben, und warum hatte sie eigene Wachen mit samtgrauen Masken und Waffen und all diesem albernen Zinnober? Das war eine vollkommen neue Sitte, und sie behagte Jendra ganz und gar nicht.

Sie schlenderte auf die Kleineweber-Allee, die zum Löhnertor führte.

Das Buckelviertel erstreckte sich zwischen der alten Stadtmauer, die an der Kluft endete, und dem Löhnertor – durch dieses Tor betraten die Tagelöhner, die westlich in der Siedlung außerhalb Sygnas wohnten, am Morgen die Stadt, um als Handlanger in den Betrieben und Werkstätten zu arbeiten. In der Zeit der Besatzung hatten sie auch in den Manufakturen und bei der Instandsetzung der Bleibergfeste geschuftet, die jetzt nach dem Aufstand schlimmer aussah als je zuvor.

Das Löhnertor war immer die beste Möglichkeit gewesen, sich aus Sygna davonzumachen – wenn man nicht Jendra war, die noch ganz andere Wege kannte. Am Tor kontrollierten Stadtwachen Arbeitsgenehmigungen, doch es verließen allabendlich so viele Menschen Sygna, dass es die beste Chance darstellte, sich über das Verbot hinwegzusetzen, als Zeichenkundiger innerhalb der Stadtmauern zu bleiben.

Elisabeda hatte sich sehr lange bitten lassen, bis sie Jendra die Geschichte erzählt hatte, wie ihr Mann Gabril, der damals zwei Eiserne Zeichen beherrschte, sich aus der Stadt geschlichen hatte, um sie zu suchen. Sie waren zusammen wiedergekehrt, und Elisabeda hatte sich über die Umstände nicht weiter auslassen wollen. Doch Jendra wusste nun, dass Gabril Sygna durchs Löhnertor sowohl verlassen als auch unerkannt wieder betreten hatte.

Wer ein Zeichen wirken konnte, durfte die Stadt nicht verlassen, das war ein Gesetz, das nur jetzt, im Kriegszustand, gelockert worden war, und nur für jene, die zur Front aufbrachen.

Jendra sah das Löhnertor massiv und dunkel drohend über dem Elendsviertel aufragen, die Hütten duckten sich darunter wie Kinder vor ihren einschüchternden Eltern – oder wie der verdammte Verborgene Hof vor seiner neuen Herrscherin! Jetzt zur Nacht war das Fallgitter herabgelassen, und von ihrer Position aus fiel ihr noch etwas anderes auf: Ein dunkler Schatten hing entweder von außen oder von innen am Gitter, kletterte nach rechts, nach links und dann weiter nach oben. Jendra wusste, dass das Tor keine Lücke zum Durchschlüpfen aufwies, aber derjenige, der dort im Gitter hing, schien das nicht zu wissen.

Jendra ging neugierig näher. Das Tor war auch bei Nacht bewacht, doch da es verschlossen war, saßen die beiden Wachen in ihrer erleuchteten Stube in einem der beiden Tortürme und spielten vermutlich Marionett oder etwas Ähnliches.

Jendra kam am Tor an und stieß einen kaum hörbaren kleinen Pfiff aus. Von oben kam ein Geräusch, als wäre jemand beinahe gefallen und hätte sich im letzten Moment gefangen.

»Hey!«, flüsterte Jendra. »Was machst du da?« Von hier aus

konnte sie erkennen, dass das, was dort oben hing, ein Kind war, sicherlich vier, fünf Jahre jünger als sie.

»Nichts!«, zischte das Kind zurück.

»Da oben kommst du nicht rüber. Gibt keinen Weg aufs Dach oder die Mauerkrone.«

»Sei still«, bettelte das Kind mit Angst in der Stimme. »Lass mich!«

»Was ›Lass mich‹? Am Gitter hängen?«

»Kannst du mich denn reinbringen?«

Natürlich konnte Jendra das Mädchen in die Stadt bringen.

»Nö«, sagte sie.

Das Mädchen kletterte langsam und mit zitternden Gliedmaßen das Gitter herab, sank dann Jendra gegenüber zu Boden und schluchzte leise, als hätte sie sich das aufgespart, bis sie unten war. Jendra setzte sich Rücken an Rücken mit ihr, nur das herzlose, kalte Gitter war zwischen ihnen.

»Hier drin ist es auch nicht besser, glaub mir.« Jendra versuchte, tröstlich zu klingen. »Versuch, dir eine Arbeitserlaubnis zu holen, die suchen immer Tagelöhner. Oder sei halt einfach schnell und schlüpf morgen früh zwischen ein paar Arbeitern durch.«

Das Mädchen weinte und barg das Gesicht auf den Knien. Jendra sah sich unruhig nach der erleuchteten Wachstube um, doch darin rührte sich nichts.

»Was ist denn?«, fragte sie ein wenig nervös. »Hast du keine Eltern?«

»Mein Vater«, sagte das Mädchen mit erstickter Stimme. »Aber der ist tot.«

»Und deine Mutter?«

»Die ist am Jännerfieber gestorben, als ich klein war.«

»Also hast du keine Eltern«, stellte Jendra fest. Musste sie dem Blag denn alles aus der Nase ziehen?

»Ich muss in die Stadt«, brachte das Mädchen hervor. »Bitte, wenn du irgendwie weißt … irgendjemanden kennst … Oder … oder vielleicht weißt du … wenn ich ein Zeichen kann, ob sie mich dann wieder reinlassen? Selbst wenn sie mich ins Gefängnis sperren, das ist alles besser als hier draußen zu warten, dass er mich erwischt!«

Jendra fuhr zu dem Mädchen herum. »Mal langsam. Was heißt, *wenn* du ein Zeichen kannst? Kannst du eins oder nicht?«

Das Mädchen wandte ihr immer noch den Rücken zu, aber Jendra sah sie nicken.

»Welches?«

»Ein minderes Nährendes«, sagte sie.

»Bist du eine Heilerin oder so was?«

Das Mädchen schniefte, antwortete aber nicht.

»Hast du nicht eben gesagt, dass deine Mutter an Jännerfieber gestorben ist? Was ist denn das für eine verrückte Geschichte?«

»Ja, ist sie!«, sagte das Mädchen beinahe beleidigt. »Sie war Heilerin, aber die Zeichen gegen das Jännerfieber haben nur geholfen, wenn man sich tagelang ins Bett gelegt hat, und sie hat das nicht gemacht, weil sie sagte, dass die Leute sie brauchen, und dann ist sie dran gestorben. Glaubst du, ich lüge?«

»Nein«, brummte Jendra. »Aber dir muss man ja alles aus der Nase ziehen.«

»Warum sollte ich dir auch irgendwas erzählen?«, gab das Mädchen zurück.

»Weil ich dir vielleicht doch helfen kann.« Jendra seufzte. »Vielleicht. Ich verspreche nichts. Vielleicht musst du auch warten, bis sie morgen das Tor aufmachen, dann ist es jedenfalls sehr viel einfacher, dich reinzuholen.«

»Ich würde lieber jetzt schon rein.« Das Mädchen zitterte, so eng an das Fallgitter gekauert, als versuche sie, wie Wasser hindurchzurinnen.

»Ich kann dich reinbringen«, gab Jendra widerstrebend zu. »Aber ich muss erst wissen, warum.«

Das Mädchen drehte sich zu ihr um, ihre Hände klammerten sich an zwei Gitterstreben, und sie drückte ihre Stirn gegen eine weitere. Jendra war so nah, dass die Kleine flüstern konnte.

»Mein Vater und ich, wir haben uns aus dem Staub gemacht, als die Aquintianer die Heiler an die Front geschickt haben. Wir sind geflohen.«

»Nicht schlecht, wie habt ihr das geschafft?«

»Er hat einen Haufen Geld bezahlt, und jemand hat uns rausgebracht. Durch die Kluft, ins Gebirge.« Sie zögerte, dann sprach sie mit einem Respekt in der Stimme, den Jendra nur zu gern hörte: »Ich glaube, der Mann war vom Verborgenen Hof. Falls es den wirklich gibt!«

Das fragte sich Jendra mittlerweile auch.

»Wir sind erst auf Gebirgspfaden, aber irgendwann wieder in die Ebene runter. In die Dörfer, schließlich nach Grenin. Da zahlen sie so gut für Nährende Zeichen, das kannst du dir nicht vorstellen! *Keiner* kann da Zeichen, die leben wie die … Urzeitmenschen! Wir sind im Nu so reich geworden, wir dachten, wir müssen uns nie wieder Sorgen machen.«

»Und dann sind euch die Aquinzacken auf die Spur gekommen«, mutmaßte Jendra. »Und wollten euch einkassieren. Und dabei ist dein Papa draufgegangen.«

Das Mädchen schwieg. Dann schüttelte sie den Kopf.

»Nein«, wisperte sie und verstummte.

»Beim Großen Handwerker, jetzt rede doch endlich.«

»Bitte!« Das Mädchen schluchzte. »Wenn du mich in die Stadt holen kannst, mach es, ich habe noch Gold, ich gebe dir alles!«

»Du hast doch sicher Zeit, mir die Geschichte zu Ende zu erzählen?«

Das Mädchen sah sich bebend in der Nacht um. »Vielleicht nicht«, flüsterte sie mit erstickter Stimme, doch dann brachen die Wörter so schnell aus ihr hervor, dass Jendra kaum Schritt halten konnte. »Ich bin wach geworden, weil es so still war, so absolut still, meine Ohren haben geklingelt. Ich hab mich umgesehen, das war in einem Gasthaus, wo Papa und ich gewohnt haben, und von draußen schien der Mond rein, mein Bett stand unterm Fenster, aber alles jenseits, der ganze Raum, war so dunkel, als würde er nicht mehr existieren, und ich hatte Angst und habe gerufen, aber ich konnte meine eigene Stimme nicht hören, also hab ich geschrien, aber ich hab nur ein hohes Fiepen gehört und mein eigenes Blut in meinen Ohren, und dann, dann kam wirkliches Blut, es ist über den Teppich gelaufen bis zu meinem Bett, aber ich konnte nicht sehen, wo es herkam, was da war in der Dunkelheit, dass da so viel Blut über den Boden lief, und dann plötzlich sprang etwas an mir vorbei und durchs Fenster, wie … wie ein lebendiger Schatten, wie ein Mann aus Tinte, aber mit einem blitzenden Messer, und dann plötzlich fiel wieder Mondschein ins Zimmer, und das Blut, das kam von meinem Vater, und der lag mittendrin, das Tischchen war kaputt und die Vase auch, aber das alles hatte ich nicht gehört! Mein Vater hat nur noch meinen Namen geflüstert, und ich glaube, er hat gesagt, ich soll mich in Sicherheit bringen, und ich bin gerannt und gerannt und gerannt, geschlafen hab ich immer nur tagsüber, weil ich so Angst hatte vor der Dunkelheit.«

»Die Dunkelheit ist eine verlogene kleine Schlampe«, sagte Jendra aus ganzem Herzen.

Das Mädchen redete einfach weiter: »Ich bin so weit gelaufen, tagelang, und ohne mein Zeichen wär ich verhungert! Und jetzt bin ich wieder hier, weil ich nicht weiß, wo ich in Sicherheit bin, wenn nicht hier zu Hause, aber den Weg durch die Kluft finde ich nicht mehr, und deshalb bin ich zum Tor, ich dachte, ich finde einen Durchschlupf oder so.«

Sie begann zu weinen, lautlos, erschöpft. Jendra fielen die dunklen Flecken auf ihrer Kleidung auf, die auch getrocknetes Blut sein konnten.

»Aber wenn er durchs Fenster an dir vorbei ist«, sagte sie tonlos, »dann hatte er es doch offenbar nicht auf dich abgesehen.«

Das Mädchen schluchzte trocken und sah sie fassungslos an.

»Aber ich verstehe, dass du darüber in dem Moment nicht nachgedacht hast«, sagte Jendra. »Ich hole dich in die Stadt.

Du musst mir das alles in allen Einzelheiten erzählen. Vielleicht nicht nur mir. Ich habe eine einflussreiche Freundin. Sie hat gestern sogar vor dem Rat geredet, weil sie Kontakt zu Spionen in Naronne hat und all so etwas. Würdest du das tun? Würdest du ihr das erzählen?«

»Damit man den Mörder findet? Natürlich«, flüsterte sie.

»Du musst mir jetzt gut zuhören. Ich kenne einen Weg hinein, der nicht durch die Kluft führt. Du musst allerdings bis zum Schlangtor. Dort wartest du auf mich. Aber nicht direkt am Tor. Du musst genau tun, was ich dir sage …«

Das Mädchen nickte ernsthaft, und Jendra hoffte, dass sie keinen Fehler beging. Die Kenntnis dieses Weges war gefährliches Wissen, und als sie diese Kenntnis das letzte Mal gebraucht hatte, hatte sie es hinterher bereut.

Oh ja, und wie ich das bereut habe. Die Reue fühlte sich an wie ein bitterer, kalter Klotz, der nie vollkommen aus ihrem Magen verschwand, selbst jetzt nicht, da sich alles zum Guten gewandt hatte.

Sie machte sich auf den Weg zum Schlangtor und hoffte, dass das Mädchen auch dort auftauchen würde und nicht auf den letzten Meilen um die Stadt herum doch noch einem schattenhaften Mörder zum Opfer fiel. Nein, hätte man sie tot sehen wollen, wäre sie tot, die Beschreibung klang nicht nach einem Amateur.

Es klang nach einem Verborgenen Zeichen – eine mächtigere Variante des Schattenzeichens, das sie selbst beherrschte. Sie versuchte die Erinnerung an ihr eigenes Gesicht in der Spiegelmaske der Urzeichenträgerin zu vertreiben.

Bist du eine Meuchelmörderin, du fieses Miststück?, warf sie ihr in Gedanken entgegen, doch die andere lachte sie nur an, mit ihrem eigenen Gesicht. Jendra biss die Zähne zusammen und lief geradewegs durchs Weberviertel, mit rasenden Gedanken.

Wenn das die Urzeichenträgerin war oder einer ihrer Schergen … Aber warum? Warum sollte sie in Grenin einen Heiler töten? Welchen Grund gäbe es dafür? *Wenn sie es aber doch war, dann sind Zach und Johanni nicht sicher. Ich weiß nicht einmal, ob sie sie lebend will.*

Sie führte die Scharade fort, mit der sie quer durchs Buckelviertel gegangen war. Trat in Eingänge und kletterte über Barackendächer, übersprang Mauern und nach der Besatzung niedergerissene Zäune und Bretterverschläge. Verbarg sich in den Hallen, die zum größten Teil verlassen waren, seit die Aquintianer fort waren – in einigen davon hatten die Weber die Webstühle beschlagnahmt und arbeiteten wieder so daran, wie sie vor der Besatzung gearbeitet hatten, doch wer es sich leisten konnte, seine Werkstatt woandershin zu verlegen, tat das, denn ein übles Gefühl lag wie ein Pesthauch über dem niedergebrannten Viertel und den Baracken, in denen Menschen geschunden worden waren.

Nachdem Jendra einige Umwege gegangen war und immer wieder misstrauisch ins Dunkel gelauscht hatte, kam sie auf der improvisierten Schmiede der beiden Brüder an und schlüpfte dort ins Gebälk, wie sie es immer tat.

Sie beruhigte sich etwas, als sie die tiefen Atemzüge zweier Schlafender hörte.

»Zach«, flüsterte sie. »Johanni!«

Einer der beiden schrak auf, sie hörte es nur, denn es war sehr dunkel unter ihr in der erkalteten Werkstatt.

»Jendra?« Das war Zachs Stimme, etwas weiter rechts – bewegt hatte sich Johanni, gesprochen hatte Zach.

»Ja«, wisperte Jendra. »Hört mir zu, ich kann nicht mehr vorbeikommen. Die Trägerin des Verborgenen Urzeichens ist aufgetaucht und will mich dazu zwingen, euer Versteck zu offenbaren. Ich bin so viele Umwege gegangen wie möglich, um Verfolger abzuhängen, aber sie befiehlt über den verdammten *Schatten*, vielleicht ist sie mir gefolgt, und ich merke es nicht einmal. Das macht mich wahnsinnig! Warum bin es nicht *ich*, verdammt!«

»Jendra«, sagte Johanni ein wenig verzweifelt, als versuche

er, etwas Sinn zu verleihen, was einfach keinen ergab. So, wie es ihr eben mit dem Mädchen am Tor ergangen war. »Was redest du da?«

»Vertraut niemandem – außer Kilianna vielleicht. Seid vorsichtig. Zach, geh nicht mehr nach Hause, Sold hin oder her. Sucht euch am besten ein anderes Versteck, falls man mir doch gefolgt ist. Ich weiß nicht, was sie mit euch vorhaben, aber außerhalb der Stadt ermorden sie Zeichenkundige.«

»Was?«, fragten beide wie aus einem Mund.

»Ja, darum muss ich mich jetzt kümmern. Ein Mädchen versucht, sich in der Stadt in Sicherheit zu bringen, ihr Vater ist von jemandem umgebracht worden, der über etwas verfügt, das nach höheren Verborgenen Zeichen klingt. Und ich wüsste nicht, dass der Verborgene Hof irgendwelche Leute als verkappte Meuchelmörder nach Grenin geschickt hat, so was machen wir nicht! Das muss mit dieser Gezeichneten zusammenhängen, es muss! Ich versuche, mehr herauszufinden. Seid vorsichtig! Passt aufeinander auf!«

»Machen wir«, flüsterte Zach. »Pass auch auf dich auf.«

»Darin bin ich gut«, sagte Jendra, stemmte sich aus dem maroden Dach und verschwand in der Nacht des Weberviertels.

Es hätte alles ganz einfach sein sollen.

Guillome kannte sich tatsächlich mit traumwandlerischer Sicherheit im verschachtelten und aus verschiedenen Epochen stammenden Komplex der Universität aus. Dort waren Polizisten unterwegs, denn die Nacht war unruhig, Gewalt und Unzufriedenheit lag in der Luft, doch die drei jungen Männer fielen nicht auf – drei vermeintliche Studenten, unterwegs von einem Gebäude zum nächsten. Ein Werberbüro war im Foyer des größten Wohngebäudes untergebracht, scheinbar Tag und Nacht besetzt, und als sie dieses Foyer durchquerten, um in irgendeinen bedrückenden und nach altem Rauch stinkenden

Keller zu gelangen, sahen sie, wie zwei Soldaten eine junge Frau mit dem Gesicht auf den Tisch pressten. Der Werber beugte sich über den Tisch und zischte ihr irgendetwas ins Ohr.

»Moment mal«, sagte Guillome. Ismayl erstarrte, aber Guillomes lange Finger stießen ihn in Richtung Treppe. »Geh vor. Warte unten auf mich.«

»Guillome!«, zischte Neigel, und als Ismayl gehorsam mit seiner Umhängetasche, die »Ich will aus der Stadt fliehen« zu schreien schien, die Treppenstufen hinabeilte, bemerkte er, dass Neigel noch oben stand. *Er meint es wirklich ernst damit, dass er bei Guillome bleiben will.*

»Ist es nicht freiwillig, sich einzuschreiben?«, hörte er Guillomes Stimme, milde amüsiert, aber mit einer scharfen Kante.

»Wir zwingen sie doch nicht«, erwiderte eine Männerstimme in einem schwer verständlichen ländlichen Dialekt. »Wer große Reden schwingt, soll auch große Taten zeigen!«

»Ihr haltet sie also nur so lange fest und bedroht sie, bis sie unterschreibt?«

Die junge Frau presste einige Worte gegen die Platte des Schreibtischs, die Ismayl nicht verstand.

»Würdet Ihr mir Namen und Dienstgrad nennen, damit ich mich über Euer Vorgehen beschweren kann?« Das war wieder Guillome.

»Möchtest du auch unterschreiben?«, ließ sich nun die kühle Stimme des Werbers vernehmen.

»Ungern, und wie ich schon sagte, hätte ich gern Euren Namen – nicht umgekehrt.«

»Hast du dich schon bei den Manufakturen gemeldet, Student?«

»Nein, ich hörte, man habe vier Tage Bedenkzeit. Ist das nicht so? Hat sie die nicht auch?«

»Verpiss dich jetzt, das ist nicht deine Angelegenheit.«

Ismayl lehnte sich gegen die Wand. Seine Gedanken rasten – was, wenn Guillome beschloss, sich ernsthaft mit diesen Kerlen anzulegen? Ismayl konnte natürlich auch allein aus der

Stadt entkommen, aber in welcher Situation ließ er Neigel und Guillome dann zurück?

Er atmete durch. Seine Gedanken kamen zu einem plötzlichen Halt. Ein Grinsen flammte auf seinem Gesicht auf, als ihm eine Idee dämmerte. Sie war waghalsig, riskant – und man musste schon jemand mit einer Zunge aus Quecksilber sein, um sich das zuzutrauen, vor allem, wenn man ein gesuchter Mann war. Ismayl ließ die Tasche sinken, kniete sich daneben und holte sein Register heraus, faltete es und steckte es sich in den Stiefel. Er seufzte innerlich, weil er all die Seiten Papier, die sich in der Tasche befanden, umsonst niedergeschrieben hatte. Dann nahm er Feder und Tinte aus seinem Wams, öffnete das Fässchen, tunkte die Spitze der Feder hinein und zog das Zeichen auf seiner Zunge so entschlossen, wie es ihm bisher noch nie geglückt war. Es brannte und schmeckte bitter, aber er genoss es.

Ebenso entschlossen richtete er seinen Hut und trat gelassenen Schrittes die Treppe wieder hinauf. Oben stand Neigel und sah zweifelnd zwischen ihm und Guillome hin und her. Ismayl legte Neigel erst nur eine Hand auf die Schulter, doch dann umarmte er den ehemaligen Müllergesellen, den ehemaligen Spion, den ehemaligen Rebellen, den beherzten Widerständler. Neigel war so viel größer als er, und ihm war, als umarme er einen Braunbären.

»Meine Aufzeichnungen liegen da unten. Bringt sie in Sicherheit oder sucht einen vertrauenswürdigen Boten«, wisperte er ihm zu.

»Was machst du?«

»Vertrau mir«, sagte Ismayl und spürte, wie diese Worte in Neigels Geist *einen tieferen Sinn ergaben, als das, was seine Zunge auszudrücken vermochte*. »Ich wünsche euch alles Gute. Pass auf diesen Idioten da auf!«

Neigel nickte langsam, Ismayl hörte ihn schlucken. Dann ließ er ihn los und ging zum provisorisch aufgebauten Schreibtisch des Werbers hinüber.

»Guten Abend!«, sagte er, und die Blicke aller wandten sich ihm zu. »Ich würde mich gern einschreiben, wenn diese junge Dame fertig ist. Sie ist doch fertig, oder?«

»Ja«, sagte die kurzhaarige Studentin wie aus der Muskete geschossen.

»Sehr gut«, betonte Ismayl.

»Ja, sehr gut«, wiederholte der Werber, lächelte und reichte der Frau einen Turnosgroschen. Sie steckte ihn ein und war so schnell verschwunden, als hätte sie sich in Luft aufgelöst. Ismayl hatte noch nie jemanden so schnell und so leise rennen sehen, und bei dem dankbaren Blick, den sie ihm zuwarf, wurde ihm ganz warm ums Herz. Mit dieser Zuversicht trat er neben Guillome und beugte sich über die säuberlich geführte Liste des Werbers.

»Ich würde mich gern in die Große Armee einschreiben.«

»Das ist gut, Bursche«, sagte der Werber zufrieden. »So ist es recht.«

»Mein Name ist Guillome Macrin«, sagte er. »Ich wohne in der Avenue der Krähen. Nummer sieben. Dachgeschoss.«

Der Werber schrieb all das nieder. »Ausweisdokument?«

»Ja, sicher.« Ismayl wandte sich Guillome zu, der ihn so entgeistert anstarrte, dass er ebenso gut eine der Statuen hätte sein können, die das Vordach des Gebäudes hielten. »Du hast meinen Ausweis in der Tasche.«

»Ich …«, stammelte Guillome. »Ja, Moment.«

Er kramte in seiner Rocktasche und zog ein speckiges, gesiegeltes Dokument von der Größe einer Hand hervor. Es war ein Ausweis wie der von Remien, den Ismayl den Soldaten vor der Bibliothek ausgehändigt hatte. Guillome war vier Jahre älter als er, aber weitere Merkmale waren darauf nicht verzeichnet.

»Bitte. Reicht das?«

»Natürlich«, sagte der Werber. »Willkommen bei der Armee unserer Großen Aquinzischen Nation, Guillome. Einer meiner Leute wird Euch zur Kaserne bringen. Unterschreibt nur noch hier, und der erste Turnosgroschen ist Eurer. Pünktlich, kurz vor Mitternacht. Morgen gibt es den nicht mehr, der ist nur für die Tüchtigsten reserviert.«

Ismayl unterschrieb und erhielt den Turnosgroschen.

»Macht's gut Freunde«, sagte er dann zu Guillome und Neigel. Das Zeichen verging auf seiner Zunge. »Ich reise mit dem Schiff.«

»Gute Reise«, brachte Guillome hervor.

Neigel starrte ihn an und schüttelte nur leicht den Kopf.

»Guck nicht so«, sagte Ismayl, nahm seinen Hut ab und gab ihn Neigel. »Hier, der steht dir sicher besser als mir.«

Damit wandte er sich um und verließ das Foyer, flankiert von einem der beiden Soldaten. Er hörte, wie Guillomes Schritte sich beinahe zaghaft vom Schreibtisch entfernten.

»Wollt Ihr dem Beispiel Eures Freundes folgen?«

»Morgen«, sagte Guillome. »Dann steht mein Name auf Eurer Liste, versprochen. Nur noch eine Nacht in Freiheit.«

Der Mann lachte. »Die sei Euch gegönnt. Ich nehme Euch beim Wort!«

Und damit schloss sich die Tür hinter Ismayl, er atmete Nachtluft, und nun ließ ihn sein eigener Wagemut doch ein wenig zittern. Er schluckte den letzten bitteren Nachgeschmack des Zeichens herab und folgte dem Soldaten. Am Bettag würde er eingeschifft.

Kilianna war mit dem vagen Gefühl erwacht, beobachtet zu werden. Die dumpfe Wut, die sich zu Hause stets in ihrem Bauch breitmachte, legte sich nicht – sie mied jede Begegnung mit ihrem Vater, setzte sich erst an den Essenstisch, wenn er bereits gegangen war, und aß dann ebenso schweigend wie ihre Mutter, die seit Jahren nicht mehr sprach als nötig und unlustig in ihrem Essen herumpickte.

Sie hatte vor dem Rat gesprochen, doch man hatte sie behandelt wie eine Briefträgerin. Die Gildenräte hatten sich Ismayls Botschaft angehört, protokolliert, skeptische Blicke gewechselt und gesagt, man werde sich um diese Erkenntnisse kümmern, doch man müsse sie zunächst verifizieren. Auf ihren Einwurf, wenn sich diese in Bibliotheken in der Stadt verifizieren ließen, müsse Ismayl wohl kaum sein Leben in Naronne riskieren, hatte niemand reagiert. Und als sie darum gebeten hatte, dem Rest der Ratssitzung als Gast beiwohnen zu dürfen, hatte man sie aus dem Raum komplementiert. Diese Männer würden der Bewegung der Gleichwerker niemals Beachtung schenken.

Es sei denn, sie werden dazu gezwungen. Vielleicht sogar mit Waffengewalt.

Mit solchen Gedanken raffte sie an diesem Morgen eine Hose, feste Schuhe und Handschuhe zusammen, gürtete sich mit dem Degen und nahm im fahlen, diesigen Sonnenlicht die Treppen, die schmal und abgenutzt als Abkürzung vom Meisterviertel herabführten. Sygna lag unter ihr, dunstig und seltsam farblos, doch bereits sichtbar und hörbar zum Leben erwacht.

Wie viel schöner musste es sein, dort unten zu leben, zu arbeiten – als eine wie so viele andere, Gleiche unter Gleichen?

Nicht so schön, wenn hier oben die Zügel aller in wenigen Händen liegen.

Sie war alt genug, um einen eigenen Haushalt zu führen, doch das väterliche Haus zu verlassen, ohne verheiratet zu sein, war für Frauen in Sygna mindestens unüblich, wenn nicht sogar verpönt.

Ich könnte ihn heiraten, ging es ihr durch den Kopf, aber dann stieg die Wut wieder hoch. *Eine Hochzeit mit dem Goldjungen*, hatte ihr Vater gönnerhaft gesagt. Nein. Lieber suchte sie sich einen Meister oder einen unzünftigen Handwerker, der sie in die Lehre nahm, zahlte mit ihrem Ersparten das Lehrgeld und arbeitete für eine kleine Kammer und etwas zu beißen.

Sie sah an sich herab, an der Seide, die ihr Kleid zierte, und den Stickereien, die vom Unterkleid hindurchschimmerten. *Wirklich, Kilianna?*, schalt sie eine innere Stimme. *Hast du dazu das Zeug?*

An diesem Morgen konnte sie nicht einmal sich selbst leiden. Sie würde zum Sandhaus gehen und da bleiben, bis ihr ganzer Körper schmerzte und sie sich nicht mehr erinnern konnte, warum sie so wütend war.

Einige Zeit später hatte sie sich in einer Besenkammer des Sandhauses umgezogen und stand mit dem Degen in der Hand auf dem Platz vor dem ehrwürdigen Doppelgebäude der beiden Fechtergilden. Neue Gerüchte machten unter den Schülern die Runde: Die beiden im Rat vertretenen Gilden der Eisenhandwerker – Harnischmacher und Klingenschmiede – waren in der Sitzung, aus der man Kilianna gestern ausgeschlossen hatte, zusammengelegt worden, und etwas ganz und gar Fantastisches und Unerwartetes war eingetreten: Die Stählerne Gilde hatte den dreizehnten Platz erhalten. Beide Fechtgilden hatten nun einen Sitz im Rat inne, zum ersten Mal seit der Spaltung vor dreihundertundfünfzig Jahren! Es hing vermutlich damit zusammen, dass der General an der Front, Schlundner, der Stählernen Gilde entstammte, und nun waren die Stählernen geradezu unerträglich in ihrem morgendlichen Hochmut. Sie riefen immer wieder Parolen und Hochrufe auf sich selbst, und mehr als eine Duellforderung an die Goldenen geriet von einem Übungskampf zu etwas Ernsthafterem.

Der Unterricht lief ohne Dawyd und die anderen hochrangigen Fechter ohnehin etwas chaotisch ab, doch der Sandplatz war besser besucht als zur Zeit der Besatzung, und er war auch geöffnet für all jene, die keine Gesellen oder Lehrlinge der beiden Fechtgilden waren. Sygna wollte nicht wieder so hilflos dastehen wie zur Zeit der Besatzung, und so war Kilianna hier nicht die einzige Frau an diesem Morgen. In einer Ecke des Sandplatzes, nahe der Mauer, dehnten gerade zwei Frauen mittleren Alters ihre Glieder und wärmten sich auf. Sie sahen beide so aus, als hätten sie bereits einige Kinder großgezogen, doch sie schienen entschlossen, der Überzahl an Männern auf dem Sandplatz zu zeigen, dass sie mehr als dies vermochten. Eine von ihnen hatte sogar einen Helm mit einem dünnen Eisengitter vor dem Gesicht mitgebracht, wie er zu Übungsduellen getragen wurde.

Kilianna grüßte mit stummem Nicken einmal in die Runde, dann trat sie zu Isak Drihau, der auf der obersten Stufe des breiten Treppenaufgangs stand und überwachte, dass im Übermut, den der neu errungene Ratssitz den Stählernen verlieh, keiner zu Schaden kam.

»Meister Drihau«, begrüßte sie ihn.

»Fräulein Erdhand«, brummte er. »Schaut Ihr mal wieder vorbei?«

Sie nickte ein wenig beschämt. Sie war nicht besonders fleißig gewesen, seit sich Dawyd nicht mehr in Sygna aufhielt.

»Geht zu Aurilhands Gruppe hinüber, die sind eine ungerade Anzahl.«

Sie blickte in die Richtung, in die er wies, und stöhnte innerlich. Abel Aurilhand war ein eitler, verwöhnter, reicher Spross. Er gehörte zu Danil Vierwegs Freundeskreis, der bei der Erstürmung der Feste sein Leben gelassen hatte und seitdem als Held gefeiert wurde. Sie wünschte, Danil wäre nicht gestorben. Es hatte ihn zum Helden gemacht, aber sie kannte ihn nur als widerlichen Weiberhelden, der geradezu penetrant Töchtern gutsituierter Meister hinterhergestiegen war – stets seine Freunde grinsend und pfeifend im Rücken.

Vielleicht war einer von denen heute genau das Richtige.

Abel Aurilhand machte es ihr nicht leicht, sich an ihm abzureagieren. Die Gruppe, die er anlernte, nutzte weder Holzschwerter noch Blankwaffen; sie verwendeten stattdessen Fechtfedern, sehr elastische, dünne, weder spitze noch scharfe Klingen, die sich an gepolsterter Kleidung verbogen und es daher einfacher machten, Stiche und Hiebe tatsächlich auszuführen. Kilianna fand, dass sie schlecht in der Hand lagen und dass es sich falsch anfühlte, wenn zwei dieser Federn miteinander ins Band gingen – weniger stabil als der Degen, den sie abgelegt hatte, oder auch die Holzschwerter, mit denen sie anfangs mit Dawyd geübt hatte. Später hatten sie stumpfe Klingen verwendet, doch um damit keine Verletzungen davonzutragen, musste man den Hieb vor dem Körper stoppen und vor allen Dingen auf die eigenen Finger und die des Übungspartners achtgeben. Heute hätte sie Abel Aurilhand liebend gern einen Meter Stahl auf die Finger geklopft.

Er nahm sie sich für jede Übung als Partnerin vor, korrigierte sie unablässig, zeigte den Umstehenden auf, was sie falsch gemacht hatte, und lachte laut, wenn sie einen Begriff nicht verstand. Dabei zwinkerte er ihr stets auf gönnerhafte Weise zu. Sie bemühte sich um einen ausdruckslosen Blick.

Dieser Kerl ist mir egal. Ich bin auf mich selbst wütend, sagte sie sich. *Ich bin hier, weil ich etwas verändern will. Nicht zuletzt mich selbst.*

Und deshalb versuchte sie, sich jede Korrektur, jede Anmerkung ins Gedächtnis zu brennen.

»Beinarbeit«, sagte er und wies auf ihr vorderes Bein. Sie beugte das Knie, sank tiefer, korrigierte die Stellung des vorderen Fußes in Bezug auf den hinteren. »Das ist wichtig, weil du gleich aus der Linie herausgehst. Ihr wisst, warum?«

Sein Oberhau kam, ihr Zornhau konterte, wie von selbst hatte sie sich aus der Linie bewegt. Ihre wackelnde Federklinge hatte seine herabgedrückt, die stumpfe Spitze lag zitternd an seinem Wams. Sie stach ein paar Zentimeter zu, die Klinge bog sich an seinem Hals, und er zog eine Grimasse, von der sie nicht sagen konnte, ob sie amüsiert oder verärgert war.

»Weil wir sonst Gefahr laufen, uns gegenseitig zu treffen«, beantwortete sie seine Frage.

Der Zornhau war ein so schöner und gleichzeitig so einfacher Konter, dass er das Erste gewesen war, was Dawyd ihr hatte beibringen müssen, nachdem er ihrer Anwesenheit auf dem Sandplatz zugestimmt hatte. Sie warf einen Blick zu den beiden Frauen hinüber, die zu zweit in der Nähe der Mauer übten. Wenn sie schon ihre Übungen sträflich vernachlässigt hatte in den letzten Wochen, so freute es sie doch, dass wenigstens andere Frauen in der Stadt die neuen Privilegien nutzten, die das Chaos und der noch lockerere Griff des Gildenrats ihnen mehr oder weniger versehentlich gewährten. Mit dem Tod des Meisters der Goldenen Gilde war »Meister« Iackmar zwar unfreiwillig, aber nicht gänzlich unwillig zum maßgeblichen Entscheidungsträger geworden.

So muss es früher immer gewesen sein. Ein neuer Urzeichenträger kam, wenn der Vorgänger starb, und krempelte alles um.

»Der Zornhau ist sehr schnell. Was kann ich dagegen tun?«, fragte Abel.

»Den Stich zur Seite drücken«, schlug ein pickliger Bursche vor. Abel nickte.

»Und dabei den eigenen Ort ausrichten«, sagte ein älterer, grauhaariger Fechter, der wie Abel das Zeichen der Stählernen auf dem wattierten Wams trug.

»Dazu muss ich in den Ochs.« Abel war einen halben Schritt zurückgewichen, sodass Kiliannas Federspitze nicht mehr auf seinem Wams lag. »Stich zu – aber langsamer als eben.«

Sie tat wie geheißen, Abel nahm das Heft neben seinen Kopf hoch und richtete dabei wieder die Spitze auf sie aus. »Und jetzt hat sie verschiedene Möglichkeiten, je nachdem, wie viel Druck ich aufbaue und an welcher Stelle sich unsere Klingen treffen.«

»Mutare«, sagte Kilianna, schob Abels Feder in einen anderen Winkel, kippte ihre Klinge über seine und stach ihm in die Seite.

Abel hob die Augenbrauen, die Fechtfeder bog sich auf seinem Wams durch. »Vielleicht taugt Iackmar doch als Lehrer.«

»Vielleicht tauge *ich* als Schülerin«, gab sie zurück.

Außerdem befand sich im Keller der Erdhandvilla ein ganzer Raum, eine Art Giftschrank aus alten Zeiten, dessen Hüter stets der aktuelle Großgildenmeister war. Darin hatte sie zwar keine Hinweise auf die Urzeichen gefunden, doch es fanden sich dort Fechtschriften, die aus verschiedenen Gründen bei der Goldenen und Stählernen Gilde in Ungnade gefallen waren, alchimistische Kompendien, die verbotene Rezepturen enthielten, uralte Gesetzestexte, die geradezu erschreckend waren – und allerhand umfangreich bebilderte Bücher, Kunstwerke und mehrdeutig interpretierbare Gegenstände der lange nicht mehr existenten Kurtisanengilde, die einst über Rauschzeichen geherrscht hatte, von denen Brauer und Winzer nicht einmal träumen konnten. Kilianna war immer schon sehr neugierig gewesen und hatte immer schon zu viel Zeit gehabt – und manche dieser Dinge befanden sich nun heimlich in ihrem Besitz.

Abel ließ sie die Ausführung wiederholen, fand noch einiges, was er an ihren Bewegungen und ihrer Körperhaltung auszusetzen hatte, und ließ dann auch die anderen in der Gruppe den Fluss aus Angriff und Verteidigung durchführen.

»Du willst aber nicht zur Front, oder?«, fragte er, während alle konzentriert miteinander arbeiteten.

»Ich glaube nicht, dass ich Anfängerin da etwas ausrichten kann. Lernen wir hier nicht den Edlen Krieg?« So nannten die Goldenen und die Stählernen das Duellfechten. »Was soll ich mit meinem Degen gegen Musketen ausrichten? Das ist kein Edler, sondern ein elender Krieg.«

Gleichzeitig wünschte sie sich, es wäre anders. Wünschte sich, sie könnte diese Stärke und Unbesiegbarkeit fühlen, die sie anfangs mit dem Degen in der Hand erahnt hatte. Die Waffe war mehr gewesen als ein Instrument zum Töten – sie hatte ihr das Gefühl gegeben, auf eine ganz archaische Weise für etwas einstehen zu können. Nicht mit immer neuen Worten, bei immer neuen Diskussionen, bei denen niemand ihre Stimme hören wollte!

Abel war dazu übergegangen, ihre Variante mit neuen Varianten abzuwehren, wobei die Klingen ständig im Band blieben und sich eine Art Fluss entwickelte, bei dem er Kiliannas Klinge in einem ewigen Vor und Zurück herumführte. Er schien sich dabei kaum konzentrieren zu müssen, und sie stellte bald fest, dass das Ewige Winden einfacher war, wenn man nicht darüber nachdachte.

»Willst du zur Front?«, fragte sie.

»Ja und nein. Ich wollte, aber mein Vater denkt, ich wolle nur Lidia hinterher. Und irgendwie bin ich auch froh. Wie du sagst. Was soll ich da? Keiner von den elenden Aquinzacken wird sich mit mir duellieren.«

»Lidia ist an der Front?«, fragte Kilianna. »Lidia Vierweg? Danils Schwester?«

»Hm ja«, murmelte er und wich ihrem Blick aus.

Kilianna dachte zu lange darüber nach, was sie als Nächstes mit ihrer Klinge anfangen musste, und spürte dann die seine an der Kehle.

»Warst du … wart ihr ein Paar? Seid ihr ein Paar? Oder warum hat dein Vater Angst, du würdest ihr folgen?«

»Wenn ich es dir sagen würde, müsste ich dich töten«, scherzte Abel. Die Überheblichkeit in seinen Augen blitzte wieder auf. Er zog die Klinge zurück.

»Nächste Übung!«, rief er in die Runde. »Der Drill! Ihr schwitzt mir noch nicht genug!«

Alle stöhnten. Offenbar wusste jeder, was Abel mit dem Drill meinte, und es war nichts Gutes.

Eine Viertelstunde später wusste auch Kilianna Bescheid. In Schweiß gebadet steckte sie ihre Fechtfeder in den Korb, in dem Abel sie sammelte.

»Danke für die Übungen«, sagte sie ehrlich.

»Mit dir jederzeit«, erwiderte er mit einem schmierigen Grinsen.

Sie verdrehte die Augen. Diese ganze Truppe, die Danil Vierweg in seinen Jugendjahren ausgehoben hatte, bestand aus verdammten Schleimern.

»Muss hart sein«, sagte sie unbestimmt.

»Was?« Jetzt schimmerte wieder der arrogante Jugendliche durch, den sie jahrelang verachtet hatte, diese Bande aus Speichelleckern und Halbstarken, die stets darauf bedacht war,

Eindruck zu schinden und Schwächere zu verjagen. Bei Danil hatte diese Attitüde dafür gesorgt, dass er aus der einflussreicheren der beiden Fechtgilden geworfen wurde. Danil war in die Stählerne gewechselt und hatte dort Abel vom Platz des vielversprechendsten Protegés verdrängt – vermutlich auch deshalb, weil der Handelsmagnat und Patriarch Vierweg noch mehr Geld in die Gilde pumpen konnte als die bereits legendär wohlhabende Goldschmiedefamilie Aurilhand.

Abel war seit den Beutezügen nach Röcken auf den Feiern der Oberschicht erwachsener geworden, hatte sich besser im Griff und die eine oder andere Lektion gelernt. Aber im Kern war er immer noch derselbe, und Kilianna konnte ihn nicht leiden.

»Kurz warst du der vielleicht vielversprechendste Fechter der Stählernen«, holte sie aus. »Dann kam Danil. Und das Urzeichen? Hat sich einen Goldfechter gesucht.« Sie stach zu. »Und dann läuft dir Danils Schwester davon.«

Wut flackerte in seinem Blick auf, er setzte den Korb mit den klirrenden Fechtfedern unsanft auf der untersten Treppenstufe ab.

»Halt dein Maul«, zischte er. So dünn war die Fassade der Höflichkeit auf dem Kern des Drangsalierers.

»Ist sie lieber an der Front als hier zu Hause? Mit dir? Mit ihrem Vater und Danils anderen verzogenen Geschwistern?«

»Du hast keine Ahnung!«, stieß er hervor, und in seinen Blick mischte sich die Wut mit etwas anderem: Nervosität.

»Sie ist gar nicht an der Front.« Sie trieb die Klinge aus Worten weiter in ihn hinein. »Lidia Vierweg ist durchgebrannt. Mit einem anderen?«

Er presste die Lippen aufeinander, und sein Mienenspiel machte es ihr leicht, ihren Gedanken einfach immer weiterzuspinnen.

»Seltsam, dass keiner davon gehört hat. Halten die Vierwegs es geheim? Hältst du es geheim?«

Er sah aus, als wollte er sie mit Fechtfedern spicken. »Ich

warne dich, ich bin wegen Iackmar nett zu dir, aber ich kann auch anders.«

»Oh, das weiß ich, Aurilhand. Das weiß ich nur zu gut, ich habe Ismayl Schönauge damals gesehen, nachdem deine Bande ihn laufen gelassen hat. Das muss auf dem Wintnachtball gewesen sein, nachdem er mich zum Tanz aufgefordert hat.«

»Du hast nicht mit ihm getanzt, weil er selbst dir zu erbärmlich war!«, stieß Abel hervor.

»Ich habe aber auch nicht mit dir getanzt, weil ihr mir alle zu erbärmlich wart«, gab sie zurück. »Und eure Wut habt ihr an Ismayl ausgelassen.«

»Und an wem lasse ich sie jetzt wohl aus?«

Kilianna griff gleichzeitig mit ihm nach dem Korb. Beide zogen eine Fechtfeder.

Ja, da war es wieder – das Gefühl, unbesiegbar zu sein. Ihre Welt schrumpfte auf Abels Gesicht zusammen, auf die Regungen der kleinen Muskeln darin, die verrieten, dass er sich in einem Ausfallschritt nach vorn warf. Kilianna tat einen Schritt seitlich nach vorn, schlug im Zornhau auf die Klinge, richtete den Ort aus. Das Klirren der beiden Fechtfedern schrillte über den Hof, so hart hatte sie zugeschlagen. Ein Stich, den sie mit einem Schritt verlängerte. Knapp verfehlte die Klinge seinen Hals, als Danil seine Feder gegen die Schneide drückte, um den Stich abzulenken. Danach fiel er aus dem Rhythmus der Übung, mit einer blitzschnellen Bewegung hebelte er ihre Kraft so um, dass sie ihm diente, brachte ihre Klinge aus der Bahn, löste das Band und schlug so hart in ihre Blöße, dass sie die Feder gerade noch zwischen sie bringen konnte. Die Klinge war so elastisch, dass sie hin und her peitschte, als er einmal, zweimal, dreimal auf die einschlug, und sie lediglich abwehrte.

Das Gefühl der Unbesiegbarkeit sickerte eiskalt aus ihr heraus, als die Klinge ihrer Feder gegen ihre Wange schnappte. Der Schmerz fuhr ihr durch den Körper wie ein sirrender Bienenschwarm, der sie auf eine Weise nervös machte, dass jeder Gedanke ihr schwerfiel. Er stach zu, sie schlug die Klinge kunstlos beiseite. Er war ein Geselle der Stählernen Gilde – sie *konnte* gegen ihn nicht bestehen! Sie wich einige hastige Schritte zurück, ihre Beinarbeit war katastrophal, sie stolperte beinahe. Um sie herum Schreie, jemand brüllte, sie sollten aufhören, und etwas in ihr flehte darum. Dann stieß sie mit dem Rücken gegen eine der Strohpuppen, an denen die Anfänger saubere Schnitte übten. Ihre Gedanken rasteten ein. Mit einem triumphierenden Gesichtsausdruck schlug Abel nach ihr – beinahe nachlässig, wie jemand, der ihr nur eine wohlverdiente Lektion erteilen wollte.

»Ich kenne mich gar nicht besonders mit Degen aus«, hatte Dawyd gesagt, als sie im Frühsommer unter den Kirschbäumen im Garten geübt hatten. *»Die Fechtgilden haben mit dem Langen Schwert so etwas wie ihre Königsdisziplin gefunden, und alle anderen Waffen sind nur neumodischer Schnickschnack.«* Er hatte selbstironisch gelacht. *»Aber ich denke, das Wichtigste an Degen und Säbel ist, dass sie einhändig geführt werden und verflucht schnell sind. Die Klingen sind kürzer, aber die Reichweite ist tatsächlich länger.«* Er hatte am Kirschbaum gestanden, beide Fäuste nach vorn gereckt, als hielte er ein Schwert. Dann ließ er die Linke sinken, drehte sich seitwärts und konnte dadurch die Rechte mindestens zwanzig Zentimeter weiter vor strecken. *»Und sie sind leichter. Vor allem der Degen ist leicht und schnell. Es ist natürlich nicht die bessere Waffe. Aber sie passt zu dir.«*

Die Fechtfeder war auch leicht. Unhandlicher als ihr Degen, schlechter ausgewogen, weil es nur eine wacklige Übungswaffe aus weichem Stahl war. Aber Kilianna löste die Linke von der Waffe, drehte sich auf dem rechten Fuß seitwärts, fing die Spitze von Abels Feder mit ihrer, lenkte sie mit einer Kreisbewegung aus dem Handgelenk ab und setzte einen Stich, der an Abels Adamsapfel endete. Der Ort bohrte sich dort kraftvoll in den schützenden Wams. Hustend und spuckend stolperte Abel rückwärts und sackte dann mit aufgerissenen Augen auf sein Hinterteil. Sie setzte nach, stieß ihm ein Knie gegen die Brust, sodass er hintenüber fiel, und stemmte dieses Knie auf seinen Brustkorb.

»Ich mache dir ein Angebot«, flüsterte sie. »Erzähl mir von Lidia, und ich mache keine große Sache daraus, dass du mich attackiert hast.«

»Du Schlampe«, flüsterte er heiser und hielt seinen Adamsapfel.

»Na!« Sie schüttelte tadelnd den Kopf. »Du sollst mir sagen, wo deine Liebste ist, und nicht einmal mehr offenbaren, was du vom schönen Geschlecht hältst.«

Sie senkte die Stimme zu einem Wispern: »Welches Urzeichen hat sie erwählt?«

Kurz standen diese Worte zwischen ihnen wie eine Schlange, die ihren Kopf aufgerichtet hatte.

»Das Hölzerne«, kapitulierte Abel tonlos.

Kilianna sah auf, alle hielten gebührenden Abstand, aber jedes Augenpaar war auf sie gerichtet.

»Alles in Ordnung!«, rief sie. »Wir … haben nur Techniken diskutiert.«

Sie ließ von Abel ab und bot ihm dann sogar eine Hand an. »Und warum niemand das weiß und warum sie nicht in der Stadt ist«, raunte sie, »kannst du mir bei einem Tee sagen, Abel. Lass uns gehen.«

Er stach beleidigt in das Stück Kuchen, das sie ihm bezahlt hatte. Der Nachmittag schritt langsam fort, und sie fühlte sich verschwitzt und unwohl, da sie nur rasch die Kleidung gewechselt hatte. Aber das hier würde sie aussitzen. Die Kuchen in der Zuckergasse, die vom Hopfplatz wegführte, waren legendär, der Platz im Schatten war auch nicht schlecht, nur die Gesellschaft ließ zu wünschen übrig.

»Abel«, sagte sie langsam, als spräche sie mit einem Idioten. *Das ist ja auch so!* »Ich erpresse dich nicht. Drihau macht keinem von uns beiden Ärger. Ich arbeite auch nicht für meinen Vater. Ich möchte nur Tee trinken. Und wissen, wo Lidia Vierweg ist. Vielleicht ist es wichtig. Beim Krummen Mann, vielleicht ist es auch wichtig zu wissen, dass das Hölzerne Zeichen auf unserer Seite ist und nicht auf deren. Wir wussten bisher von *fünf* Urzeichen in Sygna! Wir rechnen damit, dass *acht* auf der Seite unserer Feinde auftauchen und das Blatt an der Front wenden. Lidia verschiebt diese Rechnung. Es sei denn, sie ist desertiert?«

Er sah aus, als wollte er verächtlich auf seinen Teller spucken. Sein Adamsapfel leuchtete rot und wund.

»Sie ist nicht desertiert! Und wenn du es vor deinem Vater geheimhältst, welchen Sinn hat es dann, dass du es weißt?«

»Ich bin neugierig«, gab Kilianna zu. »Und vielleicht ist das Wissen von Interesse für die Gleichwerker.«

Er musterte sie, und sie trank von ihrem Tee. Er war heiß und bitter, und sie schüttete aus einem Kännchen einen Schluck Sahne hinein. Abel trank Kaffee, dieses Gesöff, das die Aquintianer nach Sygna gebracht hatten, dem jedoch kein wirklich durchschlagender Erfolg vergönnt war. Dennoch versuchten die Teehäuser unentwegt, ihn unters Volk zu bringen – vermutlich hatten sie noch zu viel davon im Keller.

»Die Gleichwerker bleiben aus dem Spiel!«, verlangte Abel.

»Welches Spiel? Abel, ich spiele nicht mehr. Ich erpresse dich nicht. Es ist kein ›Du kriegst Kuchen, ich kriege Informationen‹-Treffen. Ich bitte dich einfach darum, es mir zu sagen. Warum glaubst du, dass die Information schädlich ist?«

Er antwortete nicht. Der Turnosgroschen fiel. »Ah«, machte sie. »Geschäftsschädlich. Für Vierweg. Hat er … dir ihre Hand versprochen? Hoffst du auf ihn als Schwiegervater?« Sie warf einen Blick auf ihren Tee. Der war mit Sicherheit durch die Kontore der Vierwegs gegangen, so wie beinahe alles, was die Stadt betrat oder verließ.

»Was macht man mit dem Hölzernen Urzeichen«, überlegte sie laut, »was Lidias Vater nutzen könnte?«

Er schüttelte langsam den Kopf, als wollte er sie bitten, eine Waffe niederzulegen.

»Schiffe«, sagte sie. Heute kamen die Gedanken ganz natürlich und alle folgerichtig, wie Schläge beim Fechten. »Natürlich.«

Er seufzte schicksalsergeben.

Sie lächelte. »Langsam glaube ich, es ist doch ein Spiel. Ein Ratespiel.«

»In Ordnung«, kapitulierte er mit rauer Stimme. »Lidia ist weg, ursprünglich wollte ihr Vater, dass sie beim Bau seiner Handelsschiffe in den Werften von Luciwa behilflich ist. Aber sie ist nicht mehr dort. Sie ist zur See, hat uns nur einen knappen Brief geschrieben. Seitdem … landen Vierwegs Schiffe mit Ladungen an, für die er nichts bezahlt hat.«

Kilianna sah ihn mit großen Augen an. Der fallende Turnosgroschen verwandelte sich langsam in einen ausgewachsenen Gulden.

Seit die Aquintianer nicht mehr in Sygna waren und die Front sich verschoben hatte, kamen wieder Handelsgüter in die Stadt, die zuvor ausgeblieben waren, weil sie zur Versorgung der Soldaten benötigt wurden. Unter diesen Handelsgütern waren Früchte, die Kilianna nicht kannte, Gemüse, das vorher eine seltene Köstlichkeit gewesen war, Hölzer, die der Schreinerzunft die Augen leuchten ließen. Der Kaffee, den Abel trank.

»Lidia Vierweg … plündert die aquinzischen Kolonien?«, flüsterte sie.

»Nein! Ich … ich glaube, sie bringt aquinzische Schiffe auf.«

»Sie ist eine Piratin.« Kiliannas Grinsen wurde so breit, dass es ihr beinahe wehtat.

Zerknirscht nickte Abel.

»Und warum *weiß* das keiner? Sie ist eine Heldin!«

»Weil der Rat dann sagen würde, dass das, was sie erbeutet, der Stadt gehört, also dem Gildenrat! Und Leute wie du, ihr würdet wohl sagen, es gehört allen und wird einfach so verteilt!

Aber es gehört *ihrer Familie*, verstanden?« Es klang zu gleichen Teilen wütend wie flehentlich.

»Natürlich. In die du einheiraten willst. Ich würde sagen: Diebstahl aquinzischer Güter ist nach Sygnaer Recht keine Straftat, die verfolgt wird. Das heißt, die Güter gehen in Lidias Besitz über. Und wenn sie sie weiterschickt an ihren Vater, wüsste ich nicht, was ich dagegen machen kann.«

Ihm blieb der Mund offen stehen.

»Nun komm schon, Abel«, sagte sie. »Ich habe dich genug gequält. Das kleine Geheimnis, an dem ihr euch bereichert, ist bei mir sicher. Ich hoffe, der Kuchen hat geschmeckt. Bis bald auf dem Sandplatz.«

Sie lächelte, legte ein paar Münzen auf den Tisch, stand auf und ging. Was sie mit der Information zu Lidia anfangen würde, wusste sie noch nicht, aber es war ein gutes Gefühl zu wissen, dass das Hölzerne Urzeichen an dreister Piraterie beteiligt war, und sie wünschte Lidia von Herzen Erfolg.

Zach fand, dass sie relativ weit gekommen waren. Sie hatten sich als Bettler verkleidet, es war kein großer Aufwand gewesen: Ihre Kleidung war schmutzig, ihre Haare waren fettig, und einer von ihnen war ein einbeiniger Krüppel. Sie mussten nur zusehen, dass man ihre Gesichter nicht sah, denn zwei junge Männer mit selten gesehener dunkler Haut, die einander derart ähnlich sahen und von denen einer nur ein Bein hatte …

Sygnas Meistgesuchte.

Zach hatte Johanni ins Buckelviertel bringen wollen. Dort trieben sich eine Menge abgerissene Gestalten herum, und er kannte zumindest Jannis' Familie. Dort wollte sich Zach den zerrissenen, dreckverkrusteten Mantel, den er sich übergeworfen hatte, gegen ein etwas weniger schäbiges Kleidungsstück seines Vaters tauschen, um halbwegs respektabel auszusehen, und versuchen, zur Erdhand-Villa zu gelangen, ohne als Stadtstreicher aus dem Meisterring geworfen zu werden.

Der Gedanke, Johanni allein im Buckelviertel zu lassen, hatte ihm gar nicht behagt. Umso besser, dass man sie schon vorher erwischt hatte.

Sie hatten zu lange gewartet. Es war ein strahlender Sommertag gewesen, mit Spinnweben in allen Gebüschen und einer faulen, schwülen Schwere über den Straßen. Sie waren erst am Abend aus ihrem Versteck gekommen, als die Schatten lang wurden und die Leute müde. Niemand würde mehr so genau auf sie achten, die Dämmerung brachte ein diesiges Zwielicht mit tief hängenden Wolken.

Zach begriff, dass er Jendras Warnung, ihre Gegnerin lauere in den Schatten, hätte ernster nehmen sollen, als etwas geschah, was seine Augen schlichtweg für unmöglich hielten: Mit einem Flirren löste sich ein Schatten aus dem Umriss einer Häuserzeile auf dem Boden – als hätte ein Mensch seinen liegen gelassen und dieser hätte sich nun verselbstständigt. Dann kam ein zweiter hinzu. Zach riss die Faust mit dem Hammer hoch, den er in seinem Mantel verbarg, Johanni fluchte, stützte sich auf seine linke Krücke und schwang die rechte ungelenk.

Sie konnten nur Bewegungen sehen, keine richtigen Silhouetten, als hätten sie es mit durchsichtigen Schattengebilden zu tun. Eines davon stieß Zach hart zu Boden, er versuchte, mit dem Hammer seines Vaters zuzuschlagen, aber er traf nichts. Eine harte Hand packte sein Gelenk, verdrehte ihm den Arm, bis er den Hammer fallen ließ. Ein Tritt traf ihn ins Gesicht.

»Hilfe!«, rief er, doch etwas schob sich in seinen Mund, ein muffiges Stück Stoff, und dann wurde ihm etwas über den Kopf gezogen. Es fühlte sich an wie ein Sack, es war dunkel wie in einem Sack – aber vielleicht war es auch ein Stück flüssiger Schatten, das um seinen Kopf lag. Er schrie und trat um sich, doch man packte ihn und zerrte ihn von der Straße in eine Gasse. Er konnte nicht einmal sagen, wie viele Angreifer es waren, und sie banden ihm die Hände sofort schmerzhaft auf den Rücken.

Er keuchte in den Knebel und glaubte zu ersticken.

Johanni!, dachte er immer wieder. *Johanni!*

Sie wurden durch den Untergrund geführt, durch Kanäle und überbaute Flussbetten, und Zach konnte unmöglich sagen, wie lange oder wie weit sie gingen. Sie kamen nur langsam vorwärts – er vermutete, dass sie Johanni wegen seines Beins trugen, und das gab ihm die Hoffnung, dass sie ihn unversehrt ließen.

Schließlich wehte ihnen wieder die Luft der Stadt um die Nasen statt des sommerlichen Gestanks der Kanäle, Zach wurde unsanft auf hartes Kopfsteinpflaster befördert und dann mit mehreren Eimern Wasser begossen, ohne dass jemand irgendetwas sagte. Er versuchte, sich zu bewegen, Johanni zu finden, aber er wurde sofort wieder gepackt, aufgerichtet und weitergeschleift. Eine schwere Tür öffnete sich vor ihnen und schloss sich hinter ihnen, es ging einige Treppenstufen hinab, und dann wurde Zach auf einen Stuhl gedrückt, tropfnass, wie er war, und der Sack wurde ihm vom Kopf genommen.

Er befand sich in einer großen Werkstatt, einem mächtigen Gewölbe, das mit Säulen und niedrigen Holzwänden in einzelne Einheiten unterteilt war. Auf Ständern hingen Rüstungen in unterschiedlichen Stadien der Fertigstellung, doch die Halle war menschenleer. Vier seltsame, maskierte Gestalten umstanden ihn in seidig schimmernden, dämmerungsgrauen Gewändern, Kapuzen und Handschuhen, an denen jeder Schmutz der Gosse abgeperlt zu sein schien. Ihre Stiefel und Hosenbeine waren nicht einmal nass vom Weg durch die Unterwelt.

Immerhin waren sie nun keine wandelnden Schatten mehr. Einer von ihnen nahm Zach den Knebel heraus. Johanni saß wie ein Häufchen Elend schräg hinter ihm auf einem weiteren Stuhl. Er musste irgendwie betäubt worden sein, denn seine Augenlider flatterten, und sein Kopf sackte nach vorn.

»Kein Wunder, dass euch der Aufzug so peinlich ist, dass ihr lieber eure Schatten auf die Straße schickt«, spie Zach, und seine Stimme weckte Johanni ein Stück weit auf. »Was wollt ihr von uns, das hier ist Dengelschlags Werkstatt, oder haltet ihr mich für blöd?«

Er war vor vielen Jahren mit seinem Vater hier gewesen, er wusste nicht mehr, worum es gegangen war, nur dass Gabril auf dem Heimweg zornig gewesen war.

»Das ist richtig«, sagte eine Stimme, und Dengelschlag trat von hinten näher. Er musste schon länger dort gestanden haben.

»Ihr hättet uns auch freundlich einladen können, wenn Ihr etwas zu bereden habt!«, stieß Zach hervor.

Der beleibte Rüstungsschmied baute sich vor ihm auf und sah aus, als sei er sich keiner Schuld bewusst. »Ich habe mehrmals um eure Aufmerksamkeit ersucht, schriftlich. Oder vielmehr um die deines Bruders.«

Seine Hand mit dem Gildensiegel und drei weiteren goldenen Ringen packte Johannis Kinn, die andere tätschelte seine Wange, als wolle er ihn sanft wecken. Johanni versuchte sich mit einem Ruck zu befreien, hatte seine Sinne aber noch nicht ganz beisammen.

»Ich habe keine Reaktion erhalten.«

»Und da habt Ihr Euch gedacht, Ihr entführt uns einfach von der Straße weg und setzt diese … diese Schattenaffen auf uns an?«

»Nein.« Dengelschlag ließ Johanni los und schüttelte den Kopf, was seine Doppelkinne hüpfen und seinen Zunft-Ohrring schlenkern ließ. »Mir wurde ein Angebot gemacht. Ich bin Geschäftsmann.« Sein Lächeln war schmal und wenig amüsiert. Zach wurde eiskalt, und das rührte nicht vom Wasser in seiner Kleidung und seinen Haaren.

Eine zweite Gestalt trat von hinten heran – Zach verrenkte sich den Hals, um zu überprüfen, ob sich vielleicht der vollständige Gildenrat hinter den Säulen im Halbdunkel befand, doch nur Meister Malachias trat hervor, Oberhaupt der Alchimisten. Seine schlanke Gestalt war wie immer in einen dunklen Mantel gehüllt, was ihn wie einen wartenden Raubvogel erscheinen ließ.

Es gab Spötter, die diese beiden Männer besonders gern karikierten, doch es gab wenig, was sich an ihnen noch überzeichnen ließ.

»Mir wurde ebenfalls ein Angebot gemacht«, sagte Malachias leise.

»Und wem noch?«, rief Zach. »Um Zeit zu sparen, sollten vielleicht alle gleichzeitig herauskommen.«

»Wir sind allein. Wir haben die Nachricht erhalten, dass wir euch sprechen können, wenn wir gut zahlen. Wenn es andere Gebote gab, waren sie offensichtlich niedriger als die unseren.«

»Müsst ihr beide euch jetzt noch einigen, wer wen bekommt, werden wir versteigert, oder wie habe ich mir das vorzustellen?«

»Du bist schon ein sehr verbitterter junger Mann, Zacharias Eisenhammer«, sagte Malachias süffisant. »Offenbar ist dir im Krieg auch etwas abhandengekommen, aber etwas, das man nicht sofort sieht.«

»Oh, verzeiht, wenn ich so verbittert wirke. Ich bin gerade entführt, durch Scheiße gezerrt und mit kaltem Wasser übergossen worden. Ach, und ich sitze gefesselt vor Euch, während mein Bruder kaum die Augen offen halten kann, weil Ihr seine Fähigkeiten offenbar so fürchtet, dass Ihr ihn nicht bei klarem Bewusstsein lassen könnt.«

»Zumindest deinen Scharfsinn hast du wieder mit nach Sygna gebracht«, stellte Malachias fest. »Es weiß ohnehin jeder, dass dein Bruder nicht viel redet, also rede ich mit dir. Meister Dengelschlag und ich sind uns nicht einig, und vielleicht könnt ihr uns aus der Bredouille helfen.«

»Aber gern«, stieß Zach mit allem Hass hervor, den er aufbringen konnte. »Vielleicht bei einem Tee?«

»Nein, hier und jetzt«, sagte Malachias. »Wir haben euch beide im Tausch angeboten bekommen. Ich als Oberhaupt der Alchimisten, Dengelschlag als Oberhaupt der Harnischmacher und Klingenschmiede.«

»Ist er jetzt Oberhaupt von zwei Gilden?«

»Ich will dich nicht mit Details langweilen, aber der Gildenrat hat die beiden einstimmig zusammengelegt. Die dreizehnte Gilde Sygnas ist nun die Stählerne Fechtergilde.«

»Was soll das? Warum weiß niemand von dem Gemauschel?«

Malachias seufzte. »Es ist kein Geheimnis. Ich denke, du interessierst dich zu wenig fürs Tagesgeschehen in dem Loch, in dem ihr euch verkrochen habt.«

Zach blitzte ihn an. »Ihr zieht die Stahlbande auf Eure Seite, auf die Seite des Rats, um sicherzugehen, dass alle ausgebildeten Kämpfer für euch streiten, wenn es hart auf hart kommt. Und Dengelschlag gebietet dann über alles, was mit dem Krieg zu tun hat. Sehr schön gemacht! Habt ihr ihn auch gleich zum Großgildenmeister gewählt?«

»Nein, die Wahl musste vertagt werden. Wir konnten uns auf niemanden einigen, also sind offenbar noch nicht genug Gelder und Gefälligkeiten geflossen.« Malachias grinste sardonisch. »Nun, genug Meldungen aus dem Zunftrat. Unser Tauschhandel jedenfalls …«

»Wird auf diese Weise nicht zustandekommen«, unterbrach ihn Dengelschlag ungeduldig. »Für mich steht das völlig außer Frage!«

»Seht mal, Eisenhammer-Brüder«, wandte sich Malachias unbeeindruckt weiter an Zach. »Das Angebot, das uns von unbekannter Seite unterbreitet wurde …« Er machte eine Geste in Richtung der stummen Graugewandeten. »… betrifft neue Waffen. Kombinationen von Zeichen. Jemand möchte, dass Dengelschlags Handwerker, meine Handwerker und dein Bruder zusammenarbeiten, um Yulian endlich zum Krummen Mann zu jagen.«

»Ich dachte, wir gewinnen gerade ohnehin?«

Malachias zuckte mit den Schultern. »Letztlich ist unser Heer vernachlässigbar klein. Die Noccurn-Allianz ist jetzt hier, aber weit von ihren … jeweiligen Heimatländern entfernt, und ihre Nachschublinien sind unzuverlässig. Das Huskalreich war schon im Niedergang, bevor Yulian es im Handstreich genommen hat, versunken in den Streitereien ihrer rückständigen Adligen. Die Aquinzische Nation jedoch ist groß, und Yulian erwartet jeden Moment Nachschub. Außerdem sind wir uns recht sicher, dass er den Alchimistischen Urzeichenträger in seinen Reihen hat. Es ist ein Wettlauf gegen die Zeit. Die Geheimpolizei hat noch im Frühjahr versucht, alles Leben in der Unterstadt mit giftigem Gas auszulöschen. Ein Gas, das vermutlich für den Krieg gedacht war. Wenn sie mehr davon herstellen, könnte es das Blatt an der Front wenden. Wir müssen die Ersten sein, die mit einem probaten Mittel aufwarten, um uns eine sichere Position in diesem Krieg zu verschaffen.«

Zach verschlug es kurz die Sprache. Der Gildenrat hatte sich monatelang, nein, genau genommen jahrhundertelang gegen das Kombinieren von Zeichen gewehrt, und nun wollten sie, dass Johanni ihnen dabei half, neue, explosive oder hochgiftige Waffen zu erdenken? Die Hunderte Leben im Handschlag auslöschen würden?

»Johanni soll Waffen bauen? Mit Euch, Meister Malachias?«

Malachias nickte bedächtig, und Dengelschlag schnaubte.

»Reden wir hier … über so etwas wie Musketen?«

»Ich weiß nicht, ob wir uns damit abgeben sollten. Sie sind umständlich, und eine Kugel kann immer nur einen Soldaten aufhalten.«

»Etwas Größeres also, ja? Mit zerstörerischer Kraft, richtig?«

Malachias bejahte, indem er seine schweren Lider schloss und öffnete.

»Wie die Sprengsätze, die meinem Bruder das Bein weggerissen haben?«, zischte Zach mit so viel Hass in der Kehle, dass sie ihm den Ton aus der Stimme raubte. Er spürte, wie dieser Zorn ihn flutete, in seine Glieder schnitt wie die Fesseln an seinen Händen.

Malachias hob die Augenbrauen.

»Nun ja«, wandte er ein, und Dengelschlag unterbrach ihn mit einem Lachen.

»Seht Ihr, Malachias, ich habe doch prophezeit, dass sie sich zieren. Diese Burschen sind zu nichts zu gebrauchen, faul wie ihr Vater und widerspenstig wie ihre Mutter.«

»Macht mich los, und ich zeige Euch, dass ich keine Faulheit kenne, wenn es darum geht, Euch an die verfettete Gurgel zu gehen!«, rief Zach und sprang vom Stuhl auf. Vier Hände packten ihn und zwangen ihn zurück. Er kämpfte dagegen an, aber die Grauen ließen ihn nicht los.

»Na, na. Du sprichst schließlich mit dem Mann, dem die Stadt ihre erfolgreiche Revolte verdankt. Du hast noch nicht gehört, welchen Tauschhandel *ich* vorgeschlagen habe.« Dengelschlag beugte sich vornüber, bis sein Gesicht Zachs Gesicht so nahe war, dass dieser einen Versuch unternahm, ihm die Stirn gegen die großporige Nase zu rammen. Die Grauen hielten ihn zurück, und mit einem Mal blitzte etwas in seinem Augenwinkel auf, und ein langer, dünner Dolch legte sich an seine Kehle. Er schluckte und spürte, wie bei dieser Bewegung die Klinge seine Haut ritzte. Angst ersetzte den Zorn, er schielte zu Johanni, konnte ihn jedoch nicht sehen – hielten sie ihm auch ein Messer an den Hals?

»Mein Teil des Tauschhandels wäre nämlich dieser: Wenn ich als Gildenmeister der Harnischmacher und Waffenschmiede zustimmen soll, meine Schmiede mit den Alchimisten zusammenzutun, dann nur unter einer Bedingung: Dein Bruder stirbt. Und du scheinst Wert darauf zu legen, dass du mit ihm stirbst.«

»W-was? Warum?«, presste Zach hervor, und Angst lief ihm kalt über Nacken und Hals.

»Weil das Urzeichen dann entweder einfach in Vergessenheit gerät – ganz ehrlich, mir hat es bisher nur Scherereien gebracht – oder sich einen neuen Träger sucht, wenn es stimmt, was dieser Spion Schönauge dem Erdhand-Mädchen mitgeteilt hat. Wir wissen natürlich nicht, wie kooperativ der neue Träger wäre, aber unkooperativer als ihr kann niemand sein.«

»Das ist Mord!« Zach hörte, dass seine Stimme flehentlich klang, und ihm schossen Tränen in die Augen. »Das könnt Ihr nicht tun! Ihr seid doch kein Mörder!«

»Das stimmt. Aber diese freundlichen Herrschaften hinter dir sind Mörder. Und sie sind bewaffnet und ich nicht. Was kann ich schon dafür, wenn sie euch töten? Ihr seid so vielen Leuten auf die Füße getreten mit eurem Eigenwillen, wer weiß, welche mächtigen Feinde ihr euch gemacht habt? Wer weiß, wer hinter den Masken steckt?«

Dengelschlag drehte sich Malachias zu. »Wie gesagt, ich denke, das wäre für uns alle die beste Lösung.«

Malachias wiegte seinen Geierkopf hin und her. »Ich weiß nicht. Zum einen will ich mit einem Mord nichts zu tun haben. Zum anderen wissen wir noch zu wenig über die Urzeichen. Und zum dritten, Elyan: Sygnas Grundfesten sind die Zeichen. Zu was machen wir uns, wenn wir das Urzeichen nicht respektieren? Auf diesem Urzeichen gründen sich beide Gilden, über die du jetzt den Vorstand hast. Willst du das wirklich?«

»Ich habe die Verantwortung, dass dieses Zeichen in guten Händen ist. Und das ist es nicht!«, zischte Dengelschlag. »Er hat gesagt, er will nicht kooperieren!«

»Sein Bruder hat das gesagt. Um zu hören, was der Zeichenträger sagt, müssten wir ihn erst einmal richtig wach machen.«

»Ich bin wach«, flüsterte Johanni, und Zachs Herz tat einen Satz.

»Kooperierst du?«, fragte Malachias.

»Ich kooperiere«, sagte Johanni tonlos und ohne die geringste Emotion in der Stimme.

Zach wusste nicht, ob man Johanni auch ein Messer an die Kehle hielt, ob er Angst hatte, ob er wütend war. Er knirschte mit den Zähnen, beim Großen Handwerker, wie sehr er Dengelschlag hasste, er hasste ihn für zwei!

»Tötet sie trotzdem«, knurrte Dengelschlag.

»Nein!«, rief Malachias, und kurz wünschte sich Zach, die beiden würden aufeinander losgehen, doch da stieß der Dolch zu. Er glitt tief in den Hals und riss beide Schlagadern und die Speiseröhre auf. Das Blut schoss mit einer Wucht hervor, die Zacharias augenblicklich in Rot tränkte. Er schrie, und dann kam Dengelschlags zuckender Körper auf dem Boden auf; er röchelte, keuchte, griff in spasmischen Zuckungen nach Zachs Beinen. Der warf sich zurück, stürzte vom Stuhl und robbte auf dem Hinterteil bis an die Wand des Kellers. Alle anderen blieben wie angewurzelt, wo sie waren. Nur der Graue, der Zach das Messer an die Kehle gehalten hatte, erhob sich langsam. Seine Augen oberhalb des grauen Tuchs, das die untere Hälfte seines Gesichts verschleierte, blickten nicht auf den langsam sterbenden Gildenmeister, sondern auf Zach, der mit Füßen und Händen auf dem Boden scharrte, als wolle sein Körper sich eigenständig und ohne seinen Willen noch weiter zurückbewegen, obwohl eine Mauer ihn aufhielt.

Zachs Atem ging stoßweise, sein Schrei hallte darin wider. Er schmeckte Blut, *fremdes Blut*, auf seinen Lippen. Er starrte den sterbenden Leib an, der so viel Blut verlor, und konnte kaum Luft holen.

Johannis Stimme riss ihn aus dem Schock. »Zach. Es ist alles in Ordnung.«

Nichts war in Ordnung, gerade hatten Leute, die sich in durchsichtige Schatten verwandeln konnten, einen Meister umgebracht, der seinerseits gedroht hatte, ihn und seinen Bruder zu töten! Zachs Magen rebellierte gegen die Geräusche, die Dengelschlag von sich gab, gegen den Geruch und den Geschmack des Bluts, gegen die Angst, doch mit einem eisigen Schauder unterdrückte er den Impuls und zwang sich, seinen Bruder anzusehen.

Johanni war kreidebleich, Schweiß stand ihm auf der Stirn. Es mochte daher rühren, dass ihn seine Entführer betäubt oder niedergeschlagen hatten, oder davon, dass er genauso große Angst hatte wie Zach. Er bemühte sich, ruhiger zu atmen.

»Ich nehme Euer Angebot an, Meister Malachias, jetzt, da das vom Tisch ist, was Meister Dengelschlag unter Angebot verstand. Ich habe aber auch eine Bedingung«, sagte Johanni, und Zach sah, dass sich das Messer, das der graue Wächter seines Bruders in den Händen hielt, verformt hatte und an der Schneide gelb glühte. Auch der Wächter betrachtete es interessiert und legte die nutzlose Waffe dann nicht ohne Respekt auf einen Amboss in der Nähe. »Die Gilde der Harnischmacher und Klingenschmiede«, fuhr Johanni fort, »braucht einen neuen Gildenmeister. Das werde ich sein, als Stellvertreter. Bis meine Mutter aus dem Krieg zurückkehrt.«

Malachias sah kurz so aus, als sei er versucht, verächtlich zu lachen. Die zuckende Beinahe-Leiche zu seinen Füßen fesselte kurz den stechenden Blick des Alchimisten. Dann nickte er.

»Da wird es allerdings Widerstand geben.« Er sah die Grauen an. »Vielleicht auch Anschuldigungen, wenn du aus dem Nichts auftauchst, kurz nachdem der alte Gildenmeister … verstorben ist.«

»Ich bin unschuldig, Ihr seid mein Zeuge, und wir sind im Krieg. Da ist es nur logisch, dass der Urzeichenträger des Eisernen Zeichens einen Sitz im Rat erhält.«

»Da hast du recht, aber *Gildenmeister* … nun ja, es steckt das Wort *Meister* darin.«

Johanni lachte trocken. »Dann lege ich meine Meisterprüfung als Waffenschmied ab, Malachias. Wann? Morgen? In einer Stunde? Es ist mir gleich. Und übrigens … das war das letzte Mal, dass Ihr mich geduzt habt.«

Wut flackerte in Malachias' Augen auf, doch er hatte sich gut unter Kontrolle. »Dann leite ich alles Nötige in die Wege. Einverstanden?« Die Frage war an den Grauen gerichtet, an dessen Klinge noch Dengelschlags Blut klebte.

»Der Verborgene Meister ist einverstanden«, sagte eine raschelnde, tonlose Stimme.

Der Graue kam zu Zach herüber und durchschnitt seine Fesseln, ein weiterer befreite Johanni. Zach lehnte den Kopf an die Wand, wischte sich mit dem nassen Hemdsärmel über den Mund und versuchte zu verstehen, was Johanni gerade getan hatte. Endlich lag Dengelschlags Körper still.

Wir stecken mitten im tiefsten Schlamassel. In der verrücktesten Geschichte. Und ich dachte, es könnte nicht schlimmer werden als an der Front.

Aber vielleicht wurde es ja von jetzt an besser.

Ein gepackter Koffer stand mit offenem Deckel neben Guillomes Bett. Das kleine Zimmer wirkte nicht leerer, was daran lag, dass Guillome einen Haufen Zeug besaß, der ihm keinesfalls beim Abtauchen helfen würde. Die Bücher, die Skizzen eines Freundes, der Großteil seiner Kleidung und der Vorrat verschiedenster Drogen blieben mit den Möbeln hier, dem Erbarmen der Vermieterin ausgeliefert.

»Lies es mal vor«, sagte Neigel, als Guillome die Lesebrille abnahm und mit leerem Blick an die Wand starrte.

»Komm doch her und lies es selbst, oder kannst du das nicht?«, erwiderte Guillome.

Neigel verzog das Gesicht zu einem Grinsen. »Zufällig können die meisten Sygnaer lesen. Unglaublich, ich weiß. Aber ich dachte, du willst es mir vielleicht vorlesen.«

Guillome hob den Blick von dem Blatt Papier und seufzte.

Neigel lag eine Entschuldigung auf der Zunge, doch ihm war das Augenrollen, das auf jede seiner Entschuldigungen folgte, nicht entgangen. »Alle anderen müssen es lesen«, wagte er sich weiter vor. »Wörter auf Papier, bei denen es schwer ist, zu erkennen, in welcher Stimmung du beim Schreiben warst. Ich hab zwar gesehen, wie verzweifelt du vor dich hingeschrieben hast …« Er machte eine kurze Pause, suchte nach Worten. »Aber ich würde es trotzdem gern hören.«

»Was, die Verzweiflung?«

Neigel wandte den Blick ab, damit der andere nicht merkte, wie verlegen ihn seine eigenen Worte machten.

»Das Feuer«, sagte er leise.

»Oha.« Guillome raschelte mit dem Papier. »Weißt du … Ich habe Literatur und Theater studiert. Aber Theater ist einfach was Besonderes. Die Schauspieler geben ganz unterschiedlichen Worten Färbung, und in der einen Besetzung ist ein Dialog bedeutungsvoll, den du in der anderen Besetzung gar nicht wahrgenommen hast. Jeder gibt sein eigenes Feuer.«

Neigel wagte wieder einen Blick auf das Gesicht des Studenten, in seine klugen, dunklen Augen. Für beides brannte er mittlerweile so lichterloh, dass er sich wunderte, dass das Dachzimmer nicht Tag und Nacht davon erleuchtet wurde. »Das meinte ich.«

»Ich hab mich in der Nacht vor dem Duell mit Toma gefragt, ob ich dafür töten würde. Für meine Liebe zum Theater. Meinen Hass auf einzelne Stücke. Meine Zuneigung und Abneigung zu Autoren und Schauspielern und Regisseuren und Interpretationen. Eigentlich kam ich zu dem Schluss, dass es so weit nicht geht. Dass ich nicht dafür töte. Aber dann habe ich Tomas Gesicht gesehen am anderen Morgen, und ich wusste, dass ich ihn auf eine Weise verletzt hatte, die er mir nicht vergeben konnte. Dass er auf mich schießen würde. Und deshalb habe ich auch geschossen.«

»Duelle sind ziemlich dumm«, sagte Neigel.

»Aber mit einer langen, dummen Tradition!«, erwiderte Guillome und lachte.

Neigel hatte gesehen, wie er die Duellpistolen aus ihrem Schmuckkoffer geholt, in Kleidungsstücke eingewickelt und in den Koffer gelegt hatte, in dem sich, wie er sagte, von nun an sein Leben befand.

»Liest du es mir jetzt vor, bevor wir ins Theater gehen und ich hoffentlich endlich begreife, wovon du da redest?«

»Ja.« Guillome setzte die Lesebrille wieder auf – Neigel genoss seinen Anblick mit Brille und verpasste dabei beinahe die ersten Wörter. »*Die Dame von Rivenue*; eine Information für die Abendvorstellung. Verehrte Freundinnen und Freunde des Theaters und dessen, was das Theater bedeutet: der Atem einer größeren Welt, eines tieferen Sinns, eines Daseins im Rhythmus der Versmaße und dem Auf und Ab der Aktstruktur. Jedes Leben, jeder Tod folgt diesem Rhythmus, der beidem Sinn verleiht. Dem Leben und dem Tod. Wir sehnen uns danach, dass auch unser Leben diesen Sinn hat. Ein Tod, der erst kommt, wenn das Sinnvolle getan ist, wenn der Abschluss gefunden wurde. Ein Tod für eine höhere Sache, vielleicht für die Liebe – wie der Tod der Dame von Rivenue. Für die Freiheit. Für das Leben anderer. Doch wenn wir tatsächlich versuchen, ein solches Leben zu leben, einen solchen Tod zu sterben, dann werden wir entweder zu Narren oder Tyrannen. Ein Mann in dieser Nation hatte den Traum, seinem Leben mit einem gigantischen, einem megalomanischen Eroberungsfeldzug Bedeutung zu verleihen, in der Hoffnung, dass sein letzter Akt ihn unsterblich macht. Er ist ein Tyrann. Und wir, die wir unsere Söhne und Töchter, unsere Brüder und Schwestern in den Krieg haben ziehen sehen, wir, die wir morgen selbst in den Krieg ziehen werden, wir sind die Narren. Wir werden sinnlose, blutige, verzweifelte Tode sterben, ohne die Schönheit eines Schlussakts. Ohne den Monolog des Sterbenden. Ohne die Musik, die einsetzt, wenn der letzte Atemzug vergeht. Denn dieser Krieg hat nichts Romantisches. Er ist nicht einmal eine ordentliche Tragödie. Wenn ihr die Schönheit des Theaters liebt, dann verschließt nicht die Augen vor der Grausamkeit der Realität. Die, die uns zwingen wollen, sind viele, und sie drohen uns mit dem letzten Mittel; sie drohen damit, uns umzubringen. Aber wir sind mehr als sie. Wir können Widerstand leisten. Wir werden Widerstand leisten! Für alle, deren Geschichten noch nicht erzählt sind. Für alle, deren Geschichten von Soldatenstiefeln in den Staub getreten wurden. Für alle, denen die Ungerechtigkeit einer vermeintlichen Gerechtigkeit widerfahren ist.« Seine Stimme war heiser, und auch Neigel kämpfte mit den Tränen. »Dann … kommt ein Absatz, und dann hab ich noch geschrieben: Für Toma Delacroi.«

Guillome legte das Flugblatt mit einer hastigen Bewegung beiseite und stieß den Atem aus, der in seiner Kehle zitterte. »Sag mir, dass ich nicht von vorn anfangen muss.«

»Es ist sehr gut«, sagte Neigel. »Jetzt müssen wir nur noch eine Druckerei auftreiben, die es uns bis morgen druckt.«

»Ich kenne jemanden, der druckt alles.«

»Du kennst *jeden*«, sagte Neigel und versuchte, den Trübsinn und die rauchende Ruine aus Emotionen in seinem Inneren zu vertreiben.

»Naronne ist meine Stadt, mein Freund!« Guillome breitete die Arme aus, als wollte er damit seinen Herrschaftsanspruch festigen. »Es wird Zeit, dass ich dich meiner Braut vorstelle.«

Neigel sackte das Herz in die Hose.

»Dem Theater«, tönte Guillome, und Neigels Lachen fiel so erleichtert aus, dass Guillome diese wissende Augenbraue hochzog, die er offenbar für Neigel reserviert hatte.

»Wie findest du es?«, flüsterte Guillome sehr nah an Neigels Ohr.

Er hatte gelegentlich am Theater gearbeitet und kannte Ecken, die Zuschauern und vielleicht sogar dem einen oder anderen vom Personal unbekannt waren.

Am Eingang hatte er seinen Charme spielen lassen; nachdem er berichtet hatte, dass er schon am nächsten Tag zur Front abrücken musste, hatte ihn die alte Dame, die den Einlass kontrollierte, hereingelassen, ohne dass er bezahlen musste. Er hatte sich so überschwänglich bedankt, dass sie den Rucksack auf Neigels Rücken, in dem die druckfrischen Flugblätter steckten, gar nicht bemerkt hatte. Auf dem Weg zur Garderobe waren sie abgebogen und saßen nun in einem Räumchen, das man nur erreichte, wenn man von den obersten Logenplätzen aus eine Leiter aus einer Klappe in der Decke zog. Die Gäste dort hatten die beiden vermeintlichen Bühnenarbeiter ignoriert. Von hier oben wurden Spezialeffekte gesteuert, doch die *Dame von Rivenue* kam ohne aus, und somit war nur der Platz des Leuchters besetzt – sie konnten ihn in einer ganz ähnlichen kammerartigen Vorrichtung unter den Dachsparren sehen. Sie selbst saßen so im Dunkeln, dass niemand sie entdeckte.

Neigel brauchte eine Weile, bevor er seine Aufmerksamkeit von dem Theaterstück schräg unter ihnen in die Gegenwart holte. »Was?«

»Wie du es findest. Bisher.«

»Ihr habt euch duelliert, weil … wer es schlecht fand? Du?«, hakte Neigel nach.

»Willst du mir etwa nach dem Mund reden? Du sollst mir sagen, wie du es findest!«, forderte Guillome.

»Ich finde, du bist ein verdammter Banause«, flüsterte Neigel, und Guillome sah ihn im Halbdunkel grinsen.

»Du hast keine Ahnung!«, stieß er ungläubig hervor. »Es ist eine simple Liebesgeschichte! Es ist bloße Realitätsflucht! Es hat keinen Subtext, nichts Kontroverses! Es ist im Hinblick auf den Massengeschmack konstruiert worden!«

»Verschon mich. Ich bin Müllerbursche. Also lass mich dir eine Müllerburschenweisheit sagen: Wenn alle Leute fein gemahlenes Mehl haben wollen, dann bemühst du dich, möglichst gutes, fein gemahlenes Mehl ohne Steine drin zu liefern. Das da« – er deutete auf die Bühne – »ist Mehl, an dem nichts auszusetzen ist, und du bist ein hochnäsiger Stutzer.«

Guillome ächzte leise in die Hände, die er sich vors Gesicht schlug.

Er hörte Neigel lächeln. »Und jetzt sei still, schlimm genug, dass ich wegen deiner Flugblätter das Ende nicht sehe!«

»Ich kann es dir später erzählen.« Guillome ächzte. »Ich sehe das Stück schon zum siebten Mal.«

»Ja, genau.« Neigels Stimme troff vor Sarkasmus. »Weil es so schlecht ist.«

Guillome kramte im Rucksack herum und fand sowohl die Flasche Schnaps als auch das Pfeifchen mit den letzten Resten aller rauchbaren Drogen, die er noch in seiner Kammer gefunden hatte. Er zündete ein Streichholz an, dann das getrocknete Kraut im Pfeifenhütchen und sog daran.

Neigel warf ihm einen fragenden Blick zu. »Ist das schlau? Vielleicht müssen wir nachher so schnell wie möglich weg.«

»Ich kann sehr schnelle Schlangenlinien laufen«, sagte Guillome und atmete den warmen, intensiven Rauch langsam zur Decke hin aus. Er entkorkte die Flasche mit den Zähnen und reichte das Pfeifchen an Neigel. Dann hob er die Flasche, bis sie sich zwischen ihren Gesichtern befand.

»Auf Toma«, flüsterte er.

»Auf Toma«, wiederholte Neigel mit seiner ruhigen, ernsthaften Art.

Guillome trank – einen, zwei, drei tiefe Schlucke scharfen Anisschnaps, bevor er die Flasche an Neigel weiterreichte.

»Der vielleicht doch recht hatte mit der *Dame von Rivenue*. So schlecht ist dieses Scheißstück gar nicht«, knurrte Guillome, nahm die Pfeife wieder entgegen und tat einen zweiten Zug. Beides, Alkohol und Rauch, verbanden sich in seinem Kopf zu etwas seltsam Optimistischem. »Auf die Freiheit, mein Freund. Die wahre Freiheit. Nicht die, auf die Yulian sein Siegel gepresst hat.«

»Auf Frieden«, ergänzte Neigel und schüttelte sich. Offenbar mochte er keinen Anis.

»Genau. Auf Frieden. Und die *Dame von Rivenue*. Auf Liebe und all diesen Scheiß.«

»Darauf, dass wir nicht erschossen werden.«

Neigel trank. Guillome rauchte. Dann tauschten sie wieder.

»Heute nicht. Und morgen nicht. Und übermorgen ist mir gerade ohnehin egal.« Die Kombination aus Alkohol und Rauch wirkte schnell. Oder vielleicht war es ihm auch wirklich egal, er war sich nicht ganz sicher. Versonnen drehte er die frische Lilie in seinem Knopfloch. Neigel hatte er auch eine verpasst. In der Menge unter sich hatten sie einige erspäht, die das Wahrzeichen der größtenteils studentischen Anti-Imperialisten trugen.

»Darauf, dass uns übermorgen gestohlen bleiben kann.«

»Es ist sowieso nie übermorgen. Es ist ständig heute.«

»Verblüffend.« Neigel lachte. »Und jetzt lass mich zugucken. Dieser verzweifelte Major ist wieder aufgetaucht, um die Dame anzuschmachten.«

Guillome warf einen Blick auf die Bühne.

»Auf heute, aufs Nichtsterben und auf die Verzweiflung der Majore!«, schloss er andächtig und holte einen Stapel Flugblätter aus dem Rucksack.

»Bist du sicher, dass du da rüberklettern kannst?«, zischte Neigel, als das Stück eine dramatische Richtung zum letzten Akt einschlug. »Wenn du auch nur halb so angeheitert bist wie ich, ist das eine ganz schlechte Idee!«

»Wenn wir alles von hier aus verteilen, kommen die Flugblätter vielleicht drei Sitzreihen weit! Ich hatte von Anfang an vor, in die Kuppel zu klettern!«

»Und hattest du auch von Anfang an vor, so viel zu saufen?«

»Ja, sonst hätte ich das Zeug doch nicht mitgebracht!«, erwiderte Guillome und begann, aus der Öffnung zu kraxeln, durch die normalerweise die Flaschenzüge und mechanischen Vorrichtungen bedient wurden, mit denen das Bühnenbild verändert wurde. Die *Dame von Rivenue* kam mit einem einzigen Bühnenbild aus, das die Schauspieler selbst drehen konnten, um neue Räume zu betreten.

»Warte!«, flüsterte Neigel und angelte nach dem Haken eines Flaschenzugs, der unbenutzt knapp über ihnen an der Decke hing. Er zog daran, fand ein wenig benebelt einen Feststellhebel an der Seilrolle, den er löste, um etwas Seil zu gewinnen, und dann wieder verschloss. »Mach den an deinem Gürtel fest!«

Guillome tat, wie ihm geheißen. Sein Blick war glasig, aber seine Bewegungen wirkten nicht fahrig. Neigel hatte jetzt schon Kopfschmerzen vom Gemisch in der Pfeife. Kurz waren sich ihre Gesichter in der Öffnung des Verschlags so nah, dass Neigel daran denken musste, wie der liebeskranke Major die Dame durch ein offenes Fenster versucht hatte, von seiner Zuneigung zu überzeugen.

»Nimm vielleicht noch die Flugblätter mit«, sagte er und gab Guillome den Rucksack. Der Student, der nun auf einem der massigen Balken der Deckenkonstruktion kauerte, schulterte ihn und sah hinab auf die Köpfe der gebannten Zuschauer vielleicht zehn Meter unter ihm.

Wir bräuchten Jendra, schoss es Neigel durch den Kopf, und er musste unweigerlich daran denken, wie Rufin sie ins Theater gelockt hatte. Er war der Spielball gewesen. Er hatte unten auf der verlassenen Bühne gestanden und die Erkenntnis verleugnet, dass diese Stimme mit dem aquinzischen Dialekt dieselbe war, die ihm noch in der Nacht zuvor vollkommen ohne Dialekt Zärtlichkeiten ins Ohr geraunt hatte. Er packte mit zitternden Händen das Seil, das sich straffte, als Guillome weiter nach vorn kroch. Mit der anderen löste er den Feststellhebel und gab ihm ein wenig mehr Seil. Die Wut auf sich selbst schüttelte ihn. *Nein. Das hier gleicht es aus. Ein anderes Theater. Und ich, ich bin auch ein anderer.*

Er schätzte die Distanz ab. Nach unten war es immer noch weiter als bis zum Mittelpunkt des Dachgebälks – wenn Guillome stürzte, würde er nicht einfach mitsamt Seil in den Sitzreihen darunter aufschlagen. Aber der Student kletterte recht unbeeindruckt von dem Rausch, der ihn im Griff hatte, auf allen vieren den Balken entlang, und als er am Mittelpunkt der Konstruktion ankam, an dem sich zahlreiche Schienen bündelten, zeigte er Neigel einen erhobenen Daumen.

Neigel stellte den Hebel fest und hob seinen eigenen Flugblattstapel.

In diesem Moment wechselte die Szene – das Licht flutete

hell auf, als die Sonne aufging und die Dame von Rivenue zu ihrem selbstmörderischen Vorhaben aufbrach; wenn Neigel denn alles richtig verstanden hatte.

Die Strahler mit den Petroleumlampen, deren Schein mit Spiegeln gebündelt wurde, erhellte auch Guillomes leicht schwankende Silhouette im Gebälk.

Als die ersten Flugblätter fielen, wie dunkle Federn von einem gleißenden Himmel, schrie der Leuchter in der anderen Kabine auf. Guillome nahm eine Handvoll nach der anderen aus dem Rucksack und schleuderte die Blätter von sich.

Der Monolog der Schauspielerin stockte. Die ersten Flugblätter trafen auf die Scheitel der Zuschauer. Die ersten Köpfe wandten sich nach oben, und Guillome brüllte in das plötzliche Schweigen: »Eine Information für alle Theaterbesucher – vom Geist in der Maschine.« Er verbeugte sich, auf dem Balken stehend. »Mir! Eine Information über Tyrannen und Narren – ein Nachruf auf Toma Delacroi!«

Neigel warf eine Handvoll nach der anderen, streute sie in weitem Bogen, während das Theater, als hätten sich die Zuschauer abgesprochen, in schrille Rufe und die Geräusche alarmiert aufspringender Menschen getaucht wurde.

Sie hatten den Selbstmord der Dame als Zeitpunkt wählen wollen, aber Licht, Alkohol und Übermut hatten ihnen diese Pointe genommen.

»Lest es, verdammt!«, knurrte Neigel, als er die letzten Blätter hinabsegeln ließ. Genau unter ihm befand sich eine Gruppe von jungen Leuten, sicherlich jeder von ihnen zwischen sechzehn und dreißig Jahre alt und von den Dekreten des Kaisers und des Bürgermeisters betroffen, und die ersten hoben jetzt im hellen Licht die Blätter vor die Gesichter. Einige Blicke wanderten zu ihm hoch.

»Guillome!«, schrie Neigel. »Wir müssen los!«

Eine junge Frau schräg unter ihm pflückte sich ihre Lilie vom Revers, berührte sie mit den Lippen und hielt sie hoch. Ihre Freundin tat es ihr gleich.

»Für Toma Delacroi!«, rief die Stimme eines jungen Mannes. »Wider den Krieg!«

Die Leiter zu ihrem Kabuff hatten sie eingezogen und die Klappe von innen so gut es ging versperrt, und Neigel hörte nun, wie sich von draußen daran zu schaffen gemacht wurde. War es das Personal des Theaters – und wann kamen Soldaten?

»Das Seil!«, rief Guillome zurück. »Ist es fest?«

»Ja!«, antwortete er mit einem Blick auf die Seilrolle. »Was soll die Frage?«, sagte er leise zu sich selbst. »Du wirst doch wohl nicht …«

Guillome löste den Haken von seinem Gürtel, trat stattdessen mit dem Fuß hinein und packte das Seil mit der Rechten. Er salutierte spöttisch mit links und trat dann einfach vom Balken herab in die Leere.

»Du Idiot!«, stieß Neigel hervor, als der andere fiel wie ein Stein. Dann straffte sich das Seil, der Fuß im Haken sah aus, als verursache die plötzliche Drehung im Gelenk Schmerzen, ein Ruck ging durch Guillomes Arme, und dann ließ er los und fiel die letzten zwei Meter sehr würdelos über eine gepolsterte Sitzreihe im Parkett direkt unter Neigel. Wie durch ein Wunder brach er weder sich noch jemand anderem den Hals.

»Du Idiot«, knurrte er und sah, dass Guillome sich mit schmerzverzerrtem Gesicht hochstemmte und auf die Gruppe aus lilientragenden Studenten zuwankte. Um ihn herum schrien Besucher und zeigten auf ihn. Auch die Studenten sahen ihn alarmiert an. Doch dann nickte eine der jungen Frauen und zog ihn in ihre Gruppe hinein. Sie liefen sofort los, bevor einer der Umstehenden reagieren konnte. Sie waren nicht die Ersten, die den Saal verließen.

»Scheiße«, sagte Neigel zur leeren Flasche, die für seinen Geschmack noch viel zu stark nach Anis roch. »Und was mach ich jetzt?«

Draußen wurde gegen die Tür gehämmert. *Ein Wortzeichen müsste man haben. Oder sonst irgendetwas Nützliches können.*

Andererseits – die Klappe öffnete sich nach unten! Er löste den inneren Riegel, hielt den Griff allerdings fest.

»Da ist niemand mehr, der Kerl ist abgehauen!«, hörte er unter sich.

Er sprang geduckt auf die Klappe, und sein Magen tat einen Satz, als er mit Klappe und Leiter einfach nach unten in die Loge brach. Geschrei, das ungesunde Knacken von Holz oder einem Knochen, der nicht seiner war, und er kam in einem Gewirr von Leibern und einer aus ihren Halterungen gerutschten Leiter auf dem dicken Brokatteppich auf. Die vier Gäste der Loge standen am Geländer und schrien entsetzt. Ein letztes Flugblatt folgte ihm aus der offenen Klappe. Er sprang auf, drückte es der Frau im langen Abendkleid in die Hand, rammte einen Diener in Livree aus dem Weg und schlug einem weiteren Angestellten des Theaters die Faust in den Magen. Sie taten ihm ein wenig leid, doch er musste Land gewinnen, bevor die ersten Soldaten eintrafen. Mit einem Hochgefühl, das er offenbar in der Pfeife geraucht hatte, stürmte er die breiten Treppen hinab und tauchte unten in die Menge ein.

Er strahlte übers ganze Gesicht.

Vielleicht macht mich das glücklich, das alles. Dann hättest du dir mit deinem Befehl ein ganz schönes Ei gelegt, Lysandre Rufin, du dreckiges, mieses Schwein!

Als er endlich in der kühlen Nachtluft ankam, lief er in der Deckung der verwirrten Theaterzuschauer, von denen etliche eines der Flugblätter in der Hand hielten, noch eine Straße weiter, bevor er einen heiseren Jubelschrei ausstieß.

»Neigel!«, rief Guillome ihm aus der vereinbarten Gasse zu.

Als Neigel die Gasse betrat, umarmte er Guillome einfach, und der erwiderte die Umarmung mit einem schmerzhaften Stöhnen und entlastete sein offenbar verletztes Bein.

»Wir leben!« Guillome lachte ihm ins Ohr. »Hörst du? Soldaten sind da! Oder Polizisten. Aber zu spät. Wir leben.«

Neigel vernahm die gebellten Befehle und vergrub ganz kurz sein Gesicht an Guillomes Hals, sog den Geruch aus Rauch und Anis und Schweiß und Euphorie ein. Dann löste er einen Arm und stützte ihn mit dem anderen.

»Lass uns abhauen. Wir haben drauf getrunken, dass wir auch morgen noch leben.«

»Ist nicht immer heute?«, fragte Guillome und grinste so breit, dass Neigel das Licht der nahen Straßenlaternen auf seinen Zähnen aufblitzen sah.

Kapitel VII

Ismayl musste nur noch desertieren.

Er hatte drei Tage in einer Kaserne in Naronne verbracht, stets in panischer Angst, einer der Offiziere sei vielleicht aus Sygna entkommen und würde ihn erkennen, Lysandre Rufin würde die neuen Rekruten inspizieren, oder er würde das Wortzeichen, das ihn den aquinzischen Dialekt sprechen ließ, einmal vergessen und als Sygnaer enttarnt werden. In diesen drei Tagen hatte er gesehen, wie täglich neue Soldaten eintrafen, samt und sonders junge Leute zwischen sechzehn und dreißig, und weniger als die Hälfte von ihnen motiviert oder entschlossen dreinblickend. Naronne hatte sich so weit entfernt vom Krieg gefühlt, und all den Anwesenden war eine Illusion genommen worden.

Sie übten sich an Musketen und Säbeln, und immerhin an Letzterem war Ismayl gar nicht schlecht – die Übungen mit dem, was Dawyd stets als Filettiermesser bezeichnet hatte, zahlten sich aus. Sie wurden gedrillt, mussten gehorchen, strammstehen, niederknien, laden, aufstehen, schießen – wieder und wieder und wieder, bis die drei Tage in der Kaserne ihm wie eine Ewigkeit vorkamen.

Am vierten Tag nach der Einberufung wurden sie eingeschifft, und sie brauchten noch einmal vier Tage auf schnellen, schlanken Fregatten, um Brefjort zu erreichen, das noch fest in aquinzischer Hand war.

Ismayl suchte sich unter den Soldaten keine Freunde, redete wenig und reagierte prompt, wenn ihn ein Vorgesetzter ansprach. Er versuchte, nicht aufzufallen, und kam zu dem Schluss, dass es ihm verhältnismäßig gut gelang. Er war nicht einmal der Hässlichste, Schwächlichste oder Teigigste in der

Truppe, sodass andere drangsaliert und verspottet wurden. Es war gar nicht so lange her, dass immer er herausgepickt worden war.

Offenbar bin ich jetzt erwachsen, stellte er mit mildem Amüsement fest. Er strich sich über den wachsenden Bart. Vielleicht trug auch der das seine dazu bei, ihn männlicher aussehen zu lassen.

Das Meer, das schon vom Strand in Naronne aus so fremd und doch vertraut ausgesehen und ihn mit seiner Unwägbarkeit fasziniert hatte, war den Schiffen der kaiserlichen Flotte freundlich gesonnen und strafte Ismayl – im Gegensatz zu vielen anderen Männern und Frauen an Bord – nicht mit Seekrankheit. In den Tagen an Bord mussten sie diszipliniert allerhand einfache nautische Aufgaben bewältigen, blieben aber vom Kasernendrill verschont, und Ismayl genoss immer wieder die Aussicht auf das weite Blau und ersann in seinem Kopf Beschreibungen dafür, die er nicht wagte, mit der Tinte, die er in seiner Uniformjacke verbarg, niederzuschreiben, während die Küstenlinie stets auf der anderen Seite des Schiffs zu sehen war.

Am letzten Tag sah diese Küstenlinie zunehmend zerklüftet aus. Tiefe Schluchten ließen das Meer ins Land vordringen, die Ufer ragten hoch und grau auf, oben von grünem Gras gekrönt.

Ismayl tastete nach dem Federkiel, den er im Schaft seiner Soldatenstiefel verbarg. Sobald sie anlandeten, würde er nach einer Möglichkeit suchen, sein Wortzeichen zu wirken, und dann würde er sich aus der Armee herausreden. Er war noch nie desertiert. Er hoffte, dass es nicht zu schwer war.

Dank der Erinnerung an Karten wusste er, dass Brefjort an einem der ins Land eingeschnittenen Fjorde lag, und bald drehten die stolzen Segelschiffe ihre Segel aus dem Wind und steuerten langsam in einen düster aufragenden Fjord hinein. Wind, Regen und Zeit hatten dieser schroffen Bucht derart mitgespielt, dass sie am Ende sanfter anstieg, sodass sich die

Stadt von Hafen und Ufer aus immer weiter hangaufwärts zog und sich schließlich an der hohen Kante über ein hochgelegenes, aber flaches Land erstreckte.

Ismayl kam auf der dritten Fregatte im Hafen an und schloss sich mit all dem beschwerlichen Zeug, das die Soldaten zu tragen gezwungen waren, dem Zug der Soldaten an, die zum Rhythmus einer Trommel in die Stadt einmarschierten. Jeder von ihnen trug eine Muskete, einen Säbel, die Patronentasche mit Papierpatronen, einen Tornister mit zusammengerolltem Bettzeug, Feldflasche und Brotbeutel mit sich. Und die Kleidung erst! In Naronne hatte ihm die Mode gefallen, aber die Blauröcke und die Mäntel, die sie darüber trugen, waren schwer, und wegen der Wollstrümpfe und Gamaschen glaubte er bereits den Geruch seiner eigenen Füße zu riechen.

Auch große Fässer wurden den steilen Anstieg der Serpentinen hinauftransportiert, und Ismayl hatte noch nicht herausgefunden, ob sie Pulver oder Schlimmeres enthielten. Er konnte es auf die Entfernung nicht richtig sehen, doch die anderen redeten darüber, dass man Lehmsoldaten bei diesen Fässern gesehen hatte – angeblich Homunkuli aus ungebranntem Ton, die von den Soldaten lachend Gehlehms genannt wurden. Vielleicht war es nur ein Gerücht – denn was man von Mund zu Ohr weitergab, wurde immer abenteuerlicher: Bald hieß es, die Offiziere könnten sie mit der Kraft ihrer Gedanken steuern, und jedem Lehmsoldaten wohne die Seele eines fehlgeborenen Kindes inne.

Auf dem Weg nach Brefjort hinauf fingen die Ersten an, sich Mut zu machen, redeten von Abenteuern und Heldentaten, und kurz genoss Ismayl das Gerede und stellte sich vor, er müsse nun tatsächlich in den Krieg ziehen. Es war zugleich zutiefst beunruhigend und auf eine schreckliche Weise aufregend und lebendig.

Die Stadt Brefjort war niedrig. Anders als in Sygna waren die Häuser nicht mehrere Stockwerke in die Höhe gebaut worden, sondern zogen sich als niedrige, bunt gestrichene Holzbauten an schlammigen Straßen entlang in alle Richtungen. Erleichtert stellte Ismayl fest, dass sie nicht in eine Kaserne geführt, sondern mit Einquartierungsscheinen ausgestattet und losgeschickt wurden. Er sollte sich mit zwei Kumpanen bei Familie Kryss melden, Straße und Hausnummer waren auf dem Schein vermerkt, zudem die Information, dass man ihnen Frühstück und Abendessen zu stellen habe sowie ihre Wäsche waschen solle. Am nächsten Tag würde die notwendigste Ausbildung fortgeführt werden – noch ging es für sie nicht in die Schlacht, hatte man ihnen gesagt.

Er hoffte, Familie Kryss hatte unauffälligere Kleidung für ihn, der blaue Rock würde sich auf Dauer doch als ein wenig stigmatisierend erweisen.

Familie Kryss sah keineswegs glücklich aus, als drei junge Männer auf der Türschwelle standen. Die älteste Tochter des Hauses bat sie herein und verschwand dann sofort in den Hinterhof, während ein Junge von vielleicht zehn Jahren die drei Soldaten in die Stube führte und ihnen dünnes Bier aus einem Krug einschenkte. Erst dann kam die Hausherrin hinzu, eine müde aussehende Frau mit grauen Strähnen in ihrem langen dunklen Haar, das ihr offen über die Schultern wallte, wie es hier offenbar üblich war.

»Drei Burschen«, sagte sie in einem nordischen Dialekt, der Ismayl vage von Händlern bekannt vorkam. »Ich habe nicht viel Platz.«

»Das macht nichts«, sagte Ismayl. »Wir werden Euch hoffentlich nicht lange belästigen.«

Seine beiden Kameraden starrten ihn an, und Ismayls Herz schlug ihm bis zum Halse, als ihm klar wurde, dass er an diesem Tag noch nichts gesagt und auch sein Zeichen nicht gewirkt hatte. Die Worte gingen ihm aus, er konnte einfach nur zurückstarren – was würden sie jetzt mit ihm tun? So kurz vor dem Ziel!

Da begann der Jüngere von ihnen zu lachen, und auch die Frau grinste breit.

»Du kannst das gut nachmachen, wie die Sygnaer sprechen!«, sagte sie. »Willst du eine Laufbahn als Spion einschlagen?«

Nun fiel auch sein zweiter Kamerad, Serge, ins Gelächter ein.

Scheiße, dachte Ismayl und zwang sich mitzulachen. *Das hätte schiefgehen können.*

»Ja, ich bemühe mich nach Kräften!«, sagte er und versuchte, seinen eigenen heimischen Dialekt künstlich zu überzeichnen, was erneut Gelächter zur Folge hatte.

»Ich werde in der Stube schlafen«, sagte die Frau. »Ihr könnt das Schlafzimmer haben, seid dünn genug, um alle ins Bett zu passen.«

»Und Euer Mann?«, fragte Serge.

»Ich bin Witwe«, sagte Frau Kryss, und Ismayl strich in Gedanken die Option, seine Kleidung rasch wechseln zu können.

Als die Unterhaltung weiterging, wirkte er eilig das höhere Zeichen, das ihm den Naronner Zungenschlag verlieh.

Später am Abend malte er sich im Abtritt das mindere Wortzeichen auf die Zunge. Offenbar besaß Brefjort keine Kanalisation wie Sygna oder Naronne, und die Latrine verursachte ihm kurz Übelkeit, als er sich darauf setzen musste, um Tinte und Feder vorzubereiten. Dann zog er das Zeichen mit geübtem Schwung.

Er kehrte in die Stube zurück – es verfloss immer so schnell, er hatte nur wenige Sätze Zeit! – und sprach seine Gastgeberin an.

»Ich bedanke mich für Eure Gastfreundschaft.«

Sie strahlte ihn an. »Ich hoffe, das Essen hat geschmeckt.«

»Sehr gut«, lobte Ismayl. »Ich muss leider noch vor Nachteinbruch aufbrechen. Ihr hattet ganz recht, man schickt mich als Spion hinter feindliche Linien. Und das geht niemals besser als bei Nacht.«

Alle sieben am Tisch – die beiden Soldaten und Frau Kryss samt größtenteils weiblicher Sprösslinge – nickten gebannt. Spione in der Nacht leuchteten allen ein.

»Besitzt Ihr noch Kleidung Eures Mannes? Ich brauche einheimische Verkleidung.«

»Aber ja«, sagte Witwe Kryss rasch. »Nicht mehr viel, aber ein paar Dinge, die mir wichtig waren. Sein bester Anzug. Und noch ein paar Stücke Arbeitskleidung.«

»Die Arbeitskleidung wird es tun«, sagte Ismayl und schmeckte die Tinte. Hastig grüßte er in die Runde. »Vielleicht sehen wir uns mal wieder.«

Wenn auch höchstens über den geschäftstüchtigen Teil eurer Musketen und meines Filetiermessers hinweg, fügte er in Gedanken hinzu, und die Vorstellung war zu einem guten Teil bitter.

Rasch raffte er zusammen, was Witwe Kryss ihm in ihrem Schlafzimmer hinhielt – und verfluchte kurz, dass es sich vor allem um Ölzeug handelte, ihr Mann war wohl Fischer gewesen.

Dann bedankte er sich noch einmal und verließ das Haus, in dem ein Mann namens Guillome Macrin einquartiert gewesen war.

In Brefjort hatten die Aquintianer ihre geliebte Sperrstunde eingeführt, vermutlich, damit Frischlinge wie er nicht die ganze Nacht auf den Straßen nach Amüsement suchten. Er versteckte sich einige Gassen weiter, ließ große Teile seiner Uniform zurück und versteckte den Rest unter dem Ölzeug. Schweren Herzens ließ er auch seine Waffen dort liegen und packte seinen Tornister nur mit einer Decke, der Feldflasche und den Turnosgroschen, die er bisher für seinen Dienst an der Aquinzischen Nation erhalten hatte.

Für eine freie Passage nach Brefjort – herzlichen Dank!

Er verbrachte eine unruhige Nacht in einem Hof, der nach der Latrine eine weitere olfaktorische Belastungsprobe war, denn offenbar wurden hier Fische ausgenommen und weiterverarbeitet. Und als der Morgen hereinbrach, machte er sich auf den Weg zum landwärts gerichteten Stadtrand, an dem man die Stadt eher nicht in Ölkleidung verließ.

Und dort hielt ihn eine Patrouille auf.

»Ihr wisst, dass Ihr Eure Ausweispapiere jederzeit bei Euch führen müsst?«, fragte der Korporal.

»Ich habe sie auch dabei …«, stammelte Ismayl und war froh, diesmal die Geistesgegenwart besessen zu haben, das Wortzeichen zu wirken und im Dialekt zu antworten, der von ihm erwartet wurde. Er fühlte, dass es ihn auslaugte, es eine so lange Zeit immer wieder und wieder zu wirken. Er spürte das Klopfen der Narben, die daher rührten, dass er in den Köpfen aller Sygnaer gesprochen hatte. Es war ihm geglückt, damals. Und damit war auch die Revolution gelungen. Aber seither spürte er deutlich, wann die Zeichen an ihm zu zehren begannen.

»Ich habe ihn dabei, ich muss nur gerade …«

»Ist das ein Soldatentornister?«

»Nein. Ja! Das ist … von früher. Ich nehme ihn gern mit auf Wanderschaft, er ist praktisch.«

»Wohin seid ihr unterwegs in dem Aufzug?«

»Zu einem Freund. Er wohnt weiter südlich an der Küste. Wir werden … aufs Meer hinausfahren, aber ich nehme diese Straße dorthin, vielleicht kann ich auf einem Karren mitfahren.«

»Diese Straße hier? Ins Inland?«, vergewisserte sich der Korporal.

»Ja, ich muss noch … einen Umweg machen.« Beim Großen Handwerker, was redete er für einen Blödsinn? »Lasst mich kurz nach meinen Papieren sehen, ich muss sie hier drin haben.«

Er kniete sich auf die Erde und beugte sich umständlich über seinen Tornister. Zog vorsichtig mit der Rechten die Feder aus dem Stiefelschaft, während die Linke zwischen Decke und Feldflasche wühlte. Die Rechte holte auch das Tintenfässchen aus seiner umständlichen, regenabweisenden Jacke hervor.

»Gebt mir den verdammten Tornister, Tölpel«, blaffte der Korporal, und seine beiden Begleiter lachten in sich hinein.

Jetzt bin ich also doch wieder die Witzfigur.

Er versuchte, Feder und Tintenfässchen im Tornister zu verbergen und beugte sich tief über die Öffnung. »Es muss hier irgendwo sein.« Sein mittlerweile längeres Haar fiel ihm über die Gesichtsseite, die den Soldaten zugewandt war. Er tunkte die Feder in die Tinte. Er musste das Zeichen auf seine Zunge bekommen!

Ein Stiefel, ein Tritt, ein grobes Lachen. »Ich hab gesagt, gebt mir den verdammten Tornister, Tölpel!«, wiederholte der Korporal, der Ranzen flog über die Straße, fiel auf die Seite, und nur die Feder blieb in Ismayls Hand. Einer der Soldaten bückte sich, griff in den Tornister und zog die Hand zurück, die mit schwarzer Tinte bedeckt war.

»Was ist das für eine Sauerei?«, fragte er wütend, und der Korporal fuhr herum, der Stiefel war so nah, dass Ismayl befürchtete, der nächste Tritt lande in seinem Gesicht. Er sprang auf die Füße und versuchte, die Feder in seinem Ärmel zu verbergen. Mit großen Augen und pochendem Herzen sah er zu, wie der Soldat seinen Ranzen durchwühlte.

»Holla!«, erklang da eine Stimme von der anderen Seite. Der Seite, von der aus man sehr gut sah, dass Ismayl gerade versuchte, eine Schreibfeder zu verstecken – was an sich noch kein Verbrechen war. Ein Mann mittleren Alters mit rundem, freundlichem Gesicht und ebenso gemütlichen Rundungen an Bauch und Schultern kam näher. »Ich habe eine Frage, Korporal!«

Als er herangekommen war, klopfte er Ismayl beinahe verschwörerisch auf die Schulter.

»Wie weit ist diese Straße noch passierbar? Ich hörte, da hocken die Sygnaer in den Büschen?«

Der Korporal lachte abfällig. »Wohl kaum! Die sind auf der anderen Seite der Fiper, und wenn es so weit ist, werden sie uns schön in die Arme laufen.«

»Komme ich bis Helsigg?«

»Helsigg, ja, das ist noch nicht besetzt.«

»Noch nicht von den Sygnaern besetzt, meint Ihr.«

»Es ist noch frei«, beharrte der Korporal.

Ismayl setzte die Feder erneut an und zog das Zeichen.

»Könnt *Ihr* Euch denn ausweisen, wenn Ihr die Stadt verlassen wollt?«, forderte ein Soldat den Neuankömmling auf. Der zog ein Dokument aus der Tasche und zeigte es rasch herum. Ismayl blinzelte, als er einen Blick darauf erhaschte – soweit er erkennen konnte, war das Schreiben leer, doch der Korporal las angespannt und nickte dann.

»Und dieser Mann hier gehört zu mir«, sagte der Neuankömmling.

»Das stimmt«, bekräftigte Ismayl, und die Angst wandelte sich zu einer nicht unangenehmen Nervosität. Das mochte spannend werden. Der andere sprach im aquinzischen Dialekt, doch Ismayl glaubte, herauszuhören, dass dieser sehr gewissenhaft einstudiert war. Er lächelte dem Korporal zu.

»Na, dann will ich Euch nicht aufhalten. Lang lebe der Kaiser!«

»Lang lebe der Kaiser.« Ein Mann in Öltuchmantel und Fischerhut und ein Mann in unauffälliger Reisekleidung salutierten, bevor sie dem Korporal und seinen Soldaten den Rücken kehrten.

»Du bist Sygnaer«, zischte Ismayl. »Was … was ist das? Was ist das für ein Ausweis? Ist es ein Wortzeichen?«

»Ein Verborgenes.« Der andere ließ den gefälschten Dialekt nun bleiben. Er zog das Papier noch einmal aus der Tasche. »Eingeprägt in das Siegel da oben. Wer das Siegel ansieht, sieht auf dem Ausweis, was er zu sehen erwartet.«

Er entrollte es so, dass Ismayls Blick zuerst auf das Siegel fiel. Dann entfaltete sich eine Generalvollmacht des Gildenrats.

»Großartig!«, beglückwünschte er den anderen. »Dann gehörst du zum Verborgenen Hof?«

»Ja«, sagte der andere. »Ich bin in einem geheimen Auftrag

unterwegs. Und was hast du, ein Wortzeichenwirker, außerhalb der Stadt zu tun?«

»Ich sehe vielleicht gerade aus wie ein Idiot in Öltuch«, gab Ismayl zu. »Aber ich habe Naronne das Wichtigste gestohlen, was sie besitzen.« Er machte eine dramatische Pause. »Wissen.«

»Und das bringst du nach Sygna?«

Ismayl nickte, und mit einem Mal fluteten ihn eine altbekannte Sehnsucht und gleichzeitig eine Zuversicht, die er schon lange nicht mehr gefühlt hatte.

»Ja, die bringe ich nach Sygna!«, sagte er und lächelte breit.

»Gut«, meinte der andere. »Ich begleite dich ein Stück.«

Die Sonne stand so hoch am Himmel, dass die Schatten kurz und gedrungen waren. Jendra aalte sich mit einer gewissen Befriedigung in der Mittagshitze auf dem Katzbuckel, und um sie herum traf immer mehr und mehr Gesindel ein, bis sie von jenen umgeben war, denen sie am meisten vertraute. Sechs Tage hatte sie gebraucht, um sie zusammenzusuchen und jeden von ihnen im Schutze der Mittagshitze zu diesem Verschwörertreffen zu bitten. Und dann hatte sie gebetet, zu einem Geist, der Glück und Sonne innewohnen mochte, dass heute keine Wolken aufzogen.

Und es waren keine Wolken aufgezogen. Der Himmel war klar und hoch.

Es waren ungefähr zwei Dutzend Menschen eingetroffen. Kilianna, Zach und Johanni, einige Gleichwerkerinnen und Gleichwerker, das Mädchen, das Jendra in die Stadt geholt hatte, ein paar vom Verborgenen Hof und vom Netz, Esra und Sarai, die bislang nicht an den Hof aufgenommen worden waren – ein Umstand, den beide nicht zu bedauern schienen.

Jendra verlor keine Zeit. Sobald sich Johanni auf dem grünen Hügel befand, in den sich die Krone der alten Stadtmauer schmiegte, begann sie.

»Also, hier sind wir. Augtag, Mittagssonne. Kilianna, Johanni und ich haben einige Neuigkeiten für euch, die wir niemand anderem anvertrauen können. Wir können zwar nicht das Zeichen, das Ignaz, Dengelschlag und den anderen Aufständlern damals die Zungen gebunden hat, aber Lukasz beherrscht das Eidzeichen.« Dieses Wortzeichen wurde häufig gelehrt, selbst Schauspielern wie Lukasz, weil es so ungemein nützlich war.

Kilianna übernahm: »Wir wollen euch zu nichts zwingen, aber wir glauben, dass wir früher oder später wieder die Rolle einer Widerstandsgruppe in der Stadt einnehmen müssen. Wir waren fremdbestimmt von den Aquintianern, doch die Befreiung hat uns keine Selbstbestimmung gegeben. Wir werden bald wieder fremdbestimmt sein vom Gildenrat – oder von Meuchelmördern, die zu denken scheinen, sie können sich die Stadt mit Gewalt und Angst untertan machen.«

»Wir werden alle unsere Hände hier auf den Stein in die Mitte legen, eine Hand neben der anderen, und schwören, dass wir alles, was wir hier besprechen, für uns behalten. Und Lukasz wird das Zeichen wirken. Das sollte uns ausreichend binden.«

»Warum hier, unter freiem Himmel?«, fragte Sarai.

Jendra antwortete düster: »Das werdet ihr gleich hören.«

Lukasz zeichnete ihnen mit einem Tropfen Blut aus ihren Fingern die Eidzeichen auf die Brust. Es dauerte länger, als Jendra lieb war, bis jeder das Hemd gehoben oder den Ausschnitt herabgezogen hatte, aber die Sonne bewegte sich scheinbar nicht, die Zeit schien endlos.

Als die Zeichen gezogen waren, lösten sie alle die Hände vom Mauerrest und setzten sich auf Felsblöcke oder ins Gras.

Jendra sprach: »Die Verborgene Urzeichenträgerin ist aufgetaucht, und sie gebietet über den Schatten selbst. Ich glaube, in der Mittagssonne sind wir halbwegs sicher vor ihr. Gewiss können wir uns nicht sein. Es hörte sich erst einmal gut an, dass sich ein weiterer Gezeichneter hier in der Stadt befindet, aber diese Frau ist eine Bedrohung.«

Sie erzählte, was sie von Zach und Johanni erfahren hatte, wie gewissenlos zunächst Johannis Leben bedroht wurde, und wie völlig gleichgültig danach Dengelschlags beendet worden war.

»Aber es heißt, er wäre verunglückt!«, stieß Kiliannas Freundin Gavrila hervor, sie hatte die Hand vor den Mund gelegt.

»Ja, schöne Geschichte«, knurrte Jendra. »Aber Zach und Johanni waren Zeugen.«

Die beiden Eisenhammer-Brüder nickten mit Grabesmienen.

»Für uns ist Folgendes gut: Johanni ist tatsächlich mit einem Kriegszustandsnotfallerlass oder irgend so einem Unsinn zum vorläufigen Ratsmitglied gewählt worden, dafür hat Malachias gesorgt.«

»Das heißt, wir haben jetzt zwei Ohren und eine Stimme im Rat«, ergänzte Kilianna.

»Arbeitet diese Schattenmeisterin denn jetzt für den Rat oder gegen ihn?«, fragte Esra.

»Ich glaube, sie hat ihre eigene Agenda«, sagte Kilianna. »Der Mord an Dengelschlag war nicht der einzige in den letzten Tagen. Die Kluftbewohner haben eine Leiche gefunden, einen Goldschmied, der wegen irgendeines Betrugs angeklagt war, er wollte die Stadt wohl verlassen. Er ist von einem schmalen Dolch erstochen worden, sauber in den Nacken.«

Die Anwesenden tauschten Blicke, besorgtes Gemurmel wurde laut. Jendra wurde die Mittagshitze langsam lästig, sie bevorzugte eigentlich die Schatten und spürte unbehaglichen Schweiß am ganzen Körper.

»Camile.« Jendra winkte dem Mädchen, das sie vor einigen Nächten in die Stadt geholt hatte. Die rutschte unbehaglich auf der Mauer hin und her. »Willst du's erzählen oder soll ich?«

»Du«, flüsterte sie, und Jendra berichtete in knappen Worten, was ihrem Vater zugestoßen war.

»Ich brauche jetzt von euch Offenheit, meine Verborgenen Brüder und Schwestern«, sagte sie feierlich. »Ist jemand von euch in Grenin gewesen und hat dort einen Sygnaer Heiler getötet? Hat jemand von euch einen Mann in der Kluft erstochen? Oder weiß jemand etwas darüber?«

Sie wandte sich dabei an die Verborgenen Höflinge, die einander misstrauisch ansahen und einhellig die Köpfe schüttelten.

»Zeichenträger werden *ermordet*«, sagte Kilianna eindringlich. »Wenn jemand von euch etwas darüber weiß, müssen wir es auch wissen!«

Es war Schiel-Jo, der für die anderen vortrat. »Ich weiß, ihr da oben in den Meistervierteln denkt, wir haben keine Ehre, ja? Wir würden nur alles nehmen, was wir kriegen können, stehlen und hehlen und betrügen.«

Kilianna zuckte mit den Achseln. »Ehrlich gesagt, ist es jetzt gerade nicht von Belang, was ich von euch halte.«

Schiel-Jo fuhr unbeeindruckt fort. »Aber die Zeichen, ja? Die Zeichen sind Sygnas Herzstück, und wir wären verrückt, einen Dolch in unser eigenes Herz zu rammen.«

»Auch den Verborgenen sind die Zeichen der Gilden heilig!«, bekräftigte der alte Lori. »Außerdem hat keiner von uns Sygna verlassen. Nich, weil's verboten is. Sondern weil – was sollen wir draußen? Keiner von uns war bis Grenin.«

»Nur keiner von euch *hier?*«, hakte Kilianna nach. »Oder keiner vom Verborgenen Hof?«

Lori neigte sich vor und fixierte sie mit seinen runzelumkränzten Augen. »Keiner vom Verborgenen Hof war bis Grenin, Prinzessin.«

»Bist du sicher, dass jeder vom Hof das so sieht? Mit den Zeichen?«, bohrte Kilianna nach. »Ich weiß, du hältst euch für edles Diebespack, aber wir wissen doch alle, dass nicht nur mein Vater korrupt ist, oder?«

Lori schwieg störrisch, aber Schiel-Jo lenkte ein: »Klar läuft hinter verschlossenen Türen 'ne Menge mehr, als wir mitkriegen. Aber die reden nicht mit uns. Die Schattenmeisterin sucht sich ihre Leute schon gut aus.«

»Aber vielleicht war sie es auch persönlich, bevor sie sich offenbart hat! War unterwegs und hat Leute umgebracht«, platzte Esra hervor.

»Warum sollte sie das tun? Einfach so?«, fragte Sarai. »Wenn sie sich niemandem offenbart hat, dann doch wahrscheinlich auch nicht dem Rat – und warum sollte sie dann unterwegs gewesen sein und irgendwo Zeichenwirker ermorden?«

»Und wenn sie schon mordet, warum dann nicht die Urzeichenträger in Naronne?«, warf Gavrilas Tochter Adina ein. »Warum unsere eigenen Leute?«

»Diese Frage würde ich dieser Schlampe wirklich gern stellen«, knurrte Jendra. Sie blickte von einem zum anderen. »Aber auch das würde die Mörderin nicht zu unserer Verbündeten machen!«

»Vielleicht sollten wir das aber! Uns mit ihr gutstellen!«, warf Schiel-Jo ein.

Jendra atmete ein, atmete aus. Ihre Idee war nicht viel besser. »Kilianna hat Informationen von Ismayl. Er ist in Naronne und versucht, hierher zurückzukehren. Er hatte einiges zu sagen, das kann sie nachher ausführlicher erzählen, aber vor allem hat er herausgefunden, dass sich die Urzeichen einen neuen Träger hier in Sygna suchen, wenn ihr voriger Träger tot ist.«

»Darauf hat Dengelschlag auch spekuliert«, ließ sich Zach vernehmen.

»Mord ist eine Straftat, nicht wahr?«, sagte Jendra. »Aber niemand wird die Schattenmeisterin anklagen, sie ist ein Phantom, und sie hat offenbar Verbündete irgendwo weit oben. Sie führt eine *Todesstrafe* aus, obwohl die seit Jahrhunderten abgeschafft ist!«

Sie schwieg, doch je länger sie schwieg, desto schwerer wogen die Worte, die sie sagen wollte. Sie überwand sich: »Wir müssen sie töten.«

Gavrila protestierte. Schiel-Jo lachte heiser und humorlos. Sarai schüttelte den Kopf, Esra riss die Augen furchtsam auf. Lori sagte, das könne sie vergessen. Adina stimmte ihm zu.

»Wenn niemand sie anklagen will, dann führen wir den Prozess, fällen das Urteil und setzen die Bestrafung durch«, rief Jendra über den Lärm.

»Aber sind wir dann besser als sie?«, fragte Johannis, und sie hörte ihn nur, weil sie so nah bei ihm saß.

Sie warf ihm einen Seitenblick zu. »Ich hab nie gesagt, dass ich eine von den Guten bin. Lasst es mich machen. Ich tu's für Sygna.«

Und das tu ich. Wirklich. Aber auch die wilde Hoffnung, das Urzeichen möge sie danach auswählen, hatte sie fest im Griff.

Kilianna sah sie an, und ihr Blick war dunkel und wissend.

Und die Diskussionen begannen gerade erst.

Je weiter sich die Front nach Norden verschob, desto schwieriger wurde das Gelände. Brefjort, so hatte Dawyd gehört, lag an einer felsigen und zerklüfteten Küstenebene, und so verwandelte sich das höher gelegene grüne Sunterflachland langsam in hartes, von Granit durchstoßenes Gebiet, durch das sich Flüsse tiefe Täler gegraben hatten.

Sie hätten schon vor Tagen nach Osten ausweichen sollen, um die von Yulian vor Monaten mit Schanzen ausgebaute Doppelfestung Krenau zu umgehen und die dort schmale Fiper nördlich von Grenin zu überqueren. Die Doppelfeste hielt den einzigen Übergang über den Fluss auf viele Meilen, und besonders flussabwärts wurde das Gelände immer schwieriger. Die Fiper schnitt sich eine Klamm zum Nadder, die für eine Armee mutmaßlich unpassierbar war – und Yulian hatte sich nach den Scharmützeln in der Ebene mit seinen Truppen in Krenau verschanzt und wartete dort vermutlich auf Nachschub und Verstärkung aus Brefjort.

Sie konnten und mussten diesen Nachschub abschneiden, doch Krenau zu umgehen und weiter stromaufwärts einen geeigneten Übergang zu finden, würde Zeit kosten, die die Sygnaer nicht hatten. Schlundner war dafür, Krenau anzugreifen, doch Siljonicz mahnte zur Vorsicht – die Feste befand sich in schwierigem Gelände und war mit modernen Waffen und Schanzbastionen ausgestattet.

Letztlich hörte Schlundner auf Elisabedas Rat, die Fiper flussabwärts zu erkunden – sie meinte, dass es tief unten im Tal kleinere Brücken und Wege gäbe.

Dawyd war erleichtert über diese Entscheidung. Ein Sturmangriff auf die Festungsstadt musste, falls er überhaupt gelang, einen unglaublichen Blutzoll kosten. Zudem hatte er genug Berichte darüber gehört, wie sich siegreiche Soldaten in eroberten Städten benahmen, und war erleichtert, dass er die eigenen Soldaten nicht vom Plündern und Vergewaltigen abhalten musste.

»Kundschaftet aus, ob es einen Weg aus der Klamm gibt, den zumindest Soldaten und Pferde nehmen können, wenn schon keine Trosswagen«, sagte Schlundner und befahl Dawyd, sich einen Trupp aus Soldaten der »Stimme der Freiheit« zusammenzustellen. Die »Stimme« murrte, weil ihr Colonel jetzt schon seit mehr als zehn Tagen tatenlos in einem bewachten Zelt herumsaß. Außerdem sollte Dawyd einen ziemlich verloren aussehenden Schriftsteller mitnehmen, der in der Lage war, Lyras Linse zu bedienen.

»Ich kann die Klamm allein auskundschaften! Ich bin schneller, und die Chiffre beherrsche ich auch!«, protestierte Dawyd.

Schlundner sah ihn an, als sei er es gründlich leid, mit ihm zu diskutieren. »Die Chiffre haben wir zusätzlich mit Wortzeichen verschlüsselt.«

»Ich weiß – aber unsere Feinde haben doch so ein Ding überhaupt nicht, es wird wohl ausreichen, wenn ich unsere normale Chiffre benutze und flott melde, ob das Tal sauber ist oder nicht?«

»Ich lasse Euch aber nicht ohne Bedeckung gehen, Iackmar. Dieses Tal riecht kilometerweit nach der perfekten Gelegenheit, uns eins auszuwischen. Wir wollten mit Kavallerie und

Infanteristen hinein – und kommen am Ende nie wieder heraus! Ich würde Euch lieber überhaupt nicht hineinschicken, aber ich sehe ein, dass Ihr mehr als jeder andere geeignet seid, einen Hinterhalt zu überleben, falls es tatsächlich einer sein sollte.«

»Und wenn es einer ist? Lasse ich dann die anderen von der ›Stimme‹ zurück, weil ich schneller laufen kann als sie?«, gab Dawyd zurück. »Schickt mich allein – oder gar nicht!«

Schlundner lief rot an, und Dawyd salutierte schließlich wütend, zerhackte mit seinem Schwert ein junges Bäumchen, das zerrupft im Feldlager aufragte, in handliche Stücke und suchte sich einen Trupp für die Vorhut.

»Und Ihr werdet keine Blutfechter mitnehmen, Iackmar!«, hörte er Schlundner hinter sich. »Nur die Erste Kompanie der ›Stimme‹!«

Eine aufmüpfige »Stimme« ist ihm ein Dorn im Auge!, schoss es Dawyd durch den Kopf, doch er fügte sich und brach mit vier Dutzend Freiwilligen auf.

Der Fluss schnitt sich von Osten nach Westen genau durch ihre Marschroute und hatte dabei ein so tiefes Tal in die Landschaft gefressen, dass Elisabeda schon recht hatte: Sie mussten einen Weg hindurch finden.

Oder wir lernen fliegen, dachte Dawyd verdrossen.

Sie kamen am Grund der Klamm nur langsam voran. Immer wieder versuchten sie am anderen, steileren Flussufer Aufwege zu nehmen, die sich jedoch als gefährlich oder schlichtweg unpassierbar herausstellten. Eine Nacht hatten sie schon hier unten in diesem vermaledeiten Flusstal verbringen müssen, und die Felswände wurden höchstens noch höher, je weiter sie nach Westen kamen. Bis jetzt waren sie aber auch nicht attackiert worden.

Bis jetzt.

Dawyd ging mit einer kleinen Vorhut voraus, neben ihm Timtheos, der Schriftsteller mit der Linse, der größere Leidensfähigkeit besaß, als Dawyd ihm zugetraut hatte. Hinter ihnen schleppten sich, abgerissen, nass und müde, die zehn leichtfüßigsten Infanteristen dahin, die die »Stimme« zu bieten hatte. Der Rest blieb mit Jannis ein wenig zurück. Der Untergrund war tückisch, von nassen Felsen übersät, in einem Tal, in das kaum je die Sonne schien, und in dem schleimige Amphibien und aus düsteren Höhlen rufende gefiederte Wesen das Lebendigste zu sein schienen.

Am Morgen hatten sie sich noch in leisem Ton unterhalten, doch im Laufe des Tages erstarben die Gespräche. Timtheos war erst vor Kurzem von Sygna aufgebrochen, nachdem sie von der Front aus einen Eilboten mit der Bitte um Nachschub und einer von Lyras Linsen losgeschickt hatten. Lyra hatte zu diesem Zeitpunkt bereits darum gebeten, dass einige Wortzeichenwirker die Front verstärkten, denn es war nie ausgeschlossen, dass eines der zahlreichen Linsengläser, die sie mittlerweile gefertigt hatte, in die Hand des Feindes fiel. Wenn man die Kommunikation noch mit dem Zeichen verschlüsselte, das Worte kryptisch werden ließ, auf dass nur ein Eingeweihter die Bedeutung verstand, war zumindest sichergestellt, dass die Aquintianer es nicht verstanden.

Es sei denn, sie fangen einen von diesen kryptischen Schriftstellern und Dichtern gleich mit, dachte Dawyd. Er hatte Timtheos gefragt, wie es dazu kam, dass er dieses Zeichen beherrschte, und der hatte geantwortet, er habe es erst auf der Reise zur Front von einem Dichtmeister gelernt. Es war Dawyd ein Rätsel, warum manche Zeichen überhaupt existierten – beispielsweise das Zeichen, das Ismayl sich zuletzt angeeignet hatte: Es ließ ihn Sprachen und Dialekte meistern. Wenn den Sygnaer Zeichenwirkern seit Jahrhunderten das Verlassen ihrer Stadt untersagt war, wem nutzten dann solche Zeichen? Ismayl hatte es von einem Übersetzer gelernt, der in den Vierweg-Kontoren mit Händlern zu tun hatte, und das war auch die einzige Anwendung, die Dawyd einleuchtete.

Vielleicht war es früher anders, und Zeichenträger haben die Welt bereist.

Nur ein Kenner des Zeichens, das die Worte kryptisch werden ließ, konnte verschlüsselt durch das Glas senden – doch wenn er sein Zeichen vorher auf den Empfänger wirkte, konnte dieser die Signale lesen, insofern er Jendras normale Verschlüsselung verstand.

Dawyd sah aus dem Augenwinkel, dass Timtheos' nervöse Linke die Linse wieder und wieder wendete. Man brauchte Licht, um etwas damit zu übermitteln, und sie stapfen hier unten durch den Schatten. Er atmete den feuchtwarmen Duft der Klamm ein, der nur von einem Hauch bewegt wurde, der ihnen entgegenkam. Kurz schoss ihm durch den Kopf, dass dieser Krieg ihm und Tim die einzige Gelegenheit bot, Gegenden, Länder, spektakuläre Landschaften und Felsformationen zu sehen. Als Urzeichenträger würde Dawyd Sygna danach nicht mehr verlassen dürfen – für den Rest seines Lebens. Der Gedanke ließ Widerstand in ihm aufblitzen.

Oder wir verändern etwas. Kilianna verändert etwas.

Und in diesem Moment, in dem er glaubte, an der wilden Klamm, so fern von menschlichem Einfluss, wieder etwas Schönes wahrnehmen zu können, etwas, das die strengen Gesetze Sygnas ihm eigentlich nicht zu sehen gewährten, legte sich ein grauer Schleier auf den Fluss zu seiner Rechten. Er blinzelte – Nebel? Müdigkeit?

Keine Musketen schossen. Keine Felsen stürzten herab. Der Tod kam so schleichend, dass Dawyd erst begriff, dass etwas nicht stimmte, als Timtheos, der sich rechts neben ihm und näher am Ufer befand, hustend in die Knie brach.

Da erinnerte er sich an diesen grauen Dunst, an ein sterbendes Kind am Löschbach, an Flaschen und Fässer, die zu zerbrechen drohten … Ohne nachzudenken packte er Tim und zerrte den dürren Kerl vom Fluss fort – doch der Weg führte hier am Boden der Klamm entlang, die Seiten wurden von schlüpfrigen, moosbewachsenen Felsen bedeckt. Hinter ihm fingen andere an zu husten und zu keuchen – der Nebel wurde dichter, und er kam den Fluss hinauf.

Mit dem Wind, begriff Dawyd. Er hatte instinktiv nicht mehr eingeatmet, doch das Gas, das entstand, wenn die alchimistische Teufelei der Aquintianer mit Wasser in Verbindung kam, schien mit winzigen Messerklingen auf seine Augen einzuhacken.

»Macht kehrt!«, presste er hervor, schmeckte sofort einen widerwärtigen, bitteren Geschmack auf den Lippen und der Zunge.

Er drehte sich herum, versuchte, höher auf die Felsen zu kommen, doch mit dem hustenden Schriftsteller, der wie ein Sack Mehl an ihm hing, fiel es ihm schwer. Dawyd atmete nicht, seine Lunge begann zu brennen, doch der Schmerz war nicht vergleichbar mit dem der anderen, die den Dunst einatmeten. Lindra, die bisher an jeder Felswand Tritte und Griffe gefunden hatte, rutschte aus, tauchte tiefer in den nun wabernden Nebel ein und war dann nur noch als zuckender Schemen zu erkennen.

Scheiße, verdammte!, hämmerte es in Dawyds Kopf, er zerrte an seinem Gürtel – das Lange Schwert war in dieser Situation so behindernd, dass es sein Todesurteil bedeuten konnte. Er löste die Schnalle, Scheide und Schwert klapperten auf den Steinen unter ihm. Dann versuchte er, Tim höher auf die Felsen zu bekommen, entfesselte mit einem Gedanken die Kraft des Urzeichens, hob den Schriftsteller wie ein Kind auf die Schultern und katapultierte sich aus der Hocke höher in die Steilwand. Er sah, dass zwar einige seiner Leute seinem Befehl gefolgt waren und kehrtgemacht hatten, doch dass der Nebel sie mit dem Wind bereits überholt hatte. Nach oben hin verflüchtigte sich das Gas zwar, doch in den engen Wänden der Klamm stieg der Dunst auf. Dawyd rang einmal nach Atem, das Gas biss in seinem Hals, seinem Rachen und seinem Brustkorb, und er musste den Drang zu husten unterdrücken, um nicht all die kostbare Luft, die er mit eingesogen hatte, wieder auszustoßen.

»Klettert in die Wand!«, brüllte er, ließ Tim auf einen Felsabsatz sinken und sprang wieder herab, um Lindra zu holen. Als er bei ihr landete, mit den Füßen im glitschigen Moos, sah sie ihn aus starren, aufgerissenen Augen an, in denen mit Blut durchmischte Tränen schimmerten. Sie sah so tot aus, als läge sie schon seit Stunden hier, und Angst schnürte Dawyd die Kehle zu. Um ihn herum waren nun alle zusammengebrochen, kein Einziger hatte es in die Wand geschafft.

Verdammte Scheiße, Scheiße, Scheiße!, pulsierte die Panik, und er packte Urias, der wild um sich schlug, und Ylana, die heiser keuchte und sich die Finger auf die Augen presste, mit je einer Hand, zerrte sie hoch und packte sie dann um die Hüften.

Er schleifte sie auf die Felswand zu, die er kaum noch sehen konnte. Zum einen war der Nebel nun so dicht – und zum anderen verweigerten ihm seine eigenen Augen allmählich den Dienst, sie tränten und brannten, und seine Sicht wurde so schlecht, dass er fürchtete, das Gas würde ihm das Augenlicht rauben, wenn er sich weiter darin aufhielt. Er stieß vor Anstrengung keuchend kostbare Luft aus – das Zeichen machte es ihm möglich, minutenlang den Atem anzuhalten, er gebot über seinen Körper wie niemand anderes. Trotzdem waren ihm Grenzen gesetzt, und er wusste, dass er sie bald erreichte.

Innerlich fluchend schleppte er sich, Ylana und Urias weiter, aber an Springen war nicht zu denken – nicht mit beiden. Er brauchte mindestens eine Hand, um sich an der Felswand zu fangen, und das hieß, er konnte nur einen von beiden mit hoch nehmen.

Er ließ den schwereren Urias zu Boden gleiten. »Halt durch«, zischte er.

Der hatte aufgehört, wild um sich zu schlagen – und was für den Transport hierher nützlich gewesen war, ließ Dawyd nun glauben, dass der andere ihm schlichtweg im Arm gestorben war. Er dachte nicht darüber nach, wuchtete Ylana auf die Schultern und sprang mit ihr in die Höhe.

Mit schmerzender Lunge und Augen, vor denen alles in

stechenden Farben zu brodeln schien, fand er Halt an einem Bäumchen, das aus einer Felsspalte wuchs. Er hängte den schlaffen Leib der jungen Frau über den Bogen, den der Stamm beschrieb, und ließ sich selbst wieder nach unten fallen. Er machte mit Urias denselben Sprung, diesmal zitterten seine Arme und Beine so sehr, und seine Augen ließen ihn so orientierungslos werden, dass er beinahe abrutschte und zehn Meter tiefer aufgeschlagen wäre. Mit einem unfreiwillig japsenden Einatmen schloss er doch noch die Hand um einen Ast des Bäumchens. Er versuchte, Tim wiederzufinden – wo hatte er ihn hingelegt? Weiter die Felswand hinauf? Oder weiter flussaufwärts?

Er konnte nichts mehr sehen – und keiner seiner Kameraden war ihm hier hinauf gefolgt. Er ließ Urias neben Ylana herab, beide regten sich nicht. Er musste innehalten, sein Herz raste, seine Augen tränten, und die schleimige Konsistenz der Tränen ließ ihn ahnen, dass sich Blut darin befand. Der Schmerz in den Augen stieg ihm bis in die Nase und die Stirn und explodierte dort. Er stöhnte und stemmte sich weiter hoch.

Jannis warnen! Es war, als hätte der Schmerz ihm einen klaren Gedanken ins Hirn gerammt. Er schloss fest die Lider, kletterte im Baum höher, bis die Äste zu dünn wurden – öffnete die Augen dann kurz. Hier dünnte der giftige Dunst aus, und er erkannte auf einem moosigen Felsabsatz eine zusammengesunkene Gestalt – Tim! Zwischen ihnen erstreckten sich vielleicht fünf, sechs Meter Felswand und Abgrund. Er hockte sich in eine Astgabel und katapultierte sich nach vorn. Unter ihm krachten Äste, der Baum bewegte sich wie der überbeanspruchte Arm einer Wurfmaschine, doch Dawyd kam am Rande von Kraft und Bewusstsein dort an, wo Tim lag. Er rüttelte an dem reglosen Körper, kam mit einem eiskalten Gemisch aus Panik und Gewissheit zu dem Schluss, dass der junge Mann tot war, und stellte dann mit einem noch viel kälteren Gefühl der Erleichterung fest, dass sich die Linse nach wie vor fest in dessen linker Hand befand.

Dawyd löste sie. In seiner Kehle regte sich ein Husten, das er nicht mehr unterdrücken konnte, und ein würgendes Gefühl, das ihm Blut und Galle in den Rachen steigen ließ. Er steckte sich die Linse in die Hosentasche und kletterte mit zitternden Händen höher. Noch ein Stück, eine Hand auf glitschiges Moos, die andere an scharfen Felskanten, ein Fuß auf einer verschlungenen Wurzel, die zu keiner Pflanze mehr gehörte, der andere in eine Ritze verkeilt. Er griff in kalte Rinnsale, glitt aus und fing sich wieder und machte schließlich, hustend und keuchend, einen letzten, zeichenverstärkten Sprung an ein weiteres Bäumchen, das die Blätter hinauf in die Nachmittagssonne streckte.

Er zog sich auf einen Ast, spuckte röchelnd Blut und hielt dann die Linse in die Sonne.

Jendras Chiffre, dachte er, als könnte er sie so hervorholen. Sein Hirn war leer. Er krümmte sich, sog die immer noch von gräulichem Dunst durchsetzte Luft in seine Lungen und stieß sie mit einem Krampf wieder aus. *Jendras Chiffre!*

Er presste die Lider zusammen. Es war doch ganz einfach. Kurze und lange Signale in einer recht logischen Reihenfolge, aufsteigend im Alphabet. Er presste die Hände auf die Augen und hob dann die Linse wieder.

Ja. Ruhig. Nur ruhig. Ich weiß es. Ich weiß das.

Zwischen Daumen, Zeigefinger und Mittelfinger ließ er die Linse im Sonnenlicht aufblitzen.

»Aus Klamm raus. Gift. Sofort.«

Er hoffte, es war noch nicht zu spät. Mit einem heiseren Schluchzen krümmte er sich im Baum zusammen, umklammerte die Linse und legte die Stirn darauf.

Die Luft wurde besser, doch es dauerte unerträglich lange. Und für jeden, der mit ihm unterwegs gewesen war, war es zu spät.

»Scheiße«, krächzte er. »Ihr beschissenen Aquinzacken!«

Der Dunst hielt sich noch stundenlang in der Klamm. Als Dawyd den Grund wieder sehen konnte, kletterte er nach unten, holte sein Schwert, tastete nach einigen kalten Hälsen, in denen sich kein Puls mehr regte. Dann kraxelte er mit einem leeren, dumpfen Gefühl wieder in die Felswand und daran entlang flussaufwärts. Falls er Jannis und die anderen der »Stimme« ebenfalls tot am Grund der Klamm sehen würde, wusste er nicht, an wem er sich zuerst rächen wollte. An den heimtückischen Aquinzacken oder an Schlundner, der ihn nicht allein hatte losziehen lassen? Das Schwert wog schwer an seiner Seite und behinderte ihn so sehr beim Klettern, als könnte es nicht abwarten, gezogen zu werden und Blut zu vergießen.

Irgendwann hörte er Jannis' heisere Stimme – und bei allen Altmeistern, er war in allen Momenten dieses Kriegszugs selten so erleichtert gewesen!

»Hauptmann!«, schrie Jannis schräg über ihm. Er und seine Leute befanden sich auf einem schmalen Pfad auf der anderen Seite der Klamm, den sie noch Stunden zuvor als Route verworfen hatten, weil er nicht für Pferde passierbar war.

»Schattenhieb!«, ächzte Dawyd zurück. »Verluste?«

»Keine, Hauptmann. Deine Nachricht kam früh genug.«

Dawyd verspürte eine verbissene Dankbarkeit gegenüber dem Schicksal.

»Wo sind deine Leute?«

»Alle tot«, stieß Dawyd hervor.

»Verdammte Scheiße«, fluchte Jannis das, was Dawyd in einer Endlosschleife durch den Kopf fuhr.

»Wir müssen umkehren«, rief Dawyd hinüber. »Zum Heer.«

»Ja, hier halten mich keine zehn Pferde.«

»Ihr seid aber auf der falschen Seite von diesem verschissenen Fluss!«

»Wir kommen nach, Hauptmann. Schlundner weiß vermutlich schon Bescheid, weil du es durch die Linse gesendet hast, aber wir behalten noch ein bisschen den Fluss im Auge, notgedrungen, bis sich dieser Nebel verzogen hat. Wer weiß –

wenn Soldaten kommen, erleben sie ihr blaues Wunder, dann nehmen wir sie von hier oben aufs Korn!«

Dawyd nickte, Jannis salutierte mit zwei Fingern und der falschen Hand einmal quer über die Klamm, und Dawyd machte sich daran, einen Ausweg auf seiner Seite der Schlucht zu finden.

Auf dem Weg zu Schlundner fiel Dawyd erst in Elisabedas Zelt ein, schrie sich ein bisschen die Wut von der Seele und ließ sein Schwert bei ihr. »Ich köpfe ihn sonst noch. Ein schneller Tod, nicht wie der für die armen Teufel in der Klamm!«

Elisabedas Blick, in dem sich brennende Ungeduld und schier unermessliche Duldsamkeit einen zähen Ringkampf lieferten, sprach Bände. »Es ist nicht Schlundners Schuld. Er konnte das nicht wissen. Und dich allein gehen zu lassen … Es hätte auch eine Falle sein können.«

»Es *war* eine Falle!«

»Eine Falle speziell für dich – Musketen, Sprengsätze, irgendetwas, dem du nicht entkommen wärst. Er musste dir Bedeckung mitgeben.«

»Er hat mir die ›Stimme‹ mitgegeben, weil sie am meisten aufmuckt. Weil sie unzufrieden ist ohne dich! Er hat kein Recht, dich hier einzusperren, warum gibst du dich damit zufrieden? Du lässt dir doch sonst von niemandem reinreden! Du bist doch auch sonst immer ein Freigeist!«

Elisabeda hob die Brauen. »Welcher Sygnaer ist schon ein Freigeist? Ignaz war vielleicht der einzige. Das ist nicht die erste Gefangenschaft, die ich aussitzen muss. Und ich habe genau genommen keine Ahnung von militärischen Strategien, sondern bestenfalls ein ganz taugliches Bauchgefühl und ein bisschen Hirnschmalz. Ich bin Schmiedin. Wenn ich anfange, gegen Schlundner aufzubegehren, dann tut das bald auch der nächstbeste Glockengießer, Malermeister und Blumenbinder. Und so funktioniert ein Heer nun einmal nicht. Sag Jannis, ich werde nicht ewig hier drin bleiben. Im Moment geht es ja ohnehin nicht vorwärts; Yulian sitzt in Krenau, und wir wissen nicht, ob wir ihn belagern sollten, zeitaufwendig umgehen oder durch eine Klamm stapfen, in der wir vergiftet werden … Wenn ich den Eindruck habe, wieder etwas tun zu können, dann werde ich etwas tun, vertrau mir.«

Dawyd versuchte, den rauchenden Zorn zu vertreiben, der sich wie grauer Dunst über sein Inneres gelegt hatte.

»Vorwärts kommen wir im Moment nirgendwo anders als durch diese Klamm«, sagte Elisabeda und sah auf eine Karte, die auf dem Tischchen lag, das zu ihrer mageren Inneneinrichtung gehörte. »Ich war schon mal drin, damals, als ich mit dem Goldfechter durchgebrannt bin, und es gibt einen Weg hinaus, glaub mir. Er könnte sogar breit genug für Wagen sein, wenn ich es richtig in Erinnerung habe und er nicht mittlerweile verfallen ist.«

»Wir können da nicht durch! Ich glaube nicht, dass sie ihren kompletten Vorrat an alchimistischer Scheußlichkeit heute losgeworden sind.«

»Oh, ich auch nicht«, erwiderte Elisabeda. »Aber ich erinnere mich daran, dass Rufin Schutzkleidung getragen hat, als wir die Katastrophe in Sygna verhindert haben. Und Miryam ist doch noch hier, oder? Sie ist nicht wieder zurück zur Stadt?«

»Ich bin mir sicher, sie lässt sich gerade volllaufen mit einigen üblichen Verdächtigen, die schon so betrunken sind, dass ihnen nicht mehr auffällt, dass sie es mit einer einäugigen Schabracke zu tun haben«, sagte Dawyd gehässig. Er war so wütend, und der immer noch fremde Puls dieses Urzeichens, der meistens mit dem seinen im Takt schlug, hämmerte in seinem Kopf und wollte den Kampf, den die Feigheit der Aquintianer ihm in der Klamm versagt hatte.

»Miryam hat in den Manufakturen geschuftet. Sie hat *genau diese* Stoffe hergestellt, weil die Aquintianer das Gas an der Front nutzen wollten. Ich weiß, sie macht keine echten Fortschritte, aber etwas herstellen, was sie schon einmal hergestellt hat, das wird sie schaffen.« Elisabeda legte ihm die Hand auf den Arm, und Dawyd wurde bewusst, dass er seine Hände zu Fäusten geballt hatte. »Und dann könnt ihr durch und auf der anderen Seite reinen Tisch machen mit denen, die diese Klamm vergiften. Dann können Teile des Heers auf die andere Seite, und dann kann ich aus diesem vermaledeiten Zelt. Verstehst du, Dawyd?«

Er löste die Fäuste und streckte die Finger. »Ja. Ich verstehe.«

Wimmernd beugte sich Miryam mit einer Schere über die Stoffreste, und Bedauern fraß an Dawyd. Aber Bedauern fraß auch an ihm, wenn er an Tim und Urias und Lindra und die anderen dachte, *verdammt noch mal!*, und sie konnten einfach nicht darauf warten, dass Miryam sich irgendwann von selbst dazu durchrang, sich ihres Urzeichens als würdig zu erweisen.

Als wäre Schlundner dasselbe durch den Kopf gegangen, schrie er die junge, aber verbraucht aussehende Tagelöhnerin an: »Warum hat sich das Urzeichen ein so nutzloses Ding wie dich ausgesucht? Es ist eine *Ehre* – für eine Gossenhündin wie dich noch mehr als für … für Iackmar hier, der ohnehin gerade dabei war, was aus seinem Leben zu machen! Hörst du mich, andere Zeichenträger setzen ihr Leben aufs Spiel, jeden verdammten Tag in diesem Krieg, und selbst ein Zeichen, bei dem ich dachte, etwas Nutzloseres als Glas werden wir in diesem verschissenen Krieg nicht finden, selbst das hat uns die Ärsche gerettet, mehr als einmal, weil Lyra *geniale* Ideen hat, und du, du säufst und machst die Beine breit für betrunkene Kackvögel von Rekruten! Du bist Abschaum, und die einzige Chance, kein Abschaum mehr zu sein, ist das Urzeichen! Also setz dich auf deinen knochigen Arsch und steh nicht wieder auf, bevor du etwas Nützliches vorzuweisen hast!«

Dawyd wandte sich von Schlundner und dem Karren ab, auf dem die schluchzende Miryam saß. Er erinnerte sich daran, wie sie in Sygna Marionett gespielt hatten. Wie sie Miryam dazu gebracht hatten, über ihre erniedrigende, auszehrende Arbeit in den Manufakturen zu sprechen. Wie sie im Hinterhof vom *Goldhahn* ihren Liebsten erstochen hatten.

Die Schere schabte sich mit zittrigen Geräuschen durch den Stoff, und als er noch einmal einen Blick wagte, sah er, dass sie nur Streifen abschnitt, die nutzlos zu Boden fielen.

»Wir brauchen Stoff, der Augen und Atemwege vor diesem Zeug schützt! Erinnere dich dran, was dich die Aquintianer in den Manufakturen haben machen lassen, und dann mach es hier auch, oder ich schwöre beim Großen Handwerker, ich schicke dich als Erstes in diese Klamm«, polterte Schlundner weiter.

Dawyd zögerte. Vielleicht sollte er dazwischengehen. Vielleicht sollte er Schlundners Tirade stoppen. Lyra hatten sie vertraut, obwohl sie eigenbrötlerisch und … nun ja, seltsam war. Es zahlte sich aus, Leuten zu vertrauen.

Aber Tim, Ylana, Urias und die anderen hatten ihm vertraut. Und jetzt waren sie tot. Vielleicht hatte Elisabeda recht, und ein Krieg war nicht der Zeitpunkt, einfach darauf zu vertrauen, dass alles gut werden würde und dass jeder wusste, was er tat. In einem Krieg musste man Befehle geben und Befehle annehmen.

Zwei Tage später war Miryam tot.

Schlundner hatte Dawyd wegen guter Neuigkeiten rufen lassen – die Gezeichnete war sich sicher gewesen, dass ihr geglückt war, was der General verlangte. Soldaten testeten die Stoffmasken im Feuerrauch und atmeten nichts als frische Luft. Wie im Rausch hatte sie die Nacht darauf durchgearbeitet.

Schlundner und Dawyd fanden sie mit aufgerissenem Auge verkrampft und verdreht inmitten ihrer Werkstücke. Hunderte Tücher lagen um sie herum, auf jedem genau in der Mitte: ein einzelner Blutstropfen.

»Ach, Scheiße!«, schrie Dawyd und trat gegen die Schere neben ihrer Hand, die meterweit durchs Gras flog. Die Frau war bemitleidenswert mager, ausgezehrt, die Adern schwarze Stränge unter ihrer Haut, die Sehnen standen hervor, alles an ihr schien papierdünn. Die schütteren Haare waren mausgrau, ihre leere Augenhöhle gähnte Dawyd grauenerregend an, wohingegen aus dem anderen Auge das Zeichen verschwunden war.

Ein eisiger Schauder durchlief ihn – die bittere Ahnung von Sterblichkeit und die Gewissheit, dass er nicht ewig war. Das Zeichen war es vielleicht, aber er war nur ein einziger Atemzug im Dasein dieses Urzeichens. Nicht er hatte das Zeichen im Griff, sondern das Zeichen hatte sich ihn genommen und blickte durch seine Augen in die Welt. Dieser kurze Eindruck war so lähmend, dass er die Arme um sich schlang und neben Miryam auf die Knie sackte.

»General«, raunte er, »tut das nie wieder.«

Schlundner erwiderte nichts, und Dawyd sah ihn nicht an, doch er wusste, dass der andere sich ebenso elend fühlte.

Sie schwiegen sehr lange, und mehr und mehr Soldaten sammelten sich um sie herum, murmelten, mutmaßten, was mit Miryam geschehen war. Was mit dem Urzeichen geschehen war. Und dann straffte sich Dawyd, erhob sich und sagte: »Bitte, einen Trupp zur Erkundung der Klamm zusammenstellen zu dürfen, General.«

»Bitte stattgegeben«, sagte Schlundner matt, und schon am gleichen Tag stieg Dawyd mit der »Stimme der Freiheit« und Miryams Tüchern hinab ins Tal der Fiper.

Dawyd mochte vieles sein. Ein Großmaul. Ein Unruhestifter. Die Geißel seiner Zieheltern. Der Ruin des einen oder anderen, der ihn für ein Duell bezahlt hatte, das er durch Unachtsamkeit verloren hatte. Er hatte schon viele Fehler gemacht – aber selten zweimal den gleichen.

Sein Trupp rückte diesmal schnell durch die Klamm vor, und schon am späten Nachmittag erreichten sie die Stelle, bis zu der sie bei ihrer ersten Erkundung anderthalb Tage benötigt hatten. Dawyd hatte keine Ahnung, von wo aus sie beobachtet wurden, doch dass sie es wurden, war augenscheinlich. Er war kaum bei den Leichen der vormaligen Vorhut angekommen, hatte kaum entdeckt, dass offenbar feindliche Soldaten in der Zwischenzeit gekommen und auf Nummer sicher gegangen waren, indem sie in jeden verrenkt und gequält daliegenden Körper einmal einen Säbel gesteckt und die Taschen durchwühlt hatten, da begann das Spiel auch schon von Neuem. Grauer Dunst waberte auf dem Wasser auf. Er zog das Tuch vor dem Gesicht straffer – Miryam hatte die Stoffe vor den Augen ausgedünnt, sodass er hindurchsehen konnte wie durch einen Schleier, während der Rest des Tuchs – der Stoff eines grau verfärbten Hemds – dicht vor seiner Nase und seinem Mund lag. Er musste sich überwinden, Luft zu holen. Doch als er es tat, war sie klar, geschmacklos und – das Beste! – nicht schmerzhaft.

»Hah!«, stieß er hervor und wusste nicht, ob er sich darüber freuen sollte, dass Miryam ein so wertvolles Vermächtnis hinterlassen hatte. *Sie war nicht hier für ein Vermächtnis … Sie war nicht als Soldatin hier, nicht im Wissen, dass sie hier ihr Leben verlieren würde.*

Aber das Tuch tat, was sie versprochen hatte. Kurz hielt er inne, bevor er die Laterne aufblendete, die er bei sich trug, weil der Nebel alles Licht verschlang, und gab Jannis durch, dass sie aufrücken konnten.

Wachsam drangen sie weiter vor – wer giftiges Gas auf sie loslassen konnte, konnte auch mit Musketen irgendwo lauern oder Sprengsätze angebracht haben.

Die Wahrheit war weitaus skurriler. An der Stelle, an der sich endlich ein gangbarer Weg von unten gut sichtbar in Serpentinen aus der Klamm schlängelte, warteten die verzichtbarsten Soldaten auf sie.

Aus dem grauen Dunst schälten sich menschliche Gestalten,

Dawyd gab den Befehl zum Angriff, und auf dem unwägbaren, schlüpfrigen Boden, knietief durch Dunst und Wasser, über Wasserpflanzen und sumpfige Stellen stürmte die »Stimme«, Dawyd und Jannis voran, auf die Soldaten im Nebel zu.

Als Dawyds Schwert den ersten beinahe ohne Widerstand enthauptete, wurde ihm klar, dass es sich nicht um Menschen handelte. Es fühlte sich an, als hätte er das Schwert durch Lehm geschlagen.

Auch Jannis' von den Tüchern gedämpfter Schrei brach erstaunt ab, und dann waren die anderen heran, überrannten die feindlichen Soldaten und trampelten sie schier zu Boden. Diese machten Anstalten, sich neu zu formen, doch Dawyd und die »Stimme« zerhackten ihre Leiber, bis der Fluss die irdenen Reste mit sich trug. Dawyd zertrat die Hand eines Lehmmannes auf einem Stein im Fluss, und als der Dunst sich langsam mit dem Wind verzog, fand er Glasscherben zu seinen Füßen im Flussbett.

»Was beim Krummen Mann war das?«, schnaufte Jannis.

Dawyd sah sich um – etwas verdeckt von Büschen standen Kisten voller Glasflaschen, in denen eine Flüssigkeit schwappte, der nicht anzusehen war, welches Unheil sie stiften konnte.

»Das Irdene Urzeichen«, urteilte er. »Männer aus Lehm, die dem Befehl oder dem Geist ihres Schöpfers gehorchen. Interessant, dass sie keine Lebenden hier postiert haben.«

»Vielleicht haben sie ohne unsere Manufakturen keine Tücher.« Jannis tippte sich ans Gesicht.

»Ja, vielleicht«, sagte Dawyd. »Ohne das Urzeichen und ohne unsere Weber … So oder so … Hmm.« Er sah in die Höhe, wo sich der graue Dunst langsam verzog, und wies auf die gegenüberliegende Felswand. »Und da geht tatsächlich ein Weg hoch. Den sollten wir also nicht entdecken!«

Die Serpentinen waren geschickt angelegt und wendelten sich über die natürliche Struktur der Felsen. Hier und da waren sie bearbeitet worden, um dem Weg mehr Platz oder mehr Sicherheit zu gönnen.

»Das hier war mal eine richtige Straße, wette ich«, ergänzte Jannis.

Dawyd sah sich um. Sie waren auf dem Weg an Stellen vorbeigekommen, an denen Pfeiler aus dem Boden ragten, als hätten sie zu Brücken oder Befestigungen gehört. »Wenn der General ein paar fleißige Sygnaer Handwerker ranlässt«, begann Dawyd, »dann … dann könnten hier auch die Wagen durch. Sogar die Kanonen!«

Er konnte Jannis' Miene nicht sehen, doch der andere nickte und gab so etwas wie ein kurzes Lachen von sich. »Das sollte doch für ein paar Handwerker kein Problem sein! Hier und da ein paar Latten. Hauptsache, wir sind schon hier, errichten einen Brückenkopf und bewachen solange diesen Pass.« Er deutete hinter sich.

»Das sollten wir auf jeden Fall«, stimmte ihm Dawyd zu.

Die Lehmsoldaten kamen nicht wieder, und Schlundner erhielt durch die Linse einen unverschlüsselten Bericht, wobei Dawyd hoffte, dass die Aquintianer nach wie vor keinen blassen Schimmer von ihrer Kommunikation hatten.

Das ist das Ende des Kriegs, dachte Dawyd. *Wir schneiden den Kaiser von seinem Nachschub ab. Wir hungern ihn in Krenau aus. Und dann gehen wir nach Hause und überlassen das feierliche Vierteilen der Noccurn-Allianz.*

Als der Dunst sich verzog, nahm Dawyd das Tuch ab und beobachtete die Farben eines spektakulären Sonnenuntergangs am oberen Ende der Klamm.

Elisabeda saß auf einem Pferd, und fast gelang es ihr, sich einzureden, dass der Soldat neben ihr einfach ein Mitstreiter war und kein Bewacher, der sie daran hindern sollte, gegen den General aufzubegehren.

Mehrere Tage lang war der Weg durch die Klamm instandgesetzt worden, und jetzt rollten die ersten Karren durch einen beharrlichen Regen, der einfach nicht enden wollte und den

Weg hinab nicht unwesentlich erschwerte. Elisabeda wartete beim Tross darauf, dass Bewegung in das große Heer der Noccurn-Allianz kam. Nicht alle brachen auf – Obmann Hakkons Truppen blieben auf dieser Seite der Krenau-Feste, damit ihnen dieser schlüpfrige Kaiser nicht wieder entwischte.

Elisabeda war auf der Stute, die den nassen Kopf hängen ließ, am Eingang zur Klamm angekommen, da kam gemächlichen Schrittes Grau-Evy auf sie zu.

»Colonel«, grüßte Evy und musterte sie kurz. »Hab schlechte Neuigkeiten.«

»Dann warte nicht lange damit«, erwiderte Elisabeda.

»Wir bewachen vom Wasserfall aus die Feste.«

Die Fiper stürzte nahe der Feste als Wasserfall hinab. An dieser Stelle wurde die ohnehin schon unwirtliche Landschaft zur zerklüfteten Felseinöde, die »die Kantaurer« genannt wurde. Sie zog sich weit und weglos zu den Fjorden hin, und dort betrat der Fluss die Klamm, die sie zu durchqueren gezwungen waren. Vom Wasserfall aus konnten Leute mit Grau-Evys Kenntnissen Krenau überwachen, ohne von den Schanzen und Mauern aus gesehen zu werden.

»Einer von meinen Leuten sitzt da und beobachtet das andere Ufer.«

»Weiter«, forderte Elisabeda.

»Die Aquinzacken rücken aus. Richtung Nordwesten, Brefjort. Die Ratten kriechen aus ihren Löchern und warten nicht auf ihre Verstärkung.«

Elisabeda überschlug die Karte der Umgebung in Gedanken. »Sie haben das schwierigere Gelände; sie müssen einen Bogen um die Kantaurer machen, und wir können geradewegs hindurch. Wenn wir schnell genug sind, schneiden wir sie trotzdem vom Nachschub ab. Und wenn der Kaiser sich beim Heer befindet – dann haben wir ihn. Dann kriegen wir sie alle.«

Grau-Evy sah sie verwundert an. »Dann war es keine schlechte Nachricht?«

»Nicht, wenn wir schnell genug sind.« Sie trat ihrem Pferd in die Flanken und grinste ihren Bewacher an. »Ho-ja! Auf zu Schippen-Schlundner! Wir wollen einen Kaiser fangen!«

Ismayls Begleiter war zwar ebenso knapp bei Kasse wie Ismayl selbst, doch er war geografisch besser beschlagen. Die Heere der Aquintianer und der Noccurn-Allianz, zu der Sygna nun offenbar gehörte, befanden sich auf der östlichen Seite des Nadders. Der kürzeste Weg von Brefjort nach Sygna führte jedoch, wenn man nicht allzu viel Wert auf komfortable Wege legte, westlich des Flusses durch die Fjörder Berge. Unwegsam war der felsige Landstreifen zwischen den Fjorden und der Sunterebene, doch da sie sich ohnehin keine Passage mit einer Kutsche oder auf dem Rücken von Mietrössern leisten konnten, gaben sie sich mit den schmalen, sich in Täler und aus Tälern windenden Wegen zufrieden.

Tadeus hieß der Mann vom Verborgenen Hof, und obwohl er nicht über die Maßen gesprächig war, konnte sich Ismayl unangenehmere Reisebegleitung vorstellen. Entlang der Wege, die sie gingen, fanden sie immer wieder kleine Orte, Höfe und Siedlungen, in denen sie in Ställen oder sogar Gasthäusern übernachteten. Dieser Landstrich zeichnete sich vor allem dadurch aus, dass er nicht viel hergab, und er war Aquintien einverleibt worden, ohne dass die Bewohner mehr davon mitbekommen hätten als höhere Abgaben an die Obrigkeit. In größeren Orten waren aquinzische Beamte als Vorstand eingesetzt worden, doch Ismayl und Tadeus gaben ihnen keinen Anlass zu Misstrauen.

Außer in Minkweiler.

Der kleine Ort befand sich in Sichtweite der Kuser Berge, und die im Krieg immer wieder neu gezogene Grenze konnte jetzt nicht mehr fern sein. Ismayl hatte gehört, dass das Heer die Lurmundfeste erobert und die nahen Orte als zu Sygna gehörig erklärt hatte. Aber noch befanden sie sich auf aquinzischem Territorium, der elfte Tag ihrer Reise neigte sich dem Ende zu, und es hatte den ganzen Tag geregnet. Die Berge schienen ihm bereits so nah, dass Ismayl am liebsten noch zwei, drei Stunden weiter in seinem Ölzeug durch den Regen gestapft wäre.

Tadeus hatte nicht das Glück gehabt, mit Fischerkleidung ausgestattet worden zu sein, und somit war er von Kopf bis Fuß durchnässt und überaus schlecht gelaunt. Als sie die kleinen, sich unter den Regen duckenden Häuser aus grauem Bruchstein erreichten, konnte sich Ismayl kaum vorstellen, dass es darin trockener war als draußen. Das Huskalreich war einfach nicht Sygna.

»Ich habe von einer Gaststube hier gehört«, sagte Tadeus.

»Hier? In … in … Mint…«

»Minkweiler. Ja.«

»Eine berühmte Taverne in Minkweiler«, schloss Ismayl. »Man lernt ja nie aus.«

Das einzige Gebäude, das neuer als zweihundert Jahre schien, war die Administration, in der vermutlich ein aquinzischer Beamter mit einigen Soldaten hauste, die er an allerhöchstens zwei Händen abzählen konnte. Ismayl hatte den Ort jedoch für unbedeutender gehalten, als er war, denn offenbar gab es in der Nähe ein Bergwerk, und welches Metall man hier auch abbaute, es lohnte sich offenbar für den Kaiser: Tadeus und er kamen an mehreren großen Schuppen vorbei, in denen Erzbrocken gelagert und im strömenden Regen auf Fuhrwerke geladen wurden.

»Die Straße ist doch gar nicht passierbar für Fuhrwerke«, raunte Ismayl Tadeus zu und sah sich nervös um. Mussten sie wieder eine Kontrolle fürchten?

»Eine breitere Straße kommt von Westen. Sie transportieren es nicht nach Norden ab, sondern nach Westen, in die aquinzischen Kernlande.«

»Was ist es?«

»Keine Ahnung. Blei? Silber? Eisen? Sie scheinen zu fürchten, dass sie es verlieren. Kein Wunder. Die Lurmundfeste ist höchstens zwei Tagesreisen von hier, und die halten unsere Leute mittlerweile mitsamt der umliegenden Dörfer.«

»Dann sind wir bald auf Sygnaer Boden.« Ismayl fand selbst, dass sich das seltsam anhörte. Außerhalb der Stadt hatte nur das Schlangtal bis zum Klotz zu Sygna gehört – und nun ein ganzes Gebiet, bis zur Lurmundfeste und noch weiter? Sygna veränderte sich, und er war gespannt, was er vorfand, wenn er nach Hause kam.

Die Taverne hieß *Galmeiveilchen*, und Ismayl wusste vom heimischen Bleiberg, dass das gelbe Veilchen nur dort wuchs, wo Blei im Boden lag. Somit vermutete er, dass die Aquintianer hier vom Bleiabbau profitierten. Für Musketenkugeln und Ähnliches.

Dank des schlechten Wetters und des guten Biers war die Schenke gut besucht, größtenteils von Einheimischen, und Tadeus und Ismayl mieteten für eine Nacht ein Zimmer in der Dachkammer. Auch einige Soldaten vertranken hier ihren Sold, dieselben aquinzischen Groschen, die auch Ismayl für seine Zeit in der Kaserne erhalten hatte. Tadeus bezahlte mit den dreizehneckigen Sygnaer Turnosgroschen. Keine Sorte schien beim Wirtspaar Anstoß zu erregen. Es wurde viel geredet, viel gelärmt, und nach den langen Tagen auf den Beinen stieg Ismayl das Bier sofort zu Kopf – wie offenbar den meisten im Raum. Er ging früh zu Bett und hatte einen ausnehmend friedlichen Traum; anders als in den Nächten, in denen er in der Armee um sein Leben hatte fürchten müssen.

Tadeus weckte ihn sehr früh – der Regen hatte sich verzogen, und er sagte, er wolle es noch an diesem Tag ins Sygnaer Gebiet schaffen. Das war Ismayl nur recht, auch wenn seine müden Füße und beinahe durchgelaufenen Stiefel ihm rieten, sie noch einen Tag länger unter den unaufmerksamen Augen der Aquintianer hochzulegen.

Der frühe Morgen war kühl und hellgrau, irgendwo krähte ein Hahn, ein weiterer antwortete, einige Minenarbeiter verließen ihre Häuser, einige Erntehelfer zogen auf die Felder.

Der Schrei, der hinter ihnen aus dem *Galmeiveilchen* drang, war lang, herzzerreißend und unmissverständlich. Ismayl wandte sich um. Tadeus schräg hinter ihm schüttelte den Kopf.

»Geh weiter. Das hört sich nach Ärger an. Den können wir nicht gebrauchen.«

»Aber … vielleicht können wir helfen?«

Es war eine Frauenstimme, ihr Schrei ging in ein grausiges, luftloses Schluchzen über, das aus einem offenen Fenster im ersten Stock des gedrungenen Steinbaus zu ihnen herüberwehte.

»Hört sich das so an, als könntest du da helfen, Schönauge? Mit deinen Dichterzeichen?« Tadeus packte Ismayl am Arm und schob ihn vor sich her. Das sonst so freundliche, arglose Gesicht war in angestrengte Falten verzogen. »Geh einfach. Geh!«

Ismayl traf die Erkenntnis wie ein Schlag ins Gesicht. »Was ist da passiert? Hast … Du hast etwas damit zu tun! Was hast du gemacht?«

»Wenn du willst, dass die Aquinzacken dich wegen Mordes hängen, red nur weiter«, zischte dieser andere, plötzlich so fremde Sygnaer ihm ins Ohr. »Hier kennt man das Fallbeil noch nicht, das kann ich dir versichern, und dein Tod wird ein schmerzhaftes, unwürdiges Gebaumel. Denn hängen werden sie *dich*, mein Freund – mich bewahrt mein Dokument. Die Geschichte dazu hab ich mir schon zurechtgelegt.«

»Was …?« Ismayl fehlten die Worte, er gehorchte, stolperte voran, sah sich jedoch über die Schulter um.

Sie ließen den Ort viel zu schnell hinter sich, und Tadeus zog ihn vom Weg herab und ins Gesträuch, das die Felder begrenzte. Er stieß ihn am Feldrain weiter vor sich her, und Ismayl taumelte wortlos und ungläubig voraus.

Nach sicherlich zwei Dutzend Schritten gelang es Ismayl,

sich erst zusammen- und dann loszureißen. Er fuhr herum und schubste seinen Wegbegleiter in einen Weißdornbusch. Er schlug nach ihm, doch der andere wehrte den Schlag mit dem Ellbogen ab und zog mit einem Mal ein Messer vom Gürtel, eine schlanke, tückische Klinge, die er versteckt getragen hatte. Ismayl begriff nicht richtig, was der andere tat, aber plötzlich war er es, der am Boden in den Dornen lag. Wut und Angst mischten sich in ihm, als Tadeus ihm die Knie in den Leib und die Spitze der Klinge in die Haut an seinem Hals bohrte.

Ismayl wagte nicht, sich zu rühren, und da schüttelte sich Tadeus widerwillig und seufzte. Die Klinge ließ er dort, wo sie war.

»Was soll das?«, fragte er müde. »Ich will dir nicht schaden. Lass uns einfach weitergehen und für heute den Weg meiden. Dann sind wir morgen in Sicherheit.«

»Du hast unseren *Gastgeber* ermordet?« Es war zur Hälfte Frage und zur Hälfte Anklage.

»Und, kanntest du ihn etwa persönlich?«, erwiderte der andere mit so viel Sarkasmus, dass es schmerzte. »War es schade um ihn?«

»Aber … warum?«, presste Ismayl hervor und hatte bei jedem Wort Angst, die Bewegungen seines Halses könnten die Klinge tiefer in seine Kehle treiben.

»Ich war in Brefjort, weil wir geglaubt haben, dass der Träger des Wortzeichens dort mit der Verstärkung eintrifft. Ich sollte ihn töten.«

Ismayl durchlief es kalt. »Und … das ist dir nicht geglückt.«

»Er ist nicht in Brefjort.«

»Und dann hast du gedacht, du tötest stattdessen einen armen Tropf von Schankwirt?« Entsetzen kroch in ihm hoch – wer war dieser Mann, und wer hatte ihn nach Brefjort geschickt?

»Leider stand er ohnehin auf meiner Liste. Du kennst das Gesetz, Ismayl. Kein Zeichenwirker darf Sygna verlassen.«

»Das ist doch verrückt! Seit wann werden Zeichenwirker

denn *umgebracht?* Sie werden zurückgebracht und inhaftiert! Was für ein Zeichen hat er überhaupt gewirkt?«

»Das Bier«, sagte Tadeus und nahm endlich das Messer zurück, stand auf und hielt es in der Hand, als hätte er nichts anderes damit beabsichtigt, als sich die Fingernägel zu reinigen. »Hattest du eine friedliche Nachtruhe? Ja, hattest du. Weil sein Bier alle lähmt – die meisten Orte im Umland von Lurhaven haben längst ihre aquinzischen Beamten entsorgt und sich uns angeschlossen. Und dieser Idiot scheffelt Geld mit seinem gezeichneten Bier, dem guten Schlaf und dem friedlichen Rausch! Die Leute sind damit zufrieden, ihre Rohstoffe den Aquinzacken mitzugeben, damit die Kugeln daraus gießen und unsere Leute damit erschießen! Bloß, weil sein Bier ihnen Untätigkeit und die Illusion von Frieden schenkt! Lethargie! Trägheit!«

»Es war eine verdammte Dorfkneipe!«, rief Ismayl und kämpfte sich auf die Füße.

»Er hat Zeichen außerhalb von Sygna gewirkt«, sagte der andere unbeeindruckt.

»Und was ist mit mir? Stichst du mich in Sichtweite von Sygna ab?«

»Ich kehre gerade mit dir nach Sygna zurück, du hast unverzichtbares Wissen gesammelt«, sagte Tadeus – oder wie er auch immer hieß – so langsam, als sei Ismayl stumpfsinnig.

»Es sind noch Sygnaer für Aquintien an der Front! Heilermeister! Rekruten! Was ist mit denen?«

Tadeus sah ihn mit einem grässlich neutralen Gesichtsausdruck an. »Dafür sind andere zuständig.«

»Was soll das heißen? Dass es noch *andere* außer dir gibt, und ihr seid hier draußen unterwegs und tötet unsere *eigenen Leute?*«

Der andere blinzelte. »Hörst du dich reden, Dichter? Nach Kräften geben wir ihnen Gelegenheit, nach Hause zu kommen. So wie dir – diese Soldaten hätten dich am Rand von Brefjort verhaftet! Aber wenn unsere Leute nicht wollen oder nicht können, dann ist es besser, ihre Seelen fahren zum Großen Handwerker, als dass ihre Fähigkeiten dem Feind dienen.«

Ismayl öffnete den Mund und schloss ihn fassungslos wieder. Hatte er es mit einem religiösen Eiferer zu tun?

Tadeus wandte sich ab. »Wenn du mit mir kommst, musst du nicht um dein Leben fürchten.«

»Aber du vielleicht«, knurrte Ismayl. Die Schultern des anderen bewegten sich, als lachte er im Weitergehen.

Ismayl war wütend, aber nicht wütend genug, um den Mörder von hinten mit nichts als seinen Fäusten anzugreifen.

»Ich werde dafür sorgen, dass du in Sygna vor Gericht gestellt wirst!«, rief er.

»Sygna hat sich verändert«, sagte Tadeus. »Und ändert sich jeden Tag mehr. Mal sehen, ob zu meinen oder deinen Gunsten.«

Kapitel VIII

Gildenmeister Noha Goldschnitt wendete die Glaslinse in der Hand hin und her. Das Licht im Raum war gedämpft worden, um keine falschen Signale hindurchzusenden, da die Linse, so Goldschnitt, sowohl übermitteln als auch empfangen konnte. Er las die Botschaften von der Front mit knappen Worten von einem Blatt Papier vor, auf das er oder einer seiner Gesellen sie geschrieben hatte.

Goldschnitt war seit der Befreiung Gildenmeister der Dichter, Sänger, Schriftsteller und Buchdrucker. Er selbst war Buchdrucker und als solcher – im Gegensatz zu den meisten Mitgliedern seiner Gilde – fast so unmoralisch wohlhabend wie die anderen Gildenmeister. Zudem hatte er unter der aquinzischen Besatzung insofern gelitten, dass er inhaftiert, aber nicht gefoltert worden war.

Lysandre Rufin hatte offenbar nicht gedacht, dass ihm ein Buchdrucker irgendetwas zu verraten hatte.

Goldschnitt war als einziges Ratsmitglied in der Lage, die Chiffre zu entschlüsseln, die als Lichtsignal aus der Linse drang, und dass es nun seiner Gilde oblag, mit der Front zu kommunizieren, brachte ihn wiederum neu ins Rennen um den Posten des Großgildenmeisters.

Johanni hatte sich erst jetzt erschlossen, warum es ein solches Problem darstellte, einen neuen Großgildenmeister zu bestimmen. Der Rat selbst hätte sich sicher einigen können, doch es gab eine komplizierte Gewichtung der Stimmen der einzelnen Gildenmitglieder, aufgeschlüsselt nach dem Anteil der Meister, Gesellen und Lehrlinge in den im Rat vertretenen Zünften. Zusätzliche Stimmen konnten von den Unzünftigen in der Bevölkerung vergeben werden, wenn eine dafür nötige

Schwelle überschritten wurde, oder einfach mittels Spenden an die Stadt bewirkt werden. Das sorgte dafür, dass die Gildenräte in den wohlhabenden Stadtvierteln nach Unterstützern suchten, Geldgeber wie Vierweg praktisch von Gildenmitgliedern belagert wurden, und jede Zunft sich nach Kräften mühte, neue Lehrlinge, ja, sogar neue Meister aus dem Nichts zu stampfen, um mehr Stimmen zu ergattern.

Johanni immerhin war jetzt einer davon – und Gildenrat. Er hatte seine Meisterprüfung abgelegt, indem er eine neue Legierung erfunden hatte. In dieser waren die Metalle so kombiniert, dass sie sich bei Handwärme verformten und bei Kälte erstarrten. Das Werkstück war aufgrund einer Formbarkeit nichts Konkretes, da jeder im Rat es einmal ausprobiert und verformt hatte, und lag nun als metallener Knoten im Haus seiner Eltern auf der Ofenbank. Zach spottete darüber, dass es das hässlichste Meisterstück Sygnas war. Die beiden Brüder waren in ihr Elternhaus zurückgekehrt. Sie konnten nun recht sicher sein, dass sie vorerst niemand mehr zu töten versuchen würde – und wenn doch, waren sie dort ebenso sicher wie überall anders auch.

Kurz fuhren Johannis Finger zum goldenen Ohrring, an dem das kleine Zunftwappen aus Eisen baumelte – das Insignium aller zünftigen Meister. Seiner fiel im Vergleich zu denen der anderen Gildenratsmitgliedern bescheiden aus, doch er war Johanni trotzdem lästig, wie er da an einem Ohr baumelte. Zach hatte ihm die Haare geschnitten, damit man den Ohrring besser sah, doch er konnte es kaum abwarten, dass ihm die widerspenstigen Strähnen wieder darüberwuchsen.

Goldschnitt schlug die Linse, die er nur zu Demonstrationszwecken in der Hand hielt, in ein samtenes Tuch ein und gab sie einem Gesellen mit, der sie – im Wechsel mit anderen – in einer dunklen Kammer im Auge behielt für den Fall, dass erneut eine Nachricht darin aufblitzte.

»Wir haben also eine Urzeichenträgerin verloren und werden wohl bald schon überprüfen können, ob es stimmt, was unser

Spion in Naronne herausgefunden hat«, schloss Goldschnitt seinen Bericht über die Lage an der Front. »Und im Ausgleich für diesen Verlust hat unsere Armee eine reale Chance, den Krieg zu beenden.«

»Zusammen mit den Noccurnern. Dann wird sich zeigen, ob die sich danach entscheiden, sich unsere schöne Stadt einmal genauer anzusehen. Ob die Urzeichen auch bei diesem Gesindel aus dem Osten Begehrlichkeiten wecken«, ließ sich Enoch Nenzess vernehmen, das Oberhaupt der Schmuckschmiedezunft.

»Begehrlichkeiten hat Sygna immer schon geweckt«, erwiderte Malachias ruhig. »Aber dank der Zeichen – und dank der Urzeichen! – sind wir in der Lage, schneller auf so etwas zu reagieren als jeder andere Staat, der uns bekannt ist. Dass Kaiser Yulian uns erobern konnte, hatte andere Gründe. Wir wissen alle, dass wir es Erdhand zu verdanken haben, der zu schnell den Schwanz eingezogen hat. Das wird uns nicht noch mal passieren.«

»Aber wir haben immer noch keinen Großgildenmeister!«, rief das Oberhaupt der Steinmetze, dessen Namen Johanni schlichtweg nicht behalten hatte.

Er seufzte in sich hinein und kritzelte weiter Muster auf das Blatt Papier, das für die Notizen eines jeden Gildenrats auf den Tischen lag. Die Versammlung tagte im alten Rathaus, einem hohen Dreizehneck mit grün gedeckter Dachkuppel und für Johannis Geschmack deprimierend schmalen Bleiglasfenstern, deren Bildnisse sich mit dem Lichteinfall änderten. Die Vorhänge wurden gerade zurückgezogen, da die Linse nun nicht mehr gestört werden konnte. Von innen waren Kuppel und Ratssaal mit Holzschnitzereien bedeckt, die Kassettendecke zeigte Wappen und Szenen aus dem Leben der Altmeister, der Raum war ringsum getäfelt, und auch darauf zog sich das Motiv der Altmeister einmal um den Raum.

Jede Zunft hatte ihren eigenen, von hölzernen Geländern umgebenen Sitz im Rat – alle dreizehn waren als vorspringende

Balkone etwa zwei Meter über dem Mosaikboden an der Wand angebracht, und auf diesen Vorsprüngen fand sich ein ausladender Tisch, der meist auf einzigartige Weise irgendwelche besonderen Werkstücke oder Meisterstücke präsentierte, und drei Stühle, von denen der größte dem Gildenmeister und die beiden kleineren Schreibern oder Assistenten vorbehalten waren. Schräg hinter Johanni saß Simmon Biel, der nun bereits zweimal vor den Kopf gestoßen worden war: Er war Zunftmeister der Klingenschmiede gewesen und durch die Zusammenlegung mit den Harnischmachern seines Amts enthoben worden – angeblich vorübergehend, so hatte Dengelschlag ihm versichert. Und nun war ihm zudem Johanni vor die Nase gesetzt worden. Er hatte Biel zubilligen müssen, im Gegenzug seine Schmiede zu besuchen und ihn in Geheimnisse einzuweihen, die den anderen Waffenschmiedemeistern noch verschlossen blieben. Zudem behielt Biel die alltägliche Führung der Gilde, die Rechtsprechung und Organisation aller zünftigen Schmiede der Stadt. Johanni widerte das Taktieren jetzt schon an.

Der zweite, nun leere Stuhl war eigentlich seiner, denn Malachias hatte sich mit Biel geeinigt, dass Johannis Forderung nachgegeben würde: Elisabeda würde nach ihrer Rückkehr mindestens ein halbes Jahr lang als Oberhaupt der zusammengelegten Schmiedegilde fungieren. *Wahrscheinlich hat sie danach auch keine Lust mehr. Ich kann jetzt schon nicht mehr.*

Hinter ihm auf den Holzpaneelen sah ihn Bregyda tadelnd an – die Altmeisterin des Eisernen Zeichens war auf den Holzschnitzereien an einem Amboss zugange.

»Wenn der Krieg ohnehin bald beendet ist, stellt sich die Frage, ob beide Fechtergilden den Sitz im Rat überhaupt benötigen! Statt die Klingenschmiede und Harnischmacher zusammenzulegen, könnten wir Stählerne und Goldene zusammenlegen!«, rief Biel in den Raum.

Sofort brüllten ihn die beiden Fechtmeister nieder, bevor sie einander mit Schmähungen bedachten.

Malachias schaltete sich ein. Der Alchimist agierte so souverän, als sei er der Großgildenmeister. Vielleicht gefiel es ihm ganz gut, dass es noch keine finale Abstimmung über dieses Amt gegeben hatte.

»Wir reden ohnehin über ungelegte Eier! Unser Heer hat einen langsamen, beschwerlichen Überweg über die Fiper gefunden. Der Kaiser ist noch lange nicht in unserer Hand, viel kann noch geschehen. Nicht zuletzt, da er sich immer weiter in Richtung seines eigentlich Kerngebiets zurückzieht und dort neue Truppen, neue Waffen, neue Überraschungen wie das giftige Gas zu ihm stoßen werden.« Malachias nickte Johanni zu. »Wir sind sehr froh, Meister Eisenhammer nun im Rat zu wissen. Ich bin mir sicher, die Gilde Beider Schmiede wird mir zustimmen, wenn ich sage: Die Front braucht Waffen. Und wir haben den Träger des Eisernen Zeichens auf unserer Seite.«

»Dann sollten sich die Schmiede mal auf die Hinterbeine setzen!«, forderte erneut Enoch, der zwar Goldschmied war, sich aber selbst offenbar nicht damit meinte. »Und die Fechter sollten vielleicht ebenfalls darüber nachdenken, ein paar schlagkräftige Männer als Nachschub zu entsenden.«

»Ich rede von Musketen«, sagte Malachias geradezu bösartig ruhig. »Ich rede von Kanonen. Die Gilden der Alchimisten und Sterndeuter, der Harnischmacher und Glockengießer und Klingenschmiede, die Gilden der Töpfer, der Steinmetze, der Schreiner – ich denke, wir alle können beitragen, die Front so zu unterstützen, wie es in unserer Macht steht. Unserer *gemeinsamen* Macht.«

Der Rat schwieg, als hätte die Zeit angehalten, die von der großen Uhr im Zentrum des Mosaiks angezeigt wurde.

»Das ist Blasphemie!«, schrie der Gildenrat der Steinmetze. Johanni lehnte sich zurück und hätte sich am Schauspiel erfreut, wenn er nicht generell der Ansicht gewesen wäre, in einem Theaterstück zu sitzen, zu dem er am besten faule Eier mitgenommen hätte. »Die Gilde der Steinmetze wird solchem Treiben niemals zustimmen!«

Biel sprang hinter Johanni auf und antwortete, dass es Johanni in den Ohren klingelte: »Fein, denn Eure Meißel und Hämmerchen werden wir auch nicht brauchen!«

Malachias hob in seiner Loge die Arme. »Ruhe!«

Niemand gehorchte. Die Ratsdiener standen am gedrungenen Tor, das unterhalb der Ratssitzgalerie in die Vorhalle hinausführte, und sahen so nervös auf, als fürchteten sie, mit ihren zeremoniellen Stabwaffen eingreifen zu müssen.

»Ihr habt viele Gilden genannt, Malachias, aber die Gilde Beider Schmiede und Eure eigene profitieren wohl am meisten! Und damit meine ich nicht die Sterndeuter!«, ereiferte sich nun Goldschnitt. »Ihr wolltet schon immer Sygnas Regeln unterwandern!«

»Nur Dengelschlag hat diesen Hund an der Leine gehalten!«, schrie jemand ins Chaos.

»Noch ein solches Wort!«, drohte jemand aus Malachias' Loge.

Malachias setzte sich hin und wartete einfach ab. Beleidigungen flogen hin und her, auch die beiden Fechter sahen aus, als hätten sie erneut einen Grund gefunden, einander an die Gurgel zu gehen, obwohl sie sich beide einig waren, dass Feuerwaffen der Untergang all dessen bedeutete, was ihnen heilig war. Irgendwann dröhnten die Stäbe der Ratsdiener auf dem Mosaik. Malachias hatte mit einem Handzeichen das Wort beantragt und erhalten.

Endlich schwiegen alle wieder, und Malachias erhob sich.

»Vorhin hegten wir die Angst, dass die Noccurn-Allianz sich gegen uns wendet. Das ist legitim. Zur Allianz gehört das Riefland, die Flüsternden Städte, die aus mehreren wehrhaften Stadtstaaten bestehen, einige Adlige aus dem Huskalreich sowie Söldner aus dem Zarenreich, wie man hört. All diese verschiedenen Nationen wollen sich nicht nur gegen Yulian verteidigen, denn sie haben ihn weit zurückgetrieben und hätten an ihren eigenen alten Landesgrenzen bleiben können. Die Noccurn-Allianz *wird* sich nehmen, was sie kriegen kann. Und das darf nicht Sygna sein. Wir müssen Stärke zeigen. Das Besinnen auf alte Werte ist gut und schön, meine Herren. Aber wenn wir in die Zukunft gehen wollen, ohne uns auf weitere Unterwerfungen gefasst zu machen, dann müssen wir unser Potenzial ausschöpfen. Die Aquintianer, Ihr habt sie alle gesehen: ihre Waffen, ihre militärische Struktur, ihr Forscherdrang – das alles war uns weit überlegen! Es hat Dinge in dieser Stadt zutage gefördert, die wir weitere hunderte oder tausende Jahre vergessen und unangerührt hätten liegen lassen. Vom ganzen *Wesenskern* her, meine Herren, befindet sich Aquintien in der Zukunft und wir in der Vergangenheit! Das darf nicht so bleiben. Und das wird nicht so bleiben. Es gibt keine Alternative, und deshalb bringe ich es jetzt und hier zur Abstimmung: Werden wir die Front mit Schusswaffen versorgen und an neuen Waffen forschen, um diesen Krieg zu beenden und der Welt zu zeigen, dass Sygnas Tore ihr nicht offenstehen?«

Erneut brach Gemurmel los. Er hob die Hand. »Die Zeit ist im Wandel. Wir dürfen nicht stillstehen. Ich gebe den Saal frei für Verhandlungen und Gespräche und bitte Euch heute Abend, sechs Uhr, zur Abstimmung.«

Bevor nun alle aufstehen und sich über die kleinen Wendeltreppen hinter den Vertäfelungen nach unten begeben konnten, rief Meister Goldschnitt in den Raum: »Meine Stimme habt Ihr, wenn Ihr uns direkt eine Bedingung zusichern könnt!« Malachias forderte ihn mit einem Nicken auf zu sprechen. »Ihr kandidiert nicht für das Amt des Großgildenmeisters.«

Malachias lächelte schmal. »Nun unterstellt Ihr mir aber sehr viel persönlichen Ehrgeiz, obwohl es mir doch um das Wohl der Stadt geht. Wie auch zur Zeit der Besatzung, Meister Goldschnitt. Ihr erinnert Euch. Als ich im Verborgenen den Aufstand vorbereitete.«

»Daran erinnere ich mich noch gut, Meister Malachias. Ich saß derweil im Zunftgefängnis, sonst hätte ich selbstverständlich mitgemacht.«

»Und Ihr dankt es mir mit Misstrauen!«

»Das tue ich, und Ihr wisst, dass ich Grund dazu habe. Wenn Ihr uns zusichert, nicht zu kandidieren, dann werde ich für Euren Antrag stimmen.«

»Ich auch«, ließ sich der Zunftmeister der Töpfer vernehmen – Dengelschlags Schwager und einer der vielversprechendsten Kandidaten für den Vorsitz.

»Dann stecken wir doch schon mitten in den Verhandlungen. Ich würde sagen, das setzen wir bei einer Mittagsmahlzeit und einem Glas Wein fort«, beendete Malachias das Gespräch mit einem herablassenden Lächeln.

Biels Hand landete auf Johannis Schultern. »Bei allem Respekt, aber lasst mich diese Verhandlungen führen.«

»Natürlich«, sagte Johanni. »Ich komme heute Abend wieder.« Und damit machte er sich auf den Weg, die viel zu enge Wendeltreppe hinab.

»Hier sind wir«, sagte Jendra und wies auf die Tür in der Roggenstraße. Der Lärm eines normalen Sommernachmittags auf dem Hopfplatz war hinter ihnen zurückgeblieben.

»Sicher?«

»Kilianna, *jeder* weiß das. Jeder.«

»Warum ist dann nicht viel mehr los?«

»Weil Sygna so furchtbar langweilig ist! Saufen können sie.« Sie zeigte mit dem Daumen erst hinter sich, dann wieder vor sich auf die Tür. »Aber das hier, das ist ihnen zu heikel.«

Kilianna sah sich zum sonnenüberfluteten Hopfplatz um. Die Erinnerung an einen lange vergangenen Augtag im Frühjahr blitzte auf. Den Jendra eingefädelt hatte! Als sie in das schmale Nagetiergesicht des Mädchens sah, wurde Kilianna klar, dass sie für den bösartig-scharfsinnigen Geist von Schmal-Jendra so durchschaubar war wie Glas.

»Vielleicht hat sie ja noch einen Rat für dich, wenn Dawyd wiederkommt.« Das Gör grinste tatsächlich. »Oder auch das eine oder andere Zeichen.«

»Danke, ich würde es dann erst mal ohne versuchen«, sagte Kilianna säuerlich.

»Was soll das heißen? Habt ihr noch nicht? Du hast dich nicht gebührend verabschiedet, bevor er gegangen ist?«

Kilianna antwortete nicht. Im Moment kam es ihr selbst dumm vor – sie würde ihn vielleicht nie wieder sehen, warum hatten sie einander nur umkreist wie beim Tanz auf dem Hopfplatz oder beim Fechten am Sandhaus? Selbst in ihren Briefen umkreisten sie einander!

Sein letzter Brief, der vor fast zwei Wochen gleichzeitig mit dieser ominösen Linse eingetroffen war, war allerdings wirklich sehr schön gewesen, wenn man von der erneut eigenwilligen Kommasetzung absah.

Sie verdrängte diese Gedanken und klopfte an die Tür. Das Haus war klein und schmal, und ein langer metallener Schornstein ragte vom Keller bis über den Dachfirst. Über der Tür baumelte ein Schild: *Südhang – Schnäpse, Brände, Liköre.*

»Es ist offen!«, kam eine Stimme von innen, und Kilianna öffnete die Tür. Drinnen war es gemütlich erleuchtet, in Regalen stapelten sich kleine Fässchen und Flaschen, und ein junger Mann hastete gerade hinter eine Theke und wischte sich die Hände an der Schürze ab. Es roch nach Alkohol und Obst.

»Einen schönen Tag!«, wünschte er gut gelaunt.

»Euch auch«, erwiderte Kilianna und trat zur Theke. »Seid Ihr Meister Südhang?«

»N-nein. Also, ja. Also, mein Name ist Südhang, aber ich bin kein Meister.«

»Ich bin Kilianna Erdhand.« Sie reichte ihm die Hand.

»Erdhand. Oh! Ich … also …« Er wirkte plötzlich mehr als verlegen, wischte seine Hand noch einmal an der Schürze ab und gab sie ihr dann.

»Macht Euch keine Umstände. Ich bin als Gleichwerkerin hier. Ihr seid Schnapsbrenner?«

»Richtig, ja. Wir sind ein kleines, nun, Familienunternehmen. Aber für die Aufnahme in die Zunft reichte es noch nicht.«

»Wie gesagt, Herr Südhang, ich bin Gleichwerkerin, mir ist das völlig … gleich.«

Er lachte unsicher. »Möchtet Ihr, dass ich, also, wir, also … ob wir uns Euch anschließen oder so etwas? Also, wir sind, nun, wir sind eher von der ruhigen Sorte, und wir …« Er verstummte, weil sie ihn einfach nur ansah und die Augenbrauen hochzog.

»Ich habe gehört, Elena Südhang ist die Trägerin des Rauschzeichens«, sagte Kilianna langsam.

Dem Mann brach sichtbar der Schweiß aus, er klemmte sich eine blonde Strähne hinters Ohr, seine Augen wanderten erst durch den gesamten Raum, dann über Jendra, die so breit grinste, dass der abgebrochene Schneidezahn und jeder andere ihrer schiefen Zähne sichtbar zu sein schienen, und dann wieder zu Kilianna. »Das ist richtig.«

»Ist sie hier?«

»Ja.« Als nichts geschah, schaute Kilianna fragend, und der Mann hob die Stimme: »Elena! Hier ist … Besuch.«

Schritte auf einer Kellertreppe waren zu hören, dann trat eine üppige junge Frau in den Verkaufsraum, die dunklen Locken mit einem Tuch zu einem verschlungenen Wirrwarr aufgetürmt. Die Kurven ihrer Silhouette ließen sie verboten sinnlich aussehen. Jendra grinste, wenn möglich, noch breiter. Die Frau sah mit großen, dunklen, schönen Augen in die Runde, lange Wimpern ragten ihr beim Blinzeln bis auf die Wangenknochen, ihre Lippen waren voll, und beim Lächeln zeigte sich eine Lücke zwischen ihren Schneidezähnen, die an ihr einfach hinreißend aussah. Kilianna war sofort klar, dass es sich bei ihr nicht um Südhangs Schwester, sondern um seine Frau handelte, denn er war so bleich wie sie dunkel war, und nebeneinander boten sie das Bild eines mageren Halbmonds, der eine sinnliche Hügelkette beschien.

Kilianna musste all ihren Mut zusammennehmen, um Elena in die Augen zu blicken. Das Zeichen darin war blutrot. Sie schluckte, und Elena lächelte mit aufrichtiger Freundlichkeit.

»Sie fragt nach deinem Zeichen. Sie ist Gleichwerkerin«, erläuterte Südhang hilfreich und legte einen Arm um seine Frau, als habe er Angst, sie könne sofort mit Kilianna davonlaufen.

Elena sah ihn von der Seite an. »Und du warst hoffentlich nett zu ihr. Das ist Kilianna Erdhand!«

Sie streckte Kilianna eine Hand hin, und sie ergriff auch diese. Danach gab Elena auch Jendra die Hand.

»Frau Südhang, das hier ist Jendra ...« Kilianna fiel partout nicht ein, ob Jendra ihr jemals einen Nachnamen genannt hatte. »Ihr seid die einzige Urzeichenträgerin, über die niemand spricht, wisst Ihr das?«

Elena Südhang lächelte bescheiden. »Das macht nichts.«

»Was ... was *macht* Ihr denn zurzeit so?«

»Wie meint Ihr das? Wir stellen Schnäpse her.« Sie wandte sich an ihren Mann. »Hast du sie probieren lassen?«

»Nein, ich meine ...«

Elena lächelte wieder. »Dann lass sie doch probieren!«

Südhang nahm eilig einige Flaschen vom Regal.

»Nicht die.« Seine Frau lachte und griff unter die Theke. »Diese hier!«

»Also ... ist man nie auf Euch zugekommen?«, fragte Kilianna. »Ich meine, der Rat, beispielsweise? Oder ... oder auch ... Seid Ihr bedroht worden? Unter Druck gesetzt?«

»Nein.«

Kilianna sah zu, wie Südhang gehorsam aus drei verschiedenen Flaschen in kleine Tonbecher einschenkte.

»*Nutzt* Ihr Euer Zeichen?«

Die Frau nickte ernsthaft, und ihr Mann versuchte offenbar krampfhaft, nicht in peinlich berührtes Kichern auszubrechen.

»Für ... also ... nur privat?«, brachte Kilianna hervor.

Elena runzelte die Stirn. »Aber nein. Wir entwickeln ganz neue Schnäpse und Branntweine.«

Kilianna räusperte sich. »Ja, ah. Nun. Und ... ich darf kosten?«

»Deswegen stehen sie hier«, sagte Elena vollkommen in sich ruhend.

Jendra griff zu, bevor Kilianna auch nur den kleinen Finger bewegt hatte.

»Es sind drei verschiedene.« Elena stellte drei weitere Becher auf den Tresen, gehorsam füllte ihr Mann auch diese. »Ihr könnt natürlich beide alle drei probieren, bitte schön.« Sie beäugte Jendra kurz, die den Schluck im Mund hin und her wendete, als hätte sie Ahnung davon, bevor sie ihn herunterschluckte und laut schmatzte. Dann blinzelte Jendra, und aus ihr drang ein glucksendes, kindliches, herzliches Lachen. Kilianna griff zögernd nach einem Becher und trank dann mit einem hastigen Schluck das, was darin war.

Der Schnaps brannte in ihrer Kehle zunächst so, wie sie Schnaps meistens empfand, scharf, alkoholisch stieg er ihr in die Nase. Dann kam ein Aroma von Birnen dazu und von Kirschen, von Blüten und Rosenblättern, die langsam zu Boden fielen, ein Wind trug die Blütenblätter von den Kirschbäumen wie Schnee, und die langen Strahlen der Sonne wärmten ihre Wangen. Sie sah in die Augen vor ihr, die sie neugierig betrachteten, das Zeichen schien sich darin langsam zu drehen. Sie dachte an Dawyd und sein Zeichen, an donnernde Kanonen und eine geschwenkte Fahne mit Zeichen darauf. An Jubelrufe und Elisabeda auf einem Pferd, glückliche Gesichter, ein wenig abgekämpft – sie spürte den Willen, dass alles anders werden würde. Die Soldaten kamen zurück, die Waffen wurden zu Werkzeug, Kinder liefen in die Schule, die Stadttore waren geöffnet, und Menschen grüßten einander. Sie las ein Buch, sie schrieb ein Buch, sie las Ismayls Bücher, sie stellte sich zur Wahl. Die Gleichwerker ließen die ganze Stadt darüber abstimmen, wer im Rat saß. Die Urzeichenträger durchwanderten die halbe Welt und lehrten andere ihre Zeichen.

Und dann kam der Schluck in ihrem Magen an.

»Oh«, sagte Kilianna und klang ganz atemlos. »Was … was war das? War … war das die Zukunft?«

Elena lächelte und schüttelte den Kopf. »Ich fürchte nicht. Wir nennen diesen Schnaps den Sturm der Ideen.« Sie legte einen Finger an die unbeschriftete Flasche aus grünem Glas. »Waren es gute Ideen?«

»Es war ein wenig viel auf einmal«, gab Kilianna zu.

Jendra gluckste noch vor sich hin und fragte leise: »Kann ich noch mehr?«

»Sie hatte das Wasser der Gelassenheit«, erläuterte Elenas Mann. »Je nach Naturell lässt es einen gelöst oder heiter werden. Oder beides. Wollt Ihr das auch probieren?« Er schob ihr einen Becher hin.

Kilianna musterte die dritte Flasche. »Und die?«

»Wir können uns noch nicht auf einen Namen einigen. Ich bin für ›Das Feuer des Rauschs‹«, sagte der Mann mit einem herausfordernden Blick auf Elena.

»Ich sage, es ist ›Das Feuer des Herzens‹.«

»Dann kaufen ihn nur Frauen!«, rief ihr Mann aus, und sie lachte über den offenbar bereits mehrmals geführten Streit.

»Das Feuer des Rauschs!«, hielt sie dagegen. »Meine Mutter war Schnapsbrennerin, und ihr Vater war Schnapsbrenner, und so weiter, solange es die Südhangs hier in Sygna gibt! Und jeder einzelne Schnaps, den sie gemacht haben, hätte so heißen können. Es ist Schnaps! Er ist feurig, und er macht Rausch! Wir wollen doch nicht nur versoffene Trunkenbolde als Kunden!«

»Doch, die wollen wir! Die den Hals nicht vollkriegen können!«, sagte ihr Mann lachend.

»Verkauft Ihr diesen Schnaps schon?«, fragte Kilianna und streckte zögernd, aber unweigerlich neugierig die Finger nach dem Feuer des Rauschs oder Herzens aus.

»Wir erproben ihn noch.«

»An mir?« Kilianna grinste.

»Nun ja. An Kunden.«

»Jendra meinte, es ist ein offenes Geheimnis, dass Euch das Rauschzeichen erwählt hat.«

»Ich vermute, da hat sie recht.« Elena zuckte mit den Schultern, dass ihre großen Brüste wippten.

»Kommen denn welche … *deswegen?*«

»Nun, schon. Natürlich. Kosten unsere neuen Erfindungen. Den Ideen-Brannt haben wir auch schon verkauft. An Schriftsteller. Einen Schmuckschmied. Solche Leute halt.«

»Ich verstehe.« Kilianna nahm den Becher und trank den Schluck darin.

Sie hielt sich an der Tischkante fest, als ihr Herz so heftig klopfte, dass sie glaubte, es zerspränge ihr in der Brust. Es klopfte wie beim Tanz auf dem Hopfplatz. Sie schmeckte den Schnaps kaum, fühlte nur seine Hitze wie eine Sonne in ihrem Inneren. Sie roch eine sommerliche Mischung aus frischem Schweiß auf der Haut, Gras um sie herum, schweren Blüten – als läge sie gerade mit jemandem auf einer Wiese. Hände schienen sie zu berühren, und sie war sich nicht mehr sicher, ob sie angezogen war. Doch statt einer rein körperlichen Lust bereitete ihr der Schluck auch das Gefühl, verstanden zu sein, willkommen, zu Hause. Sie atmete ein und aus, und anders als der andere Schluck verging dieses Gefühl nicht so rasch, der Rausch hatte ihren Verstand geflutet und geisterte hindurch wie Nebel.

»Es gab einmal eine Gilde der Kurtisanen«, hörte sie sich mit schwerer Zunge sagen. »Wusstet Ihr das?«

Die Frau vor ihr lächelte dieses weise, breite, freundliche, gelassene Lächeln und antwortete nicht.

»Ihr habt wirklich schöne Zähne«, murmelte Kilianna.

»Danke«, sagte Elena.

»Und es kommen keine Leute hierher, damit Ihr ihr Liebesleben auf den Kopf stellt?«, lallte Kilianna, und ein Teil ihres Geists wunderte sich darüber, dass sie einfach aussprach, was sie dachte.

»Die eine oder andere. Meist Frauen. Manche kommen auch, weil ich ihnen tiefen Schlaf schenken kann. Oder eine Freude, die sie nicht mehr empfunden haben. Die Stadt liegt vielen auf der Seele. Sie ist so wenig grün, und die Wände rücken manchmal nah heran. Und so vieles hat sich verändert im letzten Jahr.«

»Ich sollte meine Mutter wohl mal zu Euch schicken«, sagte Kilianna.

»Ich habe gehört, dass es ihr nicht gut geht.«

»Schon so lange. Ich kann mich kaum anders an sie erinnern.« Eine mitfühlende Traurigkeit machte sich über den tauben Fleck her, der dort in ihrem Inneren lag, wo die Gefühle für ihre Mutter hätten sein sollen.

»Das tut mir sehr leid«, sagte Elena. »Wenn ich etwas tun kann, würde mich das freuen.«

»Dieses Glas mit dem gefühlsduseligen Zeug würde ich gern *nicht* trinken«, ließ Jendra sich vernehmen. »Was ist das mit den Ideen? Dieses hier?«

Elenas Mann nickte, und Kilianna bemühte sich, nicht in Tränen auszubrechen. »Wann … wann ist die Wirkung vorbei? Ich rede ja nur dummes Zeug!«

Elena tätschelte sachte ihre Hand. »Nein. Es ist halt das Zeug, das in uns ist. Im Grunde unseres Herzens sind wir alle gar nicht so kompliziert, wie wir die Welt glauben lassen.«

Kilianna gab einen so tiefen Seufzer von sich, dass sie sich im ersten Moment nicht sicher war, ob er von ihr stammte. »Ich sollte gehen, bevor ich anfange, Euch von Dawyd zu erzählen.«

»Vermisst Ihr ihn?«

»Viel mehr, als er verdient hat!«, entfuhr es ihr.

Elena lachte leise. »Das glaube ich nicht. Ich hoffe, er kehrt bald zurück. Ich hoffe, bald ist Frieden. Dann haben die Leute auch mehr Zeit für das, was das Rauschzeichen ihnen wahrhaftig geben kann.«

»Ich bin eigentlich hier, weil ich etwas über *Euch* herausfinden wollte. Ob Ihr mit den Gleichwerkern sympathisiert. Und jetzt habe ich Euch mein Herz ausgeschüttet.«

»Kaum, Kilianna, kaum. Da haben ganz andere schon viel mehr geredet.« *Dieses Lächeln!* »Es wird die Zeit kommen, an der sich Sygna zu etwas Neuem formen wird. Und ich stehe auf derselben Seite wie du, das glaube ich schon.«

»Hast du … hast du meine Gedanken gelesen?« Kilianna überkam ein Gefühl von Scham und Ernüchterung; die Bilder, mit denen der Sturm der Ideen sie überflutet hatte, schienen ihr wie etwas Geheimes, das sie nicht offenbaren wollte.

»Nein. Aber der Rausch, den mein Zeichen bringt, umgibt dich mit etwas wie einer zusätzlichen Farbe, die ich sehen kann. Oder, anders: mit einem Geschmack oder Geruch. Was du erträumst, das kann ich auch spüren. Nicht bei jedem kann ich der Neigung Anteilnahme entgegenbringen oder Verständnis, aber bei dir schon.«

»Bei allen Altmeistern …«, raunte Kilianna, doch Elena lächelte nur.

»Diese Urzeichen sind schon unheimlich«, sagte ihr Mann. »Manchmal kommt es mir vor, als wäre ich … mit einem Geist verheiratet. Einem Gott, wie die, an die man in alten Zeiten geglaubt hat. Oder einer Altmeisterin persönlich.«

»Solltest du meine Hilfe brauchen, Kilianna – oder deine Mutter oder wer auch immer –, dann zögere nicht. Die Urzeichen sind hier, um Gutes zu tun. Nicht um Chaos und Gewalt zu bringen.«

»Das Blutzeichen und das Wortzeichen haben schon eine Menge Chaos und Gewalt gesät«, murrte Jendra. »Und das Verborgene auch.«

»Wir müssen sie ergründen, damit wir wissen, was der Große Handwerker damit im Sinn hatte«, sagte Elena gelassen. »Und das werden wir.«

»Danke«, sagte Kilianna. »Für dein Angebot und deine Gastfreundschaft. Euch beiden, meine ich.«

Auch Elenas Mann lächelte nun. Jendra griff nach einer der Flaschen, um sich nachzuschenken, aber Kilianna zog sie zurück. »Jendra, werd nicht gierig!«

Mit einem murrenden Gossenkind verließ sie Südhangs Schnapsbrennerei.

»Ich glaube, ich bin ein bisschen verliebt«, sagte Jendra, als sie die Tür hinter sich schlossen.

»Ja, ich auch«, erwiderte Kilianna mit einem Lächeln. »Diese verdammten Urzeichenträger sind offenbar attraktiver als der Rest der Welt.«

»Ja, ja.« Jendra seufzte, und Kilianna war ziemlich sicher, dass Schmal doch nach dem Feuer des Herzens und nicht dem Sturm der Ideen gegriffen hatte. »Ich finde sogar Johanni ziemlich niedlich.«

Johanni kehrte am frühen Abend zum Rathaus zurück. Er war nicht weit entfernt gewesen, da er es hasste, herumzuhumpeln und Blicke auf sich zu ziehen. In einer Schenke hatte er ein paar Turnosgroschen für etwas zu essen und einige Tassen Tee ausgegeben und größtenteils vor sich hin gestarrt.

Waffen für die Front.

Er hatte versucht, auf sein Bauchgefühl zu hören. Oder auf das Zeichen in seinem Inneren. Wozu hatte es ihn auserwählt? Damit er sich versteckte und Metalle zu nichts wirklich Brauchbarem kombinierte? Damit er mit anderen Schmiedemeistern neue Zeichen entwickelte? Oder wählte es sich seine Träger ohne Sinn, ohne Bestimmung? War es bloßer Zufall? Aber selbst, wenn er nur zufällig der Träger des Eisernen Zeichens war – seine Mutter befand sich an der Front. Zuerst Zach und er, jetzt seine Mutter.

Wenn sie dort stirbt …

Wann immer er an die Front dachte, an die Schüsse und das Pfeifen von Kanonenkugeln, an die blanke Angst und das dumpfe Gefühl, trotzdem weiterzumachen, dann fühlte er sich wie ein kleines Kind, hilflos und hirnlos, als wäre er in einem Körper gefangen, der zu groß für ihn war.

Und unvollständig.

Was, wenn seine Mutter verletzt zurückkam? Verkrüppelt, wie er?

Weil ich keine Waffen bauen will. Ein Klingenschmied, der das Eiserne Zeichen trägt.

Seine Schritte – immer begleitet vom Auftreffen der beiden Krücken – trugen ihn unweigerlich, aber quälend langsam zum Rathaus zurück. Er sah die altersdunklen Mauern, gekrönt vom dreizehnflächigen grünen Dach, das von goldenen Kanten umrahmt wurde. Die Nachmittagssonne blitzte darauf.

Er wusste nicht, was Malachias von ihm erwartete. Er hatte keine *Ideen.* Seine Gedanken schweiften ab, wenn er über den Krieg nachdachte und das, was dort erforderlich war.

Dann müssen andere die Ideen haben. Und ich tue, was man mir sagt. Das werde ich wohl noch schaffen.

Während die letzten Glockenschläge verhallten, durchquerte er die Vorhalle mit den Ratsdienern, kam durch den Eingang in die Ratshalle und öffnete die in der Täfelei beinahe unsichtbare Tür zur quälend schmalen Wendeltreppe, die zur Galerie seiner Zunft hinaufführte.

Alle anderen Meister mit ihren Assistenten saßen bereits auf ihren Plätzen. Biel schaute ihn tadelnd an, und Johanni übersah ihn einfach.

Was für eine haarsträubende Idee. Ratsmitglied.

Er hatte es für die Gleichwerker getan. Für Kilianna, für seine Mutter. Kilianna war schier aus dem Häuschen gewesen vor Freude, als sie davon erfahren hatte, und Jendra hatte ihn angesehen, als wäre er ein Held. Aber er hatte nicht geahnt, wie es sein würde, von zwölf alten Männern und ihren Schreibern und Assistenten mit tadelnden Blicken bedacht zu werden.

Papa hat den Gildenrat gehasst. Johanni hatte immer geglaubt, er verstehe, warum. Aber so richtig verstand er es erst jetzt.

Malachias eröffnete die Versammlung erneut, als Johanni seine Krücken gegen das Geländer lehnte. Biel beugte sich vor und flüsterte irgendwelche Details der Verhandlungen in Johannis Ohr, doch der konnte nur Malachias oder Biel zuhören und entschied sich für ersteren, denn dessen Stimme dröhnte lauter.

»Nun sind wir wieder vollzählig. Die Verhandlungen liefen … nun, ich würde sagen, zufriedenstellend.« Er lächelte säuerlich, und Johanni fragte sich, ob man ihn tatsächlich dazu gebracht hatte, seine Kandidatur zum Großgildenmeister zurückzuziehen. »Ohne lange Worte zu verlieren, möchte ich Euch zur Abstimmung bitten. Ihr wisst alle, welche Verantwortung nun in Euren Händen liegt. Ich bitte Euch, meinen Vorschlag, Zeichen zu kombinieren, zu einer Vision für die Zukunft zu machen. Und damit übergebe ich an Ratsdienerin Juleya.«

Johanni blickte nach unten, wo nun die Ratsdienerin in ihrer schwarz-grünen Livree auf die Glasplatte über der Uhr in der Mitte des Mosaiks trat. *Eine Frau.* Wenn auch ein Stockwerk tiefer, als Kilianna sie sehen wollte.

»Werte Ratsherren«, klang die Stimme der Ratsdienerin durch den hohen Raum, dessen Wandtäfelung die meisten Echos fraß. Sie las von einem enervierend klein beschriebenen Blatt Papier ab. »Das Anliegen, über das hier entschieden werden wird: Mit vorläufiger zeitlicher Einschränkung bis Kriegsende ist das Kombinieren verschiedener Zeichen in einem Werkstück erlaubt. Das Erlernen von Zeichen anderer Gilden ist nach wie vor nicht erlaubt, das Zusammenarbeiten mit Meistern anderer Gilden jedoch sehr wohl. Eine Einschränkung, welche Arten von Zeichen kombiniert werden dürfen und welche nicht, wird nicht vorgenommen. Erforderlich für eine funktionierende Zusammenarbeit ist ergänzend zu diesem Artikel eine erneute Änderung der Zünfte im Rat, namentlich folgende: Für die Goldene und die Stählerne Fechtergilde wird ein provisorischer Zusammenschluss bis Kriegsende nötig sein, ähnlich der Gilde Beider Schmiede. Namensvorschlag: die Blutgilde, da sich auf diese Weise die beiden Fechtervereinigungen der Stadt in Entwicklung und Austausch der Blutzeichen beflügeln können. Eine friedvolle Zusammenarbeit ist erwünscht und unerlässlich. Der dreizehnte Sitz im Rat wird für Kundige der einzigen Zeichen, die nicht im Rat vertreten sind, vergeben, denn auch diese können kriegsentscheidend sein.«

Johanni war der Einzige im Raum, der zischend einatmete: Er hatte in seiner ausgedehnten Mittagspause wohl wahrlich Umwälzendes verpasst.

»Träger der Verborgenen Zeichen werden sich in den kommenden Tagen vor dem Rat zu erkennen geben und mittels Fürsprecher und Bürgschaften ausgewählt, um einen vorläufigen Sitz bis Kriegsende zu erhalten. Dieses Vorgehen muss binnen einer Woche abgeschlossen sein, die Abstimmung heute ist dennoch rechtskräftig und bindend, und alles, was daraus hervorgeht, kann mit sofortiger Wirkung in Angriff genommen werden, falls der Entscheid positiv ausfällt.«

»Ich weiß nicht, warum wir nicht einfach einen vierzehnten Sitz dazunehmen!«, warf das Oberhaupt der Goldfechter ein – Seidenschneid, wenn Johanni das richtig im Kopf hatte.

»Wenn wir diesen Kreis hier erweitern, weichen wir die Struktur der Dreizehn auf! Die Ordnung der Altmeister!«, rief der Buchdrucker Goldschnitt. »Und dann wollen noch ganz andere Leute einen Sitz im Rat. Dann zahlt Vierweg für einen Sitz, und ruckzuck haben wir auch noch Gleichwerker hier drin!«

»Haben wir doch ohnehin schon«, murrte Biel laut und deutlich direkt hinter Johanni. Der wandte sich nicht um, Biel wusste sehr gut, dass sein neuer Ratsherr ihn hören konnte.

»Halten Sie Ruhe!«, forderte Ratsdienerin Juleya. »Die Rede für die Änderung des Gesetzes haben wir bereits vernommen. Die Gegenrede hält Ratsmitglied Bismuth.«

Johanni versuchte, den Namen zuzuordnen, dann fiel ihm ein, dass es sich bei Bismuth um den Gildenrat der Steinmetze handelte, dessen Name ihm zuvor entfallen war. In Erwartung einer geradezu fanatisch konservativen Gegenrede blickte er zur Galerie, die sich direkt neben seiner über der Eingangstür befand.

Bismuth, mit raspelkurzem grauem Haar, hätte auch einem Regiment der Aquintianer entsprungen sein können, so sehr sah er nach Militär aus. Sein Haltung war stocksteif in seinem Stuhl, und er erhob sich nicht. Johanni war irritiert: Der Gesichtsausdruck des Mannes verriet eine Art innerer Qual, die er nicht zuordnen konnte. Er hatte den Meister bislang nicht für jemanden gehalten, der ungern öffentlich sprach.

»Ich enthalte mich meiner Rede«, sagte Meister Bismuth schließlich.

Die Ratsdienerin schien kurz verwirrt. »Dann wird der Vorschlag ohne Gegenrede zur Abstimmung gebracht.«

»Halt, ich kann eine Gegenrede halten!«, rief Goldschmied Nenzess ins Rund.

»Das ist gegen das Protokoll. Meister Bismuths Rede war angemeldet, Eure ist es nicht. Ich bitte um Vergebung, aber wir schreiten nun zur Abstimmung fort.«

Nenzess stieß ein frustriertes Grunzen aus und ließ sich auf seinen Stuhl zurückfallen.

»Und nun die Stimmen. Bitte beachtet, meine Herren, dass diesmal keine Enthaltungen genehmigt werden. Wir beginnen bei der Gilde Beider Schmiede.«

Johannis Herz begann zu klopfen, sein Mund war trocken. Natürlich, seine Galerie befand sich im Uhrzeigersinn neben der Eingangstür, und die Abstimmung verlief mutmaßlich einmal rundherum.

»Macht schon«, flüsterte ihm Biel zu.

»Die Gilde Beider Schmiede stimmt dem vorläufigen Gesetz und allen Konsequenzen zu«, brachte Johanni mühsam hervor.

Juleya nickte und notierte das.

»Die Gilde der Goldfechter stimmt dem vorläufigen Gesetz und seinen Konsequenzen nicht zu!«, warf Seidenschneid wenige Meter entfernt von ihm in den Raum.

»Die Gilde der Stählernen Fechter stimmt dem vorläufigen Gesetz und seinen Konsequenzen zu!«, konterte der Stählerne, vermutlich nur, um Seidenschneid eins auszuwischen.

»Die Gilde der Buchdrucker, Dichter, Schriftsteller und Sänger stimmt dem vorläufigen Gesetz und seinen Konsequenzen nicht zu!«, rief Goldschnitt.

»Die Gilde der Alchimisten und Sterndeuter …« Es ging weiter und weiter, und Johanni wusste nicht, ob es sich um Zufall oder irgendeine lächerliche Abmachung handelte, die in seiner Abwesenheit getroffen worden war, aber die Gilden stimmten im Wechsel dafür und dagegen. Die Gilde der Heiler und Hebammen erhob eine Gegenstimme – obwohl oder vielleicht weil ihnen schon seit Jahrhunderten erlaubt war, Zeichen zum Wohle der Stadt zu kombinieren.

Als der Heilmeister Wohlleib abgestimmt hatte, stand es sechs Stimmen dafür zu sechs Stimmen dagegen. Malachias schien der Ausgang klar zu sein, denn er hieb mit den Fäusten auf seinen Tisch und rief: »Das darf ja wohl nicht wahr sein! Ich gönne Euch Zauderern ein weiteres Schreckensregime!«

»Ruhe, es sind noch nicht alle Stimmen vernommen!« Juleya klang erbost, und ein Ratsdiener hämmerte mit seinem Stab auf den Boden. »Die Gilde der Steinmetze!«

Schweigen.

Johanni sah zu Bismuth hinüber, der bleich wie der Tod auf seinem Stuhl saß. Johanni war ihm auf dem Nachbarbalkon nah genug, um die Schweißperlen in seinen raspelkurzen Haaren zu sehen.

»Gildenrat Bismuth? Ist Euch nicht wohl?«, fragte die Ratsdienerin und wirkte aufrichtig besorgt. Vermutlich wäre er nicht der Erste, der während einer Ratssitzung einem Herzkasper erlitt.

»Die Gilde der Steinmetze«, stammelte er, »ist dafür.«

Ein erstauntes Einatmen ging durch die Runde der Gildenratsmitglieder.

Juleya verließ ihre Position auf der Uhr und trat näher heran, bis sie beinahe den Kopf in den Nacken legen musste. »Gildenrat Bismuth. Ich möchte, dass Ihr zur Kenntnis nehmt, dass eine Stimme nachträglich ungültig gemacht werden kann, wenn ich erfahre, dass sie unter Bedrohung Eures Wohlergehens geäußert wurde.«

Johanni blieb der Mund offen stehen. Juleya hatte das ruhig und bestimmt vorgebracht, und er war überrascht, dass er selbst nicht eher darauf gekommen war, dass hier mehr vorging als das übliche Geschacher.

»Nein.« Bismuth blinzelte ein paarmal heftig. »Es ist alles … korrekt.«

Juleya musterte ihn nachdenklich. »Ich bestehe dennoch auf einem Zeichen des Bindenden Eides«, entschied sie. »Da es nur möglich ist, mit dem Eidzeichen das Durchführen oder Unterlassen von Taten zu schwören und nicht, eine Aussage über den eigenen Zustand zu treffen, wird das Zeichen nicht auf Meister Bismuth, sondern auf jeden von euch gewirkt. Jeder, der diesen Raum verlässt, muss zur Wirksamkeit des Beschlusses schwören, auf Erpressung und Bedrohung verzichtet zu haben!«

Sofort warf Johanni einen Blick auf Malachias, und er war nicht der Einzige im Raum. Doch dieser schaute Bismuth ebenfalls verwundert an und nickte dann geistesabwesend.

»Dann bitte ich die Herren, sich zu gedulden, bis jemand eingetroffen ist, der das Zeichen wirken kann«, bat Juleya knapp.

»Und bis dahin? Ist der Beschluss gültig oder ungültig?«, fragte Malachias.

»Bis dahin ist er gültig«, antwortete Juleya. »Bis zum Ablauf des Krieges oder einem Nachweis der Unrechtmäßigkeit des Abstimmungsvorgangs.«

Biel stöhnte hinter Johanni. »Dann muss der Feierabend wohl noch warten.«

Etwa eine Stunde später war das Zeichen des Bindenden Eides gewirkt, und jeder im Rund des Gildenrats hatte geschworen, auf Erpressung und Bedrohung verzichtet zu haben.

Für Johanni war es der zweite Eid unter diesem minderen Wortzeichen innerhalb kürzester Zeit. Er fand es zugleich faszinierend und beschämend. Beschämend vor allem deshalb, weil die Dichter, die von Ratsherr zu Ratsherr gingen, ihnen mit feinen Nadeln in die Hand stachen und mit dem Blut, das hervortrat, ein Zeichen auf die Brust malten – direkt oberhalb ihrer Herzen. Das bedeutete, sie alle mussten die Hemden aufknöpfen, viele zudem prunkvolle Gildenratsketten, Orden oder Schärpen ablegen, und das alles war eine recht unwürdige Veranstaltung – unwürdiger, als es auf dem Katzbuckel gewesen war, obwohl die Gleichwerkerinnen das vielleicht anders empfunden hatten als er. Einer nach dem anderen schworen sie, mit ihrem nächsten Satz die Wahrheit zu äußern, und danach offenbarten alle Meister und Assistenten, Bismuth und auch sonst niemanden im Rat erpresst oder bedroht zu haben.

Auch Lukasz war unter den Dichtern, die die Zeichen wirkten. Dieser warf ihm ein schiefes Lächeln zu, das Johanni erwiderte.

Schließlich sprach der Altgeselle der Dichter: »Jeder hat die Worte wie vereinbart geäußert. Unter der Wirkung des Wortzeichens konnte nur die Wahrheit gesprochen werden.«

Juleya sah mit misstrauisch zusammengekniffenen Augen in die Runde. »Wünscht Ihr ein Gespräch unter vier Augen, Meister Bismuth?«

Bismuth schüttelte den Kopf. »Meine Stimme für den Entschluss ist bindend und gültig«, sagte er und schien bereits gefasster.

»Dann wünsche ich einen guten Feierabend«, entließ ihn Juleya. »Die Sitzung ist beendet.«

Vor Johanni lag noch der Weg in die Unterstadt. Er seufzte schicksalsergeben.

»Ich möchte Euch gern zum Abendessen einladen, Meister Eisenhammer«, sagte Biel neben ihm. »Es gibt jetzt wohl einiges zu besprechen. Nicht zuletzt, wer Dengelschlag ersetzen soll, damit die Harnischmacher nicht darüber murren, von uns zwei Klingenschmieden vertreten zu werden. Ihnen ist auf einen Schlag jegliche Macht geraubt worden.«

»Diskutiert das besser mit meinem Bruder«, erwiderte Johanni.

Biel blinzelte irritiert. »Ich will es mit Euch diskutieren. Ihr seid der Gildenrat.«

Johanni sah nicht auf, sondern konzentrierte sich darauf, die Krücken auf der Stufe aufzusetzen.

»Ich bin nicht hungrig«, sagte er, und das war keine Lüge. Er wusste zudem nicht, ob er Biels langes Gesicht noch länger ertragen konnte.

»Du kannst mich damit nicht allein lassen«, flehte Neigel Guillomes zusammengesunkene Gestalt an. »Bitte, die Leute können *hören*, dass ich Sygnaer bin. Wenn ich auf der Barrikade rede, denken sie, das ist ein Versuch, Unfrieden zu stiften! Außerdem bin ich wirklich schlecht im Reden, und *was beim Krummen Mann ist denn überhaupt los mit dir?*«

Guillome hockte wie ein Häufchen Elend zwischen einem gepolsterten Stuhl und der Wand auf dem Boden. Er war regelrecht grau im Gesicht, seine Haare schweißnass, seine Hände glitten fahrig über die gebohnerten Dielenbretter neben ihm.

Sie befanden sich in Georges Elternhaus in der Vorstadt. Der Student hatte zu der Gruppe gehört, die Guillome aus dem Theater gebracht hatten. Seitdem hatten sie sich zu weiteren konspirativen Treffen zusammengefunden, und das Haus seiner Familie befand sich am nächsten an den Manufakturen.

»Bist du krank?«

Guillome war es schon einmal so gegangen, fahrig und unleidlich und verfroren war er zu nichts zu gebrauchen gewesen, aber dann hatten sie sich mit den anderen Studenten getroffen, und sein Zustand hatte sich schlagartig verbessert. Und jetzt ging es ihm schon wieder mies.

Langsam hob Guillome den Blick vom Boden. »Du bist wirklich der einfältigste Hinterwäldler, den ich kenne«, sagte er. »George wollte mir was mitbringen, aber er sagt, er kriegt nichts mehr, weil einfach keine verdammten Schiffe ankommen.«

»Was mitbringen?«, fragte Neigel, und dann fiel der Turnosgroschen. »Nein. Du bist nicht nach irgendetwas *süchtig*, oder?« Er stöhnte. Natürlich, bei den Treffen mit George und seinen Freunden war immer irgendein Pfeifchen herumgegangen.

»Unsinn, ich bin nicht nach irgendetwas süchtig«, sagte Guillome, aber sein Gesichtsausdruck strafte ihn Lügen.

»Scheiße. Was ist es?«

Guillome sah ihn kurz anklagend an, dann schlug er die Augen nieder und antwortete: »Schwarzmohn. Denke ich.«

»Wie kannst du dir da nicht sicher sein?«

»Ich habe alles Mögliche geraucht, Neigel, ich hab es gekauft, verkauft, getauscht – was glaubst du, warum ich mich so gut mit der Fußbodenheizung der Universität auskenne? Ich hab keine Ahnung, ob es nur der Schwarzmohn ist, der mir fehlt, aber es geht mir scheiße, und mit dem Zeug ginge es mir jetzt wohl besser.«

»Aber die anderen bauen *jetzt* an der Barrikade, und sie haben doch schon gesagt, dass sie die Rede nicht halten werden, weil sie Angst haben, dass man sie runterschießt, und da hast *du* gesagt, dass du keine Angst vor Musketen hast – was du im Übrigen haben solltest! –, weil du glaubst, dass sie dich nur runterschießen werden, wenn sie denken, dass der Schaden, den sie damit anrichten, geringer ist, als der Schaden, den du anrichtest. Und dass du deine Rede deshalb sehr genau planen würdest. Sodass die Obrigkeit sie noch als Lüge abtun kann, aber die Arbeiter nachdenklich werden. *So* war das geplant, Guillome. *Erinnerst du dich daran?*«

Guillome stöhnte. »Ja. Ja, verdammt. Ich erinnere mich daran, aber ich glaube, ich habe mich überschätzt. Zumindest heute. Normalerweise würde ich das hinbekommen. Aber heute nicht.«

Neigel packte Guillome an den Schultern und schüttelte ihn.

»Mir ist schlecht«, protestierte der.

»Du bist der erbärmlichste Revolutionär, den ich je gesehen habe!«

»He!«, protestierte Guillome. »Normalerweise beleidige ich dich und nicht umgekehrt! Das geht so nicht!«

»Dann reiß dich zusammen!«

»Organisier mir was zu rauchen, dann mach ich's. Muss auch kein Schwarzmohn sein. Irgendwas.«

»Leck mich, früher oder später musst du da eh durch. Ich hole dir kaltes Wasser. Neue Klamotten. Seife. Und du reißt dich zusammen.«

»Das sagst du so einfach! Du hast ja keine Ahnung, wovon du redest!«, lamentierte Guillome.

Neigel wandte ihm den Rücken zu. Er hatte keine Zeit für diesen Unsinn.

Zwei Stunden später standen sie im Morgengrauen hinter der Barrikade vor dem Manufakturkomplex in Naronne-Iyaire. Es war der Eingang, durch den die neuen Arbeiter hineingeführt wurden, die, denen noch erlaubt war, abends wieder nach Hause zu gehen.

Guillome und Neigel hatten herausgefunden, dass eine ganze Menge Tagelöhner erster Generation, vor allem die aus den Pulvermühlen, in den Baracken schliefen. Ganze Familien waren da untergebracht, Männer, Frauen und Kinder aus den ärmsten Schichten Naronnes arbeiteten Tag für Tag in den Waffenmanufakturen. Von anderen Familien in Iyaire hatten sie gehört, dass nur Vater oder Mutter in den Manufakturen schliefen und arbeiteten und die Familien seitdem eine Lohnerhöhung erhielten, da der Ernährer angeblich Sonderschichten schob. Die Gruppe aus lilientragenden Studenten und anderen Verweigerern fragte sich, wie viele dieser Arbeiter noch lebten – verschleierte man mit diesen Zahlungen, dass sie sich längst zugrunde gearbeitet hatten?

In den neuen Manufakturen, in denen vornehmlich Heilmittel für die Front hergestellt wurden, waren die Schichten kürzer. Neigel vermutete, dass sie versuchten, die Schäden, die die Arbeiter davontrugen, zu minimieren.

In der Stadt kam es mittlerweile zu Verhaftungen, wenn auch die angedrohten Hinrichtungen bislang ausblieben. Verhafteten Verweigerern gab man noch die Chance, zwischen Manufaktur und Armee zu entscheiden.

Das Grüppchen, mit dem sich Neigel und Guillome zusammengeschlossen hatten, wurde von Georges Eltern, dem Ehepaar Ziccadille, versteckt, die nicht aussahen, als steckten Revolutionäre in ihnen. Aber der Schein täuschte; sie waren wild entschlossen, die Anti-Imperialisten, Manufaktur- und Kriegsdienstverweigerer der Blauen Lilie zu unterstützen.

Die neuen zwangsverpflichteten Arbeiter gingen seit beinahe drei Wochen täglich in die Manufakturen, und statt Peitsche gab es Zuckerbrot – generöse Essensrationen, einen zusätzlichen Turnosgroschen für alle, die auch am Bettag arbeiteten, und medizinische Versorgung für die kleinen Einstichwunden, die jeder von ihnen unweigerlich davontrug. Zugleich hieß es, wenn man sich besonders anstrenge, werde man von einem der Urzeichenträger ausgewählt, richtige Zeichen zu erlernen.

Neigel verfluchte, dass er zu wenig darüber wusste, wie die Zeichen in den Sygnaer Manufakturen gewirkt worden waren. Sie würden es hier ein zweites Mal herausfinden müssen.

Am vergangenen Abend hatten zwei Studierende, mit denen Guillome befreundet war und die in den Manufakturen arbeiteten, es endlich geschafft, sich während ihrer Schicht davonzustehlen und in die abgeschotteten Pulvermühlen einzudringen. Einer von ihnen hatte dort mit einem Arbeiter den Platz getauscht, den die andere, eine Studentin namens Nikí, herausgeschafft hatte. Es hatte einen Alarm gegeben, als das Fehlen der beiden an ihrem ursprünglichen Arbeitsplatz in der

Heilmittelmanufaktur bemerkt wurde, und eine beträchtliche Anzahl gedungener Wachleute unter Waffen hatte das Gelände durchkämmt, doch im Keller der Ziccadilles hatte niemand nachgesehen.

Die Verschwörer hatten, was sie wollten. Der Gerettete sah aus, wie jemand nach Monaten in den Manufakturen aussah: Seine Adern waren von Einstichen übersäht und zogen sich wie schwärzliche Stränge unter der Haut dahin. Sein linkes Augenlid flatterte über einem milchigen Augapfel. Der Mann war kaum noch zu verstehen, aber es war klar, dass sie ihn aus einer Gefangenschaft gerettet hatten, in der ihn niemand hätte sehen sollen.

Neigel sah von einem zum anderen. Die Sonne ging auf, Hähne krähten, und aus einem deprimierend wuchtigen Kirchenbau ganz in der Nähe schlug eine Glocke. Und dann kamen auch schon die ersten Wachleute heran – Söldlinge, weder Soldaten noch Polizei, aber mit Musketen bewaffnet.

»Was wird das hier?«, fragte ihr Anführer und deutete auf die beiden Karren.

George erhob sich hinter der Barrikade, nur sein Kopf ragte darüber. »Das ist eine Barrikade.«

»Was heißt das?«

»Das heißt, sie versperrt die Straße zu den Manufakturen.«

»Ihr seid verhaftet!«

»Ich lasse mich nicht von Wachleuten eines Gewerbes verhaften. Ich lasse mich nur von der Polizei verhaften«, sagte George. »Das ist im Zivilgesetz verankert.«

Die Wachleute sahen einander an und wechselten einige Worte. Dann setzten sich zwei Männer ab.

»Wie ihr wollt. Dann warten wir auf die Polizei«, sagte der Anführer. »Aber den Weg macht ihr frei.«

»Nein«, sagte George. »Wir werden eine Rede halten. Danach machen wir den Weg frei. Wir üben unser Recht auf Meinungsäußerung aus.«

»Was soll das für ein Recht sein?«

»Steht auch im Zivilgesetz.«

Neigel hatte keine Ahnung, ob das korrekt war, und George studierte, soweit er wusste, auch kein Jura, aber der Wachmann schien nicht klüger zu sein.

»Außerdem ist die Straße eine öffentliche und gehört nicht zum Werksgelände.«

»Und darf man öffentliche Straßen etwa verbarrikadieren? Steht das in deinem beschissenen Zivilgesetz?«

»Das kann ich dann mit der Polizei ausdiskutieren«, sagte George.

Neigel betrachtete im vagen Morgenlicht die beiden Gestalten vor ihm. Antoin aus der Pulvermühle sah seiner Meinung nach nur unwesentlich schlechter aus als Guillome.

»Schaffst du das?«, fragte er Guillome eindringlich.

»Ja. Ja, natürlich«, sagte der. »Ich ruhe mich nur noch kurz aus. Sag Bescheid, wenn ich loslegen soll.«

Neigel seufzte. Er hielt eine von Guillomes Duellpistolen in der schweißnassen Hand. Mit einer Armbrust konnte er umgehen – hoffentlich auch damit! Als Glücksbringer trug er Ismayls Hut auf dem Kopf. Außerdem hatte Guillome gesagt, dass der Hut gut an Neigel aussähe, und das war Argument genug, um ihn aufzusetzen.

Es dauerte nicht lange, bis die ersten Arbeiter heran waren. In den Manufakturen wurde Wert auf Pünktlichkeit gelegt. Sofort wurden Fragen laut, Rufe hallten hin und her, George beantwortete, was er für nötig hielt, und die Wachleute versuchten, Menschen an der Barrikade vorbeizuführen, die genau so vor dem Eingang im hohen, rohen Lattenzaun stand, dass sie eben nicht das Werksgelände berührte, aber trotzdem den Zugang blockierte. Den Wachleuten blickten plötzlich lauter Musketen- und Pistolenöffnungen über den Wall aus zwei Karren hinweg entgegen, und kurz fürchtete Neigel, die Situation werde eskalieren, doch dann fuhr Guillome aus seiner kauernden Haltung auf und schwang sich auf die provisorische Blockade.

»Freunde!«, rief er, und er sah zwar immer noch schrecklich aus, aber das Zittern war aus seiner Stimme verschwunden und hatte seinem charmantesten Tonfall Platz gemacht. »Wir wollen nicht aufeinander schießen. Wir wollen nur gehört werden. Das ist kein Verbrechen, der Kaiser selbst hat uns gelehrt, dass das Wort eines jeden Menschen gleich viel wert ist. Hört mich an und geht danach arbeiten.«

Immer mehr und mehr Arbeiter drängten sich nun auf der Straße, es waren sicherlich an die zweihundert, und mehr kamen aus den Winkeln von Iyaire und aus anderen Teilen der Stadt.

Guillome sah nach unten. »Soll ich anfangen?«

»Ja, das sind genug«, meinte George. »Die erzählen es weiter.«

»In Ordnung. Passt auf mich auf, ja?«, beschwor Guillome seine Freunde.

Neigel nickte, das Herz klopfte ihm bereits bis zum Hals.

»Ihr fragt euch sicher, wer wir sind«, rief Guillome in die Dämmerung. »Wir sind Verweigerer. Wir weigern uns, als Soldaten an die Front zu ziehen. Und wir weigern uns, in den Manufakturen zu arbeiten. Warum, fragt ihr euch vielleicht. Das ist doch Dienst am Vaterland! Außerdem droht man uns mit dem Tod, als Hochverräter hingerichtet mit dem Fallbeil, also, warum tun wir nicht einfach, was man uns sagt? Sind das nicht zwei gute Gründe? Das sind eure Gründe, habe ich recht? Wer von euch ist hier, weil er unserer Großen Nation etwas Gutes tun will? Zeigt ruhig auf!« Ein paar Hände gingen hoch, erspähte Neigel über die Barrikade. »Und wer ist hier, weil er blanke Angst um sein Leben hat?« Mehr Hände. Wesentlich mehr.

»Ich habe diese Angst auch.«

»Das ist Guillome«, rief jemand aus der Menge junger Leute. Guillome winkte.

»Wir leben also in einem Land, in dem uns andere Menschen Angst vor dem Tod einjagen, obwohl wir nichts getan haben. In der unser Staat uns damit droht, uns willkürlich hinzurichten. Ist das noch *unser Staat?* Sind wir nicht wieder zurück in der Zeit, in der der Adel herrschte und bestimmte, wer von uns das Recht hat, frei zu sein und wer nicht? Ist es gerecht, dass man uns zu etwas zwingt, das verheerende Auswirkungen auf unsere Gesundheit und unser Leben hat? Dass man uns wählen lässt zwischen einem schnellen Tod und einem langsamen?«

Gemurmel brandete auf. Guillome winkte nach unten, und Neigel half Antoin auf die Barrikade. Der Mann zitterte, war aber leicht wie ein Kind. Guillome legte ihm den Arm um die Schulter.

»Das hier ist Antoin. Er hat die Pulvermühle seit sieben Monaten nicht verlassen, damit seine Familie nicht merkt, wie es um ihn steht.«

Es wurde langsam heller, und die Leute, die nahe an der Barrikade standen, konnten Antoin offenbar bereits gut genug erkennen, denn sie starrten ihn schweigend an. Guillome schob Antoins Hemdsärmel hoch und entblößte die eitrigen, schwarzen Einstichstellen.

»Nur die Sygnaer wissen, wie man die Zeichen wirkt. *So* wirkt man sie jedenfalls nicht! Wir *sterben daran!*« Guillome reckte eine Faust in die Luft. »Ich bin nicht hier, um für mein Vaterland zu sterben! Ich bin nicht hier, um ein Versuchstier in einem Experiment zu sein, das zum Scheitern verurteilt ist! Ich bin nicht hier, um …«

Zwei Schüsse hallten durchs Morgengrauen und durch die langen Schatten der niedrigen Häuser. Beide fanden ihr Ziel.

Guillomes Satz brach ab, Geschrei, es roch nach Schießpulver, Antoins und Guillomes Körper fielen von der Barrikade. Neigel versuchte, sie zu packen, sie nicht einfach auf der gepflasterten Straße aufprallen zu lassen, doch er ging mit ihnen zu Boden, roch Blut, hörte gepresstes Atmen und seinen eigenen, viel zu lauten Herzschlag. Hier hinter den Karren waren die Schatten noch tief, es dauerte einige geschlagene Sekunden, bis er begriff, dass Antoins Kopf zertrümmert war, ein Eintrittsloch in der Stirn, eine zerfetzte Schädelplatte am Hinterkopf. Neigel hörte Schreie um sich herum und vor der Barrikade, aber er selbst schrie nicht. Seine Blicke fanden Guillomes Gesicht – dessen Augenlider flatterten, die Lippen zuckten. Sein Kopf war unversehrt, aber trotzdem war warmes Blut an Neigels Händen, als er ihn aufrichtete. Er musste irgendwo an der linken Körperseite getroffen sein.

»Scheiße«, flüsterte Guillome. »Sie haben doch geschossen.«

»Stirb nicht«, brachte Neigel nur hervor.

Vor der Barrikade lösten sich weitere Schüsse, die ins Holz fuhren. Neigel fand seine Pistole wieder, nahm sie in die Linke, packte mit der Rechten Guillome und zerrte ihn auf die Beine. Der stieß einen Schmerzensschrei aus, der Neigel durch Mark und Bein ging.

»Was machen wir jetzt?«, schrie George schrill.

»Ich weiß etwas«, stieß Nikí hervor, die sich über den toten Antoin beugte und ihre ausgestreckte Rechte an ihr Brustbein presste – die Gebetsgeste der Aquintianer. »Die Kirche.«

Sie löste die Geste und zeigte auf den Glockenturm, der noch vor Minuten die Uhrzeit verkündet hatte.

»Was sollen wir da?«, rief Louis, der über die Barrikade sah und rasch einen Schuss abgab.

»Nicht schießen!«, stöhnte Guillome. »Im Moment sind wir noch die Guten, wenn du den Falschen triffst …«

»Treff ich nicht!«, knurrte Louis.

»Kirchenasyl«, sagte Nikí. »Wir bitten um Kirchenasyl. Das muss man uns gewähren.« Sie nickte so heftig, als müsse sie sich selbst überzeugen. »Wenn wir es bis dahin schaffen, sind wir sicher.«

»Dann los«, rief Neigel, trat als Erster hinter der Barrikade hervor, hob die Pistole und schoss dem Anführer der Wachleute in die Brust. Der Mann war höchstens zehn Meter entfernt, und Neigel stellte fest, dass es wesentlich leichter war, mit einer Pistole zu zielen als mit einer Armbrust. Der Mann war auf der Stelle tot, seine Männer feuerten, Georges Studenten feuerten, und plötzlich war überall Rauch, waren überall Schreie, und Neigel duckte sich, hielt Guillome gepackt und zerrte ihn auf das bullige Gebäude der Kirche von Iyaire zu.

Es waren nur Sekunden, doch sie schienen ihm wie eine Ewigkeit.

Heute leben. Heute leben. Heute leben, hämmerte es in seinem Kopf, und dann stieß seine linke Schulter gegen das Kirchenportal, die schwere Tür öffnete sich, er beförderte Guillome hinein.

Die Halle wurde von breiten Säulen getragen und war schmucklos und leer. Lauter Kissen lagen auf dem grauen Boden, Neigel stolperte darüber und sah, dass Guillomes Schritte blutige Spuren hinterließen.

Scheiße, Scheiße, das ist zu viel Blut.

Er ließ ihn vorsichtig hinter einer Säule zu Boden, sodass sie nicht vom Eingang aus erschossen werden konnten. Nur halb bekam er mit, dass mehr und mehr Menschen in die Kirche strömten – nicht nur George und seine Freunde, auch Arbeiter. Stimmen brandeten auf und ab, und er hatte keine Ahnung, was ein Kirchenasyl war, aber er presste hervor: »Hier sind wir sicher. Wo haben sie dich erwischt? Bleib bei mir, in Ordnung? Guck mich an!«

Guillome gehorchte.

»Unter den Rippen«, stöhnte er und hielt brav die Augen offen. Sein Atem ging stoßweise. »Immerhin ist mir der Schwarzmohn jetzt auch egal«, versuchte er zu scherzen.

»Sei still«, befahl Neigel, zog ein kleines Klappmesser und schnitt Guillomes Kleidung auf. Dessen Seite war ein zerfleischtes Durcheinander, das stark blutete, doch die Wunde eher ein tiefer Streifschuss als ein Durchschuss, und der Anblick zum Tode verurteilter Organe blieb Neigel erspart.

»Das ist gut«, murmelte er. »Das ist gut. Das kriegen wir bestimmt hin. Irgendwie. Es müsste nur aufhören zu bluten, und es sieht ziemlich schlimm aus, aber es könnte schlimmer sein, wirklich.«

Er kämpfte gegen die Übelkeit an. Guillome griff mit einer blutverschmierten Hand nach ihm. »Ich will nicht sterben«, wisperte er mit einem Hauch Verzweiflung in der Stimme. »Nicht wie Toma. Nicht wie meine Eltern.«

»Wirst du nicht. Wirst du nicht.« Neigel wurde lauter. »Kann hier irgendwer eine Wunde nähen? Kann mir … kann mir jemand helfen?«

Nikí und Neigel pressten den ganzen Tag über Kompressen auf Guillomes Wunde, die sich mit so viel Blut vollsogen, dass Neigel es kaum für möglich hielt, dass Guillome noch lebte. Er war bewusstlos, schon seit vielen Stunden, doch er atmete noch, und sein Puls ging flach und rasch.

»Er hält durch«, sagte Nikí immer wieder, und Neigel nickte und bekam kaum etwas um sich herum mit. Er ahnte, dass die Tür verbarrikadiert war. Er begriff am Rande, dass der Priester dieses Gotteshauses mit zwei Gehilfen gekommen war, dass sie vor der Tür von der Polizei schikaniert, aber schlussendlich durchgelassen wurden. Sie brachten ein wenig Brot und mehrere Krüge Wasser, doch es suchten sicher vierzig Arbeiter in der Kirche Zuflucht, und das Wasser kam nicht bis zu Guillome durch. Dieses Kirchenasyl schien Neigel wie eine Sackgasse – man würde sie aushungern oder einfach beschließen, dass heiliger Boden nicht so viel galt, wie die Priester und Gläubigen gern hätten. Und dann würde man sie alle hervorzerren und hinrichten.

Aber das alles waren nur undeutliche Gedanken, und viel deutlicher war die Angst davor, dass Guillome verblutete.

Und das unbestimmte Zerren des Wortzeichens. *Werde glücklich.* Hier hockte er auf dem Boden und war so verängstigt wie noch nie und zugleich auf grässliche Weise glücklicher als je zuvor.

Es ist falsch. Vermutlich habe ich mich nicht einmal in ihn verliebt. Es ist alles falsch, das Zeichen hat das gemacht, redeten seine Gedanken auf ihn ein, und er schüttelte sie ab, blinzelte, als sein übermüdeter Blick verschwamm.

Nikí sah ihn von der Seite an. Sie lächelte erschöpft.

»Du siehst so verwirrt aus«, sagte sie.

»Bin ich«, gab er zu.

»Ist völlig normal«, meinte sie. »Er hat so was an sich. Man muss ihn einfach lieben oder hassen. Aber von denen, die ihn hassen, habe ich bisher nur gerüchteweise gehört. Alle lieben ihn.«

Neigel lachte und schwieg, fast schon zu lange. Dann sagte er leise: »Nicht so wie ich.«

Weil kein Bastard von Urzeichenträger ihnen gesagt hat, sie sollen glücklich werden.

Sie legte ihre blutverschmierte Hand kurz auf seine und drückte seine Finger. »Er schafft es.«

So ist das nicht. Lysandre war das nicht. Das war ich. Und Guillome. Sonst niemand.

»Ich … ich weiß. Nein, ich weiß es nicht. Ich hoffe.« Er schniefte einige Tränen weg und schluckte.

»Ich bete«, sagte sie. »Wo soll mich das Hohe Paar hören, wenn nicht hier?«

Am Abend wurde es vor der Kirche laut. Keine Schüsse, aber Geschrei, und jemand im Inneren rief: »Leute, die uns helfen wollen, werden verhaftet!« Es hallte ominös unter der kalten, hohen Kuppel des Kirchenbaus.

Neigel zitterte vor Erschöpfung. Nikí betete leise vor sich hin.

Irgendwann polterte es am Eingang, Handgemenge brach an der Tür aus, Schlagstöcke fuhren auf Schultern nieder, dann brüllte die Stimme des Priesters, eine ebenfalls autoritäre Stimme antwortete, und plötzlich kam jemand schlitternd neben den mit Blut vollgesogenen Kissen, auf die sie Guillome gebettet hatten, zum Stehen. Es war George. Er strahlte übers ganze Gesicht.

»Sie haben was reingeschmuggelt!«, brachte er hervor, sank auf die Knie und öffnete die Hände. In einer befand sich ein braunes Fläschchen mit einer Flüssigkeit, in der anderen ein aufgewickelter und mit einem Zeichen versehener Verband. Neigel meinte, dass er vor Erleichterung einfach hintenüber fiel, aber dann nahm er doch beides entgegen.

»D-danke«, flüsterte er.

Nikí fiel ihm in den Arm. »Warte, lass mich das machen. Das Mittel säubert die Wunde von Fasern und Schmutz und bringt die Blutgefäße dazu, sich zusammenzuziehen. Das muss als Erstes drüber, aber nur ein paar Tropfen. Es ist mit Alchimistischen Zeichen hergestellt. Der Verband sorgt dafür, dass es schnell heilt.«

Neigel fielen die Einstichstellen an ihren Armen auf – sie waren gut versorgt und kaum zu erkennen. Sie hatte nur einige Wochen in den Manufakturen gearbeitet.

Er reichte ihr Fläschchen und Verband. »Sag mir einfach, was ich machen soll.«

»Werd ich«, erwiderte sie. »Hör auf zu zittern. Es ist alles gut.«

»Jawohl, Sire.« Doch er konnte ihrem Befehl nur leidlich gehorchen.

Zach taten alle Muskeln weh. Die Schmiede seiner Eltern war in einem furchtbaren Zustand, sie war geplündert worden und danach vernagelt und versperrt. Auch die Stube war kein Ort, an dem sich Zach gern aufhielt, nachdem man seinen Vater in der Stube erschossen hatte – und auch die beiden großen Hunde Ada und Eli, mit denen Zach aufgewachsen war. Aber jetzt, da Johanni Gildenmeister war, brauchten sie einen Ort zum Wohnen, und da sie trotz seines Amtes über so gut wie kein Geld verfügten, mussten sie wohl damit auskommen, was sie besaßen. Man war normalerweise Gildenmeister, weil man Geld hatte, und verfügte nicht umgekehrt über Geld, weil man Gildenmeister war.

Statt auf das Haus konzentrierte sich Zach auf die Schmiede. Sie war ein Anbau, der den größten Teil des Hinterhofs und des kleinen Gartens in Anspruch nahm. Der fest eingebaute Blasebalg war noch vorhanden – er war von Ignaz gefertigt worden, und Zach wusste, dass er sich von allein bewegen würde, sobald er ein Feuer in der Esse entzündete. Der größte Amboss war auch noch da, die anderen waren offenbar fortgeschleppt worden. Plünderer waren durch die Schmiede gezogen wie ein Kriegszug, und es war harte Arbeit, die gemauerte Esse, das verbliebene Werkzeug, den Kohlenvorrat, das Dach und die Türen und Fenster wieder so herzurichten, wie sie einmal gewesen waren. Aber wenn die einflussreichsten Meister der Stadt zu Besuch kamen, sollte es vernünftig aussehen.

Johanni saß auf der kleinen Bank im Garten und experimentierte erneut mit den Kräften herum, die das Urzeichen ihm verlieh. Es war nichts Gefährliches, einfaches Erhitzen und Verformen hatte er mittlerweile gut unter Kontrolle. Manchmal fertigte er einige neue Werkzeuge, doch gerade erzeugte er erneut eine einfache schmelzende Kugel, die er in den Händen wendete. Wenn er in die Glut starrte, lag ein abwesendes Lächeln auf seinem Gesicht.

Sein großer Bruder. Er sah ihrer Mutter so ähnlich! Zachs älteste Erinnerungen spielten in dieser Schmiede. Anfangs war es immer seine Mutter gewesen, die am Amboss stand. »Wir schauen mal, was Mama macht«, hatte sein Vater gesagt. Später hatte auch er wieder geschmiedet und schließlich ihn und seinen Bruder dazugenommen.

»Du darfst das niemandem sagen«, hatte sein Vater ihm eingeschärft. »Dass Mama das hier gemacht hat.«

Die gezeichneten Klingen für die Fechter. Die unzerbrechlichen Werkzeuge für die Handwerker.

Seine Mutter hatte beim Prägen der Zeichen immer so gelächelt, wie Johanni jetzt gerade lächelte. Der sah auf und sah Zach im Türrahmen der Schmiede stehen.

»Ich glaube, ich bin fertig«, sagte Zach.

»Dann mach das Feuer an«, schlug Johanni vor.

»Wir brauchen doch gar kein Feuer«, entgegnete Zach.

»Ich brauche keins«, entgegnete Johanni, schwieg eine ganze Weile und sah in das langsam erkaltende Metall, als blicke er in einen weit entfernten, rätselhaften Kern und erkenne etwas darin. »Aber du. Du brauchst ganz dringend eines.«

Zach holte Luft und stieß dann eine Mischung aus Seufzen und Lachen aus. Er hatte nicht mehr geschmiedet, seit die Soldaten gekommen waren, um sie zur Front zu schicken. Seit sein Vater tot war. Er hatte Johanni zugesehen, dem Urzeichen zugesehen. Aber sein Bruder hatte recht.

Er machte sich daran, ein Feuer in der Esse zu entfachen.

Zach wusste, dass die Schmiede den prüfenden Blicken der Meister nicht standhielt, aber das war egal – Johanni war der Urzeichenträger, und das forderte Respekt genug. Die Kohlen in der Esse glommen noch. Bevor die Meister angekommen waren, hatte er die Klinge eines kleines Messers geschmiedet und fühlte endlich wieder den vertrauten Schmerz seiner Armmuskeln.

Sie hatten alle auf Hockern um den großen Werktisch in der Mitte Platz genommen, und Biel hatte sich selbst zum Wortführer ernannt, einige auf Papier gebannte Neukreationen auf die Tischplatte gelegt und diskutierte mit den anderen das Für und Wider.

»Musketen haben den Vorteil, dass sie schon erfunden *sind*«, beharrte Meister Johnas Edelstahl, der ein Werkzeugschmied war und sich in den vergangenen Monaten dem Studium der Musketen gewidmet hatte. Er hatte selbst Läufe getrieben und einige Prototypen dabei, doch für die Pulverreaktion fehlte ihm die Kenntnis des Alchimistischen Zeichens, das der Verräter Timon Bleiglanz mit zu den Aquintianern genommen hatte.

»Ich habe sie mir genauer angesehen, und Bleiglanz ist Alchimist und kein Waffenschmied. Aus der Sicht eines Schmieds sage ich: Wir können sie verbessern, wesentlich verbessern. Damit steigern wir die Feuerkraft und die Treffsicherheit, und das bedeutet, wir können der Front in kürzester Zeit Waffen liefern, wenn Malachias und seine Alchimisten uns helfen. Wir müssen nicht das Rad neu erfinden, Meister Biel!«

Biel starrte seine Zeichnungen an, als würde er sehr gern das Rad neu erfinden, und schließlich heftete er seinen Blick auf Johanni. »Was sagt Ihr, Meister Eisenhammer?«

Johanni sah aus, als kehre er eben aus Gedanken zurück, doch er hatte offenbar zugehört. Er erwiderte Biels Blick nicht, sondern musterte ebenfalls die Zeichnungen. »Ich kann Harnische verstärken, sodass sie Kugeln auffangen. Und Klingen, sodass sie durch Kürasse schneiden.«

»Und was ist mit Musketen?«

Johanni zuckte mit den Schultern. »Ich müsste sie mir ansehen.«

Edelstahl reichte ihm eines der neuen Rohre, Johanni sah hinein und betastete das Metall. Die Meister schwiegen, und Zach hörte einen von ihnen abfällig mit der Zunge schnalzen.

Johanni lächelte. »Für Harnische und Klingen und Musketen braucht Ihr mich eigentlich nicht, oder?«

»Bei allem Respekt …«, begann Meister Eremias Tordo, der nach Dengelschlags Tod nun den Harnischmachern und Glockengießern vorstand. »Aber wir hatten uns doch etwas mehr erhofft als die Zeichen, die unsere Familien bereits seit Jahrhunderten kennen!«

Johanni hob den Blick und sah Tordo an. »Ich stimme Meister Edelstahl zu. Wir sollten mit dem arbeiten, was schon erprobt ist. Wir haben zu wenig Zeit. Dabei kann ich helfen.«

»Die Musketen der Aquintianer wurden gegossen«, sagte

Tordo. »Ich denke nicht, dass Ihr dabei von Nutzen sein könnt, Meister Eisenhammer. Wenn wir uns mit den Alchimisten einig sind, kann ich die Gießereien ab morgen nichts anderes machen lassen als Läufe. Dann brauchen wir die Schreiner für die Kolben und die Alchimisten fürs Zündpulver und die Reaktion. Ich denke, wir können in einer Woche den ersten Waffennachschub zur …«

Johanni fiel ihm ins Wort, als habe er gar nicht mitbekommen, dass der andere sprach. »Ihr habt diesen Lauf hier nicht gegossen.«

»Das ist richtig«, sagte Edelstahl und zog erfreut die Brauen hoch. »Die Musketen der Aquintianer sind gegossen, aber ich habe Stahl über eine Stange geschmiedet, einen Dorn.«

»Das dauert doch ewig«, merkte Meister Tordo an. »Und bei der Hälfte müsst Ihr wahrscheinlich neu anfangen, weil einer Eurer Gesellen Lauf und Dorn aus Versehen hat verschmelzen lassen.«

»Aber die Qualität ist besser als bei gegossenen«, wandte Edelstahl ein.

Biel schob eine seiner Zeichnungen vor. »Ich habe ein paar Versuche unternommen, was Geschosse angeht.«

Zach war sich sicher, dass jeder der Meister und sicherlich auch der eine oder andere Geselle bereits vor dem Ratsbeschluss Versuche unternommen und Gedankenspiele angestellt hatten.

»Wenn ein Geschoss einen Drall erhält, fliegt es stabiler«, erläuterte Biel. »Ich dachte, das sei für Größeres als Musketenkugeln nützlich, aber vielleicht fangen wir erst einmal klein an.«

»Was meint Ihr mit Drall?«, fragte Zach und sah sich die Zeichnung an, in der spiralförmige Linien durch ein schlankes Kanonenrohr verliefen. »Das hier?«

»Eine Drehachse um die Mitte des Rohrs. Dadurch fliegt das Geschoss enorm stabil. Durch regelmäßige Vertiefungen und Erhöhungen im Lauf kommt es zu diesem Drall.«

»Lässt sich das ausrechnen?«, fragte Johanni.

Die Schmiede sahen einander an, schließlich sagte Meister Bregydslieb: »Meine Frau könnte das. Sie berechnet alles, was bei mir anfällt, und damit meine ich nicht die Buchhaltung. Ich meine Geometrie.«

Biel nickte knapp, Johanni und Zach wechselten einen kurzen Blick.

»Wir könnten Damaststahl so ziehen und verschweißen, dass diese Rillen direkt entstehen«, sagte Zach und sah seinen Bruder an.

Johanni und er hatten ihre Eltern mit ihrer Experimentierfreude für gefalteten Stahl einiges an Nerven und Material gekostet. Elisabeda und Gabril hatten auch damit gearbeitet, aber stets mit derselben Kombination, denselben Vorgängen. Zach und Johanni hingegen hatten mit verbrennendem Stahl und zerplatzendem Metall mehr als einmal beinahe die Schmiede abgebrannt.

»Um einen inneren Dorn herum«, stimmte Johanni ihm zu.

»Für Johanni ist es einfach, dafür zu sorgen, dass der Dorn kalt bleibt, trotz des Verschweißungsprozesses. Vielleicht könnten wir dafür sogar ein Zeichen entwickeln, dann muss nicht jede einzelne Muskete durch seine Hand.«

Nun sah selbst Biel einigermaßen zufrieden aus. »Hätten die Herren Eisenhammer Bier im Keller, könnten wir jetzt auf unseren ersten Kompromiss anstoßen!« Er grinste. »Aber so müssen wir wohl mit Wasser vorliebnehmen und uns nach getaner Arbeit irgendwo ein Brauhaus suchen. Holt Eure Frau, Bregydslieb, ich würde gern sofort mit den Planungen anfangen!«

Jendra war misstrauisch. Sie kroch nun nicht mehr in ruinösen Dachstühlen herum, um nach Zachs und Johannis Wohlergehen zu sehen, sondern schlenderte einfach in den Großbetrieb von Meister Biel, dessen Schmieden schon seit zwei Generationen nicht mehr im Funkenviertel lagen, das durch Löschbäche vom Rest der Stadt abgetrennt war, sondern in der südlichen Unterstadt, ganz in der Nähe des Schlangablaufs. Eines der Wasserräder am Ablauf des Schlangbeckens gehörte zur Schmiede und trieb Hämmer an. Drei große Werkstätten gruppierten sich um einen Innenhof, die vierte Seite wurde vom großen Haus des Schmiedemeisters begrenzt. Durch einen Torbogen, der ein Prunkstück der Steinmetzkunst darstellte, führte ein Fuhrweg als Tunnel unter den Wohnräumen entlang in den Innenhof. Jendra schlenderte hindurch, als gehöre sie dorthin. Das Haus wies zwei Eingänge auf: einen vorderen, durch den man in Familie Biels Wohnräume kam, wie Jendra vermutete, und einen im Hof, über den die Gesellen und Lehrlinge zu ihren Stuben kamen. Sie schätzte, dass mindestens zwei Dutzend Arbeiter bei ihm in Lohn und Brot standen. Dazu kamen in den letzten Tagen ganze Heerscharen von Tagelöhnern – und ein Urzeichenträger und sein Bruder.

Die Alchimisten hatten ihren Bereich abgesperrt, und in der Halle, in der normalerweise die Klingenfeger und Gehilzmacher die Werkzeuge und Waffen vollendeten, die die Schmiede erschuf, arbeiteten nun Schreiner an Gewehrkolben.

Die Stadt war in einen Rausch verfallen. Böttcher stellten Pulverfässer her, Alchimisten das Pulver. Karrenbauer fertigten neue Gefährte.

Zudem hatte Ismayl recht behalten: Das Gewobene Urzeichen war in den Augen eines jungen Gerichtsschreibers erwacht, der zwar eine Schwäche für schöne Kleidung, aber keine Ahnung vom Weben hatte. Er arbeitete trotzdem mit der Weberzunft an Stoffen und Uniformen.

Und so aufgerührt die Stadt auch sein mochte, so still war es am Verborgenen Hof. Die Identität der Urzeichenträgerin lag immer noch im sprichwörtlichen Schatten, und sie berief den Hof nicht mehr ein, sondern umgab sich nur mit ihren Vertrauten. Elias Asche, ein unerträglicher Gernegroß und angeblicher König der Diebe, hatte sich dem Gildenrat als neu ernannter Seneschall des Verborgenen Hofs vorgestellt. Jendra war bei dieser Ernennung nicht anwesend gewesen, sie wusste nicht, ob Ihre Schattenhafte Majestät von sämtlichen Entscheidungsprozessen, die der Hof bislang gekannt hatte, Abstand nahm und einfach despotisch herrschte. Elias Asche musste nun noch Fürsprecher finden, um bislang einziges Mitglied und Vorstand der neuen dreizehnten Gilde zu werden, doch damit war den Verborgenen der Weg in den Rat geebnet. Jendra musste offenbar auch nicht mehr fürchten, dass man sie nutzte, um Johanni und Zach zu finden.

Ob das von Anfang an der Plan gewesen ist? Ein Sitz in der Gilde und ein Zusammenschluss von Schmieden und Alchimisten, um die Soldaten zu bewaffnen?

Sie schüttelte den Kopf. Sie hasste es, wenn sie kein klares Feindbild hatte. Fast schon wünschte sie sich ein paar Aquinzacken in die Stadt.

Aschen-Elias jedenfalls war ein windiger Kerl, dem sie einen Haufen Verstand zutraute, aber kein Gewissen. Aber was das anging, schnitten die anderen Gildenräte nicht besser ab.

Sie sah sich ein bisschen auf Biels Werksgelände um und fand Johanni und Zach schließlich an einer Esse in der größten und geschäftigsten Schmiedehalle. Zachs Gesicht war schweißüberströmt, und er schlug auf ein Paket Stahl ein, während Johanni auf einem Stuhl saß und Rohre aus einem Korb inspizierte. Unter seinen Fingern glomm der Stahl auf, wenn er kleine Fehler korrigierte.

Sie blieb neben ihm stehen und versuchte, nicht mehr an den Verborgenen Hof zu denken. Was auch immer die Schattenmeisterin vorhatte: Es konnte warten, bis sie die Aquinzacken zum Krummen Mann gejagt hatten, und vielleicht hatte Jendra bis dahin noch ganz andere Dinge herausgefunden und ihr Vorhaben, der Urzeichenträgerin Macht und Leben zu entziehen, besser vorbereitet.

Johanni legte den Gewehrlauf in einen zweiten Korb vor sich. Muster waren darauf eingeprägt, während die Rohre, die er entgegennahm, keine solchen Verzierungen aufwiesen, sondern nur blankpoliert waren.

»Machst du das?«, fragte sie und griff nach dem Lauf. Schwarz im silbernen Stahl schlängelte sich ein Blattmuster darum. »Ist das eine Art Zeichen?«

Johanni sah auf.

»Guten Morgen außerdem«, schob sie hinterher, denn Kilianna hasste es, wenn sie einfach so mit ihrem Anliegen herausplatzte, ohne sie vorher begrüßt zu haben.

Johanni nickte so abwesend wie immer. Sie fragte sich, ob er auch vor dem Krieg so gewesen war oder ob die Front, die Verwundung und die lange Zeit in der Bewusstlosigkeit das mit ihm gemacht hatten. Sie sah auf ihn herab, seine schmale lange Nase und das in den dunklen Augen glühende Zeichen. Jemand hatte ihm die Haare gestutzt, vermutlich Zach, denn der unordentliche schwarze Schopf sah nicht nach besonderem Frisiertalent aus.

Er beugte sich ein wenig zu ihr hin. »Ich lass alle in dem Glauben, dass es irgendwas macht.«

»Also ist es kein Zeichen?«

Er lächelte, ohne zu antworten. Sie nahm einen zweiten Gewehrlauf aus dem Korb. Darauf jagten Wölfe oder Hunde einander, ihre Silhouetten winzige dunkle Flecken auf dem Stahl.

»Du machst das einfach so?« Sie sah sich um, ließ den Blick über all die enorm gestresst aussehenden Jungschmiede schweifen. »Warum?«

Er schwieg, nahm ihr die Läufe ab und stellte sie in den Korb zurück. Sie sah seinen Augenbrauen an, dass sie ihn verletzt hatte. Nicht das, was sie gesagt hatte, sondern was unausgesprochen mitgeschwungen war: Er saß hier und verzierte Stahl …

»Lass ihn«, rief Zach ihr zu, der sein Stahlpäckchen in der Esse erhitzte und sich mit dem Hemdsärmel über die Stirn wischte.

»Ich lass ihn ja!«, rechtfertigte sie sich. »Ich wollte einfach nur wissen, warum!«

»Meine Eltern haben Klingen für die Fechter geschmiedet«,

sagte Johanni so leise, dass sie ihn durch den Lärm der Hämmer kaum verstand. »Die Waffen waren sehr schön. Selbst Aufträgen für die Stadtwache haben wir immer noch etwas … mitgegeben. Etwas Schönes.«

Er sah sie endlich an, sie verstand einfach nicht, warum er so lange brauchte, um einem in die Augen zu sehen. »Ich hab es immer ein bisschen seltsam gefunden. Waffenschmied zu sein in einer Stadt, in der Waffen eigentlich kaum für das gebraucht werden, wozu sie erfunden wurden. Die Fechter haben damit geübt. Die Wachen waren damit bewaffnet und haben sie sicher auch ab und an genutzt, zum Beispiel gegen Leute von deinem Hof oder bei den Bandenkriegen vor ein paar Jahren. Aber ich glaube, wenige dieser Klingen haben tatsächlich jemanden umgebracht.«

Sein Zeigefinger fuhr langsam, langsam den nächsten Musketenlauf entlang. Darunter bildete sich eine dunkle Struktur, die Jendra nach und nach als stilisierten Knochen erkannte. Vier fingerlange Knochen setzte er hintereinander, als wolle er verdeutlichen, was ihn umtrieb.

»Diese Musketen werden Leute umbringen. Leute wie mich und Zach, die nur auf dem Schlachtfeld stehen, weil man sie gezwungen hat. Sie werden Leuten die Arme zerfetzen und die Rippen. Die Wunden werden Leute verbluten lassen.«

Er wandte den Blick ab, sah herab auf das, was er tat.

»Aber es heißt, sie oder wir«, sagte sie mit wenig Überzeugung.

»Ich weiß. Und selbst, wenn ich etwas Schönes darauf präge, macht es das nicht besser.«

Zach arbeitete derweil weiter, er hatte irgendetwas mit einem Pulver angestellt und hämmerte nun hektisch auf dem weißgelb glühenden Metall herum.

»Das Schöne macht, dass ich nicht an das Hässliche denken muss«, schloss Johanni, warf den mit Knochen verzierten Lauf beinahe angeekelt in den Korb und nahm sich den nächsten, um ihn zu prüfen und dabei, vermutlich, zu verzieren.

»Hat dein Besuch einen Grund?«, fragte Zach, der an irgendeinem Punkt angelangt war, an dem er kurz abwarten musste.

»Bin ich euch im Weg, oder was?«, gab sie zurück. »Den Herren Eisenhammer-Brüder?«

»Nein«, sagte Zach. »Aber meistens hast du irgendwelche Neuigkeiten. Dass der Gildenrat uns umbringen will. Oder der Verborgene Hof. So etwas in der Art. Immerhin wissen wir jetzt ja, dass das Urzeichen sich einfach jemand Neues suchen würde.«

»Aber ihr seid doch gerade beliebt, oder nicht? Nein, ich bin nur so hier. Ich habe den Eindruck, Sachen passieren, die ich nicht mitbekomme. Früher wusste das Netz über alles Bescheid. Und jetzt gibt es diese Bastarde, die noch ein wenig schattenhafter sind als das Netz, der Verborgene Hof und all das andere Ungeziefer in der Stadt. Das macht mich wahnsinnig, aber ich kann nichts tun, und Langeweile ist grauenhaft, besonders, wenn die Stadt sich anfühlt wie ein Ameisenbau.« Sie seufzte. »Kann ich irgendwas tun? Irgendwie helfen?« Sie hielt kurz inne und schob dann nach: »Ich will wohl Geld!«

Ein Grinsen erwachte auf Zachs Gesicht. »Weißt du, was ich hier mache?«

»Keine Ahnung. Einen Musketenlauf, früher oder später?«

»Damaststahl. Weißt du, was ich vor allen Dingen brauche?«

»Nein?« Vielleicht sollte sie sich lieber weiter langweilen gehen.

»Einen Zuschläger. Ich schlage auf eine Stelle, und du schlägst auf genau dieselbe.«

»Klingt leicht.«

»Vollkommen leicht.«

Johanni neben ihr lachte kurz auf.

»Was nicht leicht ist«, ergänzte Zach, »ist der Zuschlaghammer. Das ist der hier. Schnapp ihn dir und komm hier rüber. Wir können sofort anfangen.«

Kilianna fand es beunruhigend, dass Ismayl offenbar glaubte, in ihrem Kopf zu sprechen sei eine legitime Form der Kommunikation.

So oder so überwog die Freude – er war nicht in Naronne geschnappt worden! Er war auf dem Weg nach Hause! Als sie das hastige Flüstern hörte, wünschte sie sich, ihm antworten zu können. Ja, er war ihr früher aufdringlich und lästig erschienen, doch seither war viel geschehen, und sie hatte in der Zeit von Dawyds, Ismayls und Elisabedas Abwesenheit oft geglaubt, sie befände sich in einer Schlangengrube, in der alle Schlangen menschliche Kostüme trugen. Sie unterstellte sogar Jendra mehr Ehrlichkeit als den Mitgliedern ihrer eigenen Familie. Ihr Vater hatte am Abend nach dem neuen Ratsbeschluss ein Familienessen veranstaltet, bei dem ihre Brüder und ihre Schwester mitsamt Schwager auf sie eingeredet hatten, um sie dazu zu bringen, Einfluss auf Johannis Eisenhammer zu nehmen. Ihr ältester Bruder Benyam hatte sogar die Unverschämtheit besessen, sie zu fragen, ob sie sich nicht vorstellen könne, ihn zu einer Heirat zu überreden. Ihre Familie, eine Schlangengrube!

Doch jetzt hörte sie Ismayls flüsternde Stimme in ihrem Kopf, und er klang sowohl gehetzt als auch verängstigt.

»Kilianna, ich komme im Laufe des Nachmittags in Sygna an. Wir sind schon an der Schlangmundmühle vorbei. Ich habe einen Begleiter dabei, er gehört dem Verborgenen Hof an oder beherrscht zumindest Verborgene Zeichen und hat auf dem Weg einen Zeichenwirker ermordet. Mich hat er bislang nicht angerührt, aber ich würde mich wohler fühlen, wenn du ein paar Wachleute alarmieren könntest. Er hat ein Papier dabei, das valide klingende Entschuldigungen aufweisen wird, aber das ist nur Betrug, es ist ein Siegelzeichen, das sich auf den Verstand legt! Sie dürfen es nicht beachten. Ich denke, er wird versuchen, sich davonzumachen, sobald wir in der Stadt sind.«

Der Verborgene Hof … eine weitere Schlangengrube, doch während Kilianna ihre Familie eher wie Würgeschlangen empfand, waren das eindeutig Giftschlangen. Am besten würde es sein, wenn sie selbst die Wachen alarmierte und Ismayl samt seinem Begleiter mit ein paar Bewaffneten zwischen Klotz und Stadt abfing. Dann hatte der Kerl keine Gelegenheit, sich davonzumachen. Dafür musste sie jedoch schnell sein – und gerade befand sie sich in ihrem Elternhaus auf dem Bleiberg so weit wie nur möglich entfernt vom Kuser Tor, das ins Schlangtal hinausführte.

Am Morgen war sie noch, wie die meisten Sygnaer, am südlichen Stadttor gewesen. Unter Musik und Applaus und gewedelten Fahnen war der Nachschub zur Front aufgebrochen – Wagenladungen mit Sygnas ersten Musketen. Da sie mittlerweile Nachrichten per Linsenglas austauschten, waren nicht mehr so oft Boten zwischen der Stadt und der Front unterwegs. Es hatten sich ein paar Briefe auf Kiliannas Tisch angesammelt, die zusammen mit all der Post von Angehörigen in Säcke gewandert waren.

Ein paar Briefe, dachte Kilianna reumütig und zerrte an den Schnürsenkeln, während sie ihre Stiefel anzog. Sie hatte jeden Tag einen geschrieben. Manche waren kürzer, andere länger. Jeder war an Dawyd gerichtet. Es war absolut lächerlich.

Als er mit dem Sygnaer Heer losgezogen war, hätte sie ihn erst nicht einmal richtig geküsst. »Pass auf dich auf«, hatte sie gesagt und ihm einen Kuss auf die Wange gegeben. Dann hatten sie einige Sekunden dagestanden, und seine rechte Augenbraue war immer höher gewandert. Sein Grinsen, das vom verheilten Kieferbruch etwas verzogen war, hatte besonders schief ausgesehen. Sie hatte lachen müssen, und dann hatten sie sich geküsst, wie man sich küsst, wenn man sich von seinem Liebsten verabschiedet.

Und seitdem hatte seine Abwesenheit etwas in ihr erzeugt, von dem sie sich sicher war, dass es sich nur um ein Traumbild handeln konnte, eine Art perfekten Dawyd. Wenn er zurückkam, würde dieses Bild in tausend Scherben zerbrechen, und darunter würde der normale Dawyd zum Vorschein kommen – und Kilianna wusste das alles, aber sie konnte trotzdem nicht anders. Sie hatte sich in jemand Abwesenden verliebt.

Wie in diesen albernen Geschichten. Der Junge geht Heldentaten vollbringen, während das Mädchen zu Hause auf ihn wartet.

Sie vertrieb alle Gedanken an Dawyd aus ihrem Kopf. Wenn es ihr gelang, diesen Mann zu schnappen, mit dem Ismayl unterwegs war, begriff sie vielleicht, warum Attentäter Zeichenkundige außerhalb der Stadt ermordeten. Es konnte der erste Schritt sein, um der Urzeichenträgerin das Handwerk zu legen.

Eine Stimme in ihr wisperte: *Inwiefern das Handwerk legen?* Kilianna war nicht der Ansicht, dass Jendra Urzeichenträger mittels Lynchjustiz zur Rechenschaft ziehen sollte. Aber was die Verborgene Gezeichnete tat, war auch nicht rechtens, und so oder so wurde es Zeit, dass um Sygna nicht mehr nur von einigen wenigen geschachert wurde.

Sie hastete die Treppen des Bleibergs hinab und zur Wache an der Meister-Dekra-Straße. Darin befanden sich sowohl Stallungen für einige wenige Pferde als auch die Waffenkammer der Stadtwache und die Aufenthaltsräume der Gardisten. Das Gebäude nutzte als hintere Wand die alte Stadtmauer. In jedem Stadtviertel befand sich eine Wachstation, auch zur Kontrolle der Tore, und diese hier war die größte. Die Stationen wurden von einem ehrenamtlichen Schultheiß geleitet, der von den Gilden bestimmt wurde. Kilianna wusste, dass dieses »Ehrenamt« mit nicht wenig Geld honoriert wurde, weshalb der Posten des Schultheißen beliebt war. Doch es erstaunte sie, dass sie beinahe in Benyam hineinlief. Der älteste ihrer vier Brüder war dreiundzwanzig Jahre älter als sie, und sie hatten sich niemals auch nur irgendetwas zu sagen gehabt. Trotzdem hätte so etwas wie der Amtsorden eines Schultheißen schon beim Abendessen vor einigen Tagen Thema sein müssen. Der Orden prangte sehr gut sichtbar auf Benyams Wams, dessen Umfang begann, dem seines Vaters Konkurrenz zu machen.

»Kilianna!«, rief er aus und übergab die drei Mappen in seinem Arm an einen Schreiber. »Ist etwas passiert?«

Sie war sich bewusst, dass sie verschwitzt und mit rotem Kopf hier unten angekommen war – die Dringlichkeit in Ismayls Stimme war unmissverständlich gewesen.

»Benyam? Was …« Sie ließ sich selbst nicht ausreden. Das konnte sie ihn auch später noch fragen. »Ich brauche ein paar Wachen. Und Pferde!«

»Na ja, ich verteile die nicht zum Privatvergnügen.« Ihr Bruder schmunzelte, als wäre sie unzurechnungsfähig.

»Wenn es ein Privatvergnügen ist, dass ein Mörder auf dem Weg in die Stadt dingfest gemacht wird, dann möchte ich nicht wissen, was Ernst ist!«, schoss sie. »Ich habe eine Botschaft von Ismayl Schönauge bekommen. Dem Spion, der in Naronne war. Er ist auf dem Rückweg, und in Begleitung von jemandem, der Leute umgebracht hat.«

»Aquintianer?«

»Unsinn, dann würde ich wohl kaum so ein Aufhebens machen!«, zischte sie. »*Sygnaer*, Benyam! Ein Handwerker! Wir müssen ihn abfangen, bevor er auf die Idee kommt, sich Ismayl als Geisel zu schnappen und in der Stadt unterzutauchen oder sonst irgendetwas!«

»Jetzt mal ganz ruhig.« Benyam legte ihr die Hände auf die Schultern, und obwohl er nicht viel größer war als sie, fühlte sie sich klein. »Sag mir alles, was du weißt, und ich kümmere mich darum.«

Sie streifte seine Hände ab und zwang ihr Bedürfnis nieder, ihm zu widersprechen. »Ismayl und dieser Mann befinden sich irgendwo auf der Straße durchs Kuser Tal, höchstens ein paar Wegstunden von Sygna.«

»Wegstunden? Und da hast du es so eilig?«

Sie blinzelte, fuhr aber fort. »Er hat irgendein Siegel auf einem Dokument dabei, das einen überzeugen soll, dass alles seine Richtigkeit hat. Das ist ein Zeichen, vermutlich vom Verborgenen Hof. Dieser Kerl hat mindestens einen Zeichenwirker ermordet, sagt Ismayl.«

»Aha, und woher weißt *du* das alles?«, fragte ihr Bruder.

»Ein Dichtertrick. Das hab ich doch alles schon mal vor dem Rat dargelegt!«

»Komm mit in mein Büro, der Schreiber soll das aufzeichnen.«

»Benyam, wie lange bist du überhaupt schon Schultheiß?«

»Ich muss mich ja irgendwie beschäftigen, seit man mir den Posten im Gildenrat entzogen hat«, sagte ihr Bruder.

»Und wie oft ist in dieser Zeit jemand gekommen, um den Aufenthaltsort eines Mörders zu nennen?«

»Hm, gar nicht«, gab er zu.

»Also bist du dir ganz sicher, dass du den Papierkram vorziehen möchtest? Denn ich möchte jetzt ein Pferd und dafür sorgen, dass unser einziger tauglicher Spion die Stadt heil erreicht. Er hat Informationen bei sich, die wir nicht aufs Spiel setzen können!«

»Hast du nicht das, was er dir in den Kopf diktiert hat, schon vor Wochen an den Gildenrat weitergereicht?«, fragte ihr Bruder mit sichtbarem Widerwillen gegenüber solcher Art Zeichenkunst.

»Das habe ich, und ich bin mir sicher, das war nur ein Bruchteil dessen, was er weiß! Und das gerade war eine *neue Nachricht!*«, stieß sie hervor, während er versuchte, sie aus dem Vorzimmer in sein Büro zu manövrieren.

»Du wirst alles, was du über diesen mutmaßlichen Mörder weißt, Tomin hier sagen, der es aufschreibt, und ich bespreche mich in der Zwischenzeit mit dem Weibel. Wir kümmern uns darum, aber du bleibst in der Stadt. Ich lasse dich ganz sicher nicht zu einem Mörder hinausreiten. Vater würde mich umbringen.«

Es versetzte ihr einen sanften Schubs in seine Schreibstube und schloss einfach die Tür hinter ihr. Der Schreiber sah sie mit großen Augen an, während sie mit einem Blick erfasste, dass sie mit ihm allein war. Geryon Schlundners geliebte Zinnfiguren, mit denen er Schlachten der Vorzeit nachgestellt hatte, standen noch auf dem Regal, als sei Benyam bisher nicht dazu gekommen, die Überbleibsel seines Vorgängers auszumisten.

»Es tut mir wirklich leid«, sagte Kilianna. »Aber wir werden ohne Papierkram auskommen müssen.« Sie öffnete den Gürtel mit dem Degengehänge daran, lehnte die Waffe an den Schreibtisch, hob den Saum ihres Kleids und zog es sich über den Kopf. Darunter trug sie mittlerweile immer eine Hose, denn sie versuchte, jeden Tag zum Sandplatz zu gehen oder zumindest einige Übungen im Garten zu absolvieren. Dem Jungen fielen fast die Augen aus dem Kopf, als sie in Bluse und Hose vor ihm stand. Sie gürtete sich wieder mit der Klinge und sah dann aus dem offen stehenden Fenster. Draußen saßen einige Wachleute in der Sonne und spielten Karten. Dennoch erschien ihr dieser Weg einfacher, als es wieder mit ihrem Bruder aufzunehmen. Mit einem Satz war sie draußen, durchquerte den Hof unter dem Gelächter und den Rufen der drei Männer und trat dann in den von Fliegengesumm und Heugeruch erfüllten kleinen Stall. Die Garde besaß nicht viele Pferde – in der Stadt waren sie zu nicht viel nutze, es sei denn, man musste schnell von einer Ecke in die andere gelangen und durfte wenig Rücksicht auf die Menschen in den Straßen nehmen. Die Pferde waren traurige Biester, die nie eine Wiese gesehen hatten, aber zu Kiliannas Freude war eines von ihnen gesattelt und gezäumt – sicherlich Vorschrift, um in einem Notfall keine wertvolle Zeit zu verlieren. Phlegmatisch starrten die Tiere sie an, und sie löste die Zügel von einem Balken.

Als sie mit dem Pferd in den Hof trat, schaffte sie es gerade noch, sich in den Sattel zu stemmen, die Zügel um die Hände zu wickeln und dem Pferd die Fersen in die Seite zu drücken, bevor ihr Bruder fluchend aus der Wachstation polterte. Er schrie ihren Namen, er brüllte seine Leute an – und dann war sie in einem Wirbel aus Staub aus dem Innenhof verschwunden.

Wie die meisten Sygnaer konnte Kilianna nur leidlich reiten, doch ihr Vater besaß Kutschpferde, und als Kind hatte der Kutscher sie immer mal wieder Runden auf den Rössern mit den breiten Rücken drehen lassen. Die Pferde der Garnison waren nicht wirklich temperamentvoll, und sie musste wenig Angst haben, abgeworfen zu werden oder die Kontrolle zu verlieren. Sie waren so trainiert, dass sie auch ungeübte Reiter rasch in die gewünschte Richtung brachten, und so ließ Kilianna das Pferd die Meister-Dekra-Straße entlanggaloppieren, wich Karren, Spaziergängern, Tagelöhnern aus oder umgekehrt. Sie preschte über die Altmeisterstraße, hörte Rufe, Beschwerden und spitze Schreie, dann das hohle Klappern der Hufe in der Vierermarktgasse, bis sie am Rande des Hultamarkts ankam. Sie versuchte, sich so weit vom Gedränge zu entfernen wie möglich, doch das Pferd mochte trotz all seiner Gemütsruhe die schimpfenden Menschen nicht und bockte nun doch. Sie zwang es in eine Gasse hinter dem Hultaturm, in der Hoffnung, auf diesem Umweg auf weniger Menschen zu treffen. Erst jetzt dämmerte ihr, dass man sie am Kuser Tor fragen würde, warum sie auf einem Pferd, auf dessen Sattel das Wappen der Sygnaer Garde prangte, die Stadt verlassen wolle.

Jetzt eins von Ismayls Wortzeichen!

Plötzlich brach Geschrei hinter ihr auf dem Hultamarkt aus – natürlich, ihr Bruder hatte ihr einen Reiter hinterhergeschickt, und der war nicht gerade zimperlich, arbeitete sich mit lauten Rufen durch die Marktbesucher und preschte dann auf die Zintsstraße, die, flankiert von den beiden lang gezogenen Banken der Stadt, auf das Kuser Tor zuführte.

Kilianna wählte ihren Weg so, dass sie durch eine Gasse parallel zur Zintsstraße ritt, die Hufe polterten zwischen den Wänden, sodass sie fürchtete, der andere Reiter habe sie längst gehört und warte am Ende der Gasse auf sie.

Aber als sie die Gasse verließ, hielt der berittene Gardist geradewegs auf das Tor zu – sie befand sich hinter ihm! Er brüllte seinen Kameraden irgendetwas zu, was in seinem eigenen Lärm unterging, und die vier Torwachen schritten alarmiert auf ihn zu. Kilianna grinste. Das Tor lag geöffnet vor ihr, und der Reiter bot die perfekte Ablenkung, da die Gardisten ihren Posten verließen, um ihn besser verstehen zu können. Zwei beherzte Tritte und ein »Hey-hey!« in die Ohren des Tiers ließen Ross und Reiterin vorwärtsschnellen, im gestreckten Galopp hielt Kilianna auf das Kuser Tor zu. Erst jetzt begriffen die Gardisten, wandten sich vom anderen Pferd ab, hoben ihre Hellebarden – doch Kilianna war schon vorbei, die Schreie waren beinahe zum Lachen, das schrille Wiehern der beiden Pferde auch. Der Schatten des befestigten Doppeltors, der Weg nach unten und dann wieder nach oben, und dann war sie draußen.

Sie hatte die Stadt verlassen.

Kilianna stieß einen Jubelschrei aus und warf die Rechte in einer unflätigen Geste über den Kopf. Im Galopp überquerte sie die Schlangbrücke. Wie eine gewaltige, hässliche Kröte lag der Klotz am Talausgang. Kilianna beugte sich über den Hals des Pferdes und sah zurück, doch der andere Reiter schien ihr erst einmal nicht zu folgen. Sie ließ die Zügel langsam locker, und das Pferd verfiel in einen erleichterten Trab.

Sie hatte keine Ahnung, wie sie nun allein mit einem Mörder fertigwerden sollte. Aber mit Ismayl war sie schon zu zweit.

Mittlerweile reisten zwar wieder Händler nach Sygna oder brachen von dort auf, aber die Straße im Kuser Tal war dennoch so übersichtlich, dass der Reiter, der auf sie zuhielt, Ismayl sofort auffiel.

Er fiel natürlich auch Tadeus auf, und der trat näher an Ismayl heran und zeigte ihm erneut das Stilett in seinem Ärmel. »Du hilfst mir durchs Tor zu kommen, ohne Fragen beantworten zu müssen«, befahl er mit einem aufmunternden Lächeln. »Danach trennen sich unsere Wege. Alles klar?«

»Ich dachte, dir sind die Informationen wichtig, die ich dabeihabe?«, fragte Ismayl provokant. »Soll ich deine Messerdrohung also ernst nehmen oder nicht?«

»Jeder ist sich selbst der Nächste. Ich habe keine Lust auf die Bleikammern vom Zunftgefängnis, und deshalb bitte ich dich hiermit freundlich, mir keinen Ärger zu machen, denn letztlich würde ich lieber auf die Informationen als auf meine Freiheit verzichten.«

»Zur Kenntnis genommen«, meinte Ismayl.

Sie trotteten noch gute fünf Minuten vor sich hin. Die Straße führte an der breiten Talsohle zur Stadt hin, kleine Gewässer kreuzten sie mal hier, mal dort, ab und an war die Schlang gestaut oder aufgeteilt, um Mühlen zu betreiben, die ein wenig abseits des Wegs lagen. Der Bleiberg, der am Morgen noch als obskure rotbraune Masse in der Ferne gelegen hatte, ragte nun wie eine eigenartige Vision einer mythischen Stadt vor ihnen auf, von der Ismayl alle möglichen Details erkennen konnte: Mauern auf Mauern, Ziegeldächer über Ziegeldächern, Häuser, die prunkvoller wurden, je höher sie am Berg lagen. Bäume und Gärten dazwischen, Weinhänge, Türme, Tore, sogar Wäscheleinen konnte er erkennen, so irdisch wie ein Ameisenhaufen und so himmlisch wie die Stadt eines Gottes.

Er erinnerte sich daran, wie er der Stadt den Rücken gekehrt hatte, als er nach Naronne aufgebrochen war. Wie er die Stadt zum ersten Mal in seinem Leben von Weitem gesehen hatte. Inmitten der schroffen, unbewohnten Kuser Berge war ihm seine Heimat wie ein wundersamer Ort erschienen, nicht ganz von dieser Welt.

Und wie recht ich hatte, dachte er düster. Aber es war nichts Schönes mehr an diesem Gedanken, sondern etwas Unwägbares, Düsteres. Sygna, die Stadt auf dem Schattenriss.

Schließlich war die Reiterin so nah, dass Ismayl ihre braune Haarmähne erkannte: Kilianna!

Warum hat sie keine Leute dabei? Nervös beäugte er den Ärmel, in dem Tadeus das Messer versteckte.

Es war nur ein Messer. Es würde leicht sein, aus der Reichweite eines Stichs zu kommen, werfen konnte der andere es mutmaßlich nicht. Doch da kam kein bewaffneter Gardist auf sie zu, sondern eine junge Frau – er konnte nicht einfach das Beste für Kilianna hoffen.

Schließlich war sie auf dem erschöpften Pferd nahe genug heran, dass Tadeus sie offenbar ebenfalls erkannte. Noch bevor Ismayl sich zu irgendetwas entschließen konnte, spürte er Tadeus' Hand um seinen Arm, die Messerspitze an seiner Seite. Der andere hatte sich rasch halb hinter ihn gebracht.

»Fräulein Erdhand! Ganz allein auf einem Ausritt!«, rief Tadeus über die staubige Straße hinweg.

Ismayl fühlte sich wie ein Idiot, als Kilianna einen Degen zog. Er hätte sich einfach aus dem Staub machen sollen, darauf vertrauen sollen, dass eine Berittene mit einem Degen einem kleinen Meuchelmörder überlegen war.

Kilianna hob ihre Waffe. »Im Namen der Stadt Sygna verhafte ich Euch wegen Mordes!«

»Ach, und Ihr seid neuerdings der ausführende Arm der Stadt?«, fragte Tadeus auf seine unverfängliche, ja, freundliche Art. »Ich weiß nicht, was Euch autorisieren sollte.« Und mit einem Seitenblick auf Ismayl sagte er: »Aber gut informiert ist sie.«

»Denkst du, ich bin ein Versager auf ganzer Linie?«, entgegnete der. »Ich habe meine Qualitäten.«

»Aber du hättest sie besser an jemand anderem als diesem Mädchen angewandt.«

»Wollt Ihr Euch mit mir streiten, wozu ich autorisiert bin? Lasst Ismayl los!«, rief Kilianna.

»Am liebsten erst, wenn wir in der Stadt sind«, sagte Tadeus. »Aber da das ein unbequemer Weg werden könnte, mache ich Euch folgendes Angebot: Ihr gebt mir Euer Pferd, ich gebe Euch den Dichter. Dann seid Ihr mich los.«

Kilianna sah Ismayl an, als warte sie auf einen besonders klugen Beitrag von ihm. Ihm fiel etwas sehr Vages ein, und er nickte. Schlussendlich zog er Tadeus' Entkommen einem Messer in den Rippen vor. Sie stieg mit zerknirschtem Gesicht ab.

»Entfernt Euch vom Pferd. Zwanzig Schritte!«, befahl Tadeus und ging mit Ismayl auf das nervös und erschöpft aussehende Tier zu. Mit etwas Glück würde es ihm unterm Hintern zusammenbrechen.

Ismayl sah dem Tier in die Augen. Mit einem Namen war es einfacher, aber eine klare Vorstellung reichte aus für das, was er vorhatte. Ein wenig ungeschickt zog sich Tadeus in den Sattel, endlich verließ die Spitze des schmalen Meucheldolchs Ismayls Kleidung.

Kilianna stand etwa fünfzehn Meter weiter abseits der Straße und sah wenig amüsiert aus.

Tadeus trieb das Pferd an, und Ismayl flüsterte in Kiliannas Kopf: »*Bleib dran. Ich hol ihn aus dem Sattel.*«

Zweimal hintereinander dasselbe Wortzeichen auf zwei unterschiedliche Geister zu wirken war nicht einfach. Dass einer dieser Geister einem übermüdeten Tier gehörte, machte es nicht leichter, zumal er wenig Zeit hatte und das, was er von sich gab, nicht unbedingt Worte waren. Als der Reiter auf Kiliannas Höhe angekommen war – sie lief auf die Straße zu, würde aber zu langsam sein, wenn er weiterritt –, stieß Ismayl den grässlichsten, schrillsten Schrei aus, zu dem er seinen Brustkorb zwingen konnte. Er formte an diesem Atemzug entlang das Wortzeichen und konzentrierte sich auf das ohnehin überstrapazierte Pferd. Er legte allen Willen hinein, den er aufbringen konnte, und *spürte*, wie sein Schrei im Hirn des Pferdes geradezu explodierte, vervielfacht und verstärkt. Um sich tretend, augenrollend, schaumschnaubend, wiehernd und mit den Hufen trampelnd warf das geplagte Tier seinen Reiter ab. Kilianna rannte jedoch nicht mehr hinterher, sondern war gestürzt, hatte den Degen verloren und presste sich die Hände auf die Ohren.

Verdammt!

Er hatte sie mit erwischt, obwohl er nur den Geist des Tiers hatte erreichen wollen, und ihr schmerzverzerrtes Gesicht ließ ihn bedauernd die Luft zwischen den Zähnen ausstoßen.

Doch auch Tadeus war am Boden – und er schien sich vom

Sturz weniger schnell zu erholen, als das Pferd und Kilianna sich vom Schrei berappelten. Das Tier stürmte bockend davon, Kilianna packte ihren Degen und lief auf Tadeus zu, der sein Stilett verloren hatte.

»Vorsicht!«, schrie Ismayl, als Tadeus aus seinem Stiefel ein kleineres Messer zog. Er fürchtete, der andere würde es werfen, doch der rammte es in den Boden und zog so rasch Linien in den Staub, dass Ismayls Warnung noch nicht ganz verklungen war, als Tadeus es vollendet hatte.

Bei dem letzten Schwung der Klinge fielen Schatten um Kilianna und den Meuchelmörder.

»Scheiße!« Er hörte keine Schreie, doch eine Klinge auf den Steinen der Straße, dann ein Klirren, Metall auf Metall, und dann doch einen gepressten Aufschrei, wie aus großer Entfernung. Kilianna stolperte aus der Dunkelheit, die sich wie eine Wolke auf der Straße ausgebreitet hatte. Sie hielt sich den Waffenarm – der Ärmel war zerschnitten und tränkte sich langsam mit Blut.

»Das kann doch nicht wahr sein!«, keuchte sie. »Versteckt Ihr Euch jetzt da drin, Ihr Feigling?« Sie wechselte den Degen in die andere Hand und stieß blind in die nebulöse Schwärze. Offenbar traf sie nichts. »Ergebt Euch einfach, und erspart uns diese Peinlichkeit!«

Sie biss die Zähne aufeinander. Der Schnitt sah tief aus, das Blut war schon an ihren Fingerspitzen angekommen.

»Wie lange wollt Ihr da drin bleiben?« Sie fluchte, stieß wieder nach dem Schatten, tat einige Schritte drum herum, stieß noch einmal zu. Ohne Erfolg. Ismayl war nun nah genug heran, fand das Stilett auf dem Boden, aber damit gegen eine Wolke aus Schwärze anzutreten, die so breit war wie die ganze Straße, war ein lächerlicher Gedanke.

»Wir müssen dieses … Ding so gut wie möglich im Auge behalten!«, rief Ismayl und umrundete die vom Schattenzeichen geschaffene Insel aus Dunkelheit. Bei Jendra hatte das Zeichen nur funktioniert, wenn es ohnehin dämmrig war; im Kuser

Tal hingen zwar die Schatten des Nachmittags, aber diese Ansammlung von Finsternis hatte etwas Widernatürliches.

»Wie geht es dem Arm? Hältst du durch?«, rief er Kilianna zu.

Sie knurrte etwas erbost Wortloses. Wie lange mochte dieser Bursche die Schattenwand aufrechterhalten, und was heckte er in der Zwischenzeit darin aus?

Erst, als Ismayl auf der anderen Seite ankam, sah er, dass sieben Reiter von der Stadt aus auf sie zuhielten. »Bekommst du Verstärkung, Kilianna?«

Als sich die Reiter näherten, erkannte er ihren Bruder, ein feister, unsympathischer Kerl, der offenbar den Orden eines Schultheißen auf der Brust trug.

»Waffen runter!«, schrie der älteste Erdhand-Sohn bereits von Weitem, und Ismayl gehorchte. Er hatte ohnehin nicht so richtig gewusst, was er mit dem Stilett hatte anfangen sollen. »Wir übernehmen.«

Seine sechs Begleiter hoben zwei Armbrüste und vier Musketen, als sie nah genug heran waren. »Raus aus diesem albernen … Ding, sonst schießen wir!«, dröhnte die Stimme des Schultheißen.

Ismayl flüchtete zu Kilianna hinüber, deren helle Bluse mittlerweile einen dunkelroten Ärmel aufwies.

»Verfluchter Scheiß«, presste sie hervor und schwankte ein wenig.

»Bring meine Schwester in die Stadt! Los!«, stieß der Erdhand-Sohn hervor, als er bei ihnen ankam, sprang aus dem Sattel und warf Ismayl die Zügel zu. »Mach schon! Wir haben das hier unter Kontrolle.«

Ismayl versuchte, Kilianna irgendwie in den Sattel zu helfen und sich danach selbst hineinzuziehen. Es glückte ihm nach mehreren Anläufen, während derer Kilianna protestierte, sie werde schon nicht verbluten, wenn sie blieb, um zu sehen, was geschah. Aber der Weg in die Stadt war noch weit, und die Blutung wurde nicht schwächer.

Kilianna presste ihre Hand auf die Wunde und sah wütend zurück. »Lass ihn nicht laufen, Benyam! Hörst du mich?«

»Das war sehr dumm von dir, Kilianna. Wir sprechen noch darüber.«

Sie erwiderte nichts, und Ismayl drückte seine Hacken in die Flanken des Pferdes.

»Ich verstehe überhaupt nicht, warum du vorausgeritten bist!«, sagte er, als sie sich langsam von der Schattenwolke entfernten. Auch er sah über die Schulter zurück – die Gardisten hatten das Phänomen umstellt und schienen abzuwarten.

»Sie wären sonst nicht gekommen«, sagte sie. »Mein Bruder hat von meinem Vater den Starrsinn geerbt, aber nicht gerade die Intelligenz. Außerdem – verdammt! Ich hab wirklich gehofft, ich könnte ihm noch einige Fragen stellen, während ich ihn vor meinem Degen her in die Stadt laufen lasse!«

»Vielleicht ergibt sich die Gelegenheit ja noch«, sagte Ismayl in dem Versuch, sie zu besänftigen.

»Es ist schön, dass du wohlbehalten wieder hier bist.«

»Es wäre noch schöner, wenn ich deinem Vater nicht erklären müsste, dass du in meinen Armen verblutet bist, also versuch, das nicht zu tun!«

Sie lachte, aber sie klang immer noch wütend – vermutlich auf sich selbst. »In Ordnung.« Und dann fügte sie an: »Als hätte ich auf dem Sandplatz nichts gelernt, er hat mich einfach so erwischt …«

Am Abend spürte Kilianna die Wunde nicht mehr. Sie war genäht, mit einem Zeichen versorgt, und die Wirkung der Schmerzmittel war noch nicht ganz abgeklungen. Ihr Bruder versuchte, ihr eine Standpauke zu halten, und sie versuchte, ihn zu ignorieren.

Auf die Frage, wie es mit dem Attentäter ausgegangen sei, sagte er nur, das übliche Verfahren liefe.

Am späten Abend klopfte Jendra ans Fenster. Ismayl war

zum Haupthaus der Dichtergilde gegangen, um sein Glossar in Schriftform zu bringen, bevor er vor dem Gildenrat Bericht erstattete. Jendra fand Kilianna mit dem Degen in der Linken – sie attackierte einen unsichtbaren Gegner auf ihrem Bett und verzweifelte daran, wie ungelenk sich die Bewegungen anfühlten.

»Es macht mich sehr nervös, wenn ich sehe, dass du auf etwas einhackst, was nicht sichtbar ist. Ich dachte, du wirst angegriffen von der verdammten Verborgenen Zeichenmeisterin!«, schimpfte Jendra, als Kilianna sie durchs Fenster hereinließ.

»Ich übe nur«, knurrte Kilianna. »Ich soll den Arm schonen, aber ich werde den Rest von mir überhaupt nicht schonen!«

Jendra ließ sich auf Kiliannas Bett fallen, wie immer, wenn sie ihr Zimmer betrat. »Kilianna.« Sie seufzte tief. »Dieser Mann. Das Netz weiß nichts. Meine Nachfragen haben nichts ergeben. Esra und Sarai haben das Zunftgefängnis beobachtet: nichts. Dieser Mann … ist in keiner Kerkerzelle der Stadt angekommen, nicht mal in einem verdammten Ausnüchterungszimmerchen. Und schon gar nicht im Zunftgefängnis, wo ein zeichenkundiger Meuchelmörder wie er hingehört.«

»Was?« Kilianna ließ den Degen sinken und sackte in den Stuhl an ihrem Schreibpult. »Aber … Benyam sagt, er hat ihn verhaftet und weggebracht. Bist du dir ganz sicher?«

»Benyam hat ihn nicht festgenommen. Ich bin mir hunderttausendprozentig sicher. Ich hab Esra und Sarai losgeschickt, als Ismayl und du in der Stadt angekommen seid. Dein Bruder ist nach euch rein, und das Netz sagt, er ist ohne Umweg zu seiner Station zurück.«

»Hatte er jemanden dabei?«

»Kilianna, das sag ich dir doch gerade: Er hatte niemanden dabei. Es ist niemand verhaftet worden.«

»Was … was heißt das jetzt?«, fragte Kilianna, und plötzlich schlug der Schmerz im Arm zu. Sie sackte auf dem Stuhl zusammen.

»Das heißt, dass wir uns lauter unangenehme Fragen stellen müssen. Zum Beispiel zu deinem Bruder. Zur Garde. Zur Verborgenen Meisterin, und wie weit ihre Hand reicht. Zur Stadt.«

Und dann geschah etwas, mit dem Kilianna niemals gerechnet hätte: Jendra ballte die Hände zu Fäusten und presste sie gegen ihre Augen, und dabei bebten ihre Schultern – als bräche sie gerade in Tränen aus. Aber das konnte nicht sein, nicht Jendra!

»H-hey«, versuchte es Kilianna, »komm schon, Schmal, wir bekommen raus, was das zu bedeuten hat. Wir kriegen es hin.«

»Ich dreh mich im Kreis, verdammt!«, stieß Jendra hervor. »Johanni hat erzählt, dass jemand Bismuth erpresst hat, damit die Verborgenen einen Sitz im Rat kriegen, und Zach und ich, wir haben es ja *versucht*, wir haben versucht, es rauszukriegen, wer das war und wie er Bismuth erpresst, aber wir haben keine Ahnung! Und dann sind offenbar Leute unterwegs und *morden*, außerhalb der Stadt, aber auch in der Kluft, und sie beherrschen Verborgene Zeichen, und wer beherrscht Verborgenen Zeichen, wenn nicht der Hof, *mein* Hof! Ich versuche, herauszukriegen, wer diese Leute sind, wer Kontakt zu wem hat, wer von der Meisterin beauftragt wird, wer ihr Vertrauen genießt – nichts. Es ist, als hätte sie alle Fäden zum Netz, alle Fäden zu Leuten, die bereit sind, mir etwas zu sagen, abgeschnitten. Sie umgibt sich nur noch mit Vertrauten, und ich habe keine Ahnung, wer das ist und wie viele. Und einer von ihnen wollte Ismayl an den Kragen und dir, und ich hab weder seinen Namen schon mal gehört, noch sagt mir die Beschreibung etwas! Wer *sind* diese Leute, und warum beherrschen sie *meine* Stadt?«

Kilianna tätschelte ungelenk Jendras Arm, und das Mädchen ließ die Fäuste sinken. Ihre Augen waren rot, aber sie weigerte sich zu weinen.

»Und Ismayl …«, flüsterte Jendra und bekam Schluckauf. »Erst spricht er in meinem Kopf und sagt mir, er braucht meine Hilfe, um diesen Kerl im Auge zu behalten, wenn der in die Stadt gebracht wird.«

»Das hab ich ihm aufgetragen«, bemerkte Kilianna. »Ich dachte, du bist die Richtige für die Aufgabe. Warst du ja auch. Ist ja nicht deine Schuld, dass Benyam ihn offenbar hat laufen lassen.«

Was für eine beunruhigende Vorstellung. Wenn er ihrem Bruder entkommen wäre, durch List oder ein weiteres Zeichen, dann hätte dieser doch nicht behauptet, er hätte ihn ins Gefängnis gesteckt? Warum log Benyam sie an?

»Ja, war ich ja auch. Aber als ich ihn dann endlich sehe, da ist es so anders als früher, so … wichtig und geschäftig. Der Spion aus Naronne. Es waren schon zwei Schreiber bei ihm, und sie mussten ganz dringend irgendwohin.«

»Er ist sicher wieder der Alte, sobald er mehr Zeit hat.«

»Er hätte mich nicht mal umarmt, wenn ich nicht an ihm hochgesprungen wär wie ein Gossenhündchen.« Jendra grinste schief, aber ihre Augen waren traurig.

Beim Großen Handwerker, die kleine Schmal hat Liebeskummer!, erkannte Kilianna.

»Er … er holt das sicher nach«, sagte sie unbestimmt und betrachtete das Mädchen auf ihrem Bett. Sie fragte sich nicht zum ersten Mal, wie alt sie war, aber sie verzichtete auch diesmal darauf, nachzuhaken. Schmal war älter, als ihre Lebensjahre aussagten, und vermutlich wusste sie ihr Alter selbst nur unbestimmt. So oder so glaubte Kilianna jedoch zu wissen, dass sie nicht gerade Ismayls Typ war.

So ist das. Ich lehne ihn ab und werfe mich dem attraktiven Fechter an den Hals. Und er lehnt das Gossengör mit den schiefen Zähnen ab, die wiederum nichts von diesem Esra wissen will.

»Ich denke, er hat ein Liebchen in Naronne«, stieß Jendra hervor. »Der er schöne Briefe schreibt und in deren Kopf er abends irgendwelche Gedichte schmachtet.« Sie richtete sich auf. »Aber mir ist das egal. Soll er. Ich bin mir ziemlich sicher, dass Zach und Johanni mich mögen.«

»Du weißt schon, dass sie zwei Personen sind, oder?« Kilianna lächelte.

Jendra lachte und winkte ab. »Manchmal fällt mir das auch ein, aber wenn du wüsstest, was bei uns in den Schatten so alles recht und billig ist.« Verschlagen sah sie Kilianna von der Seite an. »Ich habe ohnehin gerade keine Zeit für so etwas. Dass uns jetzt auch dieser Tadeus durch die Lappen gegangen ist, ist höchst ärgerlich. Aber ich werde an die Schattenmeisterin herankommen. Ich brauche nur eine neue Idee ...«

Kapitel IX

Der Krieger erwachte aus seiner Meditation.

Das Schaben eines Holzkiels auf Kies, dann das Platschen von Soldatenstiefeln in Wasser.

Das Geräusch versetzte die Luft in Schwingung, trat eine Welle los, die sich entlang des Strands, die Flanke des Vulkans hinauf, durch die verwinkelten Mauern der Tempelruine bis in den Meditationsraum ausbreitete und den Krieger erreichte, der hier im Lotussitz seinen Geist wandern ließ. Nur sein übernatürliches Gehör erlaubte es ihm, die schwachen Schwingungen der Luft wahrzunehmen.

Er erhob sich geschmeidig. Die Feuerschalen, die den Raum mit Düften nach Harz und Kräutern erfüllten, flackerten im Luftzug der plötzlichen Bewegung.

Es war an der Zeit, sich zu messen. Es war endlich wieder an der Zeit zu töten.

Rufin betrat als Zweiter den schwarzen Sandstrand. Agenten sprangen hinter ihm ins Wasser und zogen das Ruderboot ans Ufer. Er blieb stehen, nahm die noch ungewohnte Brille von der Nase und wischte die Meerwasserspritzer davon. Dann sah er sich um und genoss die kristallklare Sicht unter einem glorreichen Azurhimmel.

Über ihnen thronte der Bale, der Vulkan, der diese Insel vor Urzeiten aus dem Meer gehoben hatte. Seine Asche hatte den Sand der Insel geschwärzt. Ein ungewohnter Anblick für jemanden aus Naronne, der Stadt aus Weiß und Blau. Der schwarze Sand wurde fünfzig Meter weiter vom Pinienwald verschlungen, der sich über die Flanke des Bergs erstreckte.

Rufin schirmte seine Augen gegen die Nachmittagssonne ab und ließ seinen Blick über die Insel schweifen. Hier und da ragten Ruinen aus Basaltgestein aus dem Wald hervor. An einigen Stelle war der Bewuchs unterbrochen wie von der Hand eines riesigen Kindes, die schwarzen Schlamm an die Bergflanke geklatscht hatte: die Überreste von Lavaströmen, die sich aus dem Vulkan ergossen und Wüsten aus Geröll zurückgelassen hatten. Alles sah so aus, wie Lafayet, der nun einmal von Haus aus Geologe war, es vermutet und beschrieben hatte.

Nur noch wenig deutete darauf hin, dass sich einst auf diesen Flanken, die heute bedeckt waren von Pinienwäldern und Geröllfeldern, eine Metropole erstreckt hatte. Balog-Urh, die Erste Stadt, Mutter der Flüsternden Städte, die Wiege der Zivilisation – und des Handwerks, wie Lafayet und Rufin während langer Stunden in der Bibliothek und den Archiven des Außenministeriums herausgefunden hatten. Des Handwerks … ob es sich dabei um eine Art Sygna der Antike gehandelt hatte? Mit ähnlich festgefahrenen Traditionen und engstirnigen Gesetzen? Lafayet hatte Hinweise darauf gefunden, dass nach einem Schisma zur Zeit der Meisterkaiser Abtrünnige aus Sygna zu dieser Insel aufgebrochen waren. Eine Tatsache, die man in Sygna selbst sicherlich ebenso gern vergessen hatte wie all die anderen Details, die Ismayl Schönauge sich so mühsam in der Fremde hatte zusammensuchen müssen.

Der Legende nach hatte ein gewaltiger Ausbruch des Bale die Stadt von einem Moment auf den anderen ausgelöscht. Viele tausend Jahre lag dies in der Vergangenheit, aber immer noch zeugten einige Ruinen von der Existenz der einst mächtigen Ersten Stadt.

Das Einzige, was von damals übriggeblieben sein mochte, waren die *Vergessenen Krieger*, ein Kloster, ein Orden – eine unbestimmte Macht, die jede Eroberung oder Besetzung der Insel auf Jahrhunderte hinaus vereitelt hatte und über die nichts bekannt war.

Einer der Agenten des Purpurnen Büros blickte ihn fragend

an. Rufin deutete mit dem Kinn in Richtung eines Wegs, der den Pinienwald durchschnitt und sich den Berg hinaufwand. Ein Weg, der deutlich jünger war als die Überreste von Balog-Urh.

Er presste nervös die Lippen zusammen. Trotz der stundenlangen Nachforschungen mit Lafayet war er letztlich aufgrund einer Ahnung unterwegs. Vielleicht fand er nur Knochen und Gräber. Oder – schlimmer – irgendwelche unzivilisierten Wilden, die keine Ahnung von den Blutzeichen hatten, die Rufin sich hier erhoffte.

Vier Agenten sicherten den Aufstieg vor Rufin, vier weitere bildeten die Nachhut. Sie waren Rufin direkt vom Außenministerium zugewiesen worden. Das Purpurne Büro, der berüchtigte Geheimdienst des Außenministers, stammte noch aus der Zeit der Monarchie und stand in ständiger Rivalität zur Geheimpolizei. Dennoch hatte man Rufin uneingeschränkte Kommandogewalt über diese Einheit zugesichert – eine Tatsache, die Commandant Jasmin, dem unscheinbaren Schnurrbartträger, der knapp vor Rufin schritt, sehr gegen den Strich gehen musste, denn der Offizier gab sich Rufin gegenüber wortkarg und abweisend.

Sollte es zu Ungehorsam kommen, wäre es Rufin natürlich möglich, die Loyalität dieser Leute mit seiner Stimme zu erzwingen, aber bisher hatte er das nicht für nötig erachtet.

Das Purpurne Büro … Rufin warf einen verächtlichen Blick in die Runde und erntete dafür Jasmins Missbilligung, der in genau diesem Moment aufsah, als ahnte er Rufins Gedanken. Es war bereits Herbst, aber im Gegensatz zur Westküste herrschte hier am Sprechenden Meer immer noch Gluthitze. Dennoch trugen die Agenten diese albernen langen Ledermäntel, unter denen sie Stilette und handliche Armbrüste versteckten, was beides zu ihrer Standardausrüstung gehörte. Der Schweiß rann ihnen in Strömen herab.

Lächerlich, dachte Rufin, *als gäbe es hier auf der Insel einen Grund, Waffen unter Mänteln zu verstecken.*

Und selbst wenn sie sich inmitten einer Menschenmenge befänden: Acht Kerle in Ledermänteln waren nicht gerade unauffällig. Das Purpurne Büro hätte jedoch nicht den Ruf, den es nun einmal hatte, wenn dieses Kleidungsprotokoll üblich wäre. Der Handelskrieg zwischen den Sichelstaaten, die Ermordung des Thronfolgers von Brefjort und die Vorbereitung des Falls Sygnas von innen samt der Kontaktaufnahme mit Erdhand – all dies war nicht von unheimlichen Gestalten in langen Ledermänteln durchgeführt worden. Nein, so traten die Männer des Purpurnen Büros nur auf, wenn sie erkannt werden wollten. Dieses geradezu lächerliche Festhalten am äußeren Schein musste Commandant Jasmins Methode sein, Rufin als Geheimpolizisten zu beeindrucken. Wahrscheinlich rechnete Jasmin nicht mit wirklichem Widerstand auf der Insel, sonst hätte er keine Muße für kleinliche Spielchen gehabt.

Sie waren geradezu unbehelligt hierhergelangt: Ein Schoner hatte sie von Naronne aus nach Süden gesegelt, im unabhängigen Stadtstaat Luciwa hatten Bestechungsgelder ihnen den Weg hinter die Fronten der Noccurn-Allianz geebnet, an den Flüsternden Städten vorbei hinaus zum Sprechenden Meer.

Rufins Atem ging schwerer, dabei hatten sie erst wenige hundert Meter zurückgelegt. Das Wortzeichen würde ihm wohl kaum helfen, den Aufstieg zu bewältigen. Der Weg schlängelte sich in Serpentinen den Bale hinauf, und er folgte ihm verdrossen mit seinem Blick. Immerhin war Ignaz' Körper trotz sicherlich zehn Lebensjahren Altersunterschied in nicht wesentlich schlechterer Form als Rufins. Nur dass der auch nie besonders sportlich gewesen war.

Er hielt kurz inne, um Luft zu schnappen, und blickte hinab auf das Binnenmeer. Am schwarzen Strand konnte er nur ihr einsames Beiboot sowie ein paar Vögel ausmachen und weiter auf See die Masten der Galeere, die sie hierhergebracht hatte. Schiffe, die gleichzeitig gerudert und gesegelt wurden, waren ein Kuriosum, dem man nur auf dem ruhigen Sprechenden Meer begegnen konnte. Die Fahrt mit diesem Gefährt war angenehm verlaufen. Der angeheuerte Kapitän samt seiner Mannschaft würde auf sie warten – notfalls, bis er verdurstete. Dafür sorgte ein mit dem Wortzeichen unterstrichener Befehl.

»Weiter?«, fragte Jasmin. Auch wenn der Schweiß wie Wasserfälle an ihnen herabrann, schienen seine Männer von der Steigung deutlich weniger beeindruckt als Rufin.

»Weiter«, murmelte Rufin, und sie setzen ihren Weg schweigend fort.

An einer Biegung erreichten sie die erste Ruine, die sie von Nahem untersuchen konnten. Der Wald hatte sich das Gebäude aus Basaltgestein mit Farnen und Ranken fast völlig einverleibt. Es war sehr klein, vielleicht handelte es sich um ein Wachhaus oder einen Schrein. Die Ranken schienen den kaum noch sichtbaren Ornamentschmuck an den Fensterresten der Ruine nachahmen zu wollen. In einer Nische und halb verdeckt von einer Schicht aus Moos starrte eine Figur Rufin entgegen. Eine ihnen unbekannte Gottheit, das Geschlecht war durch die Verwitterung nicht mehr zu bestimmen, hockte da in einem Schneidersitz, bei dem die Fußsohlen nach oben zeigten. Er oder sie trug einen auffälligen Kopfschmuck und besaß stark vergrößerte Augen. Ein Mund war nicht mehr zu erkennen – aus dem Rücken ragten seltsame Sicheln. Flügel? Handelte es sich um einen Mensch, der Göttlichkeit erreicht hatte, wie man es sich heute noch von den Gurus aus Bhagwa Pranesh erzählte?

Von hier aus trotteten sie eine Stunde weiter bergauf, und immer noch war nichts von einem Kloster zu sehen; dem Kloster der *Vergessenen Krieger* am Bale, von denen in der Übersetzung aus dem Vychodi die Rede gewesen war. Vergessene Krieger, die über übermenschliche Fähigkeiten verfügten! Doch der Ort war augenscheinlich verlassen, und alles, woran sie vorüberkamen, war verwittert und lag in Trümmern.

Rufin knirschte mit den Zähnen. Jasmin sagte nichts, doch seine Blicke sprachen Bände.

Wenn dieser Weg umsonst war – wenn er, der Wortzeichenträger, aufgebrochen war, um ein Gespenst zu jagen, während sein Kaiser ihn an der Front gebraucht hätte …

Das Kloster existiert, sagte sich Rufin erbittert, *irgendwer muss diesen Weg durch den Wald angelegt haben, und er ist nicht überwuchert. Er wird benutzt. Hier leben Menschen. Irgendwo leben hier Menschen!*

Schließlich erreichten sie eine Stätte, die völlig anders aussah, als Rufin sie sich ausgemalt hatte. Höhlen, Behausungen, Treppen und Einschnitte waren nahe dem Krater ins Vulkangestein gehauen worden, der Weg ging in verschachtelte Treppenaufgänge über, die zu den zahlreichen krude gehauenen Höhlen führten sowie durch Mauern aus dunklem Bruchstein, deren Sinn sich den Besuchern nicht sofort erschloss. Ein paar Affen saßen auf den Steinen und den wenigen geduckten, kuppelförmigen Bauwerken, beobachtete sie und zogen sich unter Geschrei zurück, wenn die Menschen ihnen zu nahe kamen. Diese Anlage war alt und heruntergekommen, aber sehr viel jünger als die übrigen Ruinen. Alles wirkte schlichter, es fehlten die zahlreichen floralen Ornamente, die in den Ruinen Balog-Urhs allgegenwärtig waren.

Es fehlt das Handwerk. Das hier ist unzivilisiert.

»Das sieht interessant aus, Sire!«, rief einer der Agenten vom Eingang einer Höhle.

Rufin und Jasmin betraten den kleinen Raum, der schwach von der untergehenden Sonne beleuchtet wurde. Hier wurde ein halbes Dutzend Kanopen verwahrt. Der Stil der schlanken Gefäße passte eher in die Zeit der antiken Stadt, nicht in die des Klosters.

»Jemand hat diese Tongefäße aus den Ruinen geborgen und hierhergebracht«, vermutete Jasmin. »Aber wie haben sie die Jahrtausende in so gutem Zustand überstanden?«

»Ich habe einen Verdacht.« Rufin nahm ein Gefäß zur Hand. Es wirkte dünn und leicht, doch kein Sprung war darauf zu entdecken. Die Kanopen waren mit Wachs verschlossen, in das Symbole gepresst worden waren. Er wies darauf und stellte das Gefäß wieder zu den anderen auf ein Felspodest. Daneben lag ein kleines Werkzeug. Rufin bückte sich danach und hob es auf, drehte es in seiner Hand. Ein Stab aus Metall, umgeben von einem Bronzezylinder, auf dem die gleichen verschlungenen Symbole zu erkennen waren, die auf die Kanopenverschlüsse geprägt waren. Offensichtlich wurde das Siegel über das Wachs gerollt, um die Symbole darauf zu pressen. Sein Herz klopfte schneller.

Symbole … Zeichen. Erklärten diese Zeichen die Unversehrtheit der Gefäße? Rufin erkannte die Struktur der Linien. Er konnte nicht mit Bestimmtheit sagen, was sie bewirkten, aber das Urzeichen in ihm verstand, dass diese Linien Macht besaßen. Wie passend – Balog-Urh, Stadt der ersten Handwerker. Zwar waren diese Zeichen primitiv, kein Vergleich zu den Künsten Sygnas, aber sie stammten aus einer Zeit, die weiter zurücklag als die Zeit der himmlischen Altmeister, die den Sygnaern angeblich die Zeichen gebracht hatten. Wie das zusammenspielte, was Legende war und was Wahrheit, war verborgen durch den Schleier der Jahrtausende.

»Sollen meine Männer mal nachsehen, was drin ist?«, fragte Commandant Jasmin.

»Nein.« Rufin verließ die Höhle bereits. »Zu gefährlich. Wir nehmen sie mit, wenn wir die Insel verlassen. Wir sind wegen etwas anderem hier.«

Jasmin schloss zu ihm auf. »Sieht nicht so aus, als würde hier noch irgendjemand wohnen. Soll ich meinen Männern sagen, sie sollen zusammenpacken, was interessant scheint, und damit beginnen, es zum Boot zu bringen?«

Rufin sah den anderen nicht an, stieß aber angewidert die Luft aus. »Nein, Commandant. Eure Männer sollen bei mir bleiben und tun, was ich sage.«

Er erklomm die nächste Treppe und erreichte ein grasbewachsenes Plateau. Ein Teil davon war von einer niedrigen Mauer umgeben. Rufin stieg darüber hinweg und stand in einer Art Friedhof mit etwa drei Dutzend Gräbern. Steine waren darüber aufgehäuft, denn hier an der Vulkanflanke war tiefes Graben in der Erde offenbar nicht möglich.

»Ich wäre mir nicht so sicher, dass wir hier ganz allein sind«, sagte Rufin und deutete auf die Gräber zu seiner Linken. Hinter den Steinhaufen befanden sich in den Boden gerammte Waffen, wie bei einem Soldatengrab, bei den man als letzte Ehre die Muskete oder den Degen des Toten ins Erdreich rammte. Diese Waffen hier waren ihm allerdings weniger vertraut: Hier staken ein einfacher mannshoher Stab und zwei kürzere Stäbe in der Erde, dort ein Stab mit einer mächtigen Klinge an einem Ende, an anderer Stelle ein einzelner breiter Säbel, daneben ein gerades Schwert mit schmaler Klinge, ein Stück weiter zwei Messer mit breiten geschwungenen Klingen. Ganz hinten in der Reihe eine halb verwitterte krude Waffe aus Ketten und Stäben, deren Funktion sich Rufin nicht erschloss.

Alle Waffen waren angerostet oder morsch, aber nicht alle auf dieselbe Weise. Rufin zog eines der breiten Messer aus dem Erdreich, nahm das Tuch, mit dem er eben noch die Brille abgewischt hatte, und rieb damit kraftvoll über die Klinge. Darunter kam blanker Stahl zum Vorschein.

»Flugrost. Diese Waffe kann noch nicht allzu lange hier stecken.«

Erst jetzt glitt sein Blick auf die Steilwand, die sich hinter dem Friedhof erhob. Das rote Licht des Sonnenuntergangs fiel auf die Strukturen im Vulkangestein: künstliche Strukturen, Linien, von Menschenhand geschaffen, auf dem schwarzen Fels. Diese Linien waren alle miteinander verbunden – erneut klopfte sein Herz schneller, denn es handelte sich um ein einziges, riesiges Zeichen. Die Art, wie dieses sich zusammensetzte, war ihm wesentlich vertrauter als bei den Zeichen auf dem Siegel. Das hier *war* ein Zeichen aus Sygna, oder diesen zumindest sehr ähnlich. Rufin konnte nicht sagen, was es bewirkte, er war sich nur sicher, dass es sich nicht um ein Wortzeichen handelte.

Da hörte er den ersten Todesschrei. Er fuhr herum und sah

einen Mann in ihrem Rücken. Die untergehende Sonne ließ schwarze Linien auf seiner dunklen Haut geradezu lebendig hervorspringen. Dieser Mann kniete, vor Energie knisternd wie eine gespannte Armbrust, vor der Leiche eines Agenten und erhob sich geschmeidig wie ein Wolf, der sich seiner Beute nähert. Rufin und selbst die Pupuragenten waren in diesem Augenblick zu verdattert, um zu reagieren. Da der Kopf des Mannes kahlgeschoren war und er nichts am Leib trug außer einer einfachen Leinenhose, erkannte Rufin sofort: Die dunklen Linien auf dem muskelbepackten Körper waren tätowierte Zeichen.

In diesem Moment starb der nächste Agent.

Die Wache an der Treppe hatte er lautlos mit einem Würgegriff getötet. Der nächste Feind hatte geschrien, als der Krieger ihm erst einen Arm und dann das Genick gebrochen hatte.

Das bedeutete, dass er jetzt die Aufmerksamkeit der Fremden besaß. Gut. Endlich wieder eine Gelegenheit, seine Kunst unter Beweis zu stellen. Leider stand das Ergebnis dieser Auseinandersetzung bereits fest, bevor sie begonnen hatte.

Ein Befehl in einer unbekannten Sprache hallte über das Plateau, ausgesprochen von einem Kerl mit einem lachhaften Bart auf der Oberlippe. Die Feinde zogen daraufhin handliche Waffen aus ihren Mänteln hervor. Sehnen schnalzten nach vorn und entfesselten einen Schwarm aus Bolzen auf den Krieger.

Der Krieger tauchte in den Schwarm ein, wirbelte horizontal um die eigene Achse und landete wieder auf den Füßen. Unversehrt.

Die Zeit konnte für ihn sehr viel langsamer vergehen als für seine Feinde, denn die Zeichen auf seiner Haut verliehen ihm Macht – die Macht des besten Kämpfers der Welt.

Der Kerl, der ihn nun attackierte, hätte natürlich ahnen können, dass er nicht gegen jemanden bestehen konnte, der zu schnell für einen Bolzenangriff war. Aber falls er es ahnte, hielt es ihn nicht ab. Er war entweder sehr dumm oder sehr tapfer, und der Krieger hoffte, der Mann würde einen würdigeren Gegner abgeben als die beiden davor.

Mit einer langen schmalen Stahlklinge stach und hieb der Feind in schneller Folge auf den Krieger ein. Befriedigt stellte der Krieger fest, dass sein Gegenüber im Kampf geschult war. Der Feind achtete auf seine Struktur und Deckung, die Stiche kamen aus wechselnden Winkeln. Der Krieger war unbewaffnet, der Eindringling ein geschulter Mörder. Ein gewöhnlicher Mann hätte keine Chance gehabt – doch für den Krieger war auch diese Konfrontation nicht mehr als ein Spiel. Eine Fingerübung des Tötens.

Sei wie das Wasser.

Schläge und Stiche prasselten auf ihn ein, doch die Hände des Kriegers klebten an den Armen des fremden Dolchkämpfers. Er gab der Kraft der Angriffe nach, lenkte sie um, nur ein wenig, um sie für seine Zwecke zu nutzen. Der Krieger wich ein paar schnelle Schritte zurück, blieb dabei aber immer ganz nah am Körper des Feindes, änderte den Winkel … schon steckte der Dolch im Hals des Fremden, doch bevor er zu Boden sinken konnte, war auch schon der nächste heran.

Sei wie das Feuer.

Der Krieger verkürzte blitzschnell die Distanz zum nächsten Angreifer, blockierte seinen Arm und zertrümmerte mit einem einzigen gewaltigen Schlag den Brustkorb des Feindes. Der brach zusammen, als gebrochene Rippen seine Lungen durchbohrten. Er würde langsam sterben, aber der Krieger hatte keine Zeit für Gnade.

Etwas pfiff an seinem Gesicht vorbei: ein schnelles, winziges Geschoss, wesentlich kleiner als die Bolzen. Gleichzeitig hallte ein Donnerschlag von den Felswänden des Vulkans wieder. Weißer Rauch hüllte einen Angreifer ein.

Interessant. Diese Waffe ist neu.

Mit einem weiten Sprung überwand der Krieger die Distanz

zum Schützen, der von einem Kameraden mit einem langen Dolch beschützt wurde.

Sei wie der Wind.

Der Krieger wirbelte herum, zwang mit einem Tritt aus der Drehung den Dolchkämpfer zurück, tauchte ab und schickte ihn mit einem Fußfeger zu Boden. Sofort ließ der Krieger ein Gewitter aus Fausthieben auf Brust und Gesicht des Schützen niedergehen. Die Donnerwaffe in Form eines kurzen Stocks zerbrach, und der Oberkörper des Schützen verwandelte sich unter den knappen, übermenschlichen Schlägen des Kriegers in blutigen Brei.

Der Dolchkämpfer am Boden wollte gerade wieder aufspringen, als ihm der Krieger das Knie mit einem Stampftritt und danach den Schädel mit einem Kniestoß zertrümmerte.

Diese kurze Ablenkung reichte einem bulligen Kerl aus, um den Krieger mit gezückter Klinge anzuspringen. Gemeinsam gingen sie zu Boden. Der Dolch des Angreifers hieb in den Unterarm des Kriegers. Blut sickerte aus der Wunde, aber Knochen und Muskeln hielten der Waffe stand. Die Zeichen auf der Haut verliehen seinen Unterarmen die Härte von Stahl – er parierte Waffen damit wie andere mit Klingen.

Sei wie die Erde.

Der Krieger packte zu und kontrollierte den Dolcharm des Angreifers. Dadurch hatte der Zeit, den Krieger in einen Ringergriff zu nehmen. Mit schierer Kraft versuchte der Fremde, die Struktur des Kriegers zu brechen. Der Krieger wusste, wie er seinen Körper positionieren musste, damit sich der Bullige dabei nur verausgabte, ohne etwas auszurichten. Innerhalb eines Wimpernschlags war der Krieger über dem Fremden, ein Knie auf dem Brustkorb, eine Hand am Dolcharm. Ein Ellbogenschlag beendete das Leben des Fremden.

Der Krieger erhob sich. Sein rechter Unterarm beschrieb einen Kreis vor seinem Körper wie der Flügel eines Kranichs und lenkte damit einen Bolzen ab, den der Schnurrbartträger auf ihn losgelassen hatte.

Nur noch zwei: Der Schnurrbart und dieser andere.

Dieser andere unterschied sich von den übrigen Eindringlingen. Auch seine Hautfarbe war auf diese kränkliche Weise bleich, doch er trug keinen Mantel aus Leder. Zudem zeugten die grauen Haare in seinem sauber gestutzten Bart und seinen dunklen kurzen Locken davon, dass er etwas älter war. Er war kein Kämpfer, und der Krieger sah sofort die Verstümmelung der Hand, eine Schwachstelle, und das Metallgestell mit den Glaslinsen vor seinen Augen. Vor allem aber verhielt der Mann sich anders als seine Begleiter. Er stand einfach nur da, sein Atem ging in normaler Geschwindigkeit. Er hatte keine Angst, stattdessen sah er ihn mit einer belustigten Glückseligkeit an. Wie konnte das sein?

Der Krieger würde ihn lehren, dass es ein schrecklicher Fehler war, keine Angst zu haben. Er ließ den Schnurrbartträger links liegen und lief auf den Älteren zu. Ein gesprungener Schlag würde sein Leben beenden. Der Krieger setzte an.

»Halt«, sagte der Ältere nur.

Der Krieger kannte die Sprache der Fremden nicht, aber er verstand die Bedeutung des Begriffs.

Und er gehorchte.

Er hielt so plötzlich inne, als sei er gegen ein Hindernis gelaufen. Seine Muskeln verweigerten ihm den Gehorsam.

»Du wirst weder mir noch meinen Vebündeten schaden. Und du wirst ab jetzt meinen Befehlen gehorchen.«

Der Fremde lächelte, und in diesem Lächeln lag etwas, das dem Krieger durch Mark und Bein ging. Der Mann näherte sich langsam. Der Atem des Kriegers ging rascher – und das hatte nicht der Kampf bewirkt. Als nur noch zwei Schrittlängen sie trennten, erkannte er durch die Glaslinsen im Gesicht des Mannes dessen Augen. Im Grün dieser Augen schimmerte ein Zeichen, und dieses Zeichen ließ die Haare im Nacken des Kriegers zu Berge stehen.

»Du bist ab jetzt meine Kreatur.«

Lysandre Rufin ließ sich vor seiner neuen Waffe auf einen Stuhl sinken. Sie befanden sich in der Kajüte an Bord der Galeere und hatten den Rückweg angetreten. Er war sehr zufrieden, aber ab jetzt musste es schnell gehen. Das Unternehmen war erfolgreicher gewesen, als er es zu hoffen gewagt hatte. Dieser Kämpfer war … beeindruckend. Rufin hatte ihn sehr genau beobachtet, bevor er die Vorstellung hatte abbrechen müssen, um selbst am Leben zu bleiben.

»Wie ist dein Name?«, fragte er den Brocken aus Muskeln und Zeichen vor sich, der auch im Sitzen um einiges kleiner war als er selbst.

»Ich habe keinen Namen. Ich bin der letzte Vergessene Krieger«, brummte der Glatzkopf, und das Urzeichen erlaubte es Rufin, die fremde Sprache zu verstehen.

»Wie ist dein Name, habe ich gefragt. Sag es mir!« Rufin legte die Macht des Zeichens in den Befehl.

»Azir«, stieß der Kriegermönch hervor, und Scham trat an die Stelle der Überheblichkeit. Für einen solch ungebundenen Kämpfer musste es einen besonderen Schrecken darstellen, den Befehlen des Wortzeichens ausgeliefert zu sein. Sein Wille war stark, letztlich aber auch nicht schwerer zu brechen als der von Neigel.

Rufin betrachtete den Krieger im Licht einer Öllampe. Es gab kaum eine Stelle an diesem Körper, die nicht mit den verschlungenen Linien der verlorenen Blutzeichen verziert war.

Die Vergessenen Krieger haben selbst nicht vergessen.

Besonders dicht waren sie an den Knöcheln, den Fingerspitzen, den Knien, den Ellbogen, den Unterarmen und Schienbeinen, auf der Stirn und über Lunge und Herz.

»Du«, murmelte Rufin, »bist ein Meisterwerk.«

Der Krieger schwieg.

»Erzähl mir eine Geschichte, Azir. Eine Geschichte von dir und diesem Kloster.«

»Meine Ahnen«, sagte Azir willenlos, »stammen aus dem fernen Altayra-Gebirge. Sie hingen einer Lehre an, die sich der

Grüne Lotus nennt. In den Klöstern des Grünen Lotus suchten Männer und Frauen nach Vollkommenheit, nach Einheit von Körper und Geist. Einige dachten, dass diese beiden Aspekte sich am besten in der Kunst des Kampfes vereinen. So erzählte man es sich in unserem Kloster.« Der Krieger nahm einen Schluck Wasser direkt aus einem Tonkrug, der neben ihm auf einem Hocker stand, und ignorierte den Becher daneben. »Einige dieser Mönche zogen nach Westen, weil sie gehört hatten, dass dort Kämpfer lebten, die die Kunst des Kampfes als Handwerk betrachteten, und damit geradezu wundersame Leistungen vollbringen konnten. Und das, ohne die verdorbene Macht der Schatten heraufzubeschwören.«

Rufin schnaubte zwar missbilligend – dieses Gerede von Schatten kam ihm trotz allem vor wie ein Aberglauben, für den sie einfach noch keine wissenschaftliche Erklärung gefunden hatten – trotzdem machte sich ein ungutes Gefühl in seinem Inneren breit.

Azir fuhr fort: »Die Spur führte in eine Stadt des Handwerks, die ihr Wissen eifersüchtig hütete und die meine Ahnen abwiesen und einige von ihnen töteten. Aber durch einen Zufall stießen meine Ahnen auf ein Gerücht von Kämpfern, die sich wenige Jahre zuvor von der Stadt losgesagt hatten und sich auf dieser Insel im Sprechenden Meer, zwischen den Ruinen der Ersten Stadt, versteckten. Sie fanden die Geflohenen, und gemeinsam gründeten sie das Kloster. Ein Kloster, um den Weg des Kampfes in Vollendung zu erlernen, und mit ihm die Kunst der Blutzeichen.«

Die verloren geglaubten Blutzeichen hatten überlebt – und Rufin hatte sie gefunden. Er lächelte versonnen.

»Was ist mit den anderen?«

Azir schwieg kurz, dann sprach er weiter. »Meine Brüder und Schwestern sind Teil meines Wegs geworden. Wahre Vollkommenheit lässt sich nur erreichen, wenn man sich misst, wenn zwei Kämpfer im Wettstreit gegeneinander antreten.« Er hob den Kopf und grinste Rufin an. Eine wirre Überzeugung brannte in seinem Blick. Die Glut des Fanatismus. »Nach Generationen erlangten meine Ahnen die Weisheit, dass der vollkommene Wettstreit nur ein Kampf auf Leben und Tod sein kann.«

Rufin malte sich die Duelle aus, mit denen sich diese Kämpfer selbst ausgelöscht hatten. Epische Schlagabtäusche in den Wäldern und Schluchten der Insel zwischen Wesen, die mehr Giganten als Menschen waren – ungeachtet ihrer Körpergröße.

Azir schloss seine Geschichte mit den Worten: »Es gibt keine anderen mehr. Das Ende des Wegs ist erreicht. Ich bin der vollkommene Kämpfer.«

Rufin beugte sich zu ihm. »Das wäre eine glückliche Fügung. Aber ich glaube nicht an Fügung. Ich werde dir einen Gegner präsentieren, der deiner würdig ist.«

»Du kannst mir nicht erzählen, du hättest keinen Durst, ich habe *gesehen*, dass du mir deine komplette Wasserration gegeben hast!«, beklagte sich Guillome.

Neigel schielte auf die Regenrinnsale, die von außen an den Kirchenfenstern herabrannen. »Ist doch jetzt egal. Sie haben oben auf dem Dach alle Schalen und Eimer und Schüsseln aufgestellt, die der Priester auftreiben konnte. Außerdem hast du eine Menge Blut verloren. Um das wieder aufzufüllen, kannst du Wasser gebrauchen.«

Guillome sah zum Glockenturm – der Vorraum war dunkel, aber sie wussten beide, dass dort das Portal der Kirche nach draußen führte und dass Bewaffnete davor postiert waren. »Ich frage mich, wann sie sich entschließen, uns hier herauszuzerren. Kirchen gelten in Naronne nicht mehr so viel wie früher. Dass das mit dem Kirchenasyl überhaupt funktioniert hat, wundert mich. Da müssen ein paar Leute sehr vehement gewesen sein.«

»Dieser Priester ist nicht schlecht, und er hat Hilfe irgendwo bei euren … Presbytern oder wie die sich nennen.«

Guillome nickte vage. Sie saßen auf Kissen, die nicht blutig waren, und lehnten sich an die kühle Wand der Kirche. Guillome hatte drei Mäntel um sich geschlungen, und der Blutverlust war ihm noch anzusehen. Ansonsten hatten die Heilzeichen aus den Manufakturen ganze Arbeit geleistet. Er bewegte sich zwar langsam und vorsichtig, aber die Wunde war verschlossen und versprach, ein Gewirr aus abenteuerlich bis unappetitlich aussehenden Narben zu werden.

»Wir sitzen hier in einer Sackgasse.«

Neigel starrte vor sich hin.

»Ich bin ein wirklich sehr schlechter Revolutionär. Hab mich einfach von der Blockade schießen lassen«, meinte Guillome. »Vermutlich wärst du besser zurück nach Sygna gegangen.«

»Wir … wir finden schon einen Ausweg.«

Immer wieder kamen Leute aus Iyaire herein, angeblich um zu beten. Manche wurden durchsucht, andere nicht. Es hatte einige Handgemenge gegeben, auch eine Verhaftung. Trotzdem waren immer wieder Wasser und Nahrung ins Innere gelangt – und nach jedem Schichtende neue Arbeiter, die aus ihrem Dienst am Vaterland flohen.

Die Geheimpolizei hatte mindestens einmal versucht, einen ihrer Agenten in die Kirche einzuschleusen, doch jemand hatte nachts eine Pistole bei ihm gefunden. Er war mit Prellungen davongekommen, als die verschworene Gemeinschaft ihn zum Krummen Mann gejagt hatte – und seine Pistole hatte er zurücklassen müssen.

»Wir haben Waffen und auch noch ein bisschen Pulver«, stimmte Guillome zu, aber er sah geschafft aus, grau im Gesicht und mit tiefen Ringen unter den Augen. »Sie werden die Blockade am Eingang bald nicht mehr mit so vielen Soldaten bemannen, und dann hauen wir uns raus und tauchen woanders unter.«

Gepolter auf der Treppe im Glockenturm ließ sie aufschrecken, aber es waren nur die pitschnassen Leute vom Dach, die Wasser herunterbrachten. Es wurde gelärmt und gelacht, als hätte sich das Wasser in Wein verwandelt. Neigel war entsetzlich durstig, aber er wollte es nicht zeigen.

Guillome sah ihn so seltsam von der Seite an. »Tut es dir leid, dass du hiergeblieben bist? Mit einem Idioten wie mir, der nur zu viel rauchen und das Maul aufreißen kann?«

Neigel fühlte sich fast wieder wie damals mit Iphram. Er war sich so unsicher, was der andere in ihm sah, was er von ihm hören wollte. Warum er sagte, was er sagte.

Dabei gab es Iphram nie. Nur Lysandre …

Neigel zwang sich, Guillome anzusehen. Das Herz schlug ihm bis zum Hals, er glaubte, der andere müsse es sehen, und versuchte, tief durchzuatmen.

Er ist kein bisschen wie Lysandre. Kein bisschen.

»Ich …« *Ich kann nicht anders*, wollte er sagen. *Ein Zeichen zwingt mich, bei dir zu bleiben.* Aber er sagte etwas anderes. »Ich will nirgendwo anders sein.« Zeichen hin oder her. Er hatte keine Ahnung, wie solch ein obskurer Befehl überhaupt Einfluss auf ihn, auf seinen Willen nehmen konnte. Er war hier, weil er es *wollte.* Er sammelte kurz allen Mut, dann fuhr er fort: »Ich muss dir was sagen.«

»Ach?«, machte Guillome und hob die Augenbraue, die er für Spott auf Neigels Kosten reserviert hatte.

»Ich … ich …« Sein eigener Wille zog sich in ein Schneckenhaus zurück, das sich irgendwo in seinem Brustkorb befand. Er konnte es ihm nicht sagen, es stand zu viel auf dem Spiel. Er wollte – aber es wäre egoistisch. Er würde eine Freundschaft dafür opfern, dass er sich nicht im Griff hatte.

Wenn ich es jetzt ausspreche, ist nichts wie vorher. Dann kann ich nicht zurück zu dem, was wir vorher hatten.

»Lass uns das endlich abkürzen«, sagte Guillome rasch und ließ seinen Blick in die hohen Gewölbebögen der Kirche wandern. »Falls du mir sagen willst, dass du auf Männer stehst – das hab ich schon begriffen.«

Neigel schwieg einige sehr lange Sekunden, und wie so oft in Guillomes Gegenwart überschlugen sich seine Gedanken, und es war schwierig, sie in eine akzeptable Ordnung zu bringen.

»Nein, das wollte ich nicht sagen«, flüsterte er schließlich.

Die Kirche machte alles so laut, auch wenn so viele Leute darin waren, die gerade über Regenwasser jubelten, und vielleicht war es ein unangemessener Ort, um seinen Gedanken Luft zu machen. Er zögerte immer noch, *verdammt*, aber warum, jetzt konnte er es auch sagen, oder?

»Was ich sagen wollte, ist: Ich hab mich in *dich* verliebt. Nicht in irgendwelche Männer.« Er blickte Guillome so lange an, bis dieser den Blick erwiderte, eine Ratlosigkeit und Verwirrung in den Augen, die Neigel zwar kannte, aber diesmal nicht teilte. Sein Herz schlug ruhiger. Er hatte es ausgesprochen. Jetzt konnte er auch alles andere sagen, worüber er so lange nachgedacht hatte.

»Ich weiß, dass du das nicht erwiderst. Weil du nicht auf Männer … *stehst*«, wiederholte Neigel die seltsame Formulierung. »Und das ist in Ordnung. Ich würde mich freuen, wenn ich einfach in deiner Nähe sein kann. Dein Freund sein kann. Ich verspreche, ich mache dir nach heute keine … also, ich … versuche, einfach nur ein Freund zu sein. Es macht mich glücklich, neben dir zu sitzen.«

Guillome stieß den Atem aus, und Neigel wurde klar, dass der andere ihn angehalten hatte. Guillome schüttelte leicht den Kopf, und dann lachte er, dass es von den Wänden widerhallte. Ein paar Köpfe drehten sich zu ihnen um. Neigel wusste, dass es hier genauso verboten war wie in Sygna, sich in seinen besten Freund zu verlieben, wenn man zufällig auch ein Mann war. Es machte ihn ein wenig nervös, dass so viele Menschen um sie herum in Grüppchen zusammensaßen oder -standen.

»Also, ich … ich weiß nicht, ob ich … ob ich sein kann, was du suchst«, gab Guillome schließlich zu.

»Ich suche nichts. Ich hab's schon gefunden.«

»Klappe, du Idiot, lass mich ausreden. Also, ich mag normalerweise eher Frauen. Sie sind einfach, na ja … ich finde sie vermutlich einfach schöner als Männer.«

»Das schöne Geschlecht«, murmelte Neigel und ärgerte sich gleichzeitig darüber.

»Klappe, hab ich gesagt. Ich bin nicht wie du. Ich hab zwar als Jugendlicher ein bisschen herumexperimentiert. Aber ich glaube, all die Sachen, die man sich so erzählt, zwischen zwei Männern. Ich … ich weiß einfach nicht, ob das mein Fall ist.«

Neigel nickte, doch bevor er etwas sagen konnte, hob Guillome mahnend einen Zeigefinger.

»Andererseits hab ich schon mit Frauen geschlafen, die hässlicher waren als du.«

Entgeistert sah Neigel ihn an.

»Das war ein Scherz.« Guillome grinste und fügte dann an: »Ein schlechter. Entschuldigung. Ich habe vor allen Dingen schon mit Frauen geschlafen, für die ich weniger empfunden hab als für dich.« Er wurde leiser. »Also, warum sollte ich nicht jemandem eine Chance geben, den ich wirklich mag und der nur zufällig vom selben Geschlecht ist wie ich …« Die letzten Worte waren so leise, dass Neigel sie sich nur noch denken konnte.

Guillome ließ die Hand mit dem ausgestreckten Finger sinken, und Neigel spürte, wie sich diese Hand um seine Hand schloss.

»Ich weiß nicht genau, was das ist, was wir da haben«, sagte Guillome. »Ob es überhaupt für uns beide dasselbe ist.«

Neigel fühlte sich, als befände sich seine ganze Existenz in dieser Hand, die Guillome nun herumdrehte, sodass sich ihre Finger verschränkten. Sie sahen einander nicht mehr an, irgendwie war das nicht möglich, das wäre zu viel auf einmal gewesen. Ihre Hände erledigten das.

Guillome fuhr leise fort: »Aber wenn es für dich in Ordnung ist, dass wir einfach abwarten, wie es so wird, was so passiert, dann ist das für mich auch in Ordnung.«

Neigel schluckte, schloss die Augen und lehnte den Hinterkopf ans Gemäuer.

»Ja«, flüsterte er mit dem breitesten Lächeln seit Jahren. »Damit bin ich vollkommen glücklich.«

Aquinçois Lafayet saß schlaflos in seiner Schreibstube. Draußen prasselte der Regen an die schmalen hohen Fenster der Bibliothek.

Der Kaiser braucht Ergebnisse.

Aquinçois hallten die Worte vom Treffen mit Sain-Diyee wieder und wieder durch den Sinn. Der Außenminister hatte natürlich das Recht, höhere Forderungen an ihn zu stellen. Die Ereignisse der letzten Wochen waren katastrophal: Der Kaiser befand sich auf dem Rückzug nach Brefjort, die Noccurn-Allianz und die Urzeichenträger der Sygnaer auf den Fersen. Mit dem Nebelgas, das Bleiglanz entwickelt hatte, waren die Sygnaer schneller fertiggeworden, als er gedacht hatte, und die Lehmsoldaten von Rubert waren auch mehr stümperhafte Spielerei als eine taugliche Idee, um einen Krieg zu gewinnen. Rufin war schon seit Wochen fernab aller Kriegsschauplätze unterwegs.

Ich hätte ihn überreden sollen, hierzubleiben. Offizieren Wortzeichen zu lehren. Oder an der Front die Kontrolle zu übernehmen.

So viel Macht lag im Wortzeichen – doch Rufin sah vor allem den Schaden, den der Blutzeichenträger anrichtete, und war besessen davon, dieses Zeichen für Aquintien zu erobern.

Aquinçois hoffte, dass er irgendetwas bewirken würde und nicht einfach von der Bildfläche verschwunden war.

Der Träger des Alchimistischen Zeichens, Jean, versuchte sich mit Timon Bleiglanz zusammen an neuen Rezepturen des Zündpulvers, an neuen, kraftvolleren Schwarzpulverreaktionen, aber bisher hatte es nur einige Unfälle in den Manufakturen gegeben und keine bemerkenswert besseren Erzeugnisse.

Wenn es so weiterging, dann standen der Kaiser und die gesamte Große Armee bald mit heruntergelassenen Hosen da.

Er massierte seine Schläfen – seine Gedanken drehten sich im Kreis. Immer wieder schossen ihm entweder Sain-Diyees Worte durch den Sinn oder Lysandres.

Wir haben keinen Schattenriss. Keine verkehrte Stadt.

Mit einem verzweifelten Seufzer erhob sich Aquinçois und ging im Zimmer auf und ab. Seine Blicke fuhren über die Bücher und Schriften, aber er wusste, dass die Zeit des Studierens vorbei war. Der Kaiser brauchte Ergebnisse. Es war Zeit zu handeln.

Er verließ seine Stube und beauftragte einen Soldaten, ihm eine Kutsche zu holen. Es war mitten in der Nacht, aber er konnte nicht länger warten. Er war der Mann, auf den der Kaiser am meisten zählte. Die Militärs, die Minister, die Gouverneure und Bürgermeister – sie waren ersetzlich. Sogar die Urzeichenträger waren ersetzlich.

Er jedoch, er hatte all dieses Wissen angehäuft. Natürlich wäre ein anderer fähiger Wissenschaftler ebenfalls dazu in der Lage, aber Aquinçois hatte Jahre studiert, hatte die Verkehrte Stadt persönlich erforscht. Niemand konnte ihn zu diesem Zeitpunkt ersetzen. Er musste jetzt handeln, denn kein anderer würde es tun.

Er brach zur Pulvermühle auf. Er wusste, was er tun musste, aber er wusste nicht, wie. Und er wusste nicht, ob er es kontrollieren konnte.

Der Weg zur Front wurde ihnen nicht versperrt. Wer trat einem über und über mit Blutzeichen tätowierten Monstrum und dem Gezeichneten des Wortes schon in den Weg? Sie befanden sich bald hinter feindlichen Linien, doch die Front hatte sich so verschoben, dass sie auf dem Weg von Psithyropolis, der nördlichsten Stadt am Sprechenden Meer, nach Krenau keinen Feindestruppen begegnet waren. Sie nahmen sich frische Pferde, wie es ihnen beliebte, und obwohl Azir nicht der Geschickteste im Sattel war, hielt er dank seiner überwältigenden Physis ohne Probleme mit Rufin mit. Es waren Gewaltritte, denn die Nachrichten, die sie in den Städten und Ortschaften des Huskalreichs hörten, waren so beunruhigend, dass Rufin glaubte, er hätte einen Fehler begangen, den zukünftige Historiker kriegsentscheidend nennen würden. Er hätte an der Front sein sollen, statt das Leben einiger Agenten des Purpurnen Büros vorzeitig enden zu lassen, um mit einem Kämpfer wiederzukommen, von dem fraglich war, ob er das Blatt würde wenden können.

Die Festung Krenau wurde nur noch von einer Rumpfmannschaft gehalten, Yulian war weiter nach Norden gezogen – und die Sygnaer und die Noccurn-Allianz würden versuchen, ihn von Brefjort abzuschneiden. Wenn es so weit kam … Nein, so weit würde es nicht kommen. Er hatte wenig Zeit, und er musste sie weise nutzen.

Zukünftige Historiker, grinste er, als er mit Azir wieder auf die Pferde stieg, um den Heerestross der stark verkleinerten Großen Armee zu verfolgen. *Ob sie überhaupt wissen werden, dass es mich gab?*

Dabei war er sich recht sicher, dass er der Geschichte bereits seinen Stempel aufgedrückt hatte.

Aquinçois war die ganze Angelegenheit etwas unangenehm. Die Dinge, die er in Angriff genommen hatte, muteten ihm ein bisschen zu sehr an wie das, was er über unzivilisiertere Gegenden, über okkulte, finstere Rituale gelesen hatte. Die Yuguren, die immer noch mit Bögen und Falken und Pferden herumzogen wie vor tausenden von Jahren, verschlossen mit den Seelen auserwählter Töchter Risse in die Schatten.

Und er wiederum, ein Geologieprofessor aus der Großen Aquinzischen Nation, versuchte nun, einen solchen Riss entstehen zu lassen. Er musste den Anschein von Zivilisation wahren und hatte nach Kräften versucht, den Arbeitern und Arbeiterinnen genau zu erklären, was er von ihnen erwartete. Sie waren eingeschüchtert, und er musste zusätzlich zum Wachpersonal der Manufakturen die Garde hinzurufen. Er befand sich in einem Teil, in dem die Ärmsten der Armen arbeiteten – und diese gingen ohnehin in kein Zuhause mehr zurück, sondern schliefen in Baracken. Im Prinzip konnten sie froh sein, ein Dach über dem Kopf zu haben. Es war ihnen eine Chance geboten worden! Eine kurze Zeit ihres Lebens in den Pulvermühlen und Waffenmanufakturen. Und wenn der Krieg vorbei war, würden sie mit mehr Geld aus den Hallen spazieren, als sie je in ihrem Leben besessen hatten.

Aquinçois wusste, dass der Schatten nicht tatsächlich *unter* der Erde lag, er lag vielleicht eher … *seitwärts*, und dennoch hatte es einen Grund, dass die Verkehrte Stadt in Sygna unterirdisch lag. Man konnte meilentief graben, ohne auf etwas Ähnliches zu stoßen, und doch war dieses *Seitwärts* der Schatten etwas, das im materiellen Leib des Untergrunds verlief, vielleicht wie Grundwasser, nur natürlich völlig anders und über derlei Vergleiche erhaben. Wenn es einem gelang, daran zu tasten, konnte man den immateriellen Schleier zerreißen, der zwischen diesen Ebenen des Seins lag. Möglicherweise – er war sich nicht vollständig sicher.

Aquinçois hatte Rubert angewiesen, die Erde zu bewegen, sich darauf zu konzentrieren, seine Kräfte *abwärts* fließen zu lassen, Risse zu erweitern oder zu öffnen. Jean hatte in den letzten Tagen mit dem Leen, der Trägerin des Nährenden Zeichens, an einer Mixtur gearbeitet. Ohne das Leen, eine ehemalige Marketenderin und – so vermutete Aquinçois zumindest – Trosshure, die eigentlich Madleen Cinqdisuit hieß, waren ihnen die ersten Arbeiter zu schnell zusammengebrochen. Diese bemitleidenswerten Menschen lebten zwar noch, waren aber bisher nicht wieder aufgewacht, und das bereits seit Tagen. Mit den Kräften von Madleens Zeichen waren Körper und Geist der anderen Arbeiter nun gestärkt für das, was Jean beisteuerte: Er sorgte dafür, dass die Arbeiter bei ihrer eher bedrückenden Tätigkeit, die Zeichen ohne Meisterschaft zu wirken, in eine Art Trance verfielen, bei der sie nicht mehr Herr ihrer selbst waren und den halben Tag lang arbeiteten, bis die Wirkung des Tranks verflog und sie zu den Essenssälen und in die Betten wankten.

Aquinçois hatte sich ein gesundes Misstrauen gegenüber den Zeichen bewahrt. Sie faszinierten ihn, doch er wollte keines erlernen. Er wusste, wenn man kein wahrer Meister war, wenn man es nicht verstand, sein eigenes Sein mit seinem Tun in Harmonie zu setzen, dann führte das Zeichen einen an Fäden wie eine Marionette. Davor grauste es ihm.

Es grauste ihn zu sehen, was hundertfach in den Hallen und der Pulvermühle geschah. Die Arbeiter gossen Musketenläufe, prägten Zeichen darauf, mischten Pulver zusammen, bändigten die Gefahr, die darin schlummerte, mit ihren Zeichen. Und dafür gaben sie mehr, als das Blut, das aus den Einstichen drang, die sie sich zufügten. Dank Jeans Trank arbeiteten sie intensiver als je zuvor, und Aquinçois sah nicht nur, wie es an ihnen zehrte, wie sie sich selbst verloren. Er *fühlte*, was sie taten, es erschuf eine Energie, die nicht von dieser Welt war, etwas, an das er nicht tasten konnte und auf das sich dennoch all seine Hoffnungen stützten.

Es machte ihn krank, doch er musste jeden Tag hierher zurückkehren, um die Fortschritte zu überwachen.

Jeden Tag saß Rubert auf dem Boden, mit ausgestreckten Händen und angestrengtem Gesicht, und grub nach etwas, das sich vielleicht nicht ergraben ließ. Vielleicht nicht hier. Vielleicht nicht jetzt oder von Menschenhand – aber sie mussten es versuchen.

Jean und Leen brachten Tag für Tag neue Gefäße mit ihrer Mixtur. Und die Arbeiter schufteten schweigend und mit aufgerissenen Augen, mit Schweiß auf der Stirn, mit Sehnen, die hervortraten, und Adern, die schwarz wurden. Sie arbeiteten mit keuchendem, stinkendem Atem, und Aquinçois begann sich davor zu fürchten, was er hier tat.

Aber er tat es trotzdem. Für den Kaiser. Für die Große Aquinzische Nation.

»Grab tiefer«, fuhr er Rubert an.

Gregoir kam ebenfalls Tag für Tag her, weil Aquinçois alle Urzeichenträger aus Naronne zu sich gerufen hatte. Der Goldschmied betrachtete alles um sich herum mit Blicken, die Aquinçois nicht lesen konnte – der Mann hatte sich gut unter Kontrolle.

Erneut schüttelte ein kleines Beben die Halle. Nervös sah Aquinçois zu den instabilen Vorstadien des Schwarzpulvers hinüber, das in großen Trögen lagerte, aber wenn die Schwarzpulverreaktion weiterhin gelingen sollte, mussten sie an dieser Stelle wagen, den Riss zu öffnen. Die Manufaktur brauchte nur einen kleinen Anstoß, um weiter zuverlässig produzieren zu können, mehr nicht.

»Vorsichtig!«, knurrte er Rubert an, der mit schweißüberströmtem Gesicht nickte. »Und Ihr, Gregoir, seht zu, ob Ihr irgendetwas beitragen könnt!«

Er wusste nicht, wozu er etwas beitragen sollte.

Aber es musste ihnen gelingen. Irgendetwas in der Tiefe musste Aquinçois' Ruf hören.

Und dort, wo es so tief war, dass es schien, als sei Naronne in unerreichbarer Tiefe – dort hörte ihn etwas. Irgendetwas. Es machte sich auf den Weg.

Rufin, Azir und Jasmin hatten die Große Armee eingeholt. Staubig, erschöpft, abgerissen wartete Rufin nun auf eine Audienz beim Kaiser.

Zuvor jedoch benötigte man seine Hilfe an anderer Stelle.

Lysandre betrachtete die handtellergroße Glaslinse von allen Seiten, legte sie vor sich auf den Holztisch und versetzte ihr einen Schubs, woraufhin sie schnell um die eigene Mittelachse rotierte. Der bauchige Körper drehte sich in perfekter Symmetrie um sich selbst. Er wurde langsamer und langsamer, bis seine Bewegung endete, die ganze Zeit unter Lysandres wachsamem Blick. Ohne die stabilisierende Kraft der Rotation neigte sich die Glaslinse auf ihrer Rundung. Die Symmetrie so gebrochen wie Yulians Große Armee. Das Innere des Objekts leuchtete immer wieder blau auf, verblasste, nur um in wechselnder Folge wieder zu erstrahlen.

»Das sind die Nachrichten, Commissaire«, sagte ein Soldat mit den Rangabzeichen eines Lieutenants neben Rufin. »Uns ist bisher nicht gelungen, sie zu entschlüsseln. Es ist eine Folge von kurzen und langen Signalen, die wahrscheinlich Buchstaben symbolisieren. Eigentlich müsste es geradezu trivial sein, das zu entziffern.« Er schob ein kleines Notizbuch herüber, in dem sich Punkte und Striche befanden. »Das sind meine Notizen.«

»Ihr wart auf der Universität?«

»Fakultät für Mathematik und Ingenieurswissenschaften, vor der Offiziersschule«, bestätigte der Soldat. »Eigentlich müsste es einfach sein, aber sobald man denkt, man hätte die Folge verstanden, stürzt die Erkenntnis wie ein Kartenhaus in sich zusammen. Ich weiß nicht, wie ich das besser beschreiben soll, Sire.«

Rufin nahm die Linse wieder in die Hand, die linke, obwohl er erst die rechte ausgestreckt hatte. Womöglich würde er sich nie an diesen Körper gewöhnen. Er nahm die Brille ab, er brauchte sie nur für die weite Sicht.

Während er ein Auge zukniff und mit dem anderen durch die Linse blickte, sprach er: »Ich denke, ich verstehe sehr gut, was Ihr meint, Lieutenant. Das ist eine Verschlüsselung, die auf Wortzeichen basiert.« Er wog die Linse in der Hand. »Die Signale. Wie machen sie das nur?«

Der Offizier berichtete: »Der Agent, der diese Linse beschafft hat, hat einen der Bauernlümmel damit hantieren sehen. Sie halten die Linse gegen eine Kerzenflamme. Wir vermuten, dass eine andere Linse dieser Machart … oder gar mehrere Linsen … dann das Licht irgendwie empfangen. Die Signale leuchten in diesem blauen Licht auf, gleichgültig, wo sie sich befinden. Eventuell reagiert die Linse auch, wenn man sie dem Licht der Sonne aussetzt, daher bewahren wir sie in einer Kiste auf, die wir nur in abgedunkelten Räumen öffnen.«

»Sehr gut, Soldat«, sagte Rufin. »Und dieser … Bauernlümmel? Wo ist der?«

»Tot. Unser Agent sah sich einzig imstande, das Objekt zu erbeuten, nicht auch noch die Person zu entführen. Unmittelbar nach seinem Rückzug informierte der Agent unsere Kavallerie, um die Kompanie anzugreifen, die er infiltriert hatte. Es entstand Chaos. Da wir äußerst vorsichtig mit dem Objekt waren und es stets abgedeckt transportieren, ist es eher unwahrscheinlich, dass den Sygnaern bewusst ist, dass sich eine ihrer Linsen intakt in unserer Hand befindet.«

Rufin lächelte, er ließ sich sogar hinreißen, mit der verstümmelten Hand auf die Schulter des Lieutenants zu klopfen, der die Geste so stocksteif über sich ergehen ließ, wie er zuvor seinen Bericht vorgetragen hatte.

»Das sind ausgezeichnete Neuigkeiten. Ich werde Euch für eine Beförderung vorschlagen«, sagte Rufin und hob die Linse in seiner Linken erneut zum Gesicht.

»Aber Sire, uns bringt das alles nichts, wenn wir diese Chiffre nicht enträtseln. Dieser … verzeiht … verdammte Hexendreck aus Sygna wehrt sich.«

»Das«, erwiderte Lysandre Rufin mit selbstzufriedener Gelassenheit, »wird kein Problem mehr darstellen.«

Ihm war, als könnte er die Reflexion des Zeichens in seiner Iris in der Linse erkennen, als er das Urzeichen auf die Verschlüsselung hetzte wie einen Jagdhund auf einen fetten Hasen. Das Zeichen hetzte dem Code hinterher, packte ihn rasch und zerriss ihn in tausend Fetzen.

Er begriff.

»Ich denke, es ist an der Zeit, dass wir unsererseits ein paar Signale absetzen. Ich muss mit dem Kaiser sprechen. Sofort.«

Er brauchte noch eine ganze Weile, um in die Ortschaft Ligintz zu reiten, die den Kern des Feldlagers bildete und von diesem vollkommen in Anspruch genommen wurde. Azir und Jasmin befanden sich knapp hinter ihm, als er die ersten Häuser erreichte. Jasmin sah sich so griesgrämig um, als könne er nicht entscheiden, was schlimmer war: sich weiterhin in Rufins Begleitung zu befinden oder diese gegen einen Aufenthalt bei der Armee einzutauschen.

Die jungen Frauen, die von Naronne aus eingezogen worden waren, hatten eigene abgetrennte Lager. Rufin fragte sich, warum das notwendig war, aber sein Fokus lag auf seiner Aufgabe – und als sie endlich den zertretenen Untergrund der Felder und Wiesen von Ligintz verließen und die staubigen Wege im Dorf betraten, sah er bereits, was der Kaiser sich als Unterkunft erwählt hatte. Er wusste nicht, welchem Zweck das dunkle, zweiflüglige Steinhaus vorher gedient hatte, doch es sah nach der Verwaltung des Orts aus. Friedensrichter, Schultheiß, Dorfvogt – wer auch immer sich in diesem hinterwäldlerischen Huskalreich das Recht auf Führerschaft herausnahm. Jetzt jedenfalls bewohnte es der Kaiser, und die blauen Dreizackbanner wehten auf dem Dach. Die Veteranengarde stand vor der Tür Spalier, und ein Lorbeerkranz aus Gold prangte am Balken des Türsturzes.

Rufin kletterte aus dem Sattel und übergab das Pferd zwei jungen Männern, die ihm entgegentraten. Einer von ihnen war ein ziemlich käsiger Schreiber in schlecht sitzender Uniform.

»Ich bin Commissaire Lysandre Rufin«, erklärte er ihm. »Geheimpolizei.«

»Der Träger des Wortzeichens«, ergänzte der junge Mann. »Der Kaiser erwartet Euch.«

Sie betraten einen weitläufigen Vorraum, dessen dunkle

Wandgemälde zum größten Teil mit Darstellungen Yulians überdeckt worden waren. Das Heer zog jeden Tag weiter, und Rufin versuchte, nicht darüber nachzudenken, dass der Kaiser der Aquinzischen Nation Kunst mit sich herumführte. Der Raum sah tatsächlich nach der Verwaltung des Ortes aus. An den Wänden standen Stühle wie für Bittsteller, und Rufin war sich sicher, dass der Kaiser diese nicht hatte mitbringen lassen.

Der Schreiber führte ihn durch den Raum und drehte sich an einer doppelflügeligen Tür zu ihm um. »Eure beiden Begleiter mögen bitte hier Platz nehmen. Der Kaiser will Euch allein sprechen, Commissaire. Und ich bitte darum, mir Eure Waffen auszuhändigen.«

Jasmin sah so pikiert aus, als habe man ihm gesagt, man halte ihn für tot und würde ihn nun lebendig begraben. Rufin hatte keine Waffen zu übergeben, wurde kurz durchsucht und wandte sich der Tür zu. Früher hatte er in solchen Situationen an den Handflächen geschwitzt. Er strich darüber, um das zu überprüfen, aber seine Hände waren trocken. Er hatte noch niemals allein mit dem Kaiser gesprochen. Er hatte niemals mit dem Kaiser gesprochen – er war nur anwesend gewesen, als mit dem Kaiser gesprochen worden war, vor etwas mehr als einem Jahr, bei der Besetzung von Sygna. Dort hatte er Befehle erhalten, die er nicht auf die gewünschte Weise hatte befolgen können.

Der Kaiser war ein spezieller Mensch. Rufin wusste, dass er zwar einen begnadeten Verstand besaß, aber dennoch häufig aus dem Bauch heraus entschied und daraus das Beste machte. Er war sich nicht sicher, ob er für dieses Gespräch genug Trümpfe im Ärmel hatte.

Schließlich öffnete der Schreiber einen Flügel der Tür und ließ ihn ein.

Die frühere Amtsstube war als Wohnzimmer zurechtgemacht. Yulian Beaulapièc saß an einem wuchtigen Tisch, der vollkommen leer war bis auf eine kleine Schale mit Eintopf und ein Glas Wasser. Die dunkelblaue, goldverzierte Uniformjacke hing über den Schultern einer altertümlichen Rüstung, die in der Ecke stand und von der Rufin nicht sagen konnte, ob sie zum Inventar gehörte oder ob Yulian immer eine Rüstung heranschaffen ließ, die seine Kleidung hielt. Yulian selbst hatte sich ein Tuch in den Kragen gestopft, das seine weiße Weste und das weiße Hemd vor Saucenspritzern bewahren sollte, und führte gerade den Löffel zum Mund.

Der Eintopf roch nicht schlecht. Rufin hatte den Eindruck, wochenlang nur von Zwieback gelebt zu haben, aber er würde seinen Kaiser nun nicht darum bitten, mitessen zu dürfen. Er sah sich im Raum um. Kein zweiter Stuhl. Ein Soldat stand schräg hinter ihm neben der Tür, bewaffnet mit Pistolen am Gürtel und einer Hellebarde in der Hand. Der Mann sah starr geradeaus, als wäre Lysandre nicht gerade eingetreten.

Rufin besann sich auf seine Manieren, trat einige Schritte vor und verbeugte sich tief. »Majestät.«

Der Kaiser aß unbeeindruckt weiter, Rufin biss die Zähne zusammen und blieb einfach in der Verbeugung. Er hörte das Klappern des Löffels.

Schließlich sprach der Kaiser.

»Ich hörte, Ihr habt ein sehr dringendes Anliegen, Commissaire Rufin«, sagte seine melodische, ruhige Stimme. Rufin erkannte unterdrückte Wut darin.

Er wagte es, sich aufzurichten. Die Schüssel war zur Hälfte geleert, der Kaiser aß mit beachtlicher Geschwindigkeit. Der Eintopf roch nach Hühnerfleisch und Tomaten, und Rufin wurde beinahe schwindlig davon.

»In der Tat. Majestät …« Die Nachrichten, die Ideen wollten heraus, aber gleichzeitig wusste er, dass es nicht war, was der Kaiser von ihm erwartete. Er atmete ein und aus und sagte schließlich: »Ich muss mich für den Verlust der Stadt Sygna entschuldigen.«

Der Kaiser legte den Löffel ab, wischte sich mit der Serviette den Mund.

»Wort stand gegen Blut«, sagte er. »Und Blut hat die Stadt

erobert. Das Schwert erwies sich als mächtiger als die Feder. Wie zu erwarten. Wir haben dieses Weltreich ja auch nicht mit der Feder erobert.«

Rufin nickte. Der Kaiser musterte ihn zum ersten Mal.

»Commissaire Rufin, ja?« Er nickte erneut. »Ich weiß noch genau, wie Ihr aussaht. Rote Haare, das war mir aufgefallen.« Rufin schluckte. »Es ist ja auch so passend. Rufos, Hochlitanisch für Rot.«

»Zufall, Eure Majestät.«

»Oder ein Anzeichen dafür, dass Eure Familie schon immer einen Hang zu roten Haaren hatte.«

»Majestät, ich …«

Der Kaiser überging seinen Versuch, das Gespräch in eine zielführendere Richtung zu lenken. »Ihr seid der Mensch, den sich das Wortzeichen auserwählt hat. Ist das richtig?«

»Ja, das ist korrekt.«

»Und dann habt Ihr … den, den *Körper* gewechselt. Auch korrekt?«

»Jawohl, Majestät.«

Yulian schüttelte leicht den Kopf und führte seine Mahlzeit fort. Zwischen den Bissen sagte er: »Wie kann ich sicher sein, dass ihr nicht ein Sygnaer seid, der eine sehr lange und gewissenhaft vorbereitete Intrige gesponnen hat, um hier in diesen Raum zu gelangen?«

Kurz verschlug es Lysandre die Sprache.

»Fehlen Euch die *Worte?*«, fragte der Kaiser mit einem Lächeln in den weichen Gesichtszügen.

»Sire … Wenn Ihr mich meinen Vorschlag unterbreiten lasst, werdet Ihr sehen, dass Ihr Euch zu jedem Zeitpunkt dieses Kriegs vollständig auf mich verlassen konntet!«

Yulian lachte ohne Freude und vertilgte die letzten Bissen auf seinem Teller. »Ihr habt Marschall Soussin Botschaften über Hunderte Meilen zukommen lassen – direkt in seinen Kopf. Ihr habt Menschen in Sygna getäuscht und ihnen Befehle erteilt, denen sich ihr allzu menschlicher Geist nicht entziehen konnte. Ich hörte von einem Heiler, der nie wieder sprach. Ich hörte von Menschen, die tagelang auf einer Position blieben, bis sie entkräftet zusammenbrachen.«

Rufin mühte sich, neutral dreinzublicken. Er hätte erwarten müssen, dass der Kaiser ganz genau über ihn informiert war.

»Wenn Ihr so etwas vermögt, Commissaire – warum wart Ihr dann nicht nützlicher in diesem Krieg?«

Rufin fröstelte. Was tat er hier? Yulian hatte recht: Er musste sich nicht rechtfertigen, er konnte seinen Plan ausbreiten und Yulian auf die einfachste Weise davon überzeugen. Er konnte ihm *befehlen*, diesen Plan auszuführen.

»Majestät, alle Urzeichenträger sollten aus Forschungsgründen nach Naronne …«

»Und ich habe Ergebnisse aller Urzeichenträger gesehen. Nur von Euch nicht. Ihr behaltet das Wortzeichen für Euch. Keine Offiziere mit Zeichenmacht in den Stimmen habt Ihr mir ausgebildet und geschickt. Stattdessen höre ich, war es Eure Idee, dass junge Frauen eingezogen werden.«

»Viele Frauen haben die Revolution mitgetragen, und die Sygnaer …«

»Die Revolution brachte *mich* hervor. Gewisse Dinge am Weltgefüge sind unverrückbar, und Herrschaft gehört dazu. Auch dazu gehört, dass ein Geschlecht dem anderen überlegen ist, Commissaire. Frauen gebären die Soldaten von morgen. Sie sind nicht die Soldaten von heute!«

Rufin senkte den Blick.

»Alles, was Ihr bisher getan habt, überzeugt mich nicht davon, dass Ihr nicht doch ein Schreiner namens Ignaz seid, dem das Wortzeichen zur Kontrolle über anderer Menschen Geister verholfen hat.«

»Wenn ich wirklich Ignaz wäre«, brachte Rufin hervor, und seine Stimme klang lächerlich heiser, »dann hätte ich die Gelegenheit genutzt und Euch befohlen, an Eurem Essen zu ersticken.«

Der Kaiser lachte erneut auf diese humorlose Weise.

»Ich bin Lysandre Rufin.« Ignaz hin oder her, eine kleine Stimme sagte ihm, dass er auf die Idee mit dem Essen früher hätte kommen sollen.

Der Kaiser musterte ihn, dann nickte er. »Ich glaube Euch. Ihr dürft Euren Vorschlag unterbreiten.«

Rufin versuchte, die Wut in seinem Inneren zu beruhigen. »Die Asse im Ärmel der Sygnaer sind der Blutzeichenträger aufgrund seiner übermenschlichen Kräfte und diese Nachrichtengläser, die ihnen sehr schnelle Kommunikation ermöglichen«, begann Rufin. *Greif nach seinem Geist. Mach das hier schnell*, beschwor ihn eine Stimme in seinem Inneren.

Er hob den Blick und musterte die kühlen Augen, die auf ihn gerichtet waren. Das kurz geschnittene Haar, die beherrschten Gesichtszüge. Was hatte dieser Mann, was andere nicht hatten? Was *er* nicht hatte? Hatten nicht auch die meisten Menschen vor ihm, Rufin, Respekt? Machte ihn das Wortzeichen nicht zu etwas Höherem?

»Wenn wir den Blutzeichenträger töten, wird sofort ein Nachfolger im Umkreis von Sygna erwachen«, fuhr Rufin fort. »Auch wenn die meisten fähigen Kämpfer an der Front sind, wird das Blutzeichen jemand Neuen erwählen. So wie ich das sehe, wirkt es viel intuitiver als die meisten anderen Handwerkszeichen. Sygna hätte innerhalb weniger Tage einen neuen Kämpfer.«

»Dann müssen gute Fechter von uns in die Nähe gebracht werden, in der Hoffnung, dass das Urzeichen auf einen von ihnen übergeht, meint Ihr. Ist es Zufall? Oder doch auch Talent? Haben wir Hoffnung auf das Urzeichen? Können wir irgendwie beeinflussen, wen es erwählt?«

»Ich bin vermutlich nicht der, der Euch darauf eine Antwort geben kann, Majestät …«

Yulian lächelte, diesmal etwas weniger kalt. »Ich weiß, wen ich vor mir habe. Nur, weil Ihr mir nicht gegeben habt, was ich gerne gehabt hätte, verkenne ich Euer Talent nicht. Ich weiß, dass Ihr begnadet seid, Commissaire Rufin.«

Rufin hob überrascht die Brauen und bemerkte, dass der andere ihn ohne Angst musterte. Hier stand zum ersten Mal jemand vor ihm, der erkannte, was das Wortzeichen aus ihm gemacht hatte und wer er vorher schon gewesen war. Der das anerkannte, ohne Furcht und mit dem Wunsch, das Beste daraus zu machen. Aus ihm. Aus sich selbst. Aus allem, was ihnen zur Verfügung stand.

Dies hier war der Kaiser der Aquinzischen Nation. Er hatte das Reich zu dem gemacht, was es war. Obwohl Rufin oft die Fäden in der Hand hielt, hielt dieser Mann die seinen. Das Wortzeichen gegen ihn einzusetzen wäre, als setze er sich selbst eine Pistole auf die Brust. Er unterließ es. Der Kaiser hatte verstanden, dass er ihm gerade den Schlüssel zu einem erneuten Sieg über Sygna reichte, ohne dass er es hatte erläutern müssen.

»Die Zeichen haben sich bereits Soldaten aus der Armee gesucht, obwohl sie Männer oder Frauen in Sygna hätten haben können«, sagte Lysandre ruhig. »Ich bin bereit, es noch einmal zu versuchen. Gebt mir eine Handvoll Eurer besten Streiter, und vielleicht kann ich Euch das Blutzeichen in einem von ihnen zurückzubringen.«

»Dafür muss der Blutzeichenträger jedoch sterben.«

»Richtig. Wenn Ihr mir erlaubt, würde ich Euch gern jemanden vorstellen.« Rufin begann, sich wohler zu fühlen. Sein Plan nahm konkretere Gestalt an, jetzt, da er ihn laut aussprach.

»Ich nehme nicht an, dass es sich um Commandant Jasmin vom Purpurnen Büro handelt, sondern um Euren anderen Begleiter?« Der Kaiser nickte. »Nun gut. Stellt uns einander vor.«

Rufin wandte sich zum Soldaten an der Tür um. »Könntet Ihr meinen Begleiter hereinholen? Azir?«

Der Mann sah an Rufin vorbei.

»Soldat?«

Yulian lachte leise. »Oh, habe ich das gar nicht erwähnt? Meine persönliche Leibwache für den heutigen Tag ist taubstumm. Worte sagen Robbien gar nichts. Ihr werdet Euer Wunderkind wohl selbst holen müssen.«

Rufin fuhr zu Yulian herum, einige Sekunden lang sahen sie einander in die Augen. Dann lächelte Rufin anerkennend.

»Ich werde ihn selbst hereinholen«, sagte er und wandte sich zur Tür.

Professor Lafayet konnte später keine genauen Antworten darauf geben, wie und warum es geschehen war. Es war ein Unglück, eine Tragödie, doch auch ein Schritt, ohne den der letzte nicht möglich gewesen wäre. Rubert arbeitete sich immer weiter vor, streckte die Macht seines Zeichens in die tiefsten Schichten unter Naronne, in die Tiefen, die irgendwann weit unten in der schwärzesten Tiefe des Ozeans geronnen. Als Professor für Geologie hätte Aquinçois wissen müssen, dass ein Eingriff in diese vielfältigen, komplexen Schichten gefährlich sein konnte.

Er selbst war nicht zugegen, es war mitten in der Nacht, und obwohl er Madleen darum gebeten hatte, ihn mit ihren nährenden Mittelchen so zu stärken, dass er weniger Schlaf brauchte, musste er sich doch alle zwei Tage zurückziehen und für einige Stunden ruhen, immer in der Hoffnung, die entscheidende Idee würde ihm im Traum kommen.

Das Schwarzpulver in den Pulvermühlen durchlief verschiedene Stadien, bis es an die Front geliefert werden konnte. Für die Fertigung von Schwarzpulver benötigte man kein Zeichen; man benötigte Zeichen, um es zu bändigen, um seine enorme, instabile Detonationskraft in die Schranken zu weisen.

Diese Zeichen waren auf den Bottichen angebracht, in denen die zähe Masse, die später das Pulver ergab, zusammengerührt wurde, und weitere Zeichen wurden mit langen Holzstangen wieder und wieder und wieder in die Salpetermischung selbst hineingezogen.

Die Bottiche waren innen mit Gold verkleidet, denn Alchimist Bleiglanz hatte festgestellt, dass die instabile, breiige Form sich durch Metall fraß, aber nicht durch Gold oder Platin.

In dem Bericht, den Aquinçois an den Kaiser und den Bürgermeister aufsetzte, hieß es: Eines der Beben war stark genug gewesen, um den Boden der Pulvermühle an einer Stelle gefährlich absacken zu lassen – mutmaßlich hatte Rubert Hohlräume mit seinem Tun produziert. Dadurch waren mehrere Bottiche mit den Vorstufen des Schwarzpulvers umgestürzt oder aufgerissen, Arbeiter waren verätzt worden und zu Tode gekommen, zu diesem Zeitpunkt vielleicht ein Dutzend. Dann hatte die Masse, nun nicht mehr in ihren goldverbrämten Bottichen gefangen, einen Funken abbekommen, und ab diesem Zeitpunkt war die Situation vollkommen außer Kontrolle geraten. Es wäre noch viel schlimmer gewesen, wenn Gregoir, der Urzeichenträger des Goldenen Zeichens, nicht dort gewesen wäre.

Lafayet hatte ihn beordert, an seiner Stelle die Prozedur zu überwachen, wenn er schlafen ging. Gregoir hatte bislang keinen nennenswerten Beitrag leisten können, aber Lafayet hatte niemanden zusätzlich einweihen wollen und deshalb Gregoir zu seinem Stellvertreter gemacht. Der Bürgermeister stellte schon genügend Fragen, denn die kleinen Beben, die Naronne in den letzten Tagen immer wieder erschüttert hatten, ohne großen Schaden anzurichten, hatten sein Misstrauen geweckt. Lafayet hatte ihm versichert, dass es sich nur um den harmlosen Test neuer Erkenntnisse handelte. Wenn mehr Zeit gewesen wäre, hätte er die Manufakturen an andere Orte verlegt, weiter von der Stadt entfernt! Aber es blieb keine Zeit, um neue Pulvermühlen zu errichten.

Gregoir jedenfalls tat das Einzige, was ihm in dieser Situation übrigblieb: Es unterwarf das Gold, das die umgestürzten, aufgebrochenen Bottiche verkleidete, seinem Willen. Auch Rubert blieb während der Katastrophe nicht untätig – er ließ das Erdreich so absinken, dass die ausgetretene Masse sich hindurchwälzte wie durch einen Kanal. Während die Stichflammen aufstiegen und die Brände sich im Dachgebälk festsetzten, sorgten die beiden ehemaligen Soldaten dafür, dass die zähe alchimistische Salpetermasse brennend, zischend und brüllend in den Spalten im Erdreich verschwand, die Rubert schuf. Gregoir versiegelte diese Spalten mit dem Gold, das er mit verbrannten Fingern kontrollierte. Danach flohen die beiden Urzeichenträger, ebenso wie Hunderte panische Arbeiter, die alle fürchteten, die Brandherde in der Pulvermühle würden mehr Pulver entzünden und Kettenreaktionen auslösen. Das geschah nicht; die Brände wurden eingedämmt, was auch den Sicherheitsvorkehrungen von Meister Bleiglanz zu verdanken war, die einzelne Kammern in der Halle feuerfest voneinander abtrennten.

Die Panik jedoch war nicht mehr einzudämmen. Die Arbeiter überrannten die Soldaten, und manche wurden niedergeschossen, obwohl die Soldaten anderslautende Befehle hatten. Die Arbeiter strömten ins Stadtviertel. Und zu diesem Zeitpunkt lag Aquinçois Lafayet im Bett.

Schüsse vor der Kirche weckten Neigel. Guillome neben ihm hatte sich bereits aufgesetzt, und die Erdbeben, von denen Neigel geträumt hatte, waren wohl Wirklichkeit gewesen. Es waren nicht die ersten, Tag und Nacht war die Erde immer wieder erschüttert worden. Nur ganz schwach, ein Echo, das durch den Stein lief und die Dachstreben der Kirche knirschen ließ, aber genug, um sie zu beunruhigen.

Jetzt musste es mitten in der Nacht sein, es war finster im Inneren des Kirchenschiffs, nur eine Handvoll Kerzen am Altar spendete ein wenig ominöses Licht, und nun hörten sie draußen Schreie. Neigel spürte Guillomes Hand auf seinem Arm.

»Sie kommen«, flüsterte Guillome, und Neigel hörte, dass er Angst hatte. Mehr Angst als im Theater oder auf der Barrikade.

»Sie stürmen die Kirche!«, schrie jemand. »Bewaffnet euch!«

Sofort waren auch die Letzten auf den Beinen, abgerissene, ungewaschene Gestalten wühlten nach Waffen, Flüche wurden laut, Leute stolperten unorganisiert übereinander.

»Durch die Fenster!«

Neigel packte eine Gestalt, die sich rücksichtslos einen Weg nach hinten bahnte – sie hatten schon einmal überlegt, die über ihren Köpfen befindlichen Fenster einzuschlagen, doch bei einem Blick nach draußen festgestellt, dass auch diese bewacht wurden. Neigel brachte den Kerl so aus dem Gleichgewicht, dass dieser sich glatt auf den Hintern setzte.

»Seid ruhig!«, rief er. »Wir haben besprochen, wie wir vorgehen. Macht mehr Licht an. Die Hälfte der Schusswaffen mitsamt Schützen auf den Glockenturm!«

»Ja!«, fiel nun Georges Stimme ein. »Hört auf ihn, seid nicht dämlich! Nikí, kletter ans Fenster und sag uns, was du siehst!«

Mehrere Lämpchen wurden entzündet. Neigel lud im heller werdenden Licht die Pistole und drückte sie Guillome in die Hand. Der sah ihn an, als wolle er sich jeden Moment übergeben.

»Wie geht es der Wunde?«, fragte Neigel besorgt.

»Es ist alles in Ordnung.« Er fuhr sich mit der Hand durchs Gesicht. »Ich dachte nur … wir kämen irgendwie anders aus diesem Mist raus.«

Sie hörten Aufruhr vor den Kirchentüren. Wieder dröhnte ein Schuss.

»Die Soldaten werden angegriffen!«, schrie jemand aus dem Glockenturm.

»Dann helft den Angreifern!«, bellte Neigel, rannte zur Treppe und mit langen Schritten in den Turm hinauf.

Oben standen ein paar zaudernde Studenten mit Musketen. Neigel streckte die Hand aus, erhielt eine Muskete, lehnte sich aus der Fensteröffnung des Uhrenturms und zielte nach unten. Ein flackerndes Licht wie von einem Feuer erhellte die Straße vor den Manufakturen, aber er konnte nicht genau sagen, wo es ausgebrochen war. Menschen kamen aus allen Richtungen, die meisten offenbar vom Manufakturgelände.

»Die wollen alle rein, aber wir wollen raus«, stieß er zwischen den Zähnen hervor. Sie standen kurz vorm Verhungern, noch mehr Menschen in der Kirche würden ihr Ende bedeuten.

»Schießt du jetzt einfach, oder was?«, fragte ein junger Mann neben ihm.

Die Soldaten standen nah an der Mauer, zwischen ihnen und der Front aus Menschen lagen zwei zusammengebrochene Leiber.

»Auf die Soldaten? Aber ja.« Und damit drückte er ab.

Dieser Schuss wendete das Blatt: Als auch die beiden anderen Musketen feuerten und zwei Soldaten zusammenbrachen, kam Bewegung in die Menge, sie stürmten auf die Belagerer zu.

»Nicht mehr schießen!«, rief Neigel, doch das hatte auch niemand vorgehabt. »Packt zusammen, wir gehen!«

Das, was hier entstand, war zu groß, um noch in ein Gebäude zu passen, das sah er mit einem Blick auf die Straßen vor dem Manufaktureingang. Es würde Iyaire überfluten. Es würde Naronne verändern. Neigel reichte dem Studenten die Muskete und nahm drei, vier Stufen auf einmal, um nach unten zu kommen.

»Es lebe die Revolution!«, schrie George.

Neigel hatte in den letzten Tagen gehört, dass das einst Yulians Parole gewesen war, als er als Offizier der königlich-aquinzischen Armee einen Putsch und eine Revolution angezettelt hatte. Offenbar waren diese Worte ein zweischneidiges Schwert, das auch seine Soldaten verletzen konnte.

»Brennt die Manufakturen nieder!«, schrien weitere Stimmen. »Es lebe die Revolution!«

Kapitel X

Lieutenant Lefevre saß in der Dunkelheit des Zelts. Commissaire Rufin hatte die Front wieder verlassen. Er hatte gesagt, dass er dringend an einem bestimmten Ort sein musste, wenn die Schlacht ihrem Ende entgegenging, und war hastig aufgebrochen. Nun musste Lefevre ihr Vorhaben also ohne seine Unterstützung in die Tat umsetzen. Aber Rufin hatte ihm etwas gegeben: Der unheimliche Zeichenträger hatte Worte gesprochen, die sich in Lefevres Geist gepflanzt hatten. Worte, die die Verschlüsselung der Linse zerbrachen, Worte, die Lefevre die Chiffre wie eine zweite Muttersprache erscheinen ließen.

Außer den Worten hatte Rufin auch seinen Kämpfer hiergelassen – eher eine exotische, tätowierte Bestie als ein Mensch. Ihm kam im kommenden Stück eine besondere Rolle zu. Lefevre wusste Azir vor dem Zelt, und das beunruhigte ihn. Er schüttelte den Kopf, um das Gefühl zu verscheuchen, und konzentrierte sich auf sein Vorhaben.

Inzwischen war Marschall Soussin aus Naronne mit frischen Truppen in Brefjort eingetroffen. In diesem Moment bezogen sie ihre Stellungen. Kanonen wurden ausgerichtet, Musketen geladen, Säbel geschärft. Lefevre hatte seine Befehle vom Kaiser persönlich erhalten. Er hielt die Linse vor die Abblendlaterne und fing an, die Blende in schneller Folge zu öffnen und zu schließen.

»Der Kaiser sitzt in der Falle«, begann er zu buchstabieren. Und in Gedanken ergänzte er hämisch: *Kommt her, Rebellen, Monarchisten und Barbaren, kommt her und begegnet eurem Ende.*

»Ich protestiere!«, rief der Herzog, ein Mann um die fünfzig, von kleinem Wuchs. Die protzige, wallende Kleidung war nicht dabei behilflich, ihn größer wirken zu lassen. Sein mächtiger Bart bebte vor Zorn, ebenso wie die große, alberne Feder auf seinem Barett. Irgendwie wirkte alles an dem Kerl ausladend, nur nicht sein Körpergröße, und alles an ihm schien zu beben. Dawyd verdrehte die Augen, hielt sein Maul jedoch im Zaum.

Doch ausgerechnet Schlundner versuchte nicht einmal, einen entnervten Seufzer zu unterdrücken. »Eure Durchlaucht, lasst es mich erklären.« Er holte hörbar Luft, bevor er fortfuhr. »Yulian verweigert uns weiterhin eine Feldschlacht. Alle gewonnenen Scharmützel nützen uns nichts, solange die Große Armee nicht geschlagen ist und der Kaiser in Ketten liegt. Wenn es uns aber jetzt gelingt, ihm den Weg nach Brefjort abzuschneiden, sind seine Versorgungs- und Rückzugslinien unterbrochen. Dann wird ihm nichts anderes übrigbleiben, als sich zu stellen, und wir haben die Gelegenheit, ihn im Feld zu schlagen.«

»Aber …«, setzte der Herzog von Krenau an.

»Und«, unterbrach ihn Schlundner mit erhobenem Zeigefinger, mit dem er dann auf den Herzog deutete, »für diesen schnellen Vorstoß brauchen wir Eure Wagen, Euer Getreide und Eure Söldner.«

»Ihr ruiniert mich nicht nur, Ihr lasst auch mein Land schutzlos zurück – das Erbe meiner Familie!«, setzte er an, aber sein Zorn prallte wirkungslos an Schlundner ab. Dawyd konnte nicht anders, als seinem General dafür Respekt zu zollen.

Im Vorbeireiten nickte ihm Dirkanos zu. Die Reiterei aus den Flüsternden Städten sammelte sich, um den geplanten Vorstoß als Vorhut anzuführen.

Dawyd wandte seine Aufmerksamkeit halbherzig wieder dem Gespräch zu.

»Yulian und seine Revolutionisten haben alle Adelsränge für

nichtig erklärt. Alle Ländereien annektiert, nicht wahr?«, fragte Schlundner.

»Eine abscheuliche Schandtat, dennoch …«, sagte der Herzog und wurde vom General erneut unterbrochen, indem der Offizier dem Adligen abweisend seine Handfläche entgegenhielt.

»Wenn ihr also Euer Land, Euren Titel und Eure schöne Feste zurückwollt, Eure Durchlaucht« – Schlundner betonte die Anrede – »dann solltet ihr Euch als dankbarer Verbündeter erweisen. Und jetzt entschuldigt mich, ich muss mit meinem Hauptmann reden. Iackmar, begleitet mich bitte ein Stück.«

Sie ließen den Herzog von Krenau stehen, der sich durch sein erbostes Herumfahren einen letzten Rest Würde bewahren wollte, und machten sich auf den Weg zur Kommandantur. Dabei passierten sie eine in Reih und Glied marschierende Kompanie Musketiere, die vor drei Tagen zur Armee gestoßen war. Sie trugen ordentliche schwarz-grüne Uniformen und einen Dreispitz. *Wie richtige Soldaten*, dachte Dawyd, der über seinem Harnisch nur die schwarz-grüne Schärpe trug. Die Musketen der Frischlinge ähnelten denen der Blauröcke, sahen aber völlig anders aus – jede von ihnen ein Einzelstück, jede mit einer anderen Verzierung des Kolbens versehen; einige Mündungen waren gar als Tiermäuler von Wölfen, Bären oder Drachen geformt. Mit diesem künstlerischen Ansatz würde Sygna den Vorsprung der Aquintianer nie aufholen, was die schiere Anzahl der Waffen betraf. Aber die Pulverwaffen aus Sygna wurden mit gezogenen Läufen hergestellt, und man hatte Dawyd erklärt, dass die Kugeln dadurch mit einem Drall den Lauf verließen und stabiler flogen. Er hatte nichts dagegen, wenn die Schützen auf seiner Seite zielgenauer schießen konnten als die Blauröcke.

»Siljonicz wartet auf mich, um die letzten Schritte zu besprechen«, sagte der General.

Schlundner hatte sich ohne zu murren bis auf Weiteres dem Oberbefehl der Söldnergeneralin untergeordnet. Offenbar hatte er kein generelles Problem mit Frauen in der Armee. Verhandlungen zur Aufnahme Sygnas in den militärischen Bund der Noccurn-Allianz waren bereits angesetzt.

Schlundner fuhr fort: »Denn es gibt gute Neuigkeiten, Fechter. Der Vorstoß soll nicht nur einen Keil in die Linie der Aquintianer treiben. Mehr muss dieser lächerliche Herzog aber nicht wissen. Wir haben eine dringende Nachricht über eine Linse erhalten: Der Kaiser persönlich will sich mit einer berittenen Vorhut nach Brefjort in Sicherheit absetzen. Er begeht damit einen schweren Fehler, denn wir können ihm von hier aus den Weg abschneiden und ihn mit seinen wenigen Reitern stellen. Ich bin mir mit Siljonicz einig. Wir werden ihn uns schnappen – jetzt sofort. Der Krieg kann morgen vorbei sein.«

Dawyd grinste. Der Gedanke, bald wieder zu Kilianna zurückzukehren, versetzte ihn in Hochstimmung – und die Aussicht, den Blauröcken ordentlich in den Hintern zu treten. Seine Hand fuhr zum Schwert. »Ihr könnt Euch auf mich verlassen, General.«

»Nichts anderes erwarte ich, Iackmar. Ihr werdet Euch Jannis Schattenhieb unterstellen. Die ›Stimme der Freiheit‹ übernimmt die Sicherung des Trosses. Ich will keine bösen Überraschungen erleben und meine beste Waffe in der Hinterhand behalten.« Er nickte Dawyd gönnerhaft zu.

Der packte den General am Arm, sie blieben stehen, wandten sich einander zu.

»Das kann nicht Euer Ernst sein«, knurrte Dawyd. Schlundner blickte missbilligend auf die Hand. Dawyd ließ los, redete jedoch weiter: »Ich sollte dabei sein! Wir haben nur diese eine Gelegenheit! Eine Gelegenheit, die den Krieg entscheiden kann – und der Urzeichenträger des Bluts soll Rüben und Weinschläuche hüten?«

»Iackmar! Unter dieser Schmiedin konntet Ihr Euch vielleicht herausnehmen, was Ihr wolltet, aber Ihr redet mit Eurem General! Beherrscht Euch! Das ist ein Befehl.«

Dawyd zeigte kurz die Zähne. Er spürte, wie seine Wut das Zeichen in ihm anfachte. Es wollte kämpfen, es wollte töten. Aber Dawyd war der Meister des Zeichens, nicht umgekehrt. Er hatte nichts zu gewinnen, wenn er jetzt eine blutige Meuterei anzettelte. Er straffte sich, salutierte halbherzig, und zischte: »Zu Befehl, General!«

»Geht doch. Weggetreten!«

Als Dawyd davonstampfte, wurde ihm bewusst, was diese Scharade zu bedeuten hatte. Der Sieg war greifbar nah. Wenn er mitginge, würde er es sein, der Yulian tötete oder gefangen nahm. Der Ruhm, die Geißel des Kontinents bezwungen zu haben, würde dem Urzeichenträger zufallen. Die Dichtergilde würde sich mit Liedern über diese Tat überschlagen, mit Romanen, Theaterstücken. Er musste zugeben, dass er Gefallen an diesem Gedanken fand. Aber es ging hier um mehr als Ruhm. Es ging darum, das bisher Erreichte zu festigen, für das so viele geblutet hatten, für das Elisabeda, Ignaz, Kilianna und auch er selbst gekämpft hatten.

Schlundner gönnte diesen Sieg keinem Urzeichenträger, da dies alles auf den Kopf stellen würde, was dem General wichtig war. Er wollte, dass die, die den Plan ausgeheckt und die Vorarbeit geleistet hatten, die besungenen Helden sein würden. Nicht das Maul würde geehrt, sondern das Hirn. Ja, Schippen-Schlundner wollte den Platz in den Geschichtsbüchern für sich selbst, auch wenn er damit ein unnötiges Risiko einging. Dawyd kannte das Gefühl gut, dem Ruf des Ruhms statt dem Flüstern des Verstands zu gehorchen. Er hatte in der Vergangenheit mehr als einmal so gehandelt. Und er verfluchte den Tag, an dem sich ein General so unvernünftig benahm wie sonst nur er selbst.

Es war beinahe zu einfach gewesen, Sygna zu betreten.

Rufin war mit den vier besten Fechtern, die Yulians Heer aufzubieten hatte, nach Sygna aufgebrochen; vielversprechende Degenfechter, die sich auf der Offiziersakademie hervorgetan hatten. Nicht unbedingt gute Befehlshaber, aber hervorragende Einzelkämpfer. Wie Dawyd. Wie Azir. Rufin konnte nicht ausschließen, dass auch in Sygna Leute geblieben waren, die den Ruf des Urzeichens würden hören können. Es war nur eine Hoffnung, und vielleicht war sie sinnlos, aber er musste es versuchen.

Azir hatte er befohlen, dem Kaiser und seinen Truppen nach einem Sieg über Dawyd treu zu bleiben. Er glaubte, in diesem Plan nichts vergessen zu haben. Alle Unwägbarkeiten lagen nun in Azirs Hand und in der Willkür des Blutzeichens.

Er hatte befürchtet, trotz seiner Fähigkeiten am Stadttor von Sygna enttarnt zu werden. Er hatte immer noch Schwierigkeiten damit, mehr als einer Handvoll Menschen auf einmal Befehle zu geben. Das Heilige Blau des Himmels schien ihnen jedoch gewogen, denn das Wetter schlug um, und sie erreichten Sygna während eines kühlen Nieselregens. Im südlichen Stadttor war ein Mannloch geöffnet, an dem zwei Stadtwachen die Neuankömmlinge überprüften. Rufin hatte seine vier Begleiter angewiesen, nicht zu sprechen, damit man ihren Dialekt nicht erkannte. Er selbst hatte sich beigebracht, den Sygnaer Dialekt fehlerfrei nachzuahmen, als er zum Commissaire befördert und nach Sygna versetzt worden war.

Den zwei Stadtwachen konnte er begreiflich machen, dass sie weder durchsucht werden mussten noch einen zweiten Gedanken wert waren. Und bei dem Regen war es nicht einmal verdächtig, in den Straßen Sygnas das Gesicht unter einer Kapuze zu verstecken.

Da bin ich wieder. Wir, Ignaz, wenn noch etwas von dir übrig ist. Wir sind zurück. Deine Stadt. Unser Schlachtfeld.

Sygnas regendunkle Gebäude erstreckten sich um ihn herum und ließen ihn gleichzeitig ein merkwürdiges Gefühl der Heimkehr und des Grausens empfinden. Vom Regen verschleiert erhob sich der Bleiberg über die Stadt, die Gärten und Parks darauf dunkel, die Gebäude grau mit roten Dächern.

Darauf, wie eine lächerlich beschädigte Krone, die Feste; zerstörter denn je.

Diese Stadt gehört dem Kaiser. Es steht ihr ohnehin keine Krone zu.

Er horchte in sich hinein. Auf der Reise zum Sprechenden Meer, zu den Flüsternden Städten, zum Heer und schließlich hierher hatte er manchmal Träume aus einem anderen Leben geträumt. Doch wenn er wach danach suchte, fand er sie nicht mehr. Und auch auf diese Gedanken an den Kaiser regte sich nichts in ihm, kein fremder Geist, der Widerstand leistete. Der sich aufbäumte, jetzt, da seine Füße auf den Pflastersteinen standen, die er seit seiner Kindheit kannte.

Ignaz ist tot, dachte Rufin und sah an sich herab. *Das hier ist alles, was von ihm geblieben ist.*

»Sire?«, sagte einer der Offiziere vorsichtig hinter ihm. Sie bemühten sich, durch die Straßen zu gehen wie Männer, die dorthin gehörten, doch ihre Bewegungen waren noch zu nah am Gleichschritt der Soldaten. Lysandre ließ sich zwischen sie zurückfallen, um das zu durchbrechen. »Gibt es Pläne, wohin wir uns zurückziehen?«

Lysandre nickte und wünschte sich, der andere würde sich zumindest bemühen, an seiner Aussprache zu arbeiten. In Aquintien tendierte man dazu, das -h zu verschweigen, und ein deutlicheres Zeichen, dass sie Aquintianer waren, wäre nur eine über ihren Köpfen gewedelte Fahne gewesen. »Ich kenne einige Verstecke. Aber zunächst … werden wir uns an einen ganz speziellen Ort zurückziehen.«

Nikolay konnte sein Glück kaum fassen. Die größte Offensive des Kriegs, und er war eingeteilt zur … Trosswache!

Theoretisch war das Regiment »Stimme der Freiheit« als Reserve vorgesehen, aber er war guter Dinge, dass es zu ihrem Einsatz nicht kommen würde. Die Siege der letzten Wochen stimmten ihn optimistisch. Zwar würde er erst spät eine Gelegenheit zum Plündern ergattern, aber er hatte ohnehin die Hoffnung aufgegeben, dadurch reich zu werden.

Besser ein bisschen was verpassen, als dass Musketen auf einen angelegt werden!

Während in der Ferne Kanonendonner zu vernehmen war, ließ Nikolay erneut seinen Wasserschlauch mit Bier aus einem Fass volllaufen. Seine Hand war nicht mehr so sicher wie zuvor, und er verschüttete einiges auf dem Wagenboden. Dann nahm er einen großen Schluck und wischte sich über den Mund. Schließlich streckte sich Nikolay auf dem Versorgungswagen aus und ließ sich die Herbstsonne auf das Gesicht scheinen. Der Kanonendonner fiel deutlich heftiger aus, als er erwartet hatte. Sie schienen den Aquinzacken ordentlich einzuheizen.

»Zeigt es ihnen!«, rief er bierselig, ermahnte sich dann aber zur Ruhe. Die Fässer verbargen ihn, den Drückeberger, der sich vor dem Dienst versteckte, vor neugierigen Blicken, und er sollte sich vielleicht nicht selbst verraten, nur weil er schon drei Schläuche Rotbier im Kopf hatte.

Nikolay richtete sich auf, trank und kicherte vor sich hin.

Aber da war dieser Krach. Die Rufe störten ihn.

Rufe? Verängstigte, panische Schreie!

Er wagte es, einen Blick über ein Fass zu werfen. Soldaten machten sich daran, hastig eine Formation aus Piken zu bilden. Sie nahmen Schützen in ihre Mitte. Und sie taten gut daran, denn eine große Einheit Kavalleristen kam im Galopp auf den Tross zu, Bronzehelme und Kürasse funkelten in der Sonne.

Verdammte Dreckmistscheiße! Warum sind die hier?

Nikolay war sofort klar, dass seine Kameraden das Karree nicht würden bilden können, bevor die Reiter heran waren. Die Trommel schlug hektisch das Signal, doch die Fußsoldaten stolperten mit ihren Piken durcheinander und fanden nicht rechtzeitig in die Formation.

Beim Krummen Mann – den Schädel von einem Säbel gespal-

ten zu bekommen ist auch nicht besser, als von einer Kugel niedergestreckt zu werden!

Als die donnernden Kürassiere in die unvollständig gebildete Formation krachten, befand Nikolay, dass es das Beste war, sich wieder hinter den Fässern zu verkriechen.

Der Vorstoß endete in einer Katastrophe. Dawyd war das schon klar, bevor sich Ziegelpfund von seinem Pferd schwang, dabei beinahe zu Boden fiel und Bericht erstattete. Der andauernde Kanonendonner, die dicken Säulen schwarzen Rauchs, die überall aufstiegen, waren deutliche Zeichen gewesen: So nah hätte der Feind niemals sein sollen und schon gar nicht seine schwere Artillerie!

Die Hauptmänner Jannis und Dawyd hörten sich Ziegelpfunds Bericht an. Blankes Entsetzen stand in den Augen des pickligen Offiziers, der gerade erst dem Jugendalter entwachsen schien. Seine linke Hälfte war voller Blut, aber es war offenbar nicht sein eigenes.

»Eine Falle … Es war eine Falle!« Er schüttelte den Kopf. »Sie müssen die Felder mit irgendeiner alchimistischen Flüssigkeit präpariert haben. Nichts haben wir geahnt, nichts!« Er schüttelte immer wieder den Kopf, seine Hände zitterten. »Jedenfalls stand plötzlich alles in Flammen! Die Pferde, die Männer, die Frauen. Großer Handwerker, diese Schreie!« Er würgte, aber offenbar hatte er seinen gesamten Mageninhalt bereits auf dem Schlachtfeld gelassen. »Sie … sie …«, stammelte er und brach ab.

»Offizier!«, schrie Jannis dem Leutnant ins Gesicht, »reißt Euch zusammen! Wir müssen wissen, was passiert ist. Du musst Bericht erstatten!«

Jannis' sachlicher Umgang mit der Lage löste sich zusehends auf. Der nominelle Kommandant des Regiments zerpflückte seinen Bart, als wollte er ihn ausreißen.

Er selbst erwog, Ziegelpfund eine Ohrfeige zu versetzen.

Nur eine leichte. Das wäre alles andere als freundlich, aber sie brauchten die Informationen. Doch da fing sich der Bursche von selbst, und Dawyd war froh, es nicht getan zu haben.

»Der Wald, sie haben die Kanonen im Wald verborgen! Und am jenseitigen Ufer des Nadders. Ihre Infanterie machte sich daran, uns einzukesseln, als wir uns gerade wieder sammeln wollten. Es wurde zum Rückzug getrommelt, aber als wir dem nachkamen, sind wir ihnen direkt vor ihre Kanonenrohre gelaufen. Es waren viele, so viele. Irgendwie haben sie die Nachhut schon in Stellung gebracht, ohne dass wir es mitbekommen haben!«

Dawyd schluckte. Langsam drangen die ersten Schreie an seine Ohren. Ziegelpfund war als Bote vorausgeschickt worden. Das Rückzugsgefecht war noch im Gange. Wobei es sich eher um ein Gemetzel als um ein Gefecht handeln musste.

»Wo ist ihre Kavallerie?«, fragte Jannis.

»Und Schlundner?«, fragte Dawyd gleichzeitig.

»Tot. Ich bin auf seinem Pferd hergeritten, nachdem ich unter dem Kadaver meines eigenen hervorgekrochen bin. Siljonicz hat mich hierhergeschickt. Ihr sollt den Tross in Sicherheit bringen.«

Dawyd fühlte nichts bei der Nachricht vom Tod des Generals. Er zog sein Schwert. »Von wegen. Ich geh da jetzt rein!«

Da hörte er Rufe hinter sich und fuhr herum. Soldaten deuteten auf eine lange Linie Reiter, die sich ihnen bis auf beängstigend kurze Entfernung genähert hatten, während alle Blicke gebannt auf die schwarzen Rauchwolken des Schlachtfelds gerichtet gewesen waren.

Da war also ihre Kavallerie, die Schnelle Garde! Und noch etwas, kurz dahinter: ein einzelner Mann, der mit den Pferden Schritt hielt. Zu Fuß!

Dawyd rannte los, dabei vernahm er Sergeant Meisendrahts tiefen Bass: »Karrees!«

Die Soldaten reagierten sofort und taten, was sie tagelang geprobt hatten – aber offenbar zu selten. Die meisten Kompanien hatten die schützende Igelformation mit ihren Piken noch nicht gebildet, da waren die Reiter schon heran, fuhren säbelschwingend mitten in die Aufstellung der Sygnaer und trieben sie auseinander.

Dawyd sprang mit einem gewaltigen Satz mitten in die Angreifer, hieb einen Reiter vom Ross und brachte mit einem Schwung gegen die Beine eines Pferdes das Tier zu Fall. Erst seine Leute hier heraushauen, dann zum Schlachtfeld. Vielleicht konnte er das Blatt noch wenden.

Nikolay hörte Schreie um sich herum, Schmerzensschreibe, Todesschreie. Hufgetrappel.

Als er den Eindruck hatte, dass die Welle aus Pferden vorbeigerauscht war, wagte er es, den Kopf zu heben.

Leichen und sich krümmende Verletzte lagen um seinen Wagen herum. Die Reiterei hatte sie zermahlen wie ein Mühlstein das Korn.

Weiter hinten wurde noch gekämpft. Der Blutfechter, Hauptmann Iackmar, hatte sie aufgehalten und mit einigen Getreuen in ein Gefecht verwickelt.

Nikolay hätte nicht gedacht, dass er einmal froh sein würde, den angeberischen Mistkerl in der Nähe zu haben. Schlundner hatte alle Kämpfer aus den Fechtergilden mit sich genommen außer Dawyd und diesem Darius, der sich ebenfalls einiges auf sein Können einbildete.

Der stampfte kurz darauf in vollem Harnisch an Nikolays Wagen vorbei – das Wappen der Goldenen Fechtergilde auf der Brust, die Klinge des Langen Schwerts blutverschmiert. Der Blick der dunklen Augen des Fechters trafen Nikolays. Er bildete sich ein, nichts als Verachtung für seine Feigheit darin zu erkennen – er kauerte schließlich hinter Bierfässern –, aber es kümmerte ihn wenig, was der andere von ihm hielt. Hätte man ihn in so eine feine Rüstung gesteckt, hätte er sicher auch mehr Tapferkeit aufgebracht!

Darius schien sich einer Gefahr entgegenstellen zu wollen, die sich im Schatten der Schnellen Garde bewegte.

Der da musste es sein!

Ein einzelner Mann näherte sich Darius, aber was für einer. Über und über mit Hautbildern verziert – Zeichen, wie Nikolay erkannte, als der Kerl nah genug heran war. Warum sollte man sich Zeichen in die Haut stechen lassen?

Der Fremde war nicht sonderlich groß, aber bepackt mit Muskeln, die besonders dadurch zur Geltung kamen, dass er nur eine Leinenhose trug. Als Waffe führte er einen schlichten Speer, mit dem er gerade nacheinander drei Sygnaer aufspießte, die den ersten Ansturm überlebt hatten und sich wieder aufrappeln wollten.

Darius hob das Schwert zur rechten Schulter, schrie eine wortlose, hasserfüllte Herausforderung und ging auf den Fremden los. Beide bewegten sich mit einer unheimlichen Schnelligkeit. Nikolay fiel es schwer, den Bewegungen zu folgen, besonders durch den Nebel des Alkohols hindurch. Zeichenmacht verstärkte die Reflexe beider Kontrahenten.

Nikolay sah den Speer vorzucken, das Schwert zuschlagen. Die Hiebe und Stiche zweier Kämpfer, die etwas von ihrem Handwerk verstanden, wogten hin und her. Der Speer traf Darius' Brust, glitt wirkungslos von der Rüstung ab, auch der Gegenangriff des Fechters ging ins Leere. Der Fremde war abgetaucht und brachte Darius mit einem Klammergriff auf seine Beine zu Fall. Eine kurze Rangelei, dann hieb der Fremde mit einem gewaltigen Schlag beider Fäuste auf die geharnischte Brust des Fechters.

Nikolay vermutete, dass der übernatürliche Angriff gewöhnlichen Stahl eingedellt hätte, nicht aber Handwerkskunst aus Sygna. Dennoch reichte es aus, um Darius' Bewegungen kurz erschlaffen zu lassen. Diese Gelegenheit nutzte der Fremde, zog den Scheibendolch aus dem Gürtel des Fechters und rammte sie in den Sehschlitz des Helms. Darius zuckte noch einmal, und lag dann still.

Der fremde Krieger richtete sich auf, hob seinen Speer neben dem Leichnam des Fechters auf, aus dessen Helmschlitz der Dolch ragte.

Nikolay war vor Schreck so gelähmt, dass er schlicht vergaß, sich zu ducken, als der Fremde seinen Wagen passierte.

Ein Schuss krachte, und in diesem Moment griff ein fremder Geist nach Nikolays Körper.

Es war ein verwirrendes Gefühl, fremde Gedanken und Impulse in seinem Kopf, seiner Wirbelsäule zu spüren. Der fremde Wille sprach nicht mit Nikolay, vielmehr wollte er seine Instinkte ansprechen, zum Handeln auffordern.

Nikolay packte eine Axt, die neben ihm im Wagen lag.

Der Geist, der nach ihm griff, war der eines Kämpfers, der ihn leiten wollte, den fremdartigen Feind von hinten niederzustrecken.

Aber Nikolay wollte nicht. Nikolay war ein Überlebenskünstler, und sich mit irgendwelchen zeichenübersäten Überkriegern anzulegen war nichts, was ein Überlebenskünstler tat. Er verweigerte sich dem Impuls, der ihm beistehen, aber vielleicht auch einfach in den Tod schicken wollte.

Nikolay rollte sich auf der vom Geschehen abgewandten Seite vom Wagen und torkelte davon, so weit ihn seine Beine trugen.

Darius! Der Mistkerl hatte Darius getötet!

Dawyd war mit einigen Schnellen Gardisten beschäftigt, die er daran gehindert hatte, für einen zweiten Angriff zu wenden.

Glaslanzen schossen um ihn herum aus dem sandigen Boden und spießten zielgenau Reiter auf, die er nicht im Gefecht binden konnte. Lyra hatte offenbar in den Kampf eingegriffen, obwohl Dawyd sie nirgendwo entdeckte.

Er musste die restlichen Reiter in die Flucht schlagen, aber er musste auch diesen unheimlichen Angreifer aufhalten! Er griff mit seinem Geist zu: Wie damals im Theater wollte er einen Verbündeten anleiten, wenn er selbst zu weit entfernt war, um etwas ausrichten zu können.

Da! Einer von ihnen war auf einem Trosswagen versteckt – Dawyd erspürte seinen Herzschlag, sein *Blut* bis hierher: Er war ganz in der Nähe des fremd anmutenden Kriegers und wurde von diesem völlig ignoriert.

Dawyd verband seinen Geist mit dem Geist des Sygnaers auf dem Wagen. Der Körper des Mannes reagierte langsam, unkontrolliert. *Betrunken*, fluchte Dawyd innerlich.

Hier, in seinem eigenen Körper mitten im Getümmel, wehrte Dawyd einen Säbelhieb in der Ochs-Hut über dem Kopf ab, tötete seinen Gegner mit einem Stich in die Seite, der bis ins Herz biss. Dann suchte sein Blick die Szenerie bei den Trosswagen.

Der betrunkene Kerl im Wagen, der günstig stand, um Darius' Mörder in den Rücken fallen zu können, war ausgerechnet Nikolay, von den Offizieren meist nur »der Kackvogel« genannt. Ein schmieriger Feigling, der Mann mit den meisten Disziplinarstrafen im gesamten Regiment! Aber Dawyd musste mit dem arbeiten, was ihm geboten wurde.

Das war die Gelegenheit: Grau-Evy, verborgen im Schatten zwischen zwei Wagen, feuerte eine Muskete auf den Fremden ab. Der Krieger wich blitzschnell aus, aber er war abgelenkt.

Dawyd verstärkte seinen Anspruch auf Nikolays Körper, übertrug ihm seine Instinkte. Der jedoch sträubte sich und sperrte ihn aus. Dawyd stieß den Atem aus.

Die Gelegenheit war so schnell vorbei, wie sie gekommen war. Der fremde Krieger schlug den unteren Teil seines Speers in einer Kreisbewegung gegen die Schläfen von Grau-Evy. Ihr graues Haar und ihr Schädel verwandelten sich in eine rote Masse.

Eine weitere Tote, die Dawyd in den Wochen des Feldzugs ins Herz geschlossen hatte. Das ging auf seine Kappe – auf seine sowie die dieses dreizehnmal verdammten Kackvogels Nikolay!

Immerhin bestand das Regiment nicht nur aus Feiglingen: Dawyd sah Meisendraht mit gezogenem Degen auf den Fremden zustürmen, das Gesicht blutüberströmt, aber voller Kampfeswillen. Erneut griff Dawyd aus und wurde diesmal willkommen geheißen. Meisendraht ließ eine Folge von Stichen und Hieben mit der Unterstützung von Dawyds Blutzeichen auf den ungewöhnlichen Gegner niedergehen.

Und dann geschah das Unmögliche: Dawyd reagierte zu langsam. Meisendraht wurde von einer Speerspitze in den Oberschenkel getroffen und sackte zusammen. Der Feind wirbelte den Speer herum, stieß den Sergeanten mit dem stumpfen Ende vor die Brust und riss ihn damit zu Boden. Dann war er über Meisendraht und rammte den Speer nach unten. Jener Teil von Dawyds Bewusstsein, das sich mithilfe des Blutzeichens auf Reisen begeben hatte, kehrte augenblicklich zu ihm zurück, als der Sergeant starb. Es brachte einen Teil des Todes mit, der Meisendraht ereilt hatte – einen Teil des Schmerzes und der Angst, bei der sich Dawyds Magen zusammenzog und er Galle schmeckte.

Dawyd blickte zu Jannis, der gerade seine Männer um sich sammelte. Die ersten Truppen von der Front stießen nun zu ihnen, die meisten waren beritten. Um Dawyd herum versuchten die letzten Reiter, sich zu koordinieren. Dawyd ließ seine Klinge in der Luft kreisen, wirbelte mit ihr auf einen Gegner zu, nur, um plötzlich die Richtung zu wechseln und einen anderen zurückzudrängen – eine Technik, die eigentlich für den Stabkampf gegen eine Übermacht entwickelt worden war. Das hielt die Blauröcke auf Abstand – und wohl auch die Tatsache, dass sie keinen sinnlosen Tod gegen einen Urzeichenträger sterben wollten. Nach einigen Augenblicken hatte er sich genug Luft verschafft, um sich abzusetzen und einem Gegner entgegenzutreten, der es ihm nicht so leicht machen würde.

Schnelle Schritte trugen ihn bis an die Trosswagen, mittlerweile erfüllte ihn Hass: Meisendraht und Grau-Evy hatte dieser Kerl bereits auf dem Gewissen!

Erst jetzt konnte er den unmöglichen Feind näher betrachten, und kurz stockte ihm der Atem: Wo andere Hautbilder sahen, die den Kämpfer verästelt und verwoben einhüllten, erkannte Dawyd ihre Linien vom Blick in den Spiegel. Er kannte die Regelmäßigkeit, die Schwünge, Kanten und Ecken vom Zeichen in seinen Augen. Es waren Blutzeichen, die diesem Mann seine ungeheure Kraft verliehen! Die verschollenen Blutzeichen – wie konnte es sein, dass sie überdauert hatten? Wie konnte es sein, dass sie ausgerechnet hier und jetzt und auf der Seite der Gegner zu den Sygnaern zurückkehrten?

Dawyd schoss durch den Kopf, wie anspruchsvoll es für Elisabeda gewesen zwar, gleich drei Eiserne Zeichen in sein Schwert zu schmieden. Welcher Meister der Kampfkunst musste da vor ihm stehen, wenn er derart viele Zeichen in einem Werkstück, seinem eigenen Körper, hatte vereinen können?

Ein außergewöhnlicher Kämpfer – aber Dawyd war der Träger das Urzeichens und trug zudem einen Harnisch. Er verbiss sich die Angst und den Hass. Das hier würde interessant werden.

Ihre Blicke trafen sich. Andere Sygnaer sammelten sich um den Fremden und erkannten die Gefahr, die von dem Tätowierten ausging. Einige machten Armbrüste bereit und luden hastig Musketen.

Da griff der Fremde in einen unnatürlich dunklen Schatten, aus dem Grau-Evys Leiche ragte, und zog Lyra an ihren Haaren heraus. Die junge Frau schrie und wand sich, aber gegen den Griff des Kriegers konnte sie nichts ausrichten.

Dawyd rannte los.

Der Sand zu den Füßen des Kriegers glühte auf, und eine spitze Glasklinge bohrte sich in die Höhe, aber da stand der Krieger schon nicht mehr an dieser Stelle, war samt Lyra zur Seite gesprungen. Er presste sie an sich, rammte den Speerschaft an ihre Kehle und klemmte ihn in der Armbeuge ein. Während er sich langsam zu Dawyd umwandte, verlor sie mit rudernden, aber hilflosen Armbewegungen das Bewusstsein, aber Dawyd erkannte an ihrem Brustkorb, der sich kaum merklich hob und senkte, dass sie noch lebte.

Dawyd hielt in seinem Sturmlauf zehn Meter vom Feind entfernt inne und bedeutete den Schützen, die jetzt allesamt auf den Fremden zielten, die Waffen sinken zu lassen. Er würde nicht auch noch Lyra verlieren!

»Lass sie los, und kämpf gegen mich!«, rief er ihm zu.

Der Krieger erwiderte Worte, die er nicht verstand. Dann folgte ein Satz in einer Art monotonem Singsang. Auch diesen verstand Dawyd nicht, aber das Blutzeichen reagierte: Es war eine Herausforderung zu einem Zweikampf. Nur sie beide. Bis zum Tod.

Dawyd akzeptierte. Nein, das Blutzeichen in seiner Iris akzeptierte.

Lysandre bildete sich nicht ein, wirklich zu *wissen*, wie die Urzeichen funktionierten. Aber er wusste, dass nur die Verkehrte Stadt unter dem Bleiberg ihre Existenz ermöglichte. Und da sie beim Tod eines Zeichenträgers nach Sygna zurückkehrten, als würde die Verkehrte Stadt sie an einer Angelleine einholen, *glaubte* er, dass es von Vorteil war, die Kämpfer der Kaisers genau dorthin zu bringen. In die Verkehrte Stadt, in der sie damals den Herzschlag gehört hatten. Wo sowohl er als auch Dawyd von ihren Zeichen erwählt worden waren. Der Herzschlag, die Verkehrte Stadt – eines gehörte zum anderen. Weder er noch Lafayet hatten eine eindeutige Antwort darauf, wen die Zeichen wo erwählten. Doch er hoffte, dass es etwas damit zu tun hatte, dass sie sich beide in dem Moment, in dem das Siegel auf den Sarkophagen brach, dort unten aufgehalten hatten. Dass sich die Zeichen eher Menschen erwählten, die der Verkehrten Stadt nahe waren. Die Sarkophage waren seither leer, er hatte selbst dafür gesorgt. Aber die Verkehrte Stadt war noch da, und in ihr dieser … Übergang, dieser Riss zu etwas, das er noch vor einem Jahr als Schauermärchen abgetan hätte.

In der Zeit, in der er vorgegeben hatte, Ignaz zu sein, hatte er dafür gesorgt, dass die Zugänge zur Verkehrten Stadt geöffnet wurden und dass er über jeden einzelnen davon in Kenntnis gesetzt wurde. Er stellte fest, dass bereits der erste, zu dem er seinen kleinen Trupp führte, nicht wieder verschlossen worden war. Bewacht wurde er auch nicht – nun, da die Urzeichen erwacht waren, schien Sygna die Verkehrte Stadt erneut vergessen zu wollen.

Der Zugang, den er ausgewählt hatte, lag am Rande der Kluft. Hier waren nur Bettler, Straßenkinder und Ratten unterwegs, und niemand sprach ihn oder seine Begleiter an. Im Schatten eines bröckelnden, überhängenden Gemäuers duckten sie sich in den Gang, und sofort drang die kühle, schwere Luft auf Rufin ein. Der Geruch nach Stein und Leere, nach Bestimmung und Sterblichkeit. Der Hauch schnürte ihm die Kehle zu, aber er schluckte, ging weiter und entzündete erst eine Lampe, als sie sich so tief im Berg befanden, dass das Licht von draußen geschluckt wurde. In Form einer hohen Felsspalte schob sich der Gang voran, als wäre er zufällig entstanden. Erst als sie auf Treppenstufen stießen, sahen sie die vielen kleinen Meißelarbeiten an den Wänden, die Menschen immer weiter und weiter in den Berg hatten vordringen lassen.

Oder vielleicht ging es nicht in diese Richtung. Vielleicht ging es in die andere …

Schweigend schritten sie weiter, nur ihre Fußtritte und ihre Atemzüge waren zu hören. Rufin hörte, dass sein Atem schneller ging als der der anderen, und er schämte sich dafür. Bald kamen sie auf einer Sohle an, und ab hier schlängelten sich mehrere Wege wie Wurmfraß weiter voran. Er wählte irgendeinen.

Hier unten bin ich gestorben. Hier unten hat mich das Monstrum getötet, hämmerte es in seinem Kopf. Aber er lebte noch, und das Monstrum hatte nur einen einzigen Grund gehabt, ihn zu töten: Er hatte Kilianna Erdhand bedroht, und das Wesen hatte ihr Blut gebraucht, um die verschlossenen Zeichen zu befreien. *Wir sind quitt, Monstrum.* Ich *war es, der letztlich deine Zeichen befreit hat. Ich.*

Ihm würde nichts geschehen – ihm war auch danach nichts geschehen, als er sich mit Kilianna und in Ignaz' Gestalt wieder an die Oberfläche gearbeitet hatte. Aber die Angst raste dennoch durch den Körper, in dem sein Geist heimisch war.

Azir stieß das bewusstlose Weib von sich. Ein Soldat näherte sich vorsichtig, packte es an den Schultern und zog es weg. Das kümmerte Azir nicht, sein Feind hatte nun seine ungeteilte Aufmerksamkeit. Eine tiefe Verbindung erstreckte sich zwischen ihnen. Seinetwegen hatte der Krüppel ihn hergeschickt: Das hier war der würdige Gegner, der ihm versprochen worden war.

Der Krieger hatte die rituelle Herausforderung ausgesprochen, und der Feind hatte sie angenommen. Das Zeichen, das den vollkommenen Zweikampf garantierte, tat seine Wirkung. Die machtvollen Linien waren dort unter seine Haut gestochen, wo seine Vorfahren das dritte, spirituelle Auge verortet hatten.

Dieses Blutzeichen wirkte im Verstand der Umstehenden und unterband jede Einmischung und jeden Angriff Dritter auf die Duellanten. Es untersagte feige Hilfsmittel wie einen Körperschutz. Azir hatte den Eindruck, dass die Wirkung seiner Zeichen von diesem sagenhaften Urzeichen seines Gegners noch verstärkt wurde, und er lachte laut in freudiger Erwartung des Kampfes.

Der dreifingrige Krüppel hatte ihn geknechtet, aber er bot ihm auch eine Gelegenheit. Nun würde er beweisen, dass er der Essenz des Kampfes selbst überlegen war – der beste Krieger der Welt.

Als er zusah, wie der Fechter die vielen Schnallen seiner Rüstung löste und sich dabei betont lässig gab, bezweifelte Azir jedoch, dass dies hier die Herausforderung werden würde, die er sich versprach. Der junge Kerl, kaum Narben und weibisches, halblanges Haar, sollte jener legendäre Kampfkünstler sein, von dem der Krüppel gesprochen hatte?

Einen Jüngling von der Art hatte er eben noch niedergestreckt. Zeichenmacht hatte seine Bewegungen verstärkt, und ein Panzer aus Eisen hatte ihn geschützt, also war es ein guter Kampf gewesen, dennoch wäre Azir enttäuscht, wenn auch dieser nächste Kampf so schnell zu Ende sein würde wie die letzten Auseinandersetzungen.

Sein Feind zog nach der Rüstung auch sein Hemd aus, um es Azir gleichzutun, und spannte die Muskeln an. Eitelkeit. Interessant.

Er war drahtig und muskulöser, als Azir nach dem ersten Eindruck angenommen hatte. Dennoch wirkten seine Oberarme mickrig im Vergleich zu Azirs.

Azir war viel früher auf ihn gestoßen als erwartet. Der Plan hatte vorgesehen, den Tross anzugreifen und den versprengten Streitern dieser Noccurn-Allianz mit der Reiterei den Weg zu versperren. Den Fechter hatte man mitten im Getümmel vermutet: Dort sollte Azir ihn aus dem Spiel nehmen. Aber hier war er bereits, versteckte sich ganz hinten beim Tross!

Ihm sollte es gleich sein – solange er seinen würdigen Kampf bekam; halb gezwungen durch die Worte des Krüppels, halb aus Lust an einem Kräftemessen.

Sein blasshäutiger Gegner hob die lange, zweischneidige Klinge über den Kopf.

Azir spannte seinen Körper, sank tief, breiter Stand, Füße auf zwei Linien. Er streckte den Speer nach vorn.

Die Kämpfe um sie herum waren zum Erliegen gekommen. Soldaten beider Fraktionen starrten gebannt auf die Kontrahenten. Weiter hinten nutzen ein paar Feiglinge die Gelegenheit, sich davonzumachen.

Der Fremde sagte etwas. Spott lag in der Stimme – und Hass.

»Männerhure!«, zischte Azir zurück, und der Fechter spuckte vor ihm auf den Boden.

Sie umkreisten sich. Fuß vor Fuß, Kreuzschritt für Kreuzschritt, immer auf einen sicheren Stand bedacht.

Dann schoss Azir nach vorn, stieß mit lang gestreckten Armen den Speer gegen den Kopf des Feindes. Das Schwert sauste nach unten, schlug den Speer zur Seite, schnappte in einem vertikalen Halbkreis wieder nach oben auf Azirs Kopf zu.

Azir packte den Speer mit beiden Händen und schützte sich.

Das Holz zerbrach.

Azir warf sich zurück, doch die Spitze des Schwerts zog ihm einen langen Schnitt über die Brust.

Er rollte sich nach hinten, stand wieder, bevor der Fechter heran war, um im letzten Moment mit einem Trümmerstück des Speers die Schwertklinge zur Seite zu schlagen.

Azir änderte die Richtung seiner Bewegung, sprang nach vorn statt zurück, während er die Waffe des Feindes band, unterlief er den Angriff. Auf ähnliche Weise hatte er die gerüsteten Kumpanen dieses Jünglings überlistet.

Hart prallte Azir gegen die Brust des Fechters und wollte ihn in eine Umklammerung nehmen, seine Rippen zermalmen. Aber der Kerl rammte seinen Knauf auf Azirs Schulter. Knochen splitterten. Gleichzeitig stemmte der Fechter ein Bein gegen Azirs Bauch und ließ sich auf den Rücken fallen, nutzte den Schwung des Angriffs und schleuderte Azir meterweit von sich.

Azir rollte sich nach vorn ab, kam in einer fließenden Bewegung auf die Beine und zog dabei die Geschwister Doppelmesser aus den Rückenscheiden am Gürtel, als er sich dem Fechter wieder zuwandte. Seine Schulter sandte Wellen aus Schmerz durch seinen Körper, aber der Bruch heilte bereits, genau wie sich der Schnitt auf der Brust schloss.

In der Tat ein würdiger Gegner, das musste er dem Jungen lassen. Er war mit einer Zeichenklinge bewaffnet – es gab keine andere Erklärung dafür, dass das Schwert den Speerschaft einfach so zerschnitten hatte. Azir konnte die Linien in der Hohlkehle der Waffe erkennen – Kunst aus Sygna, wie aus den Überlieferungen seiner toten Ahnen.

Der Fechter blickte erst triumphierend, dann, als er die sich schließenden Wunden bemerkte, riss er die Augen auf und brachte einen Satz hervor, der so etwas bedeuten musste wie: »Willst du mich verarschen?«

Der Erwählte beherrschte das Urzeichen offenbar nicht gut genug, um seine eigenen Wunden ignorieren und heilen zu können. Azir hatte lange daran gearbeitet, das Zeichen, das die Kraft des Verwundeten zurückbringt, zu meistern.

Dennoch war der Kerl schnell und stark. Die Kräfte, die sie durch ihre Zeichen erlangten, waren ausgewogen. Damit würden die Beherrschung der Kampfkunst und die stärkeren Nerven den Sieger küren. Entweder das – oder die mangelnde Fähigkeit des Fechters, das Potenzial des Urzeichens voll auszuschöpfen.

Der Gegner hob das Schwert diesmal mit der Spitze voran, um ihn auf Abstand zu halten. Azir legte eines der unterarmlangen Messer auf die rechte Schulter, das andere streckte er seinem Feind entgegen.

Gleichzeitig schnellten sie aufeinander zu, Stahl traf auf Stahl. Azir fing die Klinge im Kreuzblock, verkürzte die Distanz, blockierte das Schwert mit einem Messer, wand das andere wie eine Schlange um die Klinge des Gegners. Aber dieser beherrschte die Techniken der klebenden Klingen ebenfalls meisterhaft.

Hin und her zuckten die Schwerter und Messer, nahmen Kraft auf, hebelten sie aus, um sie selbst für einen Angriff zu nutzen.

Wieder und wieder wurden die Attacken knapp vor dem Körper des Kontrahenten umgelenkt. Der stählerne Tanz dauerte nur Sekunden, aber er verlangte den Kämpfern alles ab, was sie an Können und Reflexen aufbringen konnten. Sie fühlten die Vorstöße des Gegners, ahnten sie voraus und reagierten mit jahrelang einstudierten Bewegungsabläufen, ohne darüber nachzudenken. Es war, als hätten sie gemeinsam die Formen des Kampfes gelernt, und nichts davon glich einem dreckigen Gefecht.

Azir fühlte bei aller Überraschung über diese Erkenntnis Wut in sich aufsteigen, als seine Klingen immer wieder ins Leere glitten. Wut auf diesen Schönling, der seinen Schmiss wie Schmuck trug, dem eine außergewöhnliche Gabe zuteilgeworden war, ohne dass er sie sich durch die Vollendung der Kampf- und Zeichenkunst verdient hatte.

Er schrie den Zorn hinaus, löste die Messer, um sie mit Wucht im Kreis zu schwingen, Funken flogen, als der Fechter sein Schwert im letzten Moment auf die andere Seite brachte.

Azir hatte ihn beinahe erwischt, und daher versuchte er es erneut von der anderen Seite, ohne ihm eine Pause zu gönnen.

Das war ein Fehler.

In dem Moment, als er den Druck vom Angreifer nahm, um seinen kreisenden Angriff einzuleiten, folgte der Fechter der Linie, die nun keinen Widerstand mehr bot. Er schnitt tief in Azirs Gesicht. Der brüllte vor Schmerz und Enttäuschung, war aber geistesgegenwärtig genug, seinen Körper nah an den des Fechters zu bringen. Das rettete sein Leben, denn der Fechter konnte ihn auf diese Weise nicht mit seiner langen Waffe in der Mitte durchschlagen. Er konnte jedoch das Gehilz seines Schwerts in Azirs Gesicht rammen.

Ein hässliches Knirschen folgte, und Schmerz explodierte – nun war es doch ein dreckiges Gefecht.

Azir zog das linke Messer über den Rücken des Feindes; sein rechtes Handgelenk und damit das zweite Messer wurden durch die freie Hand des Fechters gebunden.

Jetzt schrie auch der Auserwählte seinen Schmerz heraus und stieß Azir mit roher Gewalt von sich. Der stieß mit dem Rücken gegen einen Trosswagen. Der Aufprall war hart genug, um den Wagen zu zerschmettern.

Als er sich aus den Holztrümmern aufrappelte, rann heißes Blut über sein Gesicht und nahm ihm die Sicht. Die Zeichen heilten seinen Schädelknochen bereits, begleitet von einem heftigen Prickeln, aber Azir bezweifelte, dass er so zusammenwachsen würde, wie er zuvor ausgesehen hatte. Doch das war ihm gleichgültig: Für den wahren Krieger zählte nur der Kampf, nicht, wie er dabei aussah.

Das unterschied ihn von dem jungen Kerl, der ihm solchen Widerstand leistete. Offenbar gelang es dem Fechter, der aus der Rückenwunde heftig blutete, den Schmerz unter Kontrolle zu bringen, denn er nahm wieder eine aufrechte Haltung an.

Azir drückte sein verbliebenes Messer an die Brust. Das andere hatte er verloren, der Fechter trat es weit fort. Wie hatte ein solch mäßig erfahrener Kämpfer gegen ihn, Azir den Krieger, so lange bestehen können?

Er suchte nach der Antwort in sich selbst, erlaubte sich, kurz die Augen zu schließen. Azir hatte seinen Gegner nicht respektiert. Somit hatte er auch dem Kampf keinen Respekt gezollt, hatte sich zu Gefühlen wie Verachtung, Wut und selbst Belustigung hinreißen lassen. Seine zahlreichen Siege hatten ihn arrogant gemacht.

Der perfekte Krieger muss sein Herz leeren, um zu siegen.

Nur die Kunst des Kampfes durfte seine Taten lenken, nicht seine Gefühle.

Als Azir die Augen wieder öffnete, war sein Herz leer. Er wusste nun, wie er seinen Gegner töten konnte.

Sein Rücken brannte wie Feuer, aber Dawyd gelang es, den Schmerz aus seinem Bewusstsein zu verbannen. Er wusste nicht, ob sein Wille, seine Angst oder des Urzeichens ihm dieses Kunststück erlaubte.

Dieser Krieger aus der Fremde war kein Mensch, er war ein Dämon. Viel zu schnell und viel zu stark für einen Sterblichen ohne Urzeichen im Auge, doch statt des Zeichens stand ihm eine große Lust am Töten im Blick.

Würde Dawyd auch so werden, wenn er sich zu sehr auf das

Blutzeichen verließ? Wäre er irgendwann nicht nur für seine Feinde, sondern auch für seine Freunde gefährlich?

Diese Fragen waren nur von Bedeutung, wenn er für den Moment ein wenig gefährlicher wurde: Er musste diesen Kampf gewinnen!

Immerhin hatte er bisher die Oberhand behalten. Das brachte ihm jedoch nicht viel, solange dieser Mistkerl alle Wunden heilte, die ihn nicht sofort töteten. Die Zeit spielte gegen Dawyd, und seine Fertigkeiten mit dem Schwert würden nur die Dauer seines Todeskampfs verlängern, wenn ihm nicht bald ein tödlicher Stoß gelang.

Der Krieger hatte den Nerv, die Augen zu schließen. Dawyd musste sich ebenfalls kurz sammeln, suchte seine Mitte. Als er sich umblickte, sah er in Dutzende Gesichter, die ihn anfeuerten und anflehten, zu siegen oder jemanden zu rächen. Er erblickte Musketen, die auf seinen Gegner gerichtet waren, aber die Schützen waren unfähig, sie abzufeuern. Es war an der Zeit, diese Sache zu beenden.

Dawyd hob die Klinge mit beiden Händen und ging auf seine Nemesis zu. Der Krieger öffnete die Augen und schien wie verwandelt. Statt des raubtierhaften Zorns lag eine beinahe sanfte Ruhe in seinen Bewegungen, als sie sich erneut gegenübertraten.

Lauernd wechselte Dawyd durch einige Huten, Schwertstellungen, und umkreiste dabei seinen Feind, hob die Klinge mal über den Kopf, dann an die Seite und lud seinen Kontrahenten mit gesenktem Ort zum Angriff ein. Der Krieger wechselte ebenfalls durch die Varianten von Huten, die seinen Stil prägten, ganz anders und doch irgendwie ähnlich.

Sein Feind besaß nur noch ein langes, breites Messer – viel kürzer als Dawyds Klinge und nicht mit Zeichen versehen. Dawyd konnte ihn schlagen, Zuversicht durchströmte ihn.

Da zuckte das Messer vor, Dawyd wehrte es mit gesenkter Klinge ab, das Gehilz neben dem Kopf, und schlug einen Gegenangriff.

Der Stahl des Messers zerbrach in der Parade. Der Krieger glitt zurück, nun schutzlos. Dawyd setzte nach. Ein Stich fuhr in den Körper des Gegners.

Nein, nicht in den Körper, Dawyds Gegenüber hatte im letzten Augenblick die Hüfte gedreht, sodass die Klinge die Lunge verfehlte und nun unter der linken Achsel eingeklemmt war. Die Haut seines Feindes war an dieser Stelle besonders dicht mit einem Geflecht aus inandergreifenden Zeichen verziert – sicher für genau diese Art von Manöver.

Die dreifach gezeichnete Klinge schnitt zwar in Brust und Oberarm, aber sie glitt nicht wie in verletzliches Fleisch, sondern fraß sich mühsam wie durch gehärtetes Leder.

Für die Dauer eines Herzschlags war das Schwert gefangen, und das reichte seinem Feind aus: Statt zu Boden zu gehen und zu verbluten, wie sicher jeder der Umstehenden erwartet hatte, packte der Krieger Dawyds Handgelenk, fixierte es wie in einem Schraubstock, und schlug ihm eine Rückfaust wie einen Hammer ins Gesicht.

Dawyd taumelte zurück, griff ins Leere – sein Schwert war ihm entglitten! Blut rann aus der aufgeplatzten Braue über sein Auge. Als sich sein Blickfeld klärte, sah er den Krieger näher kommen wie einen hungrigen Wolf. Seine linke Körperhälfte war blutüberströmt, und Dawyds Klinge lag am Boden.

Dawyd blockte einen Schwinger gegen sein Gesicht und schlug selbst eine Gerade gegen den Krieger, doch der lenkte die Wucht des Schlags an sich vorbei.

Dann prasselte ein Faustgewitter auf Dawyd ein. Er nahm die Arme hoch, um der ungeheuren Kraft der Schläge seines Gegners standzuhalten, und warf sich nach der Hüfte des Kriegers, wollte sich auf ihn stürzen und ihn zu Boden ringen. Leibringen stand im Sandhaus oft auf dem Programm, und er hoffte, dass er den Windmühlenfäusten des Muskelprotzes am Boden entkommen konnte.

Doch der Krieger wich rechtzeitig zurück, senkte seinen Schwerpunkt und hielt Dawyds Kopf mit seinem Unterarm auf Abstand. Dawyd hatte alles auf eine Karte gesetzt, als er mit seinem Ringerangriff nach vorn geprescht war und seinen stabilen Stand eingebüßt hatte. Den winzigen Moment, den auch ein Urzeichenträger wie Dawyd benötigte, um aufzuspringen und sein Gleichgewicht zu finden, wusste dieser Albtraum von einem Gegner auszunutzen. Blitzschnell war er heran, um Dawyd endgültig den Garaus zu machen. Ein Aufwärtshaken krachte in Dawyds Seite und zerschmetterte einige Rippen. Dann traf ein Ellbogen sein Kinn. Der Kiefer, der ihm im Aufstand in Sygna zerschossen worden war, brach erneut, das Knacken erfüllte seinen Schädel und ließ eine heiße und gleichzeitig eiskalte Welle durch seinen Kopf schießen. Er taumelte zurück. Sein Gegner wirbelte mit einer Serie von Tritten nach vorn, aber Dawyd fehlte die Kraft, noch etwas dagegen zu unternehmen. Zwar konnte er vor dem Tritt gegen seinen Kopf zurückweichen, aber der folgende Fußfeger traf sein Scheinbein so hart, dass er fassungslos zusah, wie der zerbrochene Knochen aus der blutig zerfetzten Haut drang. Dawyd fiel wie eine Marionette mit zerschnittenen Fäden zu Boden. Er selbst schien mehr und mehr zum Zuschauer dieses Puppenstücks zu werden, das Brechen der Rippen, des Kiefers, des Schienbeins geschah, und sein Geist schien sich jedes Mal einen halben Schritt zurückzuziehen.

Rufe um ihn herum, Schreie. Er lag auf dem Rücken, versuchte vergeblich, sich hochzuziehen oder zumindest nach hinten zu kriechen. Weg von seinem Gegner. Weg von diesem fleischgewordenen Schrecken. Da war der Krieger schon wieder über ihm. Er war voller Blut, das über seine Hautbilder lief. Eine Gestalt aus einem Albtraum, nichts anderes konnte das hier sein – ein Traum! Das Gesicht eines Dämons starrte ihn an. Dawyd schlug kraftlos nach ihm, aber sein Peiniger fing den Hieb mit Leichtigkeit und brach seinen Ellenbogen. Dawyds Körper bestand nur noch aus Schmerz. Eine Faust fuhr auf seine Brust herab und raubte ihm die Luft. Dann fühlte er einen unerbittlichen Unterarm an seiner Kehle.

Das Letzte, was er sah, war der völlig gefühllose Blick des Kriegers, der das Leben aus Dawyd herausquetschte. Die Ränder um sein Sichtfeld wurden schwarz.

Er ergab sich dem Tod.

Kilianna, dachte er.

Und dann zerriss ein Donnerschlag die Welt.

Feuer – Splitter – zischende Flammenzungen.

Die Wucht der Detonation warf seinen Feind von ihm herab. Dawyd rang nach Luft, aber nur Blut rann in seine zermalmte Kehle. Noch lebte er.

Mit zerschmetterten Gliedern, alles bestand nur aus Elend und Pein, drehte sich Dawyd vom plötzlichen, unerklärlichen Inferno ab und kroch vorwärts. Es waren nur wenige Meter, aber sie waren mit Höllenqualen gepflastert. Er erreichte sein Ziel, gerade als sich Azir auf alle viere stemmte.

Dawyds Hände schlossen sich um das Heft seines Schwerts. Halb richtete er sich auf. Azir schnellte auf ihn zu, und Dawyd brachte einen letzten, sauberen Hieb zustande.

Sein eigener Körper folgte der Wucht des Schlags und fiel erneut der Länge nach zu Boden. Doch er hatte sein Ziel nicht verfehlt. Die Klinge war durch Azirs Schädel gefahren und dann in der Schulter stecken geblieben.

Wenn der Mistkerl das überlebt hat, kann ich auch nichts mehr tun, dachte Dawyd, rollte sich stöhnend auf den Rücken und hustete, ohne dass Atem in seine Lungen gelangte. Er röchelte, Blut breitete sich unter seinem Kopf aus.

Ein Schatten beugte sich über ihn.

»Elisabeda!«, stieß er hervor und dachte, er würde lächeln, doch er war sich nicht sicher, was sein Kiefer daraus machte.

»Bei allen Altmeistern, wir brauchen einen Heiler!«, schrie Elisabeda, so viel Panik in ihrer Stimme, und was war mit seinem Brustkorb los, warum konnte er nicht atmen? »Schickt nach einem Heiler!«

Offensichtlich hatte sie keine Lust verspürt, die Katastrophe unter Bewachung in ihrem Zelt abzuwarten. Er konnte es ihr nicht verdenken.

Elisabeda. Ich wünschte, ich würde das hier überleben.

»Sind … deine Wachen getürmt?«, hörte er sich selbst röcheln.

»Sagen wir so … sie haben sich inmitten dieser Katastrophe als einsichtig meinen Argumenten gegenüber gezeigt«, antwortete die Schmiedin und kniete sich hilflos neben seinen zerschlagenen Körper.

»Aber … wie?«, stöhnte er.

»Ein Fass mit Schwarzpulver auf einem Wagen. Ich habe eine Lunte gelegt«, brachte sie hervor, und verwirrt sah er Tränen in ihren Augen.

Sterbe ich jetzt oder sterbe ich nicht?

»Zum Glück hat dieser … dieses … Ungetüm die meisten Splitter abbekommen. Leider haben auch ein paar Umstehende was abgekriegt. Dawyd, hör mir zu, halt die Augen offen, bitte, stirb mir nicht!«

»Du … konntest dich noch nie an … an Regeln halten«, krächzte Dawyd und verlor trotz ihrer Bitte das Bewusstsein.

Dass die Verkehrte Stadt ein veränderliches Ding war, wusste Lysandre schon lange. Dass er keine Spur mehr von den gezeichneten Höhlen und Toren finden würde, die zum Ursprung der Zeichen führten, zu dieser Kammer so tief unten, das hatte er nicht erwartet.

Er hatte auch nicht erwartet, dass ihn die Dunkelheit so tief treffen würde. Er hatte nicht einfach Angst oder erinnerte sich mit Schrecken zurück. Nein, als sie zum dritten Mal nach einem nur von wenigen Lämpchen erleuchteten Irrweg in der Kaverne ankamen, in der die Gebäude wie Wespennester von der Decke hingen, packte ihn ein Entsetzen, das er nicht mit seinem Verstand in die Schranken weisen konnte. Es schlug seine Krallen in ihn. Warum gingen sie im Kreis? Hatten sie sich verirrt? Würde er hier unten sterben? Würde er seinen eigenen Körper finden und sich mit diesem fremden Körper danebenlegen? Er wollte schreien, aber er hatte Angst vor dem Echo, und so presste er seinen Rücken gegen die Wand und zitterte, die Augen geschlossen, die Zähne aufeinandergepresst, denn vor dem Geräusch seines eigenen Zähneklapperns grauste es ihn, so sehr klang es nach Knochen.

Er hatte die Arme um sich geschlungen, und er wusste, dass er ein lächerliches Bild abgab, aber er konnte sich nicht beherrschen, und er konnte keinen Schritt weitergehen.

Sie hatten nicht mehr viele Vorräte dabei. Nicht mehr viel Lampenöl. Und jetzt, nachdem sie zum dritten Mal in dieser Höhle angekommen waren, mussten sie sich eingestehen, dass sie den Rückweg, den Weg nach oben nicht wiederfanden. Nicht, weil sie unaufmerksam waren, sondern weil die Verkehrte Stadt eine eigene Logik und einen eigenen Willen besaß. Und heute entsprach es ihrer Logik, dass sie Tunnel nahmen, die bergauf führten, um oben festzustellen, dass ihre Sinne sie getäuscht hatten und dass sie bergab gegangen waren.

Rufin presste die Hände vors Gesicht und keuchte in seine Handflächen. Er wusste nicht, wie lange sie schon hier waren. Aber er wusste, dass sie nicht mehr lange hier sein würden. Nicht lebend. *Es* würde sie holen. Es würde sie sich alle holen.

»Sire?«, fragte Charle, der Dienstälteste der Offiziere. Auch die vier Männer waren nervös, und Rufins Verhalten machte es sicher nicht besser. Sie hielten etwas Abstand zu ihm, hatten ihre Mäntel ausgebreitet, um erschöpft darauf zu rasten. »Braucht Ihr Hilfe?«

Er wollte den Kopf schütteln, aber nicht einmal das konnte er. Der andere hätte es auch nicht gesehen. Was Charle noch sagte, ging unter in der wirbelnden Todesangst in Lysandres Kopf. In seinen Ohren pochte sein Herz, langsamer, versetzt dazu der Pulsschlag des Zeichens, als wolle es ihn mahnen,

Ruhe zu bewahren. Und noch dahinter hörte er ein Kriechen, ein Scharren und Schleifen.

Die Erde vibrierte unter seinen Füßen. Er fühlte es. Es war keine Einbildung. Er nahm die Hände vom Gesicht und legte sie hinter sich an die Felswand – Steine flüsterten auf Steinen, Felsen knirschten kaum hörbar.

»Halt!«, schrie er und legte alle Macht des Wortzeichens hinein.

Das Beben hielt inne. Die Offiziere auf ihren Mänteln ebenfalls. Dann lief erneut ein Zittern durch das Gebein des Bleibergs, doch die Männer blieben sitzen und starrten ihn nur an. Er musste ihnen sagen, dass sie sich wieder bewegen durften, doch er brachte den Befehl nicht über die Lippen.

Etwas kam – mit dieser Erschütterung, diesem Zittern, das vielleicht nur er spürte, näherte sich das Wesen, das ihn töten wollte. Das ihn ein für alle Mal vernichten wollte.

Lysandre wandte sich um und rannte.

Naronne veränderte sich.

Neigel wurde klar, dass es nicht die Revolution war, die ihre Kinder fraß. Jemand anderes übernahm das Fressen.

Die vergangenen Tage waren ein einziger Ausnahmezustand aus Flucht und Kampf, Adrenalin und Müdigkeit gewesen, durchsetzt von einem Erdbeben nach dem anderen.

Das Militär hatte versucht, die Heilermanufakturen abzuriegeln, doch die meisten Soldaten befanden sich an der Front, und die Bewohner des Viertels Iyaire hatten den Manufakturen den Kampf angesagt: In den Baracken befanden sich noch sicherlich einhundert Arbeiter, als wären sie Gefangene, und Guillome und George hatten beschlossen, die Leute zu befreien. Neigel war dabei, denn er war überall, wo Guillome war. Er hatte versucht, eine andere Rechtfertigung dafür zu finden, und bestimmt war er auch hier, um den Menschen zu helfen und weil er dem despotischen Kaiser und seiner Herrschaft schaden wollte, aber eigentlich wusste er sehr genau, dass er Guillome auch ohne jeden Grund in die Hölle gefolgt wäre, falls dieser sich entschlossen hätte, sie zu betreten.

Die Blauen Lilien, längst nicht mehr nur Studenten und Manufakturarbeiter, sondern Menschen aller gesellschaftlichen Schichten, halfen einander. Sie druckten Flugblätter, fanden Sympathisanten im Rest von Naronne, organisierten alles von Heilmitteln über Vorräte zu Waffen und Sprengladungen. Diejenigen von ihnen, die gesucht wurden, sammelten sich in Verstecken, kleinere Gruppen attackierten die privaten Wachleute und die Polizisten und Soldaten um die Manufakturen, und irgendwer versuchte sich sogar an einem schlecht geplanten Attentat auf den Bürgermeister.

Und dann kam die Nacht, in der die Studentengruppe um George die Manufakturen stürmte, um die Arbeiter zu befreien. George selbst führte ein Ablenkungsmanöver auf einen schwer bewaffneten Wagenzug an, der durch Iyaire nach Pendurache zum Militärhafen gebracht werden sollte. Während seine Leute dort die Aufmerksamkeit der Soldaten banden, halfen Guillome, Neigel und etwa zwei Dutzend weitere Aufständische Nikí über die Mauer, die sich in den letzten Tagen dank ihres Pharmaziestudiums zu ihrer Sprengmeisterin entwickelt hatte. Sie brachte die alchimistische Sprengladung innen an der schlampig hochgezogenen Mauer an, Neigel außen – dann brach das Chaos los, weil eine Wachmannschaft auf sie aufmerksam wurde und das Feuer eröffnete. Mittlerweile zögerten diese nicht mehr, bevor sie schossen. Neigel war sich ziemlich sicher, dass Guillome wieder eine Kugel abbekommen hätte, wenn er ihn nicht hinter einigen Tonnen in Deckung gezogen hätte – man hätte meinen können, seine Hautfarbe sei im Dunkeln von Vorteil, doch dieser Kerl hatte etwas an sich, das nicht nur Blicke, sondern auch Tötungsabsichten auf sich lenkte.

»Was ist mit Nikí?«, schrie Laurin in Neigels Ohr.

»Ich kann nicht durch die Mauer sehen!«, stieß Neigel hervor.

In dem Moment glomm eine Lunte auf der Mauerkrone auf, und der Funke fraß sich nach unten. Nikí hatte dafür gesorgt, dass nur auf einer Seite der Mauer die Lunte entzündet werden musste: Perfekt abgestimmt würden die Flammen beide Sprengsätze erreichen.

»Das ist eine Zündschnur!«, kreischte einer der Wachmänner.

»Abreißen!«, kam der gebellte Befehl.

»Über meine Leiche«, stieß Guillome aus, beendete das Laden seiner Pistole und sprang aus der Deckung.

»Guillome!«, rief Neigel mit mehr Überdruss als Angst in der Stimme. Er hatte das Stopfen auch beendet – er war mittlerweile so geschickt im Umgang mit der Pistole wie früher mit der Armbrust. Er sprang auch hinter der Tonne hervor, schoss einem Wachmann, der auf Guillome anlegte, in die Brust und hieb einem Kerl, der mit einem Säbel auf Guillome zustürmte, die Faust aufs Nasenbein.

Ein weiterer Schuss krachte, aus Guillomes Pistole schlängelte sich Rauch – jemand an der Mauer schrie und brach zusammen. Guillome sah sich wild um, der Funke an der Zündschnur brannte noch, und niemand war mehr in der Nähe, um die Lunte zu ziehen.

»Geh in Deckung, du Idiot!«, schrie Neigel. »Sie hat gesagt, das wird krach…«

Sie behielt recht. Nikí hatte angekündigt, dass sie es diesmal ernst meinte mit der Explosion. Der halb eingegrabene Sprengsatz zerriss die Mauer in einem Kegel nach oben – nur ein Sekundenbruchteil später schloss sich die zweite Explosion an. Neigel und Guillome wurden von der Detonation von den Füßen gehoben und krachten schreiend in ihre Mitstreiter, die hinter den Tonnen die Hände auf die Ohren pressten. Ein Fuß traf Neigels Kopf, der Rand einer Tonne schnitt ihm ins Bein, seine Ohren versagten ihm den Dienst, Sterne tanzten vor seinen Augen. Er kam schlitternd zum Liegen. Ein hohes Fiepen schrillte ihm durch den Kopf, kurz wurde alles schwarz, dann schob sich Guillomes Gesicht über seins – Blut rann ihm aus dem Haaransatz über die Stirn. Seine Lippen bewegten sich, aber Neigel hörte nicht, was er sagte. Er stöhnte, auch das klang seltsam – aber die Tatsache, dass er sich selbst hören konnte, erleichterte ihn.

»Warum tust du nie, was wir vorher geplant haben?«, ächzte er.

Guillomes Stimme kam zurück, dumpf und begleitet von Geschrei, dem Prasseln von Schutt, dem Lärm von abgefeuerten Musketen. »Wieso? Du hast die Lage doch im Griff.« Guillome grinste und half ihm auf.

»Laurin!«, schrie Neigel über die Schulter. »Wie abgesprochen – haltet die Bresche!«

»Aye, aye, Sire!« Laurin salutierte ironisch und lud seine Muskete nach. »Seht zu, dass ihr die Leute heil rauskriegt!«

Guillome, Neigel und zehn Mitstreiter stürmten durch die Bresche. Nikí wartete dahinter – ihre Sprengsätze hatten nicht nur die Mauer, sondern auch die hintere Wand der Wohnbaracken zerfetzt. Sie hatten lange gebraucht, um herauszufinden, dass es sich dabei um die Küche handelte, die nachts hoffentlich leer war. Neigel lud im Laufen die Pistole nach, er hörte Guillome hinter sich fluchen, als er eine Kugel verlor. »Scheiße. Meinst du, man könnte mal erfinden, dass die mehr als einmal schießen?«

Neigel erwiderte: »Wenn sie das erfinden, dann taucht das wohl eher in der Hand von Soldaten auf, und glaub mir, in Sygna hab ich gesehen, was das bedeutet.«

Nikí und Vobert stießen die Tür zu den Schlafräumen auf und sicherten in alle Richtungen. Nikí warf einen Sack mit irgendeinem Zeug in den Raum, das hell aufleuchtete, als es auf dem Boden auftraf. »Wir sind hier, um euch rauszuholen!«, rief Guillome und trat – natürlich – wieder ganz nach vorn. Neigel knirschte mit den Zähnen und versuchte herauszufinden, von welcher Position aus man gleich auf Guillome schießen würde.

Der Raum war leer. Pritschen standen in vier Reihen nebeneinander, kalt lag die Luft unter der niedrigen Decke. Nikís Pulver brannte aus, die Schatten, die über die Wände irrten, verschmolzen vage mit der Finsternis in den Ecken.

»Dahinten!« Guillome lief los – auf einer Pritsche lag statt des zusammengefalteten Bettzeugs eine zusammengekrümmte Gestalt. »Nikí! Licht!«

»Sofort!« Sie folgten ihm, manche zögerlicher in alle Richtungen sichernd, andere schneller. Neigel versuchte, beides zu tun.

Als sie bei der Gestalt ankamen, sah er, dass noch eine Handvoll anderer Betten belegt war. Guillome zog die Decke zurück, rüttelte die Frau, die dort lag, an der Schulter. Neigel tat dasselbe mit dem Mann, bei dem er angekommen war. Nikí entzündete eine weitere Portion ihres Leuchtpulvers.

»Was … was ist da passiert?«, flüsterte Guillome, bevor seine Stimme ihm den Dienst versagte.

Neigel sah auf den Mann, der im Bett lag und ihn mit aufgerissenen Augen anstarrte. Der Blick war trüb und ging an ihm vorbei. Eines der Augen war grau, wo es hätte weiß sein sollen, das andere war … wie eingetrocknet, schuppig und schrumpelig in der Höhle. Die Adern im Gesicht waren dick und dunkel, und am Hals und unter den Ohren waren Wunden aufgebrochen, als hätte etwas von innen dagegengedrückt.

Trotzdem atmete der Mann, er bewegte sich sogar ein wenig, als Neigel ihn berührte.

»Gott im blauen Himmel«, stieß jemand neben ihm aus.

»Bringt diese Leute hier raus!«, befahl Guillome. »Vobert, Samienne, Aleksandre, los!«

Die drei Angesprochenen packten die Bewusstlosen.

»Was ist hier passiert? Wo sind alle anderen?«, brachte Nikí hervor, während sie erneut die Gebetsgesten vollführte, die Neigel von ihr schon kannte und die ihrem Geist offenbar Ruhe brachten.

»Was machen wir jetzt? Suchen wir sie?«, wollte Lilac wissen.

»Wir sind einmal drin, wir müssen weiter!«, knurrte Guillome.

Unter Neigels Füßen bebte die Erde. Ein beinahe altbekanntes Gefühl, das trotzdem einen Keim Panik in ihm auslöste. Das Dach und die Wände um sie herum ächzten.

»Aber wohin?«, fragte Neigel.

»Guillome, vielleicht sind sie tot, und die Wahrscheinlichkeit, dass wir hier draufgehen, wird immer größer, je länger wir hier herumstehen!«, gab Lilac zu bedenken.

»Sollen wir etwa einfach abhauen?«, zischte Guillome und lief voraus zur Tür. »Diese Chance kriegen wir nicht noch einmal – wie viele Wachen können sie schon noch haben? George beschäftigt sie draußen ganz gut!«

»Ich frage mich manchmal, wie wir immer wieder in solche Situationen kommen!«, schrie Neigel. »Aber dann fällt es mir wieder ein. *Du* bist dafür verantwortlich!«

Rücken an Rücken standen sie hinter dem massigen Stützpfeiler einer Halle. Sie schossen, zogen sich wieder zurück, um nachzuladen, während Kugeln in den Pfeiler einschlugen.

»Bitte? Bevor du hier angekommen bist, war ich Assistent eines Professors, du hingegen ein gefährlicher Krimineller und Revolutionär, also, wer ist wohl schuld, dass ich mich jetzt mit Soldaten beschieße?« Guillome hatte als Erster nachgeladen, wagte einen Blick am Pfeiler vorbei und sagte dann: »Rechts vor dir spart sich einer den Schuss auf. Alle anderen laden jetzt auch nach, und die Burschen sind träge.«

»Kannst du ihn erwischen?«

»Du bist der bessere Schütze, und von deiner Position aus siehst du ihn genauer. Versuch's, und dann laufen wir.«

»In Ordnung.« Neigel stopfte das Papier der Patrone auf die Kugel, warf sich aus ihrer Deckung hinter einen Webstuhl, legte die Hand auf den Holzrahmen, zielte, schätzte die übliche linksseitige Ungenauigkeit der Waffe ein und schoss.

Ein Schmerzensschrei – dann rannten sie.

»Los, los, los!«, schrie Guillome, und die anderen folgten ihnen.

Weitere Schüsse zerfetzten die menschenleere Weberei, und dann flog die Tür auf, und sie kamen auf den großen Platz, auf dem die Pulvermühle Abstand zu allen anderen Gebäuden hielt.

»Heilige verschissene Mutter des Himmels«, hörte Neigel Guillome flüstern, als er beinahe in ihn hineinlief.

Die Pulvermühle, ein gedrungenes Steingebäude mit etlichen Lüftungsöffnungen und Kaminen, war in sich zusammengesunken. Neigels erste Erklärung war, dass die Erdbeben, von denen sie schon länger annahmen, dass sie von den Manufakturen ausgingen, den Boden hatten aufbrechen oder das Gebäude teilweise hatten einstürzen lassen. Aber so war es nicht. Eine tiefe, unnatürliche Finsternis lag in jeder Mauerspalte, in jeder Öffnung, unter jedem Winkel, und das Gebäude schien davor zurückzuweichen, schien sich zusammenzuziehen, um dem zu entgehen. Wände waren eingedrückt. Balken verdreht. Das Dach sah aus, als laste ein gewaltiges Gewicht darauf.

Neigel schüttelte den Kopf. »Was bei allen Altmeistern …«

Und noch bevor Guillome entscheiden konnte, ob er wahnsinnig genug war, dort hineinzustürmen, warf sie ein Erdbeben von den Füßen, das schlimmer war als jedes davor. Es fühlte sich an, als sei in der Erde ein Sprengsatz detoniert oder als habe sich eine Spalte aufgetan, in die Erdreich absackte. Hinter ihnen stöhnte, schnalzte und krachte es, und Neigel zerrte Nikí mit der linken Hand mit sich und stieß Guillome mit der rechten Schulter vorwärts.

Sie konnten sich nicht halten, fielen vornüber und versuchten, weit genug von der einstürzenden Weberhalle fortzukommen. Die anderen folgten ihnen, doch Neigel hörte Schreie und wusste, dass es nicht alle geschafft hatten. Das Gepolter des herabstürzenden Dachstuhls dauerte eine gefühlte Ewigkeit.

Er sah nicht zurück, denn vor ihm geschah … *etwas.* Zuerst dachte er, die Erde hätte sich geöffnet und die Pulvermühle verschlungen. Aber auch diesmal lag er falsch. Es war nicht das Erdreich. Es war … Dunkelheit. Die Pulvermühle sackte nicht ab, sondern die Dunkelheit sickerte herauf – und ja, es war Nacht, und nur ein halber Mond und einige Sterne schenkten dem Hof Licht, sodass es ohnehin zu dunkel war, um viel zu erkennen. Aber das, was mit der Pulvermühle geschah, tauchte sie in solch dichte, massige, ehrfurchtsgebietende Dunkelheit, dass Neigel alles andere fast taghell schien.

Die Schwärze ballte sich um das Gebäude, von dem nur noch Schemen zu erahnen waren, dann breitete sie sich aus. Wie ein Riss im Boden oder der Fangarm einer trägen Meereskreatur entrollte sie sich. Genau auf sie zu.

Guillome schrie auf und feuerte seine Waffe in diese Richtung ab. Die Kugel fuhr in einer Staubfontäne in den Boden, der Schattenriss jedoch dehnte sich unbeeindruckt weiter aus. Der Riss war nicht der einzige – wie eine Blüte, zu unwirklich für diese Welt, breiteten sich Fäden aus Schwärze im Hof aus. Sie wurden breiter, flossen zusammen und bildeten neue Arme, und Neigel sah nun doch zurück auf den Trümmerhaufen, der ihnen den Weg versperrte.

»Guillome, wir müssen abhauen!«

»Wo sind die Leute?«, brüllte Guillome, und Neigel wusste, dass sie beide die Antwort kannten.

»Wir müssen abhauen!«, schrie Nikí und schüttelte ihn. »Die Hölle hat sich aufgetan!«

»Es gibt keine Hölle!«, stieß Guillome hervor.

»Aber das da gibt es!« Neigel wies auf die Risse aus Schwärze.

Guillome starrte darauf, als suche er nach einer Möglichkeit, auch das zu leugnen. Dann rief er: »Abhauen! Rückzug! Los, los!«

Sie rannten an dem Trümmerfeld vorbei, das einst die Webermanufaktur gewesen war. Die Risse dehnten sich aus, und wenn sie ihnen zu nahe kamen, hörte Neigel darin ein

Schnalzen, ein Zischen, ein hohles Tropfen. Er lud im Laufen nach, als sie im schuttübersäten Zwischenraum zwischen zwei Hallen angekommen waren. Hier herrschte nur die natürliche Dunkelheit der Nacht – aber als sie hineinflüchten wollten, erklang eine barsche Stimme: »Keine Bewegung! Ergebt Euch!« Ein Warnschuss peitschte vor ihnen auf den Boden.

Ihr kleiner Pulk hielt an wie ein Mann.

»Da passiert etwas!«, stieß Lilac hervor. »Hinter uns, die Pulvermühle.«

»Aber sicher. Hände hoch, Waffen fallen lassen – noch einmal schießen wir nicht daneben.«

Neigel konnte sich nicht richtig erklären, was dann geschah. Er hob die Linke und wollte die Pistole in der Rechten fallen lassen, als die Dunkelheit *kippte.* Das Trümmerfeld zu ihrer Linken knarzte, schnalzte, flüsterte, und dann sackten weitere Teile des Gebälks ab, sanken nach, als gäbe etwas den Weg frei.

Der Schatten erreichte die mannigfache Dunkelheit unter dem Schutt und breitete sich dort aus wie Wasser.

»Sofort aufhören!«, verlangte der Polizist oder Wachmann, der sie hatte aufhalten wollen.

»Das sind wir nicht«, rief Guillome zurück. »Wartet, Ihr müsst …«

»Runter!«, schrie Neigel, stieß Guillome nach rechts auf die noch halbwegs intakte Halle zu. Sie prallten gegen die Wand, als die Polizisten die Nerven verloren und feuerten.

Nikí schrie schmerzerfüllt auf, Guillome fluchte, Männer und Frauen auf beiden Seiten wurden von Kugeln getroffen, und dann kam der Schatten in der Gasse an, die nur von den weißrot aufflammenden Mündungen der Pistolen und Musketen erhellt wurde.

»Was …?«, rief ein Polizist, und dann kippten die Geräusche in einen wortlosen Schrei. Neigel hörte, wie ein Körper am Boden aufschlug und über den gepflasterten Boden gezogen wurde. Er hörte die Knöpfe, er hörte die scharrenden Stiefelspitzen, er hörte die Fingernägel, als der Mann sich wehrte. Er konnte nicht sehen, was geschah, aber seine Vorstellungskraft malte entsetzliche Bilder. Unter abgehackten Schreien wurde der Mann in die Ruine gezerrt, sein Körper schlug mehrmals auf.

Neigel starrte ihm hinterher, als der Schrei abbrach. Er zitterte, die Hand mit der Pistole wedelte mal hierhin, mal dorthin, ohne Ziel, das er ins Visier nehmen konnte.

Guillome packte seinen Arm. »Spar den Schuss auf, das bringt nichts«, sagte er, mittlerweile heiser gebrüllt. Wieder wurde die Finsternis, die auf dem Schuttberg lag, so tief, dass er davor Details erkennen konnte, als sei der Rest seiner Umgebung heller geworden. Nikí kauerte getroffen auf dem Boden, nach der ersten Salve gaben nun Leute an beiden Fronten Fersengeld.

»Nachladen!«, schrie ein Mann auf der anderen Seite. »Der Capitaine ist da drin!«

Guillome stieß sich von der Wand ab und lief zu Nikí, Neigel folgte und zielte mit der Pistole auf den Schatten. Es war grässlich – etwas *warf* diesen Schatten, er war sich ganz und gar sicher. Etwas war dort drin.

Mit einem Schnalzen, einem hohlen Tropfen, einem Klacken und Klicken näherte sich ein Riss Nikí und Guillome. Er wurde immer rascher, immer breiter und größer.

»Guillome, verdammt!«, schrie Neigel. »Beeil dich!«

Guillome riss Nikí hoch, und dann war der Schattenarm bei ihm angekommen und rollte sich um seinen Fuß, wie er es beim Capitaine der Polizisten getan hatte. Guillome stürzte auf ein Knie, als ihm das Bein zurückgerissen wurde.

»Neigel, schaff Nikí hier raus!«, rief er und wurde ein Stück zurückbefördert.

Neigels Arm war auf einmal ganz ruhig. Er hob die Pistole. Da war etwas – etwas ohne Form, das den Schatten warf. Anders als der Riss am Boden hatte es sich aufgerichtet, ragte in den Trümmern der Halle auf und schien ihm kalt und staubig entgegenzuatmen.

Neigel sah es über den Lauf der Pistole an. »Du kriegst ihn nicht«, sagte er und schoss.

Die Pistole spie Feuer, aber so richtig begriff Neigel erst, was passiert war, als Guillome auf Nikí zustürzte und sie auf seine Schulter lud. Der schattenhafte Greifarm war zurückgewichen, oder Guillome hatte sich losgerissen, oder Neigel hatte getroffen, was auch immer dort drin war – und sie rannten Hals über Kopf davon, ohne Atem, ohne Gedanken. Zur Mauer, an der Mauer entlang, bis sie die Bresche fanden, und dann in die Straßen von Iyaire. Glocken läuteten irgendeinen misstönenden Alarm.

Sie rannten, rannten, drei, vier andere waren noch bei ihnen, und irgendwann brachen sie in irgendeinem Kellerloch an irgendeinem Kohlenhaufen zusammen.

»Nikí«, stieß Guillome hervor und tastete über ihren Hals. Ihre Kleidung war blutgetränkt, aber Neigel konnte nicht sehen, wo sie getroffen war oder wie schwer.

Ein Streichholz wurde entzündet.

»Was war das?«, fragte jemand, und entweder derselbe oder ein anderer wiederholte es, einmal, zweimal.

»Das weiß ich nicht, haben wir noch was von dem Zeug aus den Manufakturen?«, bellte Guillome. »Scheiße, verdammte!«

»Was war das?«, fragte die Stimme noch einmal. »Was bei allen guten Geistern war das?«

»Verdammt, ich weiß es nicht, aber Nikí verblutet hier!«, schrie Guillome.

»George hatte was dabei«, sagte Neigel außer Atem. »Lilac auch.« Lilac war nicht mehr bei ihnen, und zu seinem Entsetzen konnte sich Neigel nicht erinnern, wann sie sie verloren hatten. »Und wir haben noch was im Lager. Ich komme wieder.« Neigel erhob sich.

Jemand zündete ein zweites Streichholz an.

Guillome sah zu ihm auf. »Ja, ich weiß. Danke.«

Neigel rannte durch die Straßen, immer in der Angst, dass sich die Schatten zwischen den ärmlichen Häusern von Iyaire in Schlimmeres verwandeln würden. Doch das geschah nicht – es breitete sich offenbar nicht in dem Tempo aus, in dem es sich den Platz um die Pulvermühle einverleibt hatte.

Doch etwas anderes hatte sich ausgebreitet. Er hatte die Angst, die Aggressivität im Kohlenkeller für ein Ergebnis der Nacht gehalten, für Anspannung, die sich entladen hatte. Vielleicht war es das auch, vielleicht war es nichts anderes. Doch während er versuchte, sich abseits von Einwohnern, Soldaten und Wachleuten zu halten, sah er, wie um ihn herum die Zivilisation zersprang, als sei sie nur ein Lack gewesen, der in der Sonne – oder in der Dunkelheit – abplatzte. Fackeln wurden in Häuser geworfen. Waffen wurden auf Unbewaffnete abgefeuert. Am Boden Liegende wurden geschlagen und geschlagen, bis Neigel nicht sicher war, ob noch etwas von ihnen übrig war. Jemand hatte einen abgeschlagenen Kopf auf einer Fensterbank drapiert. Eine Frau schrie herzzerreißend in einem Haus. Trupps von Soldaten drangen in eine Kirche ein, in der sich Menschen verbarrikadierten. Neigel wandte sich ab, biss sich die Lippen wund und versuchte, weder in Tränen auszubrechen noch sich zu übergeben.

Er kam an ihrem Versteck an, einer verlassenen Poststation am Rand von Iyaire. Niemand war dort, und er kletterte durchs Fenster, fand eines der Mäppchen mit dem Heilmittel aus den Manufakturen, kletterte wieder hinaus und übergab sich erst dort ins Gebüsch. Mit schmerzendem Magen und einer unnatürlichen Angst, die ihm durch die Adern raste, blickte er zurück auf Naronnes ärmlichstes Viertel. Der Glanz von Bränden lag unter dem dunklen Himmel.

Er würgte noch einmal hohl, dann rannte er zurück. Sein Atem zitterte schmerzhaft in seiner Kehle – hoffentlich lebten alle noch, wenn er ankam!

Lysandre wusste nicht, wie lange er schon durch die Dunkelheit irrte. Treppen führten hinauf, doch irgendwann drehte sich alles in seinem Kopf, und dann kroch er sie kopfüber hinab. Er schrie seine Panik gegen die Wände, und sie waren so nah, dass sie zurückschrien. Er stürzte, lag mit schmerzendem Schädel am Boden, wer wusste, wie lange? Um ihn herum drehte sich die Welt, diese verkehrte Welt, und dann erzitterte sie heftig, nicht wie ein Erdbeben, sondern wie eine Frau in den Wehen. Lysandre hatte nie eine Frau in den Wehen erlebt, warum kam ihm dieser Gedanke? Als erbebe die Verkehrte Stadt und irgendwas *schöbe* sich aus ihr heraus.

Er raffte sich auf und lief weiter, und er versuchte, nicht mehr zu schreien, aber es glückte ihm nicht.

Irgendwann stoppte das Zittern und Beben um ihn herum, und er spürte, dass er wieder in der großen Kaverne angekommen war. Er *sah* etwas, doch es waren nicht die Lichter der Offiziere.

Wände formten sich, Dächer, Fenster, wo keine sein sollten. Flackernd wie ein Trugbild legten sie sich über die wabenartigen Gebäude, die aus der Decke wuchsen, drangen auch aus den Wänden und dem Boden. Er konnte sie sehen, weil sie erleuchtet waren. Auf manchen flackerten Flammen. Andere waren von Laternen erhellt. Wieder andere beheimateten etwas so Dunkles, dass alles drum herum hell schien. Eines hatten sie alle gemeinsam: Lysandre erkannte sie. Es waren Gebäude des Manufakturkomplexes in Naronne-Iyaire, aber sie sahen merkwürdig aus, verdreht, verzerrt, eingedellt oder aufgebläht.

»Bitte«, stammelte er. »Bitte … was ist das? Warum tust du das? Wir sind quitt!«

Er brüllte die Worte in die stumme Kaverne – nicht einmal die flackernden Flammen gaben einen Laut von sich. Sie waren weiß und grau und wurden rasch vom Fels verschlungen, aus dem sie schlugen. »Wir sind quitt!«

Und dann sah er es. Das Häufchen widerliches totes Fleisch, das er abgeworfen hatte wie eine Libelle ihre Puppe. Es trat aus einem dieser Gebäude auf ihn zu, eine schwarze, krumme dunkle Silhouette.

Er wollte laufen, er wollte schreien, aber er brach in die Knie. »Wer bist du?«

Das tote Etwas setzte sich ihm gegenüber, weniger als einen Schritt entfernt. Lysandre presste die Hände vor die Augen. Wo war seine Brille? Er musste sie beim Sturz verloren haben …

»Ich bin Ignaz Dreifinger«, sagte es, und es hatte Ignaz' Stimme. Nichts Totes, kein hohles Flüstern. Seine Stimme.

»Mein Monster«, schluchzte Rufin.

Ignaz lachte und sagte nichts.

»Was willst du?«

»Ich will nicht, dass du stirbst, weil du wie ein Wahnsinniger im Kreis läufst und langsam verdurstest oder dir den Schädel an einer Wand einschlägst.«

Lysandre schwieg verdattert. Er ließ die Augen geschlossen. Nur Ignaz' Stimme zu hören war erträglich. Die Schrecken um ihn herum waren vielleicht auch nur Monstren, die er geschaffen hatte.

»Wie komme ich raus?«

»Die Verkehrte Stadt verändert sich. Ich weiß nicht, wie wir herauskommen. Aber ich kenne sie besser als du. Ich denke, ich finde heraus.«

»Du willst mich herausbringen?«, flüsterte Lysandre. »Warum?«

»Mach die Augen auf.«

Er gehorchte nun doch. Das Gesicht, das ihm aus jedem Spiegel entgegensah, blickte ihn an. Fort war das zerstörte Etwas, vor ihm saß Ignaz Dreifinger, graue Strähnen im Bart, eine bittere Belustigung in den Augen, die ohne ein Urzeichen auskamen. So hatte er ausgesehen, als sie sich im Keller der Bleibergfeste gegenübergesessen hatten.

»Ich bilde mir dich nur ein«, schloss er.

Ignaz nickte.

»Und diese … diese Gebäude?«

Ignaz sah sich um. »Ich weiß es nicht. Sie sind aus Iyaire.«

»Iyaire …« Rufin spürte eine rasende Verbitterung in seinem Inneren. »Was soll das? Wer bist du? Was weißt du von Iyaire?«

»Dasselbe wie du.«

»Ich habe dich getötet!«

Ignaz sah ihn jetzt wieder an. »Vielleicht. Du bist tot, ich bin tot. Du bist am Leben, ich bin am Leben. Wir sind beide hier.«

»Vater im Himmel!«

»Lass mich dich rausbringen.«

Rufin spürte alles an sich wie ein ausgefranstes Seil – es konnte nicht sein, das hier konnte nicht sein. »Du hast keine Kontrolle!«, schrie er sich – nein, ihn – an.

»Du hast keine Kontrolle«, sagte Ignaz ruhig. »Zwischen dir und mir ging es immer darum, nicht wahr? Hast du die Kontrolle? Oder ich?«

»Ich habe sie!«

»Dann stirbst du hier unten«, stellte Ignaz fest, und Rufin hasste ihn mit einer Inbrunst, die sich wie ein Fremdkörper in seiner Brust anfühlte.

»Ich habe das Wortzeichen«, zischte er.

»Das ist richtig.«

»Ich kann dich damit zerfetzen.«

»Ich weiß.«

»Ich *werde* dich damit zerfetzen. Jede Erinnerung, die ich noch von dir habe, werde ich zerreißen, bis die Schnipsel nichts mehr sind, eine unbedeutende Ansammlung von Müll.«

Ignaz lachte. Er lachte so laut, so ehrlich erheitert, dass es von den Wänden widerhallte. Er hob seine rechte Hand und zeigte sie ihm – als würde Rufin sie nicht jeden Tag zur Genüge sehen.

»Ja? Wirst du das? Und dann? Dann ist es wieder, als hättest du dir selbst die Finger abgeschnitten. Du verstümmelst dich selbst. Würdest du dich zerhacken, bis nur noch Sinnloses von dir und mir übrig ist? Und dann? Dienst du deinem Kaiser als Idiot, der in der Ecke sitzt und Wortfetzen brabbelt?«

Rufin brüllte wütend.

»Ich bringe uns hier raus. Vertrau mir«, unterbrach ihn Ignaz. »Ich will hier auch nicht sterben.«

Rufin nickte heftig, ohne darüber nachzudenken, und merkte es erst, als sein Kopf mit heftigem Schmerz darauf reagierte.

Er stemmte sich auf die Füße. Niemand kniete vor ihm, kein Ignaz, keine verkrümmte Leiche. Er taumelte, fluchte, der Weg durch die Dunkelheit, der Sturz, die Angst, das alles hatte ihn mitgenommen. Der Mund war staubtrocken, das Herz schlug rasch, aber nicht mehr so panisch wie zuvor. Im Licht der aufflackernden und wieder verlöschenden Gebäude von Iyaire fand er die Offiziere wieder, die um erloschene Öllampen herumsaßen.

»Rühren«, stieß er hervor, und es fiel ihm schwer, das Wortzeichen zu wirken.

Die Offiziere bewegten sich, einer von ihnen schrie auf, ein anderer sah sich desorientiert um, der dritte brach zusammen. Charle runzelte die Stirn. »Wie lange …?«

»Folgt mir ohne Aufhebens«, sagte Lysandre mit derselben Befehlsgewalt, und die vier bestätigten.

Rufin sah in die Höhle, in der die Sinnestäuschungen aufbrandeten und zusammensanken. Einer der Soldaten füllte neues Öl in sein Lämpchen und zündete es an. Sie zogen ihre Mäntel an und schulterten ihr weniges Gepäck.

Lysandre wandte sich von den entstehenden und vergehenden Truggebäuden seiner Heimatstadt ab und einer schwarz gähnenden Öffnung zu. Er wagte nicht zu fragen, ob die Offiziere es auch sahen – er wusste nicht, welche Antwort schrecklicher wäre.

»Bring uns hier raus«, flüsterte er.

Kilianna, Jendra und Ismayl saßen mit den Eisenhammer--Brüdern in der Schmiede. Kein Feuer brannte, und das einzige Licht fiel durch die Tür zum Garten. Jendra hatte die Hände vors Gesicht geschlagen. Ismayl sah Kilianna an, aber sie erwiderte den Blick nicht.

»Heißt das, er stirbt oder er stirbt nicht?«, durchbrach Jendra die Stille.

Kilianna sah nicht auf, zuckte nur mit den Achseln. Sie rang noch eine Weile mit sich selbst, dann sagte sie tonlos: »Iackmar schwerverletzt, Schlundner gefallen, Rückzug notwendig.«

»Das ist alles?«, fragte Jendra ungläubig.

»Ja, das ist alles, Schmal«, rügte Ismayl sie leise. »Mehr wissen wir nicht. Der Rat hat der Armee befohlen, die Furt über den Nadder um jeden Preis zu halten. Und offenbar hat gerade keiner Zeit, zu antworten, wie die Chancen stehen. Für die Furt. Und für … für Dawyd.«

»Dann auch keine Nachricht von unserer Mutter, richtig?«, fragte Zach wider besseres Wissen.

Kilianna schüttelte den Kopf. Ismayl saß rechts neben ihr, Jendra links. Keiner von beiden rührte sie an oder legte den Arm um sie.

Warum auch? Er ist nicht tot. Er überlebt das, wie er den Sturm auf die Feste überlebt hat, hörte Ismayl seinen eigenen Gedanken zu.

»Ich wollte gerade meinem Bruder den Degen auf die Brust setzen«, sagte Kilianna tonlos. »Also, nicht wörtlich. Was diesen Tadeus angeht. Die Nachricht ist per Bote zu allen Ratsmitgliedern und zur Wache unterwegs gewesen. Die Wache bereitet sich mit den Fechtern drauf vor, eine Bürgerwehr zu bilden. Wenn … wenn die Furt fällt und die Aquintianer wieder … wieder herkommen.«

Das Schweigen wurde so scharfkantig, Ismayl fürchtete, sich daran zu schneiden, wenn er sich bewegte. Stumm zerfurchten sie mit Blicken die alte Tischplatte vor ihnen. Johannis Finger fuhren ein Muster entlang. Was nützte das alles? Was nützten Ismayl seine Erkenntnisse, was nützten Johannis Zeichen, Jendras wilde Pläne, die Schattenmeisterin zu stürzen?

Was nützt das alles, wenn die Furt fällt und die Aquintianer wieder herkommen.

Elisabeda suchte wieder und wieder den Horizont ab. Sie wusste nicht, wie viele Tage sie nun ohne Schlaf auf den Beinen war, alles floss zu einem Albtraum zusammen, in dem der Himmel mal hell und mal dunkel war. Der Weg zurück durch das zerklüftete Land südlich von Brefjort, durch die Fiperklamm, in die Sunterebene hatte nicht nur Nerven, sondern auch Leben gekostet – der Rückzug war wie die Schlacht zuvor katastrophal gewesen. Der kaum befestigte Weg in die Klamm hinunter hatte Pferde mitsamt Reitern abstürzen lassen, sogar ein Fuhrwerk mit gebrochener Achse war unkontrolliert in die Schlucht gestürzt. Die Fliehenden wurden ständig angegriffen, die Trosswagen mussten zum größten Teil zurückgelassen werden.

Elisabeda begriff nicht, wie sich ein Kampf aus einer vorteilhaften Position wie der ihren zu einem solchen Debakel hatte wenden können.

Im Flachland hatten sie mit Gewaltmärschen einen Vorsprung herausholen können – aber wie lange konnten sie noch durchhalten? Würden sie Yulians Großer Armee schlussendlich die Stadttore Sygnas vor der Nase zuknallen und darin die nächste Belagerung abwarten?

Mit den Nachrichtengläsern tauschten sie Botschaften mit Sygna aus. Sie wusste, dass der Befehl lautete, die Furt über den Nadder um jeden Preis zu halten.

Hier. Erneut hier. In der Lurmundfeste.

Elisabeda erwartete jeden Moment, dass sich ein Meer aus Fahnen in das Sunter Flachland ergoss. Die Wimpel der einzelnen Regimenter und Bataillone, vor allem aber der allgegenwärtige goldene Dreizack auf blauem Grund: die Flagge Aquintiens. Etwas schien auf ihrem Brustkorb zu sitzen wie der Krumme Mann; die grausige Gewissheit des Scheiterns.

Nur eine einzige ihrer eigenen Fahnen hatte die vergangenen Tage überstanden. Elisabeda sah sie auf dem Nordturm der Lurmundfeste hängen, kein Wind bewegte sie, als trage selbst die Feste Trauer; Schwarz und Grün, die Farben Sygnas. Diese Flagge war aus gewöhnlichem Stoff, nicht das erfolgreiche Experiment der Zeichenkunde – denn auch das war auf den Feldern der Schlacht bei Brefjort den Flammen zum Opfer gefallen.

Ihre Blicke irrten wieder zum Horizont. Kein einziger blauer Rock, keine hohe Mütze und kein Kavalleristenhelm ließen sich auf der Ebene blicken. Elisabeda sah nur trockene, goldbraune Ähren auf den Feldern, die darauf warteten, von kriegsgeplagten Bauern eingebracht zu werden.

Erneut die Lurmundfeste … Die erbärmlichen Reste des Sygnaer Heers hatten sich wieder an der Furt verschanzt. Seit ihrem Auszug vor wenigen Wochen hatten Steinmetze aus Sygna die Lurmundfeste sowie die Furt befestigt, indem sie begonnen hatten, Bastionen zu errichten – die Bollwerke waren zum großen Teil noch Gerüste aus Holz, doch was bereits aus Stein stand, war mit Zeichen verstärkt.

Elisabeda gab sich jedoch keiner Illusion hin: Die Aquintianer hatten sich mit den frischen Soldaten aus Brefjort vereint, während ihre Leute grausige Verluste hatten einstecken müssen. Der Wille der wenigen Überlebenden war gebrochen. Jeder wusste, dass keine List sie retten würde, dass sie keine Waffe in der Hinterhand hatten, dass keine Verstärkung sie in letzter Sekunde vor der Großen Armee bewahren würde. Die Faust Yulians würde sie einfach zerquetschen, und dann war der Weg bis Sygna frei. Diesmal hatte die Falle ihnen gegolten, sie waren wie die Narren hineingelaufen, und Elisabeda verstand immer noch nicht, was geschehen war.

Siljonicz war verschollen. Elisabeda wusste nicht, ob sie tot oder in Gefangenschaft war. Die Truppen der Noccurn-Allianz waren ohne ihren General nicht nur führungslos, sondern auch ohne Zusammenhalt. Die versprengten Kompanien hatten sich gegen jede Vernunft entschieden, ihre eigenen Heimatstädte und -staaten zu verteidigen, sicherlich in der Hoffnung, dass sie Yulian nun weit genug zurückgedrängt hatten, ja, dass er sich zunächst mit Sygna beschäftigen würde.

Und so war es auch: Kein Bündnis hielt Yulian im Zaum, und er hatte entschieden, zuerst das abtrünnige Sygna zu bestrafen. Lange würde die Große Armee nicht mehr auf sich warten lassen.

Bei Bregyda, ich wünschte, sie würden jetzt kommen. Dann hätte ich es hinter mir.

Sie hatte Ziegelpfund auf einem Pferd nach Norden entsandt, einen weiteren Boten nach Westen, nach Sygna. Sie konnten durch die Linse mit der Stadt kommunizieren, doch dieser Bote hatte letzte Briefe bei sich von allen, die schreiben wollten und konnten. Sie hatte ihren Söhnen geschrieben. Und sie hatte Kilianna einen Brief geschrieben. Sygna wusste bereits, dass der Blutzeichenträger besiegt war. Aber Elisabeda wusste, wie oft Dawyd an Kilianna gedacht hatte. Sie hatte ein paar mehr Worte verdient als nur eine Chiffre durch ein Nachrichtenglas.

Wie als Antwort auf Elisabedas Gedanken erhob sich ein gepeinigter Schrei aus dem Palas, in dem das Lazarett eingerichtet worden war. Er wollte gar nicht aufhören, der Gequälte holte Luft und setzte ihn einfach fort. Elisabeda zwang ihre Aufmerksamkeit vom Wehrgang in die Ferne. Wahrscheinlich verlor gerade ein armer Tropf ein Bein oder einen Arm an die Säge eines Feldschers. Die Schreie waren der deutliche Beweis, dass es an allem mangelte – besonders an Schmerzmitteln und gezeichneten Verbänden.

Auch Dawyd hatte geschrien, bis er heiser war. Das Schreien hatte seinem geschundenen Körper, seinem gebrochenen Kiefer nur weitere Schmerzen eingebracht, aber er hatte nicht aufhören können. Als sie ihn nach der Schlacht auf einen Wagen gehievt und zugesehen hatten, dass sie wegkamen, hatte er das Bewusstsein verloren. Auf der tagelangen Flucht hatten sie keinen ordentlichen Heiler auftreiben können. Viele von ihnen befanden sich noch im Heer der Aquintianer. Und die anderen? Vielleicht hatte kein Einziger von ihnen die Falle der Aquinzacken überlebt.

Nur ein Lehrling der Heilerzunft hatte sich notdürftig den vielen – teilweise offenen – Brüchen, Prellungen und inneren Blutungen des wahrscheinlich besten Kämpfers der bekannten Welt annehmen können. Er hatte wenig Hoffnung gehabt, dass Dawyd überleben würde – nach der eiligen Flucht bei karger Versorgung war der Fechter dem Tod sehr viel näher als dem Leben gewesen. Aber gestern – oder war es heute gewesen? – hatten sie die Lurmundfeste erreicht. Hier, dem großen Handwerker und allen Altmeistern sei Dank, waren einige von den Heilern Sygnas untergebracht, die während der Zeit der Besatzung Sygnas in die Armee Aquintiens gepresst worden waren. Nach der Schlacht um die Nadderfurt hatten sie die Gelegenheit ergriffen und waren zu den Truppen Sygnas übergelaufen. Schlundner hatte sie in der Hinterhand wissen wollen, ihnen aber einen ruhigen Posten gegönnt. Dass sie auf der Lurmundfeste untergebracht waren, hatte vielen Verwundeten der militärischen Katastrophe das Leben gerettet.

Dawyd war einer von ihnen. Elisabeda schauderte es beim Gedanken an seine Verletzungen, doch all seine Gliedmaßen waren von einem zeichenkundigen Meister gerettet worden. Dawyd war nun ohne Bewusstsein und nicht transportabel, aber er würde leben. Sie wusste nicht, ob er das dem Blutzeichen oder den Zeichen der Heiler zu verdanken hatte – dass er noch lebte, war übermenschlich, aber sie war von Herzen dankbar. Selbst wenn die Große Armee nun über sie herfallen würde, war er ihr nicht auf dem Weg elend verreckt.

Neben dem Urzeichenträger war nur eine Handvoll Fechter

vom Schlachtfeld zurückgekehrt, darunter gerade einmal drei Blutfechter. Gegen Feuersbrünste, Geschosse aus Kanonenrohren und einen Kugelhagel aus Musketen hatten ihre Rüstungen nicht ewig standgehalten.

Da Elisabeda nun die ranghöchste Offizierin der verstümmelten Armee der Handwerksstadt war, hatte man ihr eine sehr kurze Liste mit den verbleibenden Blutzeichen überreicht. Nominell hatte niemand ihre Suspendierung aufgehoben, aber darum scherte sich in der jetzigen Situation niemand. Sie hatte die Liste der gerade erst wiederentdeckten Zeichen der Fechter noch vor Augen.

Das Zeichen, das dich schnell wie ein Falke handeln lässt, auf dass Klingen fehlgehen, die auf den Leib gezielt sind.

Das Zeichen, das den Muskeln die Kraft eines Bären verleiht.

Das Zeichen, das Gliedmaßen hart wie Stahl werden lässt und in Waffen verwandelt.

Jeder der Blutfechter hatte nur ein einziges davon beherrscht. Drei mickrige Zeichen, die mit Blut oder Farbe auf die Haut von Kämpfern gemalt werden konnten. Dennoch hatte Elisabeda die drei überlebenden Blutfechter zurück nach Sygna geschickt. Ihr Wissen weiterzugeben war wichtiger als die Teilnahme an einer letzten sinnlosen Schlacht.

Da bewegte sich etwas am Horizont.

Die Schreie aus dem Palas verklangen zu einem beklagenswerten Jammern. Elisabeda kniff die Augen zusammen: keine Armee, nur ein einsamer Reiter. Sie erkannte ihn an seinem Geschick im Sattel: Ziegelpfund überquerte die Furt.

Noch bevor der Mann die Mauer der Feste erreicht hatte, brüllte er seine Erkenntnisse bereits heraus: »Die Aquinzacken! Alle! Einfach alle!« Er zügelte sein Pferd, und schrie weiter: »Weg! Weg! Alle! Die verdammte Große Armee hat kehrtgemacht und zieht zurück nach Brefjort!«

Elisabeda bemerkte, dass sie unwillkürlich die Luft angehalten hatte. Der Krumme Mann lockerte seinen Griff um ihre Brust. Sie atmete.

Ein. Aus.
Vorerst waren sie in Sicherheit.

Der Brief war an Marschall Soussin gerichtet gewesen, und er befand sich mittlerweile ganz oben auf dem Stapel von Briefen, die Kaiser Yulian Beaulapièc stets bei seinen wichtigsten Unterlagen mitführte. Die schlechten Nachrichten, die mittels Hörensagen durchs Land reisen, waren fast so schnell gewesen wie der Bote, der die dringlichen Briefe des Bürgermeisters und des Wissenschaftlers gebracht hatte. Ein abgekämpfter junger Mann, der in Rekordzeit Aquintien in seiner ganzen momentanen Breite durchquert hatte – im Frühjahr noch hätte er einen weiteren Weg vor sich gehabt, aber auch so betrug die Strecke des kürzlich ein wenig geschrumpften Kaiserreichs Hunderte Kilometer. Die genaue Zahl befand sich ebenfalls in den Unterlagen, die Yulian stets aktuell halten ließ. Und darauf der Brief an Soussin:

Verehrter Marschall,
im Versuch, die Order unseres geliebten Kaisers zu befolgen, habe ich, ein geringerer Mann als Ihr oder er, einen Fehler gemacht. Um Erzeugnisse wie in Sygna liefern zu können, sah ich mich gezwungen, mit den Urzeichenträgern (ausgenommen Commissaire Rufin, von dem ich hoffe, dass er bei Euch eingetroffen ist!) einen Riss gewissermaßen ins spirituelle Fundament unserer Welt zu treiben. Dank Schriften aus Beiden Reichen glaubte ich zu wissen, wie sich dieser Riss kontrollieren ließe – auch wenn ich über das Reich von Geist und Seele nur Vermutungen anstellen kann, so glaubte ich doch, das Opfer, das die Brüder und Schwestern unseres Vaterlands in den Manufakturen bringen, sei geeignet, um den Riss zu öffnen und die Kontrolle zu erlangen. Ich habe mich geirrt. Und schlimmer noch: Ich habe diesen Irrtum in unserer geliebten Blauen Stadt begangen, im Herzen der Aquinzischen Nation. Während Ihr,

Marschall, als ihr Arm kämpftet, war ich der Krebs, der an ihrem Inneren fraß.
Ich bin nicht ohne Ehre, deshalb werde ich nicht um mein Leben betteln und auch kein Gewicht darauflegen, dass, sollte es uns gelingen, die Arbeit trotz des ausgebrochenen Chaos wiederaufzunehmen, das Schwarzpulver und die Musketen wieder zu alter Wirksamkeit zurückkehren, nein, diese im Gegensatz noch übertreffen werden. Mit derlei Aussagen will ich nicht locken und nicht entschuldigen. Ich erwarte meine Hinrichtung, doch sollte ich auch mir selbst das Todesurteil beschert haben, so will ich nicht schuldig sein am Tod unserer Hauptstadt:
Im Viertel Iyaire hat sich eine Grube aufgetan, die direkt in die Hölle zu führen scheint, auch wenn ich derlei Konzepten unseres alten Glaubens nicht mehr anhänge, seit ich ein Kind bin. Es kriecht eine unnatürliche Dunkelheit heraus und schattenhafte Kreaturen, die unsere Soldaten, die Wachleute, die Polizisten und die Bürger Naronnes überwältigen, töten oder Schlimmeres. Waffengewalt kann sie stoppen, aber nicht zurücktreiben, und der Riss hat sich zu schnell vergrößert, um seiner mit den Kräften, die hier verblieben sind, Herr zu werden.
Zudem ist ein weiteres außerordentliches Unglück geschehen, das ich mit den Vorkommnissen in Verbindung bringe: Ein Schatten hat sich nicht nur über die Stadt gelegt, sondern auch über die Herzen der Menschen. Revolten sind bereits vor Wochen ausgebrochen, und sie waren nicht ausschließlich friedlich, aber doch nichts, wovor wir uns hätten fürchten müssen. Ich kann es nur unzulänglich erklären, doch es ist, als wäre eine Saat der Gewalt in den Menschen ausgebrochen, die sich zu nah an jener neu geschaffenen Öffnung befinden. Die Aufständischen haben in Iyaire gemordet, geplündert, vergewaltigt und verwüstet. Obwohl sie auch einander beschäftigen, haben sie die Obrigkeit als klares Ziel vor Augen und sind in angrenzende Stadtviertel weitergezogen. Mit dieser Bedrohung und dem unklaren Ausmaß des Vorfalls in den Manufakturen bleibt mir nichts anderes übrig, als Euch darum zu bitten, Soldaten

zurück zu entsenden, viele Soldaten, so viele, wie ihr nur entbehren könnt. Die Blaue Stadt, unser geliebtes Naronne, steht am Rande einer Katastrophe, die sich nur mittels Waffengewalt eindämmen lässt.
In Erwartung Eurer Hilfe und Eures gerechten Urteils
Aquinçois Lafayet

Kaiser Yulian war ein Mann, der sich rühmte, auf alle Situationen angemessen reagieren zu können. Er hatte einen großen Sieg davongetragen, die Noccurn-Allianz war verstreut, die Sygnaer in die Enge getrieben. Doch die Blaue Stadt, das Herz der Nation, durfte nicht in Chaos und Gewalt versinken, das wäre das Ende seines Großreichs.

Yulians Große Armee befand sich auf dem Weg nach Westen.

Kapitel XI

Ignaz' Gedanken rasten. Er musste die Kontrolle behalten, er musste diesen Griff um seinen Geist loswerden, diese Gedanken in seinen Gedanken, diese Erinnerungen in seinen. Er ballte die rechte Hand zur Faust, und der Phantomschmerz in den Fingern ließ ihn daran denken, dass er an beides Erinnerungen hatte – an den grässlichen Schmerz und das Wissen, dass nichts niemals wieder so sein würde wie zuvor, und an den Blick von außen, an das Interesse und Staunen ob der Schmerzen, die ein anderer erlitt, der einem nichts bedeutete. Er konnte sich an sein eigenes verzerrtes Gesicht erinnern, an die Qualen in den Augen, an das Flehen in dem Blick, das ihm nicht über die Lippen gekommen war.

Er konnte nichts erdenken, keine Strategie, keinen Plan, mit dem er diesen *anderen* überlisten, ihm die Kontrolle entziehen konnte. Es gab keine Grenze zwischen ihnen. Lysandre Rufin hatte ihn besiegt und eingesperrt, und er war nur hervorgekommen, weil Lysandre die Kontrolle verloren hatte.

Er müsste häufiger die Kontrolle verlieren.

Er hört mich. Nein, die Wahrheit war grausamer.

Er ist ich. Wir sind eine Person. Er hat das Wortzeichen, er hat die Kontrolle. Aber ich bin er. Ich habe mit meiner Mutter geredet. Ich habe Neigel monatelang eingesperrt. Ich habe diesem menschlichen Monstrum befohlen, Dawyd zu töten. Ich habe vor dem Kaiser das Haupt gebeugt.

Ignaz wusste nicht, was in der Verkehrten Stadt geschah. Er wusste nicht, wie er einen Ausgang finden sollte, wenn Lysandre keinen gefunden hatte – aber er war häufiger hier unten gewesen, hatte die Gänge als Verstecke genutzt. Und er war nicht in Panik. Er hatte nichts zu verlieren.

Und: Er war wieder in Sygna. Wer hatte entschieden, dass er hierherkam? Die Offiziere herzubringen, damit sich das Blutzeichen einen von ihnen erwählte, war ein guter Grund – oder ein guter Vorwand. Er lächelte, als Elisabedas Gesicht vor seinem geistigen Auge auftauchte. *Sie ist ein noch besserer Grund,* dachte er. *Und in keinem von diesen Soldaten ist das Blutzeichen bisher erwacht. Vielleicht lebt Dawyd noch.*

Er stieg tiefer hinab, ohne die verzehrende Furcht. Er entschied nicht danach, ob ein Gang nach oben führte, sondern danach, wie alt er aussah. Die frischen Tunnel nahm er nicht, er hielt sich an die alten, ausgetretenen Windungen.

Die Offiziere folgten ihm still und gehorsam. Vielleicht hatte er Zeit genug, sie den Wachen zu übergeben. Vielleicht hatte er Zeit genug, Elisabeda zu suchen. Mit Kilianna zu sprechen … Mit Jen…

Und dann fiel helles Tageslicht um die Biegung des Tunnels, und sie erreichten genau den Punkt, an dem er mit Neigel, Elisabeda und Dawyd nach dem Abend im *Goldhahn* aus den Höhlen getreten war, in einem anderen Leben, einer anderen Zeit, scheinbar Zeitalter entfernt. Und mit einem Gefühl, als ertränke er in eiskaltem Wasser, riss Lysandre wieder die Kontrolle an sich. Das Wortzeichen zerschlug ihn, als bestünde er aus Glas, und Ignaz versank.

Kilianna hatte bereits vor der Nachricht, Dawyd sei schwer verwundet und weiter als zur Lurmundfeste könne man sich nicht zurückziehen, erwartet, ihn nur noch tot wiederzusehen. Er war ein Urzeichenträger, und die lebten gefährlich. Sie war dabei gewesen, als man Miryam, die Trägerin des Gewobenen Urzeichens, aufgebahrt hatte – Hunderte hatten sich um die Bahre geschart, die zur Einäscherung zu den Öfen transportiert worden war. Und Hunderte hatten gespannt gewartet, was mit dem Zeichen geschah – ob es wiederkehrte, wo es wiederkehrte und in wem.

Kilianna war vor allem eines klargeworden: Wenn die Trägerin des Gewobenen Zeichens an der Front sterben konnte, dann war es sehr wahrscheinlich, dass auch Dawyds Leben dort enden würde. Sie hatte sich von Beginn des Krieges an so oft vorgestellt, wie Dawyd aufgebahrt in die Stadt getragen wurde, dass es ihr fast wie eine Erinnerung schien.

Es war ihr egal, dass es albern aussah, so weit vorauszulaufen. Sie hätte nichts gegen ein Pferd gehabt, aber man wäre wohl nicht gerade begeistert, wenn sie der Stadtwache wieder eines entwendete, und deshalb war sie schon bei Tagesanbruch losgegangen. Im Laufe des Tages sollte das Heer in Sygna eintreffen. Geschlagen, aber nicht besiegt, zurückgezogen, aber nicht auf der Flucht.

Sie hatte gegen Mittag die Fahne gesehen und die vielen und doch erschreckend wenigen Soldaten, die im Kuser Tal zu einem dunklen Band zusammenwuchsen, das sich wie eine Ameisenstraße am Fluss entlangzog. Ihre Füße schmerzten bereits, aber das Herz klopfte ihr bis zum Hals. Als sie die ersten Soldaten erreichte, zog sie sich auf die von Felsen durchsetzte Wiese zurück und spähte über die Köpfe der Männer und Frauen.

»Hey!«, schrie eine breit grinsende Soldatin zu Pferde ihr entgegen. Sie brauchte eine Sekunde, bevor sie Elisabeda erkannte. General Eisenhammer. »Dawyd ist hinten beim Tross!«

Kilianna lächelte und bemühte sich, halbwegs würdevoll zu nicken, aber sie konnte kaum still stehen, während ein Trupp nach dem anderen, eine Kompanie nach der anderen vorbeizog.

Dann kamen die wenigen Wagen, die das Heer noch hatte retten können. Sie erwartete, Dawyd läge in einem, verletzt und zerschlagen, aber da hörte sie seine Stimme, die ihren Namen rief, und sah, dass er sich – ein wenig mühsam zwar, aber quicklebendig – auf den Kutschbock stellte und mit beiden Armen winkte. Sie winkte zurück, und dann gab es kein Halten mehr: Sie lief zwischen Soldaten und Karren hindurch, erntete Pfiffe und Spott und Gelächter, und dann war sie angekommen, entschuldigte sich zweimal bei dem einbeinigen Veteranen, der die Ochsen lenkte, kletterte an ihm vorbei auf den Kutschbock und prallte so heftig gegen Dawyd, dass es ein Wunder war, dass er aufrecht stehen blieb. Er schlang die Arme um sie und drückte sie an sich, sein Gesicht in ihrem Haar, und dann – endlich – seine Lippen auf ihren. Sie hörte, dass sie wieder und wieder seinen Namen in diese Küsse hineinflüsterte, ihr Atem ging heftig vom Lauf, und sie lachte und weinte vor Erleichterung und spürte, dass er zitterte.

Um sie herum johlten Soldaten und brüllten ihnen Ratschläge oder Obszönitäten oder beides zu.

»Wie geht es dir? Tu ich dir weh? Willst du dich setzen?«, stammelte sie.

»Ich glaube, ja. Also das mit dem Setzen. Das klingt gut.« Sie kletterten auf die Ladefläche des Wagens und lehnten sich gegen einige Säcke Getreide. Sie sah, dass dort zerwühlte Decken lagen – vermutlich hatte Dawyd tatsächlich den größten Teil des Wegs von der Lurmundfeste hier gelegen und in den Himmel gestarrt. Sie setzten sich nebeneinander, vorsichtiger jetzt, und sie legte einen Arm um seine Hüfte, die andere Hand griff nach seiner. Sie sah ihn prüfend an, er wand sich unter ihrem Blick, das zuversichtliche Lächeln bröckelte.

»Hm«, sagte er. »Der Kerl hat mir den Kiefer wieder gebrochen. Der war 'ne gute Woche kaputt, bevor ihn jemand wieder hingekriegt hat.«

Sie legte ihre Hand auf die Wange. Dünne weiße Narben zogen sich zwischen Bartstoppeln übers Kinn. »Entschuldigst du dich gerade für einen gebrochenen Kiefer?«

»Nein! Ich erkläre nur, warum ich noch schiefer aussehe als vorher.«

»Es ist alles in Ordnung. Du siehst besser aus, als ich erwartet habe.«

»Haha«, machte er, aber immer noch so unsicher. *Maul, was ist los mit dir?*

»Geht es dir gut? Besser? Hast du … hast du Schmerzen?«

»Es geht mir gut«, sagte er und lächelte – schief, das würde sich wohl nicht mehr ändern, sein Kiefer war nicht mehr symmetrisch. »Alles wieder heil. Ich bin noch … ziemlich erschöpft. Blutverlust und eine Woche lang kaum was getrunken und nichts gegessen.«

Sie legte ihre Nase an seine Wange, küsste die gebrochene und wieder zusammengeflickte Linie seines Kiefers. »Ich bin froh, dass du lebst«, flüsterte sie.

»Oh ja, ich auch.« Er grinste. »Danke für deine Briefe.«

Sie lachte. »Ich hoffe, ich hab dich nicht damit erschlagen.«

»Offenbar hab ich dir gefehlt.« Natürlich, er konnte sich einen selbstgefälligen Spruch nicht verkneifen. Sie löste ihr Gesicht von seinem und sah ihn mit verengten Augen an. »Also … du hast mir jedenfalls gefehlt. Mehr, als ich geschrieben hab. Ismayl war nicht dabei, ich wusste nicht richtig, wie ich es schreiben soll.«

Sie lachte, ein wenig erleichtert. Das war weit weniger selbstgefällig, als sie erwartet hatte. »Nein, deine Briefe waren sehr schön.« *Die Kommasetzung hat mich verwirrt.* »Erzählst du mir, was passiert ist?«

Er sah sie an, das Zeichen in seinen Augen hatte einen stumpfen Glanz, es leuchtete nicht so wie damals, als sie aus der Verkehrten Stadt getreten waren.

»Da gibt es kaum was zu erzählen. Es war ein Zweikampf, ich habe verloren, und nur dank Elisabeda bin ich noch am Leben. Und er tot. Er hat mir keine Körperteile abgeschlagen, deshalb ist alles noch dran, und es geht mir gut.« Er strich über ihr Haar, glitt mit seinen Fingern hindurch, dann zog er sie sanft zu sich, und sie küssten einander und redeten nicht mehr.

Dawyd befand sich in der Umarmung einer anderen Frau, als Zachari Erdhand auf ihn zukam und sich räusperte.

»Frau Iackmar?« Der ehemalige Großgildenmeister hüstelte.

Dawyds Mutter ließ ihren Sohn los. Sein Vater hatte ein wenig steif danebengestanden, aber auch in seinen Augen sah Kilianna Tränen glitzern. Sie warf ihrem Vater einen verärgerten Blick zu. Was wollte er hier? Er trug allen Prunk, den er noch rechtmäßig tragen durfte, und hieß das heimgekommene Heer willkommen wie der Herr der Stadt, der er einst gewesen war. Die anderen Gildenratsmitglieder schien er damit überrascht zu haben, doch sie hatten ihn seine Rede halten lassen.

Kilianna hatte nicht zugehört, sie hatte abgewartet, bis Elisabeda ihre Söhne, Jendra und Ismayl umarmt hatte, um sie dann selbst kurz an sich zu drücken.

»Wir müssen uns morgen treffen«, hatte Kilianna ihr gesagt und zwinkernd hinzugefügt: »General.«

»Nur pro forma. Ich vermute, man stutzt mich schnell wieder auf Colonel zurecht. Sag mir einfach, wann und wo.«

»Mittagssonne. Das ist wichtig«, sagte Jendra von der Seite. »Bei Kilianna im Garten. Mehr freie Fläche haben wir in ganz Sygna nicht!«

Danach hatte Kilianna lächelnd zugesehen, wie Ismayl und Dawyd sich erst umarmt und dann aufeinander eingeredet hatten, als gälte es, den anderen davon zu überzeugen, dass man häufiger beinahe gestorben wäre – was erst davon unterbrochen wurde, dass Dawyds Eltern ihren verlorenen Sohn willkommen hießen. Kilianna wusste, dass er seit Jahren mit ihnen zerstritten war, und auch als er zur Armee gegangen war, hatte er ihnen nur ein kurzes Lebewohl gesagt. Jetzt verziehen sie einander alle Fehltritte der Vergangenheit, und Dawyd sah glücklicher aus, als er vermutlich zugeben würde.

»Herr Erdhand, ich grüße Euch«, erwiderte Herr Iackmar förmlich.

»Ich wollte heute Abend ein kleines Fest veranstalten«, sagte ihr Vater. »Für meine Tochter, Ihr wisst schon. Ich denke, wir können uns alle freuen, dass unser Blutzeichenträger und Fecht-Ass heil wieder zurück ist, aber Kilianna freut sich sicherlich besonders.«

Kilianna verkniff sich jede Bemerkung. Es galt immer noch, herauszufinden, was Benyam vorhatte, und dabei war sie darauf angewiesen, sich ein bisschen bei ihrem Vater anzubiedern.

Das alte Spiel ...

»Meine Frau und ich würden Euch gern einladen. Wir kennen einander ja noch gar nicht, eine Schande«, fuhr ihr Vater fort, und das unausgesprochene Wort Heirat schwang in jeder Silbe mit.

»Das würde uns natürlich sehr freuen!«, stammelte Frau Iackmar, einen Arm immer noch um Dawyd geschlungen.

»Wir würden sehr gern kommen«, ergänzte ihr Mann.

Kilianna und Dawyd tauschten einen Blick, er hob die Brauen. Ihr fiel auch darin eine neue Narbe auf. Sie zuckte leicht mit den Schultern.

»Hier sind ein paar Dinge passiert, die ich dir vielleicht sagen sollte ...«, flüsterte sie.

»Später«, sagte er. »Elisabeda meint, sie brauchen die Hauptleute noch, um hier irgendeinen Anschein von Ordnung zu wahren.«

Auf den Straßen wurden schon die Heimkehr des Heeres und der Abzug der Aquintianer gefeiert, die Brauhäuser hatten Wagen mit Bierfässern geschickt, und sie sah sogar den Mann von Elena Südhang mit einem Bauchladen ihrer Schnäpse.

»Ich hoffe, sie lassen uns ein paar Minuten aus den Augen«, ergänzte er.

Sie zwinkerte. »Oh, das hoffe ich auch. Bis später.« Sie ging zu Südhang hinüber. Ihr war eine Idee gekommen.

Als Kilianna in den Salon trat, saß Dawyd bereits belagert von seinen Eltern und ihrer Mutter am Tisch. Imela Erdhand hatte sich zurechtgemacht und unterhielt sich angeregt und freundlich, wie immer bei offiziellen Anlässen – und dies hier war einer, auch wenn er den Anschein eines Familientreffens hatte.

Danach würde Imela wieder in ihre düstere, selbstgewählte Isolation hinabsteigen.

Kilianna hatte ein grünes Kleid angezogen, weil sie wusste, dass Dawyd die Farbe mochte – dazu ein wenig Goldschmuck im Haar und an den Armen, als Anspielung auf die Goldfechter. Allerdings war sie daran gewöhnt, dass niemand die Subtilitäten in ihrer Mode erkannte. Dawyds Augen leuchteten, als er sie sah, und er stand auf, bot ihr seinen Arm und führte sie zum Tisch, um ihr einen Stuhl zurechtzurücken. Sie ignorierte den Stuhl und die Blicke der älteren Generation um sie herum und küsste ihn kurz auf den Mund. Er schmeckte nach dem ersten Zunftmeisterschnaps des Abends und nach warmen Lippen und sich selbst.

Frau Iackmar räusperte sich etwas unbehaglich. Kiliannas Vater goss gerade eine neue Runde Branntwein ein.

»Dann wären wir vollständig. Schreiten wir sofort zur Suppe, oder hören wir uns erst die unappetitlicheren Geschichten von der Front an?«, fragte ihr Vater und lachte.

Ihre Mutter presste kurz die Lippen zu einem dünnen Strich zusammen.

»Ich denke, wir lassen solche Themen heute ganz«, empfahl Kilianna. »Vielleicht will Dawyd mal an etwas ganz anderes denken.«

Sie setzte sich, und er nahm neben ihr Platz. Alle musterten ihn.

»Suppe wäre nett«, sagte er. »Ich sterbe vor Hunger.«

»Das wollen wir natürlich nicht! Nicht nach solchen Heldentaten!« Kiliannas Vater lachte, und sie stöhnte innerlich auf.

Der erste Gang wurde aufgetischt.

Drei Gänge und vier Schnäpse später dachte Kilianna fieberhaft darüber nach, wie sie der Situation entkommen und ein paar Minuten unter vier Augen mit Dawyd reden konnte. Statt sich Gedanken um ihre Garderobe zu machen, hätte sie ihn vielleicht auf dem Weg hierher abfangen sollen.

Zachari Erdhand dachte über etwas ganz anderes nach, und egal, wie sehr Kilianna sich um neue Themen bemühte, er kehrte immer wieder dahin zurück, was für nette Menschen die Familie Iackmar doch seien, welche Bedeutung Dawyd für die Stadt habe und wie gut er es hieß, dass seine Tochter offenbar ein Auge oder auch beide Augen auf Dawyd geworfen hatte. Dawyd stammelte von Schnaps zu Schnaps unbeholfener vor sich hin, und Kilianna wollte einfach nur entkommen.

Frau Iackmar war ebenfalls gut angeheitert, während Kiliannas Mutter ihr Glas nicht antastete und sich bemühte, das Gespräch immer wieder auf die Komposition des Essens zu lenken, wofür ihr Kilianna ausnahmsweise dankbar war.

Beim Nachtisch geschah es. Das beerengefüllte Gebäck triefte vor Alkohol, und das schien Zachari den letzten Stoß zu versetzen.

»Ich denke, wir wissen ja alle, warum wir uns heute hier treffen«, sagte er mit seiner volltönenden Stimme, die ihn immer wie einen Wohltäter erscheinen ließ, der in der Öffentlichkeit eine Rede hielt. »Alle hier Anwesenden können mich gern Zachari nennen, falls sie es nicht schon tun. Oder bei ›Vater‹ bleiben.« Er zwinkerte ihr zu. »Und apropos ›Vater‹. Ich bin Vater von acht Kindern und habe sieben Schwiegersöhne und -töchter, die mich als solchen betrachten.«

Kilianna schluckte und setzte sich ruckartig gerade auf. Dawyd warf ihr einen alarmierten Blick zu, und sie versuchte, ihm zu verstehen zu geben, dass sie mit ihm sprechen und *keinen* Heiratsantrag wollte.

»Deshalb frage ich dich ganz offen, Dawyd: Gibt es zufällig eine Frage, die du meiner Tochter stellen möchtest?«

Dawyds Blicke irrten zwischen Zachari und ihr hin und her. Sie starrte ihn an und beschwor den größten Widerwillen aus dem tiefsten Inneren ihres Seins.

»Ich wollte … ich dachte«, setzte Dawyd an, und Kilianna

musste an sich halten, um nicht für alle sichtbar den Kopf zu schütteln. Dawyd war knallrot, und sie selbst vermutlich bleich wie ein Laken. »Ich wollte Eure Tochter fragen«, fuhr Dawyd trotz des angebotenen Dus fort, »ob sie kurz mit mir allein sprechen würde.«

Zachari nickte, Frau Iackmar seufzte tief, als hätte er etwas unglaublich Romantisches gesagt. Kilianna sprang auf, dass der Stuhl beinahe auf den tiefen Teppich gekippt wäre.

»Mir ist nicht wohl. Vielleicht kannst du mich auf mein Zimmer begleiten«, brachte sie hervor, als würde *eine* Ausrede nicht reichen. Sie sah niemandem mehr in die Augen, wandte ihnen den Rücken zu und beeilte sich, in den großen Korridor zu gelangen. Die von üppigen Schnitzarbeiten verzierte Wendeltreppe drehte sich von dort ins obere Stockwerk.

Dawyd hastete hinter ihr her und holte sie am Fuß der Treppe ein. »Kilianna, ich …«

Sie drehte sich um, packte ihn am Kragen und zog ihn zu sich heran. Sie küsste ihn mit einer Nachdrücklichkeit, die ihm hoffentlich klarmachte, dass sie ihm dankbar war. Er stolperte an der ersten Treppenstufe, ließ sich langsam nach hinten fallen, sie knüllte die Fäuste in sein Hemd und hörte nicht auf, ihn zu küssen, während er auf einer Stufe landete und sie ihre Knie rechts und links von ihm aufsetzte. Sie spürte seine Hände, die ihren seltsamen Fall auf die Wendeltreppe abgefangen hatten, an ihrer Taille, er zog sie an sich, sie spürte seine Lippen auf ihren, seine Zähne, seine Zunge. Sie sah seine geschlossenen Augen, die Strähnen, die ihm in die Stirn hingen, ihre eigenen Hände, die sein Hemd losließen und durch seine Haare wühlten. Sie spürte seinen Körper an ihrem, und die besinnungslosen Küsse ließen sie nur einen Gedanken fassen: *Reden können wir später.*

Mit einem erstaunten Atemholen, als hätte sie das laut ausgesprochen, löste sich Dawyd von ihr und sah sich nervös in der Empfangshalle der Erdhandvilla um. Kilianna folgte seinem Blick nicht – und wenn Merie nun dort stand und fassungslos zusah, was scherte sie das? Sie nahm Dawyds Hand, stand auf und zog ihn auffordernd hoch. Er gehorchte.

»Ich hätte nicht gedacht, dass die Frau, die ich liebe, mir so dankbar ist, wenn ich ihr keinen Heiratsantrag mache«, stammelte er und sah zweifelnd zur Tür in den Salon zurück.

Bitte, was? »Sag das noch mal!«, forderte sie und zog ihn die Treppe hinauf.

»Ich hätte nicht ged…«, begann er.

»Nur den Mittelteil!«

»Dass die Frau?« Er grinste heimtückisch, und sie lachte, das Herz klopfte ihr bis zum Hals, als sie das Ende der Treppe erreichten.

»Dawyd!«

»Die ich liebe?«, fuhr er fort.

»Ja. Das.« Sie hielt im Korridor inne, nahm seine Hände. Er küsste ihre Nase, legte seine Stirn an ihre.

»Willst du es noch mal hören?«, flüsterte er, und er klang so nervös.

»Als Hauptsatz statt als Nebensatz? Auf jeden Fall.«

»Ich liebe dich.«

Sie küsste ihn wieder, aber ein Ziehen in ihrem Bauch sagte ihr, dass das nicht reichte, dass ein paar Küsse keinesfalls die Sehnsucht von Monaten löschen konnten.

»Sollten wir nicht zurück? Ich zumindest? Bevor sie sich fragen, wo ich bin?«

Kilianna deutete auf den großen Uhrenkasten, in dem im Dämmerlicht des Korridors unsichtbar ein goldener Zeiger die Zeit davontickte. »Siehst du das? Die Zeit für langweilige und unbehagliche Konversation ist abgelaufen.«

Er lachte. »Und welche Zeit ist jetzt?«

Sie zog ihn zu ihrer Zimmertür und warf von dort noch einen prüfenden Blick auf die Uhr. »Jetzt ist Zeit fürs Bett.« Sie öffnete die Tür und ging rückwärts mit ihm hinein. »Mein Bett.«

Nachdem Kilianna und Dawyd den Raum verlassen hatten, kehrte ein unangenehmes Schweigen ein. Zachari schenkte zum Nachtisch noch einmal Zunftmeister nach, vielleicht würde das das Gespräch beleben. Vertraulich lehnte er sich zu Dawyds Vater hinüber.

»Stimmt es, dass er adoptiert ist?«

In das strenge Lehrergesicht gruben sich ein paar Falten. »Das stimmt.«

»Nichts für ungut, aber es gibt auch nicht viel Ähnlichkeit. Er ist sehr, nun ja … *physisch*.«

»Natürlich gibt es nicht viel Ähnlichkeit«, sagte Iackmar. »Wie Ihr schon sagtet. Wir haben ihn an Kindes statt angenommen.«

»Es war sicher nicht einfach mit ihm, was? Ich hörte, es gab länger keinen Kontakt mehr?«

Iackmar nickte zögernd. Imela hatte gerade eine Konversation über die Herkunft der Beeren im Nachtisch begonnen, aber Frau Iackmar schoss immer mal wieder einen Blick zu ihrem Mann herüber, als befürchte sie, dass er etwas Falsches sage.

»Hattet Ihr Ärger mit der Geheimpolizei?«

»Ein wenig, ja. Aber erst zum Ende hin. Der Rote hätte sicher versucht, uns gegen ihn einzusetzen, aber ich glaube, da lief ihm die Zeit davon. Und ich weiß auch nicht, wie und ob Dawyd sich hätte erpressen lassen. Mit uns alten Leuten.«

»Ach, aber die Eltern sind doch immer etwas Besonderes. Auch in einem Fall wie dem Euren.« Erdhand schwieg kurz, entschloss sich dann jedoch zu noch größerer Direktheit – was hatte er schon zu verlieren? Und vielleicht war die Information eine, die jemandem etwas wert war. »Wer sind denn seine leiblichen Eltern?«

Iackmar sah aus, als seufze er innerlich. »Schwierige Verhältnisse. Die Eltern waren Schüler von uns. Als Dawyd geboren wurde, waren beide noch sehr jung. Zu jung.«

»Jemand Besonderes?«, hakte Erdhand nach, und das provozierte nun doch Frau Iackmar, die sich von ihrer Konversation abwandte.

»Mein Mann und ich, wir führen die Volksschule im Ostschlangviertel. Der einzige Besondere, der da jemals hingegangen ist, war Ignaz Eicks.«

Erdhand war gerade versucht, nachzurechnen, als Frau Iackmar hinzusetzte: »Und der ist *nicht* Dawyds Vater.«

»Ich bin Dawyds Vater«, beendete Dawyds Vater das Gespräch.

Es ging alles ziemlich schnell. Sie waren geradezu ausgehungert, und das hatte nichts mit der Reichhaltigkeit des Abendessens zu tun. Kilianna stieß Dawyd aufs Bett, trat ihre Schuhe in eine Ecke, ließ die Strümpfe und den Gürtel folgen, zerrte am Verschluss des Kleids in ihrem Nacken. »Lass mich dir helfen«, schlug Dawyd vor, setzte sich auf und zog sie zu sich herab, sodass sie mit dem Rücken zu ihm auf seinem Schoß saß. Er nestelte am Verschluss herum, sie nahm ihr Haar aus dem Weg. Schließlich schob er das Kleid über ihre Schultern.

»Wir können das auch langsamer angehen lassen«, murmelte er an ihrem Nacken. Sie spürte seine Küsse dort und wünschte sie sich überall.

»Ich habe mir monatelang Vorwürfe gemacht, dass ich nicht mit dir geschlafen hab, bevor du weggegangen bist, also schlafe ich jetzt mit dir, und keine Widerrede.«

Sie stand auf und drehte sich zu ihm um – ihre Worte ließen ihn erröten. Das Kleid fiel an ihr herab, und er blieb einfach sitzen, machte keine Anstalten, sich auszuziehen, und sah ihr mit wenig mehr als Angst im Blick zu.

»Diese verdammte Unterwäsche«, knurrte sie und schälte sich aus der weiten weißen Hose und dem Hemd. Danach griff sie nach seinem Hemd, das von den Küssen auf der Treppe ganz zerknautscht war. »Wie wär's, wenn du dich auch ausziehst?«

Er starrte sie an, seine Augen waren genau auf der Höhe ihrer Brüste, und sein Blick wanderte von dort hoch zu ihrem Gesicht, und dann wieder tiefer. Sie zitterte am ganzen Körper, weil sie verdammt aufgeregt war, aber sie weigerte sich, ausgerechnet jetzt auf den Mund gefallen zu sein. »Dawyd!« Sie senkte die Stimme zu einem Flüstern. »Zieh dich aus!«

Er nickte, schluckte, zerrte an seiner Kleidung, kurz sah es so aus, als würde er an dieser einfachen Aufgabe scheitern. Sie beugte sich vor und öffnete seinen Gürtel. Ihre Finger waren eiskalt, obwohl Hitze durch ihren Körper raste.

»Hast … bist … hast du«, kam es aus dem Hemd, das er sich über den Kopf zog, während sie den Gürtel durch die Schnalle zog. Schließlich war er wieder frei, die Haare unordentlich, die Augen fiebrig. »Also … bin ich dein Erster?«

»Na ja, so mehr oder weniger.«

»Was heißt das?«

»Bin ich deine Erste?«, gab sie die Frage zurück.

»Was? N-nein!«, stieß er hervor.

»Und hast du dich bei jeder so angestellt?«

»Was? Ich …«

Sie ließ ihn verstummen, indem sie am Bund seiner Hose zerrte.

»Vielleicht solltest du dich einfach ausziehen und dich nicht um Kopf und Kragen reden«, schlug sie vor, das Grinsen auf dem Gesicht, als gehöre es immer dazu.

»*Du* redest dich um Kopf und Kragen!«, stieß er hervor, ließ sich hintenüber in die Decken fallen und versuchte, sich gleichzeitig von Hose, Unterhose und Stiefeln zu befreien.

Sie sah ihm dabei zu, ließ ihren Blick über jeden freigelegten Zentimeter seines Körpers wandern. Eintausend Gedanken schossen ihr durch den Kopf, die meisten davon irgendetwas, was sie einmal gelesen und wieder vergessen geglaubt hatte. Sie besaß ein nicht zu verachtendes theoretisches Wissen, und wie zuverlässig das war, galt es jetzt herauszufinden.

Als er all die störende Kleidung endlich losgeworden war,

zog er sie an sich und küsste sie wieder, seltsamerweise fast schon vorsichtig, als wären sie nicht bereits nackt und hätten sich nicht auf dem Weg hierher um den Verstand geküsst.

»Du zitterst.« Er zog an einer Decke, sie wühlten ein wenig herum, und dann lagen sie darunter.

»Du auch.«

»Du machst mich nervös.«

»Gut«, gab sie zu und ließ die Hände über seine Brust wandern. Auch hier waren die Haare von der unregelmäßigen Straßenkarte weißer Narben unterbrochen. Kurz schwirrte der Gedanke durch ihren Sinn, ob sie bereit war, solche Wunden davonzutragen. Warum übte sie sich jeden Tag am Degen, wenn sie innerlich davor zurückschreckte?

Dann waren auch seine Hände an ihrem Körper.

»Wir müssen … ich muss …«

»Sei doch mal still.« Er lachte mit Verzweiflung in der Stimme.

»Wir müssen nachher mit meinem Vater reden. Ich muss die Wahrheit aus ihm herauskriegen. Ich muss dir eine ganze Menge Dinge sagen, Dawyd.«

»Ja, aber nichts davon jetzt, oder?«

Er hatte recht. Nichts davon jetzt. Ihre Gedanken wanderten woandershin.

Dawyd sah nicht so aus, als könne er sich wieder unten im Salon blicken lassen. Er sah eher so aus, als würde er jeden Moment in einen langen, erholsamen Schlaf fallen, und wer konnte ihm das verübeln? Außerdem hatte Jendra recht: Kiliannas Bett *war* sehr gemütlich. Kilianna nahm die Dose mit dem Pulver aus der Nachtkommode, benetzte ihren Finger mit Wasser aus der Karaffe, die auf dem Schränkchen stand, und tunkte ihn dann in die Pulverdose.

»Was machst du da?«, fragte er schläfrig.

Sie zog eine Augenbraue hoch. »Ich … sorge dafür, dass wir

kein Kind bekommen? Warum bist du eigentlich so ahnungslos?«

Sie beugte sich vor und brachte Finger und Pulver dorthin, wo es seine Wirkung tun sollte. Auch das hatte sie nur gelesen und natürlich von der Alchimistin gehört, die sich auf »das« Pulver spezialisiert und von der sie es gekauft hatte. Aber wenn es Tausenden anderer Sygnaerinnen das Leben erleichterte, würde nicht ausgerechnet sie zu dumm dafür sein.

»Das … also ich … ich hab das einfach noch nie … gesehen. Wie man es benutzt, meine ich. Wie es funktioniert.« Er war schon wieder rot.

»Es löst den Samen auf«, sagte sie, und vielleicht errötete er noch etwas mehr. »Dawyd, ich muss wieder nach unten. Ich hab noch was vor.«

Er ächzte und sah an die Decke.

»Bleib liegen«, sagte sie sanft.

»Und was sagst du, wo ich bin?«

»Ich sage, dass du in meinem Bett eingeschlafen bist.«

Mit einem Fluch setzte er sich auf. »Ich glaube, das würdest du wirklich tun! Ich sollte dir einen Spitznamen geben. Die Klappe. Das Maul und die Klappe.«

Sie lachte und kleidete sich hektisch vorm Spiegel an.

»Wie lange waren wir weg?«

»Nur ein paar Minuten«, schoss sie ein wenig gehässig in seine Richtung. Aber es war die Wahrheit, letztlich machte das Anziehen gerade einen nicht unwesentlichen Teil der Viertelstunde aus.

»Welche Ausrede haben wir?«

»Keine.«

»Und was sollte ich noch unbedingt wissen?«

Sie fasste es ihm ganz kurz zusammen.

Er stieß einen Pfiff aus. »Das klingt, als hätten wir noch einiges zu tun, bevor ich schlafen kann.«

Dawyds Eltern verabschiedeten sich in unbehaglicher Stimmung, kurz nachdem Kilianna und Dawyd wieder aufgetaucht waren. Sie warteten noch kurz ab, ob es neben dem verlorenen Sohn nun auch eine Schwiegertochter in die Arme zu schließen galt, aber als Dawyd nur müde Ausreden vorbrachte, gingen sie nach Hause, und Imela nutzte das als Anlass, um sich ebenfalls zurückzuziehen. Zachari Erdhand war deutlich angeschwipst.

»Wir wollten noch kurz mit dir reden, Vater«, sagte Kilianna, und Dawyd sorgte sich beinahe um Zachari, so kühl und berechnend war ihr Blick.

»Aber sicher, Kind. Ich kann mir denken, ihr wollt erst ein paar Dinge klären, bevor ihr die nächsten Schritte unternehmt.«

Er geleitete sie zurück in den Salon, und Dawyd musste schon im Stehen mit dem Schlaf kämpfen. Kilianna ging zur Anrichte und entkorkte die Flasche, die sie aus ihrem Zimmer mit herabgebracht hatte. Dawyd ging mit Erdhand zum Kamin hinüber, vor dem zwei Sessel und ein kleinerer Hocker standen.

»Setz dich, Junge. Kilianna, nimm dir nachher einen Stuhl.« Erdhand ließ sich in den anderen schweren gepolsterten Sitz fallen.

»Ich nehme den Hocker«, sagte Kilianna.

Trotz der Wärme im Raum war ein kleines Feuer im Kamin entzündet, und Dawyd starrte in die behaglich glimmenden Holzscheite und fühlte die bleierne Müdigkeit wie eine erstickende Decke.

»Ich muss ja sagen, ich hab ein bisschen herumgeschnüffelt«, sagte Zachari. »Ich hoffe, du nimmst mir das nicht übel. Ich habe deine Eltern gefragt, wer deine *richtigen* Eltern sind. Also, du weißt schon. Weißt du eigentlich, wer sie sind?«

»Nein.« Dawyd unterdrückte ein Gähnen.

»Es ist auch nicht wichtig. Es ist das erste Mal, dass eines meiner Kinder einen Bürgerlichen heiratet, da ist es wohl erlaubt, mal zu fragen.« Erdhand lachte, und Dawyd gratulierte Kilianna insgeheim dafür, dass sie ihn noch nicht umgebracht hatte. »Also, wir sind natürlich alle bürgerlich, aber damit meine ich: keinen aus den großen Familien der Meisterviertel. Und ich habe mich gefragt: Wonach richten sich die Urzeichen? Zufall? Blutslinie? Immerhin brauchten die Sarkophage ja unser Blut, das Blut *meiner* Familie.«

»Ja, weil sie von *unserer* Familie weggeschlossen worden sind«, sagte Kilianna mit einer Stimme wie Stahl. Übermüdet fragte sich Dawyd, ob sie wohl noch Fechtstunden genommen hatte.

»Sie suchen sich die Talentiertesten heraus«, mutmaßte Kilianna.

»Aber ihr beide wart unten. In der Höhle. Und der Geheimpolizist auch. Also muss es doch auch damit etwas zu tun haben.«

»Wenn es so einfach wäre, dann hätte man sie vermutlich nicht weggeschlossen. Vielleicht war es Zufall«, sagte Kilianna. »Oder Schicksal. Vielleicht werden wir es irgendwann rauskriegen. Vielleicht nicht.«

Sie gab sowohl ihm als auch Dawyd ein Schnapsglas. Dawyd bedankte sich artig und nippte daran. Es fiel ihm auf, dass sein Schnaps eine etwas andere Farbe aufwies als der seines hoffnungsfrohen Vielleicht-Schwiegervaters, aber Zachari war bereits zu benebelt vom Abend, um dieser Tatsache Aufmerksamkeit zu schenken.

»Es ist ja gut zu wissen, dass die Waage sich doch auf unsere Seite geneigt hat«, sagte Zachari und schwenkte den Schnaps im Glas. »Anfangs haben sich ja manche Urzeichenträger bedeckt gehalten, wir dachten schon, die Aquinzacken hätten wirklich den Bärenanteil abbekommen, aber sie haben nur das Nährende, das Irdene, das Goldene … noch eins …«

»Alchimie«, sagte Kilianna. »Und das Wortzeichen, natürlich.«

»Ja. Ja, genau. Gerade Alchimie und Nährend ist natürlich

bitter, wenn es so viele Leute zusammenzuflicken gibt. Ein Heiler mit einem Urzeichen, das wäre an der Front was gewesen! Der hätte dich mit einem Fingerschnipsen wieder hingekriegt, mein Junge.«

Dawyd nickte, und kurz beschleunigte sich sein Puls, er dachte an Blut und den Anblick seines zersplitterten Schienbeins, das sich aus seinem Fleisch bohrte. Er stürzte den Schnaps herunter, sein Herzschlag beruhigte sich wieder. Er bewegte die Zehen, einen nach dem anderen. Er merkte die Verletzung im Bein kaum noch.

»Ich habe gehört, der Steinerne Urzeichenträger ist jetzt auch bekannt?«, fragte Dawyd.

»Ja, ja, den wollten wir direkt zur Lurmundfeste schicken, wegen der Befestigung. Rotzfrecher Gossenjunge aus dem Buckelviertel, höchstens siebzehn. Unfassbar. Hat sich geweigert, an der Befestigung zu arbeiten. Sagt, er macht nur Kunst.« Erdhand lachte polternd.

»Wer hat ihn gefunden?«, fragte Kilianna, und Dawyd war so müde, er hatte kaum wahrgenommen, dass sie sich neben ihn auf den gepolsterten Fußhocker gesetzt hatte.

»Tja, wer?«, sinnierte Zachari lächelnd. Dawyd versuchte, in diesem Grinsen irgendeine Ähnlichkeit zu seiner Tochter zu finden, und scheiterte. »Das haben wir den Verborgenen zu verdanken. Die machen jetzt ganz schön Wirbel. Wenn ihr irgendein Geheimnis habt, sagt es ihnen am besten gleich, die kriegen alles heraus. Diese Vierweg-Tochter mit einem Schiff unterwegs? Sie wissen es. Der Steinträger, irgendwo in der Gosse? Sie kramen ihn hervor.« Er nahm einen tiefen Schluck und betrachtete dann das Glas. »Hui, was ist denn das?«

»Ein Geschenk von den Iackmars«, log Kilianna. »Ich dachte, ich schenke euch den ein. Ist er gut?«

»Ja, oh, ja, ziemlich!« Er leerte das Glas.

»Ich hol dir gern noch was.«

»Na, was bist du denn so nett heute, Mädchen?«, fragte Zachari und lachte geistesabwesend. »Liegt es dran, weil dein

Bursche hier ist? Dass du deinem Vater mal eine gute Tochter bist?«

»Ich weiß nicht, wovon du sprichst«, sagte Kilianna ausdruckslos, und Dawyd setzte sich auf. Das hörte sich nicht an, als sei es Zeit, einzuschlafen. Sie holte die Flasche und schenkte ihrem Vater nach, und dann nach kurzem Zögern auch ihm, wobei sie ihn mit einem langen, warnenden Blick bedachte. Neugierig sah Dawyd zu, wie Erdhand einen weiteren tiefen Schluck nahm und danach seufzte. »Das ist ja was ganz Feines. Lob an deine Eltern, Dawyd.«

»Werde ich ausrichten.«

Erdhands Blick ging zum Feuer und von dort aus in die Ferne. Kilianna setzte sich wieder, und ihre Augen waren die einer Katze auf Mäusejagd.

»Es geht doch nichts über ein Feuer«, sagte Zachari schläfrig.

»Es geht doch nichts über unser eigenes Haus, oder?«, sagte Kilianna leise. »Sag mal, Papa. Es ist so viel passiert in der Stadt. Und nie fiel dein Name. Sind wir jetzt ganz aus dem Spiel? Müssen wir hier ausziehen?«

Erdhand seufzte erneut, legte abwesend die Hand mit dem halbvollen Schnapsglas auf seinen Bauch und lächelte dann wie ein Lebkuchenmann, die betrunkenen Augen wie Glasperlen.

»Das ist gut, nicht wahr? Nie fiel mein Name.«

»Und Benyams auch nicht.«

»Genau. Seiner auch nicht.«

»Ihr wart schlau«, raunte Kilianna anerkennend, und obwohl ihre Stimme schmeichelnd war, sah Dawyd so etwas wie Entsetzen in ihren Augen aufglimmen. *Sie hatte gehofft, dass sie sich irrt.*

Versunken starrte Erdhand ins Feuer, blinzelte und öffnete den Mund, als träume er mit offenen Augen. »Wir waren sehr schlau. Noch einmal wird man uns nicht von unseren rechtmäßigen Positionen verdrängen, weil wir nicht wissen, was in der Stadt geschieht. Das war eine harte Zeit. Ich musste bitten und betteln. Aber jetzt nicht mehr. Alles wird gut.« Seine Stimme und sein Lächeln wirkten verklärt und abwesend, und Dawyd war versucht, den Schnaps auch mal zu probieren.

Kilianna hatte ihm erklärt, dass es sich dabei weder um irgendeine Art Gift noch um irgendeine alchimistische Wahrheitsdroge handelte. *Leute sagen im Rausch die Wahrheit*, waren ihre Worte gewesen. *Und das hier ist purer, glückseliger Rausch.*

»Jetzt nicht mehr«, wiederholte Kilianna. »Dann werde ich dir wohl irgendwann dankbar sein. Und Mama wird das auch sein.«

»Oh ja! Ihr werdet mir dankbar sein!«, erwachte Zachari zu neuem Leben. »Dank mir sind alle Urzeichenträger in der Stadt bekannt. Dank mir kooperiert der Eisenhammer-Bursche. Dank mir haben sich die beiden Fechtergilden vertragen. Dank mir ist der Antrag zur Zeichenkombination durchgekommen. Dank mir sind die Verborgenen im Rat.« Er kicherte. »Weißt du, wie sich die Gilde nennen will?«

»Nein.« Kilianna bemühte sich um ein breites Lächeln, als sie ihrem Vater nachschenkte. »Sagst du es mir?«

»Gilde der Höheren Ordnung!« Er lachte lauthals, und Dawyd und Kilianna wechselten einen Blick.

»Ordnung? Die Verborgenen?«, fragte Dawyd vorsichtig. »Warum?«

»Du weißt schon.« Zachari zwinkerte. »Sie sagen, das wäre der alte Name. Früher dafür zuständig – heute dafür zuständig.«

»Zuständig wofür?«, hakte Dawyd nach, aber Kilianna bedeutete ihm, still zu sein.

Zachari blinzelte ins Feuer, schüttelte langsam den Kopf.

»Wenn wir Euch so viel verdanken, Zachari, dann möchte ich auf Euch anstoßen!«, brachte Dawyd hervor und hob das Glas.

Zachari lehnte sich vor und stieß mit ihm an. »Auf uns, mein Junge!«

Sie tranken beide, Dawyd nur einen kleinen Schluck. Er fühlte kaum, wie er in den Sessel zurücksackte. Gerüche explodierten in seinem Bauch, Emotionen in seinen Fingerspitzen, Bilder in seinem Mund. Getrocknete Blüten – Geborgenheit – Kilianna, die ihn anstrahlte. Er hörte seinen eigenen Atem, spürte die Entspannung in seine Glieder sickern. Er konnte kaum noch die Augen aufhalten, und die Eindrücke, die der Schnaps ihm vorgaukelte, waren verlockend wie ein Traum, der am Rand des Einschlafens über einem hängt.

»Ordnung in der Stadt«, hörte er Kiliannas Stimme. »Und außerhalb der Stadt. Keine Zeichenträger außerhalb der Stadt.«

»Genau. Das würde er nicht wollen.«

»Der Verborgene Meister?«

»Nein. *Er.*« Zachari wedelte mit der Hand, als wehre er Rauch ab oder eine unliebsame Erinnerung. Er stemmte sich hoch, setzte sich aufrecht hin. Kilianna warf ein Scheit in den Kamin, das Feuer prasselte auf und Erdhands betrunkener Geist beruhigte sich wieder. Das war offenbar kein Thema, auf dem sie länger verweilen sollte.

Sie stieß Dawyd an. »Nicht einschlafen«, zischte sie leise.

Er schüttelte den Kopf und sah sehnsüchtig in das Glas. Er könnte noch mal daran trinken.

»Ich bin so froh, dass ich wieder hier bin«, sagte er und fühlte, wie etwas aus ihm herausdrängte, wie er etwas erzählen wollte. Es wühlte in seinem Inneren, als wolle es dort eine Verkehrte Stadt errichten. *Ich habe gedacht, ich sterbe. Nicht nur kurz, ich habe tagelang gedacht, ich sterbe. Wenn ich mich daran erinnere, habe ich nichts als Angst.* Aber es kam ihm nicht über die Lippen. Er presste sie zusammen, die Hand mit dem Glas zitterte, und er stellte es auf dem Tischchen ab. Kilianna sah ihn alarmiert an und griff dann nach seiner Hand.

»Deine Hand ist warm«, sagte er. »Endlich. Eben war sie kalt. Weil du aufgeregt warst.«

Sie räusperte sich. »Ich bin auch froh, dass du wieder hier bist«, sagte sie nachdrücklich, und er begriff, dass er schweigen sollte, dass er gerade ebenso hoffnungslos dummes, ehrliches Zeug redete wie Erdhand. Er wusste nicht, ob er schweigen *konnte*, aber Zachari brabbelte dazwischen:

»Sygna ist mein Ein und Alles. Es gibt nichts, was ich nicht für diese Stadt tun würde. Seht sie euch an, geht morgen durch die Straßen und seht sie euch an! Was wir geschaffen haben. Wer wir sind! Es gibt keine Stadt wie Sygna, nirgendwo. Nirgendwo anders.«

»Und es soll auch nirgendwo anders eine geben, richtig?«, fragte Kilianna leise.

»Du verstehst es. Ich wusste, irgendwann würdest du verstehen. Du liebst die Stadt auch, du siehst nur alles etwas anders. Deine … deine Gleichmacherei, aber eigentlich liebst du die Stadt. Jeder von uns will sie schützen. Dawyd mit dem Schwert. Du mit deinen … deinen Marotten. Und ich …«

»Du lässt Zeichenträger außerhalb von Sygna umbringen«, flüsterte Kilianna, und Dawyd atmete scharf ein, als der Rausch sich aus seinem Kopf zurückzog.

Zachari lachte. »Was? Nein, so ist das nicht! Du bist ein dummes Kind.«

»Benyam sieht weg und lässt andere wegsehen. Weil es das Beste für Sygna ist.«

»Das Beste für Sygna«, murmelte Erdhand schläfrig. »Nur hier darf es Zeichen geben. Der Krieg musste beendet werden, notfalls mit Zeichenkombinationen. Da hast du mir die Augen geöffnet, Kilianna. Da durften wir nicht rückständig sein, sonst wäre alles verloren. Wir mussten siegen, damit ihr alle wieder hier seid. Sygna ist unsere Heimat.«

»Der Verborgene Meister ist ebenso erleuchtet wie du? Bezahlst du ihn?«

»So ist das nicht!«, beharrte Erdhand erneut, nun mit leicht quengeligem Unterton. »Ganz und gar nicht, Kilianna! Ich wollte nie, dass jemand stirbt! Ich wollte das nie. Dass es Tote gibt. Krieg. All so was.« Dawyd sah Tränen in Erdhands Augen schimmern. Der Schnaps war wirklich unberechenbar! »Ich kann nichts dafür, Mädchen. Das musst du mir glauben. Ich kann nichts dafür. Ich hätte es anders gewollt!«

»Auch Dengelschlags Tod?«

»Dengelschlag war das größte Arschloch im Zunftrat! Ich habe ihm als Beweis meines guten Willens die Eisenhammer-Brüder gegeben, und er hat sie umbringen wollen!«

»Er war der Kopf der Revolution!«

»Und hat mich nicht eingeweiht, damit ich es nicht war!«

»Gehorchen Euch die Verborgenen?«, unterbrach ihn Dawyd. »Seid Ihr ... seid Ihr selbst ... der Verborgene Meister?«

Erdhand gluckste ehrlich erheitert und wiegte das Glas an seiner Brust. »Das wäre ja was. Hah, das wäre was!«

»Also nicht?«, brachte Dawyd hervor.

Kilianna warf ihm einen warnenden Blick zu – seine Fragen waren nicht subtil genug.

»Wir haben einen gemeinsamen ... Freund. Er ist nur glücklich, wenn alle Zeichen wieder in Sygna sind. Er ...« Zacharis Atem ging raspelnd. »Er ... ist nicht zufrieden. Er ist gar nicht zufrieden.« Er ballte die Hand um das Schnapsglas, dass die Knöchel weiß hervortraten.

»Wer?«, flüsterte Kilianna.

Erdhand fuhr mit einem Schrei auf und schüttelte heftig den Kopf. Er stöhnte und griff sich an die Stirn, das Glas fiel zu Boden. Das »Feuer des Herzens« bildete eine kleine Lache um das unzerbrechliche Gefäß.

»Nein!« Er sah sich wild um, dann fiel sein Blick auf Kilianna, es war ein verstörter, wilder, verwirrter Blick, und kurz glaubte Dawyd, der Mann würde sie packen und in den Kamin stoßen oder den Schürhaken erheben, und er sprang ebenfalls auf und stellte sich zwischen Kilianna und ihn. Müdigkeit und Rausch waren verflogen.

»Was ...?«, fragte Zachari verwirrt.

»Ihr seid eingeschlafen«, sagte Dawyd.

»Ein böser Traum, Papa«, bestätigte Kilianna hinter ihm, jetzt war ihre Stimme dünn, fast ängstlich.

»Ich bedanke mich bei Euch für den schönen Abend und das gute Essen«, sagte Dawyd vorsichtig.

Erdhand sah sich immer noch verwirrt um.

»Sygna bedeutet mir alles«, sagte er abwesend. »Aber was darunter liegt …« Er zitterte, seine Wangen bebten.

Er ist ein alter Mann, machte Dawyd sich bewusst. Ein alter, weicher, kraftloser Mann. Der mit Mördern kooperierte und Intrigen spann.

»Geht nicht wieder da runter, Kinder. Bitte, tut mir den Gefallen. Da unten …« Er griff sich an den Kopf. »Beim Großen Handwerker, der Schnaps ist aber ein Teufelszeug!«

Dawyd nickte langsam. »Gute Nacht, Herr Erdhand.«

»Gute Nacht.«

»Ich bring Dawyd noch zur Tür«, sagte Kilianna, stand auf und zog ihn mit sich.

Diesmal küssten sie sich nicht durch den Flur. Kilianna öffnete und schloss einmal die Eingangstür, um dem Schein Genüge zu tun, dann stiegen sie schweigend die knarzende Wendeltreppe hinauf und schlossen Kiliannas Zimmertür hinter sich.

Sie atmete durch, setzte sich aufs Bett und stützte den Kopf in die Hände.

»Hast du das verstanden?«, fragte er und setzte sich neben sie. »Ich glaube, wir haben höchstens die Hälfte begriffen.«

»Es reicht auf jeden Fall. Es reicht.« Sie sah ihn an. Tränen glänzten in ihren Augen. »Der Verborgene Meister beauftragt Mörder, und mein Vater hat mindestens davon gewusst. Das reicht, um ihn vor Gericht zu bringen!«

»Das reicht nicht, weil wir nur ein Geständnis im Suff haben, das so nah an Halluzinationen dran ist wie nur was.«

»Na und? Was ist, wenn wir das mit einem Gerichtskampf klären und du der Fechter bist, der gewinnt?«

»Gerichtskämpfe gibt es nur bei Streitigkeiten zwischen

zwei Parteien. Nicht bei Morden oder bei Verstößen gegen das Handwerksgesetz.«

Kilianna seufzte. »Ich weiß.«

»Und wer ist dieser Mann, von dem dein Vater Befehle erhält?«

Sie sahen einander an. Dann schüttelten sie beide den Kopf. Das konnte nicht sein. »Nein. Er hatte zu viel getrunken. Ich wette, der Verborgene Meister macht Schattenspiele mit ihm. Stellt sich als Spielfigur hin, dabei ist er selbst der Spieler. So etwas in der Art. Wir müssen an ihn herankommen, es ihm nachweisen.« Kilianna presste die Hände auf die Augen. »Bei allen Altmeistern. Was machen wir jetzt?«

»Ich wollte eigentlich nur eine Nacht sehr gut schlafen«, gab Dawyd zu.

»Es tut mir leid.«

»Es muss dir nicht leidtun.«

»Vielleicht sollte ich dich vor dem Schlafen noch ablenken. Uns auf andere Gedanken bringen«, schlug sie vor, und obwohl sie erschrocken und bleich aussah, lehnte sie sich an ihn und küsste ihn. »Hm. Du schmeckst nach diesem Herzensfeuer.«

»Er war auch wirklich ganz gut. Ich würde ihn aber eher nicht in Gesellschaft trinken. Man redet so viel dummes Zeug.« Seine Worte wurden gedämpft, als sie nicht aufhörte, ihn zu küssen und ihn mit sich nach hinten zog.

Diesmal entledigten sie sich ihrer Kleidung noch schneller, in unordentlichen Haufen lag sie vor dem Bett, als Dawyd die Decke über sie und sich breitete. Er streichelte über ihre Arme, ihre Schultern, ihre Brüste. Es war dunkel, aber der Mond schien ins Zimmer, und sie betrachtete aufmerksam sein Gesicht. Es schien ihm, als versuche sie, nicht zu lachen.

»Stimmt was nicht?«, fragte er und stützte sich auf einen Unterarm.

Kilianna grinste ihn an. »Na ja. Das eben war ja ganz nett. Aber ich dachte, jetzt machen wir was anderes.«

»Was anderes?« Er schluckte. »Ich dachte … also, ich …« Dann schwieg er einfach. Gewisse Dinge musste man *tun*, nicht darüber *reden*. Und er sah sich selbst eher als Mann der Tat.

Kilianna blickte ihn erwartungsvoll an. Als er nicht weiterredete, fuhr sie fort: »Das war schon ganz gut, aber ich glaube, ich hätte mehr Spaß daran, wenn wir mehr als das tun, was wir ohnehin getan haben.«

Er versuchte, etwas zu sagen. Es kam nur nichts aus seinem Mund.

»Dawyd das Maul!« Sie kicherte. »Bist du draufgefallen?«

»Was?«, wagte er verdattert zu sagen. Warum musste alles in seinem Leben auf einmal kompliziert sein? Erst deckten sie ein Mordkomplott auf, und dann sagte sie ihm … was? Er wollte nicht so genau darüber nachdenken, was ihre Worte implizierten. Er spürte, dass er wieder rot wurde, aber diesmal war es ja glücklicherweise dunkel.

»Ich dachte, bevor wir jetzt wieder das Gleiche machen, könntest du *vorher* noch … also, zum Beispiel …« Sie schlug die Decke zurück und zeigte ihm im Mondschein, was sie meinte. Erregung und blanke Angst, etwas falsch zu machen, schlugen in seinem Inneren aufeinander ein. Sie nahm seine Hand. »Zum Beispiel da. Also, so.«

Er krächzte eine Zustimmung. Nach kurzer Zeit begann sie, sich in seinen Armen zu entspannen, dann flüsterte sie leise, seufzende Befehle in sein Ohr, ihre Finger verknoteten sich in seinen Haaren. Er sah an ihrem nackten Körper herab, und obwohl das alles ganz vielversprechend schien, gewann die Angst mit einem Mal die Oberhand.

»Ich … ich dachte … du hättest noch nicht … mit … also, du … Ich wäre dein Erster«, stammelte er.

Sie gab irgendetwas zwischen einem Lachen und einem Stöhnen von sich. »Ich habe Studien betrieben«, gab sie zu. »Weißt du, Handwerk ist ja da, um einem das Leben zu versüßen, oder?«

»Ich … weiß nicht?«, erwiderte er.

Sie wand sich aus seinen Liebkosungen. »Also, ich dachte, du hättest mit der halben Sygnaer Unterwelt geschlafen, und jetzt weißt du nicht, wie man …«

»Das hab ich nicht!« Dawyd schrak auf. Woher hatte sie solche Geschichten? Das war maßlos übertrieben, und außerdem etwas ganz anderes!

»Also, bevor du mir vor Entsetzen in Ohnmacht fällst: Ich habe in ein paar Dingen gestöbert, die die Gilden gern vergessen wollten, und dabei habe ich die interessantesten Sachen gefunden. Schriften. Bilder. Anderes.«

»Anderes?« Er wusste nicht, ob er es wissen wollte. Sie sah ihm tief in die Augen, vielleicht war es eine Nachwirkung des Schnapses, dass er so verwirrt war.

»Das zeige ich dir vielleicht ein anderes Mal.«

Wenn es ein anderes Mal noch gab und sie sich nicht entsetzt von ihm abwandte, nachdem er so kläglich versagte! Er versuchte, sich zusammenzureißen. Sie zwinkerte und lehnte sich wieder in die Kissen, nackt, aufregend und weitaus unverfrorener als er.

»Du könntest das Gleiche mit deinem Mund versuchen, dann musst du nicht so viel reden«, schlug sie vor.

Er fühlte, dass er erbleichte, und um das zu überspielen, tat er einfach, was sie sagte. Das hielt sie nicht davon ab, weiterzusprechen.

»Hast du mal bei den Eisenhammers in der Schmiede diesen Blasebalg gesehen, der sich von allein bewegt? Ein hölzernes Zeichen. Ich weiß nicht, ob die Schreinerzunft so etwas heute noch weiß, aber das kann man auch auf anderen *Dingen* aus Holz anbringen. Früher war das offenbar gang und gäbe, es gibt da wahre Kunstwerke, die in irgendwelchen Kellern weggeschlossen sind, und eher Profaneres, was auf dem Schwarzmarkt gehandelt wird. Ich habe mich erst nicht so richtig getraut, aber irgendwann wollte ich es wissen. Es war … spannend.« Sie hielt kurz inne, was ihm Gelegenheit gab, darüber nachzudenken, ob sie wirklich das meinte, was er sich gerade vorstellte. Dann seufzte sie nicht unzufrieden und fuhr fort: »Weißt du, mein Vater war beinahe mein ganzes Leben lang Großgildenmeister, mit zwei kleinen Unterbrechungen, als ich vier und acht war. Ich konnte mich nicht einfach irgendeinem Kerl an den Hals werfen, das hätte Papa erpressbar gemacht, und am Ende hätte ich dann noch irgendwen heiraten müssen. Und es gab eine Zeit, da war mir so was wichtig – was Leute über uns denken. Und natürlich wollte ich ihm keine Gelegenheit geben, mich an irgendwen zu verheiraten. Hätte ich damals gewusst, was noch passiert, wäre es mir wohl egal gewesen. Na ja. Aber das heißt nicht, dass ich keine *Bedürfnisse* hatte. Was ist?«

Er hatte in seinem Tun innegehalten und schaute sie an. »Was muss ich tun, damit du still bist?«, flüsterte er, und sie lachte. Ihre Wangen waren auch rot, das konnte er im Mondlicht erahnen, aber trotzdem genoss sie es offenbar, ihn zu schockieren.

»Mehr von dem, was du gerade gemacht hast.«

»In Ordnung«, stimmte er zu. Sie schlug noch das eine oder andere vor, und er tat sein Bestes und bemerkte, dass ihre Vorschläge immer knapper und atemloser ausfielen. Als sie schließlich ganz ihrem leisen Keuchen wichen, nahm er ein wenig Abstand, sah zu, wie sie sich im Takt ihrer Atemzüge wand. Schweiß schimmerte auf ihrer Haut, und als sie die Augen aufschlug, um ihn vorwurfsvoll anzusehen, glänzten sie fast fiebrig.

»Warum hörst du auf?«

»Na ja. Vielleicht sollte ich auf weitere Anweisungen warten«, sagte er unschuldig. »Ich bin doch so ratlos.« Er fragte sich, warum bisher immer alle Mädchen die Klappe gehalten hatten. Das hier war doch ganz reizvoll.

»In Ordnung, Maul. Du willst es nicht anders.«

Sie unterbreitete ihm Vorschläge, bei denen seine Ohren brannten und sein Schwanz zuckte, und er machte sich daran, sie zu befolgen. Schließlich brachte sie nur noch abgehackte, aber nicht gerade leise Silben hervor, und er versuchte, sich daran zu erinnern, wie weit die anderen Schlafzimmer von Kiliannas entfernt waren und wie dick die Tür war. Er warf ihr ein Kissen an den Kopf. Sie nahm es und vertraute ihm all ihre Geräusche an. Ihr Körper bebte, sie bäumte sich auf, Dawyd packte sie, um weiterzumachen, was sie ihm aufgetragen hatte, und schließlich stieß sie unter ihrem Kissen ein Kichern aus und trat um sich. »Genug! Genug.«

Sie keuchte und zog an seinen Haaren. Er schob sich an ihr hoch, küsste mal hier, mal da und kam schließlich an ihren Lippen an. Sie erwiderte den Kuss.

»Wie hab ich mich geschlagen?«, fragte er.

»Ich würde sagen, du hast einen Ehreneintrag in den Schriften der Kurtisanengilde verdient.« Sie grinste. »Jetzt wollen wir mal sehen, ob ich auch einen verdiene.« Sie stieß ihn mit sanfter Gewalt beiseite, rollte sich herum und pinnte ihn mit ihrem Gewicht auf die Matratze. Sie setzte sich auf ihn, ihre Hände auf seinen Schultern, ihr Gesicht über ihm, lachend und gelöst. Sie war feucht und warm an seinem Schwanz, und er wollte nur mit ihr schlafen, und danach die Augen schließen und erst gegen Mittag wieder öffnen.

Sein Herz tat in seiner Brust ein paar schmerzhaft rasche, unregelmäßige Schläge, und ganz plötzlich war es nicht mehr die gute Art Herzklopfen, sondern die schlechte, alles um ihn herum schien sich zu drehen. Ihr Lachen wurde zu einer Fratze, einer blutgierigen, tätowierten Fratze, die Hände an seinen Schultern unbarmherzige Pranken, deren Schlägen er nichts entgegenzusetzen hatte. Die Erinnerung an Schmerz schoss durch seinen Körper, sie war so heiß in seinem Kiefer, in seinem Gesicht, dass er nicht einmal schrie, denn Schreien war unerträglich. Mit einem heiseren Keuchen stieß er den fremden Körper von sich herab.

Mit einem »Uff« landete Kilianna neben ihm – glücklicherweise im Bett, nicht auf dem Boden.

Über ihm war die stuckverzierte Zimmerdecke, der Mond malte Schatten darauf. Kein endloser Himmel, aber das Herzklopfen ließ einfach nicht nach. Er wusste, dass er sich albern benahm, dass er sich entschuldigen musste, aber er lag da wie gelähmt und zitterte vor Angst. Schließlich schob sich sehr vorsichtig ihr Gesicht in sein Blickfeld. Es war ziemlich blass.

»Tut dir noch irgendwas weh?«, fragte sie verwirrt. »Hab ich dir wehgetan?«

Er schüttelte den Kopf. Er war geheilt. Er war vollständig wiederhergestellt. Sein Gesicht war vielleicht noch etwas schiefer als nach dem letzten Bruch, aber alles war wieder in Ordnung. Es tat ihm nichts weh.

Er drehte sich zu ihr um, fuhr mit den Fingern durch ihr Haar, küsste sie. Ihm war nicht mehr nach reden. Seine Erregung war so gründlich verschwunden, als hätte man ihn mit kaltem Wasser übergossen. »Entschuldigung«, murmelte er. »Weiß auch nicht.«

Sie umarmte ihn und zog ihn näher heran. »Nicht schlimm«, flüsterte sie.

Aber nach schlafen war ihm auch nicht mehr. Schlafen bedeutete träumen, und diese plötzliche Erinnerung war zu sehr wie ein Traum gewesen. Er war lieber hier bei ihr. Er schlang die Arme um sie, küsste ihre Nase, ihr Kinn. Sie tat erst nichts, wartete einfach ab und betrachtete ihn. Dann schien sie irgendeine innere Debatte beendet zu haben, oder vielleicht hatte sie einfach beschlossen, sich nicht weiter zu wundern, und sie zog ihn enger an sich.

Mit neu erwachendem Interesse küsste er ihre Lippen, ihre Lider und Augenbrauen.

»Sag mir irgendwas«, bat er.

Sie zog ihn an sich, flüsterte ihm süße Belanglosigkeiten ins Ohr. Er spürte, wie sein Herz einen anderen Rhythmus vorgab, nicht mehr den der Angst. Er seufzte glücklich. Alles war gut.

Alles war gut.

Ismayl konnte kaum fassen, dass sie alle hier waren – Elisabeda und Dawyd waren aus einem Krieg zurückgekehrt, er war als Spion aus Naronne entkommen, und auch über Jendra und Kilianna hatte Bedrohliches geschwebt. Aber jetzt waren sie alle hier, unter den tiefgrünen Bäumen des Erdhand-Anwesens.

Ignaz fehlte, natürlich. Und Neigel. Ismayl glaubte, dass niemand auch nur seinen Namen genannt hätte, so sehr war er in Ungnade gefallen, bevor Ismayl berichtete, wie lange sich Neigel in Rufins Gewalt befunden und dass er seinen eigenen Willen zurückerhalten hatte. Sie würden vielleicht niemals erfahren, wie es ihm in Naronne erging. Vielleicht war er bereits tot, hingerichtet mit dem blutdurstigen Fallbeil.

Elisabeda und Dawyd erzählten nicht viel von der Front; Elisabeda warf Dawyd manchmal Blicke zu, und er mied es, sie zu erwidern. Doch was dort auch geschehen sein mochte – Ismayl war weder dumm noch unbelesen, er wusste, dass die wenigsten Menschen unverändert von so etwas nach Hause kamen –, es war gerade von geringer Bedeutung, denn Kilianna und Jendra berichteten ihnen an einem Gartentisch in der Sonne bei Tee und Kuchen, der das alles wie ein Treffen unter Freunden anmuten ließ, von einem Komplott, das sie gerade erst zu erahnen begannen. Sie sprachen leise genug, dass niemand es mit anhören konnte, und die nächsten Schatten waren weit genug entfernt, auch wenn Jendra sich immer wieder umsah und nervös mit ihrer Kuchengabel spielte.

»Mein Vater ist seinem Machthunger erlegen. Ich weiß nicht genau, was er vorhat, aber es ist sicher nicht so selbstlos, wie er sich einredet. Dass er bisher im Rat noch nicht auf sich aufmerksam gemacht hat, kann nur heißen, dass er sich das für eine besondere Gelegenheit aufspart.«

»Und er macht gemeinsame Sache mit der Verborgenen Meisterin?«, fragte Jendra. »Das kann ich mir nicht vorstellen!«

»Oder sie lässt ihn lediglich in dem Glauben«, mutmaßte Elisabeda.

»Ja, das habe ich auch schon gedacht«, sagte Kilianna. »Ich glaube, dass er ihre Spielfigur ist und nicht umgekehrt.«

»Das ist im Prinzip egal. Wenn wir die Schattenmeisterin aus dem Spiel nehmen, fehlt entweder der Spieler oder die Spielfigur, und so oder so geht es dann für deinen Vater nicht weiter.«

»Das stimmt, aber vielleicht …«

»Nein, Kilianna«, unterbrach sie Jendra. »Wir müssen das jetzt tun. Wir haben lange genug gezögert. Ich hab gedacht, sie hat sich zurückgezogen und hält den Kopf unten, bis der Krieg vorbei ist, und das war vielleicht auch so, aber jetzt *ist* der Krieg vorbei, und wenn ihr Kopf jetzt hochzuckt, dann schlag ich ihn ab!«

»Wie willst du das machen?«

»Lass mal überlegen – neuerdings habe ich wieder den Urzeichenträger des Blutzeichens, einen Dichter, einen General und eine eingeschworene Gemeinschaft aus frustrierten Schurken und Gleichwerkern an meiner Seite. Meine Chancen stehen gar nicht mehr so schlecht.«

»Jendra«, sagte Ismayl, und sie wandte ihm ihr kleines, spitzes, zu allem entschlossenes Gesicht zu. »Worüber reden wir hier? Wollen wir ihr Morde nachweisen? Oder … wollen wir selbst einen begehen?«

»Ich will einen begehen«, sagte Jendra leichthin und lehnte sich in den Stuhl zurück. »Dieses Miststück hat kein Anrecht auf das Urzeichen.«

»Und deshalb ermorden wir sie?«

»Ja, da bin ich für.«

Ismayl sah von einem zum anderen, und alle beäugten Jendra kritisch, aber keiner erhob einen Einwand.

»Das ist etwas, das der Rote Rufin sich ausdenken würde.«

»Unsinn, das ist etwas vollkommen anderes! Der hat gar nicht sonderlich viele Leute umgebracht. Der war eher ein Folterer und Verstümmeler. Ich bin für einen ganz ehrlichen Mord!«

»An einer Urzeichenträgerin?«, hakte Elisabeda nach.

»Ja, verdammt!«, stieß Jendra hervor. »Warum guckt ihr mich alle so an? Es wird uns noch leidtun, wenn wir unsere Moral und unseren Anstand vor die Sicherheit der Stadt stellen! Ignaz wüsste, was ich meine! Ignaz wäre auf meiner Seite!«

Elisabeda überging den nicht ungerechtfertigten Einwand. »Dawyd und Johanni sind auch Urzeichenträger. Was ist, wenn jemand entscheidet, dass ihm das nicht passt?«

»Das ist doch schon längst passiert und wird wieder passieren!«, begehrte Jendra auf. »Johanni wäre tot, wenn Dengelschlag seinen Willen bekommen hätte! Und Dawyd hat diesen Kerl auf den Hals gehetzt bekommen, den du angezündet hast!«

»Ich habe ihn nicht angezündet, ich habe einen Wagen in die Luft gejagt«, widersprach Elisabeda. Die Geschichte war für Ismayls Geschmack zu knapp erzählt worden, aber es würde sicherlich eine Gelegenheit geben, sie ausführlicher zu hören.

»Letztlich müssen wir verhindern, dass die beiden ihr Spiel weiterspielen«, sagte Kilianna. »Ich muss ganz ehrlich sagen: Mir ist es mittlerweile egal, ob wir die Zeichenträgerin vor Gericht bringen oder ob Jendra ihr den Hals umdreht. Diese Frau und ihre Leute müssen aus dem Verkehr gezogen werden, und ja, ehrliche Methoden wären vorzuziehen, aber vielleicht müssen wir jetzt auch einfach schnell sein. Letztes Jahr habe ich Rufin über den Haufen geschossen, bevor er die Stadt vergiften konnte, und ich bin bereit, das wieder zu tun.«

Dawyd sah sie an und sagte nichts. Er war noch nicht wieder ganz der Alte, wirkte blass und müde.

»Das ist gut«, sagte Jendra. »Wer ist dabei?«

»Unter einer Bedingung«, sagte Elisabeda. »Ich bin dabei, aber wir töten sie nur, wenn es keinen anderen Weg gibt. Wenn wir sie vor Gericht bringen können, dann tun wir das.«

Dawyd nickte.

»Heißt das, du bist dabei oder du stimmst Elisabeda zu?«, fragte ihn Jendra mit ein wenig Gift in der Stimme.

»Das heißt, dass sie der General ist und ich nur Hauptmann. Also schließe ich mich ihr an«, antwortete Dawyd.

»Oh, hervorragend, gilt das etwa noch?« Elisabeda lachte. »Dann sollte ich mir Aufgaben für dich ausdenken. Das Dach meines Hauses sieht ziemlich marode aus, Hauptmann, vielleicht sollte ich dich da hochschicken!«

Sie lachten, und vorher hatten sie so leise gesprochen, dass nur dieses Lachen bis zur Villa wehen würde. Einige sehr ungleiche Freunde, die sich übereinander lustig machten. Mehr nicht.

Jendra wurde wieder ernst. »Ich habe eine Idee, wie wir es machen.«

»Bleib noch hier«, bat ihn Kilianna.

»Wollt ihr nicht lieber zu zweit sein?«, fragte Ismayl zweifelnd und hoffte, dass niemand seiner Stimme anhörte, was er bei diesen Worten empfand. Ja, die beiden waren für alle offensichtlich ein Paar, und er wusste das natürlich schon seit Monaten, doch er hatte sie auch seit Monaten nicht mehr zusammen gesehen, und er konnte es nicht leugnen: Er wünschte, er wäre an Dawyds Stelle.

»Ich hatte das heute Morgen schon vor«, erklärte Kilianna. »Ich habe viel geübt, und ich glaube, ich könnte jetzt so weit sein. Die Blutzeichen, die es im Moment gibt, sind gut und schön. Aber die *echten* Blutzeichen haben nicht einfach nur Muskeln hart gemacht oder Haut undurchdringlich. Die echten hat man doch mit der Klinge geschlagen. Ich dachte, wir arbeiten daran ein bisschen. Du schreibst auf, wir experimentieren.«

»Das andere ist auch *echt*«, sagte Ismayl. »Wortzeichen kann man auf die Zunge malen, in ein Buch schreiben – und man kann sie im Geist wirken, mit seinen Gedanken oder mit gesprochenen Wörtern.«

»Das weiß ich, aber die Wortzeichen sind doch ohnehin etwas anderes.«

»Nein. Eigentlich nicht.«

»In Ordnung.« Sie rollte mit den Augen. »Aber ich mache mir nichts aus stahlharten Muskeln, ich will *Fechtkunst.* Und ich habe jetzt lange genug allein herumprobiert.«

»Den Edlen Krieg«, murmelte Dawyd, der auf dem Gartenstuhl saß, während Kilianna und Ismayl etwas abseits standen.

»Ja, genau«, sagte Kilianna, die ihren Degen an der Seite trug. »Ich habe in den Fechtschriften gelesen, dass die Zeichen mit der Bewegung der Klinge gewirkt wurden! Lasst uns das rekonstruieren!«

»Hier?«

»Und jetzt«, bestätigte sie.

Dawyd blieb sitzen.

»En garde!« Kilianna lachte und zog den Degen. »Komm schon! Bist du etwa immer noch müde?«

»Ja, ich bin immer noch müde«, sagte Dawyd ausdruckslos.

»Soll ich … also, soll ich jetzt bleiben?«, fragte Ismayl zögerlich und nahm ein Notizbuch aus der Rocktasche.

»Ja«, sagten beide, und in Dawyds Stimme lag so etwas wie Verzweiflung.

»Ich habe mein Schwert nicht dabei«, ergänzte Dawyd, und Kilianna seufzte.

»Ich weiß. Aber ich hab das hier.« Sie nickte zu einem Degen in prunkvoller Scheide, den sie ganz offensichtlich von irgendeiner Wand ihres Elternhauses geholt hatte und der jetzt am Stamm der Weide lehnte.

»In Ordnung.« Dawyd ächzte und stand auf.

»Wir können auch einfach noch Tee trinken und die Sonne genießen, solange sie noch da ist?«, schlug Ismayl vor, aber Kilianna bedachte ihn mit einem vernichtenden Blick.

»Wir haben den ganzen Morgen die Sonne genossen, weil Dawyd müde war.«

»Ich habe schlecht geschlafen!«

»Er muss sich sicher noch ein bisschen erholen«, versuchte es Ismayl.

Kilianna sah beide an und ließ den Degen sinken. »Ich weiß. Das weiß ich. Dann … dann lassen wir es. Ich hatte gedacht, es würde vielleicht Spaß machen, an den Zeichen zu forschen.«

Dawyd straffte sich. »Ja. Wird es auch.« Er ging zur Weide und nahm den Degen, zog ihn aus der mit roten Korallensplittern und schwarzen Perlen verzierten Scheide und stellte diese vorsichtig wieder ab. Er inspizierte den Degen. »Ein bisschen verschnörkelt«, urteilte er, »aber tauglich.«

»Ich habe gelesen, es gibt Zeichen, die bewirken, dass ein Kampf ohne Verletzungen vonstattengeht«, sprudelte Kilianna los. »Die Kämpfer wirken das Zeichen gemeinsam mit einem Schlag und einer Indes-Technik, und dann verwunden sie einander nicht, sondern können beweisen, wer von ihnen das größere Können besitzt! Stell dir vor, wir könnten das rekonstruieren! Wie viel effektiver wir dann im Sandhaus üben könnten!«

»Der tätowierte Kerl hat ein Zeichen gewirkt, mit dem wir uns auf den Tod bekämpfen, ohne dass jemand eingreifen kann«, sagte Dawyd leise und sah auf die Klinge.

»Na, das heben wir uns vielleicht für später auf«, sagte Kilianna lächelnd, aber Ismayl wurde trotz der blendenden Herbstsonne kalt.

Kilianna hob den Degen und richtete ihn auf Dawyd. »Komm, wir machen uns einfach ein wenig warm. Und dann kramen wir in deinem immensen, unaussprechlichen Wissen. Das wird Spaß machen!«

Sie schlug ihre Degenspitze gegen die von Dawyd. Das *Kling* der Waffen ließ zwei Vögel auffliegen. Dawyd schlug mit einer abgehackten Bewegung zu – nur auf die Klinge. Kilianna ließ ihre Klinge kreisen und brachte Dawyds damit aus der Bahn. Sie hatte trainiert, das war offensichtlich. Sie machte einen Schritt vor, Dawyd tat einen Schritt zurück, und dann bewegte sich ihre Spitze auf Dawyds Brust zu. Er starrte die Spitze an, als sie sein Hemd berührte.

»Was denn?« Kilianna lachte. »Das lässt du mir einfach durchgehen?«

Ismayl musterte Dawyd. »Kilianna, ich glaube …«

Dawyd schüttelte den Kopf, tat einen Schritt zur Seite, straffte sich und schlug die Klinge weg. »Unsinn. Ich wollte nur mal sehen, was du so getrieben hast ohne mich. Außerdem war der Degen noch nie meine Lieblingswaffe.«

Die beiden wechselten ein paar Hiebe und Stiche, immer weit genug vom Körper entfernt oder früh genug gestoppt, um sich nicht zu verletzen. Ismayl sah, dass Dawyds Bewegungen mühseliger wurden. Schließlich keuchte er und blieb einfach stehen, und Kiliannas Klinge ritzte trotz aller Bemühungen seinen Unterarm. Er schrak zurück, sein Atem ging stoßweise, und alle drei Augenpaare hefteten sich auf den Hemdsärmel, in dem ein Riss klaffte. Dawyd war so weit zurückgestolpert, dass er mit dem Rücken gegen die Weide stieß. Die verzierte Scheide fiel um.

»Hab ich dir weggetan?«

Dawyd rang nach Atem, Ismayl kam an seine Seite und schob den Ärmel zurück. Der Schnitt war so oberflächlich, dass er nicht blutete. »Ich glaube nicht.«

Dawyd warf den Degen von sich und stieß irgendetwas zwischen einem Wutschrei und einem Schluchzen aus.

»Ich wollte das nicht!«, beteuerte Kilianna, doch Dawyd wandte sich ab und stapfte durch den Garten davon.

Kilianna wollte ihm folgen, aber Ismayl hielt sie auf. Sie sah seine Hand an, die ihren Arm gepackt hatte.

»Was soll das?«, fragte sie eisig.

»Lass ihn kurz in Ruhe«, beschwor Ismayl sie und ließ los.

Sie seufzte, hob den Degen auf und wischte den Dreck von der Spitze und dem verschnörkelten Griffkorb. »Er ist seltsam, Ismayl.«

»Ja, finde ich auch«, sagte er. »Aber er war schwer verletzt. Das ist sicher noch nicht ganz verheilt.«

»Warum kann er das nicht sagen? Ich weiß gar nicht mehr, warum er ›das Maul‹ heißt!«

»Lässt du mich mit ihm reden?«

»Mach. Du bist der Wort-Meister.« Sie schob den Degen in die Prunkscheide zurück. »Ich gehe ins Haus und bereite den endgültigen Fall meiner Familie vor. Und genieße die Bibliothek, solange ich sie habe.«

Mit ungnädigen Schritten ging sie hinein. Er sah ihr kurz unentschlossen nach und folgte dann Dawyd.

Er war nicht darauf vorbereitet, dass der auf einer Gartenbank saß und heulte. Er weinte nicht würdevoll vor sich hin, nein, er saß zusammengesunken da, zitterte und schluchzte haltlos Rotz und Wasser in seine Hände. Ismayl näherte sich sehr, sehr zögerlich und sehr, sehr langsam.

Schließlich gab er sich einen Ruck: Wenn er eines von Toma und auch von Guillome gelernt hatte, dann, dass nichts dabei war, Gefühle zu zeigen. Sie hatten in Sygna oft über die Gefühlsduseligkeit der Aquinzacken gespottet, und die aquinzische Lyrik – und die Theaterstücke! – troffen geradezu davon. Trotzdem waren die Aquintianer in der Lage, den halben Kontinent zu unterjochen. Also konnte man wohl auch einem Fechter und Blutzeichenträger Trost spenden, indem man ihn umarmte. Ismayl setzte sich neben ihn und legte dann einfach den Arm um ihn. Dawyd sah kurz und irritiert auf, versuchte aufzuhören und heulte dann einfach weiter. Er ließ sich dabei ein wenig gegen Ismayl sinken, was diesen ungemein erleichterte.

Ismayl wollte irgendetwas sagen, aber trotz aller Wortzeichen fiel ihm beim besten Willen nicht ein, was. Sie saßen eine ganze Weile so da, und er fühlte, wie rasch Dawyds Atemzüge gingen. Irgendwann wurden sie langsamer. Irgendwann war er noch zittrig und heiser, aber er sah auf und starrte mit roten Augen in den Himmel.

»Das ist kein Stoff für ein sonderlich gutes Epos«, brachte er hervor.

»Ich bin nicht hier, weil ich ein Epos schreiben will. Ich bin hier, weil ich dein Freund bin«, sagte Ismayl.

Dawyd sah ihn nicht an, aber er presste die Lippen zusammen und nickte.

Ismayl zog seinen Arm langsam zurück und ging etwas auf Abstand. Es musste ja auch nicht *zu* unbehaglich werden. »Willst du mir sagen, was los ist?«

Dawyd nickte erneut dem Himmel zu.

»Auf dem Weg hierher … bin ich mit meinen Eltern die Dämmertreppe hoch«, begann er leise und stockend. »Mein Puls ging schneller, weil es anstrengend war, und auf einmal musste ich dran denken. An den Kampf, meine ich. Und ich konnte nicht aufhören, dran zu denken. Mein Herz raste, mir ist der Schweiß ausgebrochen, ich hab gezittert, ich wusste gar nicht, wo ich bin. Meine Eltern standen so neben mir, meine Mutter schüttelte mich, und ich hätte sie fast geschlagen.« Dawyd zögerte. »Seitdem hab ich Angst vor der Treppe runter ins Bakkalauviertel.« Er lachte freudlos. »Seitdem bin ich hier. Ich bin nicht mehr gegangen. Ich *kann* mein Schwert nicht holen, ich kann hier nicht weg. Ich kann nicht diese Treppe runter.«

»Aber es liegt nicht an der Treppe«, sagte Ismayl leise.

»Ich weiß. Das weiß ich jetzt auch. Mit Kilianna war es ähnlich, gestern Abend. Und ich bin mindestens dreimal aufgewacht. Ich hab nicht nur vor der Treppe Angst, sondern auch … vor … was weiß ich. Allem Möglichen offenbar.«

»Albträume?«

Dawyd machte ein zustimmendes Geräusch. »Weißt du, ich weiß nicht mehr, wie er ausgesehen hat. Der Kerl. Ich denke, er war riesig, aber eigentlich weiß ich, dass er das nicht war, dass er kleiner war als ich. Ich kann mich nicht an sein Gesicht erinnern, aber im Traum, da ist er plötzlich über mir, und ich weiß ganz genau, wie er aussieht, er steht kristallklar vor mir, und ich bin überzeugt, dass er mir den Schädel zertrümmert. Diese … diese Tätowierungen. Das waren Blutzeichen, Ismayl. Wie nützlich wäre es, wenn ich wüsste, wie sie ausgesehen haben! Aber wenn ich wieder zur Besinnung komme, ist alles weg.« Dawyd schnipste mit den Fingern. »Als wäre er doch nur ein Traum gewesen.«

»Vergiss einfach mal die Blutzeichen«, schlug Ismayl vor.

»Was? Wie?« Wieder schimmerten Tränen in Dawyds Augen – diesen Augen, in denen das Zeichen lag. »Wie soll ich die vergessen, das ist mein Leben, das ist es, was ich jetzt *bin*, was von mir erwartet wird! Von den Fechtern, die unsere neuen Zeichen wirken konnten, ist nur noch eine Handvoll am Leben!«

»Wir brauchen die Blutzeichen jetzt nicht. Es ist vorbei. Du bist hier in Sicherheit.«

»Du verstehst das nicht«, murmelte Dawyd.

Ismayl sagte nichts. Zu behaupten, er verstehe es, wäre vermessen gewesen. Er wartete ab.

»Die Verborgene Urzeichenträgerin«, sagte Dawyd schließlich, »tut nicht, was sie Jendras Meinung nach tun soll, und wir reden darüber, sie umzubringen. Und wenn ich nicht tue, wozu ich da bin, was blüht mir dann?«

»Nichts! Du hast für die Stadt gekämpft, und jeder weiß, was wir dir verdanken!«

»Die Blutzeichen der Fechter sind verschwunden, und ich bin der einzige Schlüssel zu ihrer Wiederentdeckung. Wenn ich das nicht kann, wäre es wohl besser, wenn ich einfach tot wäre. Wenn er mich umgebracht hätte …«

»Du bist gerade erst einen Tag wieder da! Gönn dir eine Pause, verflucht! Arbeite halt morgen daran oder nächste Woche oder in zwei Jahren!«, protestierte Ismayl, aber er wusste, dass Dawyd das alles nicht hören wollte. »Warte einfach ab. Machst du das? Bis du wieder bei Kräften bist. In Ordnung? Tu nichts Dummes, mach dir keine Gedanken, lass dir von irgendwelchen Arschkriechern im Rat den Hintern nachtragen, wenn dir danach ist. Lass dich in einer Sänfte den Berg runtertragen, statt die Treppen zu benutzen!«

Dawyd grinste und fuhr sich mit dem Ärmel durchs Gesicht, aber es waren keine Tränen mehr da, die er wegwischen konnte. Dennoch sah er desaströs aus, aber sein Grinsen war immerhin zurück.

»Gute Idee«, sagte Dawyd.

»Ich weiß. Ich habe meine Momente.«

Kapitel XII

Kilianna stand unschlüssig an den hohen Fenstern der Bibliothek und sah in den Garten. Sie konnte Ismayl und Dawyd nicht sehen, nur eine Amsel, die durchs Gras hopste. Sie wusste noch nicht, ob sie dankbar sein sollte, dass Ismayl sich der Sache angenommen hatte, ob sie wütend auf sich selbst sein sollte, weil sie es nicht konnte, oder ob sie beunruhigt sein sollte, weil mit Dawyd ganz offensichtlich etwas nicht stimmte und sie nicht benennen konnte, was es war.

Sie hatte es so einfach dahergesagt, dass sie die Bibliothek nutzen wollte, solange sie noch hier wohnte, doch nun überfiel sie Schwermut. So oft war ihr dieses Haus, diese Familie wie ein goldener Käfig erschienen – aber in dieser Art Käfig war es nicht schwer, sich wohler zu fühlen als in den Löchern, in denen Jendra sich Nacht für Nacht eine Bleibe suchte. Die Bücher, das Essen, ihr Zimmer, das Bett, der Garten, die Aussicht – und das Phänomenalste an den Villen in den beiden Meistervierteln war ihr so selbstverständlich, dass sie erst darüber nachdachte, als sie schwere Schritte auf den Fliesen hörte und sich die Tür zum Badezimmer schloss. Bis in die Bibliothek konnte sie den Duft von Badeöl wahrnehmen und den Dunst des heißen Wassers.

In den Meistervierteln lagen Rohre in der Erde, die dauerhaft heiß blieben und somit das Wasser darin erhitzten. Natürlich nicht wirklich *dauerhaft* – kein Zeichen hielt ewig. Es gab in regelmäßigen Abständen Klappen im Boden, über die die Gilde der Rüstungsschmiede und Glockengießer – nun die Gilde Beider Schmiede – Zugriff auf die Rohre hatte. Die Zeichen darauf wurden ungefähr einmal im Monat erneuert, oft mussten auch Rohre ausgetauscht oder repariert werden. Aber selbst wenn man die häufigen Störungen bedachte: Die Badezimmer der Meistervillen verfügten über fließendes heißes Wasser. Wasser, das man in Badewannen laufen lassen konnte und das dampfte, als wäre es gerade vom Herd geschleppt worden.

Kilianna wusste, wie unfassbar luxuriös das war. Wie ungerecht all den Menschen in der Unterstadt gegenüber, wo dieselbe Technik nur den Badehäusern zur Verfügung stand. In jeder Stadt gab es Arm und Reich, aber Kilianna war sich nicht sicher, ob die Kluft dazwischen in Sygna nicht besonders tief und breit gähnte.

Die Tür zur Bibliothek öffnete sich, und ihr Vater trat ein. Er sah verkatert aus und trug einen Morgenmantel, obwohl der Tag bereits reichlich fortgeschritten war. Sein Haar war nass, die fleischigen Wangen rasiert, und er roch nach Badeöl und Duftwasser.

Sie stand am Fenster, ohne sich zu rühren, aber offenbar hatte er gewusst, dass sie hier war, denn er kam auf sie zu und sah ziemlich zerknirscht drein.

»Kann ich mit dir reden? Wo ist Dawyd?«

»Draußen. Mit Ismayl Schönauge.«

»Verschwörertreffen, hm?«, fragte er, und kurz blitzte ein Lächeln auf, dieses Lächeln, das ihr klarmachte, dass er immer noch glaubte, er habe es mit einer jugendlichen Laune von ihr zu tun. Dann verschwand es und machte einem reumütigen Gesichtsausdruck Platz.

»Nein«, sagte sie kühl. »Sie wollen etwas besprechen.«

»Dawyd braucht ja einen Trauzeugen«, sagte ihr Vater.

»Papa, wir heiraten nicht«, stieß sie hervor. Sie hatte gestern genug Scharade gespielt. »Nicht jetzt, und wenn überhaupt, dann habe ich keinen Grund, heute darüber zu sprechen oder auch nur nachzudenken.«

»Du bist so anders als deine Schwestern. Und Brüder.«

»Willst du etwas Bestimmtes?«

Er setzte sich in einen Lehnstuhl und betrachtete das Buch

auf dem Tischchen daneben. Den Briefroman, den der aquinzische Kaiser angeblich so gern mochte. Kilianna wusste nicht, wer in der Schmonzette zuletzt gelesen hatte. Sie jedenfalls nicht.

»Tatsächlich, ja«, sagte Zachari Erdhand. »Ich habe gestern Abend zu viel getrunken und zu viel geredet, Kilianna.«

Sie schwieg. Sie hatte gehofft, dass seine Erinnerung daran dunkel war, doch die Amtsperioden als Großgildenmeister hatten ihn offenbar diesbezüglich geschult.

»Du hast heute eine Generalin, einen Urzeichenträger und einen Spion um dich geschart. Von der kleinen Unruhestifterin ganz abgesehen. Ich kann mir vorstellen, dass deine Geselligkeit gestern Abend dabei eine Rolle gespielt hat: Du hast mich ausgehorcht, und ich habe mich aushorchen lassen.«

Sie schüttelte den Kopf, aber es war ein kraftloser Widerspruch.

»Was wollt ihr jetzt tun, du und deine Gleichwerkerfreunde? Machst du ihnen die Tür auf, wenn sie mit Mistgabeln … und Schmiedehämmern kommen?« In seiner Stimme lag Resignation.

»Wir wollen verstehen, was hier passiert. Und dann wollen wir Gerechtigkeit, und die hat nichts mit Mistgabeln zu tun«, sagte Kilianna, und mit jedem Wort schwand die Scham, die sie empfand, obwohl doch *er* sich schämen musste, *verdammt!* Sie wurde lauter, entschlossener. »Du verstehst nicht, dass du nicht über die Stadt hinweg tun und lassen kannst, was du willst. Das fühlt sich so an, hier oben, in unserer Villa, mit Blick über Berge und Häuser! Aber da unten ist jeder einzelne Mensch so viel wert wie du und ich!« Sie schüttelte den Kopf. »Aber es geht uns nicht um dich.«

Er faltete die Hände vor dem Bauch, über dem sich der seidene Morgenrock spannte. »Das heißt, ich werde nicht Opfer eurer Gerechtigkeit?«

»Es ist nicht *unsere* Gerechtigkeit. Es ist Gerechtigkeit. Sie kennt keine Seite.«

»Das klingt sehr aquinzisch, was du da sagst. Seltsam, dass du dich mit den Besatzern nicht besser verstanden hast. Gleichheit, Freiheit, Gerechtigkeit.«

»Ich hätte mich besser mit ihnen verstanden, wenn sie diese Ideale nicht nur als leere Phrasen gedroschen hätten! Welche Freiheit gab es in den Manufakturen? Welche Gerechtigkeit für einen Mann wie den Roten Rufin?«, spie sie. »Aber das ist egal. Was wir eigentlich wollen, Papa, ist, dass diese Morde aufhören. Diese Schattenspiele, bei denen Ratsmitglieder erpresst werden! Dieses Wegsehen und Schweigen, wenn es um die Verborgene Meisterin geht.«

»Ihr wollt an die Verborgene Meisterin«, sagte ihr Vater und sah kurz erleichtert aus. Sie beschloss, das zu nutzen – ihr Vater war kein Mörder, er war auch kein Mithelfer.

»Ja.« Sie trat näher heran, nahm den Briefroman und suchte die Lücke im Regal, um ihn wieder einzuräumen. »Papa … Hilf uns.« Sie wandte sich wieder zu ihm um, ihre Blicke begegneten sich. »Ich will ebenso wenig daran zugrunde gehen wie du. Ich mag auch … all diese Bücher, das warme Wasser, den Garten.«

Er lächelte, nicht unzufrieden mit dieser Erkenntnis. »Natürlich, sonst wärst du wohl nicht mehr hier.«

»Diese Frau – wenn es eine Frau ist, wie Jendra sagt –, diese Frau gibt Morde in Auftrag. Begeht sie vielleicht sogar selbst. Sie gebietet als Alleinherrscherin über den Verborgenen Hof, und wer weiß, wann sie einen Schritt hinaus tut und auch eine Villa im Bleiberghang will! Sie spielt mit dir, sie spielt mit dem ganzen Rat, und früher oder später wird sie das Spiel beenden und sich zum Sieger erklären.« Kilianna zog ein weiteres Buch hervor, drehte es richtig herum und räumte es wieder ein – und noch eines. Sie brauchte irgendetwas, um ihre Hände zu beschäftigen. »Bitte, hilf uns, sie zu stürzen, ihr das Handwerk zu legen! Sag gegen sie aus – alles, was du über Dengelschlags Tod weißt! Alles, was du über sie weißt!«

Er stieß verächtlich die Luft durch die Nase aus. »Ich vertraue ihm oder ihr auch nicht, Mädchen, glaub mir das. Ja, ich habe das eine oder andere Ding gedreht, damit wir bleiben können, wo wir sind – aber sie, sie agiert ohne mein Einverständnis, das kann ich dir sagen. Ich bin weder mit ihr verbündet, noch gebiete ich über sie! Und wie wollt ihr sie in die Finger kriegen? Dieses Zeichen macht sie zur perfekten Verbrecherin!«

»Lass das unsere Sorge sein«, sagte Kilianna. Dumm genug, ihrem Vater Jendras Plan anzuvertrauen, war sie nicht.

Er sah sie zweifelnd an, ein lautloser Seufzer hob und senkte seine breite Brust. »Das ist nicht wie deine Verschwörertreffen, Kilianna. Ich *treffe* mich nicht mit ihm. Ihr. Es gibt kaum etwas, was ich über sie sagen kann. Und ich bringe mich selbst damit ja auch in Gefahr. Mama. Dich. Wer weiß, was mir zustößt, wenn ich das tue? Oder ob ich dann einfach im Gefängnis lande – und ihr? Im Buckelviertel?« Er stieß ein seltsames Lachen aus, es klang nervös, und seine Augen irrten nach rechts und links.

»Papa, ich weiß, dass sie bedrohlich ist. Dass du Angst vor ihr hast. Aber wir werden sie vor Gericht bringen, und die einzige Frage, die du dir stellen solltest, ist, ob du auf der Gewinner- oder auf der Verliererseite stehen willst.«

Diesmal seufzte er laut. Kilianna fand keine Bücher mehr zum Sortieren und zupfte sich stattdessen einige lange Haare vom Kleid. Er erhob sich und trat auf sie zu, und kurz dachte sie, er würde ihre Hand in seine nehmen, und sie wusste nicht, wie sie darauf reagieren sollte. Stattdessen sagte er nur: »Ja, ja, du hast recht. Du kennst mich.«

»Du stehst immer auf der Gewinnerseite«, sagte sie.

»Nicht immer. Aber die Verliererseite meide ich wie der Krumm… Ich meide sie jedenfalls. Kilianna, ich will nur, dass es Sygna gut geht. Wenn ihr es schafft, die Verborgene Meisterin vor Gericht zu bringen, sorge ich dafür, dass sie schuldig gesprochen wird. Ich will keine Mörderin mit unnatürlichen Kräften hier am Werk sehen.«

Sie sah ihn an, forschte nach seiner Aufrichtigkeit. Ismayl hätte besser erkannt, ob er log. Das »Feuer der Leidenschaft« hätte ihn vielleicht die Wahrheit sagen lassen. Sie konnte nur darauf vertrauen, dass sie ihn gut genug kannte.

Er erwiderte ihren Blick. »Kilianna, sie ist auch mir zuwider. Die Stadt ist mein Ein und Alles, und Mord und Erpressung sollten nicht ihre Fundamente bilden.«

Kilianna nickte. Ihr war klar, dass auch diesen Worten Kalkül zugrunde lag. Natürlich würde er seine eigene Position damit stärken, dass er die Schattenmeisterin auslieferte. Aber wenn dieses Kalkül dafür sorgte, dass er gegen diese Frau aufstand, dann sollte es ihr recht sein. Sie bot ihm die Hand. Er lachte erstaunt.

»Geben wir uns die Hand wie zwei Geschäftspartner?«

»Ja. Als wären wir gleich, Papa.« Sie lächelte. Sie hatte gehofft, ihn schon viel früher für ihre Sache zu gewinnen, denn egal, was für ein schlüpfriger Machtpolitiker er war – er war ihr Vater. Und vielleicht steckte mehr Gutes in ihm, als sie für gewöhnlich sah.

Er schüttelte ihre Hand mit seiner breiten Pranke, die schon lange keine Schwielen von der Arbeit mit Ton mehr hatte.

»Dann ist es so. Geschäft ist Geschäft.«

Neigel war rechtzeitig gekommen, um Nikí das Leben zu retten, aber danach war alles noch viel schlimmer geworden. Er hatte Iyaire verlassen wollen, aber Guillome hatte gesagt, dass sie das Viertel nicht im Chaos versinken lassen konnten, dass sie Leuten helfen mussten, sich in Sicherheit zu bringen. Und er hatte recht, aber das Viertel brodelte in einem bürgerkriegsähnlichen Zustand.

Mittlerweile konnten sie gar nicht hier weg, ohne eine Verhaftung zu riskieren: George hatte versucht, in der Universität Räume zu Notunterkünften umfunktionieren zu lassen, aber er war verhaftet worden, und irgendetwas *stimmte* einfach nicht, auch in anderen Stadtteilen kam es zu Gewaltexzessen. Soldaten wurden geradezu hingerichtet von wütenden Mobs, Unschuldige von Soldaten über den Haufen geschossen, es wurde geraubt und geplündert, und das war noch nicht das Schlimmste. Neigel hatte tote Kinder gesehen und Leichen von Frauen mit hochgeschobenen Röcken, und irgendwann war es einfach zu viel geworden, er hatte abgeschaltet und die Randgebiete von Iyaire teilnahmslos nach Überlebenden abgesucht, mechanisch, ohne darauf zu achten, wer noch bei ihm war und was rechts und links geschah.

Irgendwann hatte er Guillome aus den Augen verloren, und sofort machte er kehrt, ging durch die Ruinen einer Kirche, die gestern noch gestanden hatte und nun aussah, als sei sie seit hundert Jahren verlassen. Die Manufakturen waren von allen Seiten verbarrikadiert worden, aber man hörte von dort ein beständiges Ächzen und Krachen, Schnalzen und hohles Tropfen. Er befand sich schon wieder viel zu nah dran – überhaupt schien sich alles in Iyaire stets auf die Manufakturen zuzubewegen. Es waren schon Menschen über die Zäune und Barrikaden hineingeklettert, aber er wusste nicht, was aus ihnen geworden war. Manche Häuser hinter der Barrikade teilten bereits das Schicksal der Pulvermühle – sie wirkten wie zusammengeschnürt, als versuchten sie, einem Griff auszuweichen, der sich nach ihnen ausstreckte.

Neigel fand Guillome schließlich in einem Versteck, das sie noch nicht aufgegeben hatten. Hier hockte etwa ein Dutzend gesuchter Studenten, einige schrien sich an, wie es in letzter Zeit so oft geschah, andere knallten sich irgendein Zeug in den Kopf. Guillome saß auf dem Boden, stieß Rauch durch die Nasenlöcher aus und hatte die Augen geschlossen.

Neigel ging zu ihm und sah auf die Pfeife in Guillomes Fingern herab. »Verdammt, du tust das nicht wirklich!«

»Was?«, fragte Guillome und nahm noch einen tiefen Zug.

»Du Arschloch, du hast *versprochen*, dass du nichts mehr rauchst!« Neigels Stimme mischte sich in die verärgerten Ausrufe der anderen. Er wusste nicht, woran es lag, dass er normalerweise nicht so wütend wurde wie sie.

Doch. Er wusste es. Er *spürte* es.

Dieser Satz hinderte ihn daran. *Werd glücklich.* Doch daran, bodenlos enttäuscht von dieser Pfeife in Guillomes Hand zu sein, hinderte der Satz ihn nicht.

»Und jetzt? Was machst du dagegen?«, spottete Guillome und zeigte ihm die Zähne in einem abfälligen Grinsen.

»Du bist beim letzten Mal beinahe gestorben, weil du nicht alle Sinne beisammen hattest! Du bist *angeschossen* worden!«

»Und lag das an so 'nem Pfeifchen, dass man mich angeschossen hat?« Seine Stimme war träge. »Wohl eher lag es daran, dass ich *keins* hatte.«

»Das lag daran, dass du total neben dir standest! Und hier … hier brennen Häuser, Leute erschießen einander, und du hast nichts Besseres zu tun als zu rauchen?«

»Leck mich, Neigel. Nein, halt. Du nimmst das noch ernst, leck mich nicht!« Guillome lachte hässlich, und Neigel bohrte seine Fingernägel in die Handflächen. »Du führst dich auf, als wärst du meine verdammte Freundin. Du läufst mir hinterher wie ein liebeskranker Dackel. Ich schlafe schon seit Wochen mit dem Arsch zur Wand.«

Neigel schluckte gegen einen Kloß in seinem Hals an.

Guillome rauchte so herausfordernd, dass Neigel der Qualm wie Säure in den Augen brannte. Schließlich brachte er hervor: »Ich hab dir das Leben gerettet. Mehr als einmal.«

Guillome winkte ab. »Weil du dir was davon versprichst.«

»Du verdankst mir dein verdammtes Leben«, flüsterte Neigel. »Und wir haben … wir haben drüber geredet, darüber, ob das in Ordnung ist für dich. Und du hast gesagt, dass es das ist, und, ach, was rede ich hier, du bist gar nicht richtig da, das bist überhaupt nicht *du!*«

Er war jetzt auch laut geworden, und um ihn herum brodelte es vor Wut, doch er ertrank in Scham und Enttäuschung. Er machte auf dem Absatz kehrt.

»Ja, hau halt ab!«, rief ihm Guillome hinterher, und er tat genau das.

Er wusste nicht, wie lange er durch die Straßen irrte, unfähig, einen klaren Gedanken zu fassen. Lysandres Befehl wütete in ihm. Etwas zu werden war ein Prozess, und er war gerade in einen Zustand des Unglücks und der Leere zurückgeworfen, in dem das Zeichen ihn rastlos machte. Er wollte zurück zu Guillome, er wollte sich entschuldigen, und doch wusste er, dass er das nicht wirklich *wollte*, das war nicht sein eigener Wille, sondern ein fremder. Er sollte Naronne verlassen.

Ja, das sollte ich tun!

Aber er blieb.

Er hat das nicht ernst gemeint!

Doch, er hatte in Guillomes Blick gesehen, wie ernst er es meinte. Die Verachtung war so offensichtlich gewesen …

Irgendetwas stimmt hier nicht. All diese Leute sind … grausam.

Die Sonne ging in blutroten Wolken unter, und er sah, dass er wieder viel zu nah an die Manufakturen herangekommen war, sie zog ihn an, wie eine Laterne die Motten anzieht. Und nicht nur ihn. Eine Bande von Jugendlichen befand sich noch näher dran. Sie stritten sich, ob darin noch Wachen aufgestellt waren, und ob sie den Mut haben würden, einzubrechen und Waffen zu erbeuten.

Neigel blieb in einer Nebenstraße stehen. Die Schatten hier unten wurden tiefer, und mit den Schatten kam die Angst, dass sich darin wieder etwas auftun würde, dass sich daraus wieder etwas entrollen würde.

Er umging die Jugendlichen und bog auf eine Hauptstraße ab, konzentrierte sich darauf, ihr zu folgen, denn die Manufakturen lockten in seinem Rücken. Er schaute sich immer wieder um, und als der Sonnenuntergang am spektakulärsten war, sah er, dass etwas aus dem Zentrum des abgesperrten Bereichs herausstob. Es sah aus wie Schnee, der von unten nach oben fiel und schließlich irgendeinen … *Wendepunkt* erreichte, an dem er seine Richtung änderte, um über den angrenzenden Gebäuden niederzugehen. *Sicherlich Asche*, dachte Neigel. Asche von der Pulvermühle. Aber im Licht des späten Abends funkelten die Flocken wie Schnee. Er schüttelte verwirrt den Kopf und ging weiter, brachte mehr Distanz zwischen sich und diesen beunruhigenden Riss im Weltgefüge.

Ich muss hier weg. Zurück nach Sygna.

Aber auch da verachtete man ihn. Ihn im Speziellen und Männer wie ihn im Allgemeinen.

Am besten wäre ich tot.

Vielleicht sollte er der Faszination nachgeben, die von diesem Riss ausging. Was war dahinter, darunter, jenseits davon? Wenn er ohnehin nichts mehr zu verlieren hatte, warum ging er dann nicht dorthin und sah es sich näher an? Wenn das das Letzte war, was er tat, dann bot es ihm vielleicht immerhin Antworten auf die eine oder andere Frage.

Aber diese Antworten sind mir egal. Ich will nicht wissen, was darunter liegt. Ich will nicht sterben.

Er fuhr sich mit der Hand über die Augen, die immer wieder Blicke über seine Schulter auf diesen widernatürlichen Schnee warfen.

Ich will nicht sterben. Ich will nur nicht ich sein.

Bald konnte er eine Straßenblockade ausmachen – das Militär schottete Iyaire und das Nachbarviertel Uèst ab. Wie lange sie wohl noch herauskamen? Noch würden sie sicherlich über Innenhöfe und Dächer entkommen können, aber wenn Soldaten auf dem Weg zurück in die Hauptstadt waren – wie er es gehört hatte – dann würde vielleicht bald kein Weg mehr herausführen.

Ich kann Guillome nicht hierlassen! Nicht, wenn innen und außen böse Geister lauern.

Guillomes innerer böser Geist war diese Sucht, das wusste Neigel, auch wenn er sie nicht verstand. Er war nie nach irgendetwas süchtig gewesen, er fand nicht einmal besonderes Vergnügen im Trinken.

Mein böser Geist ist, dass ich schwul bin. Meine größte Schwäche. Mein größter Fehler.

Er drückte sich an die Häuserwand und beobachtete, was an der Straßensperre vor sich ging. Er fühlte sich wie taub, er wünschte, er könnte sich einfach irgendwo vergraben und nie wieder hervorkommen.

Eine Frauenstimme wurde laut, dann plötzlich ließen die Soldaten jemanden hindurch: Eine Frau mit je einem Korb an jedem Arm kam die Straße herunter, als wäre sie auf dem Weg zum Markt.

Neigel sah ihr verwundert entgegen, bis sie nah genug war, um ihn auch zu bemerken. Sie hob die Brauen, als überlege sie, was nun zu tun sei, und Neigel sagte: »Ihr solltet besser wieder gehen, hier ist es nicht sicher.«

»Das weiß ich schon, Herzchen, man spaziert ja nicht einfach so in ein Sperrgebiet, richtig? Bei allen Heiligen, schneit es da?«

Ihr Dialekt war aquinzisch, aber aus einer ganz anderen Ecke als Naronne. Er konnte sie kaum verstehen. Die Frau war um die fünfzig, hatte ihre lange Lockenmähne zu einem losen Zopf geflochten und einen Strohhut aufgesetzt. Selbst im Halbdunkel konnte Neigel die grelle Schminke sehen, die sie sich auf Lippen und Lider getupft hatte.

»Geht es dir gut, Herzchen?«

Er nickte, dann schüttelte er den Kopf.

»Hm. Aber du bist ein ganz schön großer, starker Kerl. Von den Soldaten wollt ja keiner mitkommen.«

Er gab ein eher verwirrtes Geräusch von sich. »Äh?«

»Nimm mal den Korb!«

Er gehorchte, während sie unter dem Tuch wühlte, das den anderen Korb bedeckte.

»So, ich hab den Leuten hier ein bisschen Süßkram mitgebracht. Ich denke, du solltest es mal als Erster probieren und mir dann helfen, das Zeug durch die Gegend zu schleppen, es ist nämlich nicht besonders leicht.«

»Süßkram?«, fragte er ungläubig, dann raffte er seine Gedanken zusammen. »Was – was soll das? Die Leute hier werden denken, man will sie vergiften, wenn Ihr ihnen mit Süßkram kommt. Und ganz ehrlich: Ich denke das auch!«

Die Frau nahm ein Plätzchen aus dem Korb und hielt es ihm auffordernd hin.

»Ich esse das nicht«, sagte er ernst.

»Ich habe Plätzchen für eine gute Idee gehalten, aber vermutlich nur, weil ich sie selbst so gern esse. Ich hätte Brot nehmen sollen. Brot essen Leute immer, richtig? Gibt … gibt es hier im Viertel schon Hungersnot?«

»Noch nicht. Gerade haben wir andere Sorgen.«

»Es ist so still. Ich dachte nicht, dass es so still ist.« Ein Schauder kroch in ihre Stimme, und sie ließ ihre Blicke über die niedrigen, dunklen Gebäude wandern. Hier war die Blaue Stadt nur noch ein leerer Begriff. Neigel hörte das leise, hohle Schnalzen von den Manufakturen – es wurde kaum leiser, egal, wie weit man sich entfernte. »Gehst du denn mit mir mit? Ein Stück?«

Sie hakte sich mit der Hand, die das Plätzchen hielt, bei ihm unter. Er sah verwirrt auf das Gebäck herab, dann auf ihren seltsamen Marktfrauenaufzug. Dann wieder auf das Gebäck.

»Moment …«, sagte er, löste ihren Arm von seinem und nahm den Keks entgegen. Er war verziert – eine merkwürdig eckige Spirale war mit dunklerem Teig oder Schokolade oder Zuckerguss gezogen.

»Das ist ein Zeichen! Ein Nährendes Zeichen«, flüsterte Neigel. »Was … was habt Ihr damit vor? Wer hat das gewirkt?« Er war kurz davor, den Keks in der Hand zu zerbröseln.

»Ah. Du redest so seltsam, natürlich. Du bist Sygnaer. Was machst du hier?«, fragte die Frau und lachte leise. »Was für ein Pech, der Erste, in den ich hineinlaufe, ist ein Sygnaer, das kann auch nur jemandem wie dem Leen passieren.«

»Ich habe einem Freund geholfen.«

»Hm, ja. Dann bist du der Sygnaer, der beim Aufstand dabei ist«, sagte sie. »Der mit dem albernen Nachnamen.«

Sie maßen sich kurz mit Blicken.

»Neigel«, knurrte er nur seinen Vornamen.

»Ich will nix Böses, Neigel. Ich bin hier, um den armen Leuten hier zu helfen. Wirklich.«

»Ich auch«, sagte er leise, und sofort schlugen seine Gedanken auf ihn ein, die Erinnerungen an Tote, an Gewalt, an Guillome, der dieses Zeug rauchte.

»Dann vertragen wir uns, ja?«, fragte sie. »Du tust mir nix Böses, und ich verrat dich nicht.«

»Ich tu für gewöhnlich nix Böses«, sagte Neigel.

»Fein!« Sie lächelte. »Dann sind wir uns einig. Und jetzt essen wir beide einen Keks, und dann sehen wir weiter. Kennst du dich hier aus?«

Neigel sah sich um und ignorierte das Gebäck. »Soweit man sich in dem Chaos hier auskennen kann, ja.«

»Wo ist es am schlimmsten? Wo brauchen die meisten Leute … eine Süßigkeit?«

»Ich verstehe nicht ganz …«

Die Frau, die sich selbst offenbar als Leen bezeichnete, griff in ihren Korb und nahm noch einen Keks heraus. »Komm, wir essen, und dann verstehst du. Ich will wirklich niemanden vergiften. Kann man das überhaupt mit einem Nährenden Zeichen?«

Neigel zuckte mit den Schultern. »Was weiß ich schon? Ich war nur Müllerbursche.«

»Und ich war nur Marketenderin.«

»Wer hat dir die Kekse gegeben?«

Sie schubste kurz ihren Strohhut zurück, und er erhaschte einen Blick auf die Iriden ihrer Augen, und die Erkenntnis sackte ihm wie ein kalter Schluck Wasser in den Magen. Er war eben von der langsamen Sorte. Er kannte diese Frau – hatte ihr vor Monaten zugesehen, wie sie Lysandre zusammengeflickt hatte! Sie schien sich nicht an ihn zu erinnern, aber ihre Aufmerksamkeit hatte schließlich dem geschundenen Körper seines Peinigers gegolten. Er schluckte.

»Ach, Herzchen, die hab ich selbst gebacken«, sagte die Urzeichenträgerin leichthin und schenkte ihm ein Lächeln mit knallroten Lippen.

Er riss sich zusammen – sie war Aquintianerin, es war nur recht, dass sie ihre eigenen Leute zusammenflickte. »Was *tun* denn diese Plätzchen?«

»Ich dachte, du hättest das Zeichen erkannt, Müllerbursche!«

»Nein, nur, dass es ein Nährendes ist. Den Zeichenstamm kann man den Zeichen ja ansehen, wenn man ihn einmal kennt. Aber das hier … was macht es?«

Sie stellte mit einem Seufzen ihren Korb ab und setzte sich auf die Kante des Trottoirs. Die Straße war verlassen, aber aus einem Wohnhaus hörten sie laute, wütende Stimmen. Vermutlich Plünderer, die miteinander in Streit gerieten. Vielleicht auch Menschen, die nicht bereit waren, alles zurückzulassen und zu fliehen. Neigel setzte sich neben sie, den Korb stellte er zwischen seine Füße.

»Wir gehen da gleich rein, und du hilfst mir. Beschützt mich, in Ordnung?«

»Warum hast du keine Soldaten dabei, die dich beschützen?«

»Ich wollte herkommen, aber meine Obrigkeiten haben mich nicht gelassen. Dieser Lafayet, Bürgermeister Prix, die anderen … machen sich mächtig wichtig. Sie haben mich sogar eingesperrt, aber niemand sperrt das Leen ein, das Leen kommt überall raus. Bin immer schon meinen eigenen Weg gegangen. Ich war zuerst in den Krankenhäusern, Vater im Himmel, was ich da gesehen hab! Da war diese Frau mit drei kleinen Kindern, alle grässliche Brandwunden, die mich anfleht, hier nach ihrem Mann suchen zu lassen. Und ein Junge, schrecklich zugerichtet, halbtot geschlagen, der sagt, seine Schwester sei noch hier. Da wurde mir klar, dass sie die Viertel nicht geräumt haben. Sie haben gar nicht genug Soldaten. Behaupten nur, sie hätten alles unter Kontrolle. Besonders die, die bei eurer kleinen Revolte mitgemacht haben, die trauen sich nicht raus, weil die sonst verhaftet werden. Und dann erzählen alle dasselbe: Leute zünden Häuser an, Leute schießen um sich, Leute schlagen andere Leute tot. In den Krankenhäusern hab ich nicht nur die Opfer davon gesehen. Auch die Täter, denen ging es oft nicht besser.« Sie tippte sich mit dem Finger an den Kopf. »Vielleicht körperlich besser, manchmal, aber nur Mus im Kopf. Die Anstalten sind schon voll, auch mit Kriegsversehrten, und es wird immer schlimmer. Manche haben so eine Wut im Bauch, denen kannst du kein Buttermesser in die Hand geben!«

Neigel starrte auf das karierte Tuch in seinem Korb.

»Und dir geht es noch gut?«, fragte Leen. »Jeder hat mir dasselbe erzählt: Etwas Böses greift einem nach dem Innern. Nach der Seele, wenn du dran glauben willst. Ein Schatten legt sich über einen. Wie lange bist du schon hier? Du wirkst gar nicht kaputt.«

»Ich bin schon länger kaputt«, sagte Neigel und hasste sich selbst für diese Worte. Iphram – Lysandre – hatte ihm gesagt, dass nichts an ihm kaputt sei. Dass er nicht *krank* sei oder abartig. Iphram hatte das gesagt – aber Lysandre hatte es nicht so gemeint, er hatte ihn damit nur manipuliert, hatte ihm vorgegaukelt, es gäbe nichts zu verstecken, nichts zu fürchten, nichts, weswegen er sich schämen müsste. Und Neigel hatte es ihm geglaubt. Manchmal glaubte er es noch. Aber in diesem Moment wusste er, dass er an eine Lüge glaubte. Iphram war eine einzige Lüge gewesen. »Liegt vielleicht dran, wenn man schon so einen Schatten auf der Seele hat, dann kriegt man keinen weiteren mehr.«

Sie sah ihn an und schüttelte dann mit einem »Ts-ts-ts« den Kopf. »Na, wie du meinst. Ich bin Madleen. Das Leen, so nennen mich meine Freunde. Du kannst mich auch so nennen, auch wenn ich noch nicht weiß, ob wir Freunde werden.«

»Du wirkst wie jemand, der mit jedem Freundschaft schließt«, sagte Neigel und lächelte sie an. »Was passiert, wenn ich das hier esse?«

Sie beugte sich verschwörerisch zu ihm. »Das ist Nahrung für die Seele, mein Freundchen. Das hebt die Lebensgeister und bringt einen zur Besinnung. Probier's mal. Ich nehm auch einen. Und dann wollen wir mal sehen, ob wir hier noch ein paar Schwestern und Väter sicher zu ihren Lieben zurückkriegen.«

Neigel biss in den Keks, als sie ebenfalls einen in den Mund steckte und mit einem übertrieben genussvollen Schmatzen kaute. Sie lächelte ihn verschwörerisch an. Das hohle Tropfen und Knarzen, das aus dem Herzen Iyaires drang, schien in seinen Ohren leiser zu werden. Er schloss die Augen und schmeckte dem weich gebackenen Teig nach. Das Zeichen war wirklich Schokolade, echte Schokolade. Er grinste – er liebte Schokolade und hatte sie vielleicht drei, vier Mal in seinem Leben gegessen. Das Gebäck war nach allen Regeln der Kunst gebacken; er war kein Bäcker, aber auch als Müllerbursche wusste er, was gut war. Es war süß, aber nicht zu sehr, kleine Mandelsplitter sorgten dafür, dass es nicht einfach im Mund zerfiel, Gewürze ließen ihn an den Winter denken, und die Schokolade – die sprach für sich.

»Na, und jetzt?«, fragte das Leen. »Was sagst du jetzt? Besser, oder?«

Er fühlte sich besser, denn er hatte seit Tagen nichts Leckeres mehr gegessen – und so etwas Gutes schon seit Wochen, vielleicht Monaten nicht. Aber wie oder ob das Zeichen seine Wirkung entfaltete – das konnte er nicht sagen.

»Ich weiß nicht.«

»Sygnaer, willst du mich beleidigen?«, zischte sie, und er brauchte eine Schrecksekunde, um zu sehen, dass ihre Augen belustigt blitzten.

»Es ist … wirklich gut!«, sagte er besänftigend. »Aber ich verstehe nicht, was es *tut*.«

»Ja, dann genieß halt, wie es schmeckt, und wir suchen uns ein paar Leute, die es mehr zu schätzen wissen.«

Neigel stand auf. Er verstand nicht, was sie mit dem Gebäck beabsichtigte, aber er war bereit, einer Urzeichenträgerin zu vertrauen. Auch das Leen hatte das Gebäck verputzt und erhob sich. Zweifelnd sahen sie zu dem Gebäude, in dem ein unstetes Licht hinter dem Fenster im ersten Stock flackerte.

»Was machen wir, wenn sie uns erschießen?«, fragte er.

»Dann machen wir wohl gar nix mehr«, sagte das Leen achselzuckend. »Ich sag dir die Wahrheit: Mich hat dieses Zeichen erwählt, als wir vor eurer Stadt lagen und die Jungs sich in die Schlacht mit euch stürzen wollten. Warum mich? Weiß ich nicht, aber ich werd versuchen, meinen Landsleuten damit zu helfen, denn ich will niemandem was schuldig bleiben, erst recht nicht einem seltsamen Zeichen in meinen Augen. Ich hab mich immer schon zu viel gekümmert, warum sollte ich ausgerechnet dann damit aufhören, wenn so viele meine Hilfe brauchen? Wenn die da drin nicht wollen, dann hauen wir eben wieder ab und lassen ihnen ein paar Plätzchen da. Die werden schon nicht Nein sagen zu was Leckerem!«

Neigel nickte unsicher. »Ich hab auf dem Weg eine Horde Jugendlicher gesehen, wenn wir uns beeilen, können wir sie noch davon abhalten, etwas sehr Dummes zu tun.«

»Oh, das würde ich liebend gern«, sagte das Leen, legte eine Handvoll Kekse auf das Fensterbrett des spärlich erleuchteten Gebäudes und folgte ihm die Straße hinunter.

Neigel kam sich vor wie in einem Märchen, in dem bald sein letztes Stündlein schlug: mit einem Korb voller Kekse gegen blutrünstige Raubtiere.

Er stellte den Korb zwischen Leen und sich ab und zog die Pistole, die längst nicht mehr geladen war. Die sechs Jugendlichen hatten ihren Streit unterbrochen und sich gegen ein neues Opfer zusammengeschlossen: ihn.

»Ich habe gesagt, wir haben lediglich etwas zu essen dabei, und ihr könnt gern etwas davon haben.«

Die Anführerin der Meute musterte ihn eisig. »Was schmuggelt ihr da drin? Munition? Geld? Habt ihr Schmuck geplündert?«

»Hier?«, spottete einer ihrer Freunde. »Das billige Zeug, mit dem deine Mutter sich behängt? Das will ich nicht!«

Sie sah aus, als wolle sie ihrem Kumpel eine verpassen, ließ es dann jedoch bleiben.

»Jeder von euch kriegt was«, sagte das Leen hinter ihm. »Ich kann euch nur nicht die ganzen Körbe überlassen, andere brauchen auch noch was davon.«

»Dann kriegen sie das *von uns!*« Das Mädchen grinste. »Für den richtigen Preis, wenn es was taugt.«

»Nein, junge Frau, wirklich, so hab ich mir das nicht gedacht!« Das Leen trat einen Schritt vor und stemmte die Hände in die Hüften.

Neigel wurde klar, dass sie gar nicht besonders viel gedacht und bisher vornehmlich Glück gehabt hatte, dass sie ihn zuerst getroffen hatte. Die Jugendlichen schienen das nicht diskutieren zu wollen. Das Mädchen verpasste ihm einen Stoß gegen die Brust, er blieb stehen – sie wog vielleicht die Hälfte von ihm –, und sie prallte in einen ihrer Mitstreiter, aber dann war ein dritter heran, zielte mit der Faust auf sein Gesicht. Neigel riss den Arm hoch, blockte den Schlag ab und holte mit der Pistole aus.

»Nein!«, ertönte Leens Stimme hinter ihm, und ein Gewicht hängte sich an sein Handgelenk. »Tu ihnen nicht weh, das sind nur Kinder!«

Ein zweiter Faustschlag traf ihn, und die Wucht dahinter war ganz und gar nicht kindlich. Er stolperte zurück, ein Ellbogen erwischte ihn in den Rippen, er warf den Angreifer mit einem Schwinger aus dem Weg, aber der nächste war schon heran, und dann schrie das Leen – ein Schrei, der davon gedämpft wurde, dass sie ihre Zähne in irgendetwas grub. Als Antwort schrie einer der Jungen, dann gab es das dumpfe Geräusch von Tritten. Neigel wurde von vier Jugendlichen beharkt, er schützte seinen Kopf und konnte deshalb kaum etwas sehen, denn die Schläge prasselten von allen Seiten auf ihn ein. Jemand packte die Pistole, Neigel rang darum und gewann, er zog den Lauf über einen Kopf, aber eigentlich wollte er keines dieser Kinder verletzen! Dann traf ein Knie seine Weichteile, und sein Sichtfeld schrumpfte weiter zusammen. Weitere Tritte trafen seinen Bauch, jemand zerrte immer noch an der Pistole, aber er presste sie an sich, und dann schrie jemand: »Lasst uns abhauen!«

Sekunden später saßen das Leen und er inmitten des silbrigen Schnees, der um sie herum zu Boden fiel. Aus einem Korb war das Tuch geflattert, einige zerbröselte Kekse lagen verstreut um Leen herum. Die Schritte der Jugendlichen hallten durch die Gassen, doch sie wurden leiser, im Gegensatz zum Knarzen und Tropfen aus den verrammelten Baracken.

Das Leen schlug mit der Faust auf den Boden. »Das darf doch nicht wahr sein!«

Er sah sie an, der Schmerz in seinen Weichteilen ließ langsam nach, aber das Atmen fiel ihm noch schwer.

»Du hast Menschen gesehen, die einander halb totgeprügelt hatten, und dachtest dir, es sei schlau, mit zwei Körben Plätzchen hierherzuspazieren?«, presste er hervor.

»Na, na«, sagte sie. »Ich dachte ja, man würde mir helfen von … von *staatlicher* Seite aus, und als man sich geweigert hat, dachte ich, Leen, du bist noch überall durchgekommen, da musst du jetzt eben allein durch, wenn keiner dir hilft. Ich hab ein einnehmendes Wesen, weißt du, Herzchen?«

»Ja, und jetzt auch nicht mehr viel anderes«, sagte Neigel und wendete einen zerbrochenen Keks in den Händen.

Zachari Erdhands Plan begann sich zu entfalten.

Schmal-Jendras Plan begann sich zu entfalten.

Der Plan eines Wesens aus der Tiefe begann sich zu entfalten.

Zachari Erdhand fiel es leicht, die nötigen Schritte in die Wege zu leiten. Er hatte mit Malachias bereits vor Wochen darüber gesprochen, und der Gildenmeister der Alchimisten war erleichtert, dass Erdhand endlich zustimmte.

Viele politische Ämter und Positionen in Sygna, die nicht auf einem Handwerk beruhten, wurden mit Handwerkern besetzt – Sygna war immerhin *die* Stadt des Handwerks, und auch wenn die ausführende oder rechtsprechende Gewalt in der Stadt kein Handwerk war und nicht gelernt oder gelehrt wurde, so galt es doch, als Oberhäupter dieser Gewalten Handwerker zu besetzen, damit alles in der Stadt auf den gleichen Interessen beruhte. Kleinere Straftaten wurden meist von einem Schöffengericht geklärt, zudem stand es Klägern und Anklägern frei, Gerichtskämpfer aus den Fechtgilden zu wählen. Ging es jedoch um das Handwerk, um Zeichen, um Pfusch oder gestohlene Betriebsgeheimnisse, um Verstöße gegen jene Gesetze, die den Zeichenkundigen auferlegt waren, so sprach einer der Zunftrichter Recht, und das tat er in eben jenem großen Gebäude, in dem sich Ignaz Dreifingers Bande einst mit einem sterbenden Dichtermeister verkrochen hatte. Zu diesem Zeitpunkt hatten die Aquintianer das Zunftgericht geschlossen gehabt, doch als Zachari Erdhand jetzt im Zunftgericht ankam, war das Moos von den dreizehn Gildenwappen im Innenhof gekratzt, und Mosaikleger waren damit beschäftigt, die Wappen der Fechter und der Schmiede umzugestalten und dafür ein neues Wappen für die Gilde der Höheren Ordnung zu legen. Ein Gerichtsdiener brachte Zachari zu seinem neuen Arbeitsplatz.

Der Posten des Obersten Richters war nun ebenso lange vakant wie der des Großgildenmeisters – und wenn er das eine nicht werden konnte, so versprach er sich durchaus etwas vom anderen.

Die dreizehn Zunfträte waren erleichtert angesichts seiner Entscheidung, denn ein Oberster Richter verzichtete für den Rest seines Lebens auf ein Amt im Gildenrat, um nicht erpressbar oder bestechlich zu sein. Zachari Erdhand war damit aus dem Spiel.

Er atmete die staubige Luft des mit Nussbaumholz verkleideten Flurs ein, und kurz fragte er sich, ob der düstere, mit Schnitzereien überfrachtete Korridor ihn in eine Sackgasse führte, aber dann setzte er sein freundlichstes, gelassenstes Lächeln auf und folgte dem jungen Mann, der ihn durch alle wichtigen Räume führte.

Zachari Erdhand, Oberster Richter des Sygnaer Zunftgerichts.

Das Wesen hatte keinen Namen, aber die Stadt nannte es den Krummen Mann der Tiefe. Es war kein Mann, aber es kam aus der Tiefe. Und ja, wenn man es mit menschlichen Augen betrachtete, war es krumm.

An jedem Ort der bekannten Welt hatte das, was Menschen gemeinhin Magie nannten, einen Preis. Der Krumme Mann nannte es anders, aber da seine Worte nur Grausen und Schaben waren, war das nicht von Relevanz.

Die Handwerker von Sygna hatten nicht viel dafür zahlen müssen. Der Krumme Mann fraß nicht ihre Seelen, er holte nicht ihre Kinder – obwohl es Legenden gab, die das behaupteten. Der Krumme Mann zog keine Jungfrauen in die Verkehrte Stadt und auch nicht die siebten Söhne der siebten Söhne. Man musste ihn nicht füttern, man musste ihn nicht bezahlen.

Sygna war seine Stadt.

Alles, was diese Stadt vermochte, alles, was sie erdacht hatte, alles, was in ihr entstanden war, hatte sie dem Krummen Mann zu verdanken. Er gab es freigiebig, wie ein Vater seinen Kindern gibt. Er belohnte und erwartete Kreativität – Finesse – Genialität.

Denn er konnte nicht zurück. Er war schon seit Jahrtausenden hier, es gab woanders nichts für ihn. In diesem Berg, in diesem Ungleichgewicht zwischen Sein und Nichtsein, zwischen Schatten und Licht, zwischen Stadt und Verkehrter Stadt existierte er, und das war seine Heimat. Er sorgte dafür, dass nichts – nichts anderes – aus den Schatten der Verkehrten Stadt kam. Er sorgte dafür, dass das Leben in der Handwerksstadt gedieh.

Er verlangte nicht viel. Aber die Zeichen waren sein Geschenk, und dieses Geschenk galt nur den Menschen von Sygna. Und auch für Geschenke muss man zahlen. Mit Dankbarkeit. Mit Ehrerbietung. Mit Respekt.

Er war der Vater Sygnas – und die Mutter, denn er war weder Mann noch Frau. Ein Vater schützte, was er liebte. Jahrhundertelang hatten seine Kinder ihn missachtet. Hatten die Urzeichen weggeschlossen, seine größten Geschenke. Sie hatten alles gegen ihn verwendet, was er besessen hatte, hatten ihn ausgesperrt oder eingesperrt, je nachdem, von welcher Richtung aus man es betrachtete.

Aber nun nicht mehr. Die Aufmüpfigkeit Sygnas endete. Er beendete sie, und er begann ein neues Zeitalter. Statt eine Stadt an der Grenze würde er eine Stadt erhalten, die auf seiner *Seite lag. Stück für Stück für Stück würde er sie erbauen, bis er eine Heimat hatte, die ihm niemals jemand würde nehmen können. Es war fast so weit.*

Der Krumme Mann der Tiefe horchte darauf, was seine Schützlinge taten. Es waren so viele geworden. Etwas wie ein Lächeln kräuselte sich über ihn, und dann war es weg. Er musste an die Arbeit gehen.

Jendras Plan war nicht jahrtausendealt. Streng genommen war er nicht einmal über Monate hinweg gereift, sondern sie hatte sich mehr oder weniger von einem Zufall zum nächsten improvisiert. Aber darin war sie gut. So gern, wie sie verschlossene Türen öffnete, auch wenn nichts dahinter zu finden war, so gern spähte sie durch den Schleier von Geheimnissen und behielt, was sie dort fand, so lange für sich, bis sie es brauchte.

Sie hatte es überall verbreiten lassen: Sie forderte den Rubinkodex. Jeder sollte es wissen – und wenn diese Verborgene Meisterin sie vorher meucheln ließ, dann würde man wissen, dass sie den Kodex gebrochen hatte. Doch das würde sie nicht tun. Sie würde den Kodex nicht brechen, nein. Jendra war sich ziemlich sicher, dass die Schattenmeisterin Jendra in ihren heiligen Hallen willkommen heißen würde.

Auf den Rubinkodex konnte sich berufen, wer das Oberhaupt oder die Oberhäupter des Verborgenen Hofs herausforderte. Dabei war die Herausforderung nicht genau definiert, es konnte sich um einen Wettstreit handeln, dem beide zustimmten, es konnte darum gehen, die meisten Höflinge zu bestechen oder den meisten Reichtum anzuhäufen. Es konnte auch eine wilde Messerstecherei werden.

Man war ja schließlich nicht bei den Goldfechtern, sondern in der Halbwelt Sygnas.

Jendra hatte sich vorbereitet, indem sie einen Alchimisten ausgeraubt hatte – dabei hatte sie an alte Zeiten denken müssen und an eine eingestürzte Altmeisterstatue. Außerdem hatte sie am Verborgenen Hof Verbündete gesammelt. Sie war vorsichtig gewesen, obwohl sie aus ihrer Ablehnung nie einen Hehl gemacht hatte. Das war wichtig: Sie selbst war der erkennbare Feind. Ihre Freunde hingegen hatten getan, was man von ihnen verlangte. Diejenigen, die Jendra kannten und unzufrieden damit waren, wie die Verborgene Meisterin – aus dem Nichts gekommen – sie gängelte und sie sich zunutze machte. Tyrannen wussten stets, dass sie nicht gern gesehen waren. Aber sie wussten auch, dass der Schrecken, mit dem sie herrschten, meist für Gehorsam sorgte. Heute nicht.

Als Jendra in die Katakomben des Hofs hinabstieg, wurde bereits über sie geredet. Geld wurde – zumeist gegen sie – gewettet. Man lachte über ihr Vorhaben. Man hatte Achtung vor ihrem Vorhaben. Man bemitleidete sie oder versuchte, es ihr auszureden.

»Überleg dir das gut mit dem Rubinkodex, Schmal!« Schiel-Jo fing sie ab und legte seine gichtgekrümmte Hand auf ihren Arm, als sie die Sandhöhle zum Thronraum durchquerte. »Denk noch mal drüber nach!«

»Das lässt sie dir nicht durchgehen!«, teilte ihr Sina Dutzendschön wenig hilfreich mit.

»Du kannst nicht mit ihr mithalten«, sagte Lepa, die über Wetteinnahmen Buch führte.

Jendra war ein bisschen enttäuscht – Lepa hatte mit ihr zusammen vom Alten Dirik gelernt, und obwohl sie immer schon so windig gewesen war, dass Jendra ihr nie ganz vertraut hatte, wollte sie nicht ausgerechnet von ihr hören, dass sie diese Auseinandersetzung verlieren würde.

»Sie wird ihr Zeichen nutzen. Sie kann gar nicht mehr anders, selbst wenn du's auf andere Weise versuchen würdest!«, knurrte Jahn, der Säufer.

»Haltet alle das Maul«, schoss Jendra zurück, und sofort waren alle still, als warteten sie auf eine verdammte Rede. »Vielleicht will ich es lieber *versuchen*, als weiter so zu leben wie ihr – der Gnade eurer Gottkaiserin ausgeliefert, die euch Drecksarbeit machen lässt. Ist doch so, oder? Wie viel gibst du ihr ab von deinem Stundenlohn, Dutzendschön? Oder du von deinen Hundewetten, Lepa?«

Beide sahen etwas betreten drein – Jendra wusste, wie viel es war, und sie wusste auch, dass es niemanden in der Stadt gab, keine Hure, keinen Hehler, keine Diebin, die sich davor drücken konnte, der Königin der Unterwelt Tribut zu zahlen.

»Na ja«, ließ Jahn sich vernehmen, »dafür werden wir jetzt im Rat vertreten! Im *Zunftrat!* Das hast du mit deiner feinen Freundin nicht geschafft!«

»Kannst du dir davon was kaufen, Jahn?«

»Nö«, gab Jahn zu. »Noch nicht. Aber wer weiß, was wir noch vorhaben.«

»Tja, das kannst du mir dann nachher erzählen – wenn ich an ihrer Stelle auf dem Thron sitze!«

Manche lachten. Andere seufzten bedauernd. Jendra ging an ihnen vorbei, die Treppe hinauf, an deren Seiten die verhüllten

Wachen kontrollierten, wer den Saal betrat. Sie wurde eingelassen – natürlich, wer sich auf den Rubinkodex berief, musste eingelassen werden.

Im Inneren staunte Jendra nicht schlecht: Sie war nicht mehr hier im Allerheiligsten gewesen, seit die Verborgene Meisterin sich zu erkennen gegeben hatte. Nur in den Katakomben, wo sie ihre Geschäfte abgewickelt hatte. Der Thronsaal hatte sich verändert – denn die Verborgene Meisterin schmückte sich mit einem weiteren Urzeichenträger.

Kass hatte die Ziegelwände verschwinden lassen – um zu wissen, wie er das gemacht hatte, musste man vermutlich diese Urzeichen verstehen. Statt der Ziegel trugen nun ebene, einheitliche Felswände das Gewölbe, die von Adern aus dunklerem Gestein und Einschlüssen von glitzernden Partikeln durchsetzt waren. Aus diesen Wänden hatte der Junge Figuren herausgearbeitet – fangzahnbewehrte Raubtiermäuler ragten über dem Tor aus der Wand. Vogelschwingen bildeten über ihren Köpfen ein Dach, ganze Szenerien ragten metertief in die Wand hinein und bildeten eigene Räume wie steinerne Theaterbühnen, auf denen vollständige kleine Figuren aus Granit in ewigem Drama erstarrt waren. Ein Wandabschnitt wurde von einem Relief der Kuser Berge geziert, das mit unterschiedlichen Gesteinspartikeln so gestaltet war, dass man glauben konnte, man blicke in der frühen Nacht von der Bleibergfeste Richtung Westen.

Kass, der Junge mit dem Steinzeichen in den Augen, verzierte noch nicht lange die heiligen Hallen seiner Halbweltsgottkönigin, und einige Wände waren noch unangetastete Leinwände für seinen Erfindungsgeist. Der sprunghafte dürre Junge, den Jendra kannte, seit der Tod seiner Eltern ihn in die Gosse befördert hatte, arbeitete gerade nicht an der Wand, sondern an einer Statue. Einige Leute standen um ihn herum, um ihm zuzusehen, sie kicherten und machten anzügliche Kommentare, denn er arbeitete abwechselnd mit Hammer und Meißel und mit seinen klopfenden Fingernägeln an den Brüsten des

Kunstwerks. Die Figur bestand aus Stein, und deshalb gab es keinen hauchdünnen Stoff, der sich über aufgerichtete Nippel spannte – aber es sah genau so aus. Jendra fragte sich, was er mit einer derartigen Statue beabsichtigte. Wollte er sie zum Leben erwecken und seinen Spaß mit ihr haben, wie ihm das deutlich angezogenere und schlechter gebaute Mädchen unterstellte, das ihm Modell stand? Die Werkzeuge wanderten in seine Taschen oder zwischen seine Zähne, und seine Hände griffen so rasch zwischen ihnen und der Statue hin und her, dass Jendra ihnen kaum folgen konnte. Ja, flinke Hände hatte er immer schon gehabt.

Kein Wunder, dass Kass keine Schanzbefestigungen hatte bauen wollen. Er war kein Baumeister. Er war ein Künstler.

Sein Gesicht hatte die ausgemergelt-rattenartigen Züge eines Straßenkinds, sein dunkler Schopf war bis auf einige fettige Strähnen geschoren. Sein Blick hatte etwas Gläsernes, als hätte er kurz zuvor etwas geraucht. Er drehte sich zu ihr um, als die Leute bei ihrem Eintreten etwas vom Rubinkodex murmelten.

Hinter Jendra schloss sich die Tür. Sie war zufrieden mit Jo, das Verschließen der Tür war seine Aufgabe gewesen: Die beiden grauen Wachen befanden sich auf der anderen Seite der Tür und konnten somit nicht eingreifen. Viele der Anwesenden blinzelten ihr kurz zu oder nickten kaum merklich; und dann, nach einigen atemlosen Augenblicken des Schweigens, stocherte und drehte sich gut hörbar ein Schlüssel oder – wahrscheinlicher – ein Dietrich im Schloss des schweren Holztors.

»Na, so etwas«, sagte Jendra in die kurze Stille. »Gar keine gesichtslosen Wachen an deiner Seite? Wo sind sie nur?«

Ein Seufzen kam von einem Tisch im schattigen hinteren Teil des Gewölbes – das Licht hier drin war so spärlich, dass die Verborgene Meisterin über zahlreiche Schatten gebot.

»Ich nehme also an, dass ihnen etwas zugestoßen ist?«, fragte die Meisterin mit ihrer undefinierbaren Stimme und erhob sich vom Tisch, an dem sie vermutlich ihr nächstes Mordkomplott geplant hatte. Jendra würde sich davon ein Bild machen, wenn sie mit ihr fertig war.

»Etwas zugestoßen? Ach was! Ich habe friedliebende Freunde«, sagte Jendra grinsend. »Deine Schattenäffchen sind sicherlich nur ein wenig abgelenkt. Schlimmstenfalls wurden sie aufgehalten. Von einer abgeschlossenen Tür.«

Tatsächlich war es ihr egal, ob das mit den friedliebenden Freunden der Wahrheit entsprach. Vielleicht stachen Esra, Elisabeda, Sarai und die anderen die verhüllten Schergen ihrer Majestät der Einfachheit halber ab. Vielleicht hatten Jo und seine Leute die beiden vor der Tür längst aufgeschlitzt. Niemand vermisste jemanden, dessen Gesicht man nicht kannte.

»Du bist also gekommen, um mich herauszufordern, Schmal-Jendra.«

»Ich würde mich gern an die Formalitäten halten.« Jendra wies auf den verwaisten Thron, der mittlerweile ebenfalls aus Stein bestand. Kass' Steinmetzarbeit bildete Tausende kleine Sichelklingen nach, die zusammen den Thron bildeten.

Wie die Formalitäten es verlangten, nahm die Königin der Unterwelt auf dem Thron Platz. Sie schlug ein Bein über das andere.

»Wer tritt vor den Meister des Verborgenen Hofs?«, fragte sie.

Dass sie den Wortlaut kannte, konnte bedeuten, dass sie auch früher schon zum Verborgenen Hof gehört hatte. Oder sie hatte sich einfach über den Rubinkodex schlau gemacht.

»Schmal-Jendra«, sagte Jendra mit zusammengebissenen Zähnen.

»Kommst du, um mir ein Geschenk zu machen oder mir deinen Wert zu beweisen?«

»Ich komme, um Meisterin anstelle der Meisterin zu werden«, schmetterte Jendra ihr entgegen.

Sie sah den Augen der Urzeichenträgerin an, dass diese lachte, doch hinter dem glatten Silbertuch war es nicht zu sehen. »Der Rubinkodex also. Ich habe schon gehört, dass du so etwas vorhast. Wie denkst du, kannst du gewinnen?«

Jendra sah nachdenklich nach rechts oben, dann nach links oben.

»Nun«, sagte sie, »dass deine Wachen nicht hier sind, beweist eigentlich schon, dass ich die fähigeren Gefolgsleute habe, du Miststück. Aber ich bin gern bereit, es dir zu beweisen.«

»Ich gebiete über den Schatten«, sagte die Meisterin überheblich, aber Jendra fiel ihr ins Wort.

»Das heißt also, du nimmst an.« Sie winkte, und sofort brachen die zwei Dutzend Verschwörer im Raum ihre alchimistischen Leuchtstäbe durch – jeder Stab ergab zwei Fackeln, deren Enden weiß aufglühten und nur sehr langsam bis unten durchbrannten. Die Verschwörer warfen die gleißenden Fackeln überall im Gewölbe auf den Boden. Es wurde grausam hell im Thronsaal, sodass selbst Jendra kurz die Augen schließen musste.

»Den Schatten kannst du jetzt vergessen!«, sagte Jendra, doch trotz des Prasselns hörte sie, dass die Stimme der Urzeichenträgerin vielleicht noch amüsierter klang als zuvor.

»Dachtest du, ich will verstecken spielen, Schmal?« Sie legte ihre Finger aneinander und öffnete die Hände dann ganz, ganz langsam – Jendra konnte sie durch das gleißende Licht kaum sehen. »Aber ich will dich nicht enttäuschen. Wenn du gekommen bist, um mein Versteckspiel zu vereiteln, dann will ich dich vor eine vernünftige Herausforderung stellen.«

Zunächst dachte Jendra, die Fackeln fräßen die Luft im Gewölbe, und sie sei mehreren davon so nah, dass es ihr bereits an Atem fehlte. Dann jedoch bemerkte sie diese dunklen Augen, die sie unnachgiebig fixierten. Die Meisterin lehnte sich vor, die Ellbogen auf die Knie gestützt, ihre Finger beschrieben symmetrische Muster.

»Denkst du, ich kann nur Dinge im Schatten verbergen?« Die Meisterin lachte. »Was unsichtbar ist, ist auch in hellem Licht leicht zu verstecken.«

Jendra schnappte nach Luft, doch es war, als zuckte ihre Lunge nur, ohne dass etwas sie füllte. Schmerzhaft schienen ihre eigenen Rippen sie einzuschnüren. Am erbärmlichsten war das Geräusch, das sie dabei ausstieß, dieses leere Ächzen. Sie hatte nicht einmal genug Atem, um ihre Gegnerin zu beschimpfen.

»Ich verstecke die Luft vor deiner Lunge«, klärte die Meisterin sie auf. »Die Zeichen belohnen den kreativen Denker.«

Ihre Finger hörten nicht auf mit diesen langsamen Bewegungen. Jendra stolperte, sie hörte gleich mehrere Stimmen erschrocken aufschreien – und sie hörte andere husten und nach Luft schnappen. Jemand sackte in die Knie, und es dauerte nicht lange, da fühlte auch Jendra ihre Knie auf dem Boden aufschlagen. Ihr Blickfeld wurde dunkel, Schmerz breitete sich in ihrem Brustkorb aus.

»Und nun?«, fragte die Schattenmeisterin. »Lasse ich dich hier verrecken mit deinen Freunden, du kleine Unruhestifterin?«

»K-k...«, presste Jendra hervor.

»Entschuldige, was?«, erkundigte sich die Schattenmeisterin höflich.

»K!«, würgte Jendra hervor, während Licht vor ihren Augen tanzte. »Kass ...«

Sie wusste nicht, worauf er so lange gewartet hatte; offensichtlich hatte er geglaubt, sie hätte ein weiteres Ass im Ärmel. Jendra sah nur eine rasche Bewegung: Kass kauerte sich auf den Boden und schlug mit dem Hammer in der Rechten und der linken Faust auf das Steinpodest, auf dem der Thron der Meisterin stand. Oder vielmehr stand er nicht *darauf* – Kass hatte den Thron aus dem Podest entstehen lassen. Er hatte es Jendra erklärt.

Jendra hatte ihre Chiffre benutzt, um mit Kass zu kommunizieren. Helles Sonnenlicht war gut und schön, aber Jendra hatte einen

Zustand der Paranoia erreicht, in dem sie vermutete, dass die Augen und Ohren der Schattenmeisterin sich nicht – im wahrsten Wortsinne – hinters Licht führen ließen. Niemand durfte wissen, dass sie Kass kannte. Dass Kass mit ihr sprach. Sie hatte gehört, dass die Schattenmeisterin ihn sich als Künstler bei Hofe hielt. Es war für ihn nicht schwierig, sich dort aufzuhalten, wo die Meisterin war.

Jendra hatte am Ufer des Schlangbeckens gesessen und kleinere und größere Steine hinaus auf die Oberfläche geworfen. Kass kannte den Code, saß auf der Zimmerleutsbrück und ließ die Beine hängen. Sie konnte ihn kaum sehen, schräg über sich, aber seine Steine hörte und sah sie. Es war eine mühsame Kommunikation, Buchstabe um Buchstabe, und das Schlangbecken müffelte zu dieser Jahreszeit nach altem Wasser, Unrat und Schlimmerem.

Sie hatte Kass um Rat gefragt. Er war Teil ihrer Verschwörung, seit es diese gab, und sie hatte ihn ursprünglich als Teil des Netzes um Hilfe gebeten. Bei einem Treffen von Angesicht zu Angesicht hatte er eigenartig viele Fragen zu Dawyd gestellt, zu dem, was sie von Dawyds Zeichen wusste. Ein paar Fragen zu viel, sie war misstrauisch geworden und hatte die Wahrheit im Licht eines rasch entzündeten Schwefelholzes erkannt. Aber Kass war faul und vorsichtig, und nachts sah man eines anderen Augen nicht. Er hatte sein Versteckspiel lange durchgehalten, und sie hatte ihn lange gedeckt. Doch dann hatte die Verborgene ihn entdeckt und der Rat – und der hatte ihn in den Krieg schicken wollen, aber er war ihnen entkommen. Er war der Urzeichenträger des Steinernen Zeichens – keine Mauer konnte ihn halten. Statt des Rats behielt ihn nun die Schattenmeisterin im Blick und testete seine Fähigkeiten aus, indem sie seinen Ehrgeiz weckte.

»Wie töte ich sie?«, *hatte Jendra ihn mit der Chiffre gefragt.*

»Töten?«, *hatte er nachgehakt.*

»Oder fangen«, *hatte sie erwidert.* »Hilfst du mir? Urzeichen gegen Urzeichen?«

Er hatte lange gebraucht. »Sie ist stärker.«

»Ich bin auch noch da.«

»Festsetzen. Im Stein.«

»Kannst du das?«

Es war eine lange, mühselige Kommunikation gewesen. Letztlich hatte sie es so verstanden: Die Schattenmeisterin wünschte sich einen neuen, ihrem Status als Gottkaiserin der Unterwelt angemessenen Thron. Die Unterwelt war nichts ohne derlei Schein. Kass hatte ihr nicht einfach einen Sitz aus Stein gemacht, sondern ihn – wie die Gebilde und Szenerien im Thronraum – aus dem zugrundeliegenden Fels geformt. Er hatte den Sitz der Tausend Messer also aus dem Boden erhoben – erst als groben Klumpen Gestein, dann immer feiner und feiner ausgearbeitet. Wochenlang hatte er daran gewirkt.

Und nun konnte er ihn innerhalb weniger Sekunden zerstören. Kass grub Faust und Hammer in das Gestein des Podests, und Jendra sah nicht, was er tat, denn die Atemnot brachte sie langsam, aber sicher an den Rand einer Bewusstlosigkeit. Ihre Lungenflügel schrien ihr Schuldzuweisungen zu, ihre Finger kratzten machtlos über den Boden.

Und dann schnappte der Thron zu.

Kass war gründlich. Er faltete, wand und wrang den Fels so, dass er selbst die Fingerbewegungen der Meisterin beendete und damit ihr Versteckspiel.

Jendra fand auf der Seite liegend wieder zu sich.

»Kass«, grunzte sie zwischen keuchenden Atemzügen. »Was … verdammt … hat … so lange gedauert?«

Sie stemmte sich auf die Hände und Knie, um sie herum immer noch das grelle alchimistische Leuchten. Kass antwortete nicht, er wühlte im Stein, und auch ihre anderen Mitstreiter rappelten sich auf. Die wenigen anwesenden Getreuen der Verborgenen Meisterin schienen sich zur Neutralität zu entscheiden – Jendra würde sie unbehelligt lassen. Sie sollte ihnen keinen Vorwurf machen: Man musste schon außerordentlich dreist sein, um dieser Frau die Stirn zu bieten.

Dreist und klug. Wie ich.

Zufrieden sah sie auf den Thron herab, den Kass in eine einem Sarkophag ähnliche Form brachte – in dem die Meisterin verschwunden war. Die Hände waren noch zu sehen, doch sie waren von den Sichelklingen fixiert, die sich um jedes einzelne Fingerglied schoben.

»Mach nicht so viel Aufhebens drum. Zerquetsch sie«, knurrte sie Kass mit heiserer Kehle zu. Sie rieb sich den Hals, ihr Brustkorb schmerzte, und jedes Einatmen war eine Qual. Diese Frau war eine zu große Gefahr. Und außerdem wollte Jendra Rache.

Die Füße der Urzeichenträgerin ragten noch aus dem Steingefängnis hervor, und Jendra bohrte ihre knochige Ferse in den Linken, bis sie aus dem Zappeln des Fußes den Schmerz herauslas. »Du billiges, unwürdiges, gesichtsloses Stück Scheiße!« Sie trat noch ein paarmal nach den Füßen. »Sie zappelt noch, wann ist sie tot?«

Kass sah sie an. Sein Gesicht war schweißüberströmt, das Zeichen silbergrau in seinen dunklen Augen. »Ich … ich kann nicht«, flüsterte er erschöpft.

»Kannst nicht oder willst nicht?«, blaffte Jendra ihn an.

»B-beides«, gab Kass zu.

»Dann mach mir genug Platz, dass ich sie erstechen kann!«, zischte Jendra. »Mach den Stein auf, direkt über ihrem Herzen. Ich mach's schnell!«

Die Gesichter im Raum wandten sich ihr zu.

»Hat Schmal … hat sie jetzt den Rubinkodex gewonnen?«, fragte das Mädchen, das Kass in schönerer Form in seiner Statue verewigt hatte.

»Nein!«

»Ja!«

»Schmal ist Meisterin anstelle der Meisterin!«, krakelte ein zahnlückiger Händler von Grott und anderen Rauschmitteln.

»Auf keinen Fall, dann fordere ich sie sofort heraus!«, hielt Golio dagegen, der zwar ohne seine Schlägerbande zugegen war, aber dennoch so aussah, als sei er versucht, Jendra zu packen und durchzubrechen wie eine alchimistische Fackel.

»Wie du willst«, sagte Kass. Mit einer letzten Bewegung schloss er das Gestein nun ganz um Jendras Feindin – auch um Füße und Hände – und öffnete dann zwischen den verflochtenen Klingen steinerner Messerchen eine Öffnung, durch die man einen Dolch stoßen konnte. Jendra setzte sich rittlings auf den Sarkophag und steckte die Hand hindurch. Sie spürte Kleidung und darunter – Fleisch. Sie bewegte die Finger hin und her. Rippen. Wenn sie hier zustach, konnte sie nicht sicher sein, dass sie das Herz traf, aber so oder so würde die Urzeichenträgerin an dem Stich sterben.

Jendra zog ein Messer aus ihrem Gürtel.

Alle Stimmen waren verstummt.

Sie sah sich um. Golio ließ seine Zähne mahlen. Manche nickten. Andere hatten die Augen warnend geweitet. Ein Mann, der sein linkes Auge in einer Manufaktur gelassen hatte, lächelte sardonisch, als warte er nur auf das unterhaltsame Massaker.

»Sie ist jedenfalls 'ne Frau«, sagte Jendra und zog die Hand aus der Öffnung. »Sie hat Titten. Hat jemand mit mir gewettet?«

Keiner antwortete. Sie wusste selbst, dass sie diesmal nicht gewettet hatte. Ihre Messerspitze verharrte oberhalb der steinernen Öffnung.

Wenn sie sie tötete, suchte sich das Urzeichen einen neuen Träger.

Sie? Oder vielleicht Golio? Oder Jo, oder Dutzendschön? Sie konnte sich nicht sicher sein, und sie war in einem Raum mit lauter Kriminellen eingeschlossen. Das Erste, was ein neuer Urzeichenträger tun würde, um am Leben zu bleiben, war vielleicht, sie zu beseitigen, da sie klug war und dreist.

Ja, das war der einzige Grund, aus dem Jendra das Messer zurückzog und wieder in ihren Gürtel steckte.

»Ach, scheiß drauf, ich lass sie am Leben. Golio, kannst dir deinen dumpfen Schädel darüber zerbrechen, ob ein Rubinkodex gilt, wenn er nur Teil einer List war. Er war nämlich Teil meiner List – ich, Jendra, habe die Urzeichenträgerin überlistet. Und ich will hier gar nicht Hof halten, ich will diese dumme Fotze vor Gericht bringen, und bis dahin dürft ihr euch hier die Köpfe einschlagen. Ich komme vielleicht wieder, und vielleicht will ich dann einen neuen Thron, aber ich weiß es noch nicht.« Sie schlug mit der flachen Hand auf die Überreste des bisherigen Throns.

Verdammt, ich bin nicht hart genug!

»Kriegen wir das Scheißding jetzt hier raus? Kann jemand die Tür wieder aufmachen?« Sie durchschritt den Raum, und man machte ihr Platz, wie vor all diesen Wochen, als sie von den Schattenhänden der Urzeichenträgerin vorangeschoben worden war. Sie hämmerte gegen die Pforte. »Jo, mach auf. Ich hab gewonnen. Ich brauch ein paar starke Leute, die hier ein Päckchen abholen kommen. Adresse: Zunftgericht.«

Als sich die Tür öffnete und der alte Jo sie strahlend in die Arme zog, wurde ihr klar, dass sie beim Rubinkodex hätte sterben können. Sie gab sich kurz die Blöße, sich zitternd an Jos Brust zu verkriechen und seinen beruhigenden Geruch nach Schweiß, Rauch und altem Mann einzuatmen.

Spannung schwebte über dem Saal wie ein Gewitter, das sich zusammenbraute. Elisabeda spürte förmlich das Knistern in der Luft. Die Menschen in den Reihen tuschelten, rieben sich nervös die Hände und sahen sich um.

Keiner glaubte daran, dass der Prozess gegen die Trägerin des Verborgenen Urzeichens reibungslos ablaufen würde. Wer wusste schon, ob ihre gesichtslosen Schergen die Verhandlung tatenlos abwarten würden? Einige davon hatte Elisabeda mit ein paar fähigen Kämpfern geschnappt und unschädlich gemacht, andere hatten durch den Schatten die Flucht angetreten.

Das unschöne Gefühl nahender Gefahr tat dem Interesse an der Verhandlung keinen Abbruch. Eine derart spektakuläre Angelegenheit war seit der Befreiung der Stadt nicht mehr verhandelt worden. Immerhin saß eine Urzeichenträgerin auf der Anklagebank, ausgerechnet die mysteriöse Trägerin des Verborgenen Zeichens, deren Identität niemand kannte.

Hunderte hatten sich am Zunftgericht versammelt. Das Gros der Leute drängte sich allerdings vor dem Gebäude, zurückgehalten von Ratsdienern in Schwarz und Grün, die heute mit Stangen bewehrt als Gerichtsdiener einspringen mussten.

Selbst der große Verhandlungssaal bot nur wenigen Dutzend Zuschauern Platz, meist angesehenen Bürgern, Ratsmitgliedern und hochrangigen Offizieren. Überall im Saal waren neben den Gerichtsdienern auch Saalwachen der Garde postiert – entweder eine Hellebarde fest im Griff oder mit Kriegsmesser und Muskete ausgestattet. Die armlangen, einschneidigen Seitenwaffen wirkten brachial und veraltet in einer Zeit, in der Rapier und Degen in Mode waren. Doch taten sie ihre Wirkung als Symbol und traditionelle Bewaffnung der Stadtgarde Sygnas vor der Besatzung. Der Rat hatte Musketen zwar zähneknirschend zugelassen, wollte aber gerade an einem Ort wie diesem sicherstellen, dass der hergebrachte Lauf der Dinge gültig war. Die vielen Bewaffneten machten deutlich, dass man mit einem Zwischenfall rechnete.

Elisabeda war als Offizierin hier, auch wenn ihre Söhne irgendwie dafür gesorgt hatten, dass sie bis zur nächsten Abstimmungsperiode einen Sitz im Rat innehatte. Damit hatte sie sich gedanklich noch nicht befasst. Hier war sie als General Eisenhammer. Sie hatte Erdhand angeboten, zusätzlich Fechter der Armee abzustellen, aber dieser hatte dankend abgelehnt. Als Oberster Richter wollte er zeigen, dass die Herrschaft von Soldaten im Inneren der Stadtmauern vorbei war. Elisabeda hatte das zähneknirschend hingenommen. Für alle Fälle befand sich immerhin Dawyd im Raum; das sollte für die meisten Eventualitäten ausreichen. Als Fechter der Goldene Gilde war es ihm gestattet, das Lange Schwert im Gerichtssaal gegürtet zu tragen. Elisabeda fühlte sich nach der Zeit an der Front geradezu nackt ohne das Gewicht ihrer eigenen Waffe.

Die Handwerker hatten ganze Arbeit geleistet. Der Gerichtssaal erstrahlte noch prachtvoller als in der Zeit vor der Besatzung. Vier marmorne Säulen trugen das hohe Deckengewölbe, kunstvoll verzierte Holzbänke dienten den Zuschauern als Sitzgelegenheit, und vorn thronte der Richter hinter einem erhöhten Pult. An der Wand in seinem Rücken zeigte ein riesiges Fresko die im Kreis angeordneten dreizehn Gildenwappen Sygnas. Etwas tiefer saß eine Gerichtsschreiberin neben Erdhand. Beleuchtet wurde der Raum durch einen Kerzenleuchter und dreizehn hohe, schmale Bleiglasfenster. Jedes war einem der Altmeister gewidmet und zeigte Szenen aus seinem Leben.

Elisabeda konnte sich noch gut erinnern, wie sie auf dem Boden dieses Raums eine Karte der Stadt ausgebreitet hatten, um den Überfall auf die Blauröcke zu planen, bei dem sie Dawyd rekrutiert hatten. Damals war hier alles verlassen gewesen, geplündert, zerschlagen und von einer Staubschicht bedeckt. Die Aquintianer hatten ihre Fälle auf der Bleibergfeste verhandelt – und das Zunftgericht als Symbol einer alten Ordnung verwahrlosen lassen. Welche Ironie, dass sie dadurch ausgerechnet den Widerständlern einen hervorragenden Unterschlupf zur Verfügung gestellt hatten.

Wieder waren sie alle hier versammelt: Ignaz Dreifingers Rebellen. Neben Elisabeda auf der Bank saß Ismayl, der aufgeregt mit Jendra tuschelte, nah am Gang sah sie Dawyd und Kilianna, die ihre Hände ineinander verschränkt hatten. Jannis war auch hier und Malachias, die auf ihre Art den Aufstand möglich gemacht hatten. Ihre Söhne wusste Elisabeda in der Reihe hinter sich.

Nur Neigel fehlte. Lebte er? War er auf freiem Fuß? Elisabeda wusste, dass er zu seinem Verrat gezwungen worden war, dennoch fragte sie sich, ob sie verzeihen könnte, falls sie sich jemals wieder begegnen würden.

Vor allem fehlte Ignaz.

Das Donnern des Gerichtshammers riss sie aus ihren Gedanken.

Zachari Erdhand bemühte sich um eine würdevolle Haltung. Das fiel ihm sichtlich leicht, obwohl er keinen seiner zahlreichen Orden an der Brust vor sich hertrug und die rote Robe und die Richterkappe noch altmodischer aussahen als sein übliches Gepränge. Er hatte in seinen vielen Jahren als Großgildenmeister Übung im Ausstrahlen repräsentativer Autorität gehabt. Aber Elisabeda hatte sein Taktieren und Schmeicheln während der Besatzung erlebt, seine Bereitschaft, alles zu tun, um seine Macht aufrechtzuerhalten, und sie hatte nichts als Hohn für diese würdevolle Verkleidung übrig.

Dieser Wicht hatte die Stadt den Aquintianern ausgeliefert und war damit an Gabrils Tod und Johannis Verkrüppelung mitschuldig. Sie würde eher den Krummen Mann küssen, als diesem Pfeffersack zu vertrauen. Aber sie vertraute Kilianna und ihrem Geschick, die Ambitionen ihres Vaters in die rechte Richtung zu lenken. Elisabeda suchte den Blick der jungen Gleichwerkerin. Kilianna nickte ihr zu. Sie hatte mit ihrem Vater gesprochen und ihn überzeugt, dass es das Beste für die Stadt und das Beste für ihn sei, wenn diese Meuchelmörderin und Unruhestifterin auf der Anklagebank für immer hinter den Mauern des Zunftgefängnisses verschwand oder am Galgen endete. Vielleicht war diese Stadt endlich auf dem Weg, inneren Frieden zu finden.

Bevor irgendwann die Große Armee zurückkehrt, dachte Elisabeda düster.

Von einer Anklagebank konnte man nur im übertragenen Sinne sprechen. An ihrer Stelle stand ein krudes Gebilde aus Sandstein vor dem Richterpult. Es wirkte wie der Rohling einer Statue, die groben Formen eines sitzenden Menschen waren herausgearbeitet. Bedeckt war die Form von zahlreichen

Dolchen, deren detaillierte Ausarbeitung im paradoxen Gegensatz zur groben Statue stand. Elisabeda wusste, dass es sich nicht um ein unfertiges Kunstwerk handelte, sondern um ein Gefängnis. Eine ganze Horde Träger war nötig gewesen, um das steinerne Ungetüm hierherzuschleppen. Jendra hatte darauf bestanden, triumphierend auf dem Steinblock zu sitzen, während er hereingebracht wurde. Ihr Fliegengewicht hatte vermutlich keinen großen Unterschied gemacht.

»Ruhe bitte!«, hallte Erdhands Bass durch den Saal, begleitet von den Schlägen seines Hammers. »Ich bitte um Ruhe!«

Als sich der Lärmpegel gelegt hatte, fuhr er fort: »Bürger Sygnas! Wir verhandeln heute ›Stadt Sygna gegen Unbekannt‹. Die Anklage lautet auf Unruhestiftung, Aufrührertum, Zersetzung der Verteidigungsmoral, Mord, Anstiftung zum Mord in mehreren Fällen, Verrat an Sygna, Rütteln am Stadtfrieden sowie Missbrauch von Zeichenkunst.«

Erregtes Raunen ging durch die Reihen der Zuschauer.

»Ganz recht, Bürger von Sygna. Das sind ernsthafte Anschuldigungen. Und ich in meinem Amt als ehrwürdiger Richter werde die nötigen Schritte zur Wahrheitsfindung einleiten, auf dass der Tatbestand restlos aufgedeckt wird!«

Er räusperte sich. Sechs Gerichtsdiener mit gezeichneten Ketten in den Händen umstellten den Block. Die Ketten waren genau für Zwecke dieser Art geschaffen und würden wahrscheinlich auch eine Urzeichenträgerin in Schach halten. Nur die Zeit zwischen der Befreiung aus dem Stein und dem Anlegen der Ketten stellte eine kritische Situation dar. Elisabedas Blick glitt zu den Fenstern. Würden sie jeden Moment unter dem Aufprall maskierter Angreifer zersplittern?

»Zunächst ist es an der Zeit, die Identität der Angeklagten festzustellen und ihr die Gelegenheit zu geben, sich zu den Vorwürfen zu äußern.« Sein Blick senkte sich auf eine Person im Publikum, die Elisabeda von ihrer Position aus nicht ausmachen konnte. »Daher fordere ich den Träger des Steinernen Urzeichens auf, die Angeklagte zu enthüllen.«

»Das wird nicht nötig sein!«, hallte eine Stimme, die weder eindeutig männlich noch weiblich war, durch den Saal.

Alle Blicke fuhren zu den Doppelflügeln der Eingangstür, die schwungvoll von einer Person geöffnet wurde. Sie betrat den Saal und schritt mit erhobenem Haupt vor das Richterpodest.

Wallende Gewänder aus grauer Seide flossen an ihr herab, das Gesicht verbarg sie unter einer konturlosen Maske. Nur die Augenpartie war zu erkennen. Elisabeda fühlte etwas sehr Seltsames in ihrem Inneren, als sie sah, dass die Haut dunkel war wie ihre. Etwas wie Schuld, als gehörten sie zur gleichen Familie, was angesichts der vielen Zuwanderer in Sygna mehr als unwahrscheinlich war.

Sofort begann Getuschel den Saal zu erfüllen.

Elisabeda beugte sich über Ismayl und raunte Jendra zu: »Ist das ein Trick? Eine Doppelgängerin?«

Das Straßenkind schüttelte heftig den Kopf, als wolle sie damit einen bösen Traum abschütteln. »Nein, das ist das Miststück. Kein Zweifel. Diese Augen, dieses affige Getue. Das ist sie. Wie beim Krummen Mann ist sie da rausgekommen?« Jendra schlug ihre Faust wütend auf Ismayls Oberschenkel, der vor Schmerz zusammenfuhr. »Ich hätte sie umlegen sollen!«

»Lasst mir während der Dauer der Verhandlung meine Maske«, bat die Frau mit leiser, aber gut vernehmbarer Stimme, und der Saal versank in neugieriges Schweigen, »und ich werde mich samt der Macht meines Urzeichens dem Urteil dieses Gerichts beugen!«

»Ja … nun«, murmelte Erdhand, »ich denke, das ist akzeptabel. Dennoch bestehe ich auf gewissen Vorsichtmaßnahmen. Gerichtsdiener!«

Die Angesprochenen legten der Angeklagten schwere Handschellen an und umwickelten ihren Oberkörper mit einer eisernen Kette, deren Glieder mit Zeichen übersät waren. Elisabeda hatte sie selbst noch vor einer Stunde inspiziert. Die Gefesselte schien davon ungerührt. Sie blieb einfach stehen, wo sie war.

Erdhand hatte die Lage erstaunlich gut im Griff. Er hatte sich viel schneller von der Überraschung erholt als das größtenteils fassungslose Publikum.

Benyam Erdhand, Schultheiß und Vertreter der Anklage, sammelte sich und erhob sich. »Leugnet Ihr, dass Zeichenkundige außerhalb der Stadtmauern auf Euer Geheiß ermordet worden sind?« Dann schien ihm noch etwas einzufallen, und er fügte an: »Benennt Ihr einen Verteidiger?«

Sie schüttelte ganz langsam den Kopf, beinahe wie in einem Tanz zu einer getragenen Melodie. »Weder das eine noch das andere. Ich spreche für mich selbst. Und ja, ich habe diese Zeichenträger, die sich unerlaubt außerhalb der Stadt herumgetrieben haben, ihrer gerechten Strafe zugeführt.«

Wieder ein Raunen, Ismayl sprang neben Elisabeda auf und rief: »Niemand gab Euch das Recht, Eure Todesboten auszusenden!«

Erdhand ließ den Zwischenruf zu.

»Niemand?«, fragte die Beschuldigte beinahe gelangweilt. »Euer Ehren, im Fach unter Eurem Pult werdet Ihr ein Schriftstück finden, das das Gegenteil beweist.«

Erdhand runzelte die Stirn, hantierte an seinem Pult und holte tatsächlich eine alte Pergamentrolle hervor. Er entrollte sie und ließ seinen Blick darüberwandern.

»Ihr werdet feststellen, dass es sich um einen Gesetzestext handelt, dessen Gültigkeit nie aufgehoben worden ist«, sagte die Verborgene.

Kilianna beugte sich zu Elisabeda, Sorge stand in ihrem Blick und bittere Enttäuschung. »Ich kenne diese Rolle«, flüsterte sie. »Ich hab sie gestern auf dem Schreibtisch meines Vaters gesehen. Sie stammt aus dem Giftschrank … aus unserem Keller. Ich dachte, er wollte sich damit auf gerichtliche Winkelzüge vorbereiten!«

Elisabedas Magen krampfte sich zusammen. Hier wurde ein anderes Spiel gespielt als das geplante.

»Ich bin so eine Idiotin«, sagte Kilianna dumpf.

»Was … was meinst du damit, dass er sie *gestern* schon hatte?«, flüsterte Ismayl aufgebracht.

»Ich glaub, es war ein Fehler, ihm zu vertrauen«, stieß Kilianna hervor.

Die Eminenz des Verborgenen Hofs fuhr fort: »Der Text stammt aus einer Zeit, in der, wie heute wieder, der Verborgene Hof einen angesehenen Sitz im Gildenrat innehatte – die Gilde der Höheren Ordnung. Eine Zeit, in der der Hof dazu beitrug, die Ordnung der Zünfte auch außerhalb der Mauern des alten Sygnakus zu wahren. Eine Zeit, in der Geheimnisverräter unter den Zeichenkundigen ihrer gerechten Strafe durch verborgene Dolchklingen nicht entrinnen konnten.«

Erdhand nickte. Er konnte den Inhalt des Textes unmöglich bereits erfasst haben, ganz davon abgesehen, dass das Schriftstück ungeprüft war – und dennoch stimmte er dem Gesagten bereitwillig zu!

Natürlich. Er hat es ja gestern schon vorbereitet …

»In der Tat. Diesem Gesetz zufolge wird jeder Bürger Sygnas nicht nur straffrei gestellt, sondern vielmehr in die Pflicht genommen, flüchtige Gesellen und Meister, die unerlaubt außerhalb der Mauern ein Gewerbe betreiben oder gar ihre Kunst weitergeben, sofort zu erschlagen. Hiermit spreche ich die Angeklagte vom Vorwurf des Mordes frei.«

»Was? Das Gesetz ist doch sicher längst aufgehoben!«, rief Elisabeda. »Es gibt in Sygna keine Todesstrafe! Wir verlangen den Beweis, dass das Gesetz nicht aufgehoben wurde!«

Weitere wütende Rufe erfüllten den Saal, Empörung und offener Hass schlugen Richter und Angeklagter entgegen. Forderungen nach einer genauen Untersuchung, Zweifel an der Echtheit des Dokuments, aber auch Zustimmung und Ehrfurcht vor der alten Ordnung wurden laut. Saaldiener hielten einige Zuschauer mit Stangen auf Abstand. Unterdessen fuhr immer wieder der Gerichtshammer nieder und rief nach Disziplin.

Auch Kilianna schrie ihre Entrüstung über die Unrechtssprechung heraus, genau wie ihre Gleichwerkerfreunde um sie herum. Aber sie alle verstummten, als Benyam wieder das Wort ergriff.

Die Sache war noch nicht zu Ende.

»Da bleiben allerdings noch die anderen Vorwürfe in der Sache ›Stadt Sygna gegen Unbekannt‹. Verrat beispielsweise. Ich rufe dafür Leutnant Ziegelpfund in den Zeugenstand.«

Diese Sache nahm gerade eine erschreckende Wendung. Elisabeda hatte von Anfang an ein schlechtes Gefühl dabei gehabt, dass Vater und Sohn derartig bedeutende Rollen in ein und demselben Prozess innehatten. Elisabeda spürte, wie sich ihr Magen zusammenkrampfte – und noch deutlicher spürte sie die Erinnerung an die Verletzung im Rücken, den Stich in die Nieren, den sie beim Sturm auf die Festung davongetragen hatte.

Ein Messer im Rücken …

Sichtlich verwirrt, benannt worden zu sein, trat der junge Offizier vor und nahm im Zeugenstand Platz, um sich den Fragen des Schultheißen zu stellen. Die Fragen begannen mit dem Debakel bei Brefjort und der Frage, ob Mitglieder des Verborgenen Hofs wichtige Informationen verraten haben könnten, die diese Falle der Aquintianer erst möglich gemacht hatten. Die verheerende Niederlage hätte schließlich das Ende Sygnas bedeuten können, wäre die Große Armee nicht aus irgendeinem Grund, den immer noch niemand so richtig verstand, plötzlich abgezogen worden. Schnell wurde klar, dass der Verrat nicht vom Verborgenen Hof, sondern aus den Reihen des Führungsstabs heraus erfolgt sein musste.

Und spätestens als Elisabedas Name fiel, wurde ihr klar, dass sie nun selbst auf der Anklagebank saß.

Ziegelpfund wand sich, versuchte, die Dinge im rechten Licht erscheinen zu lassen. Er war eine treue und ehrliche Seele, eine zu ehrliche. Er konnte nicht verschweigen, dass Elisabeda bis zu jenem militärischen Debakel unter Zeltarrest gestanden hatte, weil sie Schlundners Befehle missachtet hatte.

Es gab keine Beweise für einen Verrat, aber Benyam äußerte Vermutungen, dass sie die Armee hatte schwächen, die Fechter außerhalb der Stadt hatte beschäftigen, die Oberen der Stadt in eine Krise hatte stürzen wollen, um einer Verschwörung aus Gleichwerkern einen Umsturz zu erlauben – einen Sturz der alten Ordnung, der nach der Befreiung der Stadt an der traditionsbewussten Ehre der Sygnaer gescheitert war.

Elisabeda fühlte nichts mehr, nicht einmal die alte Verwundung. Sie saß einfach da und ließ die Vorwürfe über sich ergehen. Sie versuchte sich zu sammeln, um ihre Taten zu rechtfertigen, um die offensichtliche Intrige zu entkräften, die der alte Erdhand, Benyam und die Trägerin des Verborgenen Zeichens gegen sie gesponnen hatten. Eine Intrige Erdhands, bei der er seine eigene Tochter belogen und verraten hatte!

Doch niemand forderte sie auf, zu sprechen. Die öffentliche Aufmerksamkeit bewegte sich von ihr fort. Zu den Gleichwerkern, zu Kilianna.

Eine junge Frau wurde in den Zeugenstand gerufen. Elisabeda hatte ihren Namen bereits vergessen, als sie schilderte, dass sie an Kiliannas Gleichwerkerinnentreffen teilgenommen hatte. Die Frau wirkte eingeschüchtert, geradezu ängstlich, als sie berichtete, wie Kilianna angeblich die Auflösung des Gildenrats und die Herrschaft des Pöbels geplant hatte.

»Lügnerin!«, schrie Kilianna.

Als die Aussage von einer weiteren Gleichwerkerin namens Ryth bestätigt wurde, die immer wieder ihre Sorge vor einer Radikalisierung der Bewegung betonte, sowie von einem Halbmeister aus der Unterstadt, den noch nie jemand von ihnen zu Gesicht bekommen hatte, war die jüngste Tochter des Hauses Erdhand wie Elisabeda zuvor resigniert verstummt.

»Tochter«, sprach Erdhand und betrachtete Kilianna dabei tadelnd, »ich habe dir all deine Eskapaden über Jahre hinweg durchgehen lassen. Ich habe dir sogar gestattet, einen Ehemann selbst zu wählen, und dabei zugesehen, wie ein vielversprechender Kandidat nach dem anderen mit kalter Schulter zurückgewiesen worden ist. Aber diese Gleichwerkergeschichte geht zu weit. Genug ist genug. Wer nicht hören will, muss fühlen. Und glaube mir, die Konsequenzen schmerzen mich mehr als dich, Kilianna.«

Diese Mischung aus öffentlicher Zurechtweisung, Bloßstellung ihres Privatlebens und die schiere Ansammlung von Plattitüden ertrug Kilianna schweigend, ebenso überrumpelt wie Elisabeda selbst. Wie zwei vor Schreck erstarrte Rehe vor der Flinte eines Jägers warteten sie auf ihr Verderben.

»Nicht nur deine Gleichwerkerbestrebungen: Dass du es warst, die die Urzeichen befreit hat, ist eine Tatsache, die ich nicht länger verschweigen kann, obwohl ich dich bislang in Schutz genommen habe. Aber der Dienst an meiner Stadt ist wichtiger als der Dienst an meiner Familie. Meine Tochter Kilianna hat die Sarkophage geöffnet, die Urzeichen befreit und unseren Feind, die aquinzische Nation im Krieg mit Waffen ausgestattet, die ihresgleichen suchen. Ich weiß, das war nicht deine Absicht, mein Kind, du hast nicht nachgedacht. Aber geschehen ist geschehen, und für diesen Verrat an unserer Stadt wirst du ebenso zahlen müssen wie deine Mitverschwörer.«

Kilianna sagte nichts. Elisabeda und Dawyd starrten sie an. *Tu irgendwas! Sag etwas!*, flehte Elisabeda sie innerlich an, aber sie war genauso sprachlos, und die Anklage dröhnte weiter auf sie ein.

Eine Revolution nach aquinzischem Vorbild hatte es sein sollen, vermutete Benyam. Und war Elisabedas und Kiliannas Verbündeter Ismayl nicht als Spion in Naronne gewesen? Zugegeben, er hatte wertvolle Informationen mitgebracht. Aber wer konnte schon sagen, was davon erfunden war? Wer konnte schon sagen, welche Informationen Ismayl den Blauröcken zugespielt hatte?

»Aber das schlimmste Verbrechen dieser Bande wird immer noch verschwiegen. Ein Hochverrat ist noch nicht auf den Tisch gekommen«, ergriff nun die Meisterin des Verborgenen Hofes das Wort, immer noch mit Ketten gebunden. »Euer Ehren, wollt ihr nicht berichten, was in jener Nacht geschehen ist: der Nacht, bevor die Stadt dem Heer Yulians die Tore geöffnet hat? Dem Tag der Schande Sygnas?«

Erdhand räusperte sich. »Das ist ein sehr unangenehmes Thema.«

Die Verborgene fixierte ihn, als sei sie die Richterin und er der Angeklagte. »Aber die Dinge müssen ans Licht kommen, nicht wahr? Habt Ihr uns nicht eine bedingungslose Wahrheitsfindung versprochen? In jener Nacht übergabt Ihr die Stadt kampflos in die Hände Kaiser Yulians …«

Erdhand entgegnete leise, aber deutlich genug, um im totenstillen Gerichtssaal von jedem gehört werden zu können. »Ja. Das tat ich. Ich traf mich mit Kaiser Yulian in jener Nacht.« Dann erhob er die Stimme, er schrie fast. »Aber nur, weil ich getäuscht worden bin! Getäuscht von Eurer Vorgängerin! Der Meisterin des Verborgenen Hofs! Sie setzte mich unter Druck! Sie behauptete, dass die Stadt bereits unterwandert war! Und ich habe ihr geglaubt …«

»Diese Person hat ihre Strafe durch meine Hände erhalten, Oberster Richtsherr.« Sie drehte sich in ihren Ketten herum, ließ ihren Blick über das Publikum wandern. »Aber sie hatte einen Helfer. Einen Helfer, der Euch ungesehen aus der Stadt brachte, damit Ihr Euch mit Yulian treffen konntet. Einen Helfer, der wie sie am Untergang der Stadt die Hauptschuld trägt, der Hochverrat begangen hat und am Galgen baumeln sollte! Wer, Meister Erdhand? Wer hat Euch aus der Stadt geschmuggelt auf verborgenen Pfaden?«

Sie und auch Erdhand fixierten eine Stelle nicht weit von Elisabeda entfernt.

»Dieses Straßenmädchen.«

Jendra sprang auf, stellte sich auf ihre Bank und schrie Erdhand an: »Du miese kleine Ratte! Du Stück Pferdepenis! Elender Hundsfott! Ich dachte, du wolltest dich einfach nur verpissen, weil du Angst hast vor einer verschissenen Belagerung! Als hätte mir das die Meisterin befohlen, das war einer deiner

Speichellecker, der gesagt hat, dass du dich verpissen willst! Wie hätte ich ahnen sollen, dass du gleich zum Aquinzackenkaiser rennst, um ihm den Arsch zu küssen!«

Benyam fuhr Jendra an: »Sie leugnet es also nicht? Sie hat in jener Nacht zum Fall der Stadt beigetragen?«

Elisabeda war fassungslos, als Jendra nur die Lippen zusammenpresste und nichts erwiderte. Zwischen all den Lügen war das hier die Wahrheit, und Jendra hatte unabsichtlich für ein paar Weißpfennige die Stadt ausgeliefert? Schmal-Jendra sank auf die Sitzbank zurück, verbarg das Gesicht in den Händen und weinte hemmungslos.

Keiner von ihnen hatte das geahnt; Ignaz nicht, sie nicht …

Dann versank der Raum in Chaos.

Ismayl stieß einen Glasermeister zurück, der an ihm vorbei auf Jendra losgehen wollte. Er war ein alter Freund seines Vaters, fiel ihm siedendheiß auf: Meister Samarium stolperte rücklings über eine Bank, landete auf dem Hosenboden und unternahm keinen zweiten Versuch.

Beschimpfungen und Vorwürfe erfüllten den Raum. Hier und da brachen kleine Rangeleien los, und die Gerichtsdiener hatten große Mühe, der Situation Herr zu werden. Zum Glück griffen die bewaffneten Gardisten nicht ein.

»Interessant, wie Ihr hier Eure eigene Beteiligung runterspielt, Erdhand!«, rief Meister Malachias.

»Ich fordere, dass die Aussagen unter einem Eidzeichen wiederholt werden!« Das war Johannis Stimme, doch sie ging unter in Rufen wie: »Nieder mit den Gleichwerkern!« und »Hängt diese Verräter!« Diese Option schien mit dem Auftauchen des antiken Schriftstücks wieder gefragt zu sein.

Ismayl sammelte sich. Die Rebellion hatten sie mit Schwert *und* Feder für sich entschieden. Sollten nun ausgerechnet gezinkte Paragrafen Schwert und Feder zerbrechen? Er musste etwas unternehmen. Vielleicht war die Feder letztlich doch die mächtigste aller Waffen? Hatte der Rote Rufin das nicht bewiesen?

Er erhob sich und schloss kurz die Augen. Nur den allerersten Satz wollte er in den Köpfen aller Anwesenden sprechen, damit sich die Aufmerksamkeit des tobenden Saals auf ihn richtete. Es war nicht die Zeit, um Gefühle zu beeinflussen oder um das zu bewirken, was die meisten an den Wortzeichen fürchteten: Manipulation. In Naronne hatte er es bedauert, dass er Register erstellt und Fakten gesammelt hatte, dass er jenes Feuer hatte unterdrücken müssen, das Meister Aramaeis in ihm erkannt und geschult hatte. Er konnte auch ohne Zeichen Menschen für sich gewinnen, das hatte er früher, in Friedenszeiten, oft genug bewiesen.

Nur dieser eine Satz für den Anfang, dann musste er ohne Zeichen auskommen. Jede weitere Anwendung würde man ihm zur Last legen mit unabsehbaren Folgen.

Er räusperte sich, prüfte seine Stimme, dann öffnete er die Augen und sagte: »Ich will ein Geständnis ablegen!«

Das Chaos gefror.

Jeder hatte diesen Satz so deutlich gehört, als stünde Ismayl direkt neben ihm. Wie damals, als die Stadt sich erhoben hatte – da war es auch seine Stimme gewesen. Er fühlte Dutzende Blicke auf sich, als er nach vorn trat, an der Verborgenen Meisterin vorbei, die in graue Seide und Ketten gehüllt war. Er trat in den Zeugenstand, blieb aber aufrecht stehen, anstatt sich zu setzen wie seine Vorgänger an dieser Stelle. Hinter sich spürte er die Präsenz eines Gerichtsdieners. Neben ihm ragte das höhere Podest des Richters auf. Er wandte sich dem Saal zu. Von hier aus konnte er alle sehen – nur die Schreiberin und Erdhand befanden sich neben ihm, und ihre Gesichtsausdrücke blieben ihm verborgen.

Erdhand schwieg, sein Sohn ebenfalls. Also ergriff Ismayl das Wort: »Ich gestehe, einen Umsturz geplant zu haben!«

Er machte eine kurze Pause, um sich Mut zu machen, dann fuhr er fort: »Ich gestehe, dass ich Intrigen gesponnen und Hinterhalte gelegt habe! Dass ich Diener des Gesetzes mit Wortzeichen manipuliert habe, dass ich Gardisten getötet habe und Gefangenschaft oder Tod vieler Dichterbrüder nicht verhindern konnte! Ich gestehe, dass ich, gemeinsam mit den anderen des Verrats Beschuldigten, die ich mit Stolz meine Freunde nennen kann …« Er nickte den ehemaligen Rebellen zu und setzte erneut an: »Dass wir andere Ideale haben als die meisten alteingesessenen Meister, andere Vorstellungen als viele Ratsmitglieder. Ideale von Gleichheit und Freiheit. Den Idealen der Blauröcke nicht unähnlich, aber nicht korrumpiert von einem Kaiser. Ich gestehe, dass wir, Querdenker und Abweichler, gemordet und rebelliert haben, um unsere Heimat von den Blauröcken zu befreien.«

Er hatte immer noch die ungeteilte Aufmerksamkeit der Menge, also fuhr er fort. »Ich gestehe, dass wir eine Rebellion angezettelt haben, der ihr heute eure Freiheit verdankt! Ich gestehe, dass nur einige von euch uns dabei unterstützt haben.« Er schaute zu Meister Malachias.

»Ich gestehe, dass ich in Naronne das Leben eines Freundes für die Sache Sygnas opfern musste. Ich gestehe, dass ich, dass wir, alles riskiert haben, viel Leid auf uns geladen haben, für eure Freiheit! Und wisst ihr was? Wir haben es gern getan. Wir sind stolz auf das Erreichte, und wir machen euch keinen Vorwurf! Nicht jedes Herz ist das eines Rebellen. Aber jedes Herz, ob mutig oder verzagt, ob kindlich oder alt, ob kaltherzig oder großmütig, hat das Recht, in Freiheit zu schlagen, jeder Mensch das Recht, in Freiheit zu leben. Und deshalb haben sich so viele von euch der Sache der Freiheit angeschlossen! An unserer Seite gekämpft! Gemeinsam haben wir die Aquinzacken aus der Bleibergfestung gejagt. Wir waren die Symbole des Aufstands, ich bin ohne Helm im verlorenen Haufen im Kugelhagel in die Bleibergfeste gestürmt! Elisabeda und Dawyd sind schwer verwundet worden! Gemeinsam haben wir geblutet – nicht jeder von uns im Kampf, aber jeder im verzweifelten Glauben an eine bessere Zukunft, im Bangen um geliebte Menschen. Glaubt ihr wirklich, wir würden all das, all das, wofür wir gekämpft haben und gelitten, nun wegwerfen, um uns einem Kaiser anzubiedern, der seine eigenen *und* unsere Ideale verrät? Anbiedern wie gewisse andere hier im Raum? Welche Macht hatte denn ein Gossenmädchen, wenn es darum ging, den Großgildenmeister vor einen feindlichen Kaiser zu bringen? Meint ihr nicht, sein Verrat – Zachari Erdhands Verrat – wiegt schwerer als der von einem *Kind* wie Schmal-Jendra?«

Er blickte Erdhand lange ins Gesicht. Dieser hatte die Brauen erhoben und musterte das Pergament, das vor ihm lag. Ismayl sprach weiter. Er sprach von den Traditionen Sygnas, der Kunst der Zeichen, all der Dinge, die dank der Rebellion überlebt hatten. Doch er sprach auch von Veränderung. Von der Zukunft, die aus der Vergangenheit geformt werden muss. Seine Worte trafen wie Dawyds Schwerthiebe, verletzten oder berührten, formten Ideen in den Köpfen, wie Elisabedas Hammer den Stahl formte. Er schmiedete seine Rede und sprach von der Veränderung, die sie sich gewünscht hatten. Davon, dass Sitze im Rat für die Gleichwerker, für die Frauen und Halbmeister keinen Verrat bedeuteten, dass die Stimmen der Tagelöhner gehört werden mussten, ohne dass man Sygnas Geschichte verriet. Sein Geist wandte sich nach vorn, nicht zurück, wie Meister Simeon es ihn gelehrt hatte: Er sprach von einem neuen, besseren Sygna, von aufgebrochenen, aber bewahrten Traditionen. Von alten Geschichten in einem neuen Gewand.

Es war wie damals, als sein Gesellenvortrag so viel Aufmerksamkeit erhalten hatte. Sie hatten ihm zugejubelt, nur Kilianna, die schöne Tochter des Großgildenmeisters, hatte nur eine Augenbraue gehoben und höflich geklatscht.

Nun war es, als befände er sich auf der anderen Seite eines Zerrspiegels: Skeptische Blicke trafen ihn, einige sogar mit Verachtung vermischt, aber Kilianna strahlte. Begeisterung sprach aus ihren Augen, und Ismayls Herz vergaß kurz ihre

Zurückweisungen, die Eifersucht auf Dawyd, und tat einen Satz des Jubels.

»Ich gestehe, was ihr mir vorwerft«, endete er. »Aber wir begingen nicht an euch Verrat. Wir begingen ihn an den Besatzern. Und um juristisch zu enden, damit es Gültigkeit auf dem Papier hat: Eine Besatzung ist ein Kriegszustand. Und unsere Taten gegen die feindliche Armee können und sollen nicht geahndet werden.«

Bei seinem letzten Wort erhob sich Kilianna und klatschte. Diesmal mit stürmischem Eifer. Und andere fielen ein. Dawyd, Elisabeda, die verheulte Jendra. Und dann viele, die er nicht kannte. Meister und Gesellen, selbst ein Gerichtsdiener; sicherlich ein Drittel des Saals. Alle in diesem Raum waren in gewisser Weise privilegiert, und dennoch verstanden sie die Notwendigkeit der Veränderung.

»Er verdreht den Verstand der Anwesenden mit Wortzeichen!«, rief Benyam.

Nein! Das ist eine Lüge!, dachte Ismayl, doch bevor er den Gedanken aussprechen konnte, traf ihn die Holzstange des Gerichtsdieners hinter ihm hart in den Rücken und schmetterte ihn nieder.

Sein Gesicht prallte auf dem breiten hölzernen Geländer des Zeugenstands auf, Schmerz fuhr durch seine Wirbelsäule, doch die Stange ließ nicht locker und presste ihn gegen das Holz: Die Luft wurde ihm aus der Lunge getrieben, sein Blick wurde trüb. Er konnte nur verschwommen wahrnehmen, was sich vor ihm ereignete – Geräusche drangen gedämpft an sein Ohr.

»Ismayl!« Das war Kiliannas Stimme.

»Ihr Dreckskerle!«

»Verhaftet die Verräter!«

Er versuchte, sich aufzurappeln, aber das Gewicht des Bewaffneten presste sich in seinen Rücken, und er konnte nur den Kopf heben. Direkt vor ihm auf den Rängen des Gerichtssaals steigerten sich die Rangeleien zu einem ausgewachsenen Handgemenge.

Bewaffnete Gardisten drängten nun in die Menge.

Eine Frau wurde niedergeschlagen.

Eine schrecklich breite Gardistenklinge zuckte vor und traf Jannis in den Unterleib.

Nein!

Ein Kerl bedrängte mit dem Schaft einer Hellebarde Dawyd, der sich schützend vor Kilianna gestellt hatte. Diese wiederum rang mit einem Gerichtsdiener, der Dawyd gezeichnete Ketten angelegen wollte.

Dawyd zog sein Schwert ein Stück aus der Scheide. Dabei rammte er dem Hellebardier den Knauf ins Gesicht und schickte ihn blutüberströmt zu Boden.

Ismayl schnappte gegen das Gewicht auf seinem Körper nach Luft. Da flog Dawyds Klinge vollends aus der Scheide und trennte in derselben Bewegung einem Gardisten Unterarm samt Kriegsmesser einfach ab. Dawyd sprang in den Gang zwischen zwei Bänken, fand dort eine gewisse Bewegungsfreiheit, um sich verteidigen zu können.

Ein Schuss donnerte. Stuckwerk prasselte auf Ismayls Kopf.

Dawyd sperrte den Schlag einer Hellebarde, durchtrennte das Holz des Schafts und fuhr mit der Klinge in die Schulter des Angreifers. Schnell verlagerte er das Gewicht wieder auf das Hinterbein, zog sich zurück, um erneut zuzuschlagen. Der Kopf des Gardisten fiel zuerst. Dann sein Leib.

Und jetzt töten Sygnaer Sygnaer, schoss es Ismayl durch den schmerzenden Kopf, und er schrie vor Wut auf sich selbst: Er hatte versagt! Seine Rede hatte zwar die Herzen der meisten Zuhörer erreicht, aber gegen diese Falle aus lauernden Gardisten war er machtlos. Sie waren nie hier gewesen, um sie zu beschützen! Wer wusste schon, ob einige der Gardisten das Gesicht nicht auch schon mal unter einer gesichtslosen Maske verbargen?

Aber die Rebellen hatten den Träger des Blutzeichens an ihrer Seite, und die Verborgene war gefesselt. Dawyd konnte das Blatt noch wenden!

Wahrscheinlich muss er sich dafür noch nicht einmal sonderlich anstrengen.

Ismayls Blick klärte sich langsam.

Irgendetwas stimmte nicht mit Dawyd. Der Fechter, umringt von drei vorsichtigen Gardisten mit von sich gestreckten Kriegsmessern, starrte auf die Leiche des Enthaupteten und atmete heftig.

Beim Großen Handwerker und dem blutigen Altmeister, Dawyd, reiß dich zusammen!

Blutspritzer bedeckten sein Gesicht … und Schweiß.

Angstschweiß, wurde Ismayl klar. Die nackte Panik stand ihm ins Gesicht geschrieben. Sein Brustkorb hob und senkte sich immer schneller. Ismayl wusste natürlich, was geschah, was ihm durch den Kopf ging, aber jetzt war nicht die richtige Zeit dafür!

Kilianna schrie den Fechter an, aber der schien sie nicht zu verstehen, nein, nicht einmal wahrzunehmen. Ismayl wollte ihm etwas zurufen, aber Dichter hin oder her – er wusste beim besten Willen nicht, was seinen Freund aus diesen grässlichen Erinnerungen, diesen Trugbildern reißen konnte.

Klappernd fiel das Lange Schwert zu Boden, Dawyd hatte es einfach fallen gelassen. Er stolperte zurück, schüttelte heftig den Kopf, wandte sich dann um und rannte aus dem Saal. Niemand wagte, sich ihm in den Weg zu stellen.

Ismayl zappelte und wehrte sich gegen das Gewicht in seinem Rücken, wieder erhielt er einen Schlag, diesmal in den Nacken. Sterne tanzten vor seinen Augen.

Da griff eine Hand nach Dawyds Schwert am Boden. Elisabeda packte die von ihr geschaffene Klinge mit beiden Händen. Kilianna hatte irgendwo ein Kriegsmesser erbeutet. Mit blanken Klingen, Rücken an Rücken, erwarteten sie die Bewaffneten, die ohne den Blutfechter im Raum neuen Mut für einen Angriff sammelten.

Ismayl *musste* ihnen jetzt beistehen! Er drückte sich mit beiden Armen nach oben. Und tatsächlich überrumpelte er den Gerichtsdiener, drängte ihn nach hinten und befreite sich.

Mit einem unbeholfenen Satz schwang er sich über das Geländer des Zeugenstands, rannte gegen einen Kerl in bürgerlicher Tracht. Ob der versucht hatte, Ismayl aufzuhalten, oder nur den Kämpfen entfliehen wollte, wusste Ismayl nicht. Er hörte von weiter hinten das Klirren von Stahl auf Stahl, während er kurz mit dem Kerl rang.

Schmerz explodierte in seinem Hinterkopf, und bei allem Willen, den er bisher aufgebracht hatte, war das nun ein Schlag zu viel.

Es wurde schwarz um ihn herum.

Kapitel XIII

Neigel setzte den Sack mit einem Schnaufen ab. Das Leen schaute ihn erwartungsvoll an, im Tageslicht, das von draußen hereinfiel, sah er ihre verschmierte Schminke und die Falten eines nicht immer erfreulichen Lebens. Alles an ihr war ein bisschen wabbelig – das Kinn, der Hals, die Oberarme, zu denen sie ihre Ärmel hochgeschoben hatte. Er konnte sich sehr gut vorstellen, wie sie mit ihrer tiefen Stimme einen Ochsen anschrie, damit sich ihr Karren einem Heer von Soldaten anschloss.

»Weißt du, dass wir uns schon mal gesehen haben?«, fragte er und öffnete den Sack.

»Ja, ja. Ist mir wieder eingefallen. Du hast den Geheimpolizisten aus Sygna rausgeholt. Den gruseligen Kerl mit dem Wortzeichen.«

»Hm. Genau.«

»Und jetzt zettelst du hier eine Revolte an. Du bist wohl nicht so der loyale Typ.« Sie kicherte und rückte mit ihrem Fund näher: einer Handmühle – sie hatte sie als Kaffeemühle bezeichnet.

»Ich stand unter seinem Zwang.« Er korrigierte sich. »Ich stehe *immer noch* unter seinem Zwang, aber diesmal hab ich mehr Entscheidungsfreiheit.«

Sie tätschelte kurz seinen Arm. »Das meintest du also mit deinem Schatten, was?«

»Nicht nur das«, murmelte er düster.

Als der Sack offen war, glitten seine und ihre Rechte in das Korn. Neigel lächelte. Es fühlte sich doch nichts besser an als Korn zwischen den Fingern. Er bewegte seine Hand darin, und die kleinen braunen Dinkelkörner raschelten.

»Ist das gut? Taugt das was?«

»Na ja, wir haben nicht viel Auswahl.« Er nahm eine Handvoll heraus, beäugte das Korn, zerbiss dann ein paar Körner. »Ja, das ist gut. Trocken. Gehaltvoll. Wird gutes Mehl geben.«

Mehl hatten sie keines gefunden. Aber ungemahlene Körner im Keller des verlassenen Wohnhauses waren den Plünderern offenbar entgangen.

»Beherrschst du ein Nährendes Zeichen?«, fragte das Leen. »Müllerbursche?«

»Nein, die Müllerburschen lernen keins. Die Müller, manchmal. Aber es ist kompliziert in Sygna. Ich war zuletzt bei einem Ölmüller.«

»Gibt es Zeichen für Öl?«

»Ja, schon.«

»Wie haben denn deine Müllermeister ihre Zeichen gewirkt?« Mit dem Finger zog sie das Zeichen durch die Körner, das er aus Schokolade auf den Plätzchen gesehen hatte. »Zieht man es einfach so hinein?«

»Ich weiß nicht. Es hatte irgendwas mit dem Mühlstein zu tun. Die Rillen bilden die Negativform, sodass das Mehl nachher das Zeichen zeigt. Oder so ähnlich. Aber ich war nicht lange in einer Kornmühle, nur als Junge.« Er gab eine Handvoll in die Kaffeemühle und sah zweifelnd auf die kleine Gerätschaft. Es würde ewig dauern, mit diesem Ding genug Mehl für Leens neuen Versuch herzustellen – falls die Mühle das überhaupt durchhielt.

»Solltest du das nicht eigentlich wissen und nicht ich?«, fragte er.

Sie verzog den Mund. »Dieses Urzeichen, ich kann dir sagen, Herzchen, das kann einen echt um den Verstand bringen.« Sie schloss die Klappe und begann zu kurbeln. Dabei flatterten ihre leicht blau bemalten Lider, und er sah ihr gespannt zu.

Er sah auch sich selbst gespannt zu. Kaum zu glauben, dass er sich schon wieder an jemanden gehängt hatte, der ihm bei genauem Betrachten doch eher verrückt erschien. Er musste an den anderen Verrückten denken, an den er sich gehängt hatte, beim letzten Mal, als er nicht gewusst hatte, ob er leben oder sterben wollte.

Guillome … Er legte eine Hand auf seine Augen, rieb sich über die Lider. Er war nur müde. Mehr nicht.

»Warum heulst du?«, fragte das Leen. Sie hatte ihre Augen geöffnet und schüttelte ihre Hand aus.

»Ich heule nicht«, log er.

»Ich verstehe nicht, warum mein Plätzchen nichts bei dir gemacht hat. Es sollte eigentlich bewirken, dass es dir besser geht. Es hat auf jeden Fall anderen geholfen.«

Er lachte, obwohl ihm nicht danach war. »Vielleicht ist mir nicht zu helfen.«

»Ist es das Wortzeichen? Macht es was mit dir?«

Er zuckte mit den Schultern. »Sicher, irgendwas.«

»Komm, ich hab genug Männer in meinem Leben gesehen. Du bist unglücklich verliebt oder so was.«

Er nickte.

»›Unglücklich verliebt‹ oder ›So was‹?«, hakte sie nach.

»Unglücklich verliebt.«

»Ich glaub, dagegen helfen meine Plätzchen nicht. Ich hatte das jedenfalls nicht im Sinn, als ich sie gebacken hab. Diese Wut, die hier herrscht, und diese Verzweiflung, so was hatte ich im Sinn. Kann sein, dass du einfach mal mit ihr reden musst, um das zu klären.«

Er schaute sie an und versuchte dreimal, es zu sagen. Es klappte erst beim vierten Mal, und es war nicht mehr als ein Flüstern.

»Mit ihm.«

Sie hob eine geradezu aggressiv nachgezogene Augenbraue. »Ah«, machte sie dann.

Er starrte in den Getreidesack.

»So, hilfst du mir jetzt, oder wie?«, blaffte sie ihn an. »Du hast ja wohl die kräftigeren Arme.« Er nahm gehorsam die Kaffeemühle entgegen. »Ich werde jetzt ein bisschen experimentieren, Sygnaer. Du hilfst mir dabei. Kurbel erst mal, bis dir die Arme lahm werden. Ich sage, wenn du aufhören sollst.«

Neigel gehorchte. Nichts war ihm lieber als stupide Arbeit. Er gab eine weitere Handvoll Korn in die Mühle und kurbelte in einem stoischen Rhythmus.

Leen saß vor ihm und summte eine kleine Melodie. Da sie ihre Augen geschlossen hatte, schloss er seine auch.

Ab und an hörte sie auf zu summen, bedeutete ihm, das Schubfach mit dem Mehl aus der Kaffeemühle zu nehmen und neues Korn oben hineinzufüllen.

»Diesmal machen wir Brot«, sagte sie und zwinkerte ihm zu. »Kleine Brote.«

»Mit dem groben Mehl kriegst du auch keine Plätzchen hin.«

»Genau«, stimmte sie zu. »Brot ist nicht schwer. Und wenn wir es schaffen, das Zeichen ins Mehl zu wirken, das wäre was, oder? Du glaubst nicht, wie mühsam es war, all die Plätzchen zu verzieren.«

Er lachte. »Und das machst du gerade? Du zeichnest das Mehl, indem du neben mir sitzt und summst?«

»Nein. Noch nicht. Ich versuche, schlau draus zu werden. Aus mir. Aus dem Zeichen. Aus dem Mehl. Aus dir. Mahl weiter!«

Er gehorchte.

Irgendwann unterbrach sie wieder ihr Summen. »Das Wortzeichen – was macht das genau?«

»Es ist ein Befehl«, sagte Neigel und gab nach kurzem Zögern zu: »Ich soll glücklich werden.«

»Ah! Interessant. Warum hat er das gemacht? Der Geheimpolizist?«

»Ich weiß es nicht. Ich hab es für grausamen Humor gehalten.«

»Aber so grausam ist es nicht, jemandem zu wünschen, er soll glücklich werden.«

»Ich glaube, es war nur ein Versuch: Er wollte wissen, was er alles kann. Ob er so etwas kann.«

»Und, kann er?«

»Ich versuche seitdem, glücklich zu werden.«

»Versucht das nicht jeder?«

»Ich habe den Eindruck, es manipuliert mich.«

»Glaubst du, du hättest dich sonst nicht in diesen Kerl verliebt, in den du verliebt bist?«

Neigel vergaß beinahe zu kurbeln. »Doch, ich glaub schon. Das war nicht das Zeichen. So bin ich immer schon.«

»Kaputt, hast du gesagt, als wir uns getroffen haben.«

Er sagte nichts.

»Halt.« Sie legte die Hand auf seine Hand und auf die Kurbel. »Schau mal, so.« Sie bewegte seine Hand mit ihrer. »Ein Stück rechtsherum. Dann Pause. Dann weiter. Dann Pause.«

Sie machte es ihm vor, und er gehorchte. Irgendwann lächelte sie zufrieden, füllte mehr Korn nach, nahm mehr Mehl heraus. »Mach weiter.«

Neigel tat, was sie verlangte. Seine Arme schmerzten, aber es machte ihm nichts aus, er fühlte es wie ein kratzendes Kleidungsstück, etwas *außerhalb* von ihm. Sie summte wieder, und er mahlte, mit abgehackten, wippenden Bewegungen.

»Wirkst du das Zeichen mittlerweile oder wirst du immer noch schlau draus?«, fragte er, als sie wieder nachfüllten.

»Ich weiß nicht.« Sie lächelte breit. »Sag du's mir!«

Neigel wusste nichts zu erwidern und mahlte weiter. Er atmete heftiger, er schwitzte, er wechselte von der Rechten in die Linke und wieder in die Rechte. Er dachte gar nichts, nicht an Zeichen, nicht an den Rhythmus, den das Leen ihm auferlegt hatte, nicht an Guillome. Er fühlte sich gut bei dieser Arbeit und hoffte, die Kaffeemühle gab nicht den Geist auf, doch diese mahlte ratschend und raschelnd und schnarrend weiter.

»Du hast mir keine Antwort gegeben«, sagte das Leen bei der nächsten kurzen Pause. Sie gab ihm den Wasserkrug herüber. »Also sag ich's dir: Ich mach, dass *du* schlau draus wirst. Und ich finde, du bist schon ziemlich weit.«

»Hm?« Er hatte sich so lange nur in die Bewegung vertieft, dass es ihm schwerfiel, ihre Worte zu verstehen.

»Mach nur so weiter, Herzchen.«

Er gehorchte, vielleicht konnte er einfach den Rest seines Lebens hier verbringen und Mehl mahlen. Guillomes Gesicht schoss ihm durch den Sinn – der würde sich kaputtlachen, ihn hier zu sehen. Er würde ihn verspotten, aber vielleicht wäre es, ohne die Pfeife, ohne dieses Dunkle, das hier in die Menschen kroch, ein Spott, den Neigel gut ertrug, nicht dieser Hohn, der Guillome geradezu aus den Augen gesprungen war.

Hättest du gleich gesagt, dass dir Kaffee mahlen mehr liegt als Aufstände anzuführen, dann wäre uns ein Haufen Ärger erspart geblieben, würde er sagen.

Sei still, würde Neigel erwidern. *Du hast keine Ahnung von Arbeit. Theaterstücke zu verreißen ist keine Arbeit! Ich mahle keinen Kaffee, ich wirke Zeichen in Mehl. Mit einer Urzeichenträgerin und einer Kaffeemühle und einem Sack Dinkel. Ich denke, das hat noch niemand vor mir vollbracht.*

Neigel öffnete die Augen und schnappte nach Luft. Das Leen grinste ihn an mit ihren gelben langen Zähnen.

»Jetzt hast du's verstanden«, sagte sie. »Du bist ja irgendwie recht langsam, aber ich kann mich nicht beschweren, dass du langsam lernen würdest. Mach weiter, du Dummkopf. Ich mach mich schon mal auf die Suche nach den anderen Zutaten. Ich denke, ich werd irgendwo einen Heferest in einem Bierfass auftreiben, den wir nutzen können. Und viel mehr brauchen wir dann schon nicht mehr.« Sie stand auf und hielt in der Tür kurz inne. »Ich hoffe, diese Kinder haben Plätzchen gegessen, bis ihnen die Bäuche wehtun, und können jetzt wieder einen klaren Gedanken fassen.«

»Das hoffe ich auch. Macht das die Leute wirklich wieder … ganz?«, fragte Neigel. In seinem Schädel dröhnte ein unbestimmter Schmerz, aber irgendwie fühlte er sich nicht schlecht. Er fühlte sich ein wenig aus der Zeit, aus dem Ort geworfen, als wäre er gar nicht wirklich hier.

»Red nicht zu viel und mach weiter.«

»Heh!«

Sie befand sich schon auf der Treppe.

»Warum hat es nichts mit mir gemacht?«

Er hörte ihre Schritte, und dann hallte ihre Stimme zu ihm hinauf. »Arbeite, Herzchen!«

Er gehorchte. Der Mühle war egal, ob er innehielt, egal, ob er die Richtung wechselte. Dass er innehielt, wann er die Richtung wechselte, war jedoch dem Mehl nicht egal. Weil es *ihm* nicht egal war. Seine Gedanken gingen in die Richtung, die seine Hände vorgaben. Seine Gedanken wussten, wann er mit den Bewegungen rechtsherum *innen* angekommen war. Wann er den Weg linksherum, nach außen, beginnen musste. Das Korn wurde davon zermahlen, eines nach dem anderen, eines am anderen und an den Mahlsteinen der kleinen Mühle. Es wanderte durch die Rillen der Steine nach unten, bis es grob gemahlen in der kleinen Schublade ankam.

Das Zeichen macht nichts mit mir, weil ich nicht kaputt bin. Selbst der Gedanke war etwas, um das er vorsichtig kreisen musste, als würde sich die Idee in Luft auflösen, wenn er sie berührte. Er schluckte und dachte es etwas lauter. Nur ein kleines bisschen lauter. *Ich bin nicht kaputt. Und Leen und ich, wir bekommen die Leute wieder hin. Und dann diesen Riss. Alle zusammen. Eins nach dem anderen. Wie immer beim Handwerk. Eins nach dem anderen.*

Linksherum. Rechtsherum. Eins nach dem anderen.

Der Mann ohne Kopf war von oben bis unten tätowiert, Dawyd konnte ihn kaum erkennen, aber er wusste, dass er nicht totzukriegen war. Blut, Blut überall, aber jede Wunde würde sich schließen, nur seine eigenen nicht. Er musste hier weg.

Um ihn herum erklangen Schreie. Er starb, jeden Moment würde ihn eine Klinge in den Rücken treffen, nein, ein alles zermalmender Hieb.

Dawyd rannte, und jedes Gesicht war das des tätowierten Blutkämpfers. Er hatte keine Waffe mehr – wo war seine Klinge? Warum hatte er ihr eigentlich nie einen Namen gegeben? Der Blutzeichenträger starb und würde ebenso vergessen werden wie seine namenlose Klinge.

Dawyd kam es vor, als wäre er durch einen Strudel alter Bilder und Erinnerungen gelaufen – es sah alles nach Sygna aus um ihn herum, aber er war überzeugt, nicht in Sygna zu sein. Als seine Gedanken endlich klarer wurden, befand er sich inmitten von hohen alten, herbstlich gefärbten Bäumen, vor ihm lag ein stiller Teich.

Ich bin nicht in Sygna.

Doch, die Erinnerung kehrte zurück. Er war im Gerichtssaal gewesen … Er blinzelte, sah sich um. Sein Puls ging so schnell, das trieb ihn in den Wahnsinn. Er musste sich beruhigen. Er musste herausfinden, wo er war.

Wo sind die anderen?

Sein Atem beschleunigte sich wieder. Er biss auf seine eigene Hand, schmeckte Blut darauf, nicht seines, er starrte erschrocken auf die getrockneten Spritzer.

Wenn ich hier bin, wo sind die anderen?

Es dämmerte ihm.

Er war abgehauen. Er hatte sie im Stich gelassen.

Ich bin ein Feigling.

Dieser Kerl hatte ihn verkrüppelt – hatte ihm den Mut mit einem Schnitt sauber abgetrennt oder mit einem seiner übermenschlichen Hiebe zerschmettert. Er war ein Feigling, zu nichts mehr nutze. Er hatte einen Sygnaer getötet, wie damals, als Ignaz und Elisabeda ihn gezwungen hatten, den Aufseher umzubringen. Und danach war er gerannt wie ein Hase.

Er musste sich in einem Park befinden – es gab nicht viele große Parks in der Unterstadt, und da er den Bleiberg zur Linken aufragen sah, befand er sich nicht auf einem Anwesen in den Meistervierteln. Der Kurpark war die wahrscheinlichste Möglichkeit. Er sah an sich herab. Er trug die Lederscheide an der Seite – aber kein Schwert.

Ich hab mein Schwert fallen gelassen. Ich bin nicht ich. Ich bin irgendetwas anderes, das meine Hülle herumträgt, so wie Rufin Ignaz' Hülle.

Auch dieser Gedanke flößte ihm blanke Panik ein. Gehetzt wandte er sich um. Und dieses ungesunde Gemisch aus Einbildung und Wirklichkeit ließ ihn einen Mann mit Kapuzenumhang erkennen, der im Schatten einiger Bäume stand und ihn ansah. Der Körperbau, das verschattete Gesicht, der kurze graumelierte Bart darunter: Ignaz.

Aber das konnte nicht sein. Er bildete ihn sich ein, weil er gerade noch an ihn gedacht hatte. Alles vermischte sich: Erinnerung, Vergangenheit, Realität, Gegenwart. Dawyd sog scharf die Luft ein, mehr als willens, den Mann als Trugbild seines eigenen, offenbar kranken Geistes abzutun.

»Du wirst dich nicht bewegen«, sagte Ignaz' Stimme.

Lysandre hatte keine rechte Erklärung dafür, dass er sich nun tagelang in wechselnden Verstecken in Sygna herumtrieb.

Er erhoffte sich die Chance, doch noch an das Urzeichen heranzukommen. Dawyd war in der Stadt, und wenn er irgendwie die Chance erhielt, ihn zu töten …

Und er wollte Elisabeda wiedersehen. Er *wusste*, dass das ein Impuls war, der nicht von seinem alten Ich stammte – aber das Bedürfnis war da, und er erinnerte sich daran, morgens neben ihr aufzuwachen und diese Minuten zu genießen: flüchtige, nichtige Momente, die er sich bald nicht mehr würde leisten können. Das war nicht reparabel, er konnte höchstens noch neben ihr erwachen, wenn er sie vorher mithilfe des Wortzeichens zu bedingungslosem Gehorsam zwang. Und das war wirklich nichts, was Lysandre in irgendeiner Weise verlockend fand. Trotzdem wollte er sie sehen.

Er *hatte* sie gesehen.

In einem Versteck nahe der Kluft hatte er einigen Bettlern Informationen abgepresst – die Bettler Sygnas wussten oft mehr als die Meister. Dieses Gossenmädchen hatte die Trägerin des Verborgenen Urzeichens überlistet, und hätte er einen Hut, so hätte er ihn gezogen. Mit diesem Wissen war es nicht schwer gewesen, Elisabeda zu finden.

Er hatte seine vier Blutzeichenkandidaten in einer der in den Fels geschlagenen Wohnstätten gelassen, die im Immerdunkel der Kluft lagen, und vor dem Gerichtsgebäude gewartet. Er kannte sich dort recht gut aus – nein, Ignaz kannte sich dort recht gut aus. Vom Balkon einer verlassenen Wohnung aus sah er, wie sie auf einem Ochsenkarren mühselig ein Gebilde aus Stein heranschafften. Dawyd, Ismayl, Jendra, Kilianna – Elisabeda. Sie waren alle da.

Elisabeda war älter geworden. Sie hatte einen Zug um den Mund, den er von Militärs kannte. Natürlich, sie hatte das Sygnaer Heer angeführt. Er grinste über die Ironie.

Wäre ich an der Front gewesen, hätten wir Schlachten gegeneinander führen können. Deine Schwerter gegen meine Worte.

Es war selbstzerstörerischer Wahnsinn, nur unter einer Kapuze verborgen einer Liebschaft hinterherzustarren, die nie Wirklichkeit geworden war. Aber sie hatte Spuren in Ignaz' Herz hinterlassen – und das schlug schließlich in seiner Brust. Er schüttelte über sich selbst den Kopf. Der Steinsarkophag samt Ochsenkarren und der ungleiche Trupp aus Gleichwerkern, Soldaten, Diebesgesindel und Obrigkeit verschwand im Durchgang zum Innenhof.

Lysandre hatte zu viel Zeit zum Nachdenken. Würde er auch noch hier sitzen, wenn sie herauskamen? Er konnte Dawyd folgen. Konnte abwarten, bis dieser allein war. Konnte ihm befehlen, tot umzufallen. Wozu brauchte er die vier Offiziere? Sie waren in der Stadt, mehr konnte er nicht tun. Sie waren sogar in der Nähe der Höhlen, falls das irgendetwas bewirkte. Er war mehr als in der Lage, mit Dawyd fertigzuwerden.

Und noch während er seine Optionen abwägte, geschah irgendetwas Unvorhergesehenes. Radau, Aufruhr im Gebäude, Geschrei – und dann Dawyd, der wegrannte. Lysandre entschied, dass es nicht Elisabeda war, der seine Aufmerksamkeit gelten musste.

Er war Dawyd bis in den Kurpark gefolgt. Er hatte ihm belustigt bis interessiert bei seiner Existenzkrise zugesehen. Aber jetzt reichte es ihm. Jetzt musste er tun, wozu er hergekommen war.

»Du wirst dich nicht bewegen«, befahl er ihm und griff mit einem Wortzeichen nach Dawyds Geist. »Du wirst zulassen, dass ich dich töte.«

Er zog mit der Linken die Pistole, die er unter seinem Mantel verborgen trug. Dawyd starrte ihm einfach nur entgegen, blanke Angst in den Augen. Lysandre richtete die Pistole auf ihn, kurz zögerte er, aber ein Finger am Abzug ist schneller als Zweifel. Er schoss.

Dawyd warf sich zu Boden. Der Schuss krachte, da war die Kugel schon durch Strauchwerk in einen Baumstamm gefetzt. Er keuchte auf – bei Joakim, dem Altmeister der Fechter, offenbar war er doch keinem Hirngespinst aufgesessen! Das hier war Ignaz, nein, Rufin, und der versuchte, ihn umzubringen. Mit einem Wutschrei war Dawyd wieder auf den Füßen, und nun war es an Rufin, in Panik auszubrechen. Dawyds Schrei kippte in ein raues, irres Lachen.

Ich glaube, ich drehe durch!

Nein, das hier war die Wirklichkeit! Er wusste nicht, wie es sein konnte, dass der verfluchte Aquinzacke hier vor ihm stand – allein, mit einer Pistole, die er bereits abgefeuert hatte, aber er würde ihm den Hals herumdrehen, und dann hätte er heute wenigstens etwas geleistet.

Rufin tat das Einzige, was ihm in dieser Situation, konfrontiert mit dem Urzeichenträger des Blutes, übrig blieb: Er rannte.

Er war zwar kein alter Mann, aber definitiv auch kein junger Mann mehr, und er hatte auch mit seinem letzten Körper eher einen raschen Geist als schnelle Beine besessen. Dawyd hatte sein Schwert im Gericht zurückgelassen, aber diese Kreatur, die ihn an der Front besiegt hatte, hatte auch kein Schwert gehabt. Das Blutzeichen verlieh ihm unglaubliche Kraft, unglaubliche Geschwindigkeit.

Rufin war noch keine zwanzig Schritte gerannt, da warf Dawyd ihn aus vollem Lauf zu Boden, rammte ihm die Schulter in den Rücken, dann das Knie, dann waren sie beide unten, und Dawyd packte Rufins Hals.

»Du miese Ratte, hast du das für eine gute Idee gehalten?«, zischte Dawyd ihm ins Ohr. Er kniete auf dem Rücken des schmaleren Mannes, und der wand sich unter ihm, aber es nützte ihm nichts, denn Dawyd wusste, wie man jemanden am Boden hielt. »Ich bringe dich endlich um, du widerwärtiges Stück Aquinzacken-Abschaum.«

Er packte ihn an den Haaren und stieß ihn tiefer ins Gras. Dann schloss er eine Hand um den Nacken und legte all seine Kraft in die Bewegung, die ihm das Genick brechen sollte.

Seine Hände bewegten sich nicht.

Er schlug Ignaz' Kopf noch einmal ins Gras, als er hörte, dass der andere abgehackt zu lachen begann.

Dawyd versetzte ihm einen Schlag, doch der fiel nicht annähernd so heftig aus wie beabsichtigt. Es war mehr ein Klaps.

»Scheiße, verdammte!«, stieß er hervor.

Rufin lachte in das bunte Laub unter seinem Gesicht. Dawyd war so perplex, dass er sich nicht einmal wehrte, als Rufin sich unter ihm herumwälzte und ihn von sich stieß. Schwer atmend hockten sie nebeneinander im Gras und belauerten einander.

Dawyd sah auf seine Hände. Sie zitterten nicht. Sein Herzschlag war … heftiger, aber nicht auf diese Art und Weise, die ihn so beunruhigte. Das hier war nicht wie im Gericht, er verlor nicht die Nerven. Und es war auch nicht sein Gewissen, das ihn bezwang: Er *wollte* Rufin tot sehen. Oh, beim Großen Handwerker und allen Wesen der Tiefe, und wie er das wollte! Aber er rührte sich nicht, als verhallten seine Absichten auf dem Weg zu seinen Muskeln.

»Was soll das? Was ist das für ein beschissenes Spiel?«

Rufin zuckte mit den Schultern. »Eins, das wir offenbar beide spielen.« Er klang schon wieder so ruhig, so zuversichtlich, als hätte er gewusst, dass das geschehen würde.

»Was soll das heißen, verdammt?«

»Dass Urzeichenträger einander offenbar nicht töten. Können. Sollen. Was weiß ich.«

»Dann kann ich dich hoffentlich zumindest verstümmeln oder so verdreschen, dass du verlernst zu sprechen!«

»Versuch es«, forderte Rufin ihn amüsiert auf, aber Dawyd schüttelte den Kopf. Er hatte sich schon genug zum Idioten gemacht.

»Ich hole mir einfach andere, die dich erledigen.«

»Dann sag ihnen, sie sollen sich die Ohren verschließen, sonst hast du *mir* am Ende noch andere geholt, die *dich* erledigen.«

»Warst … warst du das alles?«, stieß Dawyd hervor. »Bist du deshalb nicht an der Front, weil dieser ganze Scheiß hier auf deinem Mist gewachsen ist? Konntest du nicht aufhören, in Sygna die Fäden zu ziehen?«

Rufin musterte ihn interessiert. Das Zeichen in Ignaz' Augen schien heller zu sein als zuvor, und vielleicht galt das auch für sein eigenes. Vielleicht *geschah* irgendetwas zwischen diesen Urzeichen – was auch immer es war, es gefiel Dawyd nicht.

»Nein, ich bin noch nicht lange in der Stadt. Ich wollte dafür sorgen, dass einer meiner Landsmänner das Blutzeichen erhält, wenn Azir dich tötet. Ich war ein wenig enttäuscht, als ich hörte, dass du Azir besiegt hast.«

»Azir …«, murmelte Dawyd und versuchte, die Erinnerung nicht mit dem Namen zu verknüpfen. Tonlos sagte er: »Ich hab ihn nicht besiegt.«

Rufin hob die Augenbrauen. »Er lebt noch?«

»Nein. Azir ist tot, aber er hat mich besiegt. Er hat mich zu einem zitternden Feigling gemacht, der seine Freunde nicht beschützen kann. Glückwunsch, Rufin. Ich bin nutzlos.«

»Na, dann werte ich das als Teilsieg für beide Seiten.«

Dawyd versuchte, sich die letzten Augenblicke im Gerichtssaal in Erinnerung zu rufen. Was war mit Kilianna und den anderen geschehen?

Haben sie sie umgebracht? Ich habe jemanden umgebracht! Was ist, wenn es ein Blutbad gegeben hat?

Sie schwiegen. Die Dämmerung breitete langsam ihre Schwingen über dem Park aus, Wolken waren von Westen herangezogen und drohten mit Regen.

»Was tun wir jetzt?«, fragte Dawyd schließlich. Er war unruhig, aber er konnte nicht zurück zum Gericht – er durfte auf keinen Fall riskieren, dass Rufin auf andere Sygnaer traf, nach ihrem Geist griff! Er würde ihnen befehlen, Dawyd anzugreifen. Vielleicht konnte Dawyd ihn so weit überwältigen, dass er ihm einen Knebel verpasste – er hatte ihn ja auch zu Boden geschleudert. Vielleicht konnte er ihn packen und irgendwohin schleifen, wo man mit ihm fertigwurde.

Aber wohin? Zum Gericht? Zu Benyam Erdhand, diesem Widerling? Wem liefere ich Rufin denn aus?

»Ich schlage dir einen Handel vor«, sagte Rufin in Dawyds ratloses Schweigen.

»Ich mache keinen Handel mit Pack wie dir.«

»Welche Wahl bleibt dir denn?«, fragte Rufin geradezu genüsslich.

»Welche Wahl? Jede Wahl!«

Sie starrten einander an, und es fuhr Dawyd bis ins Mark, dass sie genau diese Worte schon einmal gewechselt hatten. Nein, nicht *sie.* Ignaz und er. Bei ihrer ersten Unterhaltung.

»Warum tust du das? Was ist das?«, flüsterte Dawyd. »Hast du seine … seine Erinnerungen?«

»Vielleicht habe ich mehr als das. Vielleicht *bin* ich mehr als das. Darüber solltest du nachdenken, wenn du mich das nächste Mal töten willst.«

»Und worüber denkst du nach, wenn du *mich* töten willst? Denkst du dann auch daran, dass wir … dass Ignaz und ich … dass wir so etwas wie Freunde waren? Ja, er konnte ein genauso mieses Arschloch sein wie du, Rufin, aber er kämpfte wenigstens für etwas, das besser war als er.«

»Ich kämpfe auch für etwas, das besser ist als ich. Jeder ist der Held seiner eigenen Geschichte, Dawyd. Ich bin mir sicher, jemand wie Azir sah sich als Teil eines glorreichen Heldenlieds, das tragisch geendet ist. Aber zu meinem Handel: Wir lassen einander in Frieden. Ich kehre nach Hause zurück, nach Naronne. Du begleitest mich bis zur Kluft, über die ich die Stadt verlasse. Da sehen wir uns zum letzten Mal. Ich lebe – du lebst. Ich verspreche dir, dass ich nicht nach Sygna zurückkomme.«

»Oder du kommst mit einer Armee wieder.«

»Nein. Eine Armee kommt vielleicht – mit Sicherheit sogar. Aber ich werde nicht nach Sygna zurückkehren und damit riskieren, dass Aquintien einen Urzeichenträger verliert. Ich und was auch immer von diesem Mann übrig ist, den du Freund nennst, werden leben – und du, oder was auch immer Azir übrig gelassen hat, wirst ebenfalls leben. Das ist mein Vorschlag. Damit kommen wir beide aus dieser etwas unangenehmen Situation heraus. Ich wäre sogar bereit, ein Eidzeichen zu wirken. Oder so etwas Ähnliches. Das konkrete Zeichen beherrsche ich nicht, aber ich kann uns mit einem Schwur belegen, an den wir uns halten müssen, denke ich.«

Dawyd atmete ein und langsam wieder aus. Er würde die Entscheidung in diesem Atemzug fällen. Dieses Gesicht vor ihm – er konnte nicht vollends Rufin darin sehen.

»In Ordnung. Das Eidzeichen kannst du dir sparen, wie soll ich nachprüfen, ob es auf dich wirkt? Aber ich bin nicht so ein Bastard wie du. Ich lasse dich laufen. Ich weiß gerade ohnehin nicht, wem ich dich ausliefern soll.«

»Ganz davon abgesehen, dass du mich nicht ausliefern *kannst.*«

»Oh, ich könnte ausprobieren, inwieweit ich dich überwältigen kann.«

Rufin lächelte schmal – Lysandres kaltes Lächeln in Ignaz' cleverem Gesicht.

»Hoch mit dir, du Ratte, mir wird langsam kalt, und ich muss mich noch um einen Haufen anderer Dinge kümmern.« Dawyd war sich noch nicht sicher, ob es eine gute Entscheidung war – aber den Wortzeichenträger erst einmal nicht in Sygna zu haben, war sicherlich nicht schlecht. Und danach konnte ihm die Schattenmeisterin gern ein paar Attentäter auf den Hals hetzen. Dawyd musste nach seinen Freunden sehen, er vertrödelte hier Zeit!

Rufin erhob sich und klopfte sich demonstrativ ein paar rote Blättchen und Grashalme vom Revers. Dawyd schauderte wie eh und je beim Anblick der verstümmelten Hand, und er fragte sich, was es bedeutete, dass Täter und Opfer nun dieselbe Hand ihr Eigen nannten.

»Dann lass uns gehen.«

Zachari Erdhand setzte sich auf einen Stuhl. Zwischen ihm und seiner Tochter lagen nun tatsächlich Gitterstäbe, und es waren keine goldenen.

»Ich wünschte, ich hätte dir das ersparen können, Kilianna.«

Sie starrte ihn an und sagte nichts. Er konnte ihrem Blick so etwas wie grimmige Befriedigung entnehmen. Benyam hatte sie nicht im Zunftgefängnis einsperren lassen, sondern vorerst in einer Ausnüchterungszelle in der Wache. Sie beherrschte kein Zeichen und war keine Handwerkerin – man benötigte also keine besonderen Vorsichtsmaßnahmen.

»Gefällst du dir da drin?«, fragte er. »Mir gefällt es nicht. Ich würde dich gern an meiner Seite wissen. Aber dazu muss ich dich verstehen lassen, was hier passiert. Denn du verstehst es nicht.« Er lachte leise. »Wie solltest du auch? Du verstehst es nicht.«

Er sah sich um. Benyam hatte ihn mit ihr allein gelassen. Sie saß auf der Pritsche, auf der einige fleckige Decken gestapelt waren, und starrte ihn an, als gehöre auch sie zur spärlichen Inneneinrichtung. Zachari Erdhand hatte seine Worte oft genug vor dem Spiegel geübt. Kilianna war seine Generalprobe.

»Ich gebe zu, als ich in die Verkehrte Stadt stieg, geschah das aus persönlichem Interesse. Aus einem Hunger nach Macht. Ich ging dort hinunter, weil ich mir etwas davon versprach.« Er lachte, auch das war einstudiert. »Ich hoffte vielleicht, ein vierzehntes Urzeichen aus einer versteckten staubigen Höhle zu holen. Oder einen Hinweis darauf, wie ich die Urzeichen verstehen könne. Verständnis – aber auch Kontrolle. Ja, ich gebe zu, dass es mir um Kontrolle ging. Über mein eigenes Leben hatte ich die Kontrolle verloren.« Ein kleiner, ungeprobter Einschub: »Ja, auch über dich, Kilianna. Es kam mir so vor, als würdest du mit jedem Tag stärker und lauter, und ich mit jedem Tag schwächer und leiser. Das ist hart für einen Vater.«

»Das ist hart für einen *Mann*«, stieß Kilianna hervor.

»Aber da unten, Kilianna, fand ich die Wahrheit.«

»Und hast im Tausch deinen Verstand dort gelassen.«

Jetzt war es ihm beinahe lieber, sie würde weiterhin eisig schweigen.

»Sei still und hör mir zu«, befahl er und nahm seine Rede wieder auf. »In der Verkehrten Stadt fand ich die Wahrheit: Ich selbst bin nur eine Fußnote in Sygnas Geschichte. Es geht nicht um mich. Nicht um die Familie Erdhand. Nicht um unser altes Blut. Nicht um meine Befindlichkeiten. Wenn das alles etwas wert sein soll, dann muss ich meinen Wert für Sygna beweisen. Denn Sygna droht Chaos. Die Aquintianer werden bald wieder hier sein. Die Urzeichenträger, die Sygna *gehören*, treiben außerhalb der Stadt und auf der Seite des Feindes ihr Unwesen. Wie konnte es dazu kommen? Ich habe es erkannt:

Wir haben uns zu sehr geöffnet. Wir haben unsere Privilegien in der ganzen Welt herumgezeigt, haben damit gehandelt, haben Geld damit gescheffelt. Das hat Neid gebracht. Krieg. Unterdrückung. Tod. Was wirklich zählt, ist, dass Sygna so erhalten bleibt, wie es war. Die Zeichen sind ein Segen, der uns zuteil wurde, und wir erweisen uns als unwürdig.« Er machte eine Pause. »Sygna muss von der Welt abgeschottet werden. Nicht militärisch. Nicht mit Schanzanlagen, dem Klotz oder Soldaten am Tor. Die Stadt hat einen Vater, der für uns sorgt. Nein, das bin nicht ich.« Er lachte.

Kilianna schüttelte langsam den Kopf. »Was redest du denn da?«

»Unser Vater, der Große Handwerker, hat die Stadt erschaffen. Er hat ihr ihre Gaben gegeben. Ja, auch die Verkehrte Stadt ist Teil seiner Schöpfung. In den Glasbildnissen der Kathedralen und Kirchen ist er in der Himmlischen Werkstatt dargestellt, aber seine Werkstatt liegt nicht im Himmel. Sie liegt in der Tiefe. Er gab uns, was uns ausmacht. Aber wir haben uns als unwürdig herausgestellt, haben die Urzeichen weggesperrt und uns über seine Gaben hergemacht. Haben Fremde in unsere Stadt gelassen. Haben uns aneinander bereichert und Geld gescheffelt. Er wird uns dafür nicht bestrafen. Im Gegenteil, er wird uns helfen, der Welt den Rücken zuzuwenden. Und wenn du jetzt sagst: Aber ohne den Rest der Welt können wir nicht überleben – doch, das können wir. Unser Vater in der Tiefe wird für uns sorgen. Bald werden auch die letzten Urzeichen hier in neuen Körpern erwachen. Du wirst Angst haben vor dieser neuen Zeit. Aber es gibt keinen Grund zur Angst. Ich habe das alles hier nicht getan, weil ich mich selbst retten will. Ich will uns alle retten. Alle, die für Sygna einstehen. Alle, die Teil Sygnas sein wollen. Alle, die Sygna *sind.*«

»Was wird das?«, zischte Kilianna. »Probst du hier eine Rede? Man wird dich ins Sanatorium einweisen!«

Seine Rede war beendet. Er trat näher an die Gitterstäbe heran, streckte eine Hand aus, als wolle er Kilianna übers Haar streichen, doch sie war zu weit entfernt. »Ihr steht für etwas Falsches ein, Kilianna. Sieh das doch. Ich selbst auch – der Gildenrat war falsch. Aber dass Gleichheit herrschen soll, das ist auch falsch. Es gibt Herrscher und Beherrschte.«

»Und du bist der Herrscher?«

»Nein, *er* ist der Herrscher. Ich bin der Beherrschte. Aber du, du willst beides nicht sein.«

»Von wem redest du da? Bist du … hast du …« Sie hielt inne und atmete tief ein. »Du bist in die Verkehrte Stadt gegangen und hast den Krummen Mann getroffen. Wie ich.«

»Nenn ihn nicht so«, sagte Zachari leise. »Er ist unser Vater. Die Stadt gehört ihm.«

»Was … was hast du vor? Was hat *er* vor?«

»Es wird niemandem wehtun«, sagte Zachari und sah aus dem Fenster. Die Wolken, die in der Abenddämmerung heranzogen, ließen ihn bereits ahnen, wie es werden würde.

Dunkel. Wir müssen uns an Dunkelheit gewöhnen.

Aber das war es wert.

Lysandre Rufin hatte die Idee, Dawyd umzubringen, nicht ganz aufgegeben. Am Rande der Kluft warteten immerhin vier hervorragend an ihren Waffen geschulte Offiziere auf seine Befehle – und ihnen musste er nicht einmal mit der Macht des Wortzeichens Weisungen erteilen. Es war riskant, es zu versuchen – denn er hatte seinen Teil der Abmachung ernst gemeint: Er würde aus Sygna verschwinden und niemals wiederkommen. Wenn er auf sich achtgab, konnte Aquintien noch gut und gern viele Jahrzehnte vom Urzeichenträger der Worte profitieren. Vielleicht sogar länger – wenn er in Ignaz' Körper hatte fliehen können, war es nicht ausgeschlossen, dass ihm so etwas wieder und wieder gelang. Wenn er hier durch einen dummen Zufall starb, hatte er den Kaiser enttäuscht.

Sie kamen an der Brücke über die Kluft an. Sie markierte eine Stadtgrenze – wer sich auf eine der schmalen und illegalen Treppen wagte, die in die Kluft hineinführten, befand sich außerhalb der Grenzen Sygnas. Dennoch wurde diese Stadtgrenze kaum kontrolliert – wer wollte die Stadt schon durch die Finsternis einer bedenklich bodenlosen Kluft verlassen, in der Baracken und Höhlen Schmugglern, Bettlern, kranken Geistern und dem Abschaum der Gesellschaft als Wohnstätten dienten? Auf der anderen Seite warteten nur die lebensfeindlichen Täler der Kuser Berge.

»Wie weit möchtest du mich begleiten, Iackmar?«, fragte Lysandre. »Um sicherzugehen, dass ich meinen Teil der Abmachung einhalte? Ich habe noch ein paar Habseligkeiten in einem von Ignaz' Schlupfwinkeln herumliegen. Wenn es dich nicht stört, würde ich gern da vorbeischauen. Der Rückweg durch die Berge könnte sonst unangenehm werden.«

»Ich habe ohnehin keine Wahl«, knurrte Dawyd. »Ich würde dich liebend gerne hier herunterstoßen.«

Ich könnte es, schoss es Lysandre durch den Kopf. *Um ihn zu stoßen, würde ich kein Zeichen gegen ihn einsetzen. Aber er kann mich nicht stoßen – jeder seiner Bewegungen liegt das Zeichen inne. Wie es in meinen Worten ist, ist es in seinem Blut.*

Er grinste – leider sah er keine Gelegenheit, den sehr viel athletischeren Fechter von der Brücke in die Tiefe zu befördern.

Dawyd blinzelte hinab. »Seltsam …«

Lysandre folgte seinem Blick. Die Dämmerung wich nie vollends aus der Kluft, und nun lag sie bereits dick darüber. Unterhalb der Brücke war nichts zu erkennen.

Lysandre und Dawyd folgten der Brücke bis zum Westende. Dort schwangen sie sich über das Geländer und auf die oberste Stufe einer der schlüpfrigen Treppen, die sich in die Kluft zogen.

Dawyd hatte die Augen aufgerissen. Lysandre verfluchte die Tatsache, dass er nicht an ein Licht gedacht hatte, es war wirklich schon verdammt dunkel hier unten.

Der Fechter legte den Kopf in den Nacken. Der Abend bewölkte sich, trotzdem war der Himmel über ihnen noch von einem hell gefleckten Grau. »Das kann doch nicht sein«, murmelte er.

Lysandre trat auf die zweite Stufe, seine zweieinhalb Finger stützten sich an der feuchten Wand zur rechten ab.

Eisig wirbelte dunkler Nebel um seine Füße, und als er innehielt, legte sich das Wirbeln so, dass er seine Stiefel nicht mehr sehen konnte – als stünde er in schwarzem Wasser.

»Nebel?«, fragte er, und seine eigene Stimme drang klar in die unwägbare Tiefe der Kluft. Wie würde er hier den Weg zu seinen Soldaten finden? »Vielleicht sollte ich meine Abreise doch auf morgen verlegen.«

»Nein«, entschied Dawyd und stieß ihm – beinahe sanft – die Hand in den Rücken. »Geh weiter, unsere Augen gewöhnen sich sicher gleich dran.«

Zögernd tat Lysandre einen weiteren blinden Schritt in den Nebel. Der Hauch war eisig, er spürte ihn durch die Kleidung und schüttelte unwillig den Kopf. Die Kluft und ein wenig Nebel spielten ihren Sinnen einen Streich. Entschlossen trat er einige Stufen tiefer – vielleicht konnte er unter den Nebel steigen und würde dort besser sehen, wie wenn man einen Berg hinab und durch eine Wolke stieg. Er tat entschlossen zwei, drei weitere Schritte. Als eiskalter, aber trockener Hauch schloss sich der Nebel um seine Sinne. Er spürte Dawyds Hand im Rücken, doch seine eigene Hand lag plötzlich nicht mehr an der Wand. Ein schrecklicher Moment der Desorientierung, die grässliche Angst zu fallen – dann stolperten seine Füße auf ebenen Boden. Er rang nach Luft.

Das Gefühl des Nebels um seinen Kopf verging, kühl, alt und staubig erstreckte sich eine unwägbare Finsternis um ihn herum.

»Nein«, flüsterte Dawyd hinter ihm, und das Wort kam als Echo zurück.

Lysandre drehte sich um – beim Heiligen Blau des Himmels, es existierte weder eine Treppe noch die Brücke über ihnen! Sie standen in einer sich schier endlos ausdehnenden Dunkelheit. Er packte Dawyds Arm in der plötzlichen Angst, seinen Feind zu verlieren.

»Das kann nicht sein«, stieß er hervor, und eine blinde Panik drohte ihn zu packen. Er schloss die Augen – was es noch unerträglicher machte, also riss er sie wieder auf. »Wir … wir sind …«

Nein, das konnte nicht sein, sie waren in der Kluft! Desorientiert, in einem dieser in den Felsen gehauenen Schlupfwinkel, irgendwie hineingestolpert, oder schon am Boden der Schlucht – nirgendwo anders konnten sie sein!

Da flammte auf einmal ein Licht neben ihm auf – Dawyd hatte ein Schwefelholz angerissen. Atemlos starrten sie in die ausladende, beinahe konturlose Höhle, in deren Mitte sie sich befanden, bis Dawyd die kleine Flamme fallen ließ und sie am Boden verlosch.

Ins lichtlose Dunkel, das sich erneut um sie senkte, flüsterte Dawyd: »Wir sind in der Verkehrten Stadt.«

»Sygna gehörte nie in diese Welt.«

Kilianna starrte ihren Vater an. Er erschien ihr wahnsinnig, aber allem, was er sagte, lag eine gewisse Logik inne.

»Papa …«, sagte sie, sprang auf und näherte sich den Gitterstäben. Seine Hand legte sich auf ihren Kopf, streichelte über ihr Haar. »Papa, das sind nur Phrasen, richtig? Oder … hast du irgendetwas *getan?*«

Ihr Vater lächelte ihr zu. »Wir werden Sygnas Grenzen neu ziehen«, sagte er. »*Er* wird Sygnas Grenzen neu ziehen. Sygna wird zur Verkehrten Stadt werden.«

Kilianna wich vor seiner Hand zurück. Hatte sie vorhin noch gefürchtet, er sei über den Verlust seiner Machtposition wahnsinnig geworden, so hoffte sie es jetzt inständig.

Aber als die Warnsignale der Hörner von den Toren tönten, als die ersten Schreie durch das kleine vergitterte Fenster drangen, wurde ihr klar, dass Hoffnung ein Besitz war, den sie sich nicht erlauben konnte. Ihr Vater straffte sich.

»Jetzt habe ich schon zu viel Zeit vertrödelt«, sagte er. »Was ich dir eben gesagt habe, sollen alle wissen. Ich werde ihnen die Wahrheit sagen. Kilianna, das hätte ich früher niemals getan – ich habe schöngeredet, wo ich nur konnte. Ich wäre wohl auch ein guter Dichter geworden, wenn ich nicht der Erdhand-Tradition gefolgt wäre! Ich wollte es jedem recht machen. Jedermanns Freund sein. Selbst den Aquintianern habe ich nach dem Mund geredet. Aber ich werde keine Kompromisse mehr machen. Ich sage die Wahrheit. Alle sollen sie hören. Sygna wird untergehen – aber das wird nicht unser Ende sein. Sondern ein neuer Anfang.«

Danksagung

Die 13 Gezeichneten war ein erster Teil, und erst einmal: Ja, es war gemein von uns, dass er aufhört, wenn es am spannendsten wird. Wir freuen uns, dass ihr ihn trotzdem gern gelesen und nachdrücklich gefordert habt, dass wir euch rasch sagen, wie es weitergeht. Ihr habt es vielleicht gemerkt: Dies hier ist auch nicht der letzte Band – es wird noch einen dritten Teil geben. Während wir diese Danksagung schreiben, befindet der sich in den Händen unserer besten und nettesten Testleser Hannah, Melli und Tobi Ja. Tausend Dank euch für euren Rat und eure Begeisterungsfähigkeit!

Wir freuen uns, dass so viele von euch Teil I mochten, und wir hoffen, auch Teil II konnte euch mit auf eine Reise nehmen, die sich gelohnt hat.

Neben den drei besten Testlesern möchten wir uns bei Frank bedanken, denn der hat sich mit Szenen beschäftigt, deren Kontext er nicht kannte, und uns manch hilfreichen Rat gegeben. Bei Lena, Henning, Mia und Tobi und all den Twitter-Homies dafür, dass sie uns seelischen Beistand leisten, wenn es mal nötig ist.

Bei Hanka für das exzellente und sehr spaßige Lektorat, das ganz ohne Boxhandschuhe auskam. Bei Julia und dem Team von Bastei Lübbe – für alles. Bei Hannah Möllmann für die umwerfende Karte. Bei all den Leser*innen, die uns wertvolles Feedback zu Teil I gegeben haben. Und bei dir – es lebe die Revolution!